中国儿童文学史

蒋风 主编

復旦大學出版社

本书编委会

主　编　蒋风

主编助理　王　洁　慈　琪

第一编　杨　宁　王　洁

第二编　李利芳

第三编　崔昕平

第四编　刘绪源

第五编　刘绪源

第六编　吴丽丽　王　洁

第七编　韩　进

第八编　谈凤霞　王黎君

序

蒋　风

六年前，我获得第13届国际格林奖的消息传开来之后，便有出版社约我再编撰一本《中国儿童文学史》，还有一家出版社在筹划一套"国际格林奖获得者儿童文学理论丛书"，也来跟我商量，把我主编的《中国儿童文学发展史》（少年儿童出版社）列入其中。这两件事激起我重新执笔再写本《中国儿童文学史》的念头，于是重新收集资料，起草提纲，考虑历史分期的合理性问题等，差不多花了近一年的时间。

考虑到自己的水平、时间、资料等因素，且应避免我过去出过的中国儿童文学史的缺点和不足，所以又用半年多时间起草了一份详尽的编写纲要，试图把中国儿童文学的发生、发展与现状，放在整个时代的历史进程中，尤其是对1917年以来的中国儿童文学的概况和流变作一宏观审视和微观剖析相结合的轮廓式勾勒。

编写纲要完成后，便与约稿单位交稿时间发生矛盾。考虑到我这样耄耋之年的老头，又因近年视力衰退，不允许阅读大量的史料，不可能在有限的时间承担太重的任务。为了实现有时限的宏愿，于是决定组织集体力量来完成。我便根据每个时期的内容，挑选最合适的人选，分别函电联系，组成一支精萃队伍，又花了两三年时间，才陆续完成，但由于我们的编写者在学力和学术修养上的差异，因此无论是史料观点，还是叙述方式和衔接上，都存在着这样那样的缺点，于是又花了近一年时间统稿两遍，一共花了五年多的时间，才最后完成这部大书。可以说，这本《中国儿童文学史》凝聚了全体编写者的心血，我们反复讨论，分头撰写，努力站在时代的高度，对中国儿童文学近百年的成败得失、经验教训、发展规律进行了初步的探索和总结，试图为关心我国儿童文学的发展者勾勒一个概貌。

儿童文学作为一门学科，其中的中国儿童文学更是一个不可或缺的重要组成部分。我的儿童文学史观是建立在我的儿童文学观基础之上，并受之引领的。我认为：

一、历史是事物发展的总结，应探讨事物发展过程中种种现象和事实，总结经验教训，分析成败得失，找出规律。

二、历史记载的都应该是发生过的事实。

三、历史的职责应该是确切真实，不应该感情用事，不背离真实。德国诗人歌德在他的《格言和感想集》中说："历史家的任务在于区别真实的和虚假的，确定的和不确定的，以及可疑的和不可接受的。"因此我认为，历史家应该讲事实，这是我坚守的信条。

四、儿童文学史的任务，就是在儿童文学从无到有、从有到丰富多彩这个发展过程中发现的规律。

五、前苏联政治家加里宁在《在教师会议上的演讲》中说："要提高文化，就必须研究文化史。"我认为要提高儿童文学水平，就应该好好地研究儿童文学史。

中国的儿童文学是多民族的、多地区的、与世界儿童文学融合的多元并存，互补共进的。它既是民族的，根植于民族传统文化的土壤，同时又是开放的，与世界儿童文学发展的潮流合辙，以鲜明的开放性和民族性活跃着自己的生命，创造着自己的辉煌。中国现当代文学史上，儿童文学作家群星璀璨，作品众多，产生过叶圣陶、冰心、张天翼、孙幼军、曹文轩、金波等具有世界影响的作家，儿童文学是中国现当代文学的一个重要分支。从五四文学运动开始，在西方思潮和翻译儿童文学催生下，本土的儿童文学开始破土萌发，历经百年发展。这一百年来，中国儿童文学在崎岖而漫长的道路上作出了具有民族特色和时代特色的儿童文学作品和儿童文学理论，显示着世纪的风雨沧桑和时代的坎坷辉煌，也显示着社会的情感变异和作家的心路历程。百年历史一直是个空白，直到上世纪五十年代，我走上大学讲台，深感填补这一空白的重要性和紧迫性，于是便萌发编写一本《中国儿童文学史》的愿望。可是由于当时受到史料、时间、精力等限制，感到有点力不从心，但我还是在讲授儿童文学课时编入一部分历史发展的内容，且在此基础上写成一本《中国儿童文学讲话》(1959)，并又在《中国儿童文学讲话》的基础上，修订、补充写成一本《中国现代儿童文学简史》，但是由于十年浩劫，原稿被毁，我心感所失，但也无可奈何。到了 80 年代，由于工作的需要，编写一部《中国儿童文学史》的心愿，重新燃烧在我的心头。我考虑到时代在发展，收集、整理儿童文学史料，编写出版儿童文学史的工作必须作大规模的规划，想花十年甚至更长的时间来完成一部《中国儿童文学史》，但是考虑到自己的水平、时间、资料等因素，于是我组织在校的全体儿童文学研究生反复讨论，分头撰写，分别完成了《中国现代儿童文学史》(1986)和《中国当代儿童文学史》(1991)的撰写。这两本中国儿童文学史的出版,虽然得到了同行们的好评,但这毕竟是一项初创性的工作,缺少借鉴和经验,我们也是一边摸索一边工作,难免会有很多不成熟的遗憾。

而现在摆在大家面前的这部《中国儿童文学史》,是在借鉴上述几本儿童文学史的成果经验上,把中国古代、近代、现代和当代贯通了起来,把中国儿童文学整合作为一个有机的整体来研究,在原有的研究成果上删繁就简,作为一份《中国儿童文学史》的初稿,更确切地说是一份编写提纲呈献给读者,希望听取各方名家和广大读者的意见后,再作进一步的修订,成为一部比较完善的中国儿童文学史,我们愿为此继续做出不懈的努力。

为了尊重大家的创造性劳动,本书扉页上并列了编撰组成员的名单,借此以示本书虽仍显得粗疏,但确是融汇了数十人的心血,先后经历了六年奋战才完成的一项成果,希望得到关心中国儿童文学事业的读者的帮助,多多指出本书的优缺点和不足之处,为它的进一步完善提出宝贵的修改意见。

目 录

第一编 中国儿童文学的史前期

第一章 摇篮里的中国儿童文学 …… 3
第一节 民间文学是儿童文学的摇篮 …… 4
第二节 中国古代儿歌 …… 7
第三节 中国古代的神话、传说 …… 11
第四节 中国古代的寓言、童话 …… 15
第五节 中国民间传统的戏曲 …… 18

第二章 中国传统的儿童读物 …… 21
第一节 识字启蒙读物 …… 21
第二节 家训 …… 27

第三章 古典文学与儿童文学 …… 30
第一节 《西游记》《封神演义》 …… 30
第二节 《三国演义》《水浒传》 …… 34
第三节 《镜花缘》《聊斋志异》 …… 37
第四节 儿童喜爱的古典诗词 …… 39

第二编 中国儿童文学的萌芽期(1900—1927)

第一章 “五四”以前的中国儿童文学 …… 45
第一节 儿童的发现和儿童文学的建构 …… 45
第二节 儿童诗和学堂乐歌 …… 52

第三节 小说革命催生儿童小说 …… 64
第四节 孙毓修树起第一块里程碑——《童话》 …… 70

第二章 “五四”以后的中国儿童文学 …… 75
第一节 走向人的现代化为儿童文学铺路 …… 75
第二节 鲁迅大力倡导儿童文学 …… 87
第三节 周作人提出“儿童的文学” …… 93
第四节 胡适的《尝试集》为儿童诗探路 …… 103
第五节 叶圣陶树起第二块里程碑——《稻草人》 …… 105
第六节 冰心和《寄小读者》 …… 112
第七节 王统照以儿童为主体的小说 …… 118
第八节 俞平伯抒写童心的《忆》 …… 120
第九节 黎锦晖的儿童歌舞剧 …… 124
第十节 《儿童世界》和《小朋友》对中国儿童文学的推动作用 …… 132

第三编 中国儿童文学的挫折期(1927—1949)

第一章 左翼文艺运动与儿童文学 …… 141
第一节 阶级斗争带给儿童文学的影响 …… 141
第二节 张天翼和他的《秃秃大王》《大林和小林》 …… 146
第三节 左翼文艺运动带动科学文艺兴起 …… 151
第四节 儿童文学理论建设的推进 …… 154

第二章 在战乱中前进的中国儿童文学 …… 159
第一节 战争对儿童文学的影响 …… 159
第二节 国统区的儿童文学 …… 162
第三节 “孤岛”(上海租界)的儿童文学 …… 165
第四节 解放区(包括根据地)的儿童文学 …… 167

第三章 1937—1949 年间重要作家作品 …… 172
第一节 苏苏 仇重 …… 172

第二节 严文井 高士其 …… 179
第三节 贺宜 金近 …… 187
第四节 包蕾 丰子恺 …… 194
第五节 《鸡毛信》《雨来没有死》《虾球传》 …… 202

第四章 儿童文学思潮和理论建设 …… 208
第一节 在不同背景下形成的两种儿童文学观 …… 208
第二节 苏联儿童文学的传播及其影响 …… 211
第三节 《新少年报》和《童话连丛》 …… 214
第四节 中国儿童读物作者联谊会 …… 220

第四编 中国儿童文学的新生期(1949—1959)

第一章 儿童文学的新面貌(童话与诗歌) …… 227
第一节 教育童话的泛滥(上) …… 227
第二节 教育童话的泛滥(下) …… 230
第三节 鲁兵的诗 …… 234
第四节 柯岩的诗 …… 240
第五节 任溶溶：把童趣推到极致 …… 246

第二章 儿童文学的新面貌(小说与散文) …… 253
第一节 儿童小说的两种范式(上) …… 253
第二节 儿童小说的两种范式(下) …… 259
第三节 孩子与战争 …… 263
第四节 工农兵作家与旧社会题材 …… 267
第五节 郭风的散文 …… 270
第六节 任大霖的《童年时代的朋友》 …… 274

第三章 儿童文学创作的第一个黄金时期 …… 278
第一节 1955—1956 年的文学氛围 …… 278
第二节 张天翼的《宝葫芦的秘密》 …… 281

第三节 《“下次开船”港》和《五彩路》…… 288

第五编 中国儿童文学的迷茫期(1960—1966)

第一章 惨遭打击的儿童文学界 …… 293
第一节 对陈伯吹的突然批判 …… 293
第二节 茅盾的直言与创作的现状 …… 297

第二章 曲折中前进的儿童文学 …… 302
第一节 《小布头奇遇记》…… 302
第二节 《小兵张嘎》…… 305
第三节 《长长的流水》…… 310
第四节 《羊舍一夕》…… 313
第五节 《军队的女儿》等青少年读物 …… 318

第三章 悄然走向“文革”的儿童文学 …… 321
第一节 以阶级斗争为纲的创作路线 …… 321
第二节 浩然小说的演变 …… 322

第六编 中国儿童文学的空白期(1966—1978)

第一章 1966年至1970年的一片空白 …… 327
第一节 横扫一切,全盘否定 …… 327
第二节 遭受摧残的儿童文学 …… 328

第二章 1971年—1976年“帮八股”影响下的儿童文学 …… 331
第一节 荒谬的儿童文学理论 …… 331
第二节 政治功利化了的儿歌 …… 332
第三节 《红雨》和一些变了味的儿童小说 …… 335
第四节 浩然的儿童小说 …… 338

第五节　从小说到电影的《闪闪的红星》 …… 341
第六节　粉碎“四人帮”后的心有余悸 …… 343

第七编　中国儿童文学的重建期(1978—1999)

第一章　从新时期到转型期 …… 347
第一节　“庐山会议”和儿童文学的拨乱反正 …… 347
第二节　蓬勃开展的儿童文学活动 …… 348
第三节　儿童文学评奖的推动 …… 350
第四节　儿童文学理论建设 …… 351

第二章　儿童文学创作进入第二个黄金时期 …… 358
第一节　重建期的儿童小说 …… 358
第二节　重建期的儿童诗歌 …… 402
第三节　重建期的寓言和童话 …… 425
第四节　重建期儿童戏剧文学和儿童影视文学 …… 441
第五节　异军突起的图画书 …… 450

第八编　中国儿童文学走向繁荣(1999—2016)

第一章　新世纪中国儿童文学的新趋势 …… 461
第一节　幻想小说的张扬 …… 461
第二节　图画书的崛起 …… 465
第三节　通俗儿童文学的畅销 …… 470
第四节　网络儿童文学的兴起 …… 474

第二章　儿童文学创作的多元繁荣 …… 477
第一节　儿童小说的持续发展 …… 477
第二节　新世纪的儿童诗歌 …… 481
第三节　童话的平稳推进 …… 486

第四节 新世纪儿童散文 …… 490
第五节 新世纪儿童剧 …… 495

第三章 新世纪中国儿童文学的收获与挑战 …… 500
第一节 新世纪中国儿童文学的成就与展望 …… 500
第二节 新世纪中国儿童文学的世界性交流 …… 505
第三节 全球化时代中国儿童文学的民族化走向 …… 509

第一编　中国儿童文学的史前期

第一章
摇篮里的中国儿童文学

在中国古代没有“儿童”的概念，儿童都被视作是缩小的成人，在社会地位上是从属于成人的。在中国传统的“长者为尊”“祖先崇拜”的文化观念中，儿童没有自己独立的人格，也不会出现以儿童的视角和意愿创作、为儿童服务的文学作品。在中国古代，儿童文学不可能成为一个独立的文学体系。但是没有现代意义上的儿童文学，并不意味着中国古代的少年儿童无书可读。回顾中国儿童文学的发展历史可以发现，虽然儿童文学走向自觉是在20世纪五四新文化运动之后，中国现代儿童文学史的发生也是从这一时期开始，但是在漫长的史前期，同样出现了具有儿童文学因素的作品，它们在生成原理和意义功能上都与现代儿童文学有着较大的差异。不同于现代的儿童文学是一种由作家根据儿童需求而专门创作的、适合儿童阅读、能为儿童理解和接受的文学门类，古代意义的儿童文学并不是专为儿童创作的，它们往往松散地分布在民间文学和成人文学领域，在不自觉的状态下被儿童发现，并且接纳和喜爱，是一种弥补儿童精神需求的补偿性文学。

表1-1 中国古代儿童文学现象分类表

种类	示例	内容
民间口头文学	《牛郎织女》《田螺姑娘》《八仙过海》《范丹问佛》等	民间故事、儿歌童谣
注重故事性，具有一定文学色彩的蒙学读物	(宋)朱熹《小学》的《外篇》 (元)卢韶《日记故事》 (明)萧汉冲《龙文鞭影》 (清)程允升《幼学琼林》等	取材于历史名人，围绕着伦常道德教育，作为事例榜样的蒙学故事
专门编纂所谓的“陶冶性情”的成人文学作品	《千家诗》《神童诗》等	既有一些语言浅显、音调优美、内容也颇适合儿童特点的诗作，也有不少思想情趣离儿童心理甚远、内容十分糟糕的作品

续 表

种类	示例	内容
古典文学中适合儿童特点、也被儿童读者所接受的作品	《西游记》《水浒传》《封神演义》《聊斋志异》《镜花缘》中的部分章节	富有幻想色彩的故事，成为满足儿童精神渴求的一种补偿性文学

第一节　民间文学是儿童文学的摇篮

民间文学是一切文学的源头，《大英百科全书》中说到："早在公元前三四千年以前，一切文学都是民间文学。"也就是说，民间文学的产生满足了人类最初的文学需求，尽管民间文学在产生之初并不仅仅是作为文学形式而存在的，而是伴随着人类的生产劳动、社会习俗、宗教信仰等共同产生的。随着文字的出现和普遍使用，作家文学开始产生。然而，在浩瀚如烟的作家文学中，我们不难看到民间文学的影响。中国著名的古典小说《三国演义》《水浒传》《西游记》《聊斋志异》等，其丰富的内容和民间流传的人物传说、鬼怪故事有着千丝万缕的联系。这些小说创作的成功离不开成书之前早已存在和广泛流传的民间文学。莎士比亚的《哈姆雷特》、歌德的《浮士德》都不同程度地受到民间文学的影响。除却这些传统的经典著作，民间文学在今天仍然影响着作家们的创作。例如"灰姑娘"的故事模式至今还出现在作家们的创作文本中。所以说，民间文学是一切文学的源头，它不仅产生的时间早，而且影响深远。

对于儿童文学来说，民间文学具有更加独特和重要的意义。因为随着文字的出现和使用而产生的作家文学是指向识字的、有文化积累的成年人。文字的障碍、作品内涵的艰深抑或经济条件的不允许，大多数的儿童无法从这些文学作品中得到文学需求的满足。然而从原始社会到近代社会真正意义上的儿童文学并没有产生，所幸有民间文学的存在，它在这样一个漫长的历史时期，在儿童文学真正诞生之前，充当了儿童文学的角色，以其丰富的形态满足了儿童对文学的基本需求，让儿童受到文学的熏陶。所以，在这个意义上，人们通常把民间文学称为自发状态的儿童文学。

首先，民间文学丰富的想象力是其能够在特定的时期充当儿童文学角色的重要原因之一。儿童的想象力是丰富的，在想象的世界里，他们可以自由地上天入地。民间文学作品中的丰富想象恰好满足了儿童想象的自由。在充满奇幻色彩的民间文学作品中，儿童可以体会到想象的神奇美好，得到审美的愉悦，并在此基础上自由地发挥自己的想象力。例如，在开辟神话中，天地的形成竟然是盘古用手撑开了天地，而且世间的万物也是由盘古身上的各种器官、组织演化而来。这是多么伟大而神奇的想象，这样的想象带给儿童的不仅是惊奇，而且是一种满足。在民间传说《梁山伯与祝英台》中，梁祝最后双双化蝶。凄美的故事通过奇妙的想象最终有了一个充满浪漫色彩的结局。看上去的荒诞不经在儿童眼里是一种最愿意接受的美好。在这里，奇幻的结局既满足了儿童对想象的需求，同时也满足了他们对善的追求。类似的想象在民间叙事诗中也可见一斑，傣族著名的叙事长诗《娥并与桑洛》中，相爱的男女主人公娥并与桑洛死后化作了两颗明亮的星星。在民间故事《田螺姑娘》中，一只大田螺居然能变成一位美丽、善良的姑娘，并和勤劳、善良的小伙子结为夫妻。正是离奇的想象把故事带向一个完美的结局，也带给儿童快乐的感受。或许由于自身的阅历、经验的局限，儿童不能真正理解故事前后所折射出的辛酸和艰难，但是这种想象可以激发他们对美好事物的向往。可以说，丰富的想象使民间文学在儿童文学史前时期成功地扮演了儿童文学的角色。

其次，民间文学口耳相传的特点是其吸引儿童的重要原因之一。民间文学是广大劳动人民在劳动、生活等各种场景中由于抒发情感、表达愿望的需要而口头创作，并通过口头传播而传承下来的文学。正是由于口头性的特点，民间文学的语言生动鲜活、浅近易懂，例如民间故事《巧蛤蟆》是这样开头的："从前，有老两口，他们勤劳朴实、心肠好。可是都六十多岁了，还没儿没女……"民间故事《牛倌和山羊》里人物的对话是这样的："有一天，牛倌上山回来，去看望曹妈妈，曹妈妈对他说：'你也不小了，该给你找个媳妇了。'牛倌红着脸说：'俺连半间房子都没有，娶个媳妇住哪儿呀？'"这样简练、形象的语言消除了儿童在语言理解和接受上的障碍，拉近了儿童和民间文学的距离，儿童能够以一种愉悦的方式去接受民间文学。此外，民间文学口耳相传的传播形式也是深受儿童喜欢的一种接受文学作品的途径。可以说，每个孩子都是喜欢听故事的，在听的过程中，孩子不仅能得到听觉上的满足，而且还可以得到一种情感上的满足。鲁迅在《从百草园到三味书屋》中就提到小时候听长妈妈讲故事。在传统社会，漫长的冬夜，孩子们围坐在一起听长辈讲故事是常见的一种场景。这些从长辈嘴里流传开来的故事熏陶了一代又一代的孩子。

第三，民间文学所体现出的乐观主义精神契合了儿童的心灵需求。民间文学是劳动人民理想、愿望的表达，也是劳动人民乐观精神的呈现。当现实生活中处处是苦难、艰辛时，劳动人民在民间文学作品中表达了他们对美好生活的期盼、向往。民间文学往往有一个美好的、乐观的结局。例如田螺姑娘和小伙子成婚了;巧媳妇凭借自己的智慧战胜了蛮横无理的官吏;召树屯经过千山万水的跋涉、磨难以及考验终于和喃木诺娜重新相聚;白娘子最终走出了雷峰塔,母子相聚、夫妻相聚。就算是在现实的世界里不可能有一个圆满的结局,那么在幻想的世界也必将出现一个让人安慰的结果。例如梁祝终究化成蝶来延续他们的爱情,孟姜女化身为一条美丽的银鱼过着自由的生活。这寄托着人们美好的愿望,对善的祝愿、对恶的痛恨。这样充满乐观倾向的结局极大地满足了儿童向善的心理,符合他们对世间善恶最朴素的认识。同时民间文学也以其质朴的乐观精神向儿童灌输了善恶的观念,增加他们对生活的信心和勇气。

除了以上几点,民间文学生动的故事性、富有韵律的音乐美等特点也是其深受儿童喜欢的重要原因。总之,在真正意义的儿童文学产生之前,民间文学以其特有的面貌和风格滋养了儿童的心灵,充当了儿童文学的角色,满足了儿童对文学的最初需求。在这个意义上说,民间文学堪称是儿童文学的摇篮。

当真正意义上的儿童文学诞生之后,民间文学并没有因此从儿童的视野中消失,除了继续以自身的形态在儿童中流传之外,民间文学还对儿童文学的创作产生了不同程度的影响。中外儿童文学创作中都可以看到这种影响。例如安徒生的童话《海的女儿》,其中的主要人物形象小人鱼就是来源于丹麦的民间故事。王尔德的《快乐王子》中三段式的故事结构显然是受到民间故事情节复沓的结构模式的影响。在中国的儿童文学创作中,不少作家的创作在取材、结构、主题等方面都不同程度地受到民间文学的影响。特别典型的有洪汛涛的童话《神笔马良》、葛翠琳的童话《野葡萄》等,其中题材的选取、情节的设置、神奇的幻想、善恶分明的主题表达、完美的结局等都表现出明显的民间文学的特点。曹文轩的小说《根鸟》也不失为一篇具有民间文学特色的儿童文学作品,其中寻找、历险、自我的发现、奇异的幻想等,足以说明这部小说和民间文学的联系。

此外,早已存在于民间歌谣中的儿歌不仅在儿童文学走向自觉之后顺理成章地进入了儿童文学的领域,而且从内容形式、音韵等方面都为创作儿歌提供了有益的借鉴。

因此,无论是在儿童文学的史前期还是自觉意义的儿童文学产生之后,民间文学都是蕴孕儿童文学的摇篮。

第二节　中国古代儿歌

从时间上说，从尧舜禹时代到鸦片战争，这一漫长的历史时期都可以统称为古代。这一时期的儿歌长久以来都是散落在民间，以口头的形式存在着。直到明清时期，才出现文人专门搜集、整理的儿歌集子。这些文字记载的儿歌一定程度上保留了古代儿歌的风貌。

1.《演小儿语》

《演小儿语》是我国第一部古代儿歌集。为明代吕坤所编。吕坤（1536—1618年），字叔简，号新吾，宁陵（今河南商丘）人。他收集了流传在河南、山西、山东、陕西等地的儿歌46首编撰成书。这些儿歌文字浅显，内容生动活泼。吕坤在每一首儿歌下面都加上了评语，虽然有些牵强附会，不符原意，但古代的一些儿歌还是因此保存下来了。

《演小儿语》是《小儿语》中的一卷。《小儿语》原书一册，包括吕得胜的《小儿语》一卷、《女小儿语》一卷、吕坤的《续小儿语》三卷、《演小儿语》一卷。前面五卷都是自作的格言，也有根据谚语而改作的。最末一卷《演小儿语》则是收集各地的童谣编撰而成。不过，吕坤出于"训蒙之用"对歌谣进行了修改。尽管如此，《演小儿语》"利用儿童的歌词，能够趣味与教训并重，确是不可多得的"。而且，《演小儿语》也使后世的人们在一定范围内能够了解古代儿歌的概貌。

《演小儿语》中的46首儿歌，虽然其中很多歌谣都经过了改作，但是有一些看上去仍是"小儿之旧语"，或者说删改较少，保留了小儿的特点。例如《打哇哇》：

打哇哇，
止儿声，
越打越不停。
你若歇了手，
他也住了口。

儿歌以浅白的语言描写了儿童的生活以及儿童心理。又如《孩儿哭》：

孩儿哭，哭恁痛。

那个打你，
我与对命，
宁可打我我不嗔，
你打我儿我怎禁。

儿歌从成人的角度来写，表现了父母的护犊之情。此外，还有一些儿歌并没有什么具体的意义，而是以韵律取胜。如《鹦哥乐》：

鹦哥乐，
檐前挂，
为甚过潼关，
终日不说话。

很难说这首儿歌在内容上有什么连贯的意思，但是“挂”和“话”相同的韵律使儿歌念起来琅琅上口，有鲜明的节奏感。

对于《演小儿语》，正如周作人所说，“从这书里选择一点作儿童唱歌用，也是好的，只要拣取文词圆润自然的，不要用那头中气太重的便好了”。此外，《演小儿语》的序言和后记中编者对歌谣的论述也可以看作是古人对儿歌的某些理论阐释。如吕坤之父吕得胜在序中言，“如其鄙俚，使童子乐闻而易晓焉”。吕坤在后记中说，“小儿皆有语，语皆成章，然无谓”。这些言论都涉及儿歌的一些特点，有其合理之处。

2.《天籁集》

《天籁集》是清代郑旭旦所编撰。郑旭旦，生卒年不详，浙江钱塘人，家境贫寒，因对现实不满，憎恨权贵，一生不得志，所以借儿歌“寄寓其精神”。《天籁集》成书于康熙初年，郑旭旦在书中最早提出儿歌是“天籁”的说法：“天机活泼，时时发现于童谣。”书中收集吴越地区儿歌48首，尤其以杭州地区的儿歌居多，其中有两首只有目录却没有具体的儿歌。

《天籁集》中所收集的儿歌大体分成两类，一类是反映儿童生活和儿童心理的，这类儿歌既有成人创作的，也有儿童随口编唱的。这类儿歌有的用于游戏，如“摇啊摇，摇到外婆桥”；有的类似于绕口令，锻炼儿童的思维和语言，如“一颗星，挂油瓶；油瓶漏，炒黑豆”；还有的具有一定的道德教育意义，如《墙头上一株草》：

墙头上一株草，

风吹两边倒。
今日有客来。
啥子好，
鲫鱼好。
鲫鱼肚里紧愀愀。
为啥子不杀牛？
牛说道："耕田犁地都是我。"
为啥子不杀马？
马说道："接官送官都是我。"
为啥子不杀羊？
羊说道："角儿弯弯朝北斗。"
为啥子不杀狗？
狗说道："看家守舍都是我。"
为啥子不杀猪？
猪说道："没得说。"
没得说，
一把尖刀戳出血。

儿歌以生动活泼的问答歌的形式以及形象的拟人手法告诫儿童要做一个勤劳、有用的人。

《天籁集》中另一类是表现成人的生活。这类儿歌主要是成人创作，由奶奶、妈妈或者其他成人向儿童教唱，关于儿歌的内涵，儿童大多不能理解，但是儿歌音韵上的节奏感往往使儿童乐于去接受并传诵。例如《大雪纷纷下》：

大雪纷纷下，
柴米都涨价。
乌鸦满地飞，
板凳当柴烧，
吓得床儿怕。

对于儿歌所反映出的社会内容，儿童或许并不能深切地感受和理解，但是儿歌短小的句式、明快的节奏以及拟人手法的运用，在很大程度上消除了儿童对于儿歌的隔膜感，从而使儿童对儿歌产生兴趣。除了表现社会生活之外，这一类儿歌还有表现家庭矛盾、儿女感谢父母恩情以及反映妇女生活等内容。其中关于妇女生活的最为多见，如盼嫁好丈夫、希望嫁妆丰盛、诉说婆家生活难熬等。

《天籁集》中，每首儿歌前后几乎都有编者加注的评语及按语，有的指出儿歌的一些基本特点，在今天看来仍然有一定的价值。例如郑旭旦在第十四首儿歌的按语中解释儿歌的美感："风行水上，自然成文……真率浑成之至。"

3.《广天籁集》

继《天籁集》之后，又有清代人悟痴生收集吴越地区儿歌编撰而成的《广天籁集》问世。据书中自序，《广天籁集》写成于同治十一年(1872年)。悟痴生，江苏江阴人，其真实姓名和生卒年都不详。《广天籁集》共收吴越儿歌23首，儿歌的内容和形式都与《天籁集》相似，所以人们常常把这两本儿歌集相提并论。例如钟敬文先生在《民间文学概论》中提到，"清代郑旭旦的《天籁集》和悟痴生的《广天籁集》中，记载了近七十首儿歌，为我们保存了极宝贵的古代儿歌资料。"[1]《广天籁集》中的儿歌在内容上涉及了社会生活、风俗人情等，每首儿歌的前后，均有编者加注的评语和按语，主要是介绍或评论和儿歌相关的风土人情、社会习俗。《广天籁集》中也有一些描写自然景象、表现儿童情趣的儿歌。例如《虫儿斗》：

虫儿斗，雀儿飞，
飞到高山吃白米。
高山哪有白米吃，
虫儿钻窠雀儿急。

儿歌描写了虫儿和雀儿争食的场景，最后急于吃食的虫儿竟然钻到雀巢里去抢食，雀儿在一旁干着急。简短的几句话把虫儿和雀儿的争斗勾勒得活灵活现。此外，虫儿和雀儿也像生活中两个争食的小孩，争先恐后的心理表现出儿童的天真与稚拙。

《演小儿语》《天籁集》和《广天籁集》的出现，使古代在民间流传的儿歌得以存留下来，尽管编撰者们收集整理的目的不同，或者是"蒙以养正"，或者是"寄寓其精神"等，而且出于不同的目的，编撰者对所收集的儿歌还做了不同程度的删改，但是总体来说，这些儿歌还是体现了古代儿歌的基本面貌。此外，民间无名氏抄写的《北京儿歌》以及意大利人韦大利编的《北京儿歌》，还有美国人何德兰编的《孺子歌图》都收录了上百首的中国古代儿歌。这些儿歌集都为中国古代儿

① 钟敬文：《民间文学概论》，第275—276页。

歌的保存做出了贡献。

第三节　中国古代的神话、传说

中国古代的神话和传说以其丰富、离奇的想象在儿童文学史前期极大满足了儿童的心理需求，成为史前期儿童喜闻乐见的文学。

1. 神话

神话一词源于古希腊语，原意为关于神与英雄的故事。神话是人类史前期最重要的文学样式，最早产生于大约一万年至五万年以前，即旧石器时代晚期。"在这一阶段，人类与自然经历着一种特殊的互动关系。"[①]当人们对一些生理现象、自然景观无法做出科学的理解时，便会产生灵魂和神灵观念，并借助于这类超自然力完成美妙的想象。英语中"神话"的词形为"myth"，词意是想象的或虚构的故事。不过，在远古社会，神话对"自然和社会形式本身"的"加工"，是一种"不自觉的艺术加工"，正如18世纪意大利学者维柯所说："神话故事在起源时都是些真实而严肃的叙述，因此mythos（英语中神话的总称）的定义就是'真实的叙述'。"[②]维柯是站在神话起源的角度来界定神话。当神话脱离了产生时的特定语境之后，随着人类的生产力以及认识自然能力的发展，神话在普通接受者的眼里更多的是一种想象力的呈现。

中国的古代神话历来被认为没有得到充分的发育。著名学者袁珂在《中国古代神话》一书中就说到："中国的神话原先虽然不能说不丰富，可惜经过散失，只剩下一些零星的片断，东一处西一处地分散在古人的著作里，毫无系统、条理，不能和希腊各民族的神话媲美，是非常抱憾的。"[③]的确，由于中国传统的正统文化在很大程度上疏离神话，例如在占正统地位的文献《诗》《书》《礼》《易》《乐》《春秋》等中，几乎看不到关于神话的记载。此外，中国神话的历史化，即把神话当作历史材料利用，使神话变化为历史传说，这样的做法也在很大程度上导致了中国古代神话没有得到充分发育。

不过，尽管神话的产生是建立在"真实的叙述"的基础上，是特定历史时期人们认识自身、认识自然的反映，但是其幻想性的表述方法成为后世儿童接近神话

---

① 万建中：《民间文学引论》，北京：北京大学出版社2008年版，第110页。

② [意]维柯著，朱光潜译：《新科学》，北京：商务印书馆1989年版，第454页。

③ 袁珂：《中国古代神话》，北京：中华书局1960年版，第17页。

的一个重要理由。尽管中国的神话由于种种原因没有得到充分发育,不能和具有谱亲性的希腊神话媲美,也没有一部记叙连贯、完整的神话的典籍,但是仍然有不少神话的断简残篇被收录在一些传世的典籍中,让中国的儿童在儿童文学发生之前能从中得到文学的浸润和想象的熏陶。

《山海经》是中国上古神话的百科全书,其中所记载的神话众多,而且重要的神话形象多出于其中。全书由十八卷构成,原题为夏禹、伯益作,实际上是不同的人在不同时期所作。由于流传久远,《山海经》所记神话的内容错乱、缺失、讹错较多,而且也不成体系。不过,从那些零散的片断中,仍然可以看到上古先民们瑰丽、多彩的想象。例如《山海经·大荒南经》所记载的关于太阳的神话:"东南海之外,甘水之间,有羲和之国。有女子名曰羲和,方日浴于甘渊。羲和者,帝俊之妻,生十日。"神的不同凡响通过神奇的想象得以显现,同时也表现了人们对自然的认识。《山海经·海内经》中记载了关于"鲧禹治水"的神话:"洪水滔天,鲧窃帝之息壤以湮洪水,不待帝命。帝命祝融杀鲧于羽郊。鲧复生禹。帝乃命禹卒布土以定九州。""窃帝之息壤""复生禹",天真浪漫的想象突出了鲧的伟大和神奇以及蕴含于其中的人们的抗争精神。

《淮南子》也是中国神话的集大成者,由淮南王刘安组织宾客编撰而成,流传至今的有 21 篇。书中所记多为周朝之事,其中也载入了一些重要的神话材料。例如《淮南子·览冥训》中所记"女娲补天"的神话:"女娲炼五色石以补苍天,断鳌足以立四极,杀黑龙以济冀州,积芦灰以淫水。"《淮南子·本经训》记载了"后羿射日"的神话:"羿射九日,杀凶兽。"用五彩石补天,用弓箭射日,这些奇异的玄想不仅形象化地表达了人类企图征服自然的愿望,而且也突显了大神的伟力。

《列子》相传是东晋人所作,其中也保存了一些神话篇章。例如《列子·汤问篇》中记载了"共工怒触不周山"的神话:"共工与颛顼争为帝,怒触不周山。"《列子·黄帝篇》记载了部族战争神话:"黄帝与炎帝战于阪泉之野。"在远古时代人们的不自觉的想象中,神被一一地神话了。在神化神的同时,也表达了人们的理想和愿望。

除了以上三部典籍之外,《搜神记》《搜神后记》《太平御览》等典籍中也或多或少地记载了一些神话资料。例如《太平御览》记载了"盘古开天辟地"的神话、"女娲造人"的神话等。

这些文字的记录不同程度地对口耳相传的神话进行了改造,同时也使口头传播的神话得以保存下来,并以其独特的想象、永恒的精神滋养后世的人们。

2. 传说

民间传说是"民众创作的与一定的历史人物、历史事件和地方古迹、自然风物、社会习俗有关的故事”。[1] 其中历史人物、历史事件、地方古迹、自然风物及社会习俗可统称为传说核。正是传说核的存在，民间传说在内容上具有可信性的特点。与神话相比，其现实性相对增强。民间传说数量繁多，而且内容丰富、形态多样。根据传说核的不同内容，民间传说大致可以分为历史人物传说、历史事件传说、山川风物传说、习俗传说。无论是哪一种类型的传说，都具有内容上的可信性。例如人物传说中的主人公基本上是历史上确有其人的人物，如鲁班、华佗、徐渭、包公、海瑞、戚继光、朱元璋、乾隆等。人物传说就是以讲述他们的生平事迹为主，其中也体现了民众的道德评价。历史事件传说则是以历史上发生的重大事件为叙事中心，如农民起义、抗击外来侵略、革命战争等，是民众对历史的记忆和想象。山川风物传说以解释山川风景、名胜古迹、地方物产等的由来为叙事中心，在解释的过程中呈现山川风物的特点。习俗传说主要是指关于各种习俗的形成的传说，包括节日习俗、人生礼俗、娱乐习俗等。其核心因素是沿袭已久的各种习俗，例如春节放鞭炮的习俗，端午节划龙舟、吃粽子的习俗，中秋节吃月饼的习俗，结婚撒帐的习俗等，这些习俗一直都鲜活地存在于人们的日常生活之中。尽管不同类型的传说核在内容上存在着明显的差异，但是它们都是一种客观存在物。传说核的这一特性使传说有据可依，具有一定的历史真实感，在一定程度上反映了历史生活和时代面貌，人们可以从中透视历史现实。

不过，传说毕竟是民众创作的口头艺术作品，不是历史的照搬。民众在对某一历史事实进行讲述时，通常会融入自身的情感和想象，而且在传播的过程中，民众会不断地进行加工、补充、润色，以增强传说的艺术感染力。在创作和传播的过程中，民众主观的幻想和有意识的虚构不仅使传说反映出民众的心声和愿望，而且使传说具有明显的传奇性色彩。可以说，传奇性的情节是传说之所以成为传说的一个重要因素。

传说的传奇性情节往往以有悖常理的非逻辑性和极其夸张的幻想手法来加强传说的吸引力，满足民众的心理需求，并带给广大民众心理的寄托和心灵的慰藉。例如《赵州桥的传说》，众所周知，赵州桥是隋代工匠李春所建造，但是在传说中，赵州桥却是鲁班建造的。虽然历史上确有鲁班其人，但是鲁班建赵州桥一事却纯属虚构，所以《赵州桥的传说》只能是传说，而不是历史。传说的虚构满足了人们对鲁班技艺的恣意想象。更具有传奇性的是鲁班造桥的情节。传说中鲁班是在天将晓未晓时开始造桥，鸡鸣天亮之际就把气势宏伟的赵州桥造好了。此外，鲁班造桥用的石头不是他一块一块从山上运下来的，而是他用鞭子像赶羊

---

[1] 万建中：《民间文学引论》，第169页。

一样从山上赶下来的。这样极度夸张的、具有传奇色彩的情节显然是有悖常理的，但是被“神化”的鲁班寄托了人们的美好愿望，表现了人们对鲁班技艺的崇拜心理以及对劳动人民自身力量和智慧的肯定与赞扬。《望娘滩的传说》是一则山川风物传说，其传说核是四川岷江的一个景观——二十四滩。二十四滩是客观存在的一个实在物，其独特的地貌是由天气变化、地质运动等各种客观原因导致而成。但是，在传说中，二十四滩的形成却充满传奇色彩。传说以奇幻的、具有鲜明主观色彩的想象来解释二十四滩的形成。传说中的聂郎是一个穷孩子，为了不让地主抢走夜明珠，他把夜明珠吞进了肚子里，在喝下大量水之后，聂郎变成了一条龙，并用尾巴将来抢夺夜明珠的地主及其随从扫进了岷江，自己也顺着江流游去，因为舍不得自己的亲娘，所以一边游一边回头望，回望了二十四次，每回望一次就卷起了江中的泥沙，形成一个滩，最终形成了二十四个滩，因为是回头望娘而形成的，所以又叫望娘滩。传说的解释以及相关的情节显而易见是没有客观的科学依据的，但是充满传奇性的情节使得一个毫无生命的客观实在物变得颇具温情和人情味，满足了人们的一种情感需求，也反映了民众对现实生活中不合理现象的反抗。《端午节的传说》以端午节吃粽子、划龙舟的习俗作为传说的一个生长点，围绕着这一古老的习俗展开丰富的想象，情节的发展具有明显的传奇性。关于端午节习俗的由来，在传说中历来有不同的解释，不过，其中大多数是和屈原有关。话说屈原投江之后，百姓为了纪念他，就在他投江的这个日子投放食物到江中进行祭奠。可是屈原夜里就托梦给百姓，说江中的鱼虾把食物都吃掉了。第二年，百姓把食物包裹在粽叶里，做成菱角的样子，划小舟到江中心，把食物投放到江中。屈原夜里又托梦给百姓，说江中的小龙把食物吃掉了。第三年，百姓不仅用粽叶包裹好食物，而且在小舟上雕刻出龙头的样子，划舟到江中心投放食物，屈原就再也没有托梦给百姓了。于是，在端午节就形成了划龙舟、吃粽子的习俗。且不说端午节的习俗形成是否确实和屈原有关，就看传说中逐步发展的情节，显然不符合客观事实。然而，离奇的情节使传说的解释远比科学的解释显得更加生动、鲜活，更具有艺术的感染力，同时也渗透了民众的道德评价和情感倾向。在四大传说《牛郎织女》《孟姜女》《白蛇传》《梁山伯与祝英台》中，牛郎、织女天上人间的爱情，孟姜女哭倒长城，白娘子、许仙人妖相恋，梁祝双双化蝶等，这些传奇性的情节不仅成就了四大传说的艺术价值，而且生动形象地反映了民众的理想和愿望。而其中所涉及的星座、长城、断桥、雷峰塔、墓冢等客观存在的事物又让人们感受到传说的某种真实性。

总而言之，传说的可信性和传奇性使传说一方面有据可依，表现出一定的历史真实，人们可以从中窥见历史的风貌；另一方面又呈现出明显的文学色彩，满足了民众的审美需求。在自觉的儿童文学尚未产生的年代，传说也因此成为儿童乐于接受的一种文学样式。

第四节　中国古代的寓言、童话

中国古代的寓言和童话在儿童文学的史前阶段以其独特的样式和丰富的内容在一定程度上满足儿童对文学的需求。

1. 寓言

寓言(fable)一词“源于拉丁文 fabula，原来就是指虚构的故事或描绘性陈述”[1]。在中国，寓言一词最早见于《庄子・寓言》：“寓言十九，重言直七，卮言日出，和以天倪。寓言十九，藉外论之。”庄子所言寓言即寄托寓意的言论，《庄子》一书在阐述道理和主张时，往往假托于故事人物，使道理更形象、浅显，增强说服力，例如《坐井观天》《邯郸学步》《夏虫语冰》等都是假借生动形象的故事来阐述道理、表达主张。这正是寓言的特点。

我国先秦时期是寓言最发达的时期。诸子散文中记载了大量的寓言，例如《南辕北辙》《画蛇添足》《掩耳盗铃》《狐假虎威》等。诸子百家以寓言的方式诠释各派学说，使论说更具有形象性和说服力。如出于《战国策・魏策四》的关于“南辕北辙”的寓言，论说者以一个驱车向北走却打算到达南方的楚国的具体例子来劝说王不要攻打邯郸。寓言故事一般以人物故事和动物故事为主。例如《吕氏春秋》中记载的寓言“掩耳盗铃”就是人物故事。故事以人物的言行举止为描写对象，写了一个人捂住自己的耳朵去偷盗铃，以为只要自己听不见，别人也一样听不见。寓言由于篇幅比较短小，所以对于人物的刻画和事件的描述往往比较简单，这就留给了接受者更大的想象空间，同时也使故事能够突破时间、空间的限制，出现在不同的时代、不同的国家。寓言中以动物为主要表现对象的动物故事一般都赋予了动物以人的思想、情感和生活体验，以此来阐述一定的道理，所以寓言中的动物故事不同于一般意义的以反映动物的形态、习性、特征为主的动物故事。例如《战国策》中出现的“狐假虎威”的动物故事，以动物世界的生活情景来比喻人类的一种复杂关系，其中的狐狸、老虎和百兽已经被人格化，是人类社会中某一类人或某一群人的象征。

其实，在寓言中，不论是人物故事还是动物故事，其象征性使故事的所指不

---

① 万建中：《民间文学引论》，第 199 页。

仅仅局限于表层的叙述，因此寓言具有了更深广的表现空间和更深远的意味，而其寓意也自然地蕴含在其中。

寓意是寓言不可或缺的一个部分，寓言的故事和寓意互为表里、缺一不可，缺少了寓意的故事只能是一般意义的故事。当然，寓意一定要通过故事自然而然地表现出来，寓意和故事要相互契合。例如前面提到的“掩耳盗铃”的故事就表现出了人们认识上的一个误区，正是因为盗铃者认为自己听不见的声音，别人也同样听不见，他才会做出捂住自己的耳朵去盗铃的举动，所以故事和寓意有了一定的叠合，寓意就顺理成章地借助故事生动形象地表现出来了。《狐假虎威》的故事也是如此，故事的寓意是想借动物来表现人类的生活，讽刺那些善弄权术的狡诈之人。于是在故事中一个重要的动物形象是狐狸。因为狐狸在常人的眼中就是一种狡猾的、诡计多端的动物，所以借狐狸的形象去讽刺那些奸猾、狡诈的人是非常贴切的。如果把狐狸换成兔子、山羊、刺猬、梅花鹿，那么，故事和寓意之间就不能达到和谐统一的效果。此外，脱离故事的冗长说教也不能称之为寓意。总之，寓意是生动的故事和深刻的寓意的巧妙结合，故事侧重作用于人们的情感，寓意侧重于人们的理智，两者结合共同达到说理的目的。

在漫长的传统社会，寓言短小精悍的故事和富有哲理的寓意不仅从情感上丰富了儿童的心灵世界，而且从思想上让儿童明白一些人生道理，从而成为儿童文学史前时期的一种被儿童接受的文学存在，并在儿童文学走向自觉之后，进入儿童文学领域。

2. 童话

童话是以幻想为主要叙事手法的虚构故事，夸张、拟人、象征是童话幻想艺术手法的主要表现方式。在儿童文学进入自觉阶段之前，童话主要是指民间童话，即民众集体创作的童话。“童话”一词在中国的出现是在20世纪初，但是在中国的古代社会，有大量具有浓厚幻想色彩、适宜儿童理解和接受的故事存在，正如周作人所说：“中国虽古无童话之名，然实固有成人之童话，见晋唐小说，特多归诸志怪之中。”[①]周作人在文中列举了《吴洞》《女雀》等作品来阐明古童话的存在。

这些充满奇幻色彩的童话与其他故事体裁相比，有一个显著的特点，即简单化。一般来说，童话“有一个明显的善恶(好坏)对立的两极结构，诸如美和丑、勤劳和懒惰、勇敢和怯懦、诚实和欺骗、正直和自私、骄傲和谦虚等等之间的差

① 周作人：《古童话释义》，《周作人与儿童文学》，杭州：浙江少年儿童出版社1985年版，第19页。

别”[1]。这种两极对立的结构模式契合了儿童的思维特点。童话正是把错综复杂的社会世相和人际关系概括成一种明确的、一目了然的结构，所以赢得了儿童的喜爱。正如阿瑟·阿萨·伯杰所说，“童话使儿童们认识到问题最基本的形式，而较为复杂的故事却可能会使他们感到迷惑不解。童话故事还使一切情景简单化。童话中的人物都描绘得很清晰，大多数细节，除非是非常重要的细节，都被省略了。因此童话中的人物都是典型的，而不是唯一的。因此，童话的简单化帮助缺乏理解矛盾和模棱两可事物能力的幼儿理解故事谈论的问题的本质，并认同故事中的男女主人公”[2]。

唐代《酉阳杂俎》中记录的童话《叶限》（又名《吴洞》）被称为最早的“灰姑娘”故事。童话中的人物一出场，性格就非常鲜明、单一。童话开头对后母的描写是“末岁父卒，为后母所苦，常令樵险汲深”，当叶限的父亲死了之后，后母就虐待叶限，常常叫她到危险的山上砍柴，到很深的溪水边打水。这样的描写突出了后母的坏。此后发生的事情都是围绕这一性格特征展开的：偷偷杀死叶限喂养在池中的鱼，带着亲生女儿去赶节却让叶限看守庭院的果子。这些情节进一步突出了后母的恶。相反，叶限是善良的。她汲水时捞到一条小鱼，把它偷偷地养起来，而且要省下一些吃食来喂养它。此外，随着情节的发展，后母和叶限的性格没有发生任何变化。这样典型性的描写不仅形成了童话的对立结构，而且人物的性格一目了然，易于把握。

除了人物性格单一之外，情节的发展也是简约化的。后母为什么要虐待叶限，为什么要杀死叶限喂养的鱼，为什么不让叶限去参加洞节，童话中都没有具体的描写，只是突出了事情的结果。此外，叶限为什么向鱼骨祈祷漂亮的衣服、鞋子，如何向鱼骨祈祷以及为什么慌乱中会丢掉一只鞋等，这些细节在童话中都被忽略了，童话所表述的还是事情的结果。这种不重过程、只重结果的叙述方式使情节的发展变得简洁明了、易于理解。

童话的简单化是契合儿童思维的重要因素。除此之外，童话的完满结局也符合了儿童最基本的道德评价和对世界的最初认识。在《叶限》中，被贴上恶的标签的后母及其亲生女儿最后被飞石打死，善良的叶限嫁给了陀汗王，成为上妇。可以说，“善有善报、恶有恶报”的道德准则不仅使童话的道德判断变得明确、简单，并由此指向一个完满的结局，而且还极大满足了儿童的首先渴望。

---

① 万建中：《民间文学引论》，第205页。

② [美]阿瑟·阿萨·伯杰著，姚媛译：《通俗文华、媒介和日常生活中的叙事》，南京：南京大学出版社2002年版，第96页。

在儿童文学尚未走向自觉的传统社会，童话虽不是独为儿童所创作，但是“幼稚时代之文学，故原人所好，幼儿亦好之，以其思想感情同其准也”[①]。童话自身的特点契合了儿童的接受能力和情感需求。在儿童文学进入自觉时期后，童话自然而然地进入了儿童文学领域，并为作家创作童话提供了有益的借鉴。

第五节　中国民间传统的戏曲

希腊悲喜剧、印度梵剧和中国传统戏曲是世界上三种古老的戏曲文化。中国传统戏曲又分为正宗大戏和民间戏曲。“元杂剧、明清传奇、京剧、粤剧、蒲剧、越剧等属于正宗大戏，占到中国戏曲剧目的20%，欣赏的人口占中国人口的10%，欣赏人口占80%以上的是中国民间戏曲，主要是民间小戏。”[②]

从广义上说，民间戏曲是指流传于民间，以农民为主要欣赏对象，与日常生活和社会习俗相联系，具有浓郁的民间审美情趣的综合表演艺术。从狭义上说，民间戏曲是指以乡土生活为表现内容，集体创作的一种有歌有舞、有唱有白的小型综合艺术，即民间小戏。无论是广义的还是狭义的民间戏曲都表现出民众的情感倾向，具有朴素的民间审美特征。有所不同的是，民间小戏的创作往往是就地取材，所以具有更广泛的群众基础和更显著的泥土气息。概括地说，民间小戏的形成主要有两条途径：一条是从民间歌舞发展而来，其中以歌为主的民间小戏来源于民歌，以舞为主的小戏则在舞蹈的基础上，进行加工、创先，扩展戏路；另一条是从民间说唱发展而来，把民间说唱的叙述体转为代言体，让不同的角色扮演剧中人物进行表演。

民间戏曲，尤其是民间小戏，由于其独特的创作语境、创作题材以及演出方式而表现出有别于正统大戏的特点。

首先，民间小戏在语言上不同于传统大戏，一般多用乡音土语，听起来非常质朴、亲切、自然。例如东北的二人转《杨八姐游春》，戏中佘太君面对包公来替宋王提亲，心中不乐意又不好拒绝时唱道：

> 我要你一两星星二两月，
> 三两青风四两云。

---

① 周作人：《童话研究》，《周作人与儿童文学》，第71页。

② 刘守华：《民间文学教程》，武汉：华中师范大学出版社2002年版，第254页。

五两火苗六两气，
七两炭烟八两琴音。
火烧龙须三两六，
天鹅绒织手巾。
四楞鸡蛋要八个。
三搂粗牛毛要九根。
雪花晒干要二斗，
冰溜子烧炭要五斤。
……

这段唱词是佘太君向宋王要的彩礼，以达到拒绝宋王的目的。唱词中运用了不少东北的方言土语，例如“炭烟”“四楞”“冰溜子”等，听起来十分亲切，具有浓郁的乡土气息和艺术亲和力。

其次，民间小戏情节单纯、简练。民间小戏角色比较简单，一般是“二小”，即小旦、小生，而且民间小戏侧重反映日常生活的片断，取材时往往以一两个生活的横截面，以小见大，来组织戏剧冲突，推动情节发展，有的小戏甚至几乎没有冲突，所以民间小戏的故事情节往往比较简单。例如黄梅戏《打猪草》，戏中的两个角色分别是小旦陶金花和小生金小毛。《打猪草》的主要情节是陶金花在打猪草时，因为用力过大而不小心碰断了金小毛家的两根竹笋。慌乱之中，她用草将竹笋盖上。这恰恰被在树上看笋的金小毛看见了。金小毛认为她是想偷笋，所以踩破了她的篮子。陶金花哭着要金小毛赔篮子。金小毛只好把舅母让他买盐的钱赔给陶金花。陶金花知道金小毛的钱是用来买盐的之后，就不要金小毛赔了。金小毛把断了的竹笋送给了陶金花，还把她送回了家。金花妈妈不在家，陶金花热情地招待了金小毛。这出小戏围绕着一个误会展开，引发了一个小小的冲突。不过，随着误会的很快消除，矛盾冲突也立刻化解。整个剧情简洁、凝炼，不枝不蔓。

第三，民间小戏具有诙谐、幽默的喜剧风格。“《中国地方戏曲集成》中绝大部分是喜剧作品。江苏卷 34 出戏，喜剧有 13 出；湖北卷 30 出戏中有 14 出戏剧，安徽卷 40 出戏中，喜剧占了一半。”[①]民间小戏的喜剧风格体现了劳动人民的智慧和精神寄托。语言的诙谐、风趣是民间小戏的喜剧风格的一种表现形式，例如前面提到的黄梅戏《打猪草》，小生和小旦之间的对唱是活泼、俏皮的。此外，民

① 李惠芳：《中国民间文学》，武汉：武汉大学出版社 2006 年版，第 286 页。

间小戏的喜剧风格更进一步表现为抓住矛盾冲突，以夸张、变形的手法构成戏曲的喜剧性情节，以及塑造人物的喜剧性格，达到嘲讽丑恶事物、肯定和赞扬美好事物的目的。例如锡剧《打面缸》，其喜剧风格就是通过夸张的情节和人物性格加以表现的，是一出典型的讽刺喜剧。剧情围绕着一个矛盾冲突展开，即聪明美丽的青楼女子周腊梅想跳出青楼，找一个如意郎君成家，当她到官府陈述心愿时却被都头、师爷和县官看上了。抓住这一矛盾冲突，小戏以夸张的手法设置情节，县官暗中把周腊梅嫁给差役张才，却又派张才去出差。当天夜里，都头、师爷、县官先后到张才家想调戏周腊梅，却被周腊梅用计把他们分别藏在灶膛、面缸和床底下。最后张才回来把他们一一打了出来。夸张、变形的情节和人物性格使整出戏呈现出热闹、嘲讽的喜剧场面，令人捧腹大笑，并在笑声中传达了民众的爱憎。

民间小戏的这些特点使其具有广泛的群众基础从而成为民众喜爱的戏曲形式。这种艺术上的亲和力同时也使民间小戏拉近了与儿童的距离，成为儿童喜闻乐见的戏曲形式。

从剧种的角度来说，中国的民间小戏可谓丰富多彩，各民族、各地区都有自己本族、本土的小戏。根据民间小戏的流传情况和传统称谓，一般可以分为六个系统：花灯戏、花鼓戏、采茶戏、秧歌戏、道情戏、道具戏。这里着重介绍一个深受儿童喜爱的道具戏。道具戏，顾名思义，是借助一定的道具进行表演的戏曲。根据借助道具的不同，道具又分为木偶戏、皮影戏和傩戏。木偶戏是由表演者操纵木偶或布偶进行戏曲表演，所以也叫“傀儡戏”。皮影戏是以半透明的动物的皮革，例如驴皮、羊皮、牛皮制作成道具，再用灯光照射在屏幕上，通过投影进行表演，观众坐在黑暗处观看。傩戏和民间巫术联系密切，演出时演员戴着狰狞恐怖的面具。对于儿童来说，他们最感兴趣的是木偶戏。傩戏所表现的内容以及表演方式不太适合他们。

木偶戏由来已久，初时出现于宫廷，《列子·汤问》《乐府杂录》《都城纪胜》等典籍中都有相关记载。宋元时期，随着戏剧的发展，木偶戏逐渐向农村发展，受到民众的喜爱。木偶戏的剧目大多数是民间故事和传说，例如《白蛇传》《狼外婆》《中山狼》《两兄弟》《嫦娥奔月》等，也有对古典名著的节选和改编，例如《李逵醉酒》《鸿门宴》《猪八戒背媳妇》等。在表演方式上，木偶戏以对话为主，兼有歌舞的表演。由于内容的生动活泼以及表演形式的趣味性，木偶戏在走向民间之后，日益受到儿童的喜欢。如今，木偶戏已成为儿童戏剧的重要形式。

第二章
中国传统的儿童读物

儿童读物，顾名思义，是以传授知识、道德教化为主要目的。中国传统的儿童读物历史久远，在传统的封建社会，这些儿童读物成为儿童受教育的主要读本。

第一节　识字启蒙读物

识字启蒙读物又称蒙学书，注重对儿童进行识字启蒙和思想启蒙。传统的蒙学书“有其自身的完整性和系统性，在旧时代其入人之深，普及之广，远过文句艰深的圣贤经传。”①当然，作为传统社会的启蒙读物，这些蒙学书不可避免地具有历史的局限性，反映了当时的封建思想意识，保留了一定的糟粕内容。不过，蒙学书由于针对的对象明确，在内容和形式上都不同程度地考虑到儿童的接受，所以儿童能够从中获取丰富的知识，并在一定程度上满足他们的文学需求。

1.《三字经》

古人曰：“熟读三字经，便可知天下事，能圣人礼。”《三字经》自南宋以来，已有七百多年历史。《三字经》全文一千多字，内容可分为六个部分，每一部分都有一个中心。第一部分讲述教育、学习的重要性。“玉不琢，不成器，人不学，不知义”，说明后天的教育、学习对儿童的成长具有重要作用。第二部分强调礼仪的重要性。从“首孝悌，次见闻”可见礼仪重于知识。第三部分侧重知识介绍，从数字、纲常、季节、谷物、牲畜到家族谱系、伦理等一应俱全。第四部分是介绍典籍，包括儒家典籍和部分先秦诸子散文。第五部分概括了从三皇到清代的中国史，

---

① 喻岳衡主编，《传统蒙学书集成》前言，长沙：岳麓书社，1996 年版。

简洁明了。第六部分强调学习态度，“勤有功，戏无益”。从内容上看，在传授知识、讲述道理时，《三字经》常常借助故事使知识、道理更加生动形象。例如第一部分借孟母三迁的故事来阐明学习环境的重要性。孟母先居于墓地附近，孟子就学丧葬之事，后迁于屠市附近，孟子就学买卖屠杀之事，最后孟母将居所迁到学宫旁，于是孟子开始学礼仪。这一部分还借孟母断机杼、窦燕山教子有方的故事来说明教育方法的重要。第二部分则有黄香温席、孔融让梨的故事，强调传统的孝悌思想。在第六部分，编撰者运用了大量的故事来阐述学习态度的重要。例如孔子不耻下问，向师橐请教；西汉的路温舒因家贫把文字抄在蒲草上，公孙弘则把《春秋》刻在削好的竹片上；晋代的孙敬看书时把头发绑在房梁上避免自己读书时打瞌睡，战国的苏秦则是用锥子扎大腿促使自己认真读书；晋代车胤捉萤火虫放进纱袋来照明读书，孙康则是借积雪的反光来读书；汉代的朱买臣一边担柴一边读书，隋代李密则是把书挂在牛角上，边放牛边读书；宋代苏洵二十七岁才开始读书，梁灏到八十二岁才中状元，在朝廷殿试时对答如流；北齐祖莹八岁吟诗，唐代李泌七岁作赋；唐代神童刘晏小小年纪就效力朝廷，东汉蔡文姬能辨出琴声的好坏，晋代谢道韫出口就成诗。这些例子从不同的角度来说明学习态度的重要性，只要勤奋好学，任何困难、阻碍都能够克服，并终成大器。此外，编撰者还举了相关的动物的例子来说明学习的重要，例如“犬守夜”“鸡司晨”“蚕吐丝”“蜂酿蜜”等。鲜活、生动的例子使刻板的训诫变得形象而具有趣味性，更易于被儿童接受，也在一定程度上满足了儿童喜欢听故事的心理。

从形式上看，《三字经》三字一句，讲究押韵，所以读起来琅琅上口，富有韵律感。三字经一共 374 句，一千多字。每三个字做一个隔断。三字一句的短句式便于孩子诵读，并且节奏鲜明。此外，在押韵方面，《三字经》除去每一部分之间的衔接，基本上是四句为单位，追求韵脚的和谐。例如第一部分的前 16 句，“人之初，性本善，性相近，习相远，苟不教，性乃迁，教之道，贵以专，昔孟母，择邻处，子不学，断机杼，窦燕山，有义方，教五子，名俱扬。”这 16 句大致可以分为四行，或者说四个单位。第一行中二、四句的“善”“远”韵母都是“an”，第二行中一、三句的“教”“道”韵母相同，二、四句“迁”“专”韵母相同，第三行中一、二、四的“母”“处”“杼”韵母相同，第四行中二、四句的“方”“扬”韵母相同。这种以行为单位来讲究押韵的方式虽然在韵律感的表现上和唐宋诗词不一样，但是仍然使《三字经》念起来有一种音韵美，能够从音韵上吸引儿童，让他们乐于念诵。

2.《百家姓》

《百家姓》成书于北宋初期，是关于中国姓氏的蒙学读物，共收集姓氏 568 个，其中单姓 444 个，复姓 124 个。《百家姓》和《三字经》《千字文》并称为“三百千”。

《百家姓》的具体内容只是姓氏的排列,并没有内在的逻辑联系,而且姓氏的次序也不是按照姓氏人口的数量多少来排列的。百家姓的前几个姓氏的排列有一定讲究,例如排列第一的“赵”是当时宋代皇帝的姓氏。《百家姓》所列的500多种姓氏中,根据其渊源出处的不同可分成不同的类型。其中有的姓氏是和图腾崇拜有关。例如熊、马、牛、羊、龙、凤、花、叶等,这些姓氏分别代表了一种动物或者植物,而在远古时代,几乎每一个部落都有自己的图腾崇拜物,图腾崇拜物多数是动植物,或者是自然界存在的物质,而这些图腾崇拜物在传承的过程中很可能演化成为该部落的姓氏。有的姓氏和祖先的名字有关。例如廉姓,颛顼的曾孙名廉,所以其后人就以廉字作为姓氏;皮姓是源于其祖先周朝大夫樊仲皮的名字中的皮字;高姓则源于祖上齐文公之子高的高字等。有的姓氏是与封地名、国名有关。例如韩姓是和封地有关,其中一种说法是《左传·僖公二十四年》中的记载,周公旦分封武五之子于韩,为姬姓之国,地处今山西河津东北。但韩国国力很弱,在春秋时期被晋国所灭。韩国亡国之后,宗室后裔便以韩为姓。有的姓氏与官职或职业有关,例如复姓司徒,司徒是我国古代的一个重要职名,传说尧舜时期就已设置。据《帝王世纪》记载:“舜为尧司徒,支孙氏焉。”所以舜的支系子孙中有以此官职名为姓的,称司徒氏。有的姓氏和领地的方位有关,如东郭,齐桓公的后裔中有住在临淄城东外一带的,被称为东郭大夫,其后人便以东郭为姓。有的姓氏是帝王赏赐的,例如明代太监马三宝七次下西洋立下功劳,明永乐帝赐姓郑,马三宝因此改姓名为郑和。此外,还有的姓氏与山名、河名、部落、数量、天干地支等因素有关。由于各种不同的原因和渊源,产生了500多个中国的姓氏。不过,不管哪一种原因,都体现了中国人对宗脉的认同感和归属感。

《百家姓》在形式上采用四言体例对500多个姓氏进行排列,通过押韵的方式使内容上并无关联的姓氏形成一个音韵和谐的整体。《百家姓》一共122行,每行四个字,基本上是偶数行押韵。前34行韵脚完全相同,都押“ang”韵,在音韵上给人一气呵成的整体感。以前8行为例“赵钱孙李,周吴郑王,冯陈褚卫,蒋沈韩杨,朱秦尤许,何吕施张,孔曹严华,金魏陶姜”,“王”“杨”“张”“姜”四个字的韵母都是“ang”。从第35行开始出现换韵,36行到42行的韵脚是“uo”,从43行开始,偶数行的韵脚基本上为“ong”,同时又加进了韵脚“eng”和“ang”,例如第57行到60行:“牧隗山谷,车侯宓蓬,全郗班仰,秋仲伊宫”,58行的末一字“蓬”的韵母是“eng”,第69行到72行:“索咸籍赖,卓蔺屠蒙,池乔阴郁,胥能苍双”,70行的末一字“蒙”的韵母是“eng”,72行的末一字韵母是“ang”。尽管韵脚不完全相同，但是由于读音相近，同样可以达到音韵和谐的听觉效果。正是由于鲜明的韵律感使得《百家姓》成为一本颇具影响力的蒙学书。

3.《千字文》

《千字文》和《三字经》《百家姓》并称为“三百千”，是影响很大的中国传统蒙学读物。《千字文》是由南北朝时期梁朝散骑侍郎辏兴嗣编撰而成。《千字文》的内容是梁武帝命人从王羲之的书法作品中选取了 1 000 个不同的汉字组成的。这 1 000 个从王羲之书法作品中拓下来的字本身并无彼此关联，周兴嗣在编撰的过程中从内容和形式上都进行了有目的的组合，将它们编织成文，不仅内容丰富，涵盖天文、地理、自然、社会、历史等多方面的知识，而且文采斐然，对仗工整。

《千字文》全文 250 名，每句四字，共 1 000 字。从内容上可以分为四个部分，第一部分是从第 1 句“天玄地黄”到第 36 句“赖及万方”，从天地开辟说起，讲述了各种自然常识和历史及时代的变迁，从日月星辰、云雨露霜到金玉宝剑、果蔬珍玩，再到伏羲神农、人皇尧舜等。第二部分从第 37 句“盖此身发”到第 102 句“好爵自縻”，主要讲述人的修养标准和原则，例如孝、信、忠、义等。第三部分从第 103 句“都邑华夏”到第 162 句“岩岫杳冥”，重在讲述与统治阶级有关的各个方面的事情，包括宫殿建筑、典藏的书籍、上层豪华的生活以及功德。第四部分从第 162 句“治本于农”到第 248 句“愚蒙等消”，主要描述恬淡的田园生活以及为人处世的态度，最后两句“谓语助者，焉哉乎也”没有具体意义。

《千字文》不仅内容涉及广泛，具有很好的启蒙作用，而且形式上也非常讲究。首先对仗工整，每句四字，每两字一顿，句式完全相同，念起来音韵齐整、节奏鲜明。其次是讲求押韵，第一部分的 36 句统一押“ang”韵，隔行押韵。后面三个部分存在换韵现象，例如第二部分由“ang”到“eng”，再到“ing”“ui”“i”，虽然整体上韵脚不一致，但是在每一个小单位里，仍然韵脚统一，体现了音韵的和谐。广博的内容和工整的形式是《千字文》得以流传 1 400 多年的重要因素。

4.《弟子规》

据考证，《弟子规》是清朝康熙年间李毓秀所编撰。原名《训蒙文》，强调训诫启蒙之意，后来经清朝贾存仁修订，改名为《弟子规》。

《弟子规》的核心内容出自《论语・学而篇》中的第六条要义：“弟子入则孝，出则弟，谨而信，泛爱众，而亲仁，行有余力，则以学文。”意思是，孩子在家要孝顺父母，出门要尊重兄长，做人做事要谨慎、讲信用，广泛地与众人友爱，亲近有仁德的人。这样做了还有余力就用来学习各种文化知识。《弟子规》主要就围绕第六条要义，分五个部分具体列举了弟子在家、出外、待人接物、求学等应有的礼仪和规范。第一部分是总叙，类似于目录，列举了内容的纲目。第二部分是“入则孝,出则弟”,把孝悌放在首位,是对儒家思想的弘扬。这一部分主要举出了各种在不同场合应该具有的行为礼仪,例如在父母管教时、父母生病时、父母去世后,子女应该怎么做,强调了“孝”的重要。除此之外,这一部分还强调了出门在外,弟子对长辈应有的态度,例如“称尊长,勿呼名,对尊长,勿见能,路遇长,疾趋揖”等。第三部分是“谨而信”,主要从起居、饮食、着装以及日常广告等方面阐述行事要谨慎、讲信用。例如“凡出言,信为先,诈与妄,奚可焉”“见未真,勿轻言,知未的,勿轻传”等。第四部分“泛爱众而亲仁”,侧重通过对比和对仗的手法来阐明什么是善和仁,强调友爱和亲仁。例如“人有短,切莫揭”“人有私,切莫说”“道人善,即是善”“扬人恶,即是恶”“能亲仁,无限好”“不亲仁,无限害”等。第四部分“行有余力则以学文”,重点强调学习的重要性及学习方法。例如“读书法,有三到,心眼口,信皆要”“非圣书,屏勿视,蔽聪明,坏心志”等。在阐述道理时,《弟子规》中还穿插了不少典故,例如“冬则温,夏则清”概括了黄香温席的故事,“亲憎我,孝方贤”包含了王祥卧冰求鲤的故事。“亲有疾,药先尝,昼夜侍,不离床”说的是汉文帝刘恒侍奉母亲的故事。但是,这些典故为了增加说理的生动性,夸张地渲染一些过于违背人性的愚孝行为,是值得警醒的封建糟粕,对儿童来说是有害的。

《弟子规》共 360 句,1 080 个字。在形式排列上三字一句,两句或四句合在一起表达一个相对完整的意义。尽管有些内容值得商榷,但是至少在形式上还是工整美观、朗朗上口的,例如“非圣书,屏勿视,蔽聪明,坏心志”,四句话鼓吹的是那些不是圣贤的书不要读,读了只会造成坏的影响。这种禁令式的规诫明显不适用于热爱阅读童话和故事的少年儿童读者的文学需求,但其句式结构整齐的排列形成了视觉上的建筑美感,而音韵的和谐则形成了一种富有节奏的韵律美。《弟子规》基本上隔句押韵,即偶数句押韵,但是不是一韵到底,而是经常换韵,整齐中有变化。和“三百千”一样,《弟子规》的音韵美便于儿童诵读和识记,以达到封建教育的启蒙目的。

5.《千家诗》

《千家诗》是由宋代谢枋得编撰的《重订千家诗》(皆七言律诗)和明代王相编撰的《五言千家诗》合并而成的。选入 122 位诗家的诗作,其中唐代 65 家,宋代 52 家,五代 1 家,明代 2 家,无从查考的无名氏作者 2 家。其中选诗最多的诗人是杜甫,共选入 25 首,其次是李白,选入 8 首诗。《千家诗》在明清两代流传极其广泛,是一本影响深远的儿童启蒙读物。

《千家诗》内容涉及广泛、题材多样。归结起来,主要有以下几类。其一写山水田园风光的诗作。例如唐代诗人杜牧的《江南春》:“千里莺啼绿映红,水村山郭酒旗风。南朝四百八十寺，多少楼台烟雨中。”诗歌以生花的妙笔描绘了一幅生动、别致的江南春景，动静结合，再现了江南多姿多彩的美。宋代诗人叶绍翁的《游园不值》也是一首写景的名篇：“应怜屐齿印苍苔，小扣柴扉久不开。满园春色关不住，一枝红杏出墙来。”诗歌不仅写了春景，而且还渗透了自己的哲思，融情于景。其二，写赠友送别的诗作，例如唐代诗人王维的《送元二使安西》：“渭城朝雨浥轻尘，客舍青青柳色新。劝君更尽一杯酒，西出阳关无故人。”诗歌在写景的基础上抒写了深挚的惜别之情，脱口而出的劝酒辞把依依深情表达得淋漓尽致。明代李东阳在《麓堂诗话》中评价道：“后之咏别者，千言万语，殆不能出其意之外。”南宋诗人杨万里的《晓出净慈寺送林子方》是一首曲折表达对友人的眷恋的诗作：“毕竟西湖六月中，风光不与四时同。接天莲叶无穷碧，映日荷花别样红。”全篇看上去只是传神地描写六月西湖的美景，其实作者在写景中委婉地抒发了对即将赴福州上任的友人林子方的不舍之情。其三，抒发思乡怀人之情的诗作。例如李白的《静夜思》：“床前明月光，疑似地上霜。举头望明月，低头思故乡。”诗人以简练的文笔写出了浓浓的思乡情。张继的《枫桥夜泊》是一首家喻户晓的羁旅诗：“月落乌啼霜满天，江枫渔火对愁眠。姑苏城外寒山寺，夜半钟声到客船。”诗人从一个客船夜泊者的角度描写了江南深秋的夜景，表达了自己的忧思，有思乡之情，有忧国之情。其四，吊古伤今之作。例如骆宾王的《易水送别》：“此地别燕丹，壮士发冲冠。昔时人已没，今日水犹寒。”诗歌借战国末年荆轲刺秦王和高渐离、宋意在易水的相别来写今日的易水一别，借怀古以慨今，抒发诗人的愤激之情。杜常的《题华清宫》也是一首吊古伤今之作：“行尽江南数十程，晓风残月入华清。朝元阁上西风急，都向长杨作雨声。”诗人看到华清宫的凄清月景遥想到昔日的繁华，由此生发出王朝兴衰的感慨。其五，咏物题画之作。咏物主要是借物来表达诗人的情怀。诗歌中历来多咏梅之作，例如林逋的《山园小梅》：“众芳摇落独暄妍，占尽风情向小园。疏影横斜水清浅，暗香浮动月黄昏。霜禽欲下先偷眼，粉蝶如知合断魂。幸有微吟可相狎，不须檀板共金樽。”诗人从不同角度渲染梅花的高洁，表现出自己清高、淡泊的品格。其六，侍宴应制之作。侍宴之作在古典诗歌中并不少见，这一类诗歌往往以描写皇家景象为主，旨在为朝廷歌功颂德。例如苏轼的《上元侍宴》：“淡月疏星绕建章，仙风吹下御炉香。侍臣鹄立通明殿，一朵红云捧玉皇。”诗歌渲染了皇宫的华丽辉煌以及臣子恭立等待皇帝驾到的气派景象。总之，《千家诗》的内容涉猎颇广，反映出了唐宋时期的社会生活、政治制度等。而五言、七言的绝句、律诗的韵文形式所呈现出的韵律美，使儿童乐于诵读。所以《千家诗》和《三字经》《百家姓》合称为“三百千”，都是传统社会重要的儿童启蒙读物。

第二节　家训

家训是家谱中的重要组成部分，在以家族为基本单位的中国传统社会，家训对个人的修身、齐家发挥了重要的作用。家族为了维持必要的规范制度，往往拟定一些行为准则来约束家族成员，这就是家训产生的原因。不同的家族有不同的家训，但是不管是哪一个家族的家训，其主旨都是推崇忠孝节义、教导礼义廉耻。在中国，流传至今的传统家训有不少，例如《颜氏家训》《朱子家训》《陆游家训》《曾国藩家训》等，其中的训诫教诲在今天仍然发挥着作用。

1.《颜氏家训》

《颜氏家训》是中国历史上第一部内容丰富、体系宏大的家训，也是一部学术著作。作者是南北朝时期北齐文学家颜之推，他结合自己的人生经历、处世哲学写成《颜氏家训》以告诫子孙。《颜氏家训》内容涉及很多领域，包括文学、文字、历史、儒学、民俗、伦理、佛学等多方面的内容，不仅如此，《颜氏家训》还具有"述立身治家之法，辨正时俗之谬"的教育作用，因此，历代学者对其都十分推崇，视之为垂训子孙以及家庭教育的典范。而在《颜氏家训》的影响下，颜氏子孙在操守和才学方面确有不俗的表现，例如唐代注解《汉书》的颜师古，书法大家颜真卿，以身殉国的颜杲卿等，足见《颜氏家训》的深远影响和作用。

《颜氏家训》共二十篇，包括序致篇、教子篇、兄弟篇、后娶篇、治家篇、风探篇、慕贤篇、勉学篇、文章篇、名实篇、涉务篇、省事篇、止足篇、诫兵篇、养生篇、归心篇、书证篇、音辞篇、杂艺篇、终制篇。从篇目上可以看出，各篇涉及的内容十分广泛，不过其中主要的内容是以传统儒家思想教育子弟。在《序致篇》中，颜子推阐明了写家训的主要目的是"整齐门内，提撕子孙"。颜子推在不同的篇目中从不同的角度阐述了治家、为学、处世之道。例如《教子篇》中"父母威严而有慈，则子女畏慎而生孝矣""兄弟者，不可以狎，骨肉之爱，不可以简"。在《兄弟篇》中有"兄弟者，分形连气之人也""食则同案，衣则传服，学则连业，游则共方""兄弟不睦，则子侄不爱；子侄不爱，则群从疏薄；群从疏薄，则僮仆为仇敌矣"，在《治家篇》中有"父不慈则子不孝，兄不友则弟不恭，夫不义则妇不顺矣"等。这些格言警句似的言论阐述了父子兄弟之间的关系，这关系到家庭、家族的和谐稳定和发展。《颜氏家训》中也有不少篇目强调了治学的重要性，例如《勉学篇》开篇就提出："自古明王圣帝，犹须勤学，况凡庶乎！"颜之推还十分重视教育，他提到："人生小幼，精神专利，长成以后，思虑散逸，固须早教，勿失机也。"不过他同时也认为学习是一件伴随终身的事情,“然人坎禀,失于盛年,犹当晚学,不可自弃。”在颜之推看来,读书可以明志,“若能常保数百卷书,千载终不为小人也”。这些言论在今天仍然有着重要的教育作用。

2.《朱子家训》

《朱子家训》又名《朱子治家格言》,以“修身”“齐家”为宗旨,集儒家做人处世方法之大成。作者朱柏庐是明末清初著名的理学家、教育家。

《朱子家训》全文524字,文字简洁明了,对仗工整,将中国几千年来传承的儒家思想以名言警句的形式表现出来,既便于口头传训,也可以以对联、条幅等形式书写出来,作为治家育人的座右铭。例如“宜未雨而绸缪,毋临渴而掘井”“祖宗虽远,祭祀不可不诚;子孙虽愚,经书不可不读”“莫贪意外之财,莫饮过量之酒”等,对仗工整的格言警句念起来琅琅上口,易诵易记。形式的整齐也非常适合对联、条幅的书写要求。从清代至民国年间,《朱子家训》一度成为儿童蒙学书的必读书目。

《朱子家训》中的许多内容继承了中国传统文化的精髓,例如尊敬师长、勤俭持家、和睦邻里、平和做人、谨慎交友等,对儿童的道德启蒙具有重要意义。“长幼内外,宜法属辞严”“重资财,薄父母,不成人子”“家门和顺,虽饔飧不继,亦有余欢”“祖宗虽远,祭祀不可不诚”,从不同角度阐述要尊敬长辈,长幼有序,家庭才能和睦、快乐。“ 粥一饭,当思来之不易,半丝半缕,恒念物力艰难”“自奉必须俭约,宴客切勿留连”“饮食约而精,园蔬胜珍馐”等,强调衣食要节俭。“施惠勿念,受恩莫忘”“人有喜庆,不可生妒忌心;人有祸患,不可生喜幸之心”“处世戒言,言多必失”“凡事当留余地,得意不宜再往”,说的是为人处世的原则。“狎昵恶少,久必受其累;屈志老成,急则可相依”则通过对比说明交友应谨慎。当然,其中的一些思想也带有明显的消极倾向,例如“守分安命,顺时听天,为人若此,庶乎近焉”。

此外,南宋著名理学家、教育家、文学家朱熹也著有《朱子家训》。南宋中期,社会动荡,礼教废弛,朱熹以弘扬理学为己任,力主以“存天理,去人欲”为内容的道德修养,力求重整伦理纲常,道德规范,于是编撰《朱子家训》。

朱熹的《朱子家训》以寥寥数百字浓缩了他治家、做人的思想,从不同的方面倡导家庭亲睦、人际和谐、重德修身,例如,“父之所贵者,慈也。子之所贵者,孝也。兄之所贵者,友也。弟之所贵者,恭也”“见老者,敬之;见幼者,爱之”“勿损人而利己,勿妒贤而嫉能”“见不义之财勿取,遇合理之事则从”等,这些洗炼的文字体现了朱熹力图重建价值理想以挽救世风日下的社会局面的努力。所以,当时有一种流行的说法,为官者,《朱子家训》不可不读,不可不看,不可不学,不可不用。

3.《曾国藩家书》

《曾国藩家书》是曾国藩的书信集，书信涉及的内容十分广泛，是曾国藩一生的主要活动及其治政、治家、治学之道的生动反映。《曾国藩家书》收录1 000多封信，包括曾国藩写给祖父、父母、兄弟、妻子儿女的信函。针对不同的对象，家书的措词、内容都不相同。其中关于修身、治学、交友、治家的一些言论对于儿童来说，具有很好的启蒙作用。例如关于修身，提出"君子大过人处，只在虚心而已""虚心实力勤苦谨慎八字，尽其在我而已""天下古今之庸人，皆以一惰字致败，天下古今之才人，皆以一傲字致败"等，强调为人需谨慎、治学当勤奋，"富贵功名，皆人世浮荣，唯胸次浩大，真正受用"突出为人应胸襟开阔。在治学方面，有"求业之精，别无他法，日专而已矣""学问之道无穷，而总以有恒为主"等，强调勤学的重要性，"读书之法，看、读、写、作""凡读无益之书，皆是玩物丧志"阐明的是学习方法。在交友方面，"凡与人交际，当求其诚信之素孚，求其协助，当量其力量所能为""求友不专，则博爱而不亲"等强调的是与人交往的诚信、专一。在治家方面，"兄弟和，虽穷氓小户必兴；兄弟不和，虽世家宦族必改""孝友之家，可绵延十代八代""凡一家之中，勤敬二字能守得几分，未有不兴"等，极力推崇孝悌观念。这些字字珠玑的言论不仅是曾国藩对家族后代的谆谆教导，而且具有普适性的启蒙意义。

第三章

古典文学与儿童文学

在漫长的传统社会，历代的文人创作出了无数优秀的文学作品。其中有不少的作品吸引了儿童的眼光，例如被称为四大名著的《西游记》《水浒传》《三国演义》《红楼梦》，具有明显的神话色彩的《封神演义》，奇异诡秘的《聊斋志异》以及大量以儿童为描写对象、充满童趣的古典诗词等。在儿童文学尚未产生的传统社会，这些作品从不同方面满足了儿童对文学的渴求。

第一节 《西游记》《封神演义》

在古典名著中，那些具有幻想色彩、浪漫主义特点的小说往往能够吸引孩子，满足孩子对文学的需求和对幻想的渴望。《西游记》《封神演义》是其中具有代表性的神魔小说。

《西游记》是中国古典四大名著之一，由明代吴承恩创作，具有鲜明的浪漫主义色彩。作品主要讲述了贞观年间孙悟空、猪八戒、沙僧以及白龙马保护唐僧西行取经，途中遇到九九八十一难，一路降妖伏魔，化险为夷，最终到达西天，取得真经的故事。

《西游记》中丰富、瑰丽的幻想是吸引孩子的一个重要因素。首先，对超凡能力的渲染突出了小说的奇幻色彩。在《西游记》中，不论是正面角色还是反面角色，大都具有一定的超凡能力。孙悟空是其中作者着力刻画的超凡形象。孙悟空凭空从石头缝里蹦出来，在作品一开始就显示出了他的不同寻常。他的那双在太上老君的炼丹炉里炼就出来的火眼金睛能够一眼看出妖怪的原形，他一个筋斗翻过十万八千里的神奇本领，他拔下毫毛一吹就可以变出许多猴子猴孙和其他东西的魔力以及他的七十二变的法术等，这些超凡的能力使孙悟空成为深受妇孺喜爱的形象。例如《西游记》第二十七回《尸魔三戏唐三藏，圣僧恨逐美猴王》中讲了一个家喻户晓的孙悟空三打白骨精的故事。话说唐僧师徒四人走到一座叫白虎岭的高山前，唐僧觉得肚子饿了，就让孙悟空去找些吃的。孙悟空跳上云端，一个筋斗就翻到了生长着山桃的南山。这一个筋斗表现了孙悟空的超凡之处。孙悟空一走，给了妖怪可乘之机。白骨精变作一个美貌村姑，拎着一篮子的饭食，靠近唐僧，想捉住他。幸亏孙悟空及时赶回，用他的火眼金睛看出了妖怪的原形，于是一棒打下来，妖怪逃走了。但是妖怪接着变成一个老妇人来迷惑唐僧，又被孙悟空看出原形并一棒将其打跑。不甘心的妖怪再次变成一个老头想对唐僧下手，结果仍被孙悟空看破原形，一棒将其打死。孙悟空的火眼金睛的神奇威力在这一场除妖过程中得以充分展示。在第六十回《牛魔王罢战赴华筵，孙行者二调芭蕉扇》和第六十一回《猪八戒助力败魔王，孙行者三调芭蕉扇》中，展现了孙悟空变形的本领。话说在五十九回中，唐僧师徒四人来到火焰山，听说只有向铁扇公主借芭蕉扇灭火才能通过此山。铁扇公主因红孩儿的缘故不肯借扇。孙悟空初次借扇，被铁扇公主用芭蕉扇扇得无影无踪。第六十一回中，孙悟空口含灵吉菩萨给的“定风丸”，第二次借扇。铁扇公主扇不动他，就闭门不出。孙悟空变成一只小虫，趁铁扇公主喝茶时钻进了铁扇公主的肚子里，搅得她腹痛难忍，只好把扇子借给孙悟空。但是，她借给孙悟空的是把假扇子。孙悟空用它扇火，结果火越扇越大。后来孙悟空第三次借芭蕉扇，这一回孙悟空摇身变成牛魔王的样子，从铁扇公主手中骗得芭蕉扇。不断的变形从另一个角度显现了孙悟空的超凡魔力。此外，《西游记》中还有许多关于变形的描写，例如白骨精三变人形，狮精变身成乌鸡国国王，盘丝洞蜘蛛精幻化成美女，陷空山无底洞的老鼠精变形为女子，月宫的玉兔精变作公主等，这些形形色色的变幻都是超凡能力的体现，突出了小说的幻想色彩。除了人物形象，小说中的器物也同样具有超凡功能，如孙悟空的金箍棒、铁扇公主的芭蕉扇。其次，人鬼神三界的共存使小说表现出鲜明的神话色彩。在《西游记》中，有对凡俗人世的描写，如唐僧师徒四人一路西行所经过的高老庄、比丘国、乌鸡国、天竺国等呈现的是人间的景象，玉帝、王母、太上老君、观音、天兵天将以及四海龙王等则是神界的存在，体现了小说的神话特征。孙悟空闹地府的情节则展示了地府的存在，增加了小说的幻想性。

此外，《西游记》中正义战胜邪恶的道德观也是其吸引孩子的因素之一。在唐僧师徒四人西行路上孙悟空一路降妖伏魔，如第二十回《黄风岭唐僧有难，半山中八戒争先》中孙悟空和黄风怪打斗。孙悟空和形形色色的想吃唐僧肉的妖魔鬼怪斗争，如白骨精、奎木狼、银角大王、独角兽、红孩儿、铁扇公主、黑水河妖、蜘蛛精、蝎子精、豹精、狮怪、犀牛精等，这些妖怪中尽管有的法力神通，孙悟空一时无法取胜，但终究被法力无边的如来、观音、太上老君等大神收伏。例如善使金圈的独角兽、口鼻喷火的红孩儿、法术高强的犀牛精等最终都被制伏。因为这些妖魔阻挠唐僧师徒的西行之路，所以不可能得逞。这种邪不压正的道德观使小说表现出一种积极的乐观主义精神。

总之，《西游记》自问世以来，其幻想色彩和乐观精神使其成为历代儿童乐于接受的文学作品。

《封神演义》是中国古代另一部长篇神魔小说，虽然它的影响力不如《西游记》，但是在幻想力的表现上，《封神演义》可与《西游记》相提并论。人们普遍认为千奇百怪的幻想是《封神演义》最大的艺术特色。也正因如此，《封神演义》也成为孩子乐于接受的古典文学作品。

《封神演义》又称《封神榜》《商周列国全传》《武王伐纣外史》《封神传》，为明代文人许仲琳（一说是陈仲琳）所作。全书共100回，以武王伐纣、商周易代的历史为框架，既写了人间的争斗，也大量地叙写了天上的神仙分成两派，卷入这场斗争，双方祭宝斗法，充满了神话色彩。几经较量，最后纣王兵败自焚，周武王分封诸侯，姜子牙将战死的商周将领一一封神。《封神演义》显然是将武王伐纣的重大历史事件神话化，借此重塑上古诸神的形象，可以说《封神演义》是人类成年时期的一部神话史诗，具有鲜明的幻想色彩。

首先，对诸神形象的塑造，尤其是对少年英雄哪吒的刻画突出了小说的幻想性，例如赤精子、九真人、土行孙、雷震子、杨戬、黄天化、黄天虎、闻太师等。哪吒是一个家喻户晓的神话少年英雄，他不仅出现在《封神演义》中，也出现在《西游记》中。在《封神演义》中，哪吒协助姜子牙助周伐纣，因屡立战功而被封为天宫的神仙。哪吒从一出生就与凡人不一样，他的母亲殷氏怀孕三年零六个月，一日得梦生下一个肉球，他的父亲李靖一剑砍去，里面跳出一个孩子，右手套一个金镯，肚腹上围着一块红绫，金光射目，而且一落地就满地跑。他的师父金光洞的太乙真人给他取名哪吒。那个托梦给殷氏的道人即太乙真人。在母腹中三年多而后托梦而生，这显示了哪吒的不同寻常。不仅如此，哪吒在闹海之后，还连累父母，所以割肉还母、剔骨还父而死，后其师父太乙真人取莲藕做骨骼、荷叶做肌肉，使哪吒起死回生，又赐给他火尖枪、风火轮。哪吒通过莲藕转世、三头六臂的变化的情节都突出了一位少年英雄的神奇色彩，这贴合了儿童时期的读者对自我的想象。而对哪吒拥有的宝物也有着引人入胜的描写，比如与生俱来的金镯和红绫其实是太乙真人金光洞的镇宝之物"乾坤圈"和"混天绫"，其威力在哪吒七岁那年就已初见端倪。小说第十二回《陈塘关哪吒出世》中写到哪吒因天热到九湾河(东海入海口)洗澡,他把混天绫放进水里蘸水,结果水都被映红了。他把这宝物放在水里摇一摇、晃一晃,整个龙宫都晃个不停。当他把乾坤圈放到水里清洗时,险些把龙宫晃倒了。哪吒复活后,太乙真人赐给他的火尖枪、风火轮以及其后的九龙神火罩、阴阳剑、金砖等,都是法宝、神器,具有非凡的威力。例如风火轮,可以脚踏它上天入地,速度极快;混天绫可以移山倒海、包举万物,九龙神火罩可以腾起烈焰、放出三昧真火等。这些都塑造出一个强大勇猛、无可阻挡的少年英雄形象,为儿童读者所喜爱和接受。

其次,对于各路神仙斗法的场面描写和各种法术技能的设定不尽相同,表现出丰富奇异的特色。在《封神演义》中,神仙们往往会在必要的时候施展出各自的法术,例如腾云驾雾、呼风唤雨、八九玄功、土遁、水遁、撒豆成兵、刀枪不入等。杨戬是《封神演义》中一个战神形象,师出名门昆仑派十二上仙之一玉鼎真人。虽然在小说前四十回并不见其踪迹,但是在后六十回中却频繁出现有关他的斗法描写。在第四十回里,杨戬一出场就钻进花狐貂的肚里,捏碎花狐貂的心,并将其一撑两段。在第六十回里,杨戬用八九玄功、变化腾挪之术,使马元泻了三日,泻得马元瘦了一半。第六十三回里,杨戬借照妖鉴照出马善的原形,然后请燃灯古佛收服他。在第四十二回第一场西岐大战中,闻仲用阴阳双鞭打中杨戬顶门时,只见火星迸出,杨戬一若平常。后商军得到申公豹等相助,士气大增,西周军队渐渐不支,在紧要关头,杨戬得到燃灯古佛的相助,撒豆成兵,使战局转败为胜。在第九十到九十三回,杨戬、哪吒合力战梅山七怪,最后杨戬运用各种法术,请动了玉鼎真人、云中子、女娲等大仙,与七怪之首白猿精大战几百回合,将其擒服。其实,在各种对决中,祭宝斗法是场面描写的一个重点,那些超凡的法术凸显了小说的神话色彩。

此外,大量的神魔坐骑也增添了小说的神魔色彩。在《封神演义》中,各路神仙都有自己的坐骑,这些坐骑形态各异、种类繁多。有天上飞的,如女娲娘娘的青鸾、琼霄娘娘的鸿鹄、碧霄娘娘的花翎鸟、黄龙真人的飞鹤等;有地上走的,如燃灯道人的梅花鹿、玉清道人的天马、张奎的独角乌烟兽、姜子牙的四不像、金光圣母的五点斑豹驹、高友乾的花斑豹、杨戬的哮天犬、普贤真人的白象、广发天尊的青毛狮、通天教主的奎牛、申公豹的白额虎、闻太师的墨麒麟等。不同的坐骑各有不同的神通,例如姜子牙的坐骑四不像,长相就十分奇特:鳞头豹尾体如龙。四不像能够足踏祥云、日行千里、降妖除怪,所以是神通广大的一种神兽。杨戬的坐骑哮天犬在小说中被称为神犬。在第四十七回有这样的描写:仙犬修成号细腰,形如白象势如枭。铜头铁颈难招架,遭遇凶锋骨亦消。哮天犬在多次战斗中助杨戬打败对手。形形色色的坐骑为小说的幻想性增色不少。

历代学者从不同的角度评价、鉴赏《封神演义》，认为其涉及许多重要的文化现象和社会心理，但是对于儿童来说，《封神演义》吸引他们的却是其丰富、恣意的幻想。

第二节 《三国演义》《水浒传》

在古典小说中，有一类作品是以其生动形象的人物塑造和曲折生动的故事情节引起儿童的注意，并为儿童所接受。《三国演义》《水浒传》是其中的代表之作。

《三国演义》又名《三国志演义》《三国志通俗演义》，是中国第一部章回体历史演义小说，作者是元末明初的文人罗贯中。全书120回，以描写战争为主，反映了东汉末年魏、蜀、吴三个政治集团之间的政治、军事斗争，分为黄巾之乱、董卓之乱、群雄逐鹿、三国鼎立、三国归晋五大部分。《三国演义》在一定程度上反映了真实的三国历史，同时又对三国人物进行了主观性的改动，对刘备集团的主要人物关羽、张飞、诸葛亮等加以歌颂，对曹操等人则极力鞭挞，表现出明显的拥刘反曹的主观倾向。

《三国演义》中塑造了几百个人物形象，性格鲜明的人物形象多达几十个。其中被合称为"三绝"的诸葛亮、曹操、关羽是塑造得最为出色的形象，诸葛亮被称为"智绝"，不仅具有"鞠躬尽瘁，死而后已"的高风亮节和择贤而事、心怀天下的志识仁心，而且足智多谋、神机妙算，甚至能呼风唤雨。小说从第四十三回《诸葛亮舌战群儒　鲁子敬力排众议》到第五十回《诸葛亮智算华容　关云长义释曹操》，用了八回的篇幅写赤壁之战，不仅具体地描绘了这场著名的战役，突出了这场战役对于形成"三国鼎立"局面的关键作用，而且充分地展示了诸葛亮的学识渊博和料事如神的本领。当鲁肃称诸葛亮："先生真神人也！何以知今日如此大雾？"诸葛亮回答："为将而不通天文，不训地利，不知奇门，不晓阴阳，不看陈图，不明兵势，是庸才也。亮于三日前已算定今日有大雾，因此敢任三日之限。"正是因为诸葛亮上知天文、下知地理、熟谙军事，"草船借箭"的计谋才能出奇制胜。此后识破周瑜打黄盖的苦肉计，七星坛祭风、三气周瑜都突出了诸葛亮的足智多谋，让周瑜不得不长叹："既生瑜，何生亮！"关羽被称为"义绝"，他"威猛刚毅""义重如山"。小说第五回《以矫诏诸镇应曹公破关兵三英战吕布》中关羽温酒斩华雄初显关羽的神勇，此后的赚城斩车胄、五关斩六将、单刀赴会等章节都展示了关羽作为勇将的一面。不过作为"义绝"形象，小说更着重刻画的是关羽的"义"。

例如小说第二十五回《屯土山关公约三事　救白马曹操解重围》中，关羽虽投奔曹操，但是之前与曹操约定三事："只降汉帝，不降曹操""二嫂（刘备的两位夫人）处请给皇叔俸禄养赡""但知刘皇叔去向，不管千里万里，便当辞去"。这就是人们常说的"身在曹营心在汉"。这三事足见关羽对刘备的忠义。第二十七回《美髯公千里走单骑　汉寿侯五关斩六将》中写了关羽得知了刘备的下落，不顾曹操的高位和重金挽留，执意离去，一心去寻刘备。乃至曹操不禁感叹："事主不忘其本，乃天下之大义士也；来去明白，乃天下之大丈夫也。"小说第五十回《诸葛亮智算华容　关云长义释曹操》从另一个角度表现了关羽的"义"。曹操赤壁之战失利，败走华容道，关羽念身在曹营时承受了曹操的许多恩义以及后来五关斩六将的事情，将曹操及其残军放走，情愿自己回营伏法。正如后人诗云："曹瞒兵败走华容，正与关公狭路逢。只为当初恩义重，放开金锁走蛟龙。"曹操是《三国演义》中的"奸绝"。他既有雄才大略，又狡猾、奸诈、多疑。小说第四回《废汉帝陈留践位　谋董贼孟德献刀》就显示了曹操奸诈、多疑的特点。曹操借献刀之际想杀死董卓，事情败露之后逃到成皋吕伯奢家中，吕伯奢家人打算杀猪款待他，他听到磨刀声疑心吕家人要杀他，于是不问青红皂白就杀死了吕伯奢全家。当同行的陈宫责问他时，他振振有词道："宁教我负天下人，休教天下人负我。"后来在不杀陈琳、不追关公的事情上似乎显示出曹操的宽厚和仁义，但也从另一方面又写出了曹操在政治上的心机。而且，小说中更多的情节是突出他奸诈、多疑、残暴的特点。例如第二十一回《曹操煮酒论英雄　关公赚城斩车胄》中，曹操借请刘备饮酒，三番五次地试探刘备，第四十五回中，多疑的曹操仅仅听蒋干的通风报信，就处决水军都督蔡瑁、张先。第七十二回《诸葛亮智取汉中　曹阿瞒兵退斜谷》中写到曹操常对侍从说："吾梦中好杀人，凡吾睡着，汝等切勿近前。"一天，曹操昼寝帐中，翻身时被子落地，一侍从急忙上前拾起，结果曹操突然跃起，拔剑把侍从杀了，又继续睡觉。睡醒之后，他故意惊讶地问：是谁杀死了他的侍从？旁人据实以告，曹操大哭，命人厚葬侍从。这件事情明显暴露了曹操的奸诈和残暴。此外，佯醉杀乐师师旷、借刀杀名士祢衡、伺机杀主簿杨修等事件都突出了曹操"奸绝"的形象。《三国演义》中的人物形象是"扁形人物"，这些角色性格鲜明且固定不变，人物的性格特征贯穿整个故事，都处于一种静态的封闭结构，例如仁义至善的刘备、勇猛鲁莽的张飞、忠心神勇的赵云、有勇无谋的吕布等。这种不随情节变化而改变性格的"扁形人物"正是童话的表述方式，儿童读者容易记住并喜爱这些单纯、鲜明的人物形象，这也是小说吸引儿童目光的重要原因。

情节生动曲折的故事是儿童喜欢《三国演义》的另一个因素。《三国演义》讲述的是从东汉末年到晋之间将近百年的历史发展进程。不过，作者并不是从史官的角度进行记述，而是通过一个个形象生动的故事加以叙述。例如“桃园三结义”“温酒斩华雄”“三英战吕布”“三顾茅庐”“草船借箭”“空城计”“白帝托孤”等，这些融入了作者主观色彩的故事使历史变得生动起来，增强了小说的文学色彩，也在一定程度上契合了儿童喜欢听故事的心理。以“三英战吕布”为例，作者先以“人中吕布，马中赤兔”突出了吕布的神勇，再写公孙瓒迎战吕布，差一点被吕布刺中后心。在这千钧一发的时刻，张飞赶到，两人大战五十多回合，难分胜负。关羽又前来助阵，三人战了三十回合，仍不分上下。最后刘备提剑上阵，三英大战吕布。紧张的情节和生动的描写不仅体现了作者讲故事的高超水平，也对儿童产生了极大的吸引力。

《水浒传》是中国的四大名著之一，作者是元末明初的文人施耐庵。小说描述的是北宋末年以宋江为首的108位好汉在梁山起义以及聚义之后接受招安、四处征战的故事，形象地展示了农民起义从发生、发展到失败的全过程，暴露了北宋末年统治阶级的腐朽、残暴，颂扬了梁山好汉的反抗斗争和社会理想，同时也揭示了起义失败的历史原因。按照一百二十回计，小说的前七十回主要讲述各位好汉上梁山的经历，后五十回讲述宋江带领梁山好汉接受招安为朝廷效力以及最终被奸臣所害的结局。

《水浒传》中出现的人物有数百人之多，其中梁山好汉108人。作者极力刻画了这些英雄“忠、信、义”的性格特点。这群有血有肉、仗义勇为的英雄群体是小说的一大亮点，也是吸引儿童兴趣的主要因素。

《水浒传》中的每一个梁山英雄几乎都有自己的绰号，这是《水浒传》人物塑造上的一个突出特点。例如宋江的绰号是“及时雨”，这个绰号形象地写出了宋江救人之急、扶人之困、疏财仗义的特点。卢俊义的绰号是“玉麒麟”，麒麟是中国古代传说中的神兽，代表祥瑞，而卢俊义相貌非凡，眉分八彩，身高九尺，“玉麒麟”的绰号正好体现了他不俗的外表。“智多星”的绰号生动、贴切地表现出了军师吴用的足智多谋。智取生辰纲、石碣村大破官兵、三打祝家庄、智赚玉麒麟等事件都证明吴用不愧为“智多星”。公孙胜的绰号是“入云龙”，因为他善于呼风唤雨、腾云驾雾。林冲的绰号是“豹子头”，因其武艺高强，又生得豹头环眼。此外，花荣有一身好武艺，尤其射得一手好箭，所以人称“小李广”；呼延灼因善使两条水磨八棱钢鞭，所以得一绰号“双鞭”。还有“黑旋风”李逵、“小旋风”柴进、“青面兽”杨志、“花和尚”鲁智深、“霹雳火”秦明、“活阎王”阮小七等，这些五花八门、生动鲜活的绰号从不同方面概括出了人物的主要特点，给人留下了深刻的印象，同时也便于儿童形象地理解和把握人物的特征。

故事性强是《水浒传》吸引儿童的另一个因素。《水浒传》所讲述的故事既有相对的独立性，又构成了一个有机的整体，农民起义的历史事件通过一个个生动的故事完整地呈现出来。

108 位好汉被逼上梁山的经历构成了《水浒传》中最精彩的故事主体。例如鲁提辖拳打镇关西、林教头风雪夜上梁山、宋江怒杀阎婆惜、杨志卖刀、武松景阳冈打虎、吴用智赚玉麒麟、关胜降水火二将等，由于各人的身世、身份、经历不同，这些好汉上梁山的故事也异彩纷呈、各具特色，既突出了人物的个性特点，又丰富了小说的内容。在众英雄上梁山的故事中，林冲的经历颇为曲折。林冲原是东京 80 万禁军的教头，为人正直、忠心朝廷、生活优越，所以他一出场的时候并不具备反抗性，而且安分守己、步步退让。高俅的儿子看上了他貌美的妻子，调戏她，他不敢反抗。高俅的儿子为了得到他的妻子，父子俩不断地设计陷害他，先是使他误入白虎堂，借机让他刺配沧州。在押送去沧州的路上，高俅父子俩又暗使公差折磨他，在野猪林他差一点就丧了性命。尽管这样，他还是一忍再忍，只想着苦熬过去，能够回家和妻子团聚。到了发配地沧州，他负责看守草料场。高俅父子又派人火烧草料场，想一把火烧死他。被逼到这般境地的林冲终于忍无可忍了，他杀死了前来暗害他的三个人，冒着漫天风雪投奔梁山。步步推进的故事情节不仅有助于人物形象的刻画，而且增强了故事的吸引力。

可以说，《三国演义》和《水浒传》中出色的人物塑造和生动、丰富的故事使其千百年来受到了历代儿童的喜爱。

第三节　《镜花缘》《聊斋志异》

在古典小说中，《镜花缘》《聊斋志异》与《西游记》《封神演义》一样，具有明显的神魔色彩，离奇的幻想是其重要的特点。不过，《镜花缘》《聊斋志异》与《西游记》《封神演义》之间也存在着一定的差别。这两部小说展示了虚幻离奇的万般世相，寄托了作者对人生世态的看法。

《镜花缘》的作者是清代文人李汝珍。小说共一百回，可以分成三大部分：第一回至第六回是第一部分，写《镜花缘》的故事由来，“心月狐”下凡投胎为武则天，她称帝之后，在寒冬时节下令“百花齐放”。百花仙子和其他九十九位花仙子不敢违背武则天旨意，先后绽放。天帝以百花仙子错乱阴阳，将百花仙子同九十九位花仙谪降凡尘。由此铺垫出谪凡神话的框架。第七回至五十回是第二部分，主要写唐敖、多九公等人乘船在海外游历的故事以及由百花仙子投胎到凡间的唐小山的寻父之旅。这一部分是《镜花缘》最吸引人的部分。唐敖科举考试不顺，心灰意冷，于是和妻兄林之洋与舵工多九公出海游历，途中经历了“君子国”“大人国”“淑士国”“白民国”“黑齿国”“不死国”“穿胸国”“结肠国”“豕喙国”“长人国”“伯虑国”“劳民国”“女儿国”“轩辕国”等地，也遇见鲛人、蚕女、当康、果然、麟凤、狻猊等奇异生物，并见识许多奇风异俗。例如小说第十四回写到的“无肠国”，“无肠国”的人因为没有肠子，所以吃下去的东西不能在肚子里停留，而是直接通过。所以那些想发财的人家就将从肚子里直接通过的东西收存好，以备仆婢下顿用。更有甚者，他们还不让仆婢吃饱，而且三次、四次的排泄物还要让仆婢一吃再吃，直到仆婢们吃得呕吐为止。第十九回里写到“女儿国”，在“女儿国”里，“男子反穿衣裙，作为妇人，以治内事；女子反穿靴帽，作为男人，以治外事”。这些奇异的国度或以人体的怪异特征为幻想的生发点，或以对常规常理的悖逆作为幻想的生发点。在离奇的幻想背后其实蕴含了作者对社会现实、传统礼教以及统治阶级的讽刺和不满。不过对于儿童来说，作者这种极度夸张的手法所营造的荒谬世界是吸引他们的主要因素。后五十回是小说的第三部分，写武则天开试女科，录取天下才女。唐小山（后奉父命改名唐闺臣）等百名由花仙子转世的才女进京赴试，于宗伯府上展开宴会。第三部分主要写百名才女们的横溢才华，突出了女性的聪明才智。不过作者对于她们才情的渲染在一定程度上影响了故事情节的完整性和连贯性，给人一种“掉书袋”的感觉，所以这一部分对于儿童来说，缺乏足够的吸引力。

《聊斋志异》是清代文人蒲松龄的代表作，全书共有短篇小说 491 篇。小说奇幻诡异的特点主要是通过大量非现实性的艺术形象塑造和曲折离奇的故事情节表现出来的。

《聊斋志异》中的人物主要是仙、鬼、妖，其中狐是最常见的形象。小说中的狐女大多数都是聪明善良而且具有神通本领的。例如《小翠》，讲的是狐女小翠的母亲为了报当年王太常的一个无意的庇护，将女儿小翠送给他的傻儿子做妻子。小翠聪慧过人，深得公婆喜爱。有一次，一个官员想诬告王家，小翠就扮成宰相亲临王家并故意让他看到，使他不敢诬告王家。后来，那个官员又看到王家的傻儿子扮成皇帝模样，于是就到朝上告王家犯了谋反之罪。结果，皇上验明那不过是一场玩闹，反而将这个官员发配充军。一日傻儿子洗澡，小翠趁机捂死了他，等他重新活过来后，傻病全好了。过了一年，王家因为一只玉瓶的事情而痛骂了小翠，小翠不堪忍受公婆的辱骂，决定离开王家。临走时她告诉丈夫自己其实是一只狐狸。小翠走后，王家公子痛哭欲死，王公夫妇也知自己铸成大错，追悔莫及。两年后公子偶然又遇到小翠。但小翠不愿再回他的家。他和小翠在外生活了一段时间后，小翠的模样渐渐发生了变化。后来，小翠为公子找了一个于家姑娘为妻，然后自己便消失了。婚后，公子发现于家姑娘竟然是小翠的模样，这才知道小翠为什么模样会发生变化。她是将自己渐渐变成于家姑娘的模样，为了让公子见到于家姑娘就像见到她一样，以慰藉公子对她的思念之情。再如《婴宁》，婴宁是《聊斋志异》中塑造的最美的狐女，她聪明伶俐，特别爱笑，爱花成癖。她和王子服成婚后，生活幸福美满。当邻人因为她的美貌而起邪心时，她以障眼术让邻人得到应有的惩罚。《莲香》中的狐女莲香与桑生结为情好，后桑生为鬼李所伤，莲香十天十夜相伴在桑生的病榻旁为他疗伤。可是桑生被鬼李所惑，不听莲香的忠言，继续和鬼李往来。后来，桑生身体虚弱得奄奄一息，莲香又施法术为他治病使他重新精神焕发。此外，《鸦头》《红玉》《青凤》等作品中都塑造了类似的狐女形象。这些聪明能干的狐女形象或许寄托了作者蒲松龄对女性的赞美和对男尊女卑、媒妁之言的封建礼教的不满，不过，对于儿童来说，其中的神奇变幻是吸引他们的一个主要原因。

情节离奇、曲折、怪诞从另一个方面体现了《聊斋志异》的幻想色彩。例如《婴宁》里，吴生的一个随口谎言竟然能变成现实，王子服真的在西南山脚下找到了婴宁的家，并且一切都如吴生的谎言里所说的一样。当诧异不已的吴生去西南山下寻找婴宁的家时，看到的却是一片荒凉景象。后来，婴宁请求王子服把鬼母和姨父合葬，鬼母夜里托梦给王子服向他道谢。这样神奇诡异的情节不仅使故事更加生动，而且使故事充满了幻想的色彩。《莲香》《红玉》《青凤》等作品的情节都具有明显的传奇性和曲折性。那些神秘的狐女总是在诡秘的氛围中骤然出现，当她们和心仪的书生成婚后，总是要经历一些波折，而她们拥有的法术又往往能使事情发展的结局走向圆满。正是这些离奇的、曲折的情节增强了小说的故事性和幻想性，契合了儿童读者的阅读趣味。

《镜花缘》和《聊斋志异》擅长鬼神的描写，尽管在这些虚幻的描写背后都寄寓了作者对现实社会的看法，具有明显的现实意义，但是对于涉世未深的儿童来说，真正引起他们的兴趣的还是其中的幻想因素。

第四节 儿童喜爱的古典诗词

古典诗词的音韵美首先从听觉上满足了儿童对韵律感的喜好，儿童甚至可以不去考虑诗词的内容，仅仅因为琅琅上口的节奏而对一首诗或一首词产生兴趣并且乐于念诵。那些在内容上和情感上贴近儿童心理的诗词则更加受到儿童的喜爱。

古典诗词中，有的作品是从儿童的视角进行观察、展开想象，因此颇得儿童的喜爱。例如唐代诗人骆宾王的《咏鹅》可以说是一首家喻户晓的诗歌："鹅，鹅，鹅，曲项向天歌。白毛浮绿水，红掌拨清波。"这首诗是诗人七岁时写的一首诗歌。开头先用叠字"鹅、鹅、鹅"既写出了鹅的叫声，又表现出小诗人对鹅的喜爱。第二句"曲项"活脱脱地写出了鹅的形态。后两句写鹅在水中游泳的自在情形，"白""绿""红"突出了色彩的对比，使诗歌具有鲜明的色彩感，"浮""拨"则写出了鹅在水中不同的姿态，"浮"是悠然自得的姿态，"拨"是用力划水掀起水波的动态，动静结合，具有变化美。儿童的视角、简练活泼的语言表达使诗歌千百年来一直受到儿童的喜爱。唐代诗人李白的诗歌《古朗月行》(节选)则是借儿童的眼光来写月亮："小时不识月，呼作白玉盘。又疑瑶台镜，飞在青云端。"诗人从儿童的视角出发，把月亮比喻成"白玉盘""瑶台镜"，既形象生动地写出了月亮的颜色、形状和光芒，又写出了儿童对事物认识的直观性、丰富的想象力以及由此表现出的天真浪漫。

那些描写充满人情味的自然景物的诗歌同样受到儿童的青睐。例如唐代诗人贺知章的《咏柳》："碧玉妆成一树高，万条垂下绿丝绦。不知细叶谁裁出，二月春风似剪刀。"诗歌描写的是春天里婀娜的柳树。诗歌前两句运用比喻的手法把柳叶、柳枝喻为碧玉和绿丝绦，从而写出了早春嫩芽绽放的柳树的美，最后一句把春风比喻成剪刀，既写出了春天的到来与发芽的联系，又使这种内存的关联显得富有诗意和人情味，春天就像一位灵巧的姑娘手中的一把剪刀，细细地剪裁出了一树的嫩芽，给人一种回味和想象的空间。宋代诗人杨万里的诗歌《小池》以拟人化的手法展现了一种和谐的诗意自然景观："泉眼无声惜细流，树阴照水爱晴柔。小荷才露尖尖角，早有蜻蜓立上头。"诗歌描写的是初夏的景色。泉眼、细流、树阴、小荷、蜻蜓构成了有动有静的小池风景。第一句的"惜"字首先就使得自然的风景中透出了情意，泉眼是因为珍惜泉水，所以细细地流出，一眼细细的泉水因此具有生命的质感和浓浓的情意。第二句的"爱"字赋予绿树人格化的情感，似乎绿树是因为喜欢这柔和的风光，所以以水为镜，照出自己婀娜的身姿。最后两句中的"才露"和"早有"形成一种呼应，把荷叶和蜻蜓之间的人格化的情感生动地表现出来了。蜻蜓和小荷似乎是一对亲密无间的好朋友，所以蜻蜓有些迫不及待地等着小荷出来，整个小池的景象美好而温馨。诗歌仅仅从生活中的一个细节取材，描写初夏景色中小小的一隅，但是写出了景中的情和趣。正如王国维所说："境界有大小，不以是而分优劣。"与景色相呼应的情趣使《小池》表现出一种生动活泼、诗意盎然的人情美。

古典诗词中有一类以儿童为描写对象，主要表现儿童天真活泼和稚态的作品,其中盎然的童趣极大地吸引了儿童的兴趣。例如宋代诗人范成大的《四时田园杂兴》是一首体现童趣的诗歌:“昼出耘田夜绩麻,村庄儿女各当家。童村未解供耕织,也傍桑阴学种瓜。”诗歌的前两句是写夏日农家的劳作生活,人们白天耕田夜里搓麻线,各行其是。语言简练平实,并无特别之处,但是为后两句,尤其是最后一句做了铺垫。正是大人们的辛勤劳作使孩子耳濡目染,所以孩子们虽不会干活却也不闲着,在桑树底下学种瓜。一个“学”字把孩子的稚态表现得活灵活现。平常的农家生活因为这群稚态可掬的孩子而变得生动、有趣。唐代诗人胡令能的诗歌《小儿垂钓》则是以儿童为主要表现对象:“蓬头稚子学垂纶,侧坐莓苔草映身。路人借问遥招手,怕得鱼惊不应人。”诗歌的前两句侧重写小孩的外形,“蓬头”“侧坐”从形貌和姿态上写出了小孩的率真。后两句从动作和心理进行描写,“遥招手”是动作描写,“怕得鱼惊”是心理描写,两者之间互相关联,正是因为怕说话声把鱼惊吓跑了,所以才不敢回答路人的问话,而只是远远地向路人招手。“怕得鱼惊不应人”是虚写,是诗人的揣摩,也是点睛之笔,一个活泼可爱的孩子的形象跃然纸上。唐代诗人白居易的诗歌《池上》则像一组镜头,摄下了一个天真淘气的孩子偷采白莲的情景:“小娃撑小艇,偷采白莲回。不解藏踪迹,浮萍一道开。”先是一个小孩撑着小船进入镜头,接着摄下了小孩的动作,“偷采”这一动作形象地表现出孩子的顽皮淘气。“不解藏踪迹”是心理描写,突出了小孩纯真、稚拙的心理,最后一句通过景物描写直观形象地把孩子的“不解藏踪迹”的心理表现出来了,也凸显了诗歌的画面感和镜头感。还有不少古诗是描写儿童快乐玩耍的生活,例如宋代诗人杨万里的《宿新市徐公店》:“篱落疏疏一径深,树头花落未成阴。儿童急走追黄蝶,飞入菜花无处寻。”诗歌描写了一群天真浪漫的孩子追逐黄蝶的场面。前两句点出了儿童玩耍的背景,后两句主要是对儿童进行描写,“急走”“追”两个动词突出了儿童的天真活泼、顽皮好胜。最后一句中的“无处寻”将之前热闹的场景突然转为静止,但是此处无声胜有声,人们可以尽情想象孩子们面对此情此景的天真可爱的神态。清代诗人高鼎的诗《村居》是写儿童放风筝的场景:“草长莺飞二月天,拂堤杨柳醉春烟。儿童散学归来早,忙趁东风放纸鸢。”诗歌前两句先写了春日农村特有的明媚的景色,为后面描写孩子的游戏营造出了充满生机的、愉悦的氛围。后两句写一群活泼好动的孩子放风筝的生动情景。“归来早”“忙趁”写出了他们迫不及待的心情和喜欢游戏的心理。同样是写放风筝的游戏,清代诗人孔尚任的古诗《放风筝》却表现出了另一种景象:“结伴儿童裤褶红,手提线索骂天公。人人夸你春来早,欠我风筝五丈风。”诗歌不是写儿童放风筝的欢乐场面,而是写一群因为没有起大风而无法放风筝的儿童在大骂天公不作美。一个“骂”字突出孩子的“初生牛犊不怕虎”的率真和稚拙。相对于古诗而言，描写儿童生活的词并不多见。南宋词人辛弃疾的《清平乐・村居》可以说是一首脍炙人口的表现了儿童纯真生活的词："茅檐低小，溪上青青草。醉里吴音相媚好，白发谁家翁媪。大儿锄豆溪东，中儿正织鸡笼，最喜小儿无赖，溪头卧剥莲蓬。"词的上骈用寥寥九笔勾勒出江南农村的景色以及和谐温馨的农家生活。下骈集中写这户人家的三个儿子，大儿和中儿都在做力所能及的农活，进一步展现农村的生活景象。最后两句是描写小儿的形象，这两句在整首词中占了四分之一的篇幅，也是全词中充分体现童趣的部分，是这首词的一个亮点。"最喜"表达了词人的情感，在眼前这一片和谐美好的画面中，最让词人感到愉悦的是那个天真活泼的小儿。"无赖"一词概括出了小儿淘气率直、无忧无虑的神态。

除了和儿童有关的古典诗词能够引起孩子的注意和兴趣之外，一些具有情感教育、道德教育和知识教育作用的诗词也易于为儿童所接受。例如唐代诗人孟郊的《游子吟》："慈母手中线，游子身上衣。临行密密缝，意恐迟迟归。谁言寸草心，报得三春晖。"古诗前四句抓住一个细节进行描写，即母亲为即将出门的孩子缝衣服。事情虽小，却感人至深。最后两句是直接抒情，颂扬母爱的伟大。这首流传千百年的古诗让儿童在吟诵中受到情感的教育，明白母爱的无私、伟大。唐代诗人李绅的《悯农》是流传极为广泛的古诗："锄禾日当午，汗滴禾下土。谁知盘中餐，粒粒皆辛苦。"诗中描写了农民在盛夏时节辛苦劳作的场景，由此诗人生发感慨，慨叹粮食的来之不易。所以这首诗具有明显的道德教育作用，即珍惜别人的劳动成果，反对浪费。宋代诗人王安石的古诗《元日》写的是过年的习俗："爆竹声中一岁除，春风送暖入屠苏。千门万户曈曈日，总把新桃换旧符。"诗中写了春节放爆竹、贴对联的习俗。孩子们通过念诵可以了解中国传统节日的一些习俗，增长知识。

总之，在传统社会，文人创作古典诗词虽没有明确地指向儿童的意向，但是其中一些作品由于在不同方面契合了儿童的兴趣和心理，所以为儿童所接受并喜好。

第二编　中国儿童文学的萌芽期(1900—1927)

第一章
“五四”以前的中国儿童文学

“自觉”意义上的中国儿童文学，其有迹可循的过程始于晚清至民国初年之间大约20年的时间内。社会意识到儿童区别于成人的文学要求，有意识地开始专为儿童进行文学创作，进而使儿童文学以区别于成人文学的面貌成为一种相对独立的文学样式。晚清至民初，在社会儿童观与儿童文学的形式方面，均为五四时期儿童文学的自觉作了必不可少的铺垫与准备。

第一节　儿童的发现和儿童文学的建构

人类自我发现、自我解放是一个漫长而艰难的历程，童年是这个环节中重要而又易被忽视的一个阶段。儿童文学走向“自觉”，与许多社会历史因素密切联系在一起。其中，儿童的发现至关重要，新教育观念的兴起，新文化运动中一批有志之士的大力推动也是不可忽视的重要因素。

一、西学东渐与“儿童的发现”

所谓“儿童的发现”，表明一种社会儿童观的确立：儿童是具有独立人格的完全的个人。这里有两层意思：其一是说儿童是“人”，他有着与成人一样的独立人格；其二是说儿童不是“小大人”，他有着与成人不一样的内外两面（精神与物质）的生活，儿童期在人一生成长过程中有其独立的价值和意义。因此人们应当尊重儿童的人格，爱护儿童的天性。

就世界范围而言，儿童的发现始于17世纪。中世纪之前，人们观念意识中还不存在儿童的概念。儿童被视为小大人，比之成人不过是“具体而微”，婴儿与成人的差别只是“分量”而已。1658年，捷克教育家夸美纽斯(Comenius, 1592—1670年)出版了他的图画教科书《世界图解》(Orbis Pictus)，被认为是世界上第一本以尊重儿童天性为基点编排的教科书。《世界图解》在人类文化史上意义重大，因为它迈开了人类正确认识儿童的第一步。这本教科书第一次让欧洲的教师们认识到了教育儿童应该考虑到儿童的接受心理与接受能力。1693年，教育思想家、经验主义哲学家洛克(John Locke, 1632—1704年)出版《关于教育的考察》，提出“白板说”，否定了原罪性质的传统儿童观，将人们对儿童的认识提到了一个崭新的高度。1762年，法国教育家卢梭(Jean-Jacques Rousseau, 1712—1778年)在其著作《爱弥尔》里吹响了独立儿童宣言的号角，第一次喊出了“要尊重儿童”的时代声音，并且宣称：“儿童不是一个具体而微的成人”“儿童在心理和生理上都与成人很不相同。”裴司泰洛齐(Pestalozzi)则是用科学方法去实地考察儿童的第一人，他对自己孩子从3岁半时开始实时观察记录，并写成书，于1774年出版。上述几位重要人物的进步观念为儿童学的研究奠定了基础。德国教育家福禄见尔(Friedrich Wilhelm August Froebel, 1782—1852年)创立了世界上第一所幼稚园，并出版了《人的教育》(1826年)，将儿童视作一个发展过程，从儿童营养、儿童游戏、儿童语言、儿童感觉等多方面给予了较系统的研究，与此后德国心理学家拉伊(Wilhelm August Lay)所创始的实验教育学，为现代儿童学的正式形成奠定了坚实的学科基础。美国教育家霍尔(Granville Stanley Hall)，对儿童的研究由个性转向群体，催生了世界上第一个儿童学研究会——美国儿童学研究会(1893年)。19世纪末，儿童学研究普盛于西方各个国家。1894年，英国儿童学会成立；1897年，波兰组织了儿童学会；1899年，德国儿童心理学会成立；1900年，法国儿童心理学会成立；1906年，俄罗斯儿童学会成立……[①]日本也于20世纪初掀起了“儿童学”热潮。1898年，高岛平三郎、松本孝次郎、塚原政次创立《儿童研究》杂志，1902年创设了一个以此杂志作机关的“日本儿童学会”[②]。高岛平三郎的著作以译介为多，主要有《教育应用的儿童研究》(1911年)、《儿童的身体和精神》(1914年)。其时，鲁迅、周作人兄弟正在日本留学，他们从日本接受了西方儿童学的影响，回国后又致力于儿童学译介与倡导，才大大推动了中国儿童的发现进程。

与世界整体发展趋向一致，中国儿童也大致经历了从被湮没到被发现的过程。在古代中国，儿童被残害、作为奴婢和童工的历史问题也非常严重。同时，

---

① 凌冰著，胡适校订：《儿童学概论》，北京：商务印书馆1921年版，第24—25页。

② [日]关宽之著，朱孟迁、邵人模、范尧深等译述：《儿童学》，北京：商务印书馆1931年版，第65页。

由于漫长的中国封建社会所形成的伦理道德体系，在“父为子纲”的封建纲常伦理桎梏下，中国古代儿童是没有作为独立人的权利与尊严的。儿童的地位，正如《周易》中所释：“童”从“僮”，奴隶也。[①] 同时，在农业文明发展背景下，生育与培养后代是巩固封建个体农业经济的主要手段，“不孝有三，无后为大”的伦理道德思想几千年来深入人心，使得上至达官贵人，下至普通民众，普遍将对“孩子”的期待构建为人生存在的重要内容。这样的观念使得儿童的自然天性被遮蔽，过早地成为“小大人”的形态。随着鸦片战争的爆发，西方列强打开了中国的国门，“西学东渐”兴起，以龚自珍、魏源等为代表的有志之士，怀着对国家和民族前途的深切忧虑，要求变革社会，学习西方科技。之后，由最初的应用科技扩大到西方的哲学、社会科学方面，逐步兴起了一场声势壮大的包括道德革命、社会革命、三纲革命与女权革命等的资产阶级思想启蒙运动。严复、梁启超等将“儿童”作为“未来的国民”，推上了中国救亡图存的历史舞台。

严复作为介绍西方近代思想的第一人，先后翻译了 8 部西方著作，其中《天演论》的影响最大。“自严氏之书出，而物竞天择之理，厘然当于人心，中国民气为之一变。”[②]《天演论》即赫胥黎《进化论与伦理学》，书中所揭示的自然界“物竞天择，适者生存”的进化法则，给国人敲响了不自强就要亡国灭种的警钟；并且“在这进化的路上……后起的生命，总比以前的更有意义，更近完全，因此也更有价值，更可宝贵；前者的生命，应该牺牲于他”[③]。这就让人们看到了儿童在人类进化过程中的特殊地位和意义。进化论所体现的“以幼者为本位”的道德观，不仅是对传统“以长者为本位”与“父为子纲”儿童观的反击，更为“五四”时期“以儿童为本位”新儿童观的确立奠定了广泛的社会与思想基础。

梁启超 1901 年在《清议报》上连载了《卢梭学案》一文，详细介绍卢梭的《民约论》，并明确指出：天赋人权，人人生而平等，即使父子间也无权予以剥夺的：彼儿子亦人也，生而有自由权。为建设一个“人人皆主权者，人人皆服从者”的资产阶级的民主国家，他寄希望于少年儿童：

> 制出将来之少年中国者，则中国少年之责任也。……少年智则国智，少年富则国富，少年强则国强，少年独立则国独立，少年自由则国自由，少年进步则国进步，少年胜于欧洲，则国胜于欧洲，少年雄于地球，则国雄于地球。

---

① 古代称奴隶为“僮”，《汉书 · 司马相如传》有“卓王孙僮客八百人”，其“僮，谓奴”。又《史记 · 货殖列传》：“僮手指千。”裴骃集解引《汉书音义》：“僮，奴婢也。”

② 见《民报》第 2 号：《述侯官严氏最近政见》。

③ 鲁迅：《我们现在怎样做父亲》。

为培养出能够担此重任的少年儿童，梁启超从儿童教育的角度，对儿童诗歌、儿童小说、儿童戏剧、儿童音乐等都给予了关注，被誉为“中国近代儿童文学事业的开山劈路人”[①]。不过，当时儿童被称为“未来之国民”“小国民”，可见当时人们对儿童的看重，实质上仍视他们为“未来的成人”。这时的“成人”已不再是“奴隶”，而是“20世纪中国之主人翁”了。这也表明，在西方进步文化的冲击下，中国已经表现出了“以长者为本位”的旧文化向“以幼者为本位”的新文化转换的态势。这为稍后西方儿童学的传播作了社会舆论方面的准备。

1903年7月至8月，卢梭的教育小说《爱弥尔》在《教育世界》连载。当时译作《爱美耳钞》。在《爱弥尔》中，卢梭充分注意到儿童的特征，强调发展儿童的独立精神、观察力和灵敏性。并明确喊出：要尊重儿童。《爱弥尔》对儿童个性的高扬，对儿童天性的强调，向国人呈现了崭新的儿童观。

有意识地接触并介绍儿童学的学者，当推鲁迅、周作人兄弟。西方儿童学传入日本并催生日本儿童学时，正值鲁迅、周作人兄弟在日本留学。1902—1909年，鲁迅在日本留学期间，在《人之历史》[②]长文中，详细介绍了19世纪德国进化论者黑格尔的“种族发生学”（即《人种发展史》）和进化论的各种著名学说，相信“将来必胜于过去，青年必胜于老年”。在1908年的《文化偏至论》[③]中，鲁迅从欧美的强盛得出“根柢在人”的结论，“其首在立人，人立而后凡事举；若其道术，必尊个性而张精神”。鲁迅高举起“人”的解放的旗帜，强调自我意识、个性的价值与人的尊严。他将“文明之邦国”的希望寄托于年轻一代，“聊可望者，独苗裔耳”。回国后不久，鲁迅从日文翻译了多篇有关儿童学的论文，如日本上野阳一的《艺术玩赏之教育》（1913年8月）、《社会教育与趣味》（1913年10月）、《儿童之好奇心》（1913年11月）[④]，还有从高岛平三郎的《儿童学纲要》中节译的《儿童观念界之研究》（1914年）。[⑤] 周作人1906—1911年在日本留学期间，阅读了大量西方儿童学著作。他后来在《我的杂学》（1944年）中回忆道：“我在东京的时候得到高岛平三郎编的《歌咏儿童的文学》及所著《儿童研究》，才对于这方面感到兴趣，其时儿童学在日本也刚开始发达，斯丹莱贺耳博士（即儿童学的创始人、美

① 胡从经：《晚清儿童文学钩沉》，上海：少年儿童出版社1982年版。

② 原题为《人间之历史》，署名令飞，最初发表于留日学生在日本创办的杂志《河南》月刊第1号（1907年12月）。收入《坟》。

③ 最初发表于《河南》月刊第7号（1908年8月），署名迅行。收入《坟》。

④ 三文分别刊于《教育部编纂处月刊》第1卷第7册、第9册、第10册。

⑤ 此文收入《全国儿童艺术展览会纪要》，1915年。

国儿童教育家霍尔)在西洋为斯学之祖师,所以后来参考的书多是英文的。”(《苦口甘口·我的杂学》)

五四新文化运动的倡导者陈独秀创办的《新青年》杂志高举“科学”与“民主”,“反对孔教、礼法、贞节、旧伦理、旧政治”①,成为重要的理论阵地。1918 年第 1 期的《新青年》刊登了一条启事,征求关于妇女问题和儿童问题的文章。1918 年 4 月,《新青年》设立《随感录》一栏。儿童问题成为鲁迅《随感录》的主题之一。他呼吁人们用“无我的爱”——“对于一切幼者的爱”(《随感录六十三》),去“完全解放了我们的孩子”(《随感录四十》),怒斥“现在的屠杀者”“杀了‘现在’,也便杀了‘将来——将来是子孙的时代’”(《随感录五十七》)。1918 年 5 月,鲁迅又在《新青年》上发表了中国现代文学史上第一篇白话小说《狂人日记》,喊出了“救救孩子”的时代呼声。

1918 年 12 月,周作人在《新青年》上发表了著名的《人的文学》。周作人以西方“人”的解放历程为参照,指出欧洲在 15 世纪发现了“人”,18 世纪发现了“女人与小儿”,并因而有了“儿童学”与“女子研究”两门科学,叹惜中国至今连人的问题还未解决,“女人小儿便不必说了”。人们对儿童的误解是将他视作“一个未长成的人”或“当他作具体而微的成人”“至于世间无知的父母,将子女当作所有品,牛马一般养育,以为养大以后,可以随便吃他骑他,那便是退化的谬误思想”。他指出:按进化的观点,不是“子孙为祖先而生存”,而是“祖先为子孙而生存”。在《人的文学》发表之后 3 个月(1919 年 3 月),周作人在《祖先崇拜》(载《每周评论》第 10 号)中明确指出,在“祖先崇拜”的文化里不可能有正当的儿童教育,要解放儿童,必须改去野蛮的“祖先崇拜”思想,建立合于自然律的“以儿童为本位”的新思想。

二、新教育的兴起和儿童文学读者群的生成

19 世纪中叶以来,古老封闭的中国开始面临来自世界范围列强势力的严重挑战与侵略,民族救亡与振兴成为最迫切的时代命题。到 19 世纪末,儿童教育直接关系民族存亡的思想、新国必先新民的思想已经牢固树立,以梁启超于《论幼学》(1896 年)与《〈蒙学报〉〈演义报〉合叙》(1897 年)中的论述最有代表性。通过对中西诸多层面的对比与分析,探寻中国落后贫弱的根源,设计救国兴国策略,成为那一代知识分子的历史使命。正是在这一社会文化语境中,教育变革成

---

①《新青年·本志罪案之答辩》,1919 年 1 月。

为医治“千数百岁之痼疾”的良方。“新民”的主要途径在于通过改革供给儿童的精神食粮，创造适合时代进步的、吻合儿童接受特征的新的精神产品。承载着民族新生的时代命题，现代中国儿童问题从一开始就被卷裹在民族、国家问题的大系统内得到阐述。

随着科举制度被废止，新学制设立，新式学堂开始发展。学校教育体制将儿童独立于成人世界之外。学校教育通过按照年龄分级分班课程的设置与实施、学业的评价评定等方式进一步强化、自然化了“儿童”观念。由此，学校教育成为构建儿童现代概念的主要先决条件之一。

1902年，黄海锋郎在《杭州白话报》发表《儿童教育》一文。作者在文中指出：“儿童教育，是成人的始基。始基一坏，将来的弊病，月久日深，就是有医人的高手，也是束手无策的了。我国蒙学，久已腐败。”[1]作者列举了蒙学弊病，引证普鲁士的实例说明了儿童教育对于民族振兴的关键意义，并从教授材料、教育方法、尊重儿童、学科改良、爱国主义教育、教师自身修养等10个方面提出了儿童教育改革的必要性与具体内容。该文成为20世纪初最早论述儿童教育问题的重要文章。

1905年《教育杂志》第3期刊出署名为女士吕兰清的《论提倡女学之宗旨》，力倡女学，并强调了女学之兴与儿童教育的关系，“欲强国者，必以教育人材为首务。岂知生材之权，实握乎女子之手乎。儿童教育之人手，必以母教为基。若女学不兴，虽通国遍立学堂，如无根之木”[2]。

1905年《教育杂志》从第6期始连续刊发了日本佐藤善治郎的《实验小学教授法》。该文系统地从教育学内容、教育目的、教授目的、儿童心意发达、教材选择及统合等方面，全方位论述了崭新的儿童教育教学思想。同年，《教育杂志》第16期刊有日本山崎彦八的《教员与儿童之关系》、译自《日本教育报》的《适切于幼儿谈话之类及其教育的价值》，从幼儿教育的角度论涉了儿童文学的内容，其中“童话”文体概念在中国的出现，早于学界普遍认可的1908年（孙毓修为商务印书馆编辑的《童话》丛书的最初出版时间）。[3] 自此，《教育杂志》《北洋官报》《教育世界》等刊物大量刊载了有关儿童教育新观念、新思想的文章。

回国从事教育事业的鲁迅、周作人兄弟，大力译介儿童学知识，为中国儿童

---

① 黄海锋郎：《儿童教育》，载《杭州白话报》第二年上册论说卷，1902年。参见王泉根主编：《中国现代儿童文学文论选》，南宁：广西人民出版社1989年版，第3页。

② 吕兰清：《论提倡女学之宗旨》，载《教育杂志》第3期，直隶学务处，光绪三十一年（1905年）。

③ 李利芳：《中国发生期儿童文学理论本土化进程研究》，北京：中国社会科学出版社2007年版，第26页。

的发现做着筚路蓝缕的开山工作。1913 年至 1914 年间，周作人以他主编的《绍兴县教育会月刊》为阵地，著译了十多篇关于儿童学与儿童教育的文论，主要有：《遗传与教育》《民种改良之教育》《童话略论》《游戏与教育》（译文）、《儿童研究导言》《儿歌之研究》《玩具研究》《小儿争斗之研究》（译文）、《儿童问题之初解》《古童话释义》《家庭教育一论》《成绩展览会意见书》《学校成绩展览会杂记》等。这些文字都贯穿着一种崭新的儿童观，“盖儿童者大人之胚体，而非大人之缩影”（《儿童研究导言》），“教育之力，但得顺其固有之性，而激励助长之”（《遗传与教育》），强调尊重儿童的独立人格，顺应自然人性的发展。《成绩展览会意见书》和《学校成绩展览会杂记》中，周作人还将他的儿童学知识与其教育实践结合起来，在中国教育史上第一次提出了“以儿童为本位”的教育思想。1914 年 7 月，周作人主持了绍兴县小学校成绩展览会。就举办这一展览会的意图，周作人在《成绩展览会意见书》里写道：“儿童教育，本依其自动之性，加以激励，引之入胜，而其造诣所及，要仍以兴趣之浅深为导制”“今对于征集成绩品之希望，在于保存本真，以儿童为本位”。这是迄今能见到的“以儿童为本位”的最早阐释。不过，周氏兄弟崭新的儿童观，是五四新文化运动中革新儿童问题的基本思想资源，但因为太超前而未引起时代注意。

现代儿童教育思想是产生儿童文学的催化剂。儿童文学与儿童教育虽然是两个名词，却历来紧密结合，被视作“一体两面”的事情。

首先，现代教育思想促进了儿童概念的生成。在儿童未被发现的时期，儿童仅被看成缩小的成人，没有独立的世界，使用成人的教材，学习成人的技能，稍稍长大就被拉进成人的劳动生产或是战争征伐之中了。近现代以后，儿童被发现，从参加大人的劳动等生活中渐渐被解放出来，通过学校接收系统的教育，儿童成为独立于成人世界之外的一个概念。梁启超在 1902 年发表的《教育政策私议》中，以当时西方心理学研究成果中的年龄与身心发展的关系理论为依据，列出了一份《教育期区分表》，将受教育者划分为四个年龄阶段，并介绍了各个年龄阶段学生在体、知、情、意、自观力（自我意识）等方面的基本特征，主张根据学生身心发展的阶段性特征来确定学制的不同阶段和年限。两年之后，中国近代由中央政府颁布并首次得到施行的全国性法定学制系统《奏定学堂章程》（又称癸卯学制），在课程安排上，明确兼顾了学科知识体系与学生的身心发展阶段的特点。基于此，给予儿童的文学亦当关注儿童与成人在文学接受方面的差别，顾及儿童的“年龄特点”。

其次，现代学校广泛传播了儿童文学，并培养了大批儿童文学的读者。中国的儿童文学自诞生之日起，便是出于小学校里教育孩子的需要，是伴随着现代教育的萌芽而诞生的。《不列颠大百科全书·儿童文学》中明确指出:“儿童读物应属于一个特别的级别,因为儿童不是缩小的成人。”随着晚清的教育改革,需要设立学校来培养新人才,而传统的启蒙读物已不能适应新教育的需要。专为儿童创作的读物应运而生。真正适合儿童的读物通过编入教材获得了最广泛的阅读效应。同时,从教育需要与儿童兴趣出发为儿童提供不同于教科书的文学类“课外读物”,为“儿童文学”从教科书中独立出来奠定了基础。学校教育也同时为儿童文学培养了大批有阅读需求的儿童读者。

晚清至民初这段特殊的历史时期,进步知识分子们的文化实践开启了现代中国儿童教育的先河,儿童摆脱了先前“父为子纲”的传统桎梏,作为“未来之国民”,理论上获得了与成人同等的社会地位,负有强国、救国之重任。接下来一直到五四时期,借助五四新文化运动的思想力量,儿童问题终于在民族国家想象的框架内获得了相对独立而系统的阐述。

第二节　儿童诗和学堂乐歌

如前所述,面对近代社会的深刻变动,“强国保种”成为压倒一切的时代主题,不论是新兴资产阶级的“天赋人权”观,还是达尔文的进化论,都使人们最终将救国的希望寄托在“未来之国民”——儿童的身上,将兴国的良方压在新式的儿童教育上。文学的特殊社会功能与儿童特定的社会地位便自然地结合起来。“儿童一旦被认为是独立的,一种适合于他的文学便应运而生。”(《不列颠大百科全书·儿童文学》)中国儿童文学开始以迥异于此前漫长历史时期的面貌,逐渐呈现出现代性的文学新质。这一时期已经逐步认识到儿童不同于成人的文学接受能力和阅读趣味,越来越多地顾及了儿童读者的年龄特征。虽然这种“顾及”的出发点还不是基于儿童的文学审美需要,而是基于适应儿童特点教育儿童的需求,但是这些“说教”内容,如科学、冒险、爱国等作为“新民”的基本素质,已经具有了一定的现代性。文学实践方面,梁启超、黄遵宪、李叔同、曾志忞、沈心工等人在儿童诗歌、小说、戏剧、音乐等方面的身体力行制造了晚清儿童文化绚丽多彩的景象。[①] “儿童小说”的大量译介,以“学堂乐歌”形式存在的儿童诗歌创作以及寓言、“童话”的编译等,构成了晚清民初儿童文学的主要内容。

---

① 胡从经:《晚清儿童文学钩沉》,上海:少年儿童出版社 1982 年版。

一、儿童诗与学堂乐歌的兴起

儿童诗歌我国古已有之，它可谓是中国儿童文学出现最早与最完整的文体，其表现形式有三：一是活跃在民间的儿歌童谣，二是用诗文形式写作的一些启蒙读物，三是诗人创作的富于儿童情趣的作品。它们被称为儿童诗，并非是社会有意识地为儿童而编写创作的。晚清至民初，专为儿童创作的儿童诗歌真正诞生并走向繁荣。处于内忧外患的历史危机期的儿童诗歌，借诗歌的形式进行爱国、民主、尚武、勉学等思想政治启蒙。同时，新教育的施行，使西方音乐教育理论倡导的唱歌科进入了课程教学，学堂乐歌得以兴起并迅速发展。

与“儿童小说”的翻译几乎完全取代创作的状况相比，晚清民初“儿童诗歌”领域则几乎全是创作，而无翻译。这与当时的诗歌观念有很大关系。晚清梁启超提倡的“诗界革命”，先是主张“新意境”“新语句”与“古风格”三者皆备，后来发现“新语句”与“古风格”常相背驰，“新语句”会破坏诗歌句法与格律，于是又主张“以旧风格含新意境”“熔铸新理想以入旧风格”“独辟新界而渊含古声”，允许“间杂一二新名词”[①]。但这一折中的主观设想在实际操作中却遇到了极大的困难，尤其是外国诗歌的翻译，在“中国调”与“外国意”之间存在着难以调和的矛盾。相对而言，创作诗歌有更多自由发挥的余地。因此，尽管新语句与古风格之间常有抵牾，但凭借从文学传统中继承的诗词功底，再伴以体现新意境、新思想的“新名词”，晚清民初的“儿童诗歌”创作逐渐兴起。

较早写通俗白话诗的林纾，1895 年听说《马关条约》签订的消息，悲愤交加，写下几十首模仿白居易“新乐府”的讽喻诗，两年后以“闽中新乐府”为题印行，并由魏瀚出资付印作为儿童新读本。诗作被传诵一时。直到 1927 年还由商务印书馆重印。他在《自序》中写道：“儿童初学，骤语以六经之旨，茫然当不一觉。其默诵经文，力图强记，则悟性转窒，故人人以歌诀为至。闻欧西之兴，亦多以歌诀感人者”，既指出儿童读古奥经书的不适宜，又看到了通俗的歌诀形式对儿童的感染力。其《村先生》一首写到：“我意启蒙首歌括，眼前道理说明豁。……今日国仇似海深，复仇须鼓儿童心。”既努力做“通俗白话”，又留有一定的“古风”，内容则充分显示了欲借诗歌的感染力启蒙儿童智慧、鼓舞儿童爱国心、振兴中华的愿望。这种浓郁的启蒙功利意识，以及其中体现出的新意境、古风格等，预示了晚清民初时期儿童诗歌的基本特征。

---

① 夏晓虹：《晚清文学改良运动》，《文学史》第 2 辑，北京：北京大学出版社 1995 年版，第 226—230 页。

资产阶级启蒙思想家梁启超，被誉为“中国儿童文学最早的倡导者”①。早在1896年，梁启超就在《变法通议·论幼学》中主张将“歌诀书”列为儿童教育的内容。他欲借诗歌音乐之“精神教育”作用来改造国民品质：“今欲为新歌，适教科用，大非易易。盖文太雅则不适，太俗则无味。斟酌两者之间，使合儿童讽诵之程度，而又不失祖国文学之精粹，真非易也。”②从改造国民性的角度出发，肯定了诗歌与音乐的精神感染作用。梁启超同时指出，作为儿童教科书用的乐歌，歌词既不能太雅又不能太俗，太雅了儿童接受不了，太俗就损害了诗歌的本质。

20世纪初，梁启超创作了数篇爱国诗歌，最早的《爱国歌四章》作于1902年，曾在旅日华侨创办的学校的学生中广为流传，有的还依歌谱曲，很受少年学生的欢迎。如第一章：

> 泱泱哉我中华，/最大洲中最大国，/廿二行省为一家。/物产腴沃甲大地，/天府雄国言非夸。//君不见，/英日区区三岛尚崛起，/况乃堂堂吾中华。/结我团体，振我精神。/二十世纪新世界，/雄飞宇内畴与伦？/可爱哉我国民！/可爱哉我国民！//……

诗中鼓舞国民团结起来，振作精神，实现国家新的腾飞。字里行间饱含浓郁的爱国之情与民族自豪感，具有强烈的艺术感染力。其余三章在句式编排等形式上与此完全一致，六言、七言等错落有致，起始句都有工整的对仗，如“芸芸哉我黄种”“彬彬哉我文明”“轰轰哉我英雄”，且每段后三句皆为重复，读来一唱三叹，回肠荡气。诗作充分体现了“新意境”“古风格”的诗歌理想。其后作者又创作了《皇帝歌四章》和《终业式四章》等爱国诗歌，风格意境大致相同。尤其是为学校毕业生所作的《终业式四章》，满含着对少年一代的殷切希望，勉励他们奋发努力，将来报效祖国，第一章最后一句为：“於乎！今日一少年，来日主人翁。”其余三章末尾皆为“主人翁”这一“新名词”。不过，虽有了较明确的创作对象意识，但梁启超的诗歌对于儿童读者而言，还略显古涩。

1897年，以“端师范，正蒙养，造成才”为宗旨的《蒙学报》创刊。每期分上下编，上编注明供5—8岁儿童阅读，下编注明供9—13岁儿童阅读，每编又各分文学、数学、智学、史事等类。这实际上成为当时新学堂所开文学、数学、博物、历史、地理诸课的课外辅助读物。诗歌尤其受到重视，所刊既有旧体的古风、律诗、

---

① 张香还：《中国儿童文学史（现代部分）》，杭州：浙江少年儿童出版社1988年版，第3页。

② 梁启超：《饮冰室诗话》第78则，北京：人民文学出版社1982年版，第97页。

绝句等,更有当时流行的歌谣体新诗。在内容上,这些诗歌或“彰明科学”,或“传授知识”,或“摹写儿童情趣”,虽然不免稚嫩,但“所有这些供儿童诵读的诗歌形式的尝试,其实也就是现代儿童诗诞生前的准备”①。

1901年,《杭州白话报》创刊。作为中国近代资产阶级民主革命初期的宣传阵地与较早倡导白话文的刊物,该刊也开辟了“新童谣”专栏,以童谣形式反映政治与社会问题,鼓“爱国心”,布“文明种”。1903年,《童子世界》和《中国白话报》也先后创刊。《童子世界》是中国最早的儿童报纸,坚持“以童子导童子”的原则,专门开辟有“歌词”专栏。《中国白话报》也专为儿童读者开辟了“歌谣”专栏。该报第12期、17期和20期还分别刊载了专为“小孩子们”编撰的《板荡集》《出车集》和《民劳集》等歌谣集。

所有这些都表明,一种专为儿童编写、创作的诗歌正在得到广泛的倡导。至20世纪初,儿童诗歌以“学校唱歌科”或者说“学堂乐歌”的歌词形式进入了儿童教育体系。“学堂乐歌”是“五四”前对校园歌曲的一般称呼,当时也称“唱歌”“乐歌”“歌词”“童谣”“学生歌”等。

学堂乐歌可视作儿童诗在晚清特定社会教育背景下的一种变体。新式学堂建立起来后,若干留日学生仿效“明治维新”时期的方法,把西方的歌曲与中国的维新思想、爱国民主要求熔为一炉,开创了“学堂乐歌”这一新的诗歌形式。学堂乐歌被认为“最足以发起精神,激扬思想……以鼓舞其兴会,发展其胸襟,俾不致有萎靡不振之志”②。梁启超高度评价学堂乐歌,认为“盖欲改造国民之品质,则诗歌音乐为精神教育之一要件,此稍有识者所能知也”;又说:“今日不从事教育则已,苟从事教育,则唱歌一科,实为学校中万不可缺者。举国无一人能谱新乐,实社会之羞也。”③

以爱国民主思想为主旨的学堂乐歌,先有黄遵宪、梁启超的大力倡导,又经杨度、戢元丞、曾志忞、沈心工、李叔同等的积极实践,终于蔚然兴起。“学堂乐歌”的兴起,将晚清以来对儿童诗歌的重视、倡导与利用推向了顶峰。

二、黄遵宪的儿童诗

黄遵宪(1848—l905),中国近代著名的政治活动家、思想家和外交家,同时又

---

① 胡从经:《晚清儿童文学钩沉・〈蒙学报〉琐记》,上海:少年儿童出版社1982年版。

② 沈心工:《学校唱歌集・编者大意》,1904年。

③ 梁启超:《饮冰室诗话》。

是一位杰出的爱国诗人。他致力于诗歌革新运动，提出了“我手写我口，古岂能拘牵”（黄遵宪：《杂感》）；他也是学堂乐歌的积极倡导者与实践者，曾多次以“水苍雁红馆主人”的笔名在《新民丛报》的“论学笺”栏论及儿童教育，并创作有《军歌二十四章》《幼稚园上学歌》《小学校学生相和歌十九章》等，被梁启超称为“一代妙文”①。

黄遵宪以明白晓畅、活泼清新的笔调，创作了数篇儿童诗歌。他的作品，既善于摹写儿童情性，又借助诗歌向儿童宣讲了爱国自强、民主变革的思想。代表作如《幼稚园上学歌》（《新小说》1902 年第 3 号）。全诗共十节，第一节和第四节分别如下：

春风来，花满枝，儿手牵娘衣。儿今断乳儿不啼。娘去买枣梨，待儿读书归。上学去，莫迟迟！

大鱼语小鱼：“世间有江湖。”小鱼不肯信，自偕同队鱼，三三两两俱。可怜一尺水，一生困沟渠；大鱼化鹏鸟，小鱼饱鹈鹕。上学去，莫踯躅。

诗作生动描摹了初上学堂幼童的新鲜愉悦之情，童真、童趣跃然纸上。温婉的劝喻，借大鱼小鱼的故事进行的譬喻，读来亲切易懂。句式长短不一，既保留了韵律又不拘于严格的韵脚；每节末的“上学去”句又形成音乐上的回环往复。周作人后来读到此诗，赞叹其为“百年内难得见的佳作”“不愧为儿童诗之一大名篇”。此诗后来还被辑入《最新妇孺唱歌集》（1904 年）和《改良唱歌教科书》（1907年），广为流传。

与《幼稚园上学歌》相比，写给小学生的《小学校学生相和歌十九章》，在语言、立意上的深度有所增加，体现了作者的读者意识。第一章如下：

听听汝小生，雪汝国耻鼓汝勇。芙蓉熏天天梦梦，鬼幽地狱随地涌；吸我脂膏扼我吭，使我健儿不留种。於戏我小生！谁甘鱼烂亡．忍此饮鸩痛。

《相和歌》是先以一人唱读，章末三句由诸生合唱，其浓烈的爱国激情与对新一代的热切期望由此可见一斑。

黄遵宪曾把《军歌二十四章》《幼稚园上学歌》寄给梁启超，并附函：“自谓此

① 梁启超：《饮冰室诗话》。

新体，择韵难，造声难，着色难，而愿任公等之拓充之光大之也。”[1]他所说的“新体”，是“我手写吾口”的晚清新诗歌体，以旧风格含新境界、新理想。同时，黄遵宪也坦言“三难”，即新诗所具有的新思想、新语句与旧格律、旧韵味之间的矛盾。换言之，不但“手”与“口”难统一，“手”“口”与‘心”之间也难以统一，因此写起来才感觉颇难。黄遵宪可说是中国近代儿童诗创作的拓荒者，诚如梁启超所赞誉的：“近年以来，爱国之士，注意此业者，渐不乏人，而黄公度其尤也。”[2]

三、曾志忞、沈心工、李叔同、杨度等人的学堂乐歌

1. 曾志忞的学堂乐歌

曾志忞(1879—1929)，是近代最早介绍西洋音乐理论，进而从教育、文学角度全面深入论述儿童诗歌的人。

曾志忞从西欧、日本等国的儿童教育得到启示，热心提倡学校唱歌一科。1903 年，他在《江苏》第 6 期刊载的《乐理大意・引言》中写道：

> 远自欧美，近自日本，凡受教育者，莫不重音乐，而其于小学校之唱歌一科更与国语并重，盖其间经教育家论理家研究殆百余年而有今日之大光明也。吾国音乐发达之早，甲于地球，且盛于三代，为六艺之一，自古言教育者无不重之，汉以来雅乐沦亡，俗乐淫陋，降至近世，几以音乐为非学者所当闻问，呜呼！夫乐之为物兴感，可怡悦，学校中不可少之科目也。因不揣浅陋，采集最近学校所用唱歌若干，附以说明及教授法，刊以告吾国之教育者，而先之以乐理大意。

作者从儿童教育的角度，提倡把学校唱歌科置于和国文课一样重要的地位。随后，他又在该刊发表了数首乐歌，如《练兵》《游春》《新》等。诗中多鼓励少年勤奋学习，锻炼身体，珍惜光阴，富国强兵，保种复仇，洋溢着深切的爱国之情。当时梁启超读到《江苏》上关于中国音乐改良的议论及数首学堂乐歌时，忍不住拍案叫绝，称“此中国文学复兴之先河也”。

稍后，曾志忞还编辑出版了《教育唱歌集》，卷首有序《告诗人》，作者首先指出，既往的诗人之诗，其要旨都不是教育的、音乐的，接着论及当今的学校唱歌：

---

① 胡从经：《晚清儿童文学钩沉》，上海：少年儿童出版社 1982 年版，第 19 页。

② 梁启超：《饮冰室诗话・九十八》。

近数年有矫其弊者，稍变体格，分章句，间长短，名曰学校唱歌，其命意可谓是矣。然词意深曲，不宜小学，且修辞间有未适，于教育之理论实际病焉。虽然，是皆未得标准以参考之耳。欧美小学唱歌，其文浅易于读本。日本改良唱歌，大都通用俗语。童稚习之，浅而有味。今吾国之所谓学校唱歌，其文之高深，十倍于读本；甚有一字一句，即用数十行讲义，而幼稚仍不知者。以是教幼稚，其何能达唱歌之目的？谨广告海内诗人之欲改良是举者，请以他国小学唱歌为标本，然后以最浅之文字，存以深意，发为文章。与其文也宁俗，与其曲也宁直，与其填砌也宁自然，与其高古也宁流利。

这是一篇精彩的论述儿童诗歌的文章。文章首先肯定了近年来学校唱歌对先前"诗人之诗"的超越之处，也指出仍存在"词意深曲"、不适合小学生接受能力的弊端。然后以欧美、日本小学唱歌为参考，指出其"浅易"与"通用俗语"的优点，主张今后的小学唱歌以他国为标本，抛弃"文""曲""填砌""高古"，代之以"俗""直""自然""流利"，用最浅显的文字含蕴深刻的寓意。这比梁启超的"雅俗论"更为具体、明确，也更具有儿童诗歌的本体论色彩。

此外，曾志忞还具有了根据儿童不同年龄阶段而提供不同诗歌的意识。他编创的《教育唱歌集》包括从幼稚园至中学所用歌曲 26 首，四个年龄段分别配以不同难度、不同侧重点、不同风格的诗歌。其中适合幼稚园用的有 8 首，初等小学用的有 7 首，高等小学用的有 6 首，中学用的有 5 首。如：

老鸦（幼稚园用）

老鸦老鸦对我叫，/小鸦真正孝。/老鸦老了不能飞，/对着小鸦啼。小鸦朝朝打食归，/打食归来先喂母。/自己不吃犹是可，/母亲从前喂过我。

蚂蚁（初级小学用）

蚂蚁蚂蚁到处有，/成群结队满地走。/米也好，虫也好，/衔了就往洞里跑。/谁来与我争，/一齐出仗，/大家把命拼。/不打胜仗不肯回，/守住洞口谁敢来？/好好好！他跑了。/得胜回洞好。/有一处，更好住，/要做新洞大家去。

莫说蚂蚁蚂蚁小，/一团义气真正好。/人心齐，谁敢欺？/一朝有事来，/大家都安排。/千千万万都是一条心，/邻居也是亲兄弟，/朋友也是自家人。/你一担，我一肩，/个个要争先。/你莫笑，蚂蚁小，/义气真正好。

《老鸦》的语言基本上是口语，格律上较为自由，借助小鸦打食喂老鸦的形象比喻，对幼儿进行了美德教育，正是以“极浅”之文字，寄寓着“深意”，可谓“浅而有味”。如周作人所言，此期幼儿心理上的感觉作用最发达，对诗歌的声调是否好听最为注意，《老鸦》一诗既有儿童喜欢的声调韵律，又未被僵硬的“高古”“填砌”之古风格所限制。这似乎也可看做晚清儿童诗歌对“诗界革命”理论富有创造性的实践与超越。《蚂蚁》一诗面向小学生，则借用儿童非常熟悉的蚂蚁的生活习性，启发大家团结互助、同仇敌忾、保卫家园。语句较《老鸦》略为繁复，段落加长，句式与韵律上更为随意，寓意也更深，适合具备一定的历史文化基础和有初步文学修养的学生。

2. 沈心工的学堂乐歌

学堂乐歌的另一位重要编创者沈心工（1869—1947），也是我国近代最早的儿童音乐家之一。他认为：“乐歌之作用，最足以发起精神，激扬思想……以鼓舞其兴会，发展其胸襟，俾不致有萎靡不振之志。”（《学校唱歌集·编者大意》）在学校教授乐歌之余，沈心工于1904年出版了最早由中国人自己编著并在国内出版的《学校唱歌集》；此后，又陆续编印了《学校唱歌二集》《学校唱歌三集》《小学唱歌教授法》等；辛亥革命后又编辑出版了《重编学校唱歌集》1至6集、《民国唱歌集》1至4集、《心工唱歌集》等。

沈心工的歌词创作实践了黄遵宪“我手写吾口”“令天下之农工商贾、妇女幼稚皆知”[①]的主张，虽然也以“鼓吹新学思想，标榜爱国主义”为旨趣，但他能体味儿童心理，尊重不同年龄儿童的不同心理、生理特征，真正达到了“浅而有味”的艺术效果。如以下二首：

兵　　操

男儿第一志气高，年纪不妨小。哥哥弟弟手相招，来做兵队操。兵官拿着指挥刀，小兵放枪炮。龙旗一面飘飘，铜鼓冬冬冬冬敲。一操再操日日操，操得身体好，将来打仗立功劳，男儿志气高。

竹　　马

小小儿童志气高，要想马上立功劳，两腿夹着一竿竹，洋洋得意跳也跳。

雁　　字

青天高，远树稀，西风紧，排成一字一行齐，飞来飞去不分离，好像我哥哥弟弟，相敬相爱手相携。

---

① 黄遵宪：《日本国志第九·学术志》。

浅显、生动的语言，伴以自然的韵律，借助儿童熟悉的生活场景及形象，间接传达了“尚武”“团结合群”等思想。儿童即使还不能完全悟透歌中“深意”，也会从中受到情绪上的感染。沈心工的儿童歌词非常重视符合儿童心理特征，教育性、音乐性兼具，通俗明白，格调高昂，深受少年儿童欢迎，当时在童稚间竞相传唱，《学校唱歌集》在两年内再版五次。正如黄炎培所评价的：“吾国十余年前学校课唱歌者尚少，沈君心工雅意提倡，自制词同任教授，一时从而和之如响斯应。论篮筚开山之功，沈君定于其间占一席焉……其所制小学校用歌词尤注意儿童心理，其所取材与其文字程度，能通俗而不俚，其味隽而其言浅，虽至今日作者如林，绝不因此减其价值，且与岁月同增进焉。”[①]这一颇为中肯的评价指出了沈心工乐歌创作的最大特点，即“注意儿童心理”；同时，这一评价也透露出当时人们的儿童诗歌价值取向，即“通俗而不俚”“味隽而言浅”，这与曾志忞所倡导的“浅而有味”、梁启超的“斟酌（雅俗）两者之间”其实是一致的。同时，其“言浅”的追求不仅仅基于“文界革命”的通俗白话主张，而是充分顾及儿童自身的年龄特点、接受能力，这就使其创作具有了一种文学形式上的初步自觉，意味着中国现代儿童文学发生过程中“儿童性”的渐进提升。

3. 李叔同的歌词创作

李叔同（1880—1942），我国近代艺术教育的先驱者之一。1906年，他独自创办了我国第一个音乐刊物《音乐小杂志》。他认为，音乐可以“琢磨道德，促社会之健全；陶冶性情，感音乐之粹美”。

李叔同一方面采用我国民间乐曲填作新词，宣扬“新学”与“爱国”，如借用民间乐曲《老六板》填词的《祖国歌》：

> 上下数千年，一脉延，文明莫与肩。纵横数万里，膏腴地，独享天然利。国是世界最古国，民是亚洲大国民。呜乎，大国民，呜乎，唯我大国民！幸生今世界，琳琅十倍增声价。我将骑狮越昆仑，驾鹤飞渡太平洋。谁与我仗剑挥刀？呜乎，大国民，谁与我鼓吹庆升平?!

作者热情讴歌祖国的地大物博，人口众多，充满了中国人的自豪感，诗作传递了炽热的爱国热情，极具感染力，多年来传唱不衰。

另一方面，李叔同又大胆采用西洋歌曲配制新词作为教材。在歌词创作上，

---

① 黄炎培：《重编学校唱歌一集·序》，1915年。

他注重借鉴旧体诗词的格调,作品易唱易懂,清新优美,广为流传。他1914年创作的《送别》就是一首脍炙人口的歌曲:

长亭外,古道边,芳草碧连天。晚风拂柳笛声残,夕阳山外山。

天之涯,海之角,知交半零落。一壶浊酒尽余欢,今宵别梦寒。

词作表达的虽然是成人分别时的哀婉情感,但文字秀丽清新,节奏温暖明快,广受儿童喜爱。半个世纪后,儿童电影《城南旧事》就采用此歌为主题曲。李叔同创作的许多作品均流传至今,影响了一代又一代的中国青少年。

4. 杨度的学堂乐歌

杨度(1875—1931),1902年留学日本。留学时,以复兴中华为己任,追随黄遵宪,写下了多篇浅显简易的诗歌。他为儿童创作的诵读诗《黄河》《扬子江》《中国歌》《湖南少年歌》等,得到梁启超的称许,认为是介于雅俗之间、适合儿童诵读的佳作。如收入曾志忞《教育唱歌集》的《黄河歌》,就曾风行一时:

黄河黄河,出自昆仑山,远从蒙古地,流入长城关。古来圣贤,生此河干。独立堤上,心思旷然。长城外,河套边,黄沙白草无人烟。思得十万兵,长驱西北边。饮酒乌梁海,策马乌拉山。誓不战胜终不还。君作铙吹,观我凯旋。

这首诗歌写于1903年,正值沙皇俄国出兵侵占整个东北地区。杨度以最浅近的文字,“存以深意,发为文章”(梁启超:《饮冰室诗话》),宣传反帝救国思想。《湖南少年歌》(1903年)更激荡着杨度的爱国情感:“儿童女子尽知兵”“诸君尽作国民兵”。为挽救中国沦亡之运命,杨度认为最重要的是要全国大团结,全民皆兵。他希望湖南能成为复兴中华的核心,寄语湖南少年,担负起救国兴邦的责任,“若道中华国果亡,除是湖南人尽死”。这篇长达2 000言的爱国诗,因为强烈的爱国心与适合儿童吟诵的语言、格律,很快传诵开来。梁启超非常重视这首诗歌,曾全文抄录,广为推荐,成为少年儿童有益的教材。

5. 戢元丞的学堂乐歌

戢元丞,清末资产阶级民主革命运动的活跃分子,我国“留日学生最初第一人,发刊革命杂志最初第一人,亦为中山先生密派入长江运动革命之第一人”①。

① 刘禺生:《世载堂杂记·述戢翼翚生平》,北京:中华书局1960年版。

1904年，由他编辑出版的《教育必用学生歌》是最早出版的学堂乐歌专集，收“近人近作新歌”18篇，有《醒师歌》《醒国民歌》《爱国歌》《新少年歌》《爱祖国歌》《励志歌(一)》《励志歌(二)》《合群歌》《警醒歌》等。另有“附录”收翻译的外国诗歌《日本少年歌》《日耳曼祖国歌》《法国国歌》《德国国歌》等6篇。

戢元丞对于学堂乐歌的理解集中体现在他写的《学生歌编辑之起意》里。编者从诗歌的艺术功用说起，主张将诗歌引入儿童教育中，作为学校“最要学科”，用作“陶铸国民、激励学者”的工具。而创作必须“本爱国为宗旨”，“以发生爱国心为第一主义”。这些见解既为编者所主张，也是那个时代的共识。因而，它的出版很快得到同声唱和，出版学堂乐歌成为一种时尚。

以上几位仅是晚清民初学堂乐歌较具代表性的编创者，其实当时写作乐歌的人不在少数，而各种“学校唱歌集”的出版更是蔚为大观，这些歌集在编辑大意、缘起、序言中，皆重点阐发了乐歌陶铸少年儿童性情、促其警醒、激发爱国心的启蒙功用。除了各种“学校唱歌集”的编辑出版，当时的许多报刊，如《杭州白话报》《童子世界》《中国白话报》等，也纷纷刊载“歌词”“童谣”。

学堂乐歌的勃兴与辛亥革命之前日益高涨的“救亡图存”的时代主题相一致。然而，受到社会儿童观的局限，从本质上说，学堂乐歌仍是一种“上关政治、下益人群”(郑贯公:《时谐新集·序》)的教育工具。学堂乐歌在注目于“救亡图存”这样一些重大的社会问题时，创作的出发点并不是基于儿童自身的需要，这使得学堂乐歌虽然具有了儿童诗歌的形式，但还没有形成自觉的文体意识，对儿童年龄特点的定位还比较笼统；对于“儿童”诗歌与“成人”诗歌的区别的认识也还比较模糊。晚清民初的儿童文学基本上被视为“简化的成人文学”，还没有触及儿童及其文学的本质问题。但毕竟，在小说几乎独步文坛的晚清民初，“儿童诗歌”以其独具的魅力，为发生期的中国现代儿童文学开辟出了一片新的天地。

四、周作人与儿歌运动

在学堂乐歌日益衰微的时期，先后从日本留学回国的鲁迅、周作人兄弟将注意力投向了儿童歌诗。在日本留学期间，周作人先后阅读了日本学者著的《日本民谣集》《儿童研究》《民歌之研究》《儿童之文学》《儿童学纲要》《歌谣字数考》，英国学者著的《儿歌比较研究》等。回国后，在鲁迅支持下，周作人在《绍兴县教育会月刊》上倡导儿歌童谣的搜集与研究。1914年，他编印了《搜集绍兴儿歌童话启》1 500张，随《越铎日报》分发，还将启事刊于他主编的《绍兴县教育会月刊》1月号上。开篇写道：

作人今欲采集儿歌童话，录为一编，以存越国土风之特色，为民俗研究儿童教育之资材。即大人读之，如闻天籁，起怀旧之思，儿时钓游故地，风雨异时，朋侪之嬉戏，母姊之话言，犹景象宛在，颜色可亲，亦一乐也。第兹事体繁重，非一人才力所能及，尚希当世方闻之士，举其所知，典赐教益，得以有成，实为大幸。

此后还有“条例八则”，具体说明征集要求与方法。这则启事是我国第一次公开征集儿歌童话的重要文献，然而当时的响应者寥寥。一年中周作人只收到一件来稿。从1913年至1915年初春，周作人转而自己动手搜集，共得绍兴民歌200余首，还从古籍中分门别类地抄录了大量童谣、儿童谜语。1914年，周作人还写下了我国第一篇儿歌研究专论——《儿歌之研究》，发表在《绍兴县教育会月刊》1月号上。周作人通过对儿歌童谣的释义、性质、历史、种类、来源及作用的分析，有力地批驳了古代童谣“荧惑说”的谬误，认为“儿歌起源约有二端，或其歌词为儿童所自造，或本大人所作”，后为童子所歌，而“儿歌的发生”则是因为它合乎“儿童初学语，不成字句，而自节调”的生理、心理特点，进而将儿歌分为母歌、儿戏歌两大类，再分为游戏、谜语、叙事歌、人事歌等四种类型，并且指出，“在教育方面，儿歌之与蒙养利尤切近”。

虽然周作人“论儿歌之性质”的目的也在“为研究教育者之一助焉”，但他看到了“儿歌之用，亦无非应儿童身心发达之度，以满足其喜音多语之性”的一面，又比倡导“学堂乐歌”者对儿童诗歌的认识向“儿童的世界”迈进了一大步。1914年2月，周作人又撰文《艺文杂话》，发表在《中华小说界》第1卷第2期上，认为：“中国自古有童谣，中不乏佳作，唯附会先兆者为多，或本系他种诗歌而阑入者。”周作人对中国儿歌童谣这一民间文学形式给予了高度的评价，认为“非大文学家”不能胜任其创作。

当周作人在绍兴征集儿歌童话反应几无时，远在北京的鲁迅以实际行动给周作人以支持。周作人曾回忆说，鲁迅“特别支持我收集歌谣的工作，大概因为比较易于记录的关系吧，他曾从友人们听了些地方儿歌，抄了寄给我做参考”。鲁迅自己也十分看重童谣的搜集与整理，曾明确提出搜集、整理、研究“歌谣、俚谚”，用以“辅翼”教育。周氏兄弟在辛亥革命后、“五四”以前对儿歌童谣的重视、倡导与亲身躬行，虽然在当时响应寥寥，直到五四新文化运动兴起时，他们才“旧话重提”。然而其意义是深远的，它从理论与实践两方面，为“五四”时期将儿歌童谣作为儿童文学的基本体裁来倡导，作了不可或缺的准备。

第三节　小说革命催生儿童小说

在中国，小说文体正如鲁迅所说，“是向来不算文学的”（鲁迅：《〈草鞋脚〉（英译中国短篇小说集）小引》），被视为市井俗文学之列。也有学者对小说持肯定态度，如刘继庄、王士祯等就提出小说是“平民百姓的历史课本”，从小说与民众的密切关系来肯定其价值，并揭示了儿童与小说的联系。刘继庄在《广阳杂记》卷二中写道：“余观世之小人……未有不看小说、听说书者，此性天中之书与春秋也。”王士祯也在《居易录》和《香祖笔记》中多处提到儿童对小说的喜爱：“村中儿童听说三国事，闻昭烈败则颦蹙，曹操败则欢喜踊跃。”但人们有意识地将小说与儿童读物联系起来加以倡导，是近代梁启超发起“小说界革命”前后的事。

一、小说革命对儿童小说的推动

1887年，黄遵宪在《日本国志》中表达了小说要用“妇女幼稚皆能通文字”来写作，以便于妇女、儿童阅读。1891年，康有为编辑新儿童教科书《幼学》，提出了“启童蒙之知识，引之以正道，俾其欢欣乐读，莫小说若也”的见解。1896年，梁启超在《变法通议・论幼学》里也主张将“说部书”作为儿童教育的内容，让儿童“不以读书为难事”。1898年，适应“开通民智”与变法图强的需要，又从欧洲、日本各国“变革之始”得益于小说的事实受到启发，梁启超也将小说作为“国民之魂”（梁启超：《译印政治小说序》）来倡导。1902年，他创办《新小说》，发表《论小说与群治之关系》，进一步提出了“小说界革命”的口号：

> 欲新一国之民，不可不先新一国之小说。故欲新道德，必新小说；欲新宗教，必新小说；欲新政治，必新小说；欲新风俗，必新小说；欲新学艺，必新小说；乃至欲新人心，欲新人格，必新小说。何以故？小说有不可思议之力支配人道故。

文中还细致分析了“小说之支配人道也，复有四种力”：“熏”“浸”“刺”“提”，大致即是感染、沉浸、刺激、诱发四种作用。小说文体经过梁启超的倡导，从性质到地位都发生了质的飞跃。小说文类以其强大的启蒙功用获得了前所未有的殊荣。

“小说革命”旨在“新国民”与“新人格”，这也是与儿童教育的目标相一致的。

1907年,《中外小说林》第1卷第8期发表了署名“耀”的文章:《学校教育当以小说为钥智之利导》,强调小说与儿童教育的结合。文章指出:我国教育“无科学教育法。肄习也,以‘四书’‘五经’为卒业范围;思想也,以试帖八股为功名符券。嫉视一切小说”“以为引坏心思”“旷碍功课”。继而与国外教育相比照,指出“东亚学者,改良教育,特注重于小说一科,而群视为钥智之导引也”“18世纪而后,欧西各教育家,热心著书,以为启迪人材料;而学校之组织,日多而月盛,即小说之著作,亦日出而月新。……尤其注意者,对于小学教育,为之导师者,更择小说而曲解善喻之,务使勃发其性真,鉴导其识力,以养成国民之人材,振起灵魂之懦气,此以知学校教育之种因所自来矣”。作者从“强国启智”的角度,将小说提高到了“强国之本”的地位。

与此同时,徐念慈在《小说林》发表了《余之小说观》(1908年),进一步提出了要为儿童专出一种小说,即“儿童小说”的主张:

> 今之学生,鲜有能看小说者(指高等小学以下言)。而所出小说,实亦无一足供学生之观览。余谓今后著译家所当留意,宜专出一种小说,足备学生之观摩。其形式,则华而近朴,冠以木刻套印之花面,面积较寻常者稍小。其体裁,则若笔记,或短篇小说,或记一事,或兼数事。其文字,则用浅近之官话;倘有难字,则加音释;偶有艰语,则加意释;全体不逾万字,辅之以木刻之图画。其旨趣,则取积极的,毋取消极的,以足鼓舞儿童之兴趣,启发儿童之智识,培养儿童之德性为主。

徐念慈对儿童小说的形式、体裁、文字、作用等提出的具体见解,对当时“将小说作为教科书”的实践有着指导意义。虽然他也是从儿童教育立论,但却更多地考虑到儿童的兴趣与接受能力,为进一步催生“儿童小说”这一儿童文学形式提供了理论支持。

二、儿童小说的译作面貌

由于“创作功缓”,晚清文坛首先兴起的是小说翻译热潮,“远摭泰西之良规,近挹海东之余韵”[①],呈现出“著作者十不得一二,翻译者十常居八九”[②]的新

① 商务印书馆主人:《本馆编印〈绣像小说〉缘起》,《绣像小说》1903年第1期。
② 徐念慈:《余之小说观》,《小说林》1908年第9期。

景观，为近代文坛注入了新鲜的异域之风，也启动了文学的现代化进程。

在晚清这股译介大潮中，出现了给“少年”“童子”“学生”等未成年人阅读的小说。有“介绍西洋近世文学第一人”[①]之称的林纾，在其译介的170余种外国小说中，就有不少是“以稚童读本为笔记”（朱羲胄：《春觉斋著述记》），“使童蒙闻而笑乐”（林纾、严培南、严璩合评：《希腊名士伊索寓言·叙》）。如《英国诗人吟边燕语》（即英国兰姆姐弟为少年儿童编写的莎士比亚故事集，1904年）、《海外轩渠录》（即英国斯威夫特的《格列佛游记》，1906年）、《希腊名士伊索寓言》（1906年）、《爱国二童子传》（法国沛那著，1907年）、《块肉余生述》（英国狄更斯，1908年）、《鲁滨孙漂流记》（英国笛福，1914年）。可以说，20世纪初的中国儿童正是通过“林译小说”“进了一个新天地，一个在《水浒》《西游记》《聊斋志异》以外另辟的世界”[②]。随后，包含小说在内的专门面对儿童的《童话》丛书的出版，彰显出“儿童小说”的自觉意识。

该时期的小说译作，与近代特定的政治形势、教育变革与小说理想相一致，逐渐集中到科学小说、冒险小说、教育小说、爱国小说等类型，如以《月界旅行》为代表的科学小说，以《十五小豪杰》《鲁滨孙漂流记》为代表的冒险小说，以《馨儿就学记》《苦儿流浪记》为代表的教育小说，以《爱国二童子传》为代表的爱国小说。

1. 以《月界旅行》为代表的科学小说

1902年，梁启超在其主编的《新小说》上首辟“科学小说”专栏，发表了“科幻小说之父”儒勒·凡尔纳的《海底旅行》。1903年，凡尔纳的另一部科幻名著《月界旅行》由鲁迅在日本留学时根据井上勤的日译本重译、在日本东京进化社出版。在《月界旅行·辨言》里，鲁迅强调：“破遗传之迷信，改良思想，补助文明……导中国人群以进行，必自科学小说始。”根据《清末民初小说目录》记载，自1900年到1911年，凡尔纳小说的中译本达到18种（不计重版），甚至出现了“一本多译”的现象。晚清文坛涌现出一股“凡尔纳热”。

晚清科学小说译介不仅仅限于凡尔纳的科幻作品。1903年7月，明权社在日本东京印行出版了海天独啸子译述的《空中飞艇》（日本押川春浪原著），意在使科学小说“为社会主动力，虽三尺童子，心目中皆濡染之”。把“三尺童子”明确列为科学小说的重要接受者。1905年，又有周桂笙翻译的《神女再世奇缘》发表在《新小说》上。1906年，《地心旅行》也由周桂笙翻译，上海广智书局出版。热心

---

① 徐中玉：《中国近代文学理论的发展》，《社会科学战线》1992年第1期。

② 钱锺书：《林纾的翻译》，《文学研究集刊》第1册，北京：人民文学出版社1964年版。

倡导“儿童小说”的徐念慈，不仅在其编辑的《小说林》上发表《电冠》《魔海》《飞行记》等科学小说，还于1905年译述了英国西蒙纽加武的《黑行星》，由小说林社出版。欧美国家的科学小说译作也有不少，如荷兰的《梦游21世纪》（商务印书馆），英国的《飞行记》（小说林社）、《海底漫游记》（新小说社），美国的《幻想翼》（商务印书馆）等。这些科学小说虽然并非全为儿童所创作译述，但其中所蕴含的科学精神与幻想品格，深得少年儿童欢迎，儿童第一次领略到科学的神奇与科幻小说的巨大魅力，并由此接受了科学文化的启蒙。正如鲁迅“要改造中国人，必须先改造中国人的梦”[①]的呼吁，晚清的科学小说正是文化旗手们“改造中国人的梦”的一种尝试，为之后儿童科学文艺的发展奠定了最初的基础。

2. 以《鲁滨孙漂流记》为代表的冒险小说译作

冒险小说，也可以称为历险小说。1902年，梁启超在《新小说》上发表南野浣白子译述的《二勇少年》时，始设“冒险小说”。1902年，梁启超由日译本转译的《十五小豪杰》（法文原著名《两年间学校暑假》，梁启超译前九回，罗孝高续译后九回），在《新民丛报》第二号至二十四号连载。1903年5月由日本横滨新民社活版部出版单行本，书上署“少年中国之少年重译”，可见梁启超转译这篇小说时的“儿童”意识。

此后译介的“冒险小说”有周桂笙译的《水底渡节》（载《新小说》第2卷第6期，1905年6月）和徐念慈译的《海外天》（海虞图书馆，1903年），以及英国的《金银岛》（司蒂文生著，商务印书馆编译所译，1904年）、《荒岛孤童记》（马理溢德著，广益书局，1909年），日本的《澳洲历险记》（樱井彦一郎著，商务印书馆编译所译，1906年）。这类小说中影响最大的是《鲁滨孙漂流记》。早在1898年，沈祖棻就翻译了《绝岛漂流记》（即笛福的《鲁滨孙漂流记》），由开明书店出版。译者在《自序》中表明译述此书的目的即“用以激励少年”。商务印书馆创始人高梦旦在1902年为此译书撰写的序中亦揭示译者“欲借以药吾国人”，以“激发国人冒险进取之志气”。这部译作鼓励大胆冒险、开拓进取，颂扬在困境乃至绝境中顽强求生的精神，这也正是译者期待国人和青少年具备的品质。至1906年，小说已先后有三四个不同的中译本，影响极广，直到民国初年，还被视作此类小说的典范。

3. 以《馨儿就学记》等为代表的教育小说

教育小说，是直接与变革教育所需的学校教材相联系的。教育小说在我国的兴起，源自《教育世界》杂志（罗振玉1901年4月在上海创办）。1903年7—8

① 转引自韩松：《想象力宣言》，成都：四川人民出版社2000年版，第124页。

月的《教育世界》上连载了“教育小说”《爱美耳钞》(即卢梭《爱弥尔》的中译本)。之后,在各主要教育杂志、小说杂志上时有“教育小说”“家庭教育小说”“历史教育小说”的译介,并结合中国教育和社会现实作了不同程度的改写。其中,包天笑是翻译此类小说的最重要代表。

1905年,包天笑翻译了意大利的教育小说《儿童修身之感情》(上海文明书局),即《三千里寻亲记》。小说讲述一位13岁儿童历经艰险、跋涉寻母的故事。译者称其为“教育儿童的伦理小说”。1909年,包天笑从日文转译了《馨儿就学记》(商务印书馆),即意大利亚米契斯的《爱的教育》。此书以日记体的形式组织了一系列的故事,讲述了一个小学生在家庭、学校、社会中接受关于亲情、友情、爱国之情的教育并不断成长的故事。《馨儿就学记》在中国近现代文学史上影响极大,1926年夏丏尊将它译为《爱的教育》出版。至1948年,该书已再版19次。

包天笑的译本是典型的“意译”,根据需要进行了很大程度的改编。他将一切人名、习俗、文物、起居都做了中国化的处理。译作受到读者,特别是中小学生的欢迎,其原因正在于“此书情文并茂,而又是讲的中国事,提倡旧道德,最合十一二岁知识初开一般学生的口味”[①]。这些改编后的“中国事”“旧道德”,伴随着“情文并茂”的讲述赢得了学生们的认可,成为当时少年儿童读物中的畅销书,部分还被编入了当时的国文教科书。

包天笑译的《苦儿流浪记》也颇有影响,最初发表在《教育杂志》4—6卷(1912—1914)上,1915年由商务印书馆出版单行本,分上、中、下三册。其后,还有数种不同名的中译本问世。

以上三部译作号称“三记”,曾经受到中华民国教育部的褒奖,其中尤以《馨儿就学记》为最佳。包天笑这些翻译作品,尽管“意译”甚至“改译”的成分极多,但由于他在“中国化”的过程中,与“中国事”“旧道德”结合得较完美,加之娴熟的文字驾驭能力,浅近的文言运用得得心应手,译文畅达优美,因此大获成功。这种译述方法,在今天看来虽然有其不妥之处,却显示了译者可贵的儿童读者意识。在当时的社会背景下,受到了中国小读者的欢迎。

4. 以《爱国二童子传》为代表的爱国小说

爱国小说的译作,数量相对较少,其中以《爱国二童子传》为代表。1907年9月,林纾、李世中合译《爱国二童子传》(法国沛那原著),商务印书馆出版。沛那曾在原序中表达了著此书“以鼓荡童子之心志”,从而“鼓动其人爱国之心”的旨

① 胡从经:《晚清儿童文学钩沉》,上海:少年儿童出版社1982年版,第106页。

趣。林纾在《〈爱国二童子传〉达旨》中对此作了进一步阐发：“强国者何恃？曰：恃学，恃学生，恃学生之有志于国，尤恃学生人人之精实业”，表达了自己“实业救国”的观点。他还申明，翻译此书是为了使“青年学生，读之以振动爱国之志气”。

此外，法国都德的短篇爱国小说《最后一课》也较早被翻译过来。1903 年 1 月出版的《湖南教育杂志》刊载了陈匪石的白话译文。1912 年，这篇小说又被胡适翻译，收入他所译的《短篇小说》第一集（原译《割地》）。

这一时期还出现了爱国小说的尝试之作，如 1903 年上海独社出版了“中国轩辕正裔”著的章回体小说《瓜分惨祸预言记》，是一本以儿童爱国活动为情节主线，以儿童为主人翁的长篇小说。该书曾是遭清廷查禁的革命书刊，文中有诸如“我们年纪最小，舍死报国总是能的”“我们在家里也是死，不如让我们各做爱国的人死了，也死得好看些”等话语，表达了为国赴死的决心，是我国较早塑造爱国儿童形象的长篇小说。

另外，包天笑还有一篇大约据外国儿童小说为蓝本写成的《爱国幼年会》，载于 1906 年 8 月灌文书社出版的《短篇小说丛刊》。小说也是鼓励儿童爱国、宣传爱国报国思想的，文中提到爱国幼年会的三个宗旨，分别是：“提倡尚武精神，一也；奖励公共储蓄，二也；发起爱国思想，三也。”

综合起来看，这一时期的小说翻译中，“儿童”是作为挽救历史危机与文化危机的救世者形象进入文学活动视野的。用来“新民”的译介小说常常从内容选择到语言形式都顾及了儿童读者的阅读接受能力与习惯。

在翻译小说的影响下，也出现了一些仿作、编译之作和创作，如《妇女杂志》第 2 卷 1—11 期刊载胡寄尘的《慕凡女儿传》，用浅显的文言和章回小说的形式，对《爱弥尔》进行了一场中国化“演绎”；再如《教育杂志》1909 年第 1 卷第 2 期的《理想的模范小学》，以“历史教育小说”为定位，以中国历史上的名人为校领导、教师及学生，描述了作者心目中理想的教育模式。1913 年，《教育部编纂处月刊》上刊载的教育小说《慈父情》（原名《理想之教育》，毛伟邦译编），也阐述了大量新教育思想和“养育之方法”。

清末民初还逐渐出现了专门为少年儿童改编的传统小说，如中华书局出版的《儿童小小说》大型丛书，丛书共计一百种左右，内容全取自古典的说部，历史、故事、滑稽、神怪、义侠等均有。该丛书的启事中说：“小孩最喜欢看小说，但旧小说有许多不合教育宗旨的，看了无益有损，本局出版的小小说是从著名各种小说里面选有益而多趣味的编成小本子，小孩看了既可增智慧，又易通纹理，得益不浅啊！”[1]可见，丛书虽然仍着眼于“教育宗旨”，但也在很大程度上考虑到了小孩的阅读趣味。

总之，在赋予小说教育功利色彩的同时，“儿童小说”开始被纳入儿童教育的视野。在某种程度上，儿童小说正是凭借在课外辅助读物、学校教科书中的教育地位，才逐渐成为儿童文学中的一种独立样式。这些有意或无意、专门或兼及、主观或客观地提供给年幼一代的小说译作，不但为幼年读者打开了一扇新奇的文学世界之门，同时推动了儿童文学自身的发展，成为中国现代儿童文学发生期的有机组成部分。

第四节　孙毓修树起第一块里程碑——《童话》

晚清民初，出现了专门为儿童编译的寓言和童话。寓言是我们古已有之的重要文体，它以“假物托事”的故事形式，收“言近旨远”的教化效果。晚清译介大潮中，影响最大的是林纾翻译的伊索寓言。受特殊时代文化语境的影响，这些被翻译的寓言也呈现出与原著不同的风格和意境，具有“中国化”的特点。在晚清民初的新教育背景中，寓言也逐渐走进儿童教育领域，以学校教科书或课外辅助读物的形式进入儿童的视野，并出现了专门为儿童翻译的寓言作品。

与此同时，西方童话也频频见诸蒙学类的报纸杂志，早期以《格林童话》《一千零一夜》等具有民间故事色彩的童话为主，较为零散且无“童话”之名，直到清末孙毓修编译的《童话》丛书。中国古代虽无童话之名，却有童话这类作品。按周作人的说法，一是民间借以“娱小儿”的故事，可惜“未尝有人采录，任之散逸”；二是“成文之童话，见晋唐小说，特多归诸志怪之中，莫为辨别”[2]。

一、孙毓修与《童话》

孙毓修（1871—1922），字星如，别署东吴旧孙，江苏无锡人。少年时在家乡南菁书院攻读八股制艺，后从外国牧师学习英文。1902 年被聘为商务印书馆编译所高级馆员，编有《图书馆》一书，比较全面地论述了近代图书馆的现状和今后

---

① 张香还：《中国儿童文学史（现代部分）》，杭州：浙江少年儿童出版社 1988 年版，第 34 页。
② 周作人：《童话研究》（1912 年）、《古童话释义》（1914 年），均收入《儿童文学小论》，上海：儿童书局 1932 年版。

的规模、设置，并且兼及少年儿童教育。1909 年 3 月，孙毓修调往高梦旦主持的编译所国教部，负责编撰《童话》。

1. “童话”的诞生

清末民初以来，随着新教育的逐步发展，在学校教科书之外提供适合儿童阅读的专门性读物——主要是指文学类读物，逐渐成为教育界的一大呼声。中国创办的综合性周刊《蒙学报》(1897 年 11 月 1 日上海蒙学公会创刊)，分上、下两编，注明上编供 5—8 岁儿童阅读，下编供 9—13 岁儿童阅读，可以看做当时新学堂所开诸科目的课外辅助读物，其中“文学”类中就发表了许多译介的童话、寓言、故事等。为了借课外读物补助学校教科书之不足，更好地实现对儿童知识、道德修养方面的教育，1909 年，《教育杂志》第 1 卷第 1 期的“绍介批评”栏明确提出：“然则欲教育进步，民德高尚，不能不有待于校外读物”；第 12 期上发表了《儿童读书之心理》。1913 年，中华书局出版的《中华教育界》中刊载了允明的《课外读物之研究》一文，强调要重视儿童读物问题。人们不但逐步意识到课外读物的必要性，而且也认识到尊重儿童阅读心理的重要性。这一时期出现的最成规模、最具影响力的儿童文学类读物，就是孙毓修主编的《童话》丛书。该丛书被誉为“我国校外读物之嚆矢”①。

1909 年 3 月，孙毓修主编的《童话》期刊创办。《童话》丛书从 1909 年开始出版，共出 3 集，凡 102 册。第一、二集共 98 册，其中孙毓修编写了 77 册，茅盾编写了 17 册，其他人编写了 4 册；1921 年起由郑振铎主编第三集共 4 册。其中影响最巨、传播最广的，还是孙毓修编写的 77 册《童话》。

在当时新的儿童观、教育观、文学观的合力作用下，这套系列丛书以其规模和质量产生了深远的影响，成为那个时代孩童的“恩物与好伴侣”②。从刊载作品的实际情况看，此处的“童话”，意为“童子之话”，内涵不同于今天的童话概念，包括了小说、童话、寓言、故事、神话、传记等多种儿童文学体裁。

2. 《童话》丛书的文学意义

从孙毓修写的《〈童话〉序》中，可以全面地了解这套丛书的编辑主旨、内容及形式等方面的特点。《〈童话〉序》中首先指出，中国传统教育体制下，儿童七八岁进入学堂，但所学课程却专主识字。新教育兴起后，这一弊端才稍有矫正，学校应需要编写了大量教科书。然而：

① 《教育杂志》1909 年第 1 卷第 1 期。

② 孙毓修：《〈童话〉序》，《东方杂志》1908 年 12 月。

顾学堂教科书之体，宜作庄语，谐语则不典；宜作文言，俚语则不雅。典与雅非儿童之所喜也。

接着，作者提到小说这一文体独具的魅力：

小说之所言者，皆本于人情，中于世故，又往往故作奇诡，以耸听闻。其辞也，浅而不文，率而不迂。固不特儿童喜之，而儿童为尤甚。

随后，又引述了西方人对此问题的研究及做法：

西哲有言，儿童之爱听故事，自天性而然，诚知言哉。欧美人之研究此事者，知理想过高，卷帙过繁之说部书，不尽合儿童之程度也。乃推本其心理之所宜，而盛作儿童小说以迎之。说事虽多怪诞而要轨于正，则使闻者不懈而几于道。其感人之速，行世之远，反倍于教科书。

他指出，爱听故事是儿童的天性，然而陈义甚高、理论过深、篇幅过长的小说，儿童也难以领会，所以就根据儿童的心理特点，专门写作"儿童小说"来满足其需要。这样的"儿童小说"，对儿童的感染教育力量，甚至超过教科书数倍。

序言中还考虑到了不同年龄儿童的特点：

文字之浅深，卷帙之多寡，随集而异。盖随儿童之进步，以为吾书之进步焉。并加图画，以益其趣。

编者不但意识到儿童与成人阅读心理的不同，而且也认识到儿童本身因年龄不同所形成的阅读差异。不仅如此，孙毓修每编完一本，还请高梦旦将手稿带回家中，给孩子们朗读，孩子们听后喜欢，就再让他们自己阅读，"其事之不为儿童所喜，或句调之晦涩者，则更改之"，体现出一种可贵的儿童读者意识。

此外，序言还指明了《童话》丛书的内容，"以寓言述事科学三类为多"，而"神话幽怪之谈，易起人疑，今皆不录"。

孙毓修主编《童话》的第1集第1编是《无猫国》。《无猫国》是孙毓修根据《泰西五十轶事》编写的故事，写一个名叫大易的孤儿的奇遇，他养的一只猫被海外无猫国国王买了去，得了一笔财富，从此读书求学而成为有学问的人。为了适应中国孩子习惯，采取边叙边议的形式。书这样开头：

从前有一座古寺,傍在大河北岸,那河的南岸,有个高台,问起此台的名字,却也奇怪,人人都称他做鼠台。我今先把鼠台的故事说明,作为引子,再讲那无猫国的奇闻。

《无猫国》里的最后一段:

大勇为着金砖,一心走到京城弄得几乎讨饭,幸遇富人收留,免了冻饿,已是满心知足。不料意外得了这注大财,真可称为奇遇。你看他有钱之后,安心读书,要做个上等之人。这才算受得住富贵了。

文中传递出语重心长的"教诲",体现了编者期冀文学"反倍于教科书"的教育目的。

此类作品故事性较强,加之近乎口语化的讲述,达到了编者"浅而不文,率而不迂"的语言追求。这对饱受八股束缚的儿童而言,无异是一线福音。茅盾评价"这是中国历史上第一次有儿童文学"。因为在此以前,虽然也有类似的童话、故事,但都不是专供儿童阅读的。该书自出版至1924年9月的15年间,年年重版,发行量达几十万册。

如前所述,这套丛书虽名为"童话",却并非我们今天所指称的"童话"之意。这77种"童话"中,29种是"中国历史故事",主要出自《史记》《前后汉书》《唐人小说》,以及《木兰辞》《今古奇观》《虞初新志》等书中的个别篇目;其余48种则取材于"西洋民间故事和名著",主要选自希腊神话、《泰西五十轶事》《天方夜谭》、格林童话、贝洛童话、笛福小说、斯威夫特小说、寓言、安徒生童话等。可见,其"童话"包含了神话、寓言、民间故事、历史故事、小说以及童话等诸多体裁,是一个较为宽泛的概念。除了"诗歌"外,几乎把可以给儿童看的所有散文类作品皆纳入其中了。这一"童话"概念可以理解为:以小学生为读者对象的,迎合儿童心理的发展程度、为儿童所喜闻乐见的,有"寓言、述事、科学"之用的,以小说为其主要文体形式的作品。而今天的"童话"所指代的幻想性较强的作品,是被有意排斥在外的。如上所举的《无猫国》,实际上是孙毓修根据《泰西五十轶事》编写的故事,也不合今天的"童话"之意。显然,孙毓修此处所用的"童话",大体相当于现在的"儿童文学"概念。

就内容而言,《童话》作品或译述或改编,没有创作。这表明我国儿童文学尚处在发掘中国古代典籍、编译外国儿童文学作品的启蒙阶段。但《童话》出现的意义,在于这是中国近现代出版史上最早的一套大型的专门性的儿童文学丛书。

其规模之大、持续之久，包括用白话写作的形式，及拥有广泛的小读者等方面，都具有重要的文学价值与地位。

二、孙毓修的其他贡献

在编辑《童话》的同时，孙毓修还对“寓言”这一文学形式给予了关注，并将其作为儿童读物来研究。在孙毓修1916年结集出版的《欧美小说丛谈》里，有《寓言》一篇。谈到寓言的特征，并特别介绍了伊索、拉・封丹、克雷洛夫等寓言大师和他们的作品。《童话》中也刊载了不少寓言作品。1917年，由茅盾编纂、孙毓修校对的《中国寓言》（四卷本）在商务印书馆出版。所有这些活动，对确立寓言在儿童文学中的地位，具有积极的意义。

此外，孙毓修还是《少年杂志》（1909—1931）的第一任主编。《少年杂志》是辛亥革命前中国仅有的少年儿童综合性月刊。《少年杂志》上刊登的儿童文学作品，主要是故事、寓言、童话、小说，内容与《童话》一样，大都是编译改写的作品，也刊登过一些创作，如昧戆的教育小说《爱儿之声》和少年小说《农之子》，署名“心”的童话《狼欺羊》等。其间，孙毓修还编撰有《常识谈话》《少年丛书》《演义丛书》和通俗读物《模范军人》《新说书》等五种。这些“丛书”，在当时的儿童读物中均属罕见。可以说，中国之有少年儿童“丛书”，始于商务印书馆和孙毓修[①]。茅盾赞孙毓修为“中国编辑儿童读物的第一人”（茅盾：《关于“儿童文学”》）。

晚清至民初，与当时中国的社会改良、教育变革及“学界革命”的形势相呼应，掀起了一股不小的“儿童的文学”浪潮。晚清的学堂乐歌热、辛亥革命前后的译介小说热与稍后的童话热，以及以《童话》丛刊为代表的我国以儿童为读者、专意为儿童编辑的文学读物的出现，都起因于与儿童教育的密切关系，都是被作为新式教育的教科书与辅助读物，并由此变化发展的。虽然该时期的儿童文学活动是社会变革、政治需要对儿童教育提出的特殊要求，还很少从儿童的心理与文学自身的发展来建设这一新的文学品种，而且对这一新的文学品种各体裁（如小说与童话）的界说还不够清晰，然而，它却是中国儿童文学发展史上的重要转型期，它是人们对儿童文学的认识从不自觉走向自觉不可或缺的过渡期，也是中国儿童文学有迹可寻的发展起点。这一时期，黄遵宪、梁启超、林纾、曾志忞、沈心工、李叔同、杨度、徐念慈、孙毓修、鲁迅、周作人等，以他们的“儿童文学活动”，成为中国现代儿童文学当之无愧的拓荒者。

---

① 盛巽昌：《孙毓修和早期儿童文学》，《儿童文学研究》第8辑，上海：少年儿童出版社1980年版。

第二章
“五四”以后的中国儿童文学

从世界儿童文学发展的历史来考察，一个国家与民族儿童文学的发生与发展，必然与这个国家和民族的思想启蒙运动，妇女解放运动的高涨，儿童问题、儿童教育学、儿童心理学的确立以及整个文学事业的发展有着直接的联系。在我国，借助“五四”新文化运动的伟力，中国儿童逐渐被“发现”，儿童教育受到普遍重视，中国现代儿童文学破土萌生。“儿童文学这名称，始于‘五四’时代”[①]。时代的呼唤、社会的需要、“五四”文学革命的哺育与催化，构成中国现代儿童文学发生与发展的外部因素。波澜壮阔的“五四”新文化运动不但是中国现代文学的伟大开端，同时也催生了其独立组成部分——中国现代儿童文学。

第一节　走向人的现代化为儿童文学铺路

中国儿童文学的真正觉醒与发展始于“五四”时期，有其深刻的社会原因。“五四”的时代精神，是思想解放，是“收纳新潮，脱离旧套”（鲁迅语）。“五四”时期的启蒙主义者高扬“民主”与“科学”两大旗帜，向封建主义发起猛烈进攻，宣扬个性解放，要求人格独立，一时形成汹涌的时代思潮。在这一思潮冲击下，长期禁锢人们精神的封建枷锁崩溃，儿童问题随着妇女解放运动的高涨受到了全社会关注。文学革命发现了“儿童的文学”，确立了“以儿童为本位”的儿童观。这使得在“五四”以前已初具雏形的中国儿童文学迅速成为一种文学运动。新文化运动的先驱者们，从祖国与民族的前途出发，一开始就把儿童教育与儿童文学作

---

① 茅盾：《关于“儿童文学”》，原载《文学》第4卷第2号，1935年2月1日，署名“江”。又见蒋风主编：《中国儿童文学大系·理论卷（一）》，太原：希望出版社1988年版，第225页。

为反对旧思想、旧道德、旧文学,提倡新思想、新道德、新文学的一个重要问题,热情推动了儿童文学的建设。

一、"五四"时期儿童观的确立

现代意义上的儿童文学之所以要从文学中独立出来,其根本目的就是为了更好地适应和满足自己的服务对象——少年儿童的年龄特征与欣赏情趣。在儿童未被发现、儿童的独立人格与社会地位不被重视的封建社会,为儿童服务的文学自然遭到漠视。要振兴中国的儿童文学,首先必须廓除禁锢儿童的封建制度,提高儿童的社会地位,进而提高儿童文学的地位。现代儿童文学拓荒者们为改变陈旧的儿童观作了艰辛的努力,并以此为突破口,实现了中国儿童文学的重大革新。儿童的发现,儿童世界的发现,这是20世纪初中国一件了不起的大事,也是"五四"新文化运动的一个重要成果。

该时期,由陈独秀、鲁迅、李大钊等主持编辑的《新青年》[1]率先登载了安徒生、托尔斯泰等人的童话,热情倡导这种为儿童服务的文学。陈独秀对儿童文学的问题给予高度关注。他明确指出:"'儿童文学'应该是儿童问题之一。"[2]

1918年,鲁迅在《狂人日记》中发出"救救孩子"的呐喊。1919年11月,鲁迅在《新青年》第6卷第6号上发表了《我们现在怎样做父亲》这一重要文章,对于儿童观,鲁迅指出:"往昔的欧人对于孩子的误解,是以为成人的预备;中国人的误解,是以为缩小的成人。"他明确指出:"孩子的世界,与成人截然不同,倘不先行理解,一味蛮作,便有碍于孩子的发达。所以一切设施,都应该以孩子为本位",呼吁"觉醒的人","洗净了东方古传的谬误思想,对于子女,义务思想须加多,而权利思想却大可切实核减,以准备改作幼者本位的道德"。"幼者本位"作为一个口号被正式提了出来。鲁迅呼吁,为了人类"去上那发展的长途",成人应努力"肩住了黑暗的闸门","放后起的生命""到宽阔光明的地方去"[3]。从这一使命出发,鲁迅以极大的热情关注着作为儿童教育重要环节的儿童读物,并在以后的文学理论著述中,对儿童文学提出了一系列精辟的见解。

《新青年》还刊登了鲁迅、胡适、沈尹默、周作人、刘半农等以儿童生活为题材的白话诗,同时发表了周作人热情倡导儿童文学的文章《读安徒生童话〈十之

① 《新青年》创刊于1915年9月15日,原名《青年杂志》。1916年9月改名为《新青年》。《新青年》高举"民主"和"科学"两面大旗,"反对国粹和旧文学"。

② 转引自茅盾:《关于"儿童文学"》。

③ 鲁迅:《我们现在怎样做父亲》,载《鲁迅全集》第一卷,北京:人民文学出版社2005年版,第145页。

九〉》(1918年6月,发表时题为“安得森的十之九”)与《儿童的文学》(1920年12月)。

1920年10月26日,周作人在北京孔德学校作“儿童的文学”讲演。演讲中指出:

> 以前的人对于儿童多不能正当理解,不是将他当作缩小的成人,拿“圣经贤传”尽量的灌下去,便将他看作不完全的小人,说小孩懂得甚么,一笔抹杀,不去理他。近来才知道在生理心理上,虽然和大人有点不同,但他仍是完全的个人,有他自己的内外两面的生活。儿童期的二十多年的生活,一面固然是成人生活的预备,但一面也自有独立的意义与价值;因为全生活只是一个生长,我们不能指定那一截的时期,是真正的生活。我以为顺应自然的生活各期——生长,成熟,老死,都是真正的生活。所以我们对于误认儿童为缩小的成人的教法,固然完全反对,就是那不承认儿童的独立生活的意见,我们也不以为然。……我想儿童教育,是应当依了他内外两面的生活的需要,适如其分的供给他,使他生活满足丰富。①

还有一个值得提及的外因是:1919年5月,即“五四”运动爆发的前三天,美国实用主义教育家杜威来华讲学,将以“儿童本位论”为核心的西方现代儿童观引入了中国,大大加速了中国儿童被发现的进程。杜威(John Dewey, 1859—1952)是较早对近代儿童观进行反思性批评的教育家。杜威在1916年写成的《民本主义与教育》一书中,提出了以“儿童本位论”为核心的西方现代儿童观,坚决要求把儿童作为儿童而非“未来的成人”看待。他认为,在对孩子的整个教育过程中,不应把教师、教科书作为中心,而主张儿童是起点,是中心,是目的。他把儿童的世界视作“一个具有他们个人兴趣的人的世界”,要求教师(成人)“必须站在儿童的立场上,并且以儿童为自己的出发点”,将“教育的一切措施”,“围绕着他们而组织起来”②。同近代儿童观相比,杜威的儿童本位已经放弃了对人类理性的依赖,成人(教师)在儿童的发展中也退隐为一种背景,儿童的地位得到了强调和提高。杜威在华讲学长达两年,足迹遍及京、沪大城市及十余省,“五四时期中国凡对儿童及儿童文学感兴趣的人几乎全接受了杜威的学说”③。传播儿童

① 周作人:《儿童的文学》,《新青年》第8卷第4号.1920年12月。
② 《杜威教育论著选》,上海:华东师范大学出版社1981年版。
③ 郁炳隆、唐再兴:《儿童文学理论基础》,南京:南京大学出版社1990年版,第10—11页。

学，倡导“以儿童为本位”的新儿童观在中国蔚然成风。

1920年，任南京高等师范暑期学校主任的陶行知主持暑期学校，安排了“儿童学”一课，由凌冰先生讲演。讲义后来以“儿童学概论”为名，收入王云五先生主编的“人人文库”，由台湾商务印书馆出版。这是迄今看到的中国最早对西方“儿童学”作全面、系统介绍的著述。它对中国“儿童的发现”的意义是不言而喻的。书中倡导新型的“以儿童为本位”的教育观，强调：“教育当以被教者为主体，不应当以学校为主体。”(《儿童学概论·儿童教育的目的》)与1914年周作人就曾提出的“以儿童为本位”相比，更具有了现实的教育意义。

把儿童当“人”看——儿童不是父母的私有物，他是一个独立、完全的个人，具有与成人同等的人格；把儿童当“儿童”看——儿童不是缩小的成人与不完全的小人，他有不同于成人的内外两面的生活；教育必须以儿童为本位等关于儿童的观点，很快成为一种社会共识。

二、白话文运动对儿童文学的促进

现代儿童观的确立，学校教学对儿童文学的高度重视，为中国现代儿童文学的发展铺平了道路。外国进步的文学思潮和文学作品，包括大量的儿童文学名著被引进，极大地开拓了中国儿童文学的视野，加快了发展步伐。同时，“五四”文学革命反对文言、提倡白话，建立新诗、改革旧剧的运动，带来文学形式的大革新、大解放，并最终使白话文成为文坛正统。

1917年1月，正在日本留学的胡适(1891—1962)在《新青年》上发表了《文学改良刍议》，以进化论观点强调白话文学为中国文学之正宗。1917年2月，陈独秀在《新青年》上发表《文学革命论》，提出了“文学革命”的口号，要求从形式到内容对旧文学进行彻底变革，即：反对旧文学，提倡新文学；反对文言文，提倡白话文。1918年5月，鲁迅在《新青年》上发表了第一篇白话小说《狂人日记》，实践了他将文学看作“改良社会”之工具的新文学观。1918年12月，周作人在《新青年》第5卷第6期上发表了《人的文学》，指出：“我们现在应该提倡的新文学，简单的说一句，是‘人的文学’，应该排斥的，便是反对的、非人的文学。”从正面回答了应该建设什么样的新文学。《人的文学》不仅对当时的新文学建设有着指导性的意义，而且还第一次将“儿童”作为“人”的一分子，从人道主义思想出发，提出文学创作中对“儿童”应有的态度。

1918年，《新青年》全部改用白话。1919年下半年，全国大部分报刊都改用白话。1920年，北洋政府教育部通令全国小学一、二年级采用白话的语文教材。

1921年，全国中等和高等师范学校减少文言文课程，增加白话文课程。

白话文在“五四”时期取得最后的胜利，为中国儿童文学走向自觉创造了条件。白话文学不避俗语俗字，用活在“农、工、商、贾、妇女、幼稚”口头上的语言来创作文学，便于儿童的阅读与接受。因此，白话文的应用，直接为儿童文学找到了一个通俗浅显、易为儿童接受的语言工具，扫除了文言的障碍，使儿童文学在语言形式上向小读者又跨近了一大步。

三、“五四”时期儿童文学的理论建设

“五四”文学革命时期的儿童文学，较之晚清与辛亥革命时期出现了突破性的飞跃，取得了多方面的进展。这首先表现在思想理论的建设上。围绕“儿童文学”的命名及其内涵的争议、辨析、澄清，到“儿童本位”观念的树立，多角度切入并深化了儿童文学研究，开启了儿童文学理论的系统建设。

1. “儿童的文学”

1920年10月26日，周作人在北京孔德学校所作的讲演“儿童的文学”，在中国儿童学发展史与中国儿童文学史上具有里程碑意义。开篇讲道：

> 今天所讲儿童的文学，换一句话便是“小学校里的文学”。美国的斯喀特尔（H. E. Scudder）、麦克林托克（P. L. Maclintock）诸人都有这样名称的书，说明文学在小学教育上的价值，他们以为儿童应该读文学的作品，不可单读那些商人杜撰的读本。读了读本，虽然说是识字了，却不能读书，因为没有读书的趣味。这话原是不错，我也想用同一的标题，但是怕要误会，以为是主张叫小学儿童读高深的文学作品，所以改作今称，表明这所谓文学，是单指“儿童的”文学。

周作人在中国第一次旗帜鲜明地倡导“儿童的文学”。将“小学校里的文学”改为“儿童的文学”，可见周作人已将立足点由教育学转移到了“儿童学”；不是突出“文学在小学教育上的价值”，而是强调“儿童生活上何以有文学的需要”。

周作人进而以“儿童的文学”为支点，具体、全面、系统地阐述了他对“‘儿童的’文学”的理解，其主要内容包括以下六个方面：

1. 抨击无视儿童独立人格和精神需求的旧儿童观，确立了以“儿童为本位”的新儿童观。他指出，不能把儿童看作缩小的成人或不完全的小人，而应该承认儿童是独立的、完全的个人；要尊重他们与成人同等的人格，特别要注意儿童心

理的特殊性，尤其要注意儿童期是一个转变、生长和发展的过程。

2. 肯定“儿童生活上有文学的需要”。周作人从文化人类学与儿童学的角度论述了儿童文学必须是以小儿的思维与用“小儿说话一样的文体”来写就的文学，儿童的文学是儿歌童话，提醒人们去思考“怎么样能够适当的将‘儿童的’文学供给与儿童”。

3. 从“儿童有独立的生活”与“儿童是转变生长”两个方面，论证了儿歌童话等文学样式对儿童心灵的健康成长的意义，号召人们“放胆供给儿童需要的歌谣故事”；同时又必须“细心斟酌”，不要使儿童的发展停滞而脱了正当的轨道。“供给儿童文学的本意”是“顺应满足儿童之本能的兴趣与趣味”。

4. 坚持从“儿童的”与“文学的”双支点来理解儿童文学，指出“第一须注意于‘儿童的’这一点”，但也不能轻看“文学的”这一层。儿童文学的“艺术标准”是“文章单纯、明了、匀整，思想真实、普遍”。儿童文学的效果是“培养并指导那些趣味”“唤起以前没有的新的兴趣与趣味”。儿童文学的重要作用是“表现具体的景象”与“造成组织的全体”。

5. 为儿童选择文学应“依据儿童心理发达的程序与文学批评的标准”。根据儿童学上的分期，将儿童文学分为三个层次：(1)幼儿前期文学(1—3 岁)，诗歌、寓言、童话。(2)幼儿后期文学(3—10 岁)，诗歌、童话、天然故事。(3)少年期文学(10—15 岁)，诗歌、传说、写实的故事、寓言、戏曲。

6. 号召“有热心的人，结合一个小团体，起手研究”儿童文学：或去民间采风，或整理传统，或译介外国作品，或创作新作品等。

周作人对儿童文学的系统阐述与倡导，在此以前或同时代人那里都是没有的。这篇演讲于 1920 年 12 月 1 日在《新青年》(第 8 卷第 4 号)发表后，借着《新青年》的影响，很快传遍全国，儿童文学成为教育界、文学界、出版界“最时髦、最新鲜，兴高采烈，提倡鼓吹”的新生事物。“教师教，教儿童文学；儿童读，读儿童文学。研究儿童文学，讲演儿童文学，编辑儿童文学，这种蓬蓬勃勃、勇敢直前的精神，令人可惊可喜”①。中国儿童文学由此首次以独立的文学形式出现于中国文坛，周作人的《儿童的文学》也被认为是标志着中国儿童文学走向自觉的宣言书。

稍后的 1921 年 3 月至 6 月，叶圣陶在北京《晨报》副刊上连续发表《文艺谈》(计 40 则)，在探讨儿童问题的篇什中，提出了“儿童文艺”的概念。譬如在《文艺谈·七》中，他呼吁：“为最可宝爱的后来者着想，为将来的世界着想，赶紧创作适

① 魏寿庸、周侯予：《儿童文学概论》，北京：商务印书馆 1923 年版，第 1 页。

于儿童的文艺品。”在《文艺谈·八》中，他又说：“创作儿童文艺的文艺家当然着眼于儿童，要给他们精美的营养料。……儿童文艺须有一种质素”，即“儿童文艺里须含有儿童的想象和感情。而有神怪和教训的质素的，决不是真的儿童文艺”。在《文艺谈·三十九》中，叶圣陶也不再使用“儿童文艺”，而用“儿童的文学”，并“希望个个儿童能欣赏文学，接近文学。希望今后的创作家多多为儿童创作些新的适合于儿童的文学”。

1921年7月，严既澄在商务印书馆举办的“暑假专修班”上作了题为“儿童文学在儿童教育上之价值”的讲演，后来载入1921年11月《教育杂志·讲演号》，其中对“儿童文学”作为专有名词做出解释：

> 儿童文学，就是专为儿童用的文学。它所包涵的，是童谣、童话、故事、戏剧等类，能唤起儿童的兴趣和想象的东西。

郑振铎在1921年9月22日《儿童世界·宣言》里，也将“小学校里的文学”称为“儿童文学”。

郭沫若写于1922年1月11日的《儿童文学之管见》中也对儿童文学做出界定：

> 儿童文学，无论采用何种形式（童话、童谣、剧曲），是用儿童本位的文字，由儿童的感官以直溯于其精神堂奥，准依儿童心理的创造性的想象与感情之艺术。

郑振铎在《儿童文学的教授法》[1]中对儿童文学也做出界定：

> 儿童文学是儿童的——便是以儿童为本位，儿童所喜看所能看的文学。

1922年底，魏寿庸、周侯予编著的《儿童文学概论》定稿，1923年8月由商务印书馆出版。书中这样阐释了儿童文学：

> 儿童文学，就是用儿童本位组成的文学，由儿童的感官，可以直溯于他精神的堂奥的。换句话说：就是明白浅显，饶有趣味，一方面授儿童心理之

---

① 郑振铎的《儿童文学的教授法》，连载于1922年8月10日至12日浙江宁波《时事公报》。

> 所好，一方面儿童可以自己欣赏的文学。……要看他们是不是儿童文学，只须看他内容方面，是不是切合儿童环境，迎合儿童心理；是不是儿童想象得到的，并且能引起他的情感的。形式方面，是不是合乎儿童的口吻，儿童自己能欣赏的。

"儿童文学"专有名词的诞生与"儿童文学"概念的界定，表明了"儿童文学"开始以一种自觉形态与独立品格存在于文坛。《儿童文学概论》的出版，更标志着儿童文学作为一门独立学科的最终建立。

以此为契机，教育界、文学界普遍开展了儿童教育新途径的探讨，呼吁人们把年幼一代从封建樊篱中解放出来，强调"儿童一样爱好文学，需要文学，我们应当把儿童的文学给予儿童"①。《教育杂志》《妇女杂志》《东方杂志》以及当时著名的四大副刊《晨报·副刊》《京报·副刊》《民国日报·觉悟》《时事新报·学灯》纷纷发表文章，热烈探讨儿童读物与儿童文学，刊登儿童文学作品；有的还开辟了专栏，如《晨报》的《儿童世界》、《京报》的《儿童周刊》。

儿童文学一旦被人们发现，就立刻与儿童教育、学校教育紧密结合起来。在"五四"新文化运动影响下，学校教育发生了重大改革，课堂教材输入了民主和科学的新内容。其中最引人瞩目的变化是："新学制小学国语课程，就把'儿童的文学'做了中心，各书坊的国语教科书，例如商务的《新学制》，中华的《新教材》《新学制》……就也拿儿童文学做标榜，采入了童话、寓言、笑话、自然故事、生活故事、传说、历史故事、儿歌、民歌等等。"②

2. 分体讨论的深入

20世纪20年代儿童文学分体研究全面展开，童话、儿歌、神话、小说、戏剧文体的问题在单篇文章中都有论涉。1923年，儿童文学专著的出现，更将文体研究引向系统深入。其中，童话与儿歌的研究成就最为显著。

随着民俗学研究的热潮，西方文化人类学在中国的影响愈益显著，与此直接相关的童话受到广泛关注。1922年1月9日至4月6日，赵景深和周作人在《晨报副刊》上共写了九封信讨论童话；1924年至1927年，赵景深的《童话评论》《童话概要》《童话论集》先后出版，集中展现了童话研究的成果。

理解与阐释外国经典童话，同样是这一时期备受瞩目的话题。1921年，夏丏

---

① 吴研因：《清末以来我国小学教科书概观》，载全国儿童实施委员会印行的《儿童问题讲演集》，1936年10月。

② 吴研因：《清末以来我国小学教科书概观》。

尊作《俄国的童话文学》;1922 年,鲁迅作《〈爱罗先珂童话集〉序》;同年,周作人作《阿丽思漫游奇境记》与《王尔德童话》;周作人与赵景深的童话讨论对安徒生与王尔德的研究也相当深入;1925 年,《小说月报》《京报附设之第六种周刊》各辟专栏对安徒生的生平、创作艺术等给予了全面介绍,引发了国内安徒生研究的第一次高潮。对异域文学资源的言说,逐步深化了国人对儿童文学特质的认识。

儿歌方面,继 1914 年周作人发表《儿歌之研究》以来,20 年代他又发表了《读〈童谣大观〉》《吕坤的〈演小儿语〉》《读〈各省童谣集〉》。还有冯国华的《儿歌的研究》、何德兰的《〈中国的儿歌〉序》、褚东郊的《中国儿歌的研究》等,都是重要的研究文章。

20 世纪 20 年代,开始出现对儿童文学进行本质探讨的文章,如郭沫若的《儿童文学之管见》(1922 年),周作人的《关于儿童的书》《歌咏儿童的文学》《俺的春天》《儿童的书》(1923 年),戴渭清的《儿童文学的哲学观》(1924 年),陈学佳的《儿童文学问题》(1924 年),徐益棠的《儿童文学的心理分析》(1927 年)等。

该时期,儿童文学研究的专著已出现。1923 年魏寿庸、周侯予的《儿童文学概论》、1924 年朱鼎元的《儿童文学概论》以及 1928 年张圣瑜的《儿童文学研究》是其中重要的三本著述。前两部基于儿童文学教学的需要,后一部是为“师范生有研究儿童文学之必要”而撰写。特别是张圣瑜的《儿童文学研究》,在论题框架的设定、论证的严密、学术视野的广阔、命题研究的深化等方面都堪称儿童文学理论发生期最具代表性的著作。从教儿童文学到培养儿童文学专业人才,这一转变也显示出 20 年代我国儿童文学事业走向自觉的发展进程。

四、“五四”时期的儿童文学面貌

1. 儿童文学刊物的创办

顺应“儿童的文学”倡导,郑振铎创办了我国第一个以发表儿童文学作品为主的周刊《儿童世界》(1922—1937),由商务印书馆出版发行。按照郑振铎的构思,《儿童世界》的内容包括图画、歌谱、诗歌童谣、故事、童话、戏剧、寓言、小说、格言、滑稽画等 10 类,面向“初小二、三年级及高小一、二年级”,“幼儿园及家庭也可以用来当作教师的参考书”。《儿童世界》从第二卷起,还开辟了“儿童创作专栏”,热情鼓励小读者自己动手创作,发表了不少孩子们的作品。

稍后于《儿童世界》,另一份儿童文学刊物《小朋友》,也于 1922 年 4 月由中华书局出版,主编为黎锦晖。《小朋友》的发刊宗旨与《儿童世界》基本相似,为着

"陶冶儿童性情,增进儿童智慧"[①],弥补当时儿童读物之不足。《小朋友》以小学高、中年级为读者对象,内容主要有故事、童话、小说、诗歌、歌曲等。《小朋友》还特别注意与儿童的联系,调动儿童的兴趣,参与刊物的工作,将"以儿童为本位"的编辑思想落到了实处。

除《儿童世界》与《小朋友》之外,商务印书馆还出版了《少年杂志》(1911—1931)与《儿童画报》(1922—1932),中华书局有《中华童子界》(1914—?)等。更引人注目的还有由严既澄负责编辑、商务印书馆 1921 年出版的《儿童文学丛书》。丛书共 10 种,以小学中、高年级和初中学生为对象,包括"儿童小说""诗歌"等多种体裁的儿童文学作品。这是我国出版界最早以"儿童文学"命名推出的丛书。与此同时,中华书局也出现有儿童文学性质的丛书,如 1921 年出版的由徐傅霖主编的《世界童话》50 种和由陆费逵、杨喆主编的《中华童话》30 种。儿童文学刊物的创办与儿童文学丛书的出版,展示了中国儿童文学最初的实绩。

2. 儿童文学作家队伍初步形成

以《儿童世界》《小朋友》《少年杂志》等为主要阵地,很快出现了一支以教师与编辑为主体的儿童文学作家队伍,他们大胆尝试各种儿童文学体裁,取得了可喜的成果。与此同时,中国新文学第一个文学团体"文学研究会"于 1921 年 1 月在北京成立,其主要成员周作人、茅盾、郑振铎、叶圣陶等均是"五四"时期儿童文学的主将。1921 年 7 月,另一文学团体"创造社"在日本东京成立,以郭沫若为代表,也积极倡导与实践儿童的文学。

"五四"时期外国儿童文学作品大量引进。虽然"五四"以前我国已经开始译介外国儿童读物,但当时的译介在主观上并不全是为了儿童,不是以儿童的需求为出发点,而在很大程度上只是为了成人的政治需要。到了"五四"时期,不少译者回过头来,从儿童的需要和鉴赏水平出发,把原先的一些译作又作了重译,恢复了它们的本来面目。如周作人将刘半农改译的安徒生童话《洋迷小影》重译为《皇帝的新衣》,夏丏尊将包天笑改译的《馨儿就学记》重译为《爱的教育》等。茅盾在考察"五四"时期儿童文学的翻译状况时指出:"我们有真正的翻译的西洋'童话',是从那时候起的。"[②]

除了重译以外,西方大量讲述"仙女精灵,小猫小狗"之类的"无意思之意思"的童话、小说、故事都被直译进来。如鲁迅译的爱罗先珂童话,赵景深译的安徒

---

① 《小朋友》编辑部:《〈小朋友〉七十年》,见《长长的列车——〈小朋友〉70 年(1922—1992)》,上海:少年儿童出版社 1992 年版。

② 茅盾:《现在文学家的责任是什么》,《东方杂志》17 卷 1 期,1920 年 1 月。

生童话，赵元任译的《阿丽思漫游奇境记》，茅盾译的科学小说《三百年后孵化之卵》《两月中之建筑谭》《理工学生在校记》等。

“五四”时期人们对于童话本身的认识也愈来愈细致，童话不仅分为天然的民间童话和后人创作的文学童话，而且因为这些童话不完全适合儿童，于是从二者中选择出适合儿童用的，另立了一个“教育童话”的名称。在文学童话中，人们大都将安徒生童话放到教育童话之列，但“此外便是带着成人的悲哀，童话体的小说了”，如王尔德、孟代、爱罗先珂等人的童话。因为“他们的目的是在社会，并不是想把这些东西给儿童看，或者更切当地说，他们的目的只是表现他们自己”①。“五四”时期的“文学童话”是以安徒生童话为范本的，当时儿童文学界掀起了译介、研究安徒生童话的热潮。最典型的、集大成式的译介研究当属1925年《小说月报》16卷所出的两期“安徒生号”。其中有《安徒生传》《安徒生评传》《安徒生年谱》《安徒生的童年》《安徒生童话的艺术》《安徒生童话的来源和系统》等著译的传记及其童话艺术研究文章，还有安徒生童话译文二十余篇。国外儿童文学的大量输入，一方面填补了“五四”时期清除旧“儿童读物”后留下的空白，另一方面对新的儿童文学起到了启发和借鉴作用，促使现代儿童文学的拓荒者们产生了“自己来试一试的想头”(叶圣陶语)。不过，由于种种原因，“五四”时期童话创作的代表作——叶圣陶的《稻草人》，却更多具有了王尔德“童话体小说”的特点。

该时期，寓言也被引入儿童文学领域。1917年，茅盾编写了第一部专供少年儿童阅读的寓言集——《中国寓言初编》。1921年9月，郑振铎在《〈儿童世界〉宣言》中确定把“寓言”列为儿童文学的主要文体。为了倡导这种儿童文学样式，郑振铎翻译了《印度寓言》与《莱森寓言》，并在理论方面对寓言的起源、发展、特征、作用等作了全面探讨。他认为寓言最常表达的是道德的格言、人间的真理，但它不是耳提面命的说教，而是“把它的教训与真理，隐藏于创作人物的言、动中；这些人物，大约都是些在田野中的家畜，空中的飞鸟，林中的树木，山内的野兽等等”②，这种拟人化的文学形式，十分符合儿童的心理与欣赏要求。

长期深埋“地下”的民间童话、故事以及童谣、儿歌等都被发掘了出来，并很快作为“儿童读物”印行出版。不少热心儿童文学的作家从民间童话故事中吸取养料，有的还直接参加过采风编写的工作。例如赵景深编写的50多种儿童图画故事中，不少都是来源于民间口头创作；创办《小朋友》的黎锦晖根据民间流传的

---

① 赵景深：《研究童话的途径》，《文学》1924年第108期。

② 郑振铎：《〈印度寓言〉序》，载《郑振铎和儿童文学》，上海：少年儿童出版社1982年版，第9页。

“十兄弟型”童话，编写了《十姐妹》《十兄弟》《十个顽童》《十家村》等作品。据1935年生活书店印行的《全国总书目》统计，自“五四”以来，各地出版的专供儿童阅读的“中国民间故事”多达91种。

对传统民谣的开发与研究，与“五四”时期兴起的歌谣学运动密切相关。1918年2月，当时在北京大学任教的刘半农、周作人、沈尹默等，设立了一个歌谣征集处，在全国范围内征集民间歌谣。1920年冬，歌谣研究会成立。1922年，《歌谣周刊》创办。这一运动在全国收录到了1.3万多首民歌，其中有大量的传统儿歌童谣。周作人、顾颉刚、褚东郊、冯国华等撰写了研究儿歌的文章，分析了儿歌的起源、分类、特征及其在儿童文学中的地位与作用，认为传统儿歌“音韵流利，趣味丰富”“思想新奇”“不仅对于练习发音非常注意，并且富有文学意味，迎合儿童心理，实在是儿童文学里不可多得的好材料”①。

“五四”时期儿童小说创作不多，但它在初创期便把目光投向了社会现实，与童话、儿童诗等相比，更富于浓郁的时代气息。发表于《每周评论》第23期（1919年4月）上的短篇《白旗子》（署名“程生”）描写了一个12岁的儿童“二儿”在天安门前的见闻，塑造了一个经受“五四”运动洗礼的爱国儿童形象。直面社会、人生的“五四”儿童小说成为儿童小说创作的现实主义倾向的开端。

综观“五四”时期的儿童文学领域，我们可以看出，翻译（重译与直译）外国儿童文学、采集民间口头创作、改编传统读物，这三者构成了“五四”文坛儿童文学的基本内容。而儿童文学创作，则刚刚起步，各体裁的发展尚不均衡。该时期，童话方面有影响的作家有茅盾、陈衡哲、叶圣陶、郑振铎等。儿童小说方面较有影响的作家有王统照、徐玉诺、赵景深、汪敬熙、冰心等。儿童剧方面有影响的作家有黎锦晖、郭沫若、郑振铎等。在儿童诗方面，有影响的作家有刘半农、刘大白、应修人、汪静之、冰心、郭沫若、陶行知、顾颉刚、严既澄、俞平伯等。儿童散文的代表作家也有冰心、赵景深等。相对而言，小说、诗歌、散文等均较薄弱，童话与儿童剧（童话剧）成绩最著。其中，尤以叶圣陶的童话《稻草人》、黎锦晖的童话剧《葡萄仙子》、冰心的散文《寄小读者》、俞平伯的儿童诗《忆》等影响较大，堪称“五四”时期儿童文学创作的主要收获。

自周作人1920年年底提出“儿童的文学”，到1922年年底第一部《儿童文学概论》的编写，在短短两年的时间内，一场颇具声势的“儿童文学运动”全面展开。

① 褚东郊：《中国儿歌的研究》，原载《小说月报》17卷号外《中国文学研究号》，1927年6月，见蒋风主编：《中国儿童文学大系·理论卷（一）》，太原：希望出版社1988年版。

周作人、叶圣陶、严既澄、郑振铎、郭沫若、魏寿庸与周侯予等对儿童文学的倡导与研究，商务印书馆、中华书局、《新青年》、文学研究会等对儿童文学的热心推动，《儿童世界》《小朋友》等专有刊物的出现，鲁迅、茅盾、赵景深、赵元任、叶圣陶、黎锦晖、郑振铎等人的大力著译与亲身创作，一批有影响的作家队伍逐步形成。上述种种，都成为中国儿童文学走向“自觉”的重要标志。与成人文学并存并荣的儿童文学“独立国”，在20世纪20年代的中国出现了。

第二节　鲁迅大力倡导儿童文学

鲁迅（1881—1936），本名樟寿，又名树人，字豫才，浙江绍兴人。“鲁迅”是他发表《狂人日记》（1918年）时用的笔名。在我国现代儿童文学的初创期，鲁迅在理论建设、翻译、编辑与创作方面都发挥了巨大的作用。

一、鲁迅早期的儿童文学活动

1. 翻译科幻小说，弘扬科学救国

在日本留学期间，鲁迅感到，像凡尔纳这样的科学小说“必能于不知不觉间，获一斑之智识，破遗传之迷信，改良思想，补助文明”①。这一时期，鲁迅翻译了儒勒·凡尔纳的《月界旅行》（1903年）和《地底旅行》（1906年），分别由日本东京进化社和南京启新书局出版。鲁迅在《月界旅行·辨言》中，表述了他以振兴祖国、昌明中华为念而提倡科幻小说的宗旨。

这一时期，鲁迅阅读了丘浅治郎的《进化论讲话》，进一步获得了社会进化论的知识，坚信“将来必胜于现在”“青年必胜于老年”，将救国兴邦的希望寄托在“年轻一代”身上。1907年，他在河南留日学生办的杂志《河南》上发表《人之历史》，宣传达尔文的进化论学说，这成为他“五四”时期阐发“幼者本位”论的理论武器。在《科学史教篇》里，他推崇科学幻想，认为“盖科学发见，常受超科学之力，易语以释之，亦可曰非科学的理想之感动”。这正可以作他评价科学小说的注释，表现了鲁迅“科学与救国”的思想。

鲁迅最初的这些文论，很好地表现了他的思想与主张，在这里也已经孕育着他对未来一代的期待，这期待后来变为“救救孩子”的呐喊，以及为了“完全解放

---

① 鲁迅：《月界旅行·辨言》。

了我们的孩子"而对儿童文学的倡导与卫护。

2. 重视儿童教育与儿童文学

1909年,鲁迅结束了历时8年的留学生活,回到故乡绍兴任教。1912年1月,南京临时政府成立时,应教育总长蔡元培之邀,鲁迅担任了教育部佥事,同年5月5日随政府迁至北京,任教育部社会教育司第二科科长,主管图书馆、博物馆、美术馆等。同时还参加了部属的通俗教育研究会,先后任小说股股长及小说审核员。

在社会教育司第二科任科长期间,鲁迅对儿童教育与儿童文学十分关心,这主要体现在三个方面:(1)利用自己编辑的《教育部编纂处月刊》,倡导儿童文艺;(2)主持"全国儿童艺术展览会";(3)大力支持周作人的儿童文学活动。

《教育部编纂处月刊》创刊于1913年2月。在创刊号上,鲁迅发表了《拟播布美术意见书》,提出设立"国民美术研究会""以理各地歌谣,俚谚,传说,童话等;详其意谊。辨其特性,又发挥而光大之,并以辅翼教育"。建议将童话等具有儿童文学性质的体裁样式列入研究项目,足见鲁迅对包括儿童文学在内的通俗文学的重视。此后,他还在该刊译载了日本文学士上野阳一所著的有关儿童教育、艺术教育与儿童心理的《艺术玩赏之教育》(第1卷第7册)、《社会教育与趣味》(第1卷第9、10册)和《儿童之好奇心》(第1卷第10册)三篇专论。

1914年,教育部社会教育司主办了中国历史上第一届全国儿童艺术展览会。鲁迅负责筹备并主持编辑《全国儿童艺术展览会纪要》专刊(署"教育部社会教育司编辑",1915年3月出版),《儿童艺术展览会旨趣书》也出自鲁迅之手。[①] 在这篇《旨趣书》里,鲁迅认为:"儿童与国家之关系"是"十余年后,皆为成人,一国励衰,有系于此",因而要振兴国家,必须研究儿童,"研究儿童,为术不一,或察其体质,或观其精神。今儿童艺术展览会者,则审察精神之一端",以"儿童所心营手造",观其"知识之发达,好尚之所在,外物之关系,及土风之不同",其目的"一在研究儿童,为改良教育之根柢;一在改良教育,即研究儿童之成绩",最终使儿童成为"应有之德与智与美三者"。鲁迅在思考"儿童艺术"问题时,是将"儿童与国家之关系"联系起来考虑的。同时又体现出可贵的"儿童本位"思想,坚持依据儿童之"心营手造"来"研究儿童""体察儿童之精神"。

在《全国儿童艺术展览会纪要》里,还附录了鲁迅译的《儿童观念界之研究》和周作人译的《儿童之绘画》。《儿童观念界之研究》是鲁迅从日本高岛平三郎所著的《儿童学纲要》中节译的,篇幅有两万字左右。《儿童之绘画》是周作人从美

① 胡从经:《晚清儿童文学钩沉》,上海:少年儿童出版社1982年版,第226页。

国张伯仑所著的《儿童：人的进化的研究》中选译的。这两篇译文可以说是中国最早对外国儿童学所作的译介。

3. 倡导儿童本位，积极译介外国儿童文学

鲁迅为儿童读物和儿童文学倾注了大量的心血。1906年，鲁迅对“本意是写给劳动者的孩子们看”的荷兰长篇童话《小约翰》产生了翻译的想法，将这部“自己爱看，又愿意别人也看的书”介绍给国人，他认为，“只要不失赤子之心”的人，都会欢喜这本童话[①]。1909年，鲁迅与周作人共同翻译出版了《域外小说集》，它包括10位作家的16篇短篇作品。其中有周作人译的安徒生的《皇帝的新衣》和王尔德的《幸福王子》(即《快乐王子》)。

在他自己编辑的《教育部编纂处月刊》和《域外小说集》及其增订本中，鲁迅分别收载了周作人研究童话的两篇重要论文、翻译王尔德和安徒生童话的译文，还将自己翻译的日本作家上野阳一的《艺术玩赏之教育》《社会教育与趣味》《儿童之好奇心》在月刊上发表。

在教育部社会教育司供职期间，鲁迅还提出研究歌谣、俚谚以“辅翼教育”。鲁迅号召搜集、整理、研究歌谣，得到北京大学的响应，鲁迅本人还抄录过北京地区儿歌三首，直隶(今河北省)高阳地区儿歌一首，江西地区儿歌一首，安徽地区儿歌一首，以示对周作人收集儿歌工作的支持。

鲁迅的上述儿童文学活动，在辛亥革命失败、“五四”新文化运动又未兴起这样一个特定的“低谷”时代，还难以形成广泛的社会影响，但上述行动，为“五四”时期鲁迅为中国儿童文学的呐喊作了必要的准备。

二、“五四”时期鲁迅儿童观的新发展

“五四”文学革命浪潮中，鲁迅再次积极投入儿童文学的创作、翻译和编辑工作，为拓荒期的中国现代儿童文学付出了巨大的努力。

1. 对儿童本位观的大力推动

长期以来对儿童生存状态的关注以及将希望寄托于儿童的鲁迅，1918年在《狂人日记》中喊出了“救救孩子”的呼声。《狂人日记》之后，鲁迅在《新青年》发表的《随感录》(1918年)里，尖锐批判了以幼者为牺牲的长者本位道德，指出父母对于子女不仅是生养关系，还要负起“教他的责任”“使这生下来的孩子，将来成

---

① 《小约翰译者引言》，北京：北京未名社出版，1928年1月。

一个完全的人”，进而提出了“父范学堂”这一“教育者须先受教育”的新思想。[①]

在《我们现在怎样做父亲》(1919年)里，更明确提出，要废除“父母对于子女具有绝对权利”的旧思想，强调从亲权，特别是从父权下把子女解放出来，“改作幼者本位的道德”，用“无我的爱”，将儿童解放为一个独立的“人”。文章里，鲁迅以进化论的理论，把父与子看作生命的“过付的经手人”，明确了父亲对于“维持、保存、发展(进化)生命”的责任和义务。由此，提出，人类的长与幼之间没有贵贱之分，只有时间先后，两者都是平等的。不仅如此，因为“后起的生命，总比以前的更有意义，更近完全”“前者的生命，应该牺牲于他”。这就把“儿童”这一群体从人类中突出出来，提倡一种与传统儿童观完全不同的以儿童为本位的新儿童观。也正因为这样的观点，鲁迅尤为注重社会历史进程中发展成长的儿童，“所以看二十来岁的孩子，便可以逆料二十年后中国的情形”。[②]

2. “幼者本位”观指引下的创作

鲁迅虽然没有专为孩子创作，但在不少作品中，如《从百草园到三味书屋》《一件小事》《藤野先生》《社戏》《故乡》等，或记叙儿童生活，或描绘儿童形象，或眷恋儿时时光，或对孩童寄寓一片爱心。其中在《故乡》《社戏》等篇中塑造了全新的儿童形象，将它们视作我国儿童文学杰作也不为过分。

从“幼者本位”的新儿童观出发，鲁迅在批判中国人将儿童“误解”为“缩小的成人”的同时，指出“孩子的世界，与成人截然不同；倘不先行理解，一味蛮做，便大碍于孩子的发达。所以一切设施，都应该以孩子为本位”[③]。这“一切设施”中自然也包括儿童文学在内。1919年，许寿裳曾托鲁迅为其子侄辈寻觅儿童读物，鲁迅当时复信说：“少年可读之书，中国绝少。”(《致许寿裳信》，1919年1月16日)鲁迅对此表现出深切的忧虑。在《祝福》《药》《明天》里，他描写了在贫困、无知、旧道德观念下死去的孩子；《风波》中描写了儿童仍然在旧习与旧观念的束缚下得不到“人”的权利的生活境遇。

但鲁迅并没有绝望于现实，而是相信孩子们“应该有新的生活，为我们所未经生活过的”[④]。鲁迅在《故乡》和《社戏》两篇小说中，创造了一批朝气蓬勃的少年儿童形象。短篇小说《故乡》是根据鲁迅1919年12月回绍兴故乡的实际体验创作的。在这个短篇中，鲁迅以饱蘸浓情之笔写活了一个十一二岁的少年“闰

---

① 《随感录二十五》。
② 《随感录二十五》。
③ 鲁迅：《我们现在怎样做父亲》。
④ 鲁迅：《呐喊·故乡》。

土”，一个“活泼、健康、顽强、挺胸仰面”的、有胆有识的农家少年。这个知道许多生活知识、生产知识、风土人情，又沉着、刚毅、果敢的少年闰土形象，在鲁迅心目中是故乡美丽的象征、希望的寄托。在《社戏》里，鲁迅刻画了双喜、阿发等一群活泼的儿童。鲁迅把闰土、双喜、阿发等少年儿童形象写得血肉丰满、个性鲜明，为中国现代儿童文学的人物画廊留下了第一批鲜明的形象。这些文学作品中塑造的正是鲁迅心目中理想的儿童形象：热情、朴实、正直、善良、勤劳、勇敢、睿智、乐观、向上，有着健全的精神面貌和纯洁无瑕的心灵——这正是鲁迅所期盼的“‘人’的萌芽”。为着这“‘人’的萌芽”的健康成长，鲁迅对新生的儿童文学指引了被后人称之为“中国儿童文学发展的鲁迅方向”[①]。

鲁迅笔下的儿童形象都取自现实的社会生活，并且是将“救救孩子”与“疗救社会”及“民族未来”这样一些巨大的社会历史主题紧密地联系在一起的，不仅体现了一个伟大作家的艺术良知和社会责任感；“孩子”与“未来”的思索，又使得鲁迅笔下的儿童形象具有其独特的象征意义。

鲁迅以自己的童年与故乡为背景而描绘的儿童形象，还是我国现代童年母题文学的开风气之作。鲁迅的《故乡》《社戏》和《从百草园到三味书屋》《一件小事》《风筝》《藤野先生》等作品情真意切、活灵活现地描写了一批为少年儿童所喜爱的形象，成为中国少年儿童最早接触的鲁迅作品。

3. 努力为儿童提供适宜的文学作品

对儿童读物，鲁迅认为“少年可读之书，中国绝少”“所出版的童话，实在应该加一番整顿”[②]“每看见小学生欢天喜地地看着一本粗拙的《儿童世界》之类，另想到别国的儿童用书的精美，自然要觉得中国儿童的可怜。但回忆起我和我的同窗小友的童年，却不能不以为他幸福，给我们永逝的韶光一个悲哀的吊唁”[③]。

鲁迅在揭露和批判内容陈旧、诓骗儿童的儿童读物的同时，提出了儿童文学对于儿童的责任应以“养成适应时代之思想为第一谊”[④]，使儿童具有“广博自由能容纳新潮流的精神，也就是能在新潮流中游泳，不被淹死的力量”[⑤]。

鲁迅不但积极倡导科学文艺，躬身翻译科学小说，而且呼吁“至少还该有一种通俗的科学杂志，要浅显而且有趣的”[⑥]，供给少年儿童阅读。他诚恳地告诫青

---

① 蒋风、韩进：《鲁迅、周作人早期儿童文学观之比较——兼论中国现代儿童文学发展的鲁迅方向》，《儿童文化研究丛谭》，北京：中国社会科学出版社 1993 年版，载《鲁迅研究月刊》1994 年第 2 期。

② 鲁迅：《华盖集·通讯》，1925 年 3 月。

③ 鲁迅：《二十四孝图》，1926 年 5 月 10 日。

④ 鲁迅：《致许寿裳信》，1919 年 1 月 16 日。

⑤ 鲁迅：《我们现在怎样做父亲》，1919 年 10 月。

⑥ 鲁迅：《通讯》，1925 年 3 月。

少年“不要放开科学，一味钻在文学里”“变成连常识也没有”的人。同时要求儿童读物的编写者与出版者应“运输些切实的精神的粮食，放在青年们的周围，一面将那些聋哑的制造者送回黑洞和朱门里面去”①。

鲁迅积极领导或支持文学社团对儿童文学的关注，并借助自己的编辑阵地，大力推荐优秀儿童文学。鲁迅一生主编与支持的文学刊物有20余种，为了扶植新生的儿童文学，鲁迅以“只要能培一朵花，就不妨做做会朽的腐草”②的牺牲精神，利用他手中的刊物，登载了不少儿童文学作品与文论。1923年，由他的学生孙伏园、李小峰等筹措的《新潮社文艺丛书》，也得到鲁迅的关切与支持。据李小峰后来回忆：《新潮社文艺丛书》的选题、出版事宜的“一切设计和规划，我们更多听取鲁迅先生的意见”，并一一列举：“供给稿件最多且最好的是他”“代丛书装帧与精心设计的主要又是他”“为丛书细心校阅，一丝不苟也是他”“作经济上垫款的是他”。总之，“《新潮社文艺丛书》的印行，我们遵照了他的指示，切实执行改革，才扩大了影响，使出版界出现了新的面貌”③。丛书把儿童文学作品列入出版。这对于中国儿童文学的倡导来说，不啻是一件大事。丛书中先后出版有鲁迅译的苏联爱罗先珂的童话剧《桃色的云》、CF女士译的法国孟代童话集《纺轮的故事》、李小峰译的安徒生童话集《旅伴》、德国童话《睡美人》《钱匣》《跛天使》《最后的一个仙女》《两枝雏菊》等。

1924年12月9日创刊的《民众文艺周刊》，鲁迅允为其看稿，校阅至第16期止。鲁迅在《民众文艺周刊》发表了一批儿童文学创作和译作。其中刊有的译作如克雷洛夫寓言《橡树与芦苇》(李秉之译)、Frearick Dielman的儿童小说《蒂姆的鸽子》(江震亚译)、安徒生童话《王的新衣》(荆有麟译)；刊有创作如儿童散文《卖晚报的小朋友》(项拙)、儿童小说《工人的儿子》(叶润果)。

在由鲁迅编辑的《国民新报副刊》(1925年12月5日创刊)上，还刊发了尚钺的儿童小说《观社戏》(第28号)和张定钊译的契诃夫小说《顽皮的孩子》(第44号)。

由鲁迅主持的莽原社编辑的《莽原周刊》(1925年4月24日创刊)也刊发了不少儿童文学作品，如金仲芸的童话《一块小黑炭的自述》；《莽原》半月刊上也发表了不少儿童文学作品，如刘梦的儿童小说《工人的儿子》、长虹的一组童话小说《草书纪年》、曹靖华译的苏联赛甫林娜的儿童小说《两个朋友》、小蕙译的法国

---

① 鲁迅：《由聋而哑》，1933年8月29日。
② 鲁迅：《〈近代世界短篇小说集〉小引》。
③ 李小峰：《新潮社的始末》，载《文史资料选辑》1978年总第21辑。

Marie Nodies 的儿童诗《孩子，睡罢！》等。

1924 年 11 月 17 日，以鲁迅为主干的语丝社编辑的《语丝》周刊创刊。《语丝》是中国现代文学史上影响弥深的文学刊物。其时也发表了一批儿童文学作品和译品，如周作人的《〈两条腿〉序》、张采真的童话《伟大的画家》、曹鸣奇采集的民间童话《狐外婆的故事》以及周作人的《关于(狐外婆)》、孙福熙的《救救孩子》、镜蓉的《长汀河田底牧童歌》、琴川的童话《太迟了》、许天虹译英国诗人白郎宁夫人的长诗《小孩的哭声》。自第 5 卷第 27 期(1929 年 9 月 16 日)起，《语丝》还陆续发表了晴嵋翻译的匈牙利女作家至尔・妙伦的童话：《桥》《帚》《夜的幻》《怪壁》《三个朋友》。

鲁迅虽没有专为儿童进行的创作，却倾注精力从事专为儿童的译作。把“自己爱看，又愿别人也看”的外国儿童文学作品“奉献给中国儿童”、家长及儿童文学家们①。他的译介集中在儿童小说与童话两大类，而尤以童话成绩显著。在此阶段，鲁迅译介了《爱罗先珂童话集》和爱罗先珂的三幕童话剧《桃色的云》。爱罗先珂的童话计 13 篇，诸如《狭的笼》《池边》《雕的心》《春夜的梦》《两个小小的死》。其中《狭的笼》被鲁迅认为是最好的作品。他还根据德文本校改了李小峰翻译的丹麦作家爱华耳特的科普知识童话《两条腿》。

从上述鲁迅编辑的有关刊物所刊载的儿童文学论著、创作与译介的积极行动中，可以清楚地看出鲁迅对儿童文学的热切关注，以及在这一关切中所体现的对于中国儿童文学建设的新见解与新理想，这也是鲁迅身体力行“救救孩子”这一呼吁的最好的诠释。

第三节 周作人提出“儿童的文学”

周作人(1885—1967)，原名櫆寿，又名遐寿，一字启明，别号苦雨斋，又署知堂、药堂、苦茶庵，浙江绍兴人，是鲁迅(周树人)的弟弟。早年留学日本，1911 年回国，先后在浙江、北京等地任教。周作人是我国五四新文化运动中著名的文学家、翻译家、思想家，更是我国现代儿童文学发端期理论建设的重要理论家。

中国 20 世纪儿童文学的发生、发展与周作人的理论贡献密不可分。纵观周作人的儿童文学活动，可以追溯到 1904 年。这一年他翻译了《阿里巴巴和四十个强盗》，译名《侠女奴》，连载于《女子世界》1904 年第 7、8、10、11 月期，署名萍云

---

① 沈栖：《鲁迅与童话》，载《童话》1981 年第 2 期。

女士。同年,又翻译美国爱伦·坡的侦探小说《黄金虫》,译名《玉虫缘》,由《小说林》杂志出版,署名碧罗女士。1906年,周作人用文言文创作了《孤儿记》,全文2万字,上半部为个人创作,下半部参考雨果《悲惨世界》中孤儿珂赛特的故事写成,发表在《小说林》上。1906年至1911年在日本留学期间,周作人与鲁迅合译《域外小说集》二集在日本出版,其中周作人译介了王尔德的童话《安乐王子》,这是中国最早译介王尔德的童话。

1911年,周作人回国后在绍兴任教,1913年被推举为绍兴县教育会会长并主编《绍兴县教育会月刊》。周作人将从儿童学得来的知识应用于教学实践中,在中国第一次提出了"以儿童为本位"的教育主张。与此同时,他还写下了《童话研究》(1912年)、《儿歌之研究》(1913年)、《童话略论》(1914年)、《古童话释义》(1914年)等长篇论文,成为中国研究童话亦即研究儿童文学之第一人。[①] 此外,他还写有《儿童研究导言》(1913年)、《儿童问题之初解》(1914年)等10余篇论述儿童问题的文论。

1917年,周作人赴北京,任北京大学国史编纂处编纂员与文科教授,同年参加《新青年》和《每周评论》的撰稿编辑工作,投入新文化运动中去,写下了《人的文学》(1918年)、《祖先崇拜》(1919年)与《儿童的文学》(1920年)三篇倡导"以儿童为本位"新儿童观的重要文章。1922年,周作人又以通信方式在《晨报·副刊》与赵景深就童话问题展开讨论。此后到大革命前,他陆续发表了几十篇有关儿童文学的文字。周作人关于儿童文学的主要论述,都收在他后来出版的《儿童文学小论》(上海儿童书局1932年版)和赵景深编的《童话评论》(上海新文化书社1924年版)里。

日本留学及回国期间对儿童学的研究、辛亥革命时期借重《绍兴教育会月刊》对儿歌与童话的研究,以及"五四"时期以《儿童的文学》为标志对中国儿童文学的倡导,构成周作人儿童文学研究的三个重要贡献。

一、对儿童学的研究

周作人在日本留学期间(1906—1911),儿童学刚刚在日本兴起,周作人得到了高岛平三郎编的《歌咏儿童的文学》及所著《儿童研究》,又在高岛氏的介绍下,读了塞莱的《幼儿时期之研究》等书,由此产生了对儿童学的兴趣。[②]

① 王泉根:《中国儿童文学现象研究》,长沙:湖南少年儿童版社1992年版,第198页。
② 周作人:《苦口甘口·我的杂学》,1944年。

周作人提出尊重儿童人格与生理、心理发展的特点。他说:“盖儿童者,大人之胚体,而非大人之缩影。”[①]周作人对儿童问题的探讨,也与鲁迅一样,是从“儿童与国家之关系”入手的。1914 年,他在《儿童问题之初解》中写道:“一国兴衰之大故虽原因复杂……然考国人思想视儿童重轻何如,要亦一重因也。盖儿童者,未来之国民,是所以承继先业,即所以开发新化,如其善遂斯旧邦可新,绝国可续,不然,则虽然盛时赫赫文明难为之继;东方国俗尚古守旧,重老而轻少,乃至民志颓丧,无由上征,彼以儿童属于家庭而不知外有社会,以儿童属于祖先而不知上之有民族,以是之民为国后盾,虽闭关之世犹或不可,况在今乎!”[②]

周作人将儿童视为“未来之国民”,将儿童问题与民族的兴亡直接联系起来。“教育之力,但得顺其固有之性,而激励助长之,又或束制之,使就范围,不能变更其性。”[③]又说“小儿生活,半为游戏,教育之事,亦当寓于其中”[④],故“儿童教育,本依其自动之性,加以激励,引之入胜,而其造诣所及,要仍以兴趣之浅深为导制”“以儿童为本位”[⑤]。周作人的理论思考中,首先把儿童作为一个独立的“人”来看待,强调“尊重独立个性”和“顺应自然本性”“以儿童为本位”,具有了“人”的解放的普遍意义。

1918 年,周作人在《人的文学》里指出:“欧洲关于这‘人’的真理的发见,第一次是在 15 世纪”,“女人与小儿的发见,却迟至 19 世纪”;而在中国,“人的问题,从来未经解决,女人小儿更不必说了”。[⑥] 这表明周作人对儿童问题的思考,已经从初期偏于国家、民族的前途这一立场转向“人”的健全发展了,即把“儿童的发现”作为“人的发现”的一个组成部分。他反复强调,“儿童在生理、心理上,虽然和大人有点不同,但他仍是完全的个人,有他自己的内外两面的生活。儿童期的二十几年的生活,一面固然是成人生活的准备,但一面也自有独立的意义与价值”[⑦]。周作人从儿童学知识所得来的对儿童在生理和心理上的独立意义及其价值的发现与肯定,在当时不仅具有反封建的划时代意义,而且成为我国现代儿童文学发生期的理论基础。

---

① 周作人:《儿童研究导言》,载《绍兴县教育会月刊》第 3 号,1913 年 12 月。
② 周作人:《儿童问题之初解》,载《绍兴县教育会月刊》第 6 号,1914 年 3 月 20 日。
③ 周作人:《遗传与教育》,载《绍兴县教育会月刊》第 1 号,1913 年 10 月 15 日。
④ 周作人:《游戏与教育》,载《绍兴县教育会月刊》第 2 号,1913 年 11 月。
⑤ 周作人:《成绩展览会意见书》,载《绍兴县教育会月刊》第 9 号,1914 年 6 月。
⑥ 周作人:《人的文学》,载《新青年》第 5 卷第 6 号,1918 年 12 月。
⑦ 周作人:《儿童的文学》,1920 年 10 月 26 日在北平孔德学校所作的演讲,载《新青年》第 8 卷第 4 号,1920 年 12 月 1 日。

二、对儿歌与童话的研究

中国现代儿童文学理论的发轫之论中，周作人对童话及儿歌等问题的研究意义深远。尽管周作人认为儿童文学的根本价值在于“艺术”而非“教育”，但他最初对于童话、儿歌的研究是始于儿童教育的应用。他明确指出，应用于教育的童话研究，“一当征诸民俗学，否则不成为童话，二当征诸儿童学，否则不合于教育”①。

1. 周作人的童话研究

在对儿童文学理论的探索中，周作人的童话观最具系统性，也最能代表他的儿童文学观。民俗学与儿童学成为周作人童话研究的两个方法、角度，前者探讨童话的起源、解释及性质，后者确定童话的应用范围、原则及方式，二者互相补充、有机结合，使得其童话理论具有了明显的现代性品质，获得了一个极高的起点。

周作人此期最有代表性的两篇童话论文，即作于1912年10月的《童话研究》和作于1913年8月的《童话略论》。周作人根据自己研究童话的体验，指出：“童话研究当以民俗学为据，探讨其本原，更益以儿童学，以定其应用之范围，乃为得之。”在《童话略论》中，作者以民俗学为据，探讨了童话的起源，指出童话本质上与神话、世说实为一体，“但是有一个不同点，便是童话没有时与地的明确的指示，又其重心不在人物而在事件，因此可以说是文学的”。周作人在中国第一次将童话从神话、传说概念中分离出来，认为它是一种独立的文学形式，肯定其“文学的”性质，为童话走向儿童文学迈出了第一步。然而童话在流传过程中，“其流行区域非限于儿童”，又“多为儿童所喜，因得以保存，以其心理单纯，与原始思想合也”。所以“童话者，原人之文学，亦即儿童文学”。周作人指出，儿童正处在人生的“蛮荒时期”，可谓之“小野蛮”。这样一来，儿童与原人的感情趣味就会“约略相同”，童话既然是原人之文学，那么亦即“儿童之文学”。

周作人在中国第一次揭示了童话与儿童的天然联系，使古老的童话焕发了青春。“民俗学”与“儿童学”结合的研究方法，为中国儿童文学理论的建立确定了科学的理论基础。在此基础上，周作人还进一步对童话的功能、特征与艺术标准进行了开拓性的探索。童话作为“儿童之文学”，将其应用于儿童教育，则“既足以餍其喜闻故事之要求，且得顺应自然，助长发达，使各期之儿童得保其自然

① 周作人：《童话略论》，《教育部编纂处月刊》1913年第1卷第7期。

之本相，按程而进，正蒙养之最要义也”。同时，根据儿童学的知识，周作人指出童话最适用于3岁至10岁的幼儿期，因为这一时期“小儿最富空想，童话内容正与相合，用以长养其想象，使即于繁富，感受之力亦渐敏疾，为后日问学之基”。可见，童话的目的不是给儿童具体的知识学问，它旨在满足儿童对故事出自天然本性的需要，这才是儿童蒙养教育的宗旨所在；童话内容的“空想”特性正好与幼稚儿童的心理相契合，可培养其想象力与感受力，为将来获取学问打下基础。此外，童话内容以单纯的叙述方式叙述社会生活，言及常见的鸟兽草木等事物，儿童也可借此了解人情世事、自然名物等，为将来进入社会积累经验。

周作人认为童话的特征是“幻想”，“童话在儿童读物里的价值是空想与趣味，不是事实和知识”[①]“就儿童本身上说，在他想象力发展的时代确有这种空想作品的需要，我们大人无论凭了什么神呀皇帝呀国家呀的神圣之名，都没有剥夺他们的这需要的权利。正如我们没有剥夺他们衣食的权利一样，人间所同具的智与情应该平均发达才是，否则便是精神的畸形”[②]。在肯定童话幻想特征的同时，也强调了童话在儿童文学中不可动摇的地位。

《童话研究》与《童话略论》中，周作人还超越了晚清民初人们对童话笼统的“浅近”“通俗”等价值尺度，以儿童学为依据，阐明了童话用于教育时的几条评判标准：(一)优美；(二)新奇；(三)单纯；(四)匀齐。比如关于“单纯”，作者就点出了“结构之单纯，角色之单纯(人地皆无定名)，叙述之单纯”等方面；再如“匀齐”，则指明为“段落整饬，无所偏倚。若次序凌乱，首尾不称，皆所不取。故或多用楔子，以足篇幅，徒见杂糅，无所益也”。

对于如何供给儿童合宜的童话，周作人也有自己的见解。他指出繁荣童话有三条途径：搜集整理传统，创作新作品，译介外国作品。周作人认为，“中国童话自昔有之”，可惜“未尝有人采录，任之散逸”[③]，但民间童话“优劣杂陈”，必须“淘汰不合儿童身心的发达及有害于人类道德的分子”[④]“凡是悲哀或苦痛，便永远在脑里留下一个印象，不会消灭，于后来思想很有影响；至于残酷的害，更不用说了”[⑤]；还有那些“世故人情阅历甚深”的传说故事，也因“幼儿不能解，且其气氛郁塞，无愉快之气，亦非童话之所宜也”[⑥]。因此，周作人强调必须注意“材料的选

① 《儿童的文学》。
② 周作人：《自己的园地·阿丽思漫游奇境记》，晨报社，1923年。
③ 《童话研究》。
④ 周作人与赵景深的“童话讨论”之二，见赵景深编：《童话评论》。
⑤ 《儿童的文学》。
⑥ 《童话略论》。

择”和“语句的安排”，因为“这是给儿童吃的东西，要他们吃了有滋味，好消化，不是大人的标准所能代为决定的”，最好能将编述的童话交给孩子们看或讲给孩子们听，再选录他们喜爱的部分编辑出版。[①] 这些都充分体现了周作人在他的那个时代对待儿童读物难得的严肃认真态度和高度的责任感，以及可贵的“儿童本位”的读者意识。

也正是基于同一思路，周作人主张童话作家必须具有一颗“童心”。他说：“著作童话，其事甚难，非熟通儿童心理者不能试，非自具儿童心理者不能善也。”[②]他将安徒生“以小儿之目，观察庶类，而以诗人之笔写之”的“美妙天成”的“童话”誉为“神品”，要求童话作家须得像“活了七十岁，仍是一个小孩子”的安徒生那样，“既是诗人又是‘永久的孩子’”“能用诗人的观察，小儿的言语，写出原人——文明国的小儿，便是系统发生上的小野蛮——的思想”“出于自然，入于艺术”，成为“诗中之醇华”[③]。

《童话略论》中，周作人还首次介绍了安徒生，并将他的童话视为艺术童话的典范，这一评价贯穿在周作人之后的所有儿童文学评论中，他始终相信“文学的童话到了安徒生而达到理想的境地”[④]。他讲了童话的两种类别：天然童话(亦称民族童话)与人为童话(亦言艺术童话)，前者自然而成，具有种族特色；后者由文人创作，具有个人特色，而且“著作童话，其事甚难，非熟通儿童心理者不能试，非自具儿童心理者不能善也”。作者随后指出，“今欧土人为童话唯丹麦安兑尔然为最工，即因其天性自然，行年七十，不改童心，故能如此”。同年12月，周作人还发表了《丹麦诗人安兑尔然传》一文，对安徒生的生平及其童话作了更为详尽的介绍。周作人认识到：“小儿言”一样的词句和“蛮荒之情”的儿童思想，是安徒生童话的两大特色。此前，周作人与鲁迅合译的《域外小说集》(1908年)中即有王尔德的童话《安乐王子》，1921年上海群益书社出版的《域外小说集》增订本中，又增加了安徒生童话《皇帝之新衣》。这两篇童话虽然被收入“小说”集，但却是视为“童话”的。这一点与孙毓修《童话》丛书中称“神怪小说”、刘半农《迷洋小影》中称“滑稽小说”、周瘦鹃《欧美名家短篇小说丛刊》里视为“神怪、寓言小说”是不同的。

周作人是现代中国研究童话理论并取得成绩的第一人，在他之后，赵景深、

---

① 周作人：《(儿童故事)序》，见《苦茶随笔》，北京：北新书局1935年版。

②《童话略论》。

③ 依次见周作人：《安兑尔然》(《域外小说集》，1921年)、《丹麦诗人安兑尔然传》(绍兴《最社丛刊》创刊号，1913年)、《读安徒生的(十之九)》(《新青年》第5卷第3期《随感录》，1918年)。

④ 周作人：《童话的讨论》，《晨报副镌》1922年4月9日。

顾均正、张梓生、冯飞、严既澄等人纷纷展开对童话的研究，茅盾、郑振铎、叶圣陶等作家投入童话创作中。然而，据周作人回忆，他的文章当时写成后却没有地方发表，曾寄给中华书局的《中华教育界》，但因“不甚合用”遭到退稿。后经鲁迅推荐才分别发表。对于那个时代而言，周作人的研究似乎“超前”了，当时基本上没产生什么影响。诚如周作人所言，因为“我的沉闷的文章不大适合，于是趁此收摊，沉默了有六七年”[①]。但这些方法及观点，却为他五四时期“儿童本位”的儿童观及儿童文学观打下了坚实的基础，在五四时期产生了“振臂一呼，应者云集”的效果。

2. 周作人的儿歌研究

周作人在日本留学期间，曾读到不少有关儿童诗歌的著作，如《歌咏儿童的文学》《日本民谣集》《民歌之研究》《歌谣字数考》《儿歌比较研究》等。对民俗学、人类学及儿童学的兴趣，也影响到他对与民俗及儿童关系密切的儿歌的研究兴趣。

1913 年，他在《绍兴县教育会月刊》的“书籍绍介”专栏中，提到了商务印书馆出版、胡君复著的《幼稚唱歌》。周作人指出：此书短处在于，著者不知儿童歌谣之性质，“儿歌之用，贵在自然，今率意造作，明著教训，斯失其旨”，批评了对儿歌性质的误解，认为儿歌中若标注教训就失去了儿歌之本质。次年，周作人在《艺文杂话》中再次谈到：“近人著《幼稚唱歌》序云，吾国童谣之佳者，乃有乐府遗意，看似俚浅，顾非大文学家弗能。殆指《城上乌》等而言，若醇粹之童谣，岂有文人所能造作，反不如里老村妪，随口讴吟，为尤能得童心也。”[②]文中还谈到中国自古就有童谣，其中不乏佳作，但是“唯附会先兆者为多”，并借鉴了日本中根淑著《歌谣字数考》中的观点，认为童谣“盖本有心人所作，流行于世，童子习而歌之者尔”。

以上二文皆简略涉及了儿歌之性质、应用、分类、起源等问题，但未展开论述，周作人写于同期的《儿歌之研究》[③]，对这些问题作了集中、详细的阐述。

1914 年，周作人在《绍兴县教育会月刊》1 月号上发表了中国有史以来第一篇儿歌研究专论《儿歌之研究》。周作人首先批判了中国古昔以童谣比于谶纬，《儿歌之研究》开头言明：“儿歌者，儿童歌讴之词，古言童谣。”“盖中国视童谣，不以为孺子之歌，而以为鬼神凭托，如乩卜之言，其来远矣”，他驳斥了长久以来关

---

① 周作人：《儿童文学小论·序》，上海：儿童书局 1932 年版。
② 周作人：《艺文杂话》，《中华小说界》1914 年第 2 期。
③ 周作人：《儿歌之研究》，《绍兴县教育会月刊》1914 年第 4 号。

于儿歌的迷信之说，明确将童谣视为“孺子之歌”“儿童歌讴之词”。他指出，“儿歌的发生”是因为它合乎“儿童初学语，不成字句，而自节调”的生理、心理特点。

作者赞同日本学者的看法，将儿歌起源分为两端，一是儿童自造的，一是大人所作而儿童歌之者。古代的童谣属于后者，文中称“故依民俗学，以童歌与民歌比量，而得探知诗之起源”；民歌是“原始社会的诗”，儿歌即是其中之一种。他指出，出生半年的小儿，听觉就很发达了，“闻有韵或有律之音，甚感愉快”。儿童初学语言时不成字句，却“自有节调”；会说话之后，诵读歌词也较平常语言容易，“先音节而后词意”，儿歌对于“幼稚教育”的重要性也正在于此。他进而将儿歌分为母歌、儿戏歌两大类，再分为游戏、谜语、叙事歌、人事歌等四种类型，并且指出，“在教育方面，儿歌之与蒙养利尤切近，自德人福禄倍尔唱自力活动说以来，举世宗之。幼稚教育务在顺应自然，助其发达，歌谣游戏为之主课”“儿歌之诘屈，童话之荒唐”，正好与此期小儿心思的诘屈、荒唐相适合。因此儿歌的用处“亦无非应儿童身心发达之度，以满足其喜音多语之性而已”。

周作人虽然认为儿歌的目的也在“为研究教育者之一助焉”，但他看到了“儿歌之用，亦无非应儿童身心发达之度，以满足其喜音多语之性”的一面，比倡导“学堂乐歌”者对儿童诗歌的认识上向“儿童的世界”迈进了一大步。

回国后，周作人在鲁迅的支持下，在《绍兴县教育会月刊》上倡导儿歌童谣的搜集与研究。1914 年，他编印了《搜集绍兴儿歌童话启事》1 500 张，随《越铎日报》分发[①]，还将启事刊于他主编的《绍兴县教育会月刊》1 月号上。开篇写道：

> 作人今欲采集儿歌童话，录为一编，以存越国土风之特色，为民俗研究儿童教育之资材。即大人读之，如闻天籁，起怀旧之思，儿时钓游故地，风雨异时，朋侪之嬉戏，母姊之话言，犹景象宛在，颜色可亲，亦一乐也。第兹事体繁重，非一人才力所能及，尚希当世方闻之士，举其所知，典赐教益，得以有成，实为大幸。

此后还有“条例八则”，具体说明征集要求与方法。这则启事可说是我国第一次公开征集儿歌童话的重要文献。然而响应者却寥寥。据周作人后来回忆，“我预定一年为征集期，但是到了年底，一总只收到一件投稿！那时候大家还不注意到这些东西，成绩不好也是不足怪的”[②]，于是周作人开始自己搜集抄录，从

① 张菊香、张铁荣：《周作人年谱》，天津：天津人民出版社 2000 年版，第 103 页。
② 周作人：《潮州畲歌集・序》，《语丝》1927 年第 126 期。

1913 年至 1915 年初春，共搜得绍兴民歌 200 余首，还从古籍中分门别类抄录了大量童谣、儿童谜语，仅《孺子歌图》中就抄录了 50 首。这些儿歌于 1915 年春整理出初稿，直到 l936 年才得以出版。

周作人这一征集启事的备受冷落，足见当时人们确实“还不注意到这些东西”，他对儿歌的研究、搜集整理及倡导，虽然在当时应者寥寥，直到五四新文化运动兴起才得以“旧话重提”，然而其意义是深远的。它为五四时期将儿歌童谣作为儿童文学的基本体裁来倡导，从理论与实践两方面作了不可或缺的准备。

三、对儿童文学的倡导

如前所述，1920 年 10 月 26 日，周作人在北京孔德学校所作的讲演“儿童的文学”，在中国儿童学发展史与中国儿童文学史上具有里程碑意义。开篇讲道：“今天所讲儿童的文学，换一句话便是‘小学校里的文学’。”[①]周作人在中国第一次旗帜鲜明地倡导“儿童的文学”，并以“儿童的文学”为支点，具体、全面、系统地阐述了他对“‘儿童的’文学”的理解。这样富有系统性的儿童文学倡导，在此以前或同时代人那里都是没有的。《儿童的文学》被认为是标志着中国儿童文学走向自觉的宣言书。稍后，叶圣陶在 1921 年 6 月 24 日的《文艺谈・三十九》中使用“儿童的文学”，并“希望个个儿童能欣赏文学，接近文学，希望今后的创作家多多为儿童创作些新的适合于儿童的文学”；郑振铎在 1921 年 9 月 22 日《儿童世界・宣言》里，也将“小学校里的文学”称为“儿童文学”。

在《儿童的文学》中，周作人指出：“儿童文学只是儿童本位的，此外便没有什么标准”“第一须注意于‘儿童的’这一点”。因而，他认为从事儿童文学的人应当注重理解“儿童的世界”“迎合儿童心理供给他们文艺作品”。周作人将整个儿童期分作幼儿前期（3—6 岁）、幼儿后期（6—10 岁）与少年期（10—15 岁）三个阶段，并对适合每一阶段的文学作了具体、详细的探索。

在此基础上，周作人强调“儿童所需要的是文学”，儿童文学“在儿童教育上的作用是文学的而不是道德的”，反对把成人的思想与信条一股脑儿硬塞给儿童。[②] 一年后，周作人又发表了一篇《儿童的书》，周作人批评了封建教育与封建旧文学漠视儿童的精神食粮，感叹“中国还未曾发见了儿童——其实连个人与女

---

① 周作人：《儿童的文学》，载《新青年》第 8 卷第 4 号，1920 年 12 月 1 日。

② 赵景深：《童话评论・童话讨论（三）》，上海：上海新文化书社 1924 年版。

子也还未发见，所以真的为儿童的文学也自然没有"[①]。他同时对自己的观点作了进一步的论述：

> 向来中国教育重在所谓经济，后来又中了实用主义的毒，对儿童讲一句话，眨一眨眼，都非含有意义不可，到了现在这种势力依然存在，有许多人还把儿童故事当作法句譬喻看待。……其实艺术里未尝不可寓意，不过须得如做果汁冰酪一样，要把果子味混透在酪里，决不可只把一块果子皮放在上面就算了事。但是这种作品在儿童文学里，据我想来本来还不能算是最上乘，因为我觉得最有趣的是有那无意思之意思的作品。安徒生的《丑小鸭》，大家承认它是一篇佳作，但《小伊达的花》似乎更佳；这并不因为它讲花的跳舞会，灌输泛神的思想，实在只因它那非教训的无意思，空灵的幻想与快活的嬉笑，比那些老成的文字更与儿童的世界接近了。我说无意思之意思，因为这无意思原就有它的作用，儿童空想正旺盛的时候，能够得到他们的要求，让他们愉快地活动，这便是最大的实益……

他认为"儿童同成人一样的需要文艺"，需要这种充满童话想象的"有意味的没有意思"的创作，新文学有"供给他们文艺作品的义务"。在《儿童的书》中，他说："艺术是人人的需要……但我相信有一个例外，便是'为儿童的'。儿童同成人一样的需要文艺，而自己不能造作，不得不要求成人的供给。"为此，他热切地呼吁新文学的志士仁人应当"结合一个小团体，起手研究"儿童文学，并提出了建设儿童文学的具体途径："收集各地歌谣，收订古书里的材料，翻译外国的著作。"在《儿童的书》的结尾处，周作人还呼吁道："凡对于儿童有爱与理解的人都可以着手去做，但在特别富于这种性质而且少有个人的野心之女子们，我觉得最为适宜。本于温柔的母性，加上学理的知识与艺术的修养，便能比男子更为胜任。"

综合上述的观点，周作人能够将"儿童性"与"文学性"两方面结合起来理解儿童文学的本质，尤其是对儿童文学教育功能如何实现的认识，是建立在进步的儿童观的基础上的。他提出要让孩子充分享受自己的童年，儿童文学不要过早成为政治的附庸，而应是儿童本位的；儿童文学也是文学，创作主体在创作中同样要说自己的话；但同时它又是"为儿童的"，那就要求作家本人保有"赤子之心"，并能"保育调护"儿童时代的"儿童的心情"。希望作家本人仍拥有"赤子之

① 周作人：《儿童的书》，载《自己的园地》，北京：北新书局1923年版。

心”，这也就使“说自己的话”和“为儿童”二者有了交集。[①] 五四时期的儿童文学研究著述中，如郭沫若的《儿童文学之管见》(1922 年)、郑振铎的《儿童文学的教授法》(1922 年)、严既澄的《儿童文学在儿童教育上之价值》(1921 年)、魏寿庸、周侯予编的《儿童文学概论》(1923 年)、朱鼎元的《儿童文学概论年》(1924 年)，乃至 30 年代朱经良主编的《教育大辞典 · 儿童文学》等，也几乎都是用相近的文字将儿童文学界定为“以儿童为本位”的文学。

周作人对儿童学与儿童文学的研究，为五四新文化运动中儿童文学迎来第一个发展高潮做了扎实的理论准备。周作人也因此被誉为“中国新文化运动的思想家”[②]“中国现代教育学的奠基者”[③]“中国儿童文学的拓荒者”[④]。

第四节 胡适的《尝试集》为儿童诗探路

胡适(1891—1962)，原名嗣穈，行名洪骍，后改名适，字适之，安徽绩溪人。出生于封建官僚家庭。胡适与陈独秀并为五四新文化运动最有力的倡导者、领导者。

一、胡适在新文化运动中的文学观

胡适较早开始接触到西方的科学和文化。其中赫胥黎的《天演论》与梁启超的《新民说》对胡适影响最大。胡适被《天演论》中“物竞天择，优胜劣败”“适者生存，不适者淘汰”的思想所震动，感于中国被列强瓜分的现实危机，改名胡适。[⑤] 从《新民说》里，他知道了在孔子、孟子以外，还有培根、笛卡尔、达尔文等许多大思想家和大文学家，接受了梁启超把“新民”看作是“今日中国第一急务”的观点，为他后来的新文化启蒙运动作了思想准备。

1907 年，林纾译的《爱国二童子传》由商务印书馆出版，胡适即写了书评《读〈爱国二童子传〉》(署名适)予以介绍，指出该书“真可以激发国民的自治思想，实业思想，爱国思想”。1915 年 9 月，陈独秀创办《新青年》，倡导科学与民主，反对

---

① 刘绪源：《中国儿童文学史略(一九一六—一九七七)》，上海：少年儿童出版社 2013 年版。
② 舒芜语。
③ 钱理群语。
④ 王泉根语。
⑤ 胡适：《四十自述》中的《在上海(一)》。

封建旧文化，尚在美国求学的胡适积极响应，以白话文翻译俄国泰采夏浦的小说《决斗》，于1916年9月《新青年》第2卷第1号刊发。这是《新青年》上的第一篇白话文。

1917年1月，胡适于《新青年》第2卷第5号发表了《文学改良刍议》，首举“文学革命”义旗，得到陈独秀、鲁迅、周作人等人的响应。《文学改良刍议》被视为五四新文学的开场锣鼓。胡适很快成为《新青年》最有影响的撰稿人。1917年8月，胡适回国，与陈独秀、周作人、刘半农同年入北大任教授，共同编辑《新青年》，并创设《每周评论》。

在儿童文学方面，胡适的主张与周作人十分接近。胡适接受了杜威实用主义教育思想，倡导“儿童中心主义”。作为“儿童中心主义”的“实验”，胡适认为“国语教育当注重‘儿童的文学’，当根本推翻现在的小学教科书”①。1921年12月31日，他在北京教育部国语讲习所同学会上所作的“国语运动与文学”的讲演中，专门议论了儿童文学，强调对儿童的理解和尊重，反对不顾儿童成长过程与成长特点的“拔苗助长”。胡适在主张“儿童本位”的儿童文学论的同时，在其第一部新诗集《尝试集》中，也有一些写儿童或为儿童而写的白话诗。除了《尝试集》中的白话新诗之外，胡适还翻译了法国都德的爱国名篇《最后一课》(1912年)和《柏林之围》(1913年)。1919年，他出版了译作《短篇小说》第一集，由上海亚东图书馆出版，这些不仅给中国文坛吹进了一股清风，还“使国中人士有所取法，有所观摩，然后乃有自己创造新文学”②。特别是胡适翻译的《最后一课》等名篇，被选入学生课本，广为流传，影响数十年而不衰。

二、《尝试集》为儿童诗探路

胡适一方面积极提倡白话文，同时又积极投身白话文创作。五四新文学运动的创作成果，最早的当属胡适的白话诗集《尝试集》。《尝试集》的创作开始于1916年7月，第一编写于留美期间，后两编写于归国后。第一编尚未脱胎于旧体诗，第二、三编则属自由诗体的大胆革新。1920年出版，1922年出增订四版，此版流传最广。《尝试集》为中国文学翻开了崭新的一页，也对中国儿童诗的创作起到了开风气之先的作用。

《尝试集》中的代表性作品当属《蝴蝶》。全诗四行八句如下：

---

① 胡适：《国语运动与国语教育》，此文为1921年10月8日在安徽省对安庆教育界所作的讲演。

② 胡适：《论译书寄陈独秀》，载《藏晖室札记》第12卷，上海：亚东图书馆1936年版，第845页。

两个黄蝴蝶,双双飞上天。
不知为什么,一个忽飞还。
剩下那一个,孤单怪可怜。
也无心上天,天上太孤单。

一首短诗,用了两个“飞”,两个“上天”(外加一个“天上”),两个“一个”,两个“孤单”。看似重复的词汇、浅白如话的语言,却恰恰是胡适对儿童情趣、儿童视角、儿童心态的摹写。诵读此诗,于“浅近中读出了真切、朴拙而雅淡的趣味”。

《尝试集》收录的作品,大致可看做两类:一类是作者借助白话诗的形式,表达成人的感情。它们虽然用了儿童般浅白的口语化语言,但儿童是不易读懂的。第二类则从形式到感情,都是儿童化的。其中如《蝴蝶》《一枝箭,一只曲子》,都可视为典型的儿童诗。类似这样的儿童诗,第一编中还有如《中秋》《十二月五夜月》等。诚如刘绪源所评价的:“胡适面对的读者都是成人,都是他的朋友,他没有自觉地为儿童创作,但这并不妨碍他在客观上写出了真正的儿童诗。”“在中国现代白话文学的开山作品——《尝试集》中,儿童文学其实占了一半以上!”[①]

胡适的《尝试集》创作,是有坚实的生活基础的。他的童诗都是写自己的心境,一喻一叹,皆有由来。如《蝴蝶》原题即为“朋友”,在探索白话文学创作的道路上,他深感同道稀少,这才发而为诗。它的内容(诗意、情感)和形式则又是儿童与大人都能接受的。从形式上来说,《尝试集》的意义更为重大,它是在儿童文学初辟阶段对儿童诗创作上的大胆探索,是真正意义上的儿童诗作,开辟了以白话入诗、以童趣入诗的儿童诗创作新传统。

第五节 叶圣陶树起第二块里程碑——《稻草人》

叶圣陶(1894—1988),原名叶绍钧,字圣陶,江苏苏州人。现代教育家、出版家、儿童文学作家。历任小学、中学、大学教员,曾任《小说月报》《妇女杂志》《中学生》等刊物的编辑,1914年开始使用文言文进行文学创作,五四前后改用白话文创作。

① 刘绪源:《中国儿童文学史略(一九一六——一九七七)》,上海:少年儿童出版社2013年版。

一、叶圣陶的儿童文学活动

1918年秋，叶圣陶参加提倡“批判的精神、科学的主义、革新的文字”的新潮社，与他人合写《对于小学作文教授之意见》[①]，主张改革儿童读物。1919年，又在《新潮》上发表《今日中国的小学教育》和《小学教育的改革》，批判旧式教育，倡导新式教育。1920年秋，他开始写作新诗和小说。1921年，叶圣陶与茅盾、郑振铎等12人发起“文学研究会”，实践“文学反映人生”的文学观。

五四时期，叶圣陶身体力行了白话文形式的儿童文学创作。他创作的儿童诗取材于儿童生活，倾注了作者对儿童的爱，体现了他对儿童及儿童教育的理解。如《儿和影子》一诗写儿童爱模仿、爱表演的精神状态，充满童趣。“儿见学生体操，回来教他的影子”，一遍一遍地问他的学生：“你可懂了？你可懂了？”影子却不回答，他“也不灰心，更一遍一遍地教，一遍一遍地问”。《拜菩萨》是一首儿童游戏诗，一个孩子把自己的爹拉来当菩萨拜，最后又推倒了这个“菩萨”。叶圣陶说：“小孩有勇往无畏的气概，于一切无所惧怯。这该善为保育，善为发展，才可以使他们成为超过父母的人。”[②]这段话可以借来理解《拜菩萨》的深层蕴含。

该时期，叶圣陶也经常有歌词发表，如许地山作曲、叶圣陶作词的《蝴蝶歌》《白》等。叶圣陶对儿童歌词的创作有他自己的理解：“儿童的歌辞浅明固然是必要的，但绝不就是随便说几句话，一样要具备文艺家创作的情思和诗的精神。诗是何等可贵的东西，它能使我们每一个细胞活动而有兴趣。小孩是将来的人，他们尤其需要诗。若他们在学校里唱的全是美妙的诗篇，经这等浸渍似的涵养，一定有几许未来的伟大的艺术家在里面。这不是我们所企望而应当尽力的么？”[③]1921年冬，仍在甪直镇教书的叶圣陶，收到正在筹办《儿童世界》的郑振铎的约稿信，请他为《儿童世界》写稿，于是叶圣陶又开始创作童话。

在从事儿童文学创作的同时，叶圣陶还于1921年3月5日至6月25日，在《晨报》副刊发表《文艺谈》40则，其中对儿童文学也发表了很多精辟的见解。在这里，叶圣陶使用了“儿童文艺”一词。叶圣陶认为：“儿童文艺里须含有儿童的想象和感情。而有神怪和教训的质素的，决不是真的儿童文艺。”(《文艺谈·八》)创作儿童文艺的文艺家必须有一颗“赤子之心”，能“深入儿童的内心”，“将

---

① 叶圣陶等：《对于小学作文教授之意见》，载《新潮》月刊第1期。
② 叶圣陶：《文艺谈·八》，1921年。
③ 叶圣陶：《文艺谈·七》，1921年。

他们自己的直觉抒写出来”(《文艺谈・十》)。他呼吁人们,“为最可爱的后来者着想,为将来的世界着想,赶紧创作适于儿童的文艺品”,这应成为新文学的“重要事件之一”;而“创作这等文艺,一、应当将眼光放远一程;二、对准儿童内发的感情而为之响,使益丰富而纯美。……于不知不觉之间受其熏染,已植立了超过他们父母的根基”,并认为这是“文艺家所乐闻而又当引以己任的”(《文艺谈・七》)。他还要求文艺家必须大胆创新,“慎防其无意中成为我们的前定的方式”。他要求“凡有所创作,不论质料还是方式,总须是我们自己的”(《文艺谈・三十六》),因而须首先改变儿童生存的环境,从父母做起,创造出一个“儿童的一切本能都让他们自由发展,更帮助他们发展”的环境,这才是“文学的泉源”(《文艺谈・三十九》)。这些见解体现了叶圣陶早期的儿童文学观,也是了解叶圣陶早期儿童文学创作的一把钥匙。

二、叶圣陶的童话创作

1921 年 11 月 15 日,叶圣陶发表了第一篇童话《小白船》,载《儿童世界》1922 年 3 月 4 日出版的第 1 卷第 9 期。接着 16 日、17 日发表了《傻子》和《燕子》;20 日写了《一粒种子》;12 月 25 日至 30 日,又发表了《地球》《芳儿的梦》等。1921 年至 1922 年间,叶圣陶共在《儿童世界》发表 19 篇童话,以后又写过 30 多篇,合计 43 篇。这些童话分别结集为《稻草人》(1923 年)与《古代英雄的石像》(1931 年),此外还有《“鸟言兽语”》《火车头的经历》等篇收录在《四三集》中。

对于这些童话的创作倾向,叶圣陶后来回忆说:“《稻草人》这本集子中的 23 篇童话,前后不大一致,当时自己并不觉得,只在有点儿什么感触,认为可以写成童话的时候,就把它写出来。我只管这样一篇接一篇地写,有的朋友却来提醒我了,说我一连有好些篇,写的都是实际的社会生活,越来越不像童话了,那么凄凄惨惨的,离开美丽的童话境界太远了。经朋友一说,我自己也觉察到了。但是有什么办法呢?生活在那个时代,我感受到的就是这些嘛。”[①]可见,叶圣陶的童话大多取材于现实生活,体现了叶圣陶“文学为人生服务”的现实主义的创作主张。

在最初的童话作品《小白船》里,叶圣陶所描绘的人间世界充满了“爱”“善”与“纯洁”。作品写道,一条美丽的小溪上,泊着一条可爱的小白船,走来了一对纯洁而友爱的小孩,开开心心坐到船上;他们张开船帆玩,这时起风了,船被吹得很远,漂到了一个陌生的岛上;在这里,遇见了一个样子有点凶的大人。那人提

① 转引自洪汛涛:《童话学》,合肥:安徽少年儿童出版社 1986 年版,第 355 页。

出了三个问题，要回答得好才送他们回去：

> “第一个问题是鸟为什么要歌唱？”
> “要唱给爱他们的人听。”她立刻回答出来。
> 那人点头说：“算你答得不错。第二个问题是花为什么芳香？”
> “芳香就是善，花就是善的符号。”男孩抢着回答。
> 那人拍手道：“有意思！第三个问题是：为什么小白船是你们所乘的？”
> 她举起右手，像在教室里表示能答时姿势说：“因为我们纯洁，惟有小白船合配装载。”
> 那人大笑道：“我送你们回去了！”

在描写方面，《小白船》追求“完善而细腻”。如下面这段描写：

> 一条小溪是各种可爱东西的家。小红花站在那里，只是微笑，有时做很好看的舞蹈。绿草上滴了露珠，好像仙人的衣服，耀人眼睛。溪面铺着萍叶，矗起些桂黄的萍花，仿佛热带地方的睡莲——可以说是小人国里的睡莲。小鱼儿成群来往，针一般地微细，独有两颗眼珠大而发光。

这种童话意境的描述，使读者不知不觉进入一个神奇美妙的童话艺术天国。

叶圣陶早期的童话大都是“孩提的梦”，色彩绚丽，充满幻想，用理想主义的弹唱编织着童话世界的光环。他认定儿童文学要“对准儿童内发的感情而为之响应，使益丰富而纯美”，这也为他的童话思想内容定下了基调：他要用自己的笔去勾画“一个美丽的童话的人生，一个儿童的天真的国土”[①]，使纯洁的童心不受到战争、苦难、血泪这不幸的人生悲剧的损伤。就在这一年的11、12月，叶圣陶一口气写了《小白船》《傻子》《燕子》《一粒种子》等9篇童话。这些早期创作的童话，充满着对“爱”与“善”的热烈向往，讴歌着孩子们纯洁的心灵世界。

然而，渐渐地，叶圣陶的作品自觉地发生了改变，表现出了走向现实的明显变化。1922年1月14日，叶圣陶在给郑振铎的信上说：“今又呈一童话，不知嫌其太不近于‘童’否？”在《鲤鱼的遇险》里，作者已经在借鲤鱼之口发表着面对现实的“疑惑”与“咒诅”：“……世界……变了……”“我们起先赞美世界，说他满载着真的快乐，现在懂了，他实在包含着悲哀和痛苦……应当咒诅！我们还有能力

---

① 郑振铎：《〈稻草人〉序》，载《郑振铎和儿童文学》，上海：少年儿童出版社1982年版。

咒诅,我们咒诅罢! ……咒诅那些强盗……更咒诅……有那些强盗的世界。就决定做这唯一的事,就是咒诅……”此后的童话,如《画眉鸟》《玫瑰和金鱼》《花园之外》《瞎子和聋子》等,“不幸的东西填满了世界,都市里有,山野里也有,小屋子里也有,高堂大厦里也有”[①]。至《稻草人》,叶圣陶的“悲哀已造极顶”“他对于人世间的希望便随了稻草人而俱倒”(郑振铎:《〈稻草人〉序》)。

因而,就思想与情感倾向而言,叶圣陶童话大致可分为两类:早期以《小白船》《燕子》《傻子》《芳儿的梦》《新的表》及《梧桐子》为代表,着意表现“一个美丽的童话的人生,一个儿童的天真的国土”;另一类则以《画眉鸟》《玫瑰和金鱼》《花园之外》《瞎子和聋子》和《稻草人》为代表,虽然仍旧用近于儿童的文字,“却不禁地融化了许多‘成人的悲哀’在里面”(郑振铎:《〈稻草人〉序》)。从《小白船》到《稻草人》,清楚地显示了叶圣陶的童话创作从唯美主义向现实主义的转化。

三、《稻草人》的文学价值

《稻草人》是叶圣陶第一部童话集,也是中国第一部个人创作的儿童文学作品集,收入叶圣陶 1921 年 11 月创作的《小白船》到 1922 年 6 月创作的《稻草人》共计 23 篇童话。这些童话作为《文学研究会丛书》之一,1923 年 11 月由商务印书馆出版。

叶圣陶童话既不同于以改写为主的茅盾童话,也不同于译述为主的郑振铎童话,而是作家独创。叶圣陶童话堪称内容与形式兼及的佳作,是中国艺术童话走向成熟的标志。《稻草人》的文学价值在于:

第一,引领了我国现代童话创作直面人生的现实主义道路。

叶圣陶早期的童话,塑造了一系列唯美的童话意境和人道主义的童话形象。他希望用爱与善来陶冶孩子,使“受之者必能富有高尚纯美的感情”[②]。但是,这毕竟只是童话的世界。作为一个“为人生而艺术”的现实主义作家,叶圣陶的笔触在矛盾之中痛苦徘徊,“在成人的灰色云雾里,想重现儿童的天真,写儿童的超越一切的心理,几乎是个不可能的企图”(郑振铎:《〈稻草人〉序》)。于是,叶圣陶毅然转换了笔调,笔触从梦幻的世界走向现实的人生,把血泪的现实告诉应当知道现实的孩子们。正是这一转变,对促进中国现代童话创作产生了长久的影响。

由于从梦幻走向现实,叶圣陶笔下的童话形象不再是“公主”“王子”的西方

---

① 见《画眉鸟》,载《儿童世界》第 2 卷第 11 期,1922 年 6 月 17 日出刊。

② 叶圣陶:《文艺谈·七》,载《叶圣陶谈创作》,上海:上海文艺出版社 1982 年版,第 140 页。

模式，而是当时中国社会各阶层的各类人物：工人、农民、知识分子、商人、军人、富翁、蚕农、渔民、厨子、警察、邮递员、青年学生、人力车夫、童工、乞丐等。童话的题材范围也因此而大大拓展，《稻草人》《大喉咙》《快乐的人》《画眉鸟》《富翁》等作品直面当时错综复杂的社会生活与阶级矛盾。正是从叶圣陶开始，中国的童话创作聚焦了丰富多彩的现实人生，大大加深了童话作品的时代意义。郑振铎充分肯定了叶圣陶开辟的这条现实主义创作之路，指出："把成人的悲哀显示给儿童，可以说是应该的。他们需要知道人间社会的现状，正如需要知道地理和博物的知识一样，我们不必也不能有意地加以防阻。"①叶圣陶后期童话的现实主义特征不断加深并日趋稳定。

叶圣陶童话之所以最终走向了现实主义道路，一方面是由于"为人生而艺术"的文艺思想促使他去正视现实，另一方面也是因人道主义思想使他以关切的目光注视着劳动人民的不幸与苦难，倾注自己的深切同情。他写的"稻草人"正是一个富有同情心，却又没有力量、没有办法改变环境、帮助别人的人，是旧中国有良心的知识分子的典型。

第二，追求童话创作的诗意与儿童情趣。

叶圣陶还没写童话以前就说过："创作儿童文艺的文艺家当然着眼于儿童，要给他们精美的营养料。"②正是为了实现这一既定目标，他从创作第一篇童话开始就一直在孜孜不倦地探索着尽可能完美的艺术形式。小学教师出身的叶圣陶深谙儿童心理，熟知"儿童于幼小时候就陶醉于想象的世界，一事一物都认为有内在的生命""文艺家于此等处若能深深体会写入篇章，这是何等地美妙"③。为此，叶圣陶童话十分注重幻想色彩，而又使之融于诗化的意境。美妙的大自然、梦幻的月宫与神秘的蚂蚁国，构成了叶圣陶式的诗意盎然的童话世界。它用儿童的眼光、儿童的幻想，寄托了作家对美好未来的憧憬和对和平生活的向往。

如《小白船》中写道：

> 水面上有极轻微的声音，是鱼儿在奏乐，他们会用他们的特别的方法，奏出奇妙的音乐来："泼剌……泼剌……"好听极了。他们邀小红花在跟他们一起跳舞；绿萍要炫耀自己的美丽的衣服，也跟了上来。小人国的睡莲高兴得轻轻地抖动，青蛙看呆了，不知不觉地随口唱起歌儿来。

---

① 郑振铎：《〈稻草人〉序》。
② 叶圣陶：《文艺谈·八》。
③ 叶圣陶：《文艺谈·八》。

叶圣陶成功地设置了一种充满童真童趣的童话世界。作品将小溪以及周围可爱的动物、植物，都拟人化了，散发着浓郁的童话情趣，营造了一种祥和美妙的童话境界。

叶圣陶之所以能出色地描绘童话世界，除了来自语言表达功力外，更来自他对儿童与“儿童文艺”的理解，来自一颗未泯的童心。叶圣陶认为：“儿童初入世界，一切于他们都是新鲜而奇异，他们必定有种种想象，和成人绝对不同的想象。……星儿凝眸，可以为母亲的颈饰；月儿微笑，可以为玩耍的圆球；清风歌唱，娱人心魂；好花轻舞，招人作伴……这等都是想象，儿童所乐闻的。”[①]又说：“儿童的心里似乎无不是纯任直觉的，他们视一切都含有生命，所以常常与椅子谈话，与草木微笑。这就是文艺家的宇宙观。儿童若能将他们自己的直觉抒写出来，一定是无上的美。曾听有人说过，文艺家有个未开拓的世界而又是最灵妙的世界，就是童心。儿童不能自为抒写，文艺家观察其内在的生命而表现之；或者文艺家自己永葆其赤子之心，都可以开拓这个最灵妙的世界。”[②]叶圣陶正是以一颗“童心”为孩子们书写童话的艺术家。从这个意义上说，叶圣陶童话是我国最早出现的真正具有现代意义的“童话”。

第三，突出鲜明浓郁的中国风格。

叶圣陶是在充分借鉴西洋童话的基础之上，开始从事童话创作的。他受到安徒生、王尔德、格林兄弟童话的影响才“有了自己来试一试的想头”[③]。但是，叶圣陶童话并不仅止于模仿西方，而是根植于中国的现实土壤，是“中国化”的童话。

叶圣陶的童话创作，完全脱出了王子、公主、仙、巫、精、怪的西方童话的模式，不仅取材于中国现实生活中的人物和事物，而且用精湛的童话艺术手法将带有民族和乡土色彩的寻常人物、事物和景物，变成童话人物和童话环境，这无疑是一种崭新的创造。叶圣陶童话中所描写的人物的生活环境与乡土风光、民族风俗、时令节序、道德观念、民族建设、服饰饮食等风景画、风俗画，完全是“中国式”的，充满着浓郁的社会生活内容和民族生活气息。正由于叶圣陶在童话创作中努力追求民族特色与民族风格，他的作品才能为中国的孩子们喜闻乐见，广为传诵。

虽然童话作为一种艺术形式不始于叶圣陶，《稻草人》之前，我国的创作童话

---

① 《文艺谈·八》。
② 《文艺谈·十》。
③ 叶圣陶：《我和儿童文学》，载《我和儿童文学》，上海：少年儿童出版社 1980 年版。

已有出现,如茅盾的《书呆子》《一段麻》,郭沫若的《黎明》《广寒宫》,但真正意识到童话是一种文学形式,自觉为儿童写作并取得很高成就的,叶圣陶是第一人。他把儿童文学和成人文学区分开来,他的童话"专为"儿童而写。这在中国文学的发展上,是具有开拓性质的。叶圣陶自觉地写出一大批专为儿童阅读的童话作品,且为此倾尽了自己的努力。正是这种明确的创作分工意识,使中国儿童文学像世界儿童文学一样,有了自己独立的疆域和价值体系。

同时,从思想内容、艺术形式与民族风格上,叶圣陶童话已经完全跳出了外国童话的窠臼,创造出了具有中国特色与中国气派的新童话。童话集《稻草人》被视为中国儿童文学的奠基之作,郑振铎高度评价该童话集"几乎没有一篇不是成功之作"。1935 年,鲁迅在《表・译者的话》里也对叶圣陶的《稻草人》给予了高度评价:"十来年前,叶绍钧先生的〈稻草人〉是给中国的童话开了一条自己创作的路。"这条路,就是具有鲜明的时代特色与民族风格的现实主义童话创作道路。这也是特定时代赋予童话的历史使命。

第六节　冰心和《寄小读者》

冰心(1900—1999),原名谢婉莹,福建长乐人。中国现代文学史上杰出的女性作家。幼年时广泛接触了中国古典文学作品。五四运动时在北京协和女子大学参加学生运动,1921 年参加文学研究会。1923 年赴美留学,1926 年回国任教。

一、冰心早期的文学创作

冰心最早的文学创作,始于"问题小说"。冰心的"问题小说",取材于她"周围社会生活中的问题",从不同的侧面触及现实的人生,清晰地反映了当时人民反帝反封建的革命要求和改良社会、改造人生的美好愿望。其中的儿童小说,表现出对未成年不幸者的深切同情,和对母爱、童心的由衷称颂。如《最后的安息》(1920 年)、《三儿》(1920 年)、《离家的一年》(1921 年)、《寂寞》(1922 年)等。《最后的安息》发表在 1920 年 3 月的《晨报》上,通过描写 14 岁的童养媳翠儿在婆家所受的非人待遇,对在旧中国遭受各种压迫和不平等待遇的妇女,特别是贫苦女孩的悲惨命运表达了强烈的不满。《三儿》载于 1920 年 9 月 29 日《晨报》,也是描写贫苦儿童悲惨命运的。为了养家糊口,三儿到打靶场拾弹壳,不幸中弹"倒在地上"。当听到场上的军官推卸责任的话语时,他“挣扎着站起”拉着妈妈说：“我们家……家去。”话未说完，便离开了人世。作者借三儿的惨死，表达了对旧世界的抗议和对苦孩子的爱怜与同情。《离家的一年》发表在1921年11月10日的《小说月报》第12卷第11号上。主人公“他”是一个13岁的少年，因求学要离家远行。作者着力写了姐弟俩感人至深的离愁别绪。《寂寞》写于1922年7月24日，发表在《小说月报》第13卷第9期。作品描写小小在学校急于回家去，因为他知道今天婶婶要带妹妹来他家。由相聚时的欢快而至离别后的寂寞，提出了一个儿童成长中的问题，即儿童也有对小伙伴的需要。诚如冰心所说，《寂寞》是“写儿童的事情给大人看的，不是为儿童写的”①。

在创作以儿童为题材的小说同时，冰心又在《晨报副镌》连续发表诗歌。1923年1月，《繁星》作为“文学研究会丛书”之一，由商务印书馆出版。1923年5月，《春水》也作为“新潮社文艺丛书”之一，由北京新潮社出版。《繁星》收小诗164首，《春水》收小诗182首，二者均是冰心“零碎的思想”的艺术结晶。歌咏母爱、童真、人类之爱及大自然之美是它们共同的主题。在艺术上，“用字的清新”和“回忆的甜蜜”②，不仅使她的诗有着“澄澈”与“凄美”③的抒情风格，而且开创了“满蕴着温柔”又“微带着忧愁”的小诗文体。《繁星》《春水》发表后，冰心“便一跃为第一流的女诗人”④，不仅奠定了她在中国新诗坛的地位，也为新生的儿童文学寻到了一块诗意的绿洲。

《繁星》《春水》之后，1922年7月，冰心又以“往事”为题，写下20则回忆散文，发表于《小说月报》第13卷第10期。冰心用了一个副标题“生命历史中的几页图画”来概括这组散文的内容，她自言：“《往事》那就是放大的《繁星》和《春水》。”作品将童年和少女时代甜美生活的踪迹自然地呈现于纸端。《往事》虽然同样不是为儿童而作，但童年题材及其中对母爱、童心的歌颂，又天然地赋予了它儿童文学的性质。五四时期的冰心，刚刚拿笔创作，就在小说、诗歌与散文的尝试中获得了成功，为刚刚起步的儿童文学从题材拓展到形式创设作出了贡献，也为她以后的儿童文学创作做了充分的文学上的准备。

---

① 冰心：《我是怎样被推进儿童文学作家队伍里去》，《我和儿童文学》，上海：少年儿童出版社1980年版。
② 赵景深语。
③ 苏雪林语。
④ 苏雪林语。

二、冰心与《寄小读者》

周作人在写于1923年6月25日的《儿童的书》的结尾处呼吁："凡对于儿童有爱与理解的人都可以着手去做，但在特别富于这种性质而且少有个人的野心之女子们，我觉得最为适宜。本于温柔的母性，加上学理的知识与艺术的修养，便能比男子更为胜任。"当时编辑《晨报副镌》的孙伏园是他的学生，作家冰心则是他在燕京任教时最赏识的学生。7月24日，《晨报》的副刊上开辟了"儿童世界"专栏，作为周作人的学生，冰心从7月25日起，开始创作《寄小读者》。这可视作"周氏两位得意门生，按着他的文学观念，联手进行的一次优美的文学尝试"①。

《寄小读者》是作家在1923年7月至1926年8月在美国游学时的见闻、感触的随笔，最初题为《给〈儿童世界〉的小读者》，自1923年7月29日起，以"通讯"的形式陆续刊登在《晨报・副刊》上，共29篇。1927年由北新书局结集出版，至1941年共发行36版，成为现代中国最畅销的儿童散文集。

冰心"爱的哲学"是帮助我们开启《寄小读者》的一把钥匙，也是它的基本内容与思想基调。对童心的礼赞、对母爱的颂扬、对自然的讴歌和对祖国的眷念，构成了作品四方面的主要内容。

1. 对童心的礼赞

冰心是一位"对儿童有爱与理解"的儿童文学女作家，《寄小读者》是冰心奉献给"最可爱的"小孩子的珍贵礼物。"本于温柔的母性，加上学理的知识与艺术的修养"的冰心，这一年刚刚23岁，可谓童心未泯。她在《寄小读者》的《通讯一》里写道：

> 在这开宗明义的第一信里，请你们容我在你们面前介绍我自己。我是你们天真队里的一个落伍者——然而有一件事，是我常常用以自傲的：就是我从前也曾是一个小孩子，现在还有时仍是一个小孩子。为着要保守这一点天真直到我转入另一世界时为止，我恳切地希望你们帮助我，提携我，我自己也要永远勉励着，做你们的一个最热情最忠实的朋友！

冰心对童心看得十分珍贵。她把儿童引为知己。冰心对自己的定位是："也

---

① 刘绪源：《中国儿童文学史略（一九一六—一九七七）》，上海：少年儿童出版社2013年版。

曾是一个小孩子”“现在还有时仍是一个小孩子”，并正努力地“要保守这一点天真”，以成为孩子们“最热情最忠实的朋友”。她正是以这样儿童本位的创作观为出发点，投入了长达三年的散文创作，发掘自己所曾有和仍有的童心，表达着对儿童的“爱与理解”。

《通讯二》是书中最精彩的篇章之一。她在这里劈头告诉小朋友们一件使她“灵魂受了隐痛”的“伤心的事情”，即一个春夜，一只“坦然、无猜”的小鼠出来觅食，因了她而被跑进来的小狗叼走的事。她心上仿佛受了一箭，但又装着不介意地笑了笑。可是到夜里又终于流下泪来。她把这件事对一个成人朋友说起，却引来了漠然的取笑。她感到灰心、绝望，现在向小读者们坦承自己的愧悔……这是一个感人的心灵故事，作者在这里说着自己的话，同时，这话又真是“为儿童”而说的。

之后，作者开始了求学之旅，但她并没有写及学业，所写的都是她认为孩子们会有兴趣的事。写旅途时，她也尽可能突出与童心相通的细节，比如《通讯三》中，车过泰安府以后，她写道：

> 我忽然忆起临城劫车的事，知道快到抱犊冈了，我切愿一见那些持刀背剑来去如飞的人。我这时，心中只憬憧着梁山泊好汉的生活，武松、林冲、鲁智深的生活。我不是羡慕什么分金阁，剥皮亭，我羡慕那种激越豪放，大刀阔斧的胸襟！

在《通讯四》中，她又写车到临城站，专门走出去看了，却“很失望，我竟不曾看见一个穿夜行衣服，带标背剑，来去如飞的人”。这样一些隐秘的心理活动，的确能和小读者的心相映照。

2. 对母爱的颂扬

冰心是一位至诚的母爱讴歌者。在冰心心目中，母爱是“这样深浓、这样沉挚”，是“开天辟地的爱情呵！愿普天下一切有知，都来颂赞”。她用炽热如火的感情和婉转动人的语言，虔诚地讴歌母爱、颂扬母爱。

如《通讯十》中，她讴歌母爱的至高至圣：

> 只有普天下的母亲的爱，或隐或显或出或没；不论你用斗量，用尺量，或是用心灵的度量衡来推测；我的母亲对于我，你的母亲对于你，她的和他的母亲对于她和他；她们的爱是一般的长阔高深，分毫都不差减。

她赞颂母爱的永恒长久：

> 母亲的爱是永远的。……她爱我的肉体，她爱我的灵魂，她爱我前后左右，过去，将来，现在的一切！……她对于我的爱，不因着万物毁灭而变更！

她发现了母爱的神圣力量：

> 她的爱不但包围我，而且普遍的包围着一切爱我的人：而且因着爱我，她也爱了天下的儿女，她更爱了天下的母亲。小朋友！告诉你一句小孩子以为是极浅显，而大人们以为是极高深的话，“世界便是这样的建造起来的！”

冰心对母爱的讴歌有着进步意义，她为生活在陈腐社会里的小读者带来了闪闪的亮光、绵绵的暖意；她安慰了千千万万颗幼小的心灵，使他们感受到母爱的温暖与生活的光彩。正如巴金所说的：“过去我们都是孤寂的孩子。从她的作品里，我们得到了不少的温暖和安慰。我们知道了爱星、爱海，而且我们从那些亲切而美丽的语句里重温了我们永久失去了的母爱。”①这样的文字不仅在当时曾“惊动过读者万千”，而且至今依然是至真至纯、暖人心怀的。

3. 对自然的讴歌

歌唱自然美，描写大自然的奇光异彩，是《寄小读者》的又一重要内容。冰心说：“最难忘的是自然美。”作品中，她歌颂星之光、花之香、波涛之清响；她从春风春鸟、夏云暑雨、秋月秋蝉、冬雪银霜中寻找心灵的慰藉，思考人生的哲理。

《寄小读者》的重要内容，就是记录冰心旅途中的一切美景：从太平洋上的海景，到美国威尔斯利大学的慰冰湖，再到大西洋海滨的日落……小读者仿佛跟随冰心走了一趟异国之旅。特别是冰心因病在疗养院的半年，沉醉于大自然之中，用爱自然的心和优美的文笔，为小读者描绘了一幅幅异国湖光山色的自然美景。

4. 对祖国的眷念

身为异国他乡之客，冰心的笔端无时不流露出“牵不断的离情”。那“突起的乡思，如同一个波涛怒翻的海”，时时奔涌在她那颗注满了“爱”的心中。无论是在海天苍茫的巨轮上，还是在凄清寂寞的病榻上，她的心中时时起伏着对祖国万分依恋、细腻而真切的感情。

---

① 巴金：《冰心著作集·后记》，载《冰心著作集》，上海：开明书店1943年版。

“美国不是我的国，沙穰不是我的家。”[1]这种爱国思家的赤子之心，像一根红线贯穿于《寄小读者》的始终，把对童心的礼赞、母爱的讴歌、大自然的颂扬都统一于爱国思家的情怀之中。

因作者不能将自己的全部生活展现在信中——毕竟这是给孩子看的，所以除了回忆外，所写的不外乎旅行、养病、对景色的感受和对亲人的怀念，书中也有些篇章显得较为平淡。但是，《寄小读者》清新秀丽的文笔、温柔亲切的情调、如诗似画的意境、优美生动的语言，受到广大小读者和“大读者”的喜爱。郁达夫对冰心散文推崇备至：“冰心女士散文的清丽，文字的典雅，思想的纯洁，在中国好算是独一无二的作家了……”[2]

冰心虽然尽可能发掘自己所存的童心童趣，但她在“说自己的话”这一点上，则又是最坚持的。她不是只做“侍奉儿童的乐人”，《通讯二十七》中有这样一段：

> 小朋友，我觉得对不起！我又以悱恻的思想，贡献给你们。然而我的“诗的女神”只是一个。
>
> “满蕴着温柔，微带着忧愁”的，就让她这样的抒写也好。

作者在写作中，既要让孩子们喜欢，又不能委屈自己的思想和文笔。对这难以两全的矛盾，她遵循着一个真正的文学家的立场——依循自己的“诗的女神”的召唤，因而在文字上与低龄的孩子还有一些隔阂。诚如茅盾指出的，“我们说句老实话，指名是给小朋友的《寄小读者》和《山中杂记》，实在是要‘少年老成’的小孩子或者‘犹有童心’的‘大孩子’方才读去有味儿”[3]。但是另一方面，依循“说自己的话”的文学思想，作家才能保存创作主体的完整性，这在儿童文学创作上是很容易被忽略的。如何既说自己的话，又同时受儿童的欢迎，也就成了后来儿童文学作家艰难的追求。

总之，冰心的《寄小读者》用女性特有的温柔、细腻的感情与纯洁、天真的儿童做着心灵的交流。这就是《寄小读者》具有永久性魅力的根本原因。洋溢在冰心《寄小读者》中的爱祖国、爱母亲、爱儿童、爱大自然的思想内容，于不知不觉之间发挥着如郭沫若所说的一种“导引”少年不断“向上”的“宏伟的效力”。这部散

---

① 冰心：《山中杂记》。

② 郁达夫：《中国新文学大系·散文二集·导言》，载《中国新文学大系·散文二集》，上海：上海良友图书印刷公司 1936 年版。

③ 茅盾：《冰心论》，《作家论》，上海：文学出版社 1936 年版。

文集自问世以来,感染了无数童心。冰心温柔优美的散文开拓了儿童散文创作的新天地,奠定了她在现代儿童文学史上的重要地位。

第七节　王统照以儿童为主体的小说

王统照(1897—1957),字剑三,山东诸城人。五四时期开始创作小说和诗歌,是文学研究会的发起人之一。他在"为人生而艺术"的思想指导下,通过小说的形式,对现实生活中儿童的苦难境地给予艺术的反映。创作出版了《雪后》(1920年)、《春雨之夜》(1921年)、《湖畔儿语》(1922年)和《小小的画片》(1922年)等儿童小说和诗歌、散文、论文集。

一、反映年幼一代生活,展现爱与美的理想

王统照在创作之初,也与叶圣陶、冰心一样,力求创作以儿童为主体的作品,他"曾憧憬着'美'和'爱'的理想的和谐的天国"[①]。《小小的画片》发表在《儿童世界》第3卷第1期,作品描写父亲从旧书中拣出来一张小小的画片,送给了"惠儿","惠儿"欣喜若狂,"他忘了热;忘了渴;忘了找母亲去;忘了捉蜜蜂去;忘了一切,只是在明亮的玻璃窗前,去反复地看这张小小的画片"。画片中美丽的白鹅、鲤鱼吸引了惠儿,晚上他就进入了和它们相处的美丽的梦境。小小的画片给孩子带来了心中的快乐。

《春雨之夜》写"我"在火车上的见闻,描绘了两姐妹在回家的途中互相关照、友爱的情景,在平凡的事件中叙写人间的温暖真情。但是,作品写姐妹俩雨夜兼程赶回家去,但为什么赶回家,姐姐为什么一再向妹妹提起母亲,姐姐为什么"带着凄惶的样子""弯弯的眉痕时而蹙起""眼睛里一片红晕",妹妹为什么老是"哭泣",作品中都没有提及,留给读者去思考。作者着意抒写的是"这个寂寞的春雨之夜"所给人的"悲哀"。

虽然王统照在五四时期的小说被认为是从正面写了"爱"与"美"的伟大力量,然而,那样的年代里,像这样和平和欢乐的场景是不可多得的。现实无情地粉碎了王统照展现爱与美的理想主题,他的小说很快转入反映年幼一代不幸生活、描写苦难深重的社会现实。

---

① 茅盾:《中国新文学大系·小说一集·导言》,《茅盾论中国现代作家作品》,第32页。

二、“从微小事件上透出时代暗影”的深重主题

写于1920年的《雪后》，描写两个小孩子在雪后的傍晚用冻得红肿了的手堆成了一座小雪楼，当他们第二天一早，“领了四五个小伙伴，冒着咽人的寒风”“急急去找他那在雪后的小建筑物”时，“河岸上只有纵横的马蹄和无数皮靴的痕迹”。小说“于平淡无奇的事实中，颇能与人以深刻的印象。几个小孩子砌的雪楼，在晚间被兵队毁坏，令他们弱小的心中十分的难过，隐隐地托出战之罪恶”[①]。作品一方面书写了童心的单纯与美好，另一方面以象征的手法揭示了爱和美的理想被毁灭的现实。作品虽然没有描写军阀混战给人们造成的灾难，而只是写了一座小小雪楼的破灭，但是以小见大，在简单的故事情节中暗示了无情的社会现实，抨击军阀战争毁灭了人间的美和梦。

《湖畔儿语》(1922年)从一个普通孩子的生活剪影里，透视了一幅悲惨的城市贫民生活图画：“小顺”的父亲原来是个安分的铁匠，却沦为“伺候偷吸鸦片的小伙役”；“小顺”的生母死了，后母为了生活，被迫“作着最苦不过的出卖肉体的事”。“小顺”只好一个人夜里饿着肚子在外面游荡，因为不到半夜，后母是不叫他回家去的。在小说的结尾，“小顺”的父亲突然被巡警捕去了，但邻居不能把这消息告诉“小顺”的后母，因为“任大爷”正在他家里，“谁敢去得”。而“小顺”在讲述这些屈辱的生活时，却是“满不在乎”，显出极不正常的早熟与麻木。作家通过展现贫民平常的生活故事，让读者看到了儿童在心灵与精神上受到的摧残，不能不“想到每一个环境中造就的儿童”，不能不“对着眼前的小顺以及其他在小顺的地位下的儿童为之颤栗”。作者揭示了充满血泪的现实人生，尖锐地提出了不合理社会环境中儿童的现实命运问题。作家借此告诉我们：不仅“小顺”的父辈们在精神上、肉体上饱受煎熬，无辜的孩子们更是遭受了身心的摧残。温暖的家庭、美好的童年都已荡然无存。作家向不合理的社会发出的强烈抗议，他借小说向社会发出责问：到底是什么原因坑害了小顺？快救救这样的孩子吧！

如果说《雪后》表现的是美丽的儿童梦被丑恶现实毁灭的主题，那么，《湖畔儿语》则是一出彻头彻尾令人心酸的儿童悲剧。

---

① 蹇先艾：参见《文学旬刊》第36号，1924年5月21日。

三、散文化的艺术风格

王统照的儿童小说，不以情节的曲折来吸引人，而是以他对儿童生存现状的深切关注与对儿童深沉的爱打动人心。作者善于以饱蘸激情的文笔，述说生活中的平常事，将喜怒哀乐的情绪表露其间，作品有着散文式的抒情风格。虽然有些蕴藏在故事之后的思想，儿童还不一定能够体会，但来源于现实的儿童生活使孩子们阅读过程中产生熟悉感、亲切感。

为了更好地表现主题，作家在艺术表现上颇用功夫。比如在《湖畔儿语》中，小说一开头就设置悬念：小顺为什么夜不归家，跑到湖边来钓鱼呢？通过“我”和“小顺”的对话，推进故事发展，使疑问逐渐明朗。作品中还穿插了“我”的回忆与联想，有层次地刻画了“小顺”的身世与心理变化，吸引小读者追随故事的进展，牵动小读者的思想与感情。作品还有意识地把“小顺”一家的悲惨遭遇设置在优美、恬静的湖畔夜景中来展开，形成强烈的对比。这些都显示了作家颇具匠心的艺术构思。

“从微小事件上透出时代的暗影”，借儿童题材来反映社会问题，王统照的创作为儿童小说的创作提供了成功的范例。反映现实人生，揭露社会罪恶，帮助少年儿童认识现实生活，成为我国20世纪20年代儿童小说创作的主要思想基调。与王统照同时期，徐玉诺（1893—1958）的儿童小说也以反映血泪人生为主要题材。如《在摇篮里》（1923年）以一个小孩子的经历叙写了土匪烧杀抢掠的罪恶，《到何处去》通过一个农家少年的所见所闻，写出了兵匪勾结、蹂躏人民的罪恶。赵景深（1902—1984）的儿童小说则主要反映城市小佣人、小丫头的非人生活，寄托作者对贫苦儿童的深切同情。如《阿美》（1923年），描写了一个12岁的小丫头“阿美”的不幸遭遇。《红肿的手》（1923年）以第一人称手法，写一个14岁的小少爷带着内疚与自责的心情，讲述自己欺凌、压迫13岁的小佣人“小全”的故事。

第八节　俞平伯抒写童心的《忆》

俞平伯（1900—1990），原名俞铭衡，浙江德清人。著名的红学研究专家，五四时期重要的诗人和散文家。1919年毕业于北京大学，早年积极参加新文学运动，是文学研究会、新潮社、语丝社的重要成员。1922年与朱自清、叶圣陶、刘延陵等一起创办《诗》月刊。著有诗集《冬夜》《西还》《西潮》《忆》等。

如果说我国第一部新白话诗集是1920年8月出版的胡适的《尝试集》，那么我国第一部描写儿童生活的新诗集当属1925年12月北京朴社出版的俞平伯的《忆》。《忆》是俞平伯回忆幼年时代的诗篇，共36篇，俞平伯作诗，丰子恺插图，朱自清写跋。全书均由作者毛笔手书，是新文学史上的艺术珍品。更为难得的是，这是一部专注于描写儿童生活的诗集。所集36首诗，基本可划分为两种风格：一类以第一人称叙述为主，生动活泼，童趣盎然；另一类以第三人称描写为主，意境优美，格调柔和。

一、生动活泼、童趣盎然的第一人称诗作

这部儿童诗集有着自己鲜明特色。1935年，朱自清为《中国新文学大系·诗集》所写的导言中说："《忆》是儿时的追怀，难在还多少保存着那天真烂漫的口吻。"天真烂漫的儿童情趣，生动细腻的童心刻画，是《忆》的显著艺术特色之一。

《忆》中，诗人以小男孩"我"的天真烂漫的口吻来写作，成年的俞平伯仿佛回到了童年时代，童年的情境一一再现：骑竹马、捉迷藏、讲故事、做游戏，这些极平凡的儿童生活，在诗人笔下，都充满生动鲜活的童趣。如第一首中，姐姐把有麻点的橘子给"我"吃，骗我说是"绣花"的橘子，憨态可掬的"我"便高高兴兴把它吃了，还觉得"真是个好橘子呀"。还有如描写捉迷藏的《第十二首》：

"来了！"
"快躲！门！门！……"
我看不见他们了，
他们怎能看见我？
虽然，一扇门后头
分明地有双孩子的脚。

短短的诗作，顾头不顾脚的捉迷藏的画面，简单而可爱，完全捕捉了孩童的心理与情态，将小孩子那种直线思维表现得生动淋漓。

品读《忆》，我们可以在诗人随意挥洒的诗行里，感受到一颗活泼泼的童心，看到儿童时代的他与姊姊相处的愉快生活。不透彻地了解儿童心理，不具有一颗"天真烂漫"的童心，是很难写出这样的诗篇的。

二、意境优美、格调柔和的第三人称诗作

意境优美，格调柔和，是《忆》的又一显著特色。《忆》是成人已经飘逝的儿童梦，"飞去的梦因为飞去的缘故，一例是甜蜜蜜，但又酸溜溜"，俞平伯"老老实实的，像春日的轻风在绿树间微语一般，低低的，密密的，将他可忆而不可捉的'儿时'诉给您了"①。

诗人最喜欢描绘的是夜境，如第二十八首：

红蜡烛底光一跳一跳的。
烛台上，今夜有剪好的大红纸，
碧绿的柏枝，还缀着鹅黄的子。
红蜡烛底光一跳一跳的。
照在挂布帐的床上，
照在里床的小枕头上，
照在小枕头边一双小红橘子上。

这幅画，既是静物的写生画，又是人物的写意画。画面中虽没有出现人物，但通过跳动的烛光，剪好的红纸，碧绿的柏枝，尤其是那"小枕头边一双小红橘子"，生动地传达出孩子的喜悦、兴奋与心满意足的神态。经过意境的渲染与烘托，其情其态活灵活现，呼之欲出。诗句勾勒的画面跳动着生命的活力，又像一首抒情的小夜曲，给人以悠悠的回味。

同时，这些优美的诗篇同样是以儿童的眼光、儿童的口吻来描写的。如第三十二首：

红的金鱼，
碧绿的蛤蟆，
黄的螳螂，
白白的兔子，
你数忘了一个，
白的绣球儿。

① 朱自清：《忆·跋》，载俞平伯：《忆》，北京：燕山出版社1996年版。

是的！白白的兔子和绣球儿，
绣球儿倒也是个白的。

诗作生动描写了元宵节孩子们提着灯笼到处跑的热闹场景。再如第十七首：

离家的燕子，
在初夏的一个薄晚上，
随轻寒的风色，
懒懒的飞向北海滨来了。

双双尾底翩跹，
渐渐褪去了江南绿，
走向风尘间，
这样的，剪呀，剪呀。

诗作描写随季节变化而迁徙的候鸟燕子，既有优美的格调意境，又不失孩子独有的情感体验和描写视角。

在诗人各种夜景、夜境的描摹中，我们既可以感受到盈盈的童心童趣，更从中读出了俞平伯对古典意象的潜心营造。正如朱自清在《忆·跋》中所述：“夏夜是银白色的，带着栀子花儿的香；秋夜是铁灰色的，有青色的油盏火的微茫；春夜最热闹的是上灯节，有各色灯的辉煌，小烛的摇荡；冬夜是数除夕了，红的、绿的、淡黄的颜色，便是年的衣裳……夜之国。梦之国，正是孩子的国呀……”①

三、不拘形式的创作追求

俞平伯是一位有着自己诗歌主张的诗人，他写诗“不愿顾念一切做诗的律令”，只愿“随随便便的，活活泼泼的”借当代的语言，去表现自我，在人类中间的“我”，为爱而活着的“我”。所以，他的诗不拘形式，不讲究格律与押韵，也不雕琢词藻，完全是听任诗句从心中自然流出。这是《忆》的又一显著特色。《忆》既有长达十多行的作品，也有只写两三句的小诗，全凭诗人感情的起伏变化而形成诗

① 朱自清：《忆·跋》，载俞平伯：《忆》，北京：燕山出版社 1996 年版。

的节奏。不论有韵的无韵的，都使人感到朴素亲切，自然流畅。

不过，不拘形式，也不讲究格律与押韵，全凭感情的流泻而遣词造句，一方面构成了《忆》浑然天成的艺术特色，从某种意义上说，也削弱了它在儿童中的传播与影响。韵律感是韵文体儿童文学作品最为重要的形式因素，儿童常常首先是通过听觉来感知和欣赏诗歌的。写给儿童的诗，尤其是给年龄较小的儿童欣赏的诗，需要有大致整齐的句式与比较严密的韵脚，这样才便于儿童的吟诵、理解和记忆。

虽然《忆》在主观上不是为儿童而写的，但在客观上却实在是一部描写儿童心理、再现儿童生活、充盈童心童趣的现代儿童诗集。《忆》的出现，是文学研究会儿童诗创作的重要收获，也是中国现代儿童诗发展史上不可多得的瑰宝。俞平伯的儿童诗集《忆》、叶圣陶的童话集《稻草人》和冰心的书信体散文集《寄小读者》，被誉为中国现代儿童文学发展史上各自文体的开山之作。

第九节　黎锦晖的儿童歌舞剧

黎锦晖（1891—1967），字均荃，湖南湘潭人。少年时喜爱家乡民间音乐。民国初，做过乐歌教员。1914 年在北京众议院秘书厅供职期间，兼任音乐教员。他把歌曲分成修身、爱国、益智、畅怀四类。黎锦晖 1914 年开始儿童诗歌的创作和编辑工作，1916 年参加北京大学音乐团，1920 年受聘于上海中华书局编辑国语教科书，1922 年 4 月创办并主编《小朋友》周刊，同时从事童话歌舞剧创作。

一、儿童歌舞剧的诞生背景

五四时期的儿童文学，除了童话、散文、诗歌之外，戏剧方面也有了崭新的收获。不少文学家包括郑振铎、郭沫若、周作人、赵景深、顾仲彝等，都将目光投向了儿童戏剧。他们或倡导、编辑儿童剧，或改编、创作儿童剧，为推动这一文学体裁的发展做出了努力。

在黎锦晖创作儿童歌舞剧之前，郭沫若曾于 1920 年 1 月 22 日在《时事新报·学灯》上发表了他的第一个剧本《黎明》，郭沫若说，这是他在儿童剧方面的“最初的一个小小的尝试”①。叶圣陶该时期也曾为小学生写过儿童歌剧《风浪》

① 郭沫若：《儿童文学之管见》，写于 1922 年 1 月 11 日，原载 1922 年《创造周刊》。

《蜜蜂》,1928年商务印书馆出版单行本,20世纪30年代初又被收入《小学生文库》。他的剧作注重思想性,寓教于乐,通过剧情发展与人物行动,帮助儿童认识人生。

1922年1月,郑振铎主编的《儿童世界》创刊,在其《宣言》中规定了十类内容,其中就有“戏剧”一类。《宣言》中特别提出:“儿童用的剧本,中国还没有发见过。近来各小学校里常有游艺会的举行,他们所用的剧本都是临时自编的,我们想隔二三期登一篇戏剧。大概都是简单的单幕剧,不惟学校里可以用,就是家庭里也可以用。”[①]《儿童世界》创刊第一年,就先后刊载了《系铃》《两个洞》《三个问题》《姐姐的智慧》《帽中的麻雀》等约20部儿童剧本,或改编,或翻译,或独创,显示了对这一新文体的积极尝试。

1925年,赵景深在《小说月报・安徒生号》上刊载了根据安徒生著名童话改编的《天鹅歌剧》,以后又作为《文学研究会丛书》出版单行本。剧本样式别致,故事优美,词句浅显,在当时引起了很大反响。周作人也曾根据日本坪内逍遥与美国斯庚那的原作,编译了《老鼠会议》《乡鼠与城鼠》《青蛙教授的讲演》等六部童话剧。这些童话剧趣味性、故事性强,适于儿童演出和欣赏。

在“五四”前后,创作儿童剧本数量最多、影响也最大的当推黎锦晖。他将童话、音乐、舞蹈、诗歌等多种艺术形式融于戏剧之中,创造出了“童话歌舞剧”这一儿童剧样式。借着刊物《小朋友》的传布,黎锦晖的儿童歌舞剧很快在中小学校得到广泛流传,产生了重大的影响。“直到现在,60岁左右、70岁上下的人提起黎锦晖,有人会说唱过他的歌、演过他的戏,大部分人都知道他的名字。”[②]

二、黎锦晖的儿童歌舞剧创作活动

五四时期,受大哥、著名语言学家黎锦熙的影响,黎锦晖提出发动一场以“平民音乐”为主要内容的“新音乐运动”,以配合高潮迭起的新文学运动。这场“新音乐运动”的突出成果,就是他在20世纪20年代奉献给儿童的儿童歌舞剧。作品的传播阵地,是《小朋友》周刊。

1922年4月,黎锦晖等人负责创办的《小朋友》周刊创刊。《小朋友》创办的最初几十期,差不多是黎锦晖和一两个编辑在支撑。为避免署名重复,黎锦晖就用“儆非”“巾卉”等谐音化名。他写了不少诗歌,同时又为诗歌谱上曲子。如他

---

① 郑振铎:《〈儿童世界〉宣言》,写于1921年9月22日,刊于上海《时事新报・学灯》1922年12月28日。
② 任德耀:《中国儿童文学大系・儿童剧・导言》,太原:希望出版社1990年版。

吸收湖南民谣创作的《可怜的秋香》，儿童易学易唱，极富表演效果，可以视作晚清“学堂乐歌”的新发展。与此同时，黎锦晖还在陆费逵（伯鸿）的支持下，发表了脱胎于我国民间传说故事的《十兄弟》和《十姐妹》，赢得小读者的欢迎。但黎锦晖最有影响的创作还是儿童歌舞剧。

黎锦晖的12部儿童歌舞剧，创作于1922年的有《麻雀与小孩》《葡萄仙子》。其中《葡萄仙子》是他的代表作。“这一歌唱与舞蹈的成就，非常出色，在当时，引起了全社会的轰动，几乎前无古人，后少来者。”[①]用黎锦晖自己的话说，儿童歌舞剧就是“一个从头到尾的故事，有歌谱含着歌词，有舞蹈，有幻术，一切布景、化装、音乐、表情等都有说明，熟练之后，便可以表演”[②]。《小朋友》上，还概括了儿童歌舞剧的特点：（1）以儿童为演出者，为观众。（2）不用对白，从头唱到尾。（3）边唱边舞。

三、黎锦晖儿童歌舞剧的代表性作品

黎锦晖1922—1929年间在《小朋友》上发表了10个较具代表性的儿童歌舞剧，按照发表年份依次为：《麻雀与小孩》（1922年）、《葡萄仙子》（1922年）、《月明之夜》（1923年）、《三蝴蝶》（1924年）、《春天的快乐》（1924年）、《七姊妹游花园》（1925年）、《神仙妹妹》（1925年）、《小羊救母》（1927年）、《小小画家》（1928年）、《小利达之死》（1929年）。前8部可称为“童话歌舞剧”，后2部以现实生活为题材，不具有童话特征，称为“儿童歌舞剧”更恰当一些。这些歌舞剧均以歌唱和舞蹈为主要手段，揭示戏剧冲突，展现戏剧内容。戏剧动作完全舞蹈化，其歌词多采用诗的形式，富有节奏与韵律，既有精练的叙事性，又有强烈的抒情性，对儿童极富感染力。戏剧内容多是想象丰富、构思奇妙的童话故事，结构单纯紧凑，线索明朗清晰，极适合孩子的欣赏趣味和接受能力。

1.《麻雀与小孩》

黎锦晖的第一部儿童歌舞剧是《麻雀与小孩》，连载于1922年4月《小朋友》第2期至第7期。全剧分“教学”“引诱”“悲伤”“慰问”“忏悔”“团圆”六场，于曲折的情节中，突出了小孩与麻雀的友谊。

“教学”中，老麻雀教小麻雀学飞，唱词为：

---

① 陈伯吹：《怀念先行者黎锦晖先生》，载《少年儿童研究》1992年第3期。

② 原载1923年7月《小朋友》周刊第66期，转引自张香还：《中国儿童文学史》（现代部分），杭州：浙江少年儿童出版社1988年版，第173页。

要上去就要把头抬，要转弯尾巴摆一摆，要下来斜着飞下来，照这样子飞到这里来！

伴随着动作，小麻雀唱和道：

照这样抬头向上飞，照这样转弯摆摆尾，照这样斜着向下飞，这个样子飞得对不对？

语言通俗浅显，句式规整，音韵和谐。第三场“悲伤”，写老麻雀寻女不见，演出提示中写着“先惊疑，再恐慌，后悲伤，一层一层地表示出感情来”；而当小孩询问老麻雀悲伤的缘由，小孩将心比心，“假如我不见了，我的母亲怎么样”，于是“忏悔”，最后以麻雀母女“团圆”为结局。全剧从开端、发展到高潮、尾声，情节编排上层次清晰，结构单纯紧凑，唱词生动而富有韵律，人物心理真实而细腻，麻雀母女之间的亲子之爱，小孩与麻雀之间的同情友爱跃然纸上，感染了无数儿童。

《麻雀与小孩》主要采取歌剧形式，舞式还相当简单。黎锦晖自己回忆说：“我第一次编的儿童歌舞剧，就是这一出《麻雀与小孩》，最初（1920 年）在开封一师和女师附小排过几次，还是一种表情唱歌，不过略具歌剧的雏形而已。”[①]

2.《葡萄仙子》

黎锦晖儿童歌舞剧的代表作，当推《葡萄仙子》。这部童话剧 1923 年 7 月在《小朋友》第 66 期以连载形式刊出，被读者称为“极好的，极有趣的”。当年由中华书局出版单行本，三年中共印行了 22 版。全剧分八场：“仙子的心思”“宝贵的枝桠”“鲜艳的嫩芽”“青青的茂叶”“细细的繁花”“小小的果儿”“甜美的赠品”“世界是一家”，描写了葡萄仙子成长过程中所得到的爱护和关心。剧中，大自然的 5 位仙子雪花、春风、雨点、露珠、太阳，5 个小动物喜鹊、甲虫、山羊、兔子、白头翁先后登台。最后在全体同唱“大家相爱，愿世间开遍爱的花”中落幕。

《葡萄仙子》虽然场次比较多，但丝毫不显得繁杂拖沓。第一场“仙子的心思”一开幕，葡萄仙子便在音乐声中边歌边舞：

高高的云儿罩着，淡淡的光儿耀着，短短的篱儿抱着，弯弯的道儿绕着，多好啊！这里真真好，好！静悄悄地，谁料是春天到了！

---

① 黎锦晖：《麻雀与小孩·卷首语》，北京：中华书局 1928 年版。

四个均齐的句式，对称的四个叠词，自然的音韵，一个美丽安宁的童话境界浑然天成。

接下来的第二到六场，是全剧的中心部分，五位仙人与五位朋友先后出场，每场安排一位仙人和一位朋友，层次分明。比如第二场雪花仙子上场保护葡萄，用寒冷将小小的害虫杀死；同时喜鹊来借枯枝修理房屋，仙子说不能给，留着枝儿将来要排芽的(然后雪花仙子携喜鹊下场)。第三场雨点仙姑上场，为葡萄浇浇干燥的土地；同时甲虫来借嫩芽吃，仙子不肯，说是留着芽儿将来要发叶的(然后雨点仙姑携甲虫下场)。接下来的四、五、六场，太阳仙人与山羊同场，春风仙童与兔子同场，露珠仙母与白头翁同场，情节结构大体相同。

此外，黎锦晖创作的唱词不但音韵和谐自然，充满诗意，而且还富于儿童情趣，如下面角色的唱词：

> 甲虫唱：天啊，住了你的雨！天啊，歇了你的风！我走到西，我走到东，走不动啦，我的肚子空啦，我的头也有点儿痛啦！肚子空，走不动，头痛，伤风，气往上冲，春天啊！出来吧！别让这寒冬，冻死我小小的虫！

唱词浅显，幽默风趣，如小儿说话一般，将角色的神态语气、性格特征展示得惟妙惟肖、活泼生动，鲜明地体现了黎锦晖的创作艺术风格。它与当时"以儿童为本位"的时代情感相一致，是在中国最早真正把儿童作为文学接受的对象来倾尽全力创作的少数几部成功的作品之一。从这个意义上说，黎锦晖"比20年代任何一位作家都有资格称为童话作家和儿童文学作家"①。

在该剧的"演出提示"里，黎锦晖阐明他的创作本意是从知、美、情三方面着手("知"是科学知识，"美"是美感教育，"情"是高尚的情操)，作品通篇洋溢着"爱"与"美"的主旋律，力求陶冶孩子们的心灵，培养孩子们"亲爱、仁慈、礼让、快乐的情绪，无丝毫怨恨、悲伤、争斗、欺凌的色彩"②。剧情写春光明媚的花园中，葡萄仙子沐浴着阳光渐渐萌芽生长。她由冬经春，又由夏至秋，自然界的五位象征性仙子——雪花、春风、雨点、露珠、太阳都来关怀她，哺育她，慷慨地赠予她绵绵不绝的爱，葡萄仙子在她们爱的哺育下，发芽、长叶、开花、结果。同时，又遇到了五位小动物来要她的枝叶花果吃。但他们都听从了葡萄仙子的劝说，一起来

① 吴其南：《中国童话史》，石家庄：河北少年儿童出版社1992年版，第187页。
② 任德耀：《中国儿童文学大系·儿童剧·导言》，太原：希望出版社1990年版。

保护葡萄的生长。到最后果实成熟的时候，葡萄仙子慷慨地表示愿意把自己的果实分送给小朋友们吃。结尾处，作者借剧中人物之口唱出了爱与美的主题：

> 在世间的万物都是朋友！伟大！伟大！世界虽然大，我不能离你，你不能离他。自然界，动物们，植物们，都有关系的，在世间住着如同一家！大家相爱，愿世间开遍爱的花！

《葡萄仙子》正是这样一部充满了浓郁的“爱”的气氛的童话剧，几乎没有什么矛盾冲突，自始至终洋溢着一种无私的、超功利的、充满理想色彩的“爱”。黎锦晖表现“爱”的主题的剧作还有《三蝴蝶》《七姊妹游花园》《春天的快乐》等作品，讴歌人与人之间“爱”的情愫，体现出爱人生、爱生活的思想基调。《小羊救母》《神仙妹妹》等，则是表现“爱”与邪恶作斗争的剧作。

《葡萄仙子》是供学校演出的，剧情单纯，情感浓烈，以不同的歌腔和舞蹈来表现不同人物的个性特征，十分符合儿童的欣赏习惯，有很好的舞台演出效果。与《麻雀与小孩》相比，《葡萄仙子》加进了舞剧，无论在戏剧结构还是音乐创意上，都有长足的进步。它标志着“儿童歌舞剧”这一体裁的创造已经完成。

3.《月明之夜》

《月明之夜》以神话传说为题材，描写月宫嫦娥为“遍地爱花开”的人间美景所感动，毅然下凡，甘当百姓，高唱了一曲“大家快些来”、享受人间爱的颂歌。作品凭借奇妙的想象，编织了一个充满诗情画意的童话世界：孩子们在深夜月光下舞蹈，向快乐之神提出“四个要求”，这些仙物只有月中的嫦娥才有。嫦娥将自己的仙草、仙花、玉兔、金蟾“慷慨地赏赐”给孩子们，她自己却因此非常寂寞，“悲从中来”。于是孩子们“投桃报李”，愿将自己最亲爱的人——父亲母亲、哥哥姐妹送给嫦娥。最后，快乐之神与嫦娥愿意“到人间去”，享受人间的爱与快乐：“人间遍地爱花开”“神仙世界快离开”“大家都是一家人，相亲又相爱”。全剧在“大家欢乐”的气氛中结束。

一开幕，快乐之神缓步入林低头四望，唱道：

> 云儿飘，星儿耀耀。海，早息了风潮。声儿静，夜儿悄悄。爱奏乐的虫，爱唱歌的鸟，爱说话的人，都一起睡着了。

童话般美妙的想象，诗一般的句式、音韵、节奏，营造出一个空灵虚幻的境界。八个小孩就在这诗情画意的夜色中出场。

《月明之夜》所体现的思想，正是高尔基热烈赞美过的一句话："人——这个字眼听起来是多么令人自豪啊！"作品将这爱与美的主旨巧妙地编织在精美的意境、结构、音韵与节奏之中。剧作角色虽多，但因在唱词的内容形式上作了巧妙的安排，句式、语词上两两相对，呈现出规律性的反复，因而显得层次清晰。

4.《小小画家》

作于1928年的《小小画家》，与《葡萄仙子》等作品的风格迥异，是黎锦晖儿童歌舞剧中的又一部重要作品。《小小画家》被作家自称为滑稽歌剧，它既不侧重于爱与美的抒情，戏剧动作也没有完全舞蹈化，更不是鸟言兽语的童话，而是直面社会，取材于儿童的现实生活。

《小小画家》描写一个爱好绘画的小学生厌烦死读经书，反对塾师的打骂教育，醉心于自己的艺术追求，讽刺了不合理的教育制度，同时也反击了当时顽固分子主张恢复读经的论点，具有浓郁的时代气息。全剧共两场，第一场含"儿嬉"和"母诫"两部分，小画家与邻家三个孩子一同嬉戏，快乐无比；母亲来教训他好好读书，小画家诉苦：

"今日读经，明日读经，越读越生，好不伤心。"

在母亲的监督下勉强背书，他却背得一塌糊涂：

"赵钱孙李，周吴郑王，洪家姊妹，两只山羊。哎呀娘！
天地玄黄，宇宙洪荒，日月寻贼，娘舅姓张。对不对？娘！"

第二场含"师训""闹""因材施教"三部分。三位塾师满嘴"之乎者也"的经文，逼迫小画家赶快背，小画家却信口胡诌，惹恼了塾师，开始教训小画家，唱词也极幽默，如甲、丙两位塾师的训词：

甲唱：孔夫子，本姓孔，他的心有七个孔。你，你，你你你你你的心，一个孔也没有，真是一窍不通！……小时候左不懂右不懂，长大啦变饭桶！你真是一个大饭桶！

丙唱：……心教厌，嘴教麻，头教晕，眼教花，哎呀！我的妈！仍旧是一个大傻瓜！

全剧戏剧冲突激烈，人物形象逼真，唱词幽默风趣，毫无说教味道，极富儿童情趣。最后,塾师明白了他是个绘画的好天才,于是决心改变教学方式,因材施教。虽然这种态度的转变略显突兀,但仍不影响全剧的完整与故事的逻辑。

《小小画家》抨击压制儿童身心发展的封建教育,反对读经,提倡因材施教,顺应了反封建的时代精神,很快流行全国,产生了广泛的影响。

四、黎锦晖儿童剧的艺术特色

与当时其他现实主义作家相比,黎锦晖的儿童歌舞剧更多地注重于浪漫的激情。他用饱蘸理想色彩的笔触,抒发其对美好未来的呼唤和对于黑暗现实的不满,努力唤起人们对美的憧憬,激发人们对爱的向往,同样有着“为人生”的积极作用。作者曾这样说过:“我自以为儿童歌舞剧的内容旨趣,以表现好人好事为主,有利于当时的新教育运动。”[①]从 1922 年创作的第一部《麻雀与小孩》起,这种思想就灌注其中,随处可见。黎锦晖将这“爱”与“美”的主题融入了相应的音韵、节奏、意境、意象、结构之中,只在剧情达到高潮之后,水到渠成地唱出画龙点睛之语,自然和谐,没有“说教”之气。黎锦晖的儿童歌舞剧充满着诗意的幻想,具有童话一般优美而传神的意境。这种童话般的意境与孩子们的想象世界是完全一致的。

形式与风格上,黎锦晖的 12 部儿童剧完全是为了适合儿童演剧的需要而创制的,以儿童为接受对象,也以儿童为演出者,全剧不用对白,从头唱到尾,且边歌边舞。他的作品主要不是凭借紧张激烈的戏剧冲突吸引观众或读者,而是将戏剧动作舞蹈化,将台词变成富有节奏与韵律的歌唱,将戏剧冲突转化为叙事精炼而又抒情色彩极浓的童话情节。当时有一位署名邓湘寿的演员在《月明之夜》的扉页上评论道:“这是文学的艺术,也是艺术的文学。既可以用来吟诵,又可以用来歌唱。分开是音乐教材,合起来便成歌剧。”为了适合孩子的审美趣味和接受能力,黎锦晖亲自设计布景、舞台调度、舞蹈动作与步伐,使之易懂易学,便于推广,处处照顾到孩子们的要求。

明朗的、向上的思想基调使黎锦晖的儿童歌舞剧充满艺术生命,而浓郁的儿童特色,则使它们在中国现代儿童文学史上取得了极大的成功。黎锦晖曾对童话歌舞剧的创作提出四点要求:“一、意义如何地浅显,小朋友才能领会?二、词句如何地浅显,小朋友才能了解?三、乐曲如何地简单,小朋友才能实演?四、内容如何地表现,小朋友才能激动?”[②]他自己的创作就很好地实践了这些“要求”。

---

① 黎锦晖:《我和明月社》(上),载《文化史料》丛刊第 3 辑,北京:文史资料出版社 1982 年版,第 105 页。

② 金燕玉:《中国童话史》,南京:江苏少年儿童出版社 1992 年版,第 216 页。

这也是他的歌舞剧之所以能够赢得成千上万小观众喜爱的重要原因。

黎锦晖儿童歌舞剧的出现,是中国现代儿童戏剧兴旺发达的一个重要标志。同时,黎锦晖的儿童歌舞剧创作,不仅为儿童文学开发了一个新品种,而且在我国新歌剧发展史中同样具有奠基意义。他对我国新歌剧的发展也作出了创造性的贡献,打破了传统旧戏的程式化窠臼,根据剧情设计唱腔与动作,并由旧曲填新词渐渐发展到谱新曲填新词。他也超越了“文明戏”粗陋的表演体制和陈旧的思想意识,精心创作剧本唱词,详细设计布景、舞台调度、舞蹈动作与步法,表现的也是对诸如爱与美等现代意识的追求。1936 年在上海召开的“建设中国新歌剧问题座谈会”上,著名剧作家田汉、阳翰笙和洪深都一致推崇《葡萄仙子》,认为它为“中国旧剧改革做出了成功的榜样”“谈到新歌剧,首先要谈到黎锦晖,其次是田汉”[①]。

第十节 《儿童世界》和《小朋友》对中国儿童文学的推动作用

五四新文化运动开创了中国现代儿童文学之路,“儿童文学”这一概念得到了确立,一批有识作家投身到儿童文学的创作实践中。1921 年 1 月,郑振铎、茅盾、叶圣陶、王统照、周作人、许地山、郭绍虞等 12 人发起成立新文学史上第一个也是最为重要的一个文学社团——文学研究会。由于会员中的大多数人都曾从事儿童教育、儿童文化事业,于是,在“为人生”的文学宗旨和“为后来者”的使命感、责任感的驱动下,发起了一场轰轰烈烈的“儿童文学运动”,中国儿童文学以此为中心得到蓬勃发展。这场文学运动得以推广,很重要的因素应当归结为该时期出现了大力扶持儿童文学的报刊传播阵地。

一、《儿童世界》对中国儿童文学的推动

1.《儿童世界》的创刊

顺应“儿童的文学”倡导,我国第一个以发表儿童文学作品为主的周刊《儿童世界》应运而生,成为“儿童文学运动”的主战场。

1922 年 1 月 16 日,《儿童世界》创刊。《儿童世界》是中国第一本儿童文学期刊(周刊),由商务印书馆发行。每季 1 卷,12 期。有时出特号或专号,适当增加

---

① 参见“关于在上海召开的建设中国新歌剧问题座谈会的报道”,《新民晚报》副刊《新园地》1936 年 7 月 27 日。

篇幅。1932年1月16日出版29卷3期(总第511期)后停刊。同年10月16日复刊,改为半月刊,卷期从29卷新1期起计,1941年6月5日出版46卷9期(新第207期)后未见出版。[1] 主编有郑振铎、徐应昶等。读者对象以小学中年级和高年级学生为主。该刊以文学作品为主要内容,并介绍音乐、美术、科学等方面的知识。作品注重思想性、科学性和趣味性,强调适合儿童心理和欣赏情趣。

《儿童世界》的主编郑振铎,1920年与茅盾、叶圣陶等12人发起成立文学研究会,并主编文学研究会机关刊物《文学周刊》。后经茅盾推荐,继孙毓修编辑《童话》第3集。编辑《童话》的实践,使他深感儿童读物的匮乏。1921年5月,《儿童世界》的创刊准备工作就已开始。1921年9月22日,郑振铎写定《(儿童世界)宣言》[2],介绍了自己即将主编的这本周刊的宗旨及内容分类。为给新刊物造势,此文先后在当年12月28日的《时事新报·学灯》、12月30日的《晨报副镌》和1922年1月1日的《妇女杂志》上发表。

在《宣言》里,郑振铎写道:

> 以前的儿童教育是注入式的教育;只要把种种的死知识、死教训装入他头脑里,就以为满足了。现在我们虽知道以前的不对,虽也想尽力去启发儿童的兴趣,然而小学校里的教育,仍旧不能十分吸引儿童的兴趣,而且这种教育,仍旧是被动的,不是自动的,刻板庄严的教科书,就是儿童的唯一的读物。教师教一课,他们就读一课。儿童自动的读物,实在极少。我们出版这个《儿童世界》,宗旨就在于弥补这个缺憾。

郑振铎的用意是“把学校教育和家庭生活通过《儿童世界》的发行密切结合,这样拥有小读者为数最多的上海本地和宁沪线、沪杭甬线沿途城镇,都能及时读到,寓娱乐于读刊物,度过一个有文化的星期日”[3]。

1922年1月,《儿童世界》创刊。周刊提供了一块完全的儿童的园地,除发诗歌童谣、故事、童话、戏剧、寓言、小说外,也发各地的格言(并附解释)、动植物照片、滑稽画、通讯、征文等。可见,在“为儿童”这一点上,刊物的“分工”意识是明确的。

《儿童世界》创刊之始,作者、编辑、校对都由郑振铎一人兼任,从创刊号到第

---

① 简平:《上海少年儿童报刊简史》,上海:少年儿童出版社2010年版。
② 陈福康:《郑振铎年谱》,太原:三晋出版社2008年版。
③ 盛巽昌:《郑振铎的编辑匠心》,载《儿童文学研究》第19辑,上海:少年儿童出版社1985年版。

6 期，除有许地山、叶绍钧等少量来稿外，此外十之八九全为郑振铎一手编写、译述或创作，先后发表了《竹公主》《兔子的故事》等 30 多篇童话，其中绝大部分是译述的外国童话。郑振铎认为："童话为求于儿童的易于阅读计，不妨用重述的方法来移植世界重要的作品到我们中国来。"[①]在重译述的同时，郑振铎又有区别地运用"直译"的方法，来译介那些"价值甚高，含义又深，程度较高的儿童都很喜欢看"[②]的大师们如安徒生、王尔德的童话作品。因而，起初的《儿童世界》在内容上多侧重于外国童话的改写和重述，欧化色彩较浓，与儿童的实际需要有些距离。

两个月后，郑振铎总结了经验，由过去单纯的求趣味，逐渐加重了"知识的涵养"，要求"用有趣味的叙述方法来叙述关于这种知识方面的材料"，并且着手在两方面进行转变：一是由"养成他们自动读书的兴趣与习惯"向"使他们自动地去"做"他们感兴趣的工作"的转变，增设"手工""游戏"诸栏。二是由"多登长篇的文字"向"注重于短篇的材料"转变，并且"在字上也力求更适合于'儿童的'"。

《儿童世界》从第 2 卷起开辟"儿童创作专栏"，热情鼓励小读者自己动手创作，发表了不少孩子们的作品。此后，该刊举办过多次征文活动，还从第 3 卷第 9 期开始设立"通讯"专栏，选择有代表性的信件予以回复。刊物以新颖的内容、多样的形式、活泼的版面赢得了小读者的欢迎。

2.《儿童世界》推进"儿童文学运动"

在强调为"儿童"的办刊定位的同时，《儿童世界》还对推动我国现代童话、寓言、儿童诗、儿童散文、儿童小说、儿童戏剧、幼儿文学的创作给予了大力的支持和大胆的开拓。

《儿童世界》创刊后，茅盾、叶圣陶、郑振铎、许地山、王统照、顾颉刚、胡愈之、周建人、赵景深等纷纷为其撰稿。茅盾从 1924 年 9 月到 1925 年 4 月间，在该刊连载 16 篇译述的希腊和北欧神话故事，其中有《普洛米修偷火的故事》《喜芙的金黄头发》等，这是中国现代儿童文学史上第一次系统介绍欧洲神话故事的开端。郑振铎在主编该刊的同时以极大的热情从事童话写作，发表了《竹公主》《兔子的故事》《花架之下》《行善之报》等 26 篇编写的童话。从 1922 年 4 月起，该刊开始刊载"图画故事"，率先倡导儿童连环画。郑振铎亲自编绘的幼儿图画故事代表作《两个小猴子的冒险记》《小老人梦游记》《蜻蜓与青蛙》《河马幼稚园》《猫与镜子》《爱美之笛》等依次刊发。1922 年，王统照在该刊发表了儿童小说《小小

① 郑振铎：《天鹅童话集·序》，作于 1924 年 1 月 26 日。
②《儿童世界》第 4 卷第 1 期。

的画片》。该刊还发表过赵景深的童话《好小鼠》《樱桃树》等。陈伯吹是继鲁迅、茅盾之后中国现代寓言的开拓者之一，他在该刊发表了《蛇要吞象》等多则寓言，还在该刊发表了他的第一篇童话《恶作剧》(1927 年)。周建人在该刊发表的《蜘蛛的生活》《蚂蚁》《甲虫的故事》等“自然故事”，寓知识于情趣，为我国的儿童科学散文创作起到了拓荒作用。儿童戏剧方面，《儿童世界》创刊第一年发表了 20 部剧本，其中有郑振铎的儿童诗剧《风之歌》。

尤其值得提及的是，《儿童世界》对叶圣陶童话作品的连续发表。叶圣陶成为我国现代童话创作的奠基人，是因为他优秀的童话作品。而促成这一奠基的关键人物，是郑振铎和他主编的《儿童世界》。叶圣陶最初创作童话就是应郑振铎的约稿而作，他回忆自己的童话创作时说：“我的第一本童话集《稻草人》的第一篇是《小白船》，写于一九二一年十一月十五日，我写童话就是从这一天开始的。……我写童话，当然是受了西方的影响。‘五四’前后，格林、安徒生、王尔德的童话陆续介绍过来了。我是个小学教员，对这种适宜给儿童阅读的文学形式当然会注意，于是有了自己来试一试的想头。还有个促使我试一试的人，就是郑振铎先生，他主编《儿童世界》，要我供给稿子。《儿童世界》每个星期出一期，他拉稿拉得勤，我也就写得勤了。这股写童话的劲头只持续了半年多，到第二年六月写完了那篇《稻草人》为止。”[①]叶圣陶的第一篇童话《小白船》发表在《儿童世界》1922 年第 1 卷第 9 期上，在之后不到 8 个月的时间里，叶圣陶为《儿童世界》创作了 23 篇童话。1923 年 1 月 6 日，具有划时代意义的作品《稻草人》在《儿童世界》第 5 卷第 1 期上发表。可见，在很大的程度上，正是这本周刊的助力，才有了叶圣陶这次童话创作的高峰。

总之，《儿童世界》坚持了“儿童的”与“文学的”原则，坚持抒写了理想中的中国儿童文学，显示了中国现代儿童文学发端期强烈的主体意识，对中国儿童文学作出了突出的贡献。叶圣陶、赵景深创作的童话，郑振铎的图画故事，胡愈之、谢六逸、耿逸之、耿适之、高君箴编译的外国童话，俞平伯、许地山、严既澄、顾颉刚、章锡琛的儿童诗和儿歌，王统照的儿童小说，周建人的自然故事，徐调孚的谜语等，都借助《儿童世界》得以传播传诵，发展壮大。

二、《小朋友》对中国儿童文学的推动

1922 年 4 月 6 日，在《儿童世界》创刊 3 个月后，中华书局的《小朋友》创刊。

---

① 《我和儿童文学》，写于 1980 年 1 月。

《小朋友》系周刊，以年龄在10岁左右的小学中高年级学生为读者对象。一季度13期为一卷，另出过夏季特刊《凉风》、秋季特刊《明月》、冬季特刊《白雪》、春季特刊《鲜花》，以及"提倡国货""抗日救国""淞沪抗日战事记略"等专号。首任主编为黎锦晖。1926年5月吴翰云出任主编。1937年10月出了第777—778合刊后停刊。1945年1月在重庆复刊，由陈伯吹任主编，为半月刊，共出18期。1946年1月迁回上海后改为周刊，仍由陈伯吹主编。1950年12月25日第1001期起，改为以小学低年级学生为对象的彩色画刊，第1002期起改为月刊。1952年12月出至第1048期改由少年儿童出版社出版。"文化大革命"中停刊，1978年1月复刊，为月刊。1989年6月，陈伯吹再度出任主编。《小朋友》这本儿童文学杂志至今发行，成为中国报刊史上迄今发行时间最长、历史最悠久的期刊。[①]

1. 《小朋友》的创刊

《小朋友》的发刊宗旨与《儿童世界》基本相似，为着"陶冶儿童性情，增进儿童智慧"[②]，弥补当时儿童读物之不足。内容主要有故事、童话、小说、诗歌、歌曲等，此外还有滑稽画、故事画、小游戏、小戏法、小工艺、表演舞蹈等，还有一种所谓的"文艺图"，是"一首小诗，或者几行韵文，配上一幅简单的图画，很有韵味，给低幼儿童阅读"的文艺样式。

早在1921年10月，该刊已开始酝酿。当时在中华书局的陆伯鸿(陆费逵)、黎锦晖、王人路、陆衣言、黎明5人意欲"建造一所小小的乐园……让亲爱的小朋友们，逍遥游玩于国内""增加智慧，陶冶感情，修养人格。一年年长成千万万健全的国民，替社会服务，为民族增长"。于是经过多次共商，决定创办《小朋友》，"约定一同供给稿件，又各负专责，分工合作，由伯鸿主持一切，指挥印刷发行，黎锦晖编辑，衣言排校，王人路绘画，黎明翻译，各有专司"[③]。《小朋友》的主要撰稿人有黎锦晖、吕伯攸、吴翰云、陈醉云、陆衣言、黎明、潘汉年等。

黎锦晖提倡"要用儿童自己的语言来办《小朋友》杂志"，他在创刊号上亲自撰写的《〈小朋友〉宣言》里说："小弟弟，小妹妹，我愿意和你们要好，我就是你们的小朋友……我每星期五出来一次，你们要看我，我在中华书局等着你们……"《小朋友》第1期的封面是王人路画的两个小孩子在看书，鲜明地标示着刊物的儿童性质。

---

① 简平：《上海少年儿童报刊简史》，上海：少年儿童出版社2010年版。

② 《小朋友》编辑部：《〈小朋友〉七十年》，见《长长的列车——〈小朋友〉70年(1922—1992)》，上海：少年儿童出版社1992年版。

③ 黎锦晖：《〈小朋友〉创始时的经过》，载《小朋友》第482期，1931年10月29日。

本着"时时体贴小友们的心志，注意小友们的兴趣，谋划小友们的便益"①的精神，《小朋友》特别注意与儿童的联系，调动儿童的兴趣，参与刊物的工作，采取了一系列贴近小读者的措施。该刊刊名由小读者书写，一期一人，期期更换。目录中刊出："封面上的字是×省×县×学校几年级×××写的。"又如每期封底刊登"爱读《小朋友》的相片"，注明姓名、年龄和籍贯，不但不收费用，反而赠送照片的铜版作为报酬。再如每期必有"悬赏"，即有奖的智力测验，"悬赏"内容有"看图作文""教学测智""问题作答"，以及把汉字译成注音符号等。《小朋友》可以说是将"以儿童为本位"的编辑思想落到了实处，因而一经推出就深得儿童的喜爱，成为继《儿童世界》之后又一重要的儿童文学刊物。

2.《小朋友》对"儿童文学运动"的贡献

由于《小朋友》的创办者黎锦晖也是文学研究会会员，所以《小朋友》同样成为"儿童文学运动"的一个重要阵地。如果说《儿童世界》更注重作品的文学性，《小朋友》则更重视作品的乡土化、通俗化和趣味化，尝试走了一条雅俗共赏的道路。

在儿童故事方面，《小朋友》刊发了陆费逵的《我小时候的故事》、许杰的《头上的橘树》、陈醉云的《花国通信》、潘汉年的《狗误我》、蒋蘅的《我们的傻妹妹》等作品。黎锦晖还根据民间流传的"十兄弟"传说，编写了《十姐妹》《十兄弟》《十个顽童》《十家村》等作品。童话方面，《小朋友》发表的童话也大都带有浓郁的乡土气息，如陈伯吹的《我们不该生气》、吕漠野的《皮鞭下的狮子》、仇重的《小桃花》等。《小朋友》上也刊出了不少优秀的儿童散文，其中有陆衣言的《太阳出来了》、陈载耘的《春水人家》等。《小朋友》还发表了吕伯攸和王人路朗朗上口的儿童诗。寓言方面，发表了陆衣言的《心满意足》、吴翰云的《狼誓》、鲍维湘的《谁教你的》等。

《小朋友》对"儿童文学运动"的最大贡献，当属黎锦晖的儿童歌舞剧。黎锦晖对各种儿童文学样式都做了尝试，在《小朋友》上发表过童话、小说、散文、诗歌等，而最成功也最有影响的是儿童歌舞剧。1922 年至 1927 年，黎锦晖共创作了 12 部儿童歌舞剧，同时他还创作了 24 首儿童表演歌曲。这些作品大都首先发表在《小朋友》上。这些作品文字通俗易懂，音乐生动明快，既可以歌唱也可以表演，风行一时，甚至从上海直至海内外。今天中国唱片厂仍保存着的 20 世纪 30 年代录制的黎锦晖儿童歌舞剧的唯一一张唱片的模板，便是 1922 年 4 月《小朋友》发表的黎锦晖的第一部儿童歌舞剧《麻雀与小孩》。黎锦晖的儿童歌舞剧创

① 黎锦晖：《〈小朋友〉创始时的经过》，载《小朋友》第 482 期，1931 年 10 月 29 日。

作在中国现代儿童文学史上写下了辉煌的一章，也使《小朋友》成为儿童文学期刊中的一朵奇葩，名扬四海。

《儿童世界》与《小朋友》这两种诞生于五四新文化运动中的儿童文学期刊，标志了中国现代儿童文学的第一个发展高潮。在《儿童世界》与《小朋友》的带动下，各种儿童文学期刊纷纷出版。商务印书馆又出版了《少年杂志》和《儿童画报》，1921 年还出版了严既澄编辑的《儿童文学丛书》；1922 年 5 月 20 日，距《小朋友》创刊仅一个半月，中华书局又推出了《小妹妹》《小弟弟》两本杂志，还出版了《中华童子界》。1924 年 4 月，《儿童文学》创刊；1924 年 8 月，《学生文艺丛刊》创刊；1925 年 7 月，《少年良友》创刊；1926 年 8 月，《小朋友画报》创刊……以《儿童世界》《小朋友》《少年杂志》等为主要阵地，以教师与编辑为主体的儿童文学作家队伍逐渐集结，儿童文学的各种体裁得到了普遍的关注与大胆的尝试，有力地推动了中国现代儿童文学的迅猛发展。

判定一个时期儿童文学发展的程度，最重要的标尺是看这一时期的创作实绩。与五四新文学同时呱呱坠地的中国现代儿童文学，是由当时最优秀的专家们、学贯中西的学者们和现代儿童文学大家们共同开创的文学事业。胡适、鲁迅、周作人、郑振铎、叶圣陶、赵元任等人的儿童文学理论建设，胡适的《尝试集》，叶圣陶的《稻草人》、冰心的《寄小读者》、俞平伯的儿童诗，王统照的儿童小说，黎锦晖的童话剧等，借助《儿童世界》《小朋友》等儿童报刊的积极传播，共同为发生期的中国儿童文学开启了很高的起点，成为中国现代儿童文学发展史上的第一座里程碑。

第三编　中国儿童文学的挫折期(1927—1949)

第一章 左翼文艺运动与儿童文学

第一节 阶级斗争带给儿童文学的影响

在五四文学革命的高潮后，随着社会政治形势的不断变化及文学家们基于现实对文学价值观的反思沉淀，到20世纪20年代中后期，中国现代文学主潮开始发生新的转变。从1923年左右开始，一部分文学家呼应社会思潮的变动，开始积极思考文学之于时代的关系与责任担当问题，共产党人邓中夏、恽代英、萧楚女、沈泽民、蒋光慈等开始提出无产阶级文学的主张。在1927年“四·一二”事变后国共合作关系彻底破裂，无产阶级革命文学运动经由最初的萌芽酝酿后于1928年实现了自觉的理论倡导，掀起了历时近两年的有关“革命文学”的论争。从“文学革命”到“革命文学”，标志着中国现代文学进入了新的历史发展时期。1930年3月2日，中国左翼作家联盟在上海成立，简称“左联”，这标志着中国共产党开始了对中国现代文学运动的领导，“左联”的纲领就是“援助而且从事无产阶级艺术的产生”。

20世纪30年代是阶级与政治意识觉醒的时代，以“左联”为核心的无产阶级文学思潮代表了文学领域在此方面的理论自觉与社会实践。“左联”成立后出版了重要的文学刊物，它的许多活动都与国际上的无产阶级文学运动同步，同时在思想资源的建设上加强了对马克思主义文艺理论的翻译与传播工作，积极推动文艺大众化运动，重视文学创作方法的革新。在左翼文学运动的推动下，30年代的现代文学主潮变得空前的政治化。

中国现代儿童文学的发生是五四新文化运动的一个有机组成部分。中国现代儿童文学从产生之日起，其发展、演变便与现代文学思潮保持了密切的关联。

现代儿童文学是中国现代儿童问题意识的中心场域，而现代儿童问题视域的形成则是中国现代性问题凸显的一个重要标志，也构建为其基础内容。因此，为儿童服务的文学，在中国现代意义上的自觉从一开始就与国家民族命运紧紧地捆绑在一起。作为一种从西方引进的文学观念，儿童文学在五四时期被热烈倡导以后，一批文学思想先驱很快对其开始了本土化的探索历程，这种探索的核心便是"中国儿童文学"的发展路向问题、"中国儿童文学"的价值功能问题，这种探索始终与中国的社会现实相结合，与中国儿童的教育使命与未来承担相关联。30年代，左翼文艺运动对儿童文学的深刻影响是这种探索结果的集中体现，但其实早在20年代早期，儿童文学的社会批判性与革命意蕴就已经鲜明地呈现出来，它甚至直接建构为作家的价值选择。如果我们深刻理解了20年代叶圣陶童话创作的转变历程，便可以更好理解30年代左翼儿童文学路向确立的必然性。

中国现代儿童文学发生后，作为小学教师的叶圣陶是最早开始原创实践的。1921年11月15日他创作第一篇童话《小白船》，接着，在短短一年的时间里，他共创作童话23篇，1923年11月题名《稻草人》结集出版。[①] 这个集子中的作品非常典型地映现出叶圣陶儿童文学思想的变革之路。《小白船》作为开篇之作，鲜明地体现出叶圣陶对纯正的"儿童本位"的文学创作的体悟，它建立的是一个充分的爱与美的童话世界。但很快，现实的"成人的悲哀"无情地粉碎了这片田园童话的胜景。郑振铎为《稻草人》所作的序言非常精辟地道出了其中的关键："他的《一粒种子》《地球》《大喉咙》……所述还不很深切，他还想用'童心'来完成人世间所永不能完成的美满的结局。然而不久，他便无意地自己抛弃了这种幼稚的幻想的美满的'大团圆'。如《画眉鸟》的色彩已显出十分灰暗。及至他写到快乐的人的薄幕的破裂，他的悲哀已造极顶，即他所信的田野的乐园此时也已摧毁。最后，他对于人世间的希望便随了稻草人而俱倒。"[②]郑振铎对叶圣陶审美思想的变化体悟可谓深刻，叶圣陶的个案经验很清晰地折射出社会环境之于"儿童文学"——这一特殊的文学类型的根本影响作用，叶圣陶以自己的文学实践探索了我国现代早期儿童文学的本土化道路，"现实主义"理路成为那个时代的儿童文学所必然认同的价值归宿。

中国现代儿童文学是思想启蒙运动的直接产物。从其一诞生起，它就被置于了"儿童与现代中国建设"之精神高度来认识对待，其文学基因里承载了强烈

---

① 张香还：《中国儿童文学史》(现代部分)，杭州：浙江少年儿童出版社1988年版，第134页。
② 郑振铎：《〈稻草人〉序》，载《1913—1949儿童文学论文选集》，上海：少年儿童出版社1962年版，第103页。

的“国家”“民族”等意义诉求。因此，在20世纪30年代社会政治形势的变革潮流中，儿童文学“责无旁贷”地承担了时代的发展使命与责任，在文化思想领域开始扮演着更为重要的角色。左翼文艺运动为中国儿童文学的发展注入了新鲜的血液，为其赋予了更高的社会价值地位，增进了促进其内涵发展的各种外部条件建设，如机构平台，创作、出版及传播力量等。左翼文艺运动将儿童文学作为一项重要的文学事业来建设，使其在有组织的规划中获得了更为系统、深入的发展。

20世纪30年代是中国儿童文学的关键转型期。正如王泉根在他对这段历史的研究中所指出的，“1930年前后的中国儿童文学在对自身价值功能的选择上是一个极其重要的历史性时刻。这一选择主要体现在两个方面：一方面，右翼势力试图让儿童文学‘羽翼传经’重开历史倒车的逆流遭到了批判，儿童文学的文学地位、现代精神与艺术个性进一步得到了巩固与加强；另一方面，左翼文坛则从阶级斗争、民族振兴的角度出发，要求儿童文学与整个左翼文学一样注入‘革命范式’的理想主义激情，强化文学与时代、文学与革命的关系”[①]。左翼文艺运动将儿童文学直接带入社会政治思想变革的最前沿，确立了极具本土价值趋向的儿童文学观，这一文化行为在儿童教育乃至现代中国思想史上都留下了非常重要、值得勘探研究的精神财富，同时也提供了可资反思借鉴的经验教训。

左翼文艺运动在儿童文学事业的推动上做了很多具体的、有的放矢的工作。左联刚成立没多久，1930年3月29日午后7时，左联机关刊物《大众文艺》就在上海召开了关于如何建设《大众文艺》新辟“少年大众”栏目的讨论会[②]，参会的有蒋光慈、冯乃超、田汉、洪灵菲等17人。与会者就如何推进少年文艺读物的发展从不同角度提出了富有建设性的意见，概括起来看，典型重要的有三个方面的观点：“少年有少年的兴味，要使他们首先懂，文字要通俗，用大字印刷，注重插画，《少年大众》应该是大众化而且要少年化；给少年们以阶级的认识，鼓动并使他们了解参加斗争之必要，加紧组织他们的工作，竭力和一切革命的斗争配合起来；应该有计划地收集过去的歌谣和传说故事中关于农村和工厂的材料，把过去的英雄意识化起来可以指示少年新的世界观，改编少年日常所接近的故事以转移他们的认识，抵抗他们的封建思想，题材方面应该容纳讽刺、暴露、鼓动、教育等几种。”虽然座谈会的记录并不长，但是以上三个方面的观点已经非常清晰地呈现出左联建设儿童文学的主导思路，以及其对儿童文学特殊性的准确把握，在内

---

① 王泉根：《现代中国儿童文学主潮》，重庆：重庆出版社2000年版，第61页。

② 《〈大众文艺〉第二次座谈会记录》，《大众文艺》第2卷第4期，1930年5月1日，引自《1913—1949儿童文学论文选集》，上海：少年儿童出版社1962年版，第136—139页。

容方面提出的几个建设层面也很有思想，最主要的是对儿童文学价值功能的明确定位——“竭力和一切革命的斗争配合起来”，这是中国现代儿童文学自发生以来第一次并轨于政治的转折点。

众多的左联成员参与了左翼儿童文学的建设，如著名作家茅盾、柔石、胡也频、应修人、洪灵菲、冯铿、阿英、沙汀、艾芜、王鲁彦、王统照、宋之的等，这也创造出了中国成人作家介入儿童文学创作的一个最高峰，此前与此后的百年儿童文学发展史，在这一点上恐怕难以找出超越这个时代的。除了作家们的积极参与，左联各文学社团的刊物都很重视儿童文学，发表了大量的各种体裁的儿童文学作品，儿童文学理论评论文章，以及评介国外儿童文学的文章等。这些刊物有《大众文艺》《创造月刊》《太阳月刊》《萌芽月刊》《拓荒者》《北斗》《文学》《小说家》《文学丛报》《文化月报》《文学界》《光明》《中流》《译文》等。充分的文学阵地保证了儿童文学的影响力，形成了其在创作与理论研究两方面齐头并进的局面，儿童文学话语带着强烈的问题意识进入了人们的视野，创造出30年代儿童文学活跃而稳健的发展态势。阶级斗争强化了儿童文学的社会功能，在这个特殊的时代，儿童文学与成人文学为了同一个目标站在了一起，成人文学界对儿童文学特别的重视与关注，对今天儿童文学的建设与发展都极具启示意义。

由于“阶级斗争”对儿童文学发展明确的规定性，左翼儿童文学作品在思想内容与创作风格上形成了显著的特色。直接切入社会生活、揭露社会阴暗面、反帝爱国方面的题材较为集中，苦难儿童与革命洪流里成长的红色少年成为常见人物形象，英雄主义情怀亦是作家努力追求的。“真实性”与“现实感”是此一时期作家创作的价值指针，儿童文学的现实主义精神被注入了更多的时代内涵，儿童形象的塑造呈现出作家强烈的人文关怀，蹲下身子来，或弯下腰来注目与同情如此众多的“被压迫”的孩子们，成为左翼作家们一个共同的情感与思想的着力点。特定时代语境中一个个“柔弱”“可怜”，甚至“疯狂”的孩子被用文字细微地具象化了出来，永远地活在了文学与思想史中。成人作家这样大量、集中地对童年社会的“倾心”注视，创造出了一个非常重要的人文精神视域，“阶级斗争”的阐释视角容易遮盖其更为深刻的文化史意义。左翼作家们从童年视域这个重要的维度展开的创作丰富了其时文学再现生活的广度和深度，儿童文学的社会干预功能得到空前强化。左翼文艺运动使现实主义快速地成为儿童文学的主流，甚至这种价值倾向也影响到儿童文学的译介工作中。

现代中国儿童文学是外来影响的产物，五四时期是译介的第一个高潮，而30年代则形成了译介的第二个高潮，译介重点也倾向于苏联社会主义儿童文学作品，代表作如鲁迅1935年翻译的苏联作家班台莱耶夫的中篇小说《表》。《表》写的是一个底层流浪儿的故事，写他怎样在苏联社会新生活的感召下由一个小偷转变为新人。故事情节曲折，人物形象的“成长”内涵充满了时代政治色彩，其价值底色非常应和其时左翼儿童文学运动的精神趋向，鲁迅在《〈表〉译者的话》一文中清晰地表达了他的翻译目的：“十来年前，叶绍钧先生的《稻草人》是给中国的童话开了一条自己创作的路的。不料此后不但并无蜕变，而且也没有人追踪，倒是拼命的在向后转……在开译以前，自己确曾抱了不小的野心。第一，是要将这样的崭新的童话，介绍一点进中国来，以供孩子们的父母，师长，以及教育家、童话作家来参考。”[①]鲁迅的表述体现出他的远见卓识，他在中国儿童文学的本土化建设上有着强烈的问题意识，他主张中国儿童文学要有一条“自己创作的路”，他也体悟到“新的孩子们”需要“新作品”，因为他们面向着“新世界”，这样的儿童文学观完全扎根于“现实”提出，同时又具有深刻的可阐释的开放性意蕴，正是对“中国现代儿童文学”中“现代”一词内涵的深入思考。鲁迅借助《表》这个作品进一步表达了他的儿童文学思想。

《表》的发表，鲁迅作为译者对《表》的阐述在当时引起了很大反响，因为它们非常有针对性地、及时地呼应了时代的儿童文学思潮，鲁迅的这一次文学行为是对左翼儿童文学思想更进一步清晰的阐述，加之他的其他儿童文学创作、理论主张，作为领导者之一，鲁迅为推动左翼儿童文学的发展作出了巨大的历史贡献。《表》带动了30年代中期儿童文学思想内容的价值趋向，胡风对《表》给予了高度评价，认为其最基本的特色是“对于传统儿童文学的最有力的反抗”，认为“我们所要求的儿童文学必须是反映人生真实的艺术品”[②]。

适应时代的变革需求来调整儿童文学发展的美学形态，这是20世纪中国儿童文学非常显著的一种人文特色，左翼儿童文学是30年代此一特征的一个具体反映。现实的政治需求催化了儿童文学的内生动力，也因此而创造出其他任何时代所不可能具备的文学业绩。但政治诉求的急迫性与功利性也必然会影响到文学表现的丰富性，限制了艺术磨砺与打造的成熟感，主题先行与概念化创作成为其时作家们难以逃逸的软肋与通病，但毫无疑问，30年代的左翼儿童文学就是在这样的矛盾统一中承前启后，为中国现代儿童文学书写出了属于自己的文学篇章。

---

① 鲁迅：《〈表〉译者的话》，转引自王泉根评选：《中国现代儿童文学文论选》，南宁：广西人民出版社1989年版，第148—149页。

② 胡风：《〈表〉与儿童文学》，转引自王泉根评选：《中国现代儿童文学文论选》，南宁：广西人民出版社1989年版，第975、981页。

第二节　张天翼和他的《秃秃大王》《大林和小林》

左翼文艺运动推动了各文体儿童文学的发展，但数量最多、成就最大的还是儿童小说，这是因为小说这种文体是承载左翼文学现实主义精神的最好载体。在以人物塑造与故事讲述去呈现“现实之真”时，小说有得天独厚的优势。但在面向儿童，尤其是年龄更小的儿童的接受问题时，与小说相比，童话这种文体的独特审美面貌及其艺术效果便显露了出来。小说介入生活的方式更直接，很容易满足作家自身的叙事欲望，但这种叙事是否是最佳的儿童接受方式，30 年代的很多左翼作家在这个问题上似乎并不是非常自觉，这也就影响到了其作品具体的作为“儿童文学”存在的艺术含量。但 30 年代有一位作家的艺术探索是完全朝向“儿童的”文学的理路去努力的，他也因此在中国现代儿童文学史上留下了浓墨重彩的篇章，成为文学史上的标志性人物，他就是童话大师张天翼。

张天翼（1906—1985），学名张元定，号一之，湖南湘乡人，生于江苏南京。后全家定居杭州，小学、中学均在杭州读书。中学时代办过文艺刊物，写过滑稽和侦探小说，用“张无诤”的笔名向《礼拜六》等刊物投稿。1924 年中学毕业后，去上海美术专科学校学习绘画。1925 年到北京，1926 年入北京大学预科，开始用“张天翼”名写作。同年年底在北大加入中国共产党。1927 年离开北京。在上海、杭州、南京等地当过小职员、记者、教师、报纸编辑等，较深入地接触过中下层社会。1931 年参加“左联”。第一篇小说《三天半的梦》1929 年发表于《奔流》。第一部长篇童话《大林和小林》于 1932 年发表，自此在创作成人文学的同时，也开始在儿童文学领域卓有建树。

20 世纪 20 年代，叶圣陶的童话创作开创了中国儿童文学自己的道路。30 年代，天才般的张天翼出现了，将中国儿童文学的现实主义精神推向了一个新的高度。学者王泉根将叶圣陶与张天翼称为“现代童话创作的双子星座”，对他们二人的文学地位作了准确、形象的定位，并就二人的艺术个性与文本特征作了细致、深入的对比分析研究。在叶圣陶之后，时隔十年，张天翼力图书写完成的是一种更为宏大的儿童文学再现社会现实与揭示社会本质矛盾的文学图景愿望，尽管年轻的张天翼其时仅 26 岁，这与其作品中成熟的思想形成了鲜明的反差，这应该得益于他虽年轻却丰富的人生经历，以及参与“左联”革命活动的重要经历。在将革命主张贯彻于儿童文学活动中时，张天翼在“艺术”技艺的本体问题上是有自己的自觉思考的，这种思考的核心是“我们应该如何给予孩子”，他既思考并也实践探索了这种给予的路径，所以他取得了成功，对自己坚持的标准，他后来有这样的总结：

一、要让孩子们看了能够得到一些益处，例如使孩子们能在思想方面和情操方面受到好的影响和教育，在他们的行为习惯方面或是性格、品质的发展和形成方面受到好的影响和教育，等等。这是为孩子们写东西的目的。为了要达到这个目的，那么还要——

二、要让孩子们爱看，看得进，能够领会。……写作时候的一切劳动，苦功，以至艺术上的考究，技巧上的研究等，也都是为这两件事服务的。除了这两件事——两条标准以外，老实说，我就不去考虑了。[①]

创作儿童文学是为了使儿童获得教益，而所以能获得的前提是孩子们必须喜欢阅读，能够进入文学世界并领会。张天翼一接触儿童文学，便完全能够把握住儿童文学的艺术肌理，他对此的理解与相应的美学处理都是游刃有余的，这在30年代，我国儿童文学艺术经验的积累还非常有限的时期的确是令人惊讶的。况且，他需要寄寓的主题内涵又是如此严肃宏大。题材之“重”与儿童文学艺术形态之“轻盈”之间形成了巨大的反差。实际上这是现代儿童文学，尤其是进入30年代的儿童文学面临的主要艺术瓶颈。在这个问题上，张天翼以自己良好的悟性获得了解决。关于张天翼早期儿童文学创作的思想特色与艺术特色，既有的一些文学史研究已经有很好的概括与分析，如蒋风主编的《中国现代儿童文学史》（1986年）将其思想特色概述为“描绘‘真的世界’、刻画‘真的人’、讲‘真的道理’”，艺术特色则为“高度的儿童化、讽刺和幽默、具有动势美”[②]。王泉根也在80年代初从“真”“奇”“幽默”等几个维度作过深入分析。[③] 学界对张天翼的文学成就及其艺术特征基本上已经形成了定论。在新的时代语境下，从《秃秃大王》《大林和小林》这两个具体文本入手，围绕其面向儿童具体的艺术处理方式，可以再去思考和分析其独有的美学追求与儿童文学艺术智慧。

长篇童话《秃秃大王》于1933年发表于《现代儿童》，后因当局查禁，没有登载完。“秃秃大王”是一个丑陋的统治者形象。以他为中心，张天翼在童话中建造起了一个统治阶层的群像图，以及与他们对立存在的被压迫阶级。对这样一

① 转引自张香还：《中国儿童文学史》（现代部分），杭州：浙江少年儿童出版社1988年版，第268页。
② 蒋风：《中国现代儿童文学史》，石家庄：河北少年儿童出版社1986年版，第156—168页。
③ 王泉根：《张天翼早期的长篇童话》，《浙江师范大学学报》1982年第4期。

种内蕴着复杂社会性内涵的思想主题，作家如何才能“化繁为简”，实现它的接受效果最大化呢？张天翼首先是从“形象”着力的。“形象”是儿童第一眼判断接受与否、进而深入他们心灵世界的核心要素。也就是说，文学作品中的“形象”是儿童的情感伴侣，儿童与文学的深刻联系首先是通过其与形象的关联而建立起来的。形象的特征性从起点便决定了其是否属于孩子，是否属于孩子的认知理解范围。如果孩子认可了这个形象，也便意味着拥有了进一步追问这个形象故事的可能性。所以，作家能够让其塑造的形象充满“趣味性”地“站立”在孩子眼前，其实质体现的是儿童文学作家对孩子的深度关怀，以及实现这种关怀的艺术能力，它并不是轻易可为的。

“秃秃大王”是一个典型的形象再造项目。他的形象特征简单，但富有情趣，好玩，作品中这样描述：“秃秃大王的头上没有头发，一根头发也没有。头顶是秃的，又光又滑，所以叫做秃秃大王。”这样的白描让人一接触便过目不忘，属于在外貌特征上即刻能吸引孩子眼球的人物。在“形”的问题上，张天翼完全尊重孩子的心理愿望去构设他的轮廓。基于现实中统治阶级的“贪婪与残酷”，张天翼抽象了它的本质，将其夸张变形处理在了形象的外貌上，正好“秃”与肥胖、“圆球状”的外形都是充满喜剧色彩的，孩子乐于亲近的，这样张天翼在一个关键问题上便解决了题材之重大思想诉求与孩子之特殊接受心理之间的矛盾，让一个富含游戏性的人物慢慢“绽放”他的“残酷”本性。从现有的审美效果看，再现“统治阶级的本质”，似乎再也没有比“秃秃大王”更恰当的形象了。“秃秃大王”能够让我们“看见”统治阶级，这就是张天翼的笔力。“统治阶级”的命题原本是抽象复杂的，距离儿童的接受太过遥远，但“秃秃大王”却使这个领域和孩子一下拉近了。

以儿童可以接受的方式去阐释重大的社会命题，或者说试图用“举重若轻”的方式去表达自己的思想，这就形成了张天翼作品风格在思想主题的严肃深刻性与文学形式的活泼有趣性之间巨大的张力。这一张力正是儿童文学需要勘探的基本美学命题，或者说在“内容与形式”之间儿童文学所独有的一种呈现特征。文学史上众多的研究者将张天翼的风格评论为“漫画”式的夸张与讽刺。此一“漫画”式，正是张天翼扎根现实后艺术表达上的轻盈跳脱，这种创造力与他对儿童主体的尊重有密切关系。他深刻思考过孩子可能的接受方式，他要将“现实之真”告诉给孩子们，因为他们有权利也有必要知道这一切。但这个现实是如此的复杂与残酷，完全“写实”的再现孩子没有能力去消化与吸收，甚至会拒斥。所以张天翼抽取的是世相真实中的“本质”部分，即隐含在现象中的那些最根本的东西，用“艺术”与“智慧”的方式把它们形象地映现出来。“秃秃大王、四四格”，这些统治者形象，他们的贪婪与对百姓的欺凌，这些原本属于阶级性“内在”层面的东西，张天翼完全将其素描外在化了，即小读者一看到这样的形象，就知道其内涵与意蕴。尤其值得注意的是，这些外在化的特点是“玩具化”的，即他们完全是属于孩子们触摸与感知的类型的。这些形象在孩子们初始阅读时，很快就以奇趣的特征抓住了他们的眼球，原本等级森严、阴森可怖的统治者，在孩子们的文本阅读中，完全是一个可以被他们拿捏与嘲笑的好玩的游戏对象。这种“高屋建瓴”的效果自然得益于张天翼深刻的价值判断，得益于他精深的思想。无论统治者怎么具有威权，但他们必然会遭遇人民的反抗，人民必然是历史真正的主人。在张天翼“淡笔”白描的情境中，我们看到了统治者无耻的生活状态，“白描”让我们看清了“事实”，这是一种最容易的“看清”，连孩子都能够达到。不得不承认，“深入浅出”在张天翼这里已经游刃有余。

成功的形象设置为故事的展开作了扎实的铺垫。在情节与细节的处理上，张天翼也采用了直接启导的方法。比如统治者的“吃人”其实是一种抽象的比喻，他们对人民的残酷欺凌虐杀再现给孩子们的时候，因其过于复杂、黑暗而不便讲述，张天翼就直接将其处理为现实生活中的“吃”，秃秃大王吃的就是活生生的人，甚至他吃的鸡蛋都是人变的。因为“吃”这种行为与孩子们的关联太紧密了，就是他们可以触摸与感知到的，所以当人与食物来回变换身份时，孩子们可以由感性到理性，逐步醒悟其中的要义。

在赋予儿童主体能动性这一思想认识上，张天翼也是自觉的。“秃秃大王”的反抗者，其实主要是冬哥儿、小明等这些少年，故事讲的就是他们的成长经历。张天翼在故事中一直以“冬哥儿”这些孩子们的视角在推进故事，以他们实际的认知过程一点一点去进入问题的核心，不愠不火，不强加成人的命令与干预。所以儿童的阅读接受就是跟随冬哥儿他们一起成长的过程，这些小小的人物最后联合起来，团结一心，终于打败了统治者。故事是充满了行动力的，这符合儿童文学叙事的基本规律，它让孩子在行动中明白了重要的事理。

表现两个阶级的不同“道路”问题，毫无疑问，这是一个主题先行的创作思路，怎么让孩子能够去认识理解这一宏大的主题？张天翼选择的也是让孩子自己成为行动的主角，让他们真实地进入并演绎其中的故事，“道路”问题自然也就被明晰了，所以他有了“大林和小林”。这两个“并列”的孩子以平行线去走了两条不同的道路，每条路上的风景与经历正好是对立的，这样的“成长历程”是饶有趣味的，是充满时代感的。《大林和小林》共有十九个章节，全篇的容量是很饱满的。作品里有众多的人物，但张天翼全都采用童话的象征思维，以动物或富有肖像感的人物设置来展开，所以人物形象“杂而不乱”，如皮皮绅士，它是一只狗；平平绅士，它是一只狐狸；还有鳄鱼小姐，蔷薇公主等。这些人物形象生动有趣，每一个都代表了一种类型特征，儿童认识理解起来非常容易。

童话的叙述语言与口吻自然也是影响儿童接受的关键要素，因为儿童就是从语言开始进入这个故事的，无论是自己阅读，还是听别人阅读，语言的特质与口感都是很重要的。在这一点上，张天翼也是努力创造出一种儿童语言的整体氛围，无论是人物语言表达的神态、人物用词造句的方式，还是叙述中一些儿歌的运用等，作家都最大限度还原儿童本真的状态，丝毫没有因为题材内容的严肃、重大而削弱其表达的儿童性特质，或漫溢出儿童视域的理解思考范围。所以，整个故事就是在大林与小林两个孩子自己的独特经历中，以他们自己的经验认知为基准展开的，特别是叙述语言、人物语言以及其所承载的思想。

大林和小林在父母去世后离开了家，路遇怪物而两人朝相反方向逃走，然后便决定了两人走了截然相反的两条路。皮皮"捡到"了小林，就要占为己有，他要通过国王来宣判，国王在法律书的第三万八千八百六十四条上找到了依据，"皮皮如果在地上拾得小林，小林即为皮皮所有"，国王判决小林的好处就是皮皮给他买好吃的东西。我们看小林被剥夺自由的这一段故事，完全是按照童年经验来写作的，皮皮的无理，国王的可恶，他对法律文书的调用，以及法律条款的表述，全都在孩子的认知范围内。统治者、法律，这些原本距离儿童生活很遥远的东西，一旦与儿童对接，张大翼便完全基于儿童为他们重新演绎一种属于"统治"内核的版本。"皮皮如果在地上拾得小林，小林即为皮皮所有"，这个条款看起来是多么荒诞不经，法律中不可能有这样的条款，但张天翼必须按照小林作为一个孩子的遭遇去对应法律的判决，在国王那里，任何条款都是可能的，这样直接的条款依据既是孩子们马上就能接受的，同时其精神实质恰是对当时统治阶层的"法律"本质的揭示。小林无奈地接受了国王的判决，他非常恨国王，他的反馈也是孩子式的，他为国王作了一首诗，"不怕羞/一个红鼻头/一条牛/一条狗/一缸油"。这首诗可谓无意义之意义作品之典范，张天翼在整部作品中都贯穿了这样的儿歌，童趣盎然，意味隽永，儿童视界内的现实世界展露得淋漓尽致。

大林和小林走了两条不同的道路，他们的成长历程正好有力地诠释了两个阶级的尖锐矛盾。作为写给儿童的作品，因为有儿童主体的参与，须在儿童世界里展开合情合理的故事，张天翼对大林和小林的人物与情节安排，在儿童文学的视域里创造出呼应30年代文学时代命题的新结构范式。这种收获既是儿童文学的，但其更特别的价值在整个文学领域。

第三节 左翼文艺运动带动科学文艺兴起

科学文艺在中国启蒙于20世纪初，但在儿童文学园地里落实“科学”精神、以文学为纽带与途径介绍传播科学知识、树立儿童的科学意识则主要兴起于30年代，这也是30年代我国儿童文学所获得的一个重要成绩，其兴起与发展与左翼文艺运动密切相关。

从大的文化环境的影响来看，30年代科学文艺的发展首先得益于20年代教育界的变革。20年代早期，在西方教育理论的影响下，“科学教育”在我国获得了传播与实践，著名教育家陶行知对此功不可没。1931年春，陶行知从日本秘密回国后，在上海从事“科学下嫁运动”，创办自然学园和儿童科学通讯学校，主办《儿童科学丛书》，从理论及实践上推行儿童科学教育，他的经典的结论是“我们必先造就了科学的小孩子，方才有科学的中国”[①]。儿童教育领域的科学先声为儿童文学园地引入科学要素确立了良好的文化土壤。

陈望道主编的《太白》半月刊于1934年9月20日创刊，该刊名“太白”以“启明星”之意喻为黎明前黑暗中的战斗，是迎接胜利的曙光。《太白》的编刊与左翼文艺运动相配合，面对思想文化战线的实际情况，经过缜密的商讨，专刊杂文和小品文。创刊时即开辟了一个关于科学小品的专栏，这个专栏组织了大量的名家用浅显易懂的文学笔调来撰写关于自然科学的短文，如周建人、贾祖璋、顾均正、高士其、董纯才等。《太白》期刊在当时的文化界第一次提出了“科学小品”的名称[②]，倡导了科学与文学相结合的自觉理念，《太白》之后，更多的杂志如《读书生活》《中学生》《妇女生活》《通俗文化》等都刊登科学小品，这使得20世纪初至20年代即有初步发展的科学文艺在30年代形成一种重要的文学思潮，这股思潮迎合了30年代“科学救国”的热潮，可以说是儿童文学美学转向的又一个明显征候。

陈伯吹于1948年4月1日在《大公报》上发表了一篇题为“儿童读物的检讨与展望”的重要文章，他将1919年以来的儿童文学发展分了四个时期，划分的标准是那一时期所出现的重要趋势，其中第三个时期即是1932年到1937

---

① 陶行知：《儿童科学教育》，引自《陶行知幼儿教育名篇选读》，武汉：长江少年儿童出版社2014年版，第103页。

② 张之伟在《中国现代儿童文学史稿》中对此专门有一个梳理。张之伟：《中国现代儿童文学史稿》，上海：华东师范大学出版社1993年版。

年，所谓的“科学常识的时期”，认为这一时期的儿童读物从“想象的”踏进了“现实”的境界，儿童读物转变到注重科学常识，一半也是由时代的浪潮冲击的。

在儿童文学的结构性组成中，“科学”是非常重要的一个版块，这是基于儿童自身的认知、心理接受特点而成立的，“文学”是诉诸儿童科学知识接受与消化的一个关键途径。近代以来，随着儿童观、儿童教育观念的变革，科学之于儿童发展的重要性也愈益得到传播和重视，加之“儿童文学”这一精神产品的自觉呈现，以文学去进行科学教育的方法与路径也便开拓了出来。儿童科学文艺在30年代获得发展既是儿童文学自身发展的必然结果，同时更是时代的政治文化主潮积极介入影响后的产物。因为以《太白》为起点的“科学小品”的栏目设置，使得“科学”在文学的表达中开始集中和系统起来，同时它的自觉推动，号召了一批名家去关注与实践“科学”的文学再现可能，因此他们引领了一种时代风尚。

众多的科学小品文后来被结集出版，如陶秉珍的《植物的生活》《昆虫漫话》，索非的《人体科学谈屑》《孩子们的灾难》，姚毓珍的《生活趣味》，严大椿的《动物漫话》，董纯才的《动物漫话》《凤蝶外传》，楼俊卿的《鸣虫之话》，刘薰宇的《数学趣味》《数学园地》《马先生谈算术》，顾均正的《科学之惊奇》等。此外有陶行知主编的《儿童科学丛书》百册，专门的少儿科学文艺刊物有《儿童科学杂志》《常识画报》《少年知识》等，其他儿童刊物如《儿童世界》《小朋友》《现代儿童》《新少年》《少年杂志》《儿童杂志》《小学生》等也都开辟有科学园地。此外，外国科学文艺的翻译，如对法布尔、伊林作品的翻译，也有力地扩展了国人的科学文艺视野，增进了创作的方法论意识。

儿童科学文艺在30年代的兴起极大地丰富了供给儿童的阅读材料，它的进步性正如陈伯吹所总结的，“空虚的观念，决不能如真实的常识，能够带入生活中去实验与体味”①。科学文艺区别于一般想象性的文学的优长正体现在这里，它弥补了此前儿童文学偏主观想象的不足，同时更是对新文化运动所倡扬的“科学”精神在儿童教育领域的有力呼应。在30年代急速推进的社会政治格局变化中，科学文艺的启蒙与教育，培养了儿童“求真务实”的价值情怀，在引领他们树立积极关注现实、科学救国的爱国主义理想上具有重要的现实意义。

① 陈伯吹：《儿童读物的检讨与展望》，《大公报》1948年4月1日。引自王泉根主编：《中国现代儿童文学文论选》，南宁：广西人民出版社1989年版，第405页。

科学文艺思潮催生了一批重要作家作品，这也是我国现代儿童文学史上的重要文学现象，对其的经验总结及反思更有助于当下及未来我国儿童科学文艺的建设发展。其中，贾祖璋、董纯才、高士其、顾均正、段佩斯、许达年等都是重要的创作力量。我们主要对董纯才的创作作一个介绍。

董纯才，1905 年 3 月 5 日出生，湖北大冶人，我国现代科学文艺创作开拓者之一。少年时期接受了五四运动启蒙思想，在武昌、上海等地受过系统教育。1928 年开始，参与陶行知南京晓庄乡村师范实验学校的教育管理与生物研究，为后来的科学文艺创作打下了良好的基础。1931 年开始翻译昆虫学家法布尔的《科学的故事》，同年协助陶行知创办自然学园与儿童科学通讯学校，推动科学大众化运动，编辑儿童科学丛书。30 年代中期还翻译了英国费遮的《飞禽的故事》《走兽的故事》等，重点翻译过苏联科普作家伊林的作品。从事教育改革使得董纯才以崭新的教育思想接触到儿童，了解、熟悉儿童的兴趣与接受能力。推动科学大众化运动，编辑、翻译作品又使他积累了丰富的科学知识素养，掌握了用文学传播科学知识的途径与方法，这种综合训练使董纯才很快走上了创作科学文艺的道路，自然他的创作也是逐步走向成熟的。

与一般文体类的文学作品相比，科学文艺最大的特点是兼容“科学”与“文学”两大学科领域，对创作者个人的素质要求比较高，它的创作有一定难度，但对少年儿童又非常有益，因为以“文学”的途径去接受科学，对儿童，特别是低幼儿童具有特别的价值。如何处理“科学性”与“文学性”的要素，平衡好二者关系，是科学文艺创作的难点所在。董纯才在刚开始创作时，受到他翻译的法布尔的《科学的故事》的影响，用“问答式”的方式讲科学常识。后来也采用说明文和记事文的方式，但整体上文学性与趣味性不强。之后他对科学文艺的内涵逐步增进思考，自觉借鉴伊林与法布尔的《昆虫记》，拓展了作品的文学内涵，增进了语言的表现力，《动物漫话》是这一时期的代表作。随后他的创作更加追求科学性与文学性的有机融合，创作出典型的“童话”文体式的科学文艺作品，如《凤蝶外传》《海里的一场战斗》《麝牛抗敌记》等。这些作品标志着董纯才的科学文艺创作走向成熟。

30 年代左翼文艺运动带动了科学文艺的兴起，一批优秀作家致力于此领域的建设，与科学救国、教育救国的理念统一在一起，为广大少年儿童提供了优秀的科学读物，丰富了中国现代儿童文学的文学宝库，其间探索积累的经验对推动今天少儿科学文艺的发展仍有积极的借鉴价值。

第四节 儿童文学理论建设的推进

经历了早期儿童文学理论刚发生时的兴奋与热闹之后,此一时期的理论研究进入到了研究的拓展、反思、深化阶段,20 世纪 30 年代成为我国现代儿童文学理论建设重要的成果收获期,有大量的研究论文与著述问世。理论研究对儿童文学的重要性与研究现状的反思色彩明显。外来儿童文学理论资源被整合到国人的著述中,问题研究意识进一步巩固与加强,另外重要的一个特质是理论紧跟社会发展。

此一时期出版的理论著作有:赵景深的《童话概要》(1927 年)与《童话论集》(1927 年),张圣瑜的《儿童文学研究》(1928 年),葛承训的《儿童心理与兴味》(1929 年),张雪门的《儿童文学讲义》(1930 年),徐锡龄的《儿童阅读兴趣的研究》(1931 年),周作人的《儿童文学小论》(1932 年),陈伯吹的《儿童故事研究》(1932 年),赵侣青、徐迥千的《儿童文学研究》(1933 年),赵景深的《儿童文学小论参考书》(1933 年),严国柱、朱绍曾的《儿童阅读书报指导法》(1933 年),王人路的《儿童读物的研究》(1933 年),吕伯攸的《儿童文学概论》(1934 年),钱耕莘的《儿童文学》(1934 年),陈济成、陈伯吹的《儿童文学研究》(1934 年),葛承训的《新儿童文学》(1934 年),黄翼的《神仙故事与儿童心理》(1936 年)等。整体来看,这些理论著作成果的主要特点有:

一、理论研究的重要性获得了进一步的认识

这主要是因为,十几年来儿童文学的提倡与呼吁使其在教育界地位日益提升,以及儿童文学出版的发展,使得理论的建树显得迫切起来。1933 年赵侣青等在《儿童文学研究》的第一章中指出:"儿童文学给教育家之注意和推重,至今已历数十寒暑。由注意而研究,由推重而扩大其教育上的领域,于是有课程的改进,有教学方法的革新,有各书局儿童文学书籍的编印和发行。现在像什么儿童文学丛书,什么小朋友丛书,什么小学生丛书,什么图画故事,什么故事画等等,真是名目繁多,不胜枚举。在这种情势之下,我关心或实施小学教育的同人,自不得不分出些时间与精力,来从事儿童文学的研究。"[①]1934 年 10 月陈济成在

① 赵侣青、徐迥千:《儿童文学研究》,上海:中华书局 1933 年版,第 2—3 页。

《儿童文学研究》"自序"中指出:"虽然,儿童文学之声浪,于兹数年,方今教育界人士,竭全力以提倡儿童教育,注意于儿童文学者固不乏人,而对于儿童文学之理论与实际,尚乏善本,此诚一大憾事也。余倡设上海幼稚师范学校,已愈十载,而于儿童文学一学程,年未或阙,爰本平日教学所得,编纂是书,用作课本。倘承海内学士进而教之,则荣幸极矣。"[①]

其次是儿童文学在二十年的发展中,虽然取得了成绩,但实际上情形仍不是十分满意,从此角度,学界提出了理论建设对儿童文学学科发展的促进作用的观点。1932 年胡叔异在为赵侣青等所著的《儿童文学研究》所作的序言中指出:"但统观现在的儿童文学的作品,很少能达到趣味的程度,除一部分为有价值的作品外,大抵是'劝人为善''因果报应'等陈说,一毫也不能使儿童在趣味中领略人生的意义,生活的认识,这种现象,很为可虑。自然,要改革它,须作家的孜孜不倦的努力,但理论的确立,儿童文学本身的认识,亦可作种种有益的指示,使作者、教育者,有所依据。所以本书的出版,无论在现在或是将来,都是一件极有意义的事情。"[②]1934 年陈济成在测定"儿童文学的将来"时,指出,"什么都落后的中国,儿童文学的行进是'牛步式'的,这是当然的现象。然而变动总还有一点的……"[③]"新时代的儿童需要新时代的儿童文学。不过,在这里有问题在。……最感困窘的,为了儿童文学尚无具体的有组织系统的理论根据,可以引用来批判过往,指示将来。"[④]

胡风在 30 年代也从整体新文学的发展角度论述过儿童文学研究的不足,"五四以后的这个长长的文学发展过程里面,儿童文学有过怎样的收获呢?各书局出版了不少的儿童读物,也有不少为儿童办的杂志,甚至有专门出版儿童书籍的书店。虽然如此,但儿童文学一般地是被冷淡地放在'文坛'底领域之外的。在创作上没有真正回答过儿童对于文学的要求,文学批评也没有把那些儿童读物当作对象"[⑤]。

30 年代的理论更多坚持建设儿童文学、发展儿童文学的实践目的,开始承担理论的整体概括、宏观把握、指明方向的重任。此时期,理论一方面从基础问题层面为创作探明路向,另一方面,理论随时执行着与现实接轨、呼应、导向

① 陈济成、陈伯吹:《儿童文学研究》,上海幼稚师范学校丛书社 1934 年版,"自序"第 1 页。
② 赵侣青、徐迥千:《儿童文学研究》,中华书局 1933 年版,"序二"第 3—4 页。
③ 陈济成、陈伯吹:《儿童文学研究》,上海幼稚师范学校丛书社 1934 年版,第 24 页。
④ 陈济成、陈伯吹:《儿童文学研究》,上海幼稚师范学校丛书社 1934 年版,第 25 页。
⑤ 胡风:《关于儿童文学》,1935 年 1 月 12 日,《胡风评论集(上)》,北京:人民文学出版社 1984 年版,第 74 页。

儿童文学发展的舆论作用。因此,理论的重要性获得了高度认识。

二、理论研究在前期成果基础上延伸发展,理论资源得到整合,问题的广度与深度得到拓展,理论视野的开放融通与积极的借鉴意识进一步加强

1933年王人路在《儿童读物的研究》中专章论述了"儿童读物的介绍和批评"。对德国、英国、美国、日本、俄国、中国等儿童文学发展现状作了介绍,其中对德国的介绍最为详细。国内与国外儿童读物发展的同步比较、同台对话是此一时期研究的一个重要特点。30年代研究者仍多采用国外儿童文学作品言说,如葛承训的《新儿童文学》、陈伯吹的《儿童故事研究》讨论的作品几乎90%是外国儿童文学作品。特别指出的是,吕伯攸专章论述的例子则多是中国儿童文学作品。

外国儿童文学理论资源系统的翻译也已经开始,1930年国内出版了卢谷重常(日本)的《世界童话研究》,1935年出版了松村武雄(日本)的《童话与儿童的研究》。苏联的儿童文学理论在30年代也开始译介进来,如高尔基的《论主题》当时就产生了较大影响。

三、理论的时代、现实性特征加强

30年代,随着国内战争形势的变化,文学主潮在整体社会变革中空前政治化与实用化,儿童文学在时代的洪流中也秉承了重要的社会责任,体现出浓重的时代"革命"特色。1934年葛承训在《新儿童文学》中明确表示:理论的立场,以"时代"和"儿童"二者为主要点。1934年,陈济成、陈伯吹合著的《儿童文学研究》在确认儿童文学的存在价值时,遵循了"优美纯洁的社会——优美纯洁的人——优美纯洁的儿童——儿童教育——儿童文学"这样的逻辑递推思路。在此论述基础上,作者紧接了时代的声音,提出了革命的时代与革命的儿童文学一致呼应的问题。所谓"革命的儿童文学"是指:"非贵族的而应为平民的,非怯懦和平而应为勇敢反抗的,非歌颂过去的而应为追求进化的。"[①]平民的、反抗的、进化的儿童文学观代表了30年代学界对儿童文学美学功能的认识。1936年,在国难当头的时刻,穆木天在《儿童文艺》一文中写到:"普及儿童的教育,是必要的。普及儿童的文艺,是必要的。……新的儿童,需要新的文艺。……在现阶段的中国,是不

① 陈济成、陈伯吹:《儿童文学研究》,上海:上海幼稚师范学校丛书社1934年版,第5页。

要那种蒙蔽儿童眼睛的东西。促进儿童自觉，加进儿童的科学知识，启开儿童的眼睛使之认识社会，了解自己的地位，是儿童文艺家所要履行的任务。……是需要用现实主题，去创造新的儿童文艺的。"①

四、理论研究的学科意识与方法论意识加强

1928年张圣瑜的《儿童文学研究》学科意识已经非常自觉，著作对研究目的、方法思路、研究对象的界定都有崭新的思想。研究目的从"自我教学的需要"提升为"师范生教育的目的"，并从理论与实践两方面着手作系统研究，研究过程明确贯彻了儿童文学的跨学科特征："若心理学、若生理学、若教育学、若社会论、若艺术论，诸凡人文科学之领域，无不分庭割席以界儿童。言乎文学则儿童之文学，实亦立于诸凡人文科学基础之上矣。"②在该书课后问题中，作者还明确提出了"儿童文学一学科如何成立"的问题。③ 该书正文分11章，为：儿童文学之界说；儿童文学之起源；儿童文学之特质；儿童文学与人生；儿童文学与现代；儿童文学与改造；儿童文学与教育；儿童文学之体裁；儿童文学之教材；儿童文学制作法；儿童文学教学法。论题的设置非常全面、周详，内容精深，信息量大，堪称此一时期最精彩的著述。

1932年赵侣青等在《儿童文学研究》第一章后面的"问题练习"中有这样的问题，"确定今后研究儿童文学的方法"。1932年鲁继曾为陈伯吹的《儿童故事研究》作序，明确提出了儿童故事研究的目的与方法，这个总结在所有的著述中都非常突出，"总而言之，我们对于儿童故事这个问题应当先用社会学的眼光来决定它的主要目标；然后再用心理学的原理来决定它的内容和范围；次用测验学的方法来决定它的常模；再次用实验的方法来甄别它的适宜，最后用比较的方法来研究它的变迁之迹象以及它的本质之高下"。1931年徐锡龄所编的《儿童阅读兴趣的研究》与1933年严国柱、朱绍曾编著的《儿童阅读书报指导法》，共同采用了实证调查的研究方法。

除了理论著作外，此一时期也发表了大量的单篇研究论文。这些论文很有理论深度，其中论述儿童读物、儿童文学的重要性是其一个主要特点。1933年茅盾的《论儿童读物》，1934年郑振铎的《儿童读物问题》，1935年吴研因的《清末以

---

① 穆木天：《平凡集》，上海：新钟书局1936年版，第33—34页。
② 张圣瑜：《儿童文学研究》，上海：商务印书馆1928年版，第1页。
③ 张圣瑜：《儿童文学研究》，上海：商务印书馆1928年版，第3页。

来我国小学教科书概观》、肇洛的《儿童年与儿童文学》、易士的《儿童与文学》、茅盾的《关于儿童文学》,1936 年胡风的《关于儿童文学》、茅盾的《再谈儿童文学》、郑振铎的《中国儿童读物的分析》,1937 年张周勋的《略论儿童文学》、冯沅君的《关于儿童读物》等都是 30 年代儿童文学话语吁求的重要文献。单篇论文的另一个特点是对童话文体研究的持续深入。1930 年霜葵的《童话与妇女》、周作人的《杨柳风》,1931 年魏冰心的《童话教材的商榷》、朱文印的《童话作法之研究》,1933 年陈伯吹的《童话研究》,1936 年杨昌溪的《童话概论》、赵景深的《童话学》、于道源的《童话型式表》、徐子蓉的《从表演法上研究童话的特殊性》,1937 年葛孚英的《谈童话》等都是对童话深入研究的文献。

第二章
在战乱中前进的中国儿童文学

第一节　战争对儿童文学的影响

1937年7月7日，卢沟桥事变爆发，中国军民奋起抵抗，抗日民族统一战线正式形成，中国掀起了全民族抗战的高潮。抗日战争是中华民族历史上最伟大的卫国战争，是中国人民反抗日本帝国主义侵略的正义战争，经过八年的浴血奋战，终于取得了胜利。但接着又发生了全国内战，三年的解放战争让战火一直持续到新中国成立。十二年的硝烟弥漫与社会动荡，使得古老的中华民族在血与火的淬炼中走向了新生。在历史大转折的关键时期，文学责无旁贷地承担起了民族救亡的时代重任，紧密配合战争，绘制出了不同于二三十年代的文学史新景观。发生于五四新文化运动母体的现代儿童文学，从一诞生起便紧跟整体现代文学的发展思潮，作为现代文学事业的有机组成部分而获得了长足的进步。在抗日战争与解放战争时期，儿童文学领域依然保持了这一鲜明的特征，以非常积极昂扬的姿态投身于战争中，创造出战时儿童文学特有的精神面貌与文学现象，产生了一大批优秀的儿童文学作家与作品，在全面、深刻地记录与再现战时儿童的生存状态，积极以童真视野观察与批判战争，在特殊生存境遇下推动儿童主体性的张扬，热情讴歌少年儿童英勇无畏的爱国主义精神等方面作出了突出的业绩，在我国现代文学与现代儿童文化领域积累了宝贵的文化遗产。

这一时期的战争对我国儿童文学的影响主要表现在以下几个方面：

一是儿童文学的价值功能在新的时代背景下被赋予了更新的认识，儿童文学的教育功能与战斗功能得到了进一步强化。

20世纪30年代初的左翼文艺运动将儿童文学直接带入社会政治思想变革

的最前沿，要求儿童文学“竭力和一切革命的斗争配合起来”，这一发展路向将我国儿童文学和民族国家的存亡紧紧联系在一起，推进到抗日战争时期，儿童文学的教育功能与战斗功能更加得到了强化。1938年3月27日，中华全国文艺界抗敌协会在武汉成立，在大会通过的宣言中有这样慷慨激昂的陈词：“对国内我们必须喊出民族的危机，宣布暴日的罪状，造成全民族严肃的抗战情绪和生活，以求持久的抵抗，争取最后胜利；对世界我们必须揭露日本的野心与暴行，引起全人类的正义感，以共同制裁侵略者。……”正如宣言中的表达，在非常时期，文学艺术介入与反映现实，提振大众精神的号角已经吹响，全国文艺工作者需要拿起自己手中的“笔”，或敲起你的“鼓”，去为抗战奋力呐喊与书写，他们是“书斋”或“舞台”上的战士。在广泛深入地宣传抗日、凝聚民族团结力、记录侵略者无耻的行径、伸张人类的正义方面，文学艺术具有无与伦比的优势。儿童文学作为文学艺术中重要的一支，它以其特殊的价值关注点开掘出崭新的人文领域，在战争年代成为表达我国儿童高扬的战斗意志与爱国主义精神的重要通道，也成为思想界认识童年生态、勘探童年精神的关键契机。

在战争格局下，这一时期全国被划分成不同的政治区域，包括国统区、解放区、沦陷区、上海“孤岛”，每一区域的文学因政治背景不同而具有差异性，但在承接“五四”以来的新文学传统，以及受战争影响而形成的文学形态上，各地文学又具有此一时期文学的共性特征，儿童文学的发展也吻合这 状态。

二是在战争形势下新的儿童文学美学风格的形成，一批具有时代精神的儿童人物形象屹立在了人类儿童文化的宝库中。

战争环境给予作家的创作动力、思维方式、审美心理、题材范围、思想倾向、美学风格等都完全是新异的、独特的。考虑到儿童的实际接受能力以及具体而微的政治环境的限制，儿童文学在艺术表达以及随之而来的文体建设上也呈现出战时特有的景观，如童话与儿童戏剧在这一时期的艺术表现就非常突出。现实主义文学在此一时期获得了长足的进步与发展，再现战时儿童的生活、成长经历成为主要的题材内容，这部分创作的整体美学风格显示为沉重、严肃而不悲情抑郁，在苦痛与血泪中浸透着坚强、透明、阳光的力量，因而塑造出一批来自真实生活、鲜活生动、具有动人的艺术感染力的儿童人物形象。如苏苏笔下的“小癞痢”，这个典型的中国农村孩子，他身上具备的对“正义与公理的爱好”；仇重笔下的少年“我”从“有尾巴的人”的蜕变；贺宜《野小鬼》中的“小土根”最后成长为一名抗日小战士；以及后来出现的小英雄雨来，《鸡毛信》中的海娃，《虾球传》中的虾球等，这些孩子身上共同的特点是在艰难时事中的挫折成长，精神独立，他们丝毫没有因为人“小”而被限制了抗日与爱国的热情，相反，他们甚至以大于好多成年人的勇气与毅力，成为时代洪流中真正的英雄。成人作家在面对这些孩子时，更多涌动的是惊讶、敬佩的感情。作家林珏在1937年抗战前夕写了一篇关于五年级的孩子“高陵”的短篇小说①，小说的题目直接定为“不屈服的孩子”，这一时期作家们塑造出来的儿童形象，其基本精神品格就是“不屈服”。

由于特殊的政治形势，“童话”这一文体“隐喻”的文学功能获得了极大的发扬，借助其幽默、讽刺、夸张、游戏、变形的美学功能，更为深刻的战斗思想在童话中被传达了出来，可以更好地被儿童理解与接受，进而认识现实，鼓舞斗志。这一时期的童话创作取得了重要成绩。

三是配合现实需求，儿童文学的阵地得到了进一步扩展。

儿童文学阵地是支持创作事业的基石，也是实现儿童文学的教育与战斗功能的基本保障，在抗日战争与解放战争的不同时期，儿童文学的阵地随形势变化而不断得到建设发展。虽然抗战爆发后，众多的少年儿童报刊被迫停刊，但是“在中华全国文艺界抗敌协会以及戏剧界、音乐界、电影界等全国性的姐妹协会的影响下，儿童文学阵地也由上海、武汉、重庆、昆明而逐步扩展到晋察冀、陕甘宁、苏北等地”②。1938年，方明与朱虹在上海创办油印刊物《好孩子》，不久进一步扩大影响改名为《儿童读物》，“1939年6月，方明与小学教师进修会同人钟望阳(苏苏)、贺宜、劳笑蘋等，将《儿童读物》扩充成少年出版社……新创办的少年出版社成为上海儿童文学的支柱，该社出版了一大批进步的儿童文学作品”③。此外，自1937年8月起，上海陆续有《中国儿童》《学生生活》《儿童界》《学生时代》《少年读物》等创刊，一直持续到新中国成立，上海有大量的少年儿童报刊存在，为战争时期儿童文学的发表与传播作出了重要的贡献。抗战胜利后，中国儿童读物作者联谊会在上海成立，《小朋友》《儿童世界》《儿童故事》《童话连丛》《儿童杂志》等这些影响力很大的刊物都是由联谊会会员主持负责的。

1938年2月20日，由茅盾、叶圣陶、适夷、宋云彬主编的《少年先锋》在汉口创刊，是一份专为少年阅读的偏重于文艺的综合性刊物。1941年在香港出版的《新儿童》半月刊是一份在抗战时期在南方影响很大的综合性儿童刊物。1944年9月，在李公朴的倡议下，云南昆明创办了《孩子们》，成为西南地区重要的进步书刊。1938年6月16日，由陕甘宁边区政府教育厅董纯才、刘御主编的《边区儿童》在延安创刊，“毛泽东曾亲笔题词：‘儿童们起来，学习做一个自由解放的中国

---

① 林珏：《不屈服的孩子》，收入少年报社编：《中国现代儿童文学选小说·散文》，南京：江苏人民出版社1981年版。

② 张之伟：《中国现代儿童文学史稿》，上海：华东师范大学出版社1993年版，第201页。

③ 简平：《上海少年儿童报刊简史》，上海：少年儿童出版社2010年版，第54—55页。

公民，学习从日本帝国主义压迫下争取自由解放的方法，把自己变成新时代的主人翁。'"[①]延安之后还有《青年与儿童》《新少年》等创刊。西北地区有《西北儿童》，晋察冀地区有《华北少年与儿童》等，苏北地区的《儿童生活》出刊时间长，影响力甚大。

在整个抗战及解放战争时期，各地依据自己的实际情况积极发展儿童报刊事业，努力拓展、巩固文化阵地，以进步思想号召、引领广大青少年，成为团结、培养、壮大儿童文学作者队伍的基础平台，创造出了儿童文学、教育界人士热忱投入战争、发扬革命精神的良好文化氛围，为我国现代文化思想的建设积累了宝贵的经验，留下了丰厚的文化财富。

第二节　国统区的儿童文学

抗战爆发后，上海沦陷，当时集中在上海的主要儿童文学力量被迫分散，《小朋友》《儿童世界》这些重要的儿童刊物相继停刊，战争迫使中国儿童文学进入新的发展格局。随着政治形势的变化，逐步形成以重庆为中心的"大后方"，"孤岛"上海和解放区等不同区域的儿童文学新版图格局。由于社会政治背景的差异，各地儿童文学，特别是国统区和解放区的儿童文学，在文学面貌及表现形态上有很大差异，但是文学主题与精神意蕴在民族救亡图存的共同目标下却趋于一致，积极再现战争时代儿童的苦难生活与热情讴歌少年儿童英勇抗日的英雄气概成为时代文学的主旋律。

从上海撤出的儿童文学队伍在辗转重组后，大部分集中在以重庆为中心的大后方继续开展抗日儿童文学活动，其范围包括重庆、昆明、桂林、成都、贵阳以及香港等文坛。其活动形式主要包括办好儿童刊物，扩展文化战斗阵地，培养组织作者队伍，及时发表新创作品，宣传进步儿童文艺思想，推动各类儿童文学文体有机发展，特别是儿童戏剧得到了长足进步，同时推进儿童读物的出版工作。这些扎实深入的工作开创了大后方儿童文学的良好局面，改变了此前儿童文学地域发展较单一的格局。

抗战时期国统区的儿童文学创作处于异常艰难的境遇中，但进步人士还是克服重重困难，积极为孩子们写作。创作主题大多与抗日题材有关，以儿童为主人公，从童年的视角反映社会现实的黑暗，或讴歌儿童在战争时期的爱国热情与

---

① 张香还：《中国儿童文学史（现代部分）》，杭州：浙江少年儿童出版社 1988 年版，第 363 页。

英勇的行动。儿童文学各文体均有发展，特别是儿童戏剧取得了可喜的进步。

在抗战时期各地众多的儿童刊物中，产生了重要影响力的有如下几种：

1938年2月20日创刊于汉口的半月刊《少年先锋》。抗战开始后，武汉成为全国文化的中心，抗战读物如雨后春笋般涌出，专门满足未来新中国主人公精神食粮匮乏的刊物也应运而生，集结了叶圣陶、茅盾、楼适夷、宋云彬等重要人士为主编力量的《少年先锋》，专为“供输少年们以抗战救亡的正确言论和必需知识”[1]，以严肃、认真的态度追求办刊质量。《少年先锋》由大路书店发行，是偏重于文艺的综合性刊物，艺术水准很高。每期的封面设计都是黑白木刻版画，审美感受与大时代的抗日主题契合。刊发文章类型多样，每一期都有作家和音乐家合作的歌曲，还有童话、小说、政论等。作者队伍强大，如丁玲、王鲁彦、曹聚仁、冯乃超、郭沫若、萧红、端木蕻良、顾颉刚等都是刊物的特约撰稿人。著名作家如老舍、郁达夫、丰子恺、叶圣陶等都在刊物上发表过文章，张天翼的童话《金鸭帝国》最早就是以“帝国主义的故事”为题在该刊连载的。《少年先锋》是一份在当时办刊层次非常高的刊物，但半年后受战局影响被迫停刊了。

1940年于重庆创刊的《抗战儿童》，封面由郭沫若题词，先后由傅承谟、吴克强担任主编，前后出过七期。《抗战儿童》办刊正值日寇大肆轰炸重庆，在第1卷第4期上就有“在敌机狂炸下印出来的”的字样。在如此艰难的环境下，刊物积极引导大后方儿童参加抗日，发挥了强有力的宣传鼓舞作用。该刊也注重儿童文学作品对孩子的精神滋养，刊登过安徒生童话、张天翼的《大林和小林》、爱罗先珂的童话、伊林的科学文艺等。

1941年创刊于香港的《新儿童》，由黄庆云主编，这份刊物在抗战期间在南方影响颇广。刊物的发起人是岭南大学曾昭森教授。在创刊时期，刊物也获得时任香港大学中文系主任许地山的支持，他为《新儿童》创刊号创作了童话《萤灯》，后又写了童话《桃金娘》。刊物也得到当时旅居香港的萧红、端木蕻良的支持。由于曾昭森接受过杜威的教育思想，具有自觉的以儿童为本位的教育理念，主张对儿童进行民主教育，这一点也深刻地影响到了该刊的办刊思想，刊物很多编辑工作都邀请小朋友担任，在与儿童形成积极互动、对话方面做得很成功。《新儿童》出版了14期，太平洋战争爆发，香港沦陷，后面辗转桂林、广州等地办刊。

1944年在昆明创刊的《孩子们》，由李公朴发起，王吟青任主编。刊物创办的背景是，李公朴目睹昆明书报摊上充斥着大量的武侠和内容荒诞的图书，而反动当局对进步书刊又横加干涉，他认识到这是文化教育战线上的争夺战，于是主动

---

① 张之伟：《中国现代儿童文学史稿》，上海：华东师范大学出版社1993年版，第207页。

为孩子们办进步刊物，并为创刊号专门写了《给贤明的教师和家长》一文，以引起社会对儿童教育的重视。该刊一出刊，即受到社会的广泛关注，很快成为昆明的畅销刊物之一。出版六期后因白色恐怖被迫停刊。后于 1946 年 7 月在宁波复刊。复刊后受到陈伯吹、陶行知、金近等的支持。这也是一份在大后方产生了重要影响力的儿童刊物。

除去以上述为代表的儿童刊物在抗战时期为国统区的儿童文学作出重要贡献外，儿童戏剧活动的开展也有力地团结了广大青少年，起到了更直接的宣传抗日的教育作用。在抗日救亡的背景下，出现了一批致力于儿童戏剧事业的文化人士，由他们领导在各地纷纷成立儿童剧团，孩子们成为剧团的主体成员，“据仅是 1940 年 4 月的统计，在国统区成立的儿童戏剧团体就有一百六十多个，他们完全起到了‘大时代的小战鼓’的作用”①。这些剧团在各地演出，直接与观众互动，演出具有强烈的艺术感染力。各地报刊也发表了大量的儿童剧作。创作与表演上的艺术成绩，直接促成了戏剧理论研究的活跃，涌现出如许幸之、熊佛西为代表的重要理论研究工作者。他们立足儿童戏剧发生的现实土壤，对抗战时期儿童戏剧的特点、创作思想、创作方法等都有深入的思考，形成了理论研究与艺术实践良好的互动效果。

各地的儿童剧团都取得了很好的成绩，如在昆明创立的儿童剧团，由同济大学学生创办，突出代表是董林肯。当时儿童剧团的团歌中有这样的歌词：“我们是中华民族的主人翁，我们是抗战救国的小先锋，我们不怕艰难困苦，要努力救国。跑上舞台，走上街头，暴露敌人残酷唤醒民族魂……”②这样的歌词激情昂扬地写出了儿童剧团的建团目的，就是要以儿童为主体，以充沛的革命斗志号召小朋友们争当“主人翁”与“小先锋”，成为大时代的爱国小勇士。董林肯为孩子们积极创作剧本，《难童》是他的第一部儿童剧，此后又有《小间谍》，这些剧的主角都是孩子，演出后获得了极大成功，小演员真切的感情让观众们纷纷流下了眼泪，以儿童视角透视与控诉日本侵略军的戏剧价值功能得到了强有力的彰显，剧团也因此团结了更多小成员的加入。之后，受现实激励，董林肯又创作了《小主人》，这一次的剧作题名更加清晰地突出主旨内涵，主题歌中的歌词为孩子们广为传唱。《小主人》公演后社会反响更为热烈，后又在重庆公演，抗战胜利后在上海也演出过，受到中国儿童读物作者联谊会的重视，专门开座谈会研讨。

在整个抗日战争时期，处于国统区的革命进步人士，不畏反动当局的百般阻

---

① 张香还：《中国儿童文学史（现代部分）》，杭州：浙江少年儿童出版社 1988 年版，第 345 页。

② 张之伟：《中国现代儿童文学史稿》，上海：华东师范大学出版社 1993 年版，第 211—212 页。

挠与控制，积极开展儿童文学创作，开拓进步儿童刊物的阵地，在大后方的不同地域各施其能，团结众多现代文学的知名作家，历经挫折发展儿童文化事业，积累了在战争时期、非常态社会环境下建设儿童刊物的丰富的经验。在探索如何征得儿童的接受认同，发挥他们的主观能动性方面更是为后人提供了丰富的启示。同时，这批文化志士重视儿童教育的拳拳之心更值得今人去对比反思。

第三节 “孤岛”(上海租界)的儿童文学

抗战爆发后，上海于1937年11月11日被敌人占领，形成了特殊的“孤岛”的政治格局。进步儿童文学活动在特殊的“孤岛”时期也面临着巨大的困难，但儿童文学工作者们还是积极创造条件，努力推动创作、出版、儿童戏剧演出，产生了众多优秀的作家作品，为身陷“孤岛”、精神上嗷嗷待哺的孩子们提供了及时的营养补充。在深入推进以儿童文学活动汇入全国抗日洪流、积极探索儿童出版事业的发展、有效推动原创儿童文学发展、倡导并实践自觉的儿童文学理论话语空间方面，“孤岛”时期的儿童文学无论在抗日战争时期，还是在解放战争时期，它的成绩在全国都产生了卓越的影响力，为我国现代儿童文学史留下了丰厚的历史遗产。

儿童文学事业的发展首先依赖于可以团结作家、发表出版作品的文学阵地，如刊物、出版社等。在特殊的政治时期，需要有专门的阵地来满足事业的发展，这同时需要有一批能够胜任并有非常高的热情从事这一事业的专业人士，他们经过逐步的探索，经验积累，最后把事业发展壮大。少年出版社的发展堪称“孤岛”时期的一个代表。

在少年出版社创办之前，苏苏与方友竹成立了“小学教师进修会”，作为群众组织，目的是团结、组织广大师生开展抗日救亡活动，为了安全，对外的名义是交流教学经验。为了促进工作，该组织还办了为小学生作补充读物的《好孩子》，这份油印刊物很快便产生了很好的效应，后改名为《儿童读物》。《儿童读物》上刊载有关抗日救国的各类文体的作品，受到孩子们的普遍欢迎，也有力地调动起广大师生参与创作的热情。甚至贺宜的长篇小说《野小鬼》也在该刊上登载，不过以单行本的形式发行，署名即用了“少年出版社”，少年出版社便随之正式诞生了，随后出版了系列著名的儿童文学作品，它的影响力较之《儿童读物》也发生了深刻的变化。在每本书前面，都有苏苏写的《少年出版社缘起》一文，该文虽然不长，但要言不烦，切中问题实质，可谓是少年出版社创立的宣言，也代表了这一时期国内儿童文学界对儿童文学发展方向及价值功能的高度认识。在文中，苏苏引用了爱伦凯女士关于“二十世纪是儿童的世纪”的说法，言辞恳切地指出：“一向被大人压抑下的儿童天性，在现在，已经应该让儿童们去自由发展了……我们认为现实主义的儿童文学是有助于此的……若干所谓儿童文学作家所努力的目的，只是骗骗孩子们而已……因此，写一些切实的儿童读物，无疑是必要而且迫需的了。”①

正如苏苏在《少年出版社缘起》一文中所表达的对儿童文学的理解及发展志向，少年出版社开展的活动是实实在在的，从1939年创办到1941年12月太平洋战争爆发，在两年多的时间里出版社做了大量活动，推出各类文体的优秀作品二十五种之多，包括贺宜的《野小鬼》《凯旋门》《隐士的胡须》《木头人》，苏苏的《安利》《汉奸的儿子》《新木偶奇遇记》，包蕾的《祖国的儿女》《雪夜梦》等。这些书籍广泛流传，真正起到了抗战时期振奋少年儿童精神，宣传抗日救国热情的作用。苏苏对所谓的“切实”的儿童读物的强调，虽有具体时代内涵所指，但它同样具有深刻的普遍意义，对今天儿童文学的发展仍有重要的启示。

“孤岛”时期，也有其他一些刊物及成人文学读物发表儿童文学作品。此外，上海文化生活出版社的《少年读物》也是一个儿童文学的主要阵地，它于1938年9月1日出版，主编是中国现代散文家和翻译家陆蠡。在发刊辞中，陆蠡说，刊物“是专给初中学生和同等程度的读者看的……题材都是新颖的，观念都是明确的，思想也是前进的……内容方面侧重于自然科学、社会科学及文艺……现在的少年遭受国难家难，重重痛苦，肩上却负着建设新国家新社会的非常责任。痛苦愈深，责任愈大。让这小刊物成为痛苦的慰藉，工作时的参考，休息时的消遣吧”②。陆蠡的发刊辞写得语言朴素，但情真意切，表现出对这个时代的少年儿童所处境遇的深切理解与同情。该刊的办刊水准很高，且以尊重少年儿童的接受能力为前提，在发刊辞中，陆蠡专门提到，“这里面没有很深的学理，没有诘屈的术语，也没有呆板的说教。文字浅易明显，大家都看得懂”。这种对儿童文学艺术形式特殊性的自觉追求，是最值得肯定的专业精神。

《少年读物》的作者队伍层次很高。巴金是主要的撰稿人，他为刊物写过《做一个战士》，向孩子们积极倡扬时代的奋斗精神。他还写过《别广州》《“重进罗马”的精神》《最后的消息》等。此外，靳以、萧乾、李健吾、芦焚等都在刊物上发表

---

① 苏苏：《少年出版社缘起》，收入少年儿童出版社编：《1913—1949儿童文学论文选集》，1962年版，第272—273页。

② 张香还：《中国儿童文学史(现代部分)》，杭州：浙江少年儿童出版社1988年版，第422页。

过文章。陆蠡还在刊物上积极推动科学文艺，他本人写有一些作品，也发表其他作者的科学文艺作品。这些都使得刊物内容丰富，成为“孤岛”时期为孩子提供精神食粮很重要的一个通道。但不幸的是，刊物出到第六期，被以抗日罪名封闭没收，陆蠡也被秘密逮捕，在三十四岁的时候被残酷地杀害了，他将年轻的生命奉献给了抗日战争，奉献给了我国现代儿童文化事业。

儿童戏剧是抗战时期各地集中发展起来的一种文体，“孤岛”也不例外，得到了蓬勃的开展，当时成立了很多儿童剧团，最有代表性的是囡囡剧社。囡囡剧社创办于1940年，由曾惠、龚炯、宋超、骆印、杨公怀、杨文浩六人组成，他们是教师出身，又爱好戏剧，对当时“孤岛”时期儿童悲苦的命运持有深刻同情，希望能通过戏剧丰富儿童课余生活，把他们旺盛的精力纳入正轨的活动中去，通过演剧既自我教育，也教育观众。基于他们热切地为孩子发展戏剧的愿望，他们推出了《百灵鸟》《懒小姐》《学费》《儿童节》《校长先生》《消化不良》等，公演的戏剧均深深扎根于现实大地，突出社会问题，批判现实，教育引导少年儿童的精神成长。囡囡剧社的活动极大地丰富了“孤岛”时期的戏剧文化，但后来也遭遇了日伪的压迫与国民党的扼杀。

“孤岛”时期的儿童文学，以少年出版社和《少年读物》为主要出版传播阵地，团结了大批进步人士，积极为处于困境中的少年儿童写作，延续发展了此一时期上海良好的儿童文学生态环境，在号召组织广大少年儿童积极抗日，发扬爱国主义精神方面发挥了巨大的作用。同时，这些进步人士的艰苦卓绝的文化实践也为全国儿童文学事业的推动作出了良好的表率，积累下了丰厚的历史遗产。

第四节　解放区(包括根据地)的儿童文学

由于政治环境的根本差异，解放区的儿童文学与国统区、上海“孤岛”的儿童文学在面貌上呈现出迥然的不同。解放区高扬着的革命理想主义激情与和谐友好的环境氛围，与儿童文学内部精神气质天然相通，在强烈的建设一个“新世界”愿望的鼓舞下，儿童“面向未来”的存在属性获得了更加充分的重视，儿童文学作为当时整体儿童工作的一个组成部分，也被投以热切的关注。最主要的是在解放区，毛泽东曾多次为儿童刊物题词，发出重要的指示和号召，这些对于鼓舞与推动儿童文艺建设有着关键的作用。

儿童刊物的创办首先是儿童文学事业发展的关键平台与载体。《边区儿童》于1938年6月16日在延安创刊，主编是陕甘宁边区政府教育厅董纯才、刘御。

毛泽东亲笔为刊物题词:"儿童们起来,学习做一个自由解放的中国国民,学习从日本帝国主义压迫下争取自由解放的方法,把自己变成新时代的主人翁。"赋予儿童非常高的地位,同时指出了承担这一角色的路径,就是要掌握方法,目标是"自由解放"。《边区儿童》是半月刊,办刊方针新颖,内容丰富,除重视国家、世界大事外,文艺类文章注重各种文体的均衡,有诗歌、小说、故事、图画、游戏、笑话、谜语等。《边区儿童》的办刊条件十分艰苦,而且出版两期后被迫停刊。

之后,延安陆续还出版了《青年与儿童》《新少年》等。各根据地则有西北地区的《西北儿童》,晋察冀地区的《华北少年与儿童》,山东地区的《新儿童》《儿童之友》,华中地区的《华中少年》《江海儿童》《儿童之友》等,还有苏中、苏北等地的很多刊物。各地都把儿童刊物和儿童团的组织结合起来,受到了孩子们的普遍欢迎。这些刊物普遍都很重视刊物的内容与形式,版面都很活跃,而且充分发挥各种文体的优势,如传说、故事、歌谣等都被很好地利用为教育儿童的手段。同时,党中央的机关报如《新中华报》《解放日报》上也经常发表与儿童相关的文章。《在延安文艺座谈会上的讲话》发表后,作家萧三在《解放日报》发表《略谈儿童文学》,表现出自己对儿童文学较深入的关注,同时向广大文艺工作者发出了诚恳的吁求,希望更多的人来为儿童写作。他在该文中介绍了苏联儿童文学,然后说,"回头来看中国。我们不能不说,我们中国的儿童文学实在太贫乏了,太不被重视了!中国千百万可爱的儿童就在这方面,也太可怜了!他们简直没有几本课外的读物可读!"文末他呼吁说,"写吧,作家、诗人们!写他们,为他们写吧!希望我们的作家、诗人们在下决心面向工农兵大众的时候,不忘掉这一年少的读者层。希望中国也有许多真正的儿童文学专家!"[①]萧三的观点代表了解放区此一时期文艺工作者对儿童文学重要性的高度认识,他以身作则,既翻译作品,也做了《西北儿童》的长期撰稿人。

在延安和各根据地,应大时代的感召,儿童诗歌具有很好的发展土壤,创作成就颇丰,散文、小说取材于现实生活,也有不凡的业绩。革命英雄人物的传记性写作也得到重视,关于毛泽东、刘志丹、叶挺、列宁等的传记故事受到孩子们的喜爱。童话创作的代表人物则当推严文井,他对儿童文学价值的理解与艺术上的经营在整个中国现代儿童文学史上都堪称表率。此外,儿童戏剧也得到了发展。

儿童诗歌的代表作家有刘御、韩作黎、萧三、贺敬之、塞克、柯岗等人。刘御

---

① 萧三:《略谈儿童文学》,《解放日报》1942年12月17日,转引自少年儿童出版社编:《1913—1949儿童文学论文选集》,上海:少年儿童出版社1962年版,第287—289页。

是云南人，30 年代参加左联工作，抗战开始后到延安从事教科书编撰工作，因此经常深入小学，与孩子们广泛接触，同时开始儿童文学创作，涉及文体有诗歌、故事、科学文艺等，以儿童诗歌成就最为突出。通过教科书的编撰实践，刘御掌握了如何通过更有效的方式促成儿童对书本的喜爱与接受，这些心得与经验也运用在他自己的儿童文学创作中，所以他的儿童诗读起来语感质朴，浸润了民间歌谣的气质，朗朗上口，特别贴近孩子的语言习惯。诗歌多取材于当时儿童所处身的战争生活，风格清新明丽，如他写于 1941 年的《这小鬼》一诗，非常形象生动地叙写出了抗战时期一个少年的精神面貌，“这小鬼总喜欢把裤腿卷得高高的/大号军衣下，裸露着紫檀色的双膝/你说‘小鬼，你为啥不穿裤子呢?’/他向你瞪一瞪眼，不搭理你”，原来，“这小鬼”如此的表现只是在努力把自己表现得像个大人，他刻苦练习吹号，只为了早点上战场，“曾经有一天，这小鬼正式把意见提：/‘我已经会吹号，我还有好身体/让我到前线，参战去杀敌！/我是河北人，我要打回老家去！’”[①]在刘御的诗歌中，他完全把儿童当成思想与行动的主人，以成人对他们深刻的理解与同情去展开艺术的再现，因而能实现儿童文学的教育功能。刘御出版过的作品有《新歌谣》《边区儿童的故事》《儿童歌谣》等。

萧三于 1939 年抗日战争爆发后来到延安，他是一位自觉关注儿童教育与儿童文学的作家。他于 1939 先为抗战剧团的孩子们创作团歌，由冼星海作曲，词曲激昂动听，今天读起来依然令人激情澎湃。歌中这样唱道：“我们，我们小小年纪/都是工农子弟/为了抗战建国/离开父母乡里/我们有的经过长征/走过雪山草地/莫看我们小小年纪/却走过二万五千多里……多年优良的传统/我们永不抛弃/把日本鬼赶出中国去/把日本鬼赶出中国去/努力，努力/解放我中华民族呵，努力/努力！努力！努力！”[②]这首团歌把抗战年代孩子们的革命气魄写得荡气回肠，歌唱起来英气豪迈，备受鼓舞。萧三的创作尊重儿童的主体性，在语言的经营上也很用心，既能适应儿童的接受心理，同时追求文字的韵律美感，且感情真挚，字里行间浸透着诗人对儿童的关爱之情。如他写的《儿童节》，“谁不欢喜一年的春天？/谁不爱惜枝上的嫩芽？/人生一世能活多少年？/儿童时代——灿烂的春花！”但就是这样的“春花”，却被那些强盗来摧残，因此诗人大声

---

① 刘御：《这小鬼》，收入少年报社编：《中国现代儿童文学选 诗歌·戏剧》，南京：江苏人民出版社 1982 年版，第 165—166 页。

② 萧三：《抗战剧团团歌》，收入少年报社编：《中国现代儿童文学选 诗歌·戏剧》，南京：江苏人民出版社 1982 年版，第 123—124 页。

疾呼,“大家来保卫我们的国,和我们的家!”[①]通过诗的真诚与抒情,诗人写出了内心的愤怒与呐喊。

在延安,贺敬之的儿童诗也很有代表性。他善于从儿童视点出发,用诗的方式去书写穷苦劳动人民被剥削、被压迫的悲苦生活。感情真挚,童声动人。如他1941年写的《牛》,以叙事诗写出了孩子与一头牛的深刻感情联系,写出了他们被迫分离后的痛苦,以孩子纯洁、透明的眼睛映现剥削者的残酷无情,起到了深刻的批判现实的作用。诗歌在末尾这样写道:“爹哭着/娘哭着/田地哭着……在这里/在雪花落到的地方/谁会不哭呢? /我想小黄牛呵/我想小黄牛/叫我怎么能不哭呢! ……”[②]诗的语言亲切朴素,完全是孩子心底的喃喃自语,由此可见诗人真正能够站立在儿童的立场上去感悟思考,去努力映现一个真实的儿童世界。

在根据地,也有一批作家为孩子们写诗,数量可观,影响力甚广。如陈辉写于1941年的《妈妈和孩子》,以一幅日常画面入诗,于细微处见出童真的力量。静谧的夜晚,妈妈在给爸爸写信,“孩子颠着小脑瓜/轻轻地摇着妈妈/——告诉爸爸啊/多杀几个敌人吧!”[③]爸爸不在年幼儿童的生活里,他在战场上,孩子清楚地知道爸爸的任务,他很懂事,与妈妈一起,把思念与期盼全都寄存在心里,只为了国家的自由解放。另一位诗人陈陇的作品也很有特色,如他写于1943年的《金星星》,以类似民间歌谣的方式开篇,写出了抗日战争中儿童的巨大作用,读起来朗朗上口,诗中有这样的语言:“谁说儿童不中用/儿童团都是小英雄……黑板上写字认个清/国家的大事摸个清”[④],诗歌的立意在于鼓舞儿童的战斗士气,肯定他们的独特价值。

方冰于1940年创作的《歌唱二小放牛郎》是宣传抗日小英雄的经典歌曲,为人们广为传唱。诗歌从放牛孩子二小的日常生活写起,用朴素的语言娓娓道来,“牛儿还在山坡吃草/放牛的却不知哪儿去了/不是他贪玩要丢了牛/放牛的孩子王二小”,接下来笔锋一转,画面变为残酷的战争情景,二小在敌人扫荡时为保卫人民英勇牺牲,与开篇自然祥和的氛围形成鲜明对比,以此映衬突出侵略者的无耻行径。诗歌被谱上曲子后,悠扬与紧张错落有致,唱起来优美动情,感人至深,

---

① 萧三:《儿童节》,收入少年报社编:《中国现代儿童文学选 诗歌·戏剧》,南京:江苏人民出版社1982年版,第154页。

② 贺敬之:《牛》,收入少年报社编:《中国现代儿童文学选 诗歌·戏剧》,南京:江苏人民出版社1982年版,第161—162页。

③ 陈辉:《妈妈和孩子》,收入少年报社编:《中国现代儿童文学选 诗歌·戏剧》,南京:江苏人民出版社1982年版,第155页。

④ 陈陇:《金星星》,收入少年报社编:《中国现代儿童文学选 诗歌·戏剧》,南京:江苏人民出版社1982年版,第178页。

“秋风走遍了每个村庄/它把这动人的故事传扬/每一个村庄都含着眼泪/歌唱二小放牛郎!”[①]二小放牛郎是整个抗战期间无数小英雄的缩影,歌曲最适宜记载传播他们的英勇事迹,一代又一代中国人的童年记忆中都留存着这首歌的旋律与歌词,足见文学艺术特有的精神力量。

这一时期,很多成人文学作家都为儿童写作,如孙犁、卞之琳、阮章竞、魏巍、郭小川等都写过儿童诗,丁玲、峻青等写过小说。解放区与抗日根据地的儿童文学在众多有识之士的关注下获得了长足进步,留下了很多优秀的作品,为抗战文化的建设作出了独有的贡献。

① 方冰:《歌唱二小放牛郎》,收入王泉根选评:《中国现代作家儿童文学精选》,长沙:湖南少年儿童出版社 1989 年版。

第三章
1937—1949 年间重要作家作品

第一节　苏苏　仇重

一、苏苏

苏苏（1910—1984），原名杜也牧，又名钟望阳，笔名有苏苏、白兮、陈雷等。江苏吴江人。因家境贫困，仅读了一年初中便辍学当了小学教师，因此有机会长期和孩子们在一起，为他们讲故事、写故事，于是成为儿童文学作家。20 世纪 30 年代初苏苏接近左翼文艺运动，在上海从事党的地下工作。“在‘孤岛’时期，宣传抗日、写了大量洋溢着爱国主义思想的儿童文学作品的作者中间，钟望阳就是一个极为活跃的有代表性的人物。”①

苏苏最早的一部儿童小说是北新书店于 1931 年出版的《小顽童》，由赵景深作序。苏苏在正式创作儿童文学前，作为小学教师的他曾经给孩子们讲过很多故事，包括《西游记》《三国演义》、外国童话故事等。② 但他在书面创作一开始，便将创作主题牢牢聚焦于大时代背景下，将儿童的成长命题融入抗日救国、民族解放的重任中，以文学服务于时代的儿童教育、社会发展为己任，很快就成为当时上海为数不多的儿童文学作家之一。《小顽童》颇具成长小说的味道，一个名为郁青的孩子本来淘气不懂事，但是在他的爸爸被敌人抓走以至后来牺牲后，他通

---

① 贺宜：《苏苏作品选・序》，上海：少年儿童出版社 1982 年版，第 4 页。

② 苏苏：《我和儿童文学的姻缘》，收入叶圣陶等著：《我和儿童文学》，上海：少年儿童出版社 1980 年版，第 63 页。

过爸爸在狱中写来的信发生了成长蜕变，化悲痛为力量，接过父辈的遗志，走上了民族解放之路。苏苏的这部作品立意很明确，作为陪伴在孩子们身边的教师，他非常清醒地认识到时代的救亡主题与儿童发展之间的密切关系，他也非常深刻地意识到在民族存亡的关键时刻，儿童的主体存在同样具有不可小觑的精神价值。这一点在他后来写作《小癞痢》时表现得更为自觉。

在30年代，苏苏写了大量的儿童故事与童话，发表在当时出版的《小朋友》《儿童世界》《小学生》《现代儿童》等。从1938年开始到1946年，他大约写了13个中长篇儿童小说。《小癞痢》就是起始的重要的一部。《小癞痢》于1938年出版，最先是在《儿童周刊》上连载，因为《儿童周刊》停刊而停下了写作，后苏苏受到高尔基一段话的激励而最终完成了全部。《小癞痢》的创作背景是上海处于"孤岛"时期，苏苏从各种刊物上看到儿童参加抗日的英勇事迹，他为之感动得甚至不能自制，他要以艺术的高度将全国各地的儿童英雄凝练成一个"小癞痢"。尤其当他从《高尔基文学论集》中的《论苏联的文学》一文中读到高尔基如下的文字时，更加从思想上拓深了对"小癞痢"形象的时代价值的认识。

> 尤其新人的增长，特别明显地表现在儿童身上。但是，儿童却完全被抛弃在文学的注意力范围以外。我们的作家仿佛以为描写儿童和给儿童写读物是降低自己的品格了。
>
> 我以为，为父亲的已开始渐渐地留心儿童，这并没有说错的。我看来，这是很自然的，因为在人类有生以来，儿童初次成了真实而有力的价值——父母的劳动所创造的社会主义国家的继承者，而不是双亲的银钱、房屋、家具的继承者了。①

对应高尔基的话，苏苏感受到了中国的儿童在抗战中英勇地表现出了"真实而有力的价值""他们非但是他们父母一代的鲜血所创造的新中国的继承者，他们简直是跟他们的父母一代一样，是新中国的直接创造者呀"。② 虽然苏苏是在穷困杂闹中完成的《小癞痢》，但是这部作品是苏苏将儿童主体性系统置于"新中国"的高度而创作的一部佳作。出版后即备受关注，遭到"禁售"，在秘密发行中销售一空。巴人在当时为《小癞痢》所作序中是将"小癞痢"与日本的孩子进行了比较的，他特别强调的是"小癞痢"——这个中国农村社会中典型的孩子身上具

---

① 苏苏：《小癞痢·后记》，收入《苏苏作品选》，上海：少年儿童出版社1982年版，第196—197页。
② 苏苏：《小癞痢·后记》，收入《苏苏作品选》，上海：少年儿童出版社1982年版，第197页。

备的对“正义与公理的爱好”，指出：“的确，我们是该向孩子学习了。纯正，洁朴，勇敢，率直，不存在一丝一毫的自私自利观念，这该是每个参加抗战的同胞所应有的精神吧！我希望中国的孩子们爱读这册书，也希望中国的成人们爱读这册书，然而，我更希望日本的孩子们能够读到这册书。”①

《小癞痢》出版后重印了几次，虽然是秘密发行，但却在广大少年儿童中引起强烈反响。因为它及时捕捉了时代精神，呼应了人们的情感与思想诉求。“小癞痢”完全是从真实生活中走出的一个人物形象，由于苏苏长时间与孩子们有亲密接触，所以他的创作既是真正写孩子，又是真正写给孩子的作品。“小癞痢”是江西某乡镇的一个孩子，出身贫苦，身份卑微，头上长藓被人称为小癞痢，常受小伙伴欺侮，在家里也得不到关爱，就是这样的一个孩子最终走上了抗日的道路并取得了不凡的成就。这部作品之所以感人的一个根本原因是，苏苏完全从小癞痢个人的心理感受、成长过程来书写的，作品叙述语言简单，口吻亲切，孩子们阅读时即刻就可跟着进入小癞痢的生活世界，如作品开篇这样写道：

> 小癞痢赤了膊，一条黑黑的短裤子，只把他的小屁股遮着，两只脚上全是污泥。他跳呀奔地，满脸大汗奔进屋里来，没命地大叫道：
>
> “要打仗了！要打仗了！……”

这是一个很值得注意的开头。简短，形象生动，直入主题，却是孩子式的。即时地记录书写时代中的小英雄，其最大的历史价值便是将“活化”了的人物与场景保留下来。这是任何回到历史的写作都难以实现的，因为作者写作时就在呼吸感应着时代的脉搏，这种“际遇”是后人不可能拥有的。“小癞痢”是一个时代的典型形象，苏苏从一个角度写出了“抗日”与广大少年儿童的深刻关联，写出了他们的成长路径，弘扬了他们的主体性，从一个孩子的视角具体阐述了“儿童之于国家真实而有力的价值”，这一引导树立了孩子们远大的理想，甚至对成人价值观都是积极的引领，就是高尔基所表达的思想，儿童是社会主义国家的继承者，而不是双亲的银钱、房屋、家具的继承者。今天返观激励苏苏创作的这一思想，对当下的儿童教育也深具启示意义。战争年代儿童与祖国的命运紧紧地联系在一起，儿童的主体价值可以直接渗透、体现在社会事件的洪流中，民族身份获得了最大限度的认同，儿童的能动性也在最大程度上得到了激发与生长。这些都启示我们，在和平年代如何保留并借鉴这样的精神资源，在儿童价值观的培

① 巴人：《小癞痢·序》，收入《苏苏作品选》，上海：少年儿童出版社1982年，第3—6页。

养上获得新路。贺宜在1981年为《小癞痢》所作的序中这样说道："《苏苏作品选》的出版，撇开丰富文化积累上的意义不谈，我以为它为我们提供了有用的资料，从中可以窥见30年代与40年代进步儿童文学忠于生活，为人民服务，用崇高的思想和优美情操来教育小读者的优良传统。"[①]今天我们重读《小癞痢》，认识与理解的维度也主要在此。

1940年3月，苏苏创作了《新木偶奇遇记》，这是一部童话，借鉴意大利作家科洛迪的《木偶奇遇记》而写成。在我国现代儿童文学史上，从世界经典儿童文学中汲取有益营养，甚至模仿、借鉴去进行创作是一种较普遍的思路，这是原创儿童文学走向自觉自为必经的一个阶段。虽是模仿之作，但《新木偶奇遇记》的立意与叙述完全是本土的，属于苏苏自己的风格表达。作品"讲故事"的味道很重，这也是苏苏个人儿童文学创作的一个特点，与他当教师时给孩子们讲故事的经历有关，他在写作时，仿佛面前也是坐着一群孩子，他用一种现场与听众可以互动的方式来理解、对待他的文字创作。所以，他的创作不是纯"文本"的，而是从一开始就包含了读者参与对话的、具有充分接受特质的"对话文本"。这一点最显著地体现出苏苏对"儿童文学"内涵与特质的精准把握。

与"小癞痢"不同，《新木偶奇遇记》中的匹诺曹可是个"反面角色"。苏苏用一个木偶童话人物来塑造他的"反面"形象，可谓是考虑周全，用意深远。故事借用了原来《木偶奇遇记》的形象，但创意与构想完全是时代性的、中国的。匹诺曹没有遵循他父亲的教诲，做一个对国家、对社会、对人类有益的人，反之竟然在他人的诱惑下，作恶多端，走上了出卖国家、出卖同胞的道路，最终也得到了应有的下场。《新木偶奇遇记》的隐喻特征很鲜明，采用"童话"的方式，实际上苏苏揭露的是当时的现实，意在教育引导儿童坚持正确的思想价值观。它与《小癞痢》正好从"正反"两个路向去书写孩子的成长，这种"互补性"可以看出苏苏在当时艰难的时代语境中，在具体战争年代去诠释"成长"的问题时，是有全面深入的思考的。

1941年，苏苏离开上海到苏北新四军工作。1945年8月14日，日本侵略军宣布无条件投降时，苏苏正在淮南根据地《淮南日报》工作，9月调至华中新华分社，后华中分局又调他到一个机关工作。根据地的生活经历及其与同志们的交流，使他有了创作反映解放区生活新作品的灵感。秧歌舞是其时很普遍的一种群众文娱活动，也可以说是"解放区"的一种标识，苏苏与同志们一样，在那时都秉持着坚强的革命乐观主义精神，相信一定能打败国民党反动派，革命一定会在

---

① 贺宜：《小癞痢·序》，收入《苏苏作品选》，上海：少年儿童出版社1982年版，第6—7页。

中国胜利，于是他的作品名字就取为《把秧歌舞扭到上海去》。这部作品完成于1946年，创作仅用了一个多月的时间。作品以一个小女孩"小巧子"的经历，以她的眼睛、体验与感受，去再现解放区与国统区两种迥异的政治环境，通过鲜明的对比，以呈现革命成功的必然性。

苏苏善于把握时代之音带给儿童的深刻影响，也长于将儿童置于具体的时代浪潮中去进行历练与塑造。他的儿童文学创作总是牢牢扎根于现实，紧跟时代的脉动，在"儿童"与"社会"这两个范畴的关系上，用力思考很多，也着墨很多。在尊重、记录、再现特定战争年代儿童们的英勇事迹上，他作出了很大贡献。并且以他的作品鼓舞影响了当时广大的少年儿童，甚至是成人。最可珍视的是他的自觉意识——"写儿童"与"为儿童写作"的意识，这份情怀与责任是最难得的。当他写完《把秧歌舞扭到上海去》，在后记中他这样写道："可是悲哀跟着袭上心来，八年的江淮，在跟敌、伪、顽的斗争中，我们解放区的小孩子，不知有多少可歌可泣的英勇事迹，我没有写，只写出了这个'小巧子'。"①他的自责既反映出他个人对儿童文学价值的认识，也真实地呈现出了一个时代中国儿童的精神面貌，以及书写他们的必要性与重要性。苏苏属于在此领域有卓越贡献的作家，他的创作为我们留下了一笔宝贵的文化财富。

二、仇重

仇重原名刘显启，又名刘重，1914年出生，浙江黄岩人。仇重是我国现代儿童文学、儿童读物发展史上的重要人物，也为新中国的儿童文学事业作出了贡献。

仇重较早参加了革命和从事儿童文学创作。1929年夏，他参加了C·Y·领导的读书会，1931年秋，参加了左联领导的文学组。尽管他个人家境贫寒，求学与之后谋生的道路都很艰难，但他对革命的信仰与教育培养儿童的理想信念始终是坚定的，他身体力行，在创作与出版领域都做出了自己的成绩。"从1935年到1948年末，更是颠沛流离，辗转奔波在浙、闽、赣、桂、沪等地，当过九个中小学校的教员和几家报纸的副刊编辑，以及其他谋生的职业。他任职最长的地方不过两年，最短的常常是三两个月。他的生活经历是丰富了，但他的生活条件和写作的困难，也可想而知。"②李庚在1981年为《仇重童话选》所作的序言中，对仇重的人生道路及其文学贡献作了梳理，对其儿童文学创作的时代特征及其价值意

① 苏苏：《把秧歌舞扭到上海去·后记》，沈阳：东北书店1948年版，第212页。

② 李庚：《仇重童话选·序言》，上海：少年儿童出版社1983年版，第2页。

义作了定位，并对其作了深切的缅怀。

仇重于 1934 年创作了两个中篇童话，其时他正在上海大夏大学函授班学习。其一是《苹儿的梦》，这部作品在当年的《小学生》杂志上作了连载，并于同年 7 月于北新书局发行。其二是《歼魔记》，于 1936 年 11 月由草芽书屋出版。虽然是早期创作，但仇重对童话创作已经很有自觉意识，他努力创造童趣，通过儿童可以接受的方式表达他的教育理念。

仇重从儿童的现实生活入手开始他的儿童文学创作，因为要以“童话”的表达方式去呈现，所以在经营童话的“物语”逻辑上他还是颇动了智慧，采用“苹儿的梦”的路径去生成“非现实性”，使得人物与故事的存在都具有了合理性。《苹儿的梦》共十二章，每章主题均涉及苹儿生活中的一些细节，如读书、卫生习惯、生病、欢度新年等，每章故事独立成篇，旨在引导教育孩子培养好的生活习惯，增进科学知识，分清善恶美丑。由于是初期作品，加之最先以连载的方式发表，《苹儿的梦》在每章的叙述以及整体的结构关联性上都存在不足，但作品风格清新，语言亲切生动，贴近儿童心理与接受度，童话思维运用合理，充满了想象力，故事中间还穿插了一些有趣的民间故事，增加了整部作品的审美含量。作为为儿童写作的尝试之作，该作已经体现出仇重纯正的儿童文学创作理念。

《歼魔记》在创作思路上，有点延续《苹儿的梦》的感觉，开篇也是从“梦”开始写起，不过在幻想世界的稳定性上较前部增强，主人公阿土在一个夜晚跟随三脚马开始了奇异的经历，之后他们与众多人物一起，消灭了洋鬼子李福源，也就是道士李朝仙、魔王李天王。这部作品的人物众多，故事主题折射了时代特点，从儿童视角映现 30 年代中国人民的反侵略现实，在思想价值上对儿童有引领教育作用。

抗战开始后，仇重的儿童文学创作也取得了重要成就，他的创作涉猎童话、小说、故事、剧本、神话、传说、诗歌、谜语等众多体裁，内容和题材也十分广泛。重要的作品有《海滨小战士》(1944 年)、《春风这样说》(1947 年)、《稻田里的小故事》(1947 年)、《有尾巴的人》(1949 年)、《儿童神仙故事》(1949 年)等。

仇重的短篇童话创作很有特色，作品或以动物为主角，或有民间童话的味道，或立足现实，都在不长的篇幅里寄寓了深刻的思想，甚至颇有寓言的感觉，显示出仇重对童话文体较好的把握能力。比如收在《稻田里的小故事》中的短篇，个个都很精彩，《大家比本领》写的是蚱蜢和螟蛾都自以为是，盲目比本领的时候被青蛙吞进了肚子。《贪便宜的蚯蚓》中的短蚯蚓不听同伴劝告，自己不劳动而去享受现成的，最终丧失了生命。《聪明的青蛙》中的青蛙自恃聪明，但是学习不刻苦认真，学什么都是半途而废，最终还是一事无成。《蜗牛的旅行》讽刺的是蜗牛先生不与社会接触，不愿面对社会实践，总是缩在壳里做所谓的“研究”工作。

《三只猪》深刻地揭示了"猪"的命运，三只猪走了不同的生活道路，但最终的下场却是一致的。作者最后借第三只猪的口吻哀叹道："我现在知道了——凡是被别人畜养的，养的人都希望在他身上有出息。做猪终不免要挨一刀的。"这段话有非常精辟的寓意在其中，既是对生活哲理的揭示，又是对时代背景下那些寄生于他人，苟且偷生、没有民族气节的人的莫大讽刺。

及时反映时代的社会问题，"为人生而艺术"在仇重的创作中体现得很鲜明。按照黄伊的说法，仇重是"把少年儿童所能理解，而又需要他们了解的国家大事，写进了童话。这是难能可贵的"[①]。《笑得好的人》就像一篇民间童话，写的是从前的一个国王又老又丑，整天愁眉苦脸又爱生病，巫师给他出主意说他的问题是因为缺"笑"，于是就把一个村子里生活得最快乐幸福的一家人抓了来，国王除了没能和他们学到笑，还破坏、践踏了这些老百姓的快乐生活，最终自己也在混乱中被打死了，老百姓们又过上了充满笑的日子。这是一篇来自底层民众声音的童话，它鞭挞了统治阶级的无能与残酷，他们实则是一群连为自己谋取快乐生活的能力都没有的腐朽的势力，他们的"高高在上"其实是禁不起任何推敲的，"笑得好的人"只能在民间。仇重的正义总是伸张给人民群众，在《熊夫人办学校》一文中，他尖锐地指出了穷人家的孩子是没有福读书的。《房租》揭示的则是剥削者的可憎面目，他们与统治者狼狈为奸，欺压百姓。《一个木桥》以"一个小木桥"上上演的景观为透视点，深刻映现出从乡长、县长、省长到皇帝，他们不劳而获，层层残酷敲诈百姓的本质，自然最终一个小木桥是承载不了这些"重量"的，某一日它终于倒塌了。

仇重的短篇童话总是以小见大，开口小但切入深，通过一些"小人物"或"小事件"，映现的都是社会的"大问题"。仇重创作的思想重心在"革命"，在控诉侵略者的真实面目，在讴歌爱国志士的抗战精神，所以他也在更长的篇幅里展开对时代主题的书写。"《春风这样说》是仇重最有代表性的作品"[②]，这是一个短篇小说集，但作者以"春风"这一童话形象将各篇串联起来，是以"春风"的口吻讲给孩子们听的故事。但是与作品题名的唯美浪漫相对照，小说主题内容却是非常严肃、现实的，全集七个短篇都是从不同角度对抗日战争的描写，以期对孩子们展示抗战的全貌。特别是小说真实记录了日本法西斯在中国制造的惨无人道的血案，警醒世人要记住历史，弘扬抗战精神。在小说中仇重也写到了很多机智勇敢的小英雄，他们在强敌面前沉着冷静，英勇无畏，在抗战的严酷现实中快速成长

① 黄伊：《仇重和他所写的童话——代编后记》，收入《仇重童话选》，上海：少年儿童出版社 1983 年版，第 231 页。

② 蒋风主编：《中国现代儿童文学史》，石家庄：河北少年儿童出版社 1987 年版，第 260 页。

起来，成为民族精神的有力传承者。

《有尾巴的人》也是仇重的重要作品，这是一部长篇童话。这部作品写于抗战胜利之后，其取材也是反侵略、弘扬爱国精神的时代主题，是现实主义创作的理路，但是作者采用了一定的童话“变形”的手法，加入了幻想的成分，增加了故事的趣味性与寓意的形象性，便于孩子阅读接受。吴其南在肯定该篇作品的艺术性时这样说，“它把童话的神奇想象和侦探小说的紧张情节结合起来，创造了一个奇异的激动人心的故事”[①]。故事中的“我”是一个成长境遇不好的孩子，穷、苦、懒、馋，有时还偷东西，被卖国贼收买并让成为“有尾巴的人”——兽国中的一员，幸亏他被地下工作者营救，并获得了接受新教育的机会，知道了反侵略和爱国的重要性。作品通过地下工作者的口说出，“有尾巴的人是退化的人，是人失去了人性，要变向野蛮的人，是道德堕落，心肠坏透的人”，由此可见，作者使用“有尾巴的人”作为题目的象征涵义。通过写少年的成长蜕变，作品深刻揭示了反侵略战争的时代价值。

总之，仇重的创作深入社会，紧密结合时代特征，但同时也注重艺术创新，对儿童的阅读接受有自觉的意识，在三、四十年代的儿童文学创作中有较高的代表性。“只注意政治需要而忽视艺术，这在那时是一个较普遍的现象，这就使得仇重的创作更具有意义。它们在一定程度上弥补了革命儿童文学发展史的不足，也使自己在中国儿童文学史上获得较高的地位。”[②]

第二节　严文井　高士其

一、严文井

严文井(1915—2005)，原名严文锦，湖北武昌人。1935年到北平图书馆工作，1938年赴延安。17岁开始发表作品，创作有散文、诗、短篇小说等，赴延安之后开始创作童话。严文井是我国儿童文学领域泰斗式的领军人物，他的众多童话早已成为享誉海内外的经典之作。严文井在20世纪40年代开始的童话探索，为我国原创儿童文学积累了宝贵的经验，其个人文学成长经历及作品内涵均是值得不断去挖掘的精神宝库。

---

① 吴其南：《中国童话史》，石家庄：河北少年儿童出版社1992年版，第235页。

② 蒋风主编：《中国现代儿童文学史》，石家庄：河北少年儿童出版社1987年版，第264—265页。

从严文井个人对其儿童文学的创作经历的回顾看[①]，他涉入创作其实是很早的，虽然他自己认为“可能完全是出于偶然”。他是家中八个兄弟中的老大，属于那种语言表达能力很好，身边经常有一堆孩子听他讲故事的“带头”的孩子。在20年代长江边上的一个中等城市里，严文井和他的伙伴们度过了他们自己富有特色的童年。在小小的天井里蹲在地上看蚂蚁，看黑蚂蚁国与黄蚂蚁国的工作情形，一边看一边评论，“这些关于蚂蚁世界的想象，是我和弟弟们共同创作的第一个故事”。他们也喜欢在长江边上看各种船，看军舰，然后用纸叠军舰，在竹床上进行想象中的海战，“从这些虚构的海战里产生了我的另外一些口头故事”。他还喜欢观察一些遥远而不可捉摸的东西，喜欢看星空，喜欢流星一闪而过的惊人的美。童年时他做过在星空飘游的绚丽的梦，也曾悄悄为自己编过与一个瓷器姑娘在一起的故事。自然，与梦幻的想象世界相反，童年时代他身处的现实生活充满了凄惨、丑恶和恐怖，这种巨大的“印象”反差之后给他的童话带来了特殊的审美蕴涵。

在黑暗现实的映衬下，严文井说他从小渴望美好的东西，向往外部世界，于是求助于书本，他读了很多书，尤其喜欢的是幻想性强的小说，“最触动我心灵的是安徒生”。就这样，从自发的口头讲故事，到阅读积累，到讲系统的长篇口头故事，然后到书面创作，年轻的严文井在高二的时候就开始向报纸投稿了。

严文井个人描述的童年经历为我们清晰地勾勒出了他的创作道路。他是属于那种对美、对美的语言表达天性敏感的人。他童年时对“自然之物”的观察，对自然世界的精神投入，以及因此而生的那些自然的口头表达，全都是最纯正的“儿童文学”。他心思细腻，感情透明，与万物保持了本真的“交往”关系，这些气质说明他秉持着与生俱来的“童话”天赋。当他在少年时读到安徒生童话的时候，“它们以一种强烈的、优美的诗意感动了我，引起我思索。童话，这是多么奇妙的一种文学形式啊，它竟能表达出那么多美和崇高的东西”。这种共鸣是天然的。

严文井专门创作童话是在他去了延安之后，是在1940年间。那时他有充分的时间去读书和思考，但其中最关键的契因是延安的环境。“延安的物质生活虽然艰苦，但是精神生活愉快，人和人的关系是友好的、平等的，互相间不需要什么戒备、猜疑，一个共同理想把人们变得亲如兄弟，推动人们天天向上。我感到了前所未有的温暖和幸福。……我并不真正懂得中国的革命，然而却朦胧地感觉

① 严文井：《我是怎样开始为孩子们编故事的》，收入叶圣陶等著：《我和儿童文学》，上海：少年儿童出版社1980年版。对严文井个人回忆的引述均出自此文。

到中国正在经历着一场巨大变化，相信将来一切都会变得好起来。什么都可以变，什么都要变，许多想也想不到的奇异事情将要发生。于是我想到了童话。”严文井的这段表述非常重要，因为他讲出了时代特征与自身内在童话感觉的共鸣，“延安”的变化与奇迹激发了身处20世纪40年代的严文井创作童话的欲望，这种文学经验在中国儿童文学史上是非常特殊的，而且在现代中国思想文化史上也是非常重要的。一定的社会发展形态在某些关键时刻会深刻映现出一种“童年精神”，儿童文学作家是捕捉与记录这种气质最适宜的人选。严文井个人的经历有力地证明了这一点。

严文井一涉入童话便一口气写了九篇，据他回忆，这些作品有的在延安的刊物上发表过，有的在“鲁艺”文学系的一部分同志中间朗诵过，其中八篇结集题为“南南同胡子伯伯”，由桂林美学出版社于1941年出版。

严文井创作童话的契因是“延安”的社会环境对他的触动，但在具体的艺术处理中，严文井对“时代性”“社会性”的把握是充满了思想与智慧的，他并没有表层地、浅显地、主题式地布局他的童话结构，而是首先追求了童话作为“儿童的文学”最根本的艺术内涵，从“写给儿童看”这一儿童文学的本体入手，去展开文学性的表达，以及对儿童的教育与陪伴。准确地说，严文井是属于那种心里真正有孩子，对孩子怀有大爱，对中国怀有大爱，因此而去关怀孩子，关怀祖国命运的作家。他在一篇散文中曾经有这样清晰的认识：

> 在过去的岁月里，我们每个人都可能有所损失。
>
> 追回损失的唯一办法，是面向未来，把心血奉献给未来。
>
> 未来也许很抽象……不，非常具体。
>
> 那就是你们的弟妹，或者子女，所有的幼小者。
>
> 只要懂得爱护未来，我们就将失而复得。
>
> 只要我们心里有孩子，中国就会有音乐，有花朵，有希望。中国永远是中国。[①]

在延安的环境中写作童话，严文井在“心里有孩子”“中国永远是中国”这样深远的理念下进行创作。他的作品语言优美，诗性特质鲜明，童话思维地道，意蕴精深。他仿佛有奇异的能力去书写自然万物，他的文字是“通灵”的。他的文学站位完全是孩子式的。他在40年代处身于特殊的时代环境而坚持的“儿童本

① 严文井：《只要我们心里有孩子》，收入严文井：《小溪流的歌》，北京：中国少年儿童出版社2009年版。

位”思想，在今天看来是非常宝贵的精神财富。

“《胆小的青蛙》是严文井童话的开笔之作”①，但是作家在这篇童话中所呈现出的对童话文体自如的驾驭令人惊讶。作品开篇这样写道：

“你们看见过青蛙吗？看见过。是不是他总喜欢‘呱呱呱呱’地叫，吵得人要命？是吧？嗨！就是为这个缘故，从前他被癞蛤蟆捉弄过一次，上过很大一次当。”

他的童话语言完全是写给孩子的，写作时就像孩子坐在他的对面，他来眉飞色舞地为他们讲故事。这个胆小的青蛙被癞蛤蟆吓得到处躲藏，最后躲到一个破鼓里，可是破鼓竟然被皮匠补好，青蛙出不来了！这篇童话游戏性十足，阅读中不自觉跟着青蛙的经历在走，细节与情节均出乎人的想象，读来妙趣横生。它也有教育性，但是教育意蕴却深藏不露，意味全在孩子们阅读的快乐中自然释放。

《小松鼠》也是早期创作中的一篇，这一篇中所表现出的作家的儿童教育思想很值得关注，它写的实际上是小松鼠的成长历程。孩提时的调皮、干坏事，通常容易被成人所讨厌且“定性”，严文井坚持的是一种开明的、引领的教育观，他“相信”孩子会变好，会长大，这种价值态度是前瞻的，它体现了作家先进的儿童观。

虽然早期才涉入童话创作，但在孩子的教育问题上，在儿童文学应该发挥的功能上，严文井是有深入思考的，他希望实现的是“含而不露”的价值传递，是在对孩子的陪伴中，在与孩子快乐的游戏中的意义达成。这种精神陪伴是成人真正意义上的“在场”，他就是《南南和胡子伯伯》中的那个胡子伯伯。胡子伯伯就是严文井的化身，是所有为孩子用心写作、陪伴孩子长大的成人的化身。胡子伯伯多好玩呀，男孩南南遇见了他，和他在一起度过了那么快乐的时光。而在《丁丁的一次奇怪旅行》中，为了让胆小的女孩丁丁长大，严文井又为她设计了有趣的游历，她和大伙儿在一起最终获得了勇气，再也不胆小了。严文井为孩子们“量身打造”的这些童话，每一篇都是用意深远，但又始终不离孩子游戏世界的初衷。他总是能让孩子们乐于走进他的童话世界，这在 40 年代的儿童文学创作中是出类拔萃的。

《四季的风》的风格走向了抒情。这篇不长的童话一直以来为严文井赢得了很高的赞誉，人们总是拿它与安徒生的童话去比照分析，主要是因为其中内蕴的博大的人道主义精神，严文井深得安徒生童话的思想与情感精髓。《四季的风》

---

① 巢扬：《严文井评传》，太原：希望出版社 1999 年版，第 185 页。

写一个苦孩子所受的苦难，作家用诗性的篇章过滤了繁杂琐碎的现实情境，只留下四个季节里“风”拜访苦孩子的四个典型画面，用“风”与孩子的“遇见”来呈现孩子所遭受的悲剧生活。童话在“风”的形象的塑造上很见创造性与艺术功力，它的飘忽而又具有实体的形象，更加凸显出了人世的悲苦无情。童话用的是诗性的组织结构，情感由温婉逐步走向高亢，直至最终“风”的怒吼扫荡着人世间的所有罪恶。

严文井对童话这一文体本身有深刻的认识，“它的形式和内容看起来常常有些怪诞，但它最忌的是为怪诞而怪诞。所谓怪诞……实际常常是和一种浪漫精神结合在一起的。童话虽然很多都是用散文写作的，而我却想把它算做一种诗体，一种献给儿童的特殊的诗体。……没有孩子，没有孩子的眼睛和心灵，没有美丽的幻想，没有浪漫精神，没有诗，哪怕有一个最奇怪的故事，则一定不会有童话”[①]。他的童话实践的就是他这样的美学理念。他写出了“诗体”般的童话，无论是充满游戏性的还是抒情性的，这些童话都具有他所说的多重审美要素。他也写了像《红嘴鸦和小鹿》这样的寓言般的童话，里面寄寓着深刻的讽刺意蕴，内涵着时代气息。

在 40 年代特殊的时代背景下，配合政治需求是儿童文学的主导价值倾向，但是严文井对此并没有作简单狭隘的理解，他将对儿童的培育与祖国未来的命运紧紧联系在一起，从关爱儿童出发，努力钻研童话精神内核，在作品中包蕴了儿童的、文学的、教育的、批判现实的等多重意义维度，立足具体时代，为中国原创儿童文学的发展作出了重要的贡献，成为 20 世纪中国儿童文学史上一颗耀眼的明珠。

二、高士其

高士其（1905—1988），福建福州人。1925 年于清华留美预备学校高等科毕业后，去美国留学，从事化学和细菌学的研究。1928 年在芝加哥大学从事研究时，意外感染上脑炎病毒，不幸得了脑炎后遗症。1930 年回国后，在南京中央医院检验科工作，因不满国民党官僚的贪污堕落而毅然辞去职务。之后经好友李公朴介绍而认识了刚从日本回来的著名教育家陶行知，开始参与陶行知推动科学教育的相关工作。高士其在 1954 年发表的文章《谈谈儿童科学读物的创作问

① 严文井：《泛论童话》，原文写于 1959 年 8 月，引自锡金、郭大森、崔乙主编：《儿童文学论文选 1949—1979》，北京：中国少年儿童出版社 1981 年版，第 213—214 页。

题》中这样回忆道:“当我写这篇文章的时候,我回忆起二十年前的往事。那时候我和陶行知先生一起,在上海创办儿童科学通讯学校,开始我的写作生活。我记得当时陶先生曾对我说:‘写通俗文学就是写话,每一字每一句都必须口语化。’……从那时候起,直到抗日战争爆发,我曾写过不少的科学小品文,在《读书生活》《妇女生活》等杂志上发表。后来有一部分集成单行本,如《细菌与人》《抗战与防疫》《菌儿自传》等都是。”[①]看得出,高士其从事科学文艺的创作,与陶行知的引导密不可分,他还参与了陶行知“儿童科学丛书”的编写,他编写的是《儿童卫生读本》。此外,他在好友、哲学家艾思奇的影响下,认真研读过其时《太白》杂志上发表的科学小品的相关文章,同时自觉学习过伊林的创作,结合他作为自然科学家的身份背景,他摸索形成了自己的科学文艺创作领域与创作风格,创作了大量作品。

《细菌的衣食住行》是高士其创作的第一篇真正意义上的科学小品,发表于1935年。由于身体原因,他写作时付出了巨大的努力。但从这篇2 000字的小品文中,我们还是可以清晰地看出高士其在一开始创作面向孩子的科学小品时,观念中就深刻地具有了“儿童接受”的意识,他以他的文学素养、爱国忧民与普及大众科学的情怀,把专业、枯燥的科学知识全都化成了形象生动、通俗易懂的文学作品,这种“转换”的时代价值与历史功绩是载入史册的,特别是在启迪与指导我们发展今天的儿童科学文艺方面更是意义深远。

《我们的抗敌英雄》是高士其早期创作的一个代表作。这篇文章的语言文学性强,用词生动,意义明确,将复杂的身体内部的白细胞(即文中的“白血球”)问题讲得形象直观,读后许多科学问题一目了然,而且叙述简洁明快,就像面对一个孩子,在给他亲口讲故事,口吻有现场感,阅读中有一种紧跟下文急欲知道结果的感觉。同时作者在文中有机布置了很多人体的科学知识,兼及了细菌与人身体健康的关系。开篇这样写道:

> 像葡萄酒一般殷红的血,比葡萄酒更为鲜明活泼,自肥嫩而有弹性的心房出发,按着心房一放一收的节拍,顺着血管的一涨一缩,像潮水一般汹涌地周流于全身,分送食粮与各器官、各组织、各细胞,又收集了各处的污物,到了肺,经过氧气的洗涤之后,复归至心房,这样地循环不已,昼夜不息。

---

① 高士其:《谈谈儿童科学读物的创作问题》,原刊1954年6月1日《人民日报》,引自锡金、郭大森、崔乙主编:《儿童文学论文选1949—1979》,北京:中国少年儿童出版社1981年版,第352页。

在对“血”的生动演示中，自然引出了白细胞。

> 这就是我们所敬慕的抗敌英雄。这群小英雄们是一向不知道什么叫做无抵抗主义的，他们遇到敌人来侵，总是挺身站在最前线的。
>
> ……
>
> 白血球尤恨细菌，细菌这凶狠的东西一旦侵入人体的内部组织，白血球不论远近就立刻动员前来围剿。
>
> ……
>
> 双方互有死亡，双方互有补充。细菌依靠它们的生殖力迅速，而白血球则一口能吞进好几个细菌。白血球的战略有三个步骤：第一步，先与细菌接战；第二步，将细菌包围；第三步，消灭细菌。①

透过这样的文字我们可以看到，科学知识以文学的表达方式去呈现，会取得怎样轻松有趣的接受效果，特别是针对孩子的接受来说。白细胞被作者形象地比喻为抗敌小英雄，结合时代背景看，高士其的寓意很自然地有针砭时弊的目的，所以文学史上通常将其视为是文艺、政治、科学的结晶。“它无情地揭穿了日本帝国主义的罪恶阴谋和国民党反动派的卖国行径。”②“高士其作品的一个鲜明特色，就是富有战斗性。他是为了战斗而写作。他的作品，像一把把锋利的匕首，刺向国民党反动派。”③

在面对科学知识如何有效地进入儿童视野并被他们接受这个问题上，高士其在创作时有非常深入的思考。他的这种自觉意识及其所采用的具体艺术方法，非常值得我们学习与借鉴。自然，在儿童文学的创作中这是一种难得的艺术表现能力，是一种综合素养的结果，包括高士其的科学专业背景，人文情怀与文学才华，爱国忧民的责任感与使命感，以及切实面向儿童接受度的艺术思考等。《霍乱先生访问记》虽然不长，但也是一篇很有特色的作品，从中我们可以清晰地看到高士其的上述综合素养。作品的立意在告诉孩子们“霍乱”到底是一种什么样的东西，以及迎合其时报纸上所宣传的霍乱时疫的问题，以通俗易懂的方式揭示“霍乱”的真相。在疾病、细菌等科学知识的再现问题上，高士其打破了“实验室”内的封闭思路，而总是将之置于广阔的社会现实中，到人民群众的生活中去

---

① 高士其：《我们的抗敌英雄》，引自王泉根选评：《中国现代作家儿童文学精选（上）》，长沙：湖南少年儿童出版社1989年版，第393—396页。

② 张香还：《中国儿童文学史·现代部分》，杭州：浙江少年儿童出版社1988年版，第295页。

③ 叶永烈：《论科学文艺》，上海：科学普及出版社1980年版，第60页。

呈现、说明他要写作的对象。在本篇中，他将“霍乱”视为一个可以对话的“先生”，“我”扮成一个病人去寻访他。“我们”见面的地方是在贫民区，正是霍乱潜藏的地方。通过这样一种自然的线索，读者很容易就认识到“霍乱”的由来、“霍乱”的存在条件。最重要的是，作者以“霍乱”的口吻深刻地寄寓了社会批判，道出了一种疾病流行背后的社会原因。如：

> 你们中国的检查，也何曾不严密，也何曾不厉害？不过厉害只是几个人的厉害，严密不是全体的严密，医院是有钱人的医院，药房是贵族式的药房，卫生机关摆着官架子，人民见了都害怕。贵国人民生活的习惯，又极合我的胃口，我又怎忍舍得离开呢？[①]

科学性、社会性、思想性、儿童性的有机统一，是高士其创作的关键艺术特点。《菌儿自传》是高士其创作的一个篇幅较长的作品，一共有十五章，从1936年2月起在《中学生》杂志上连载，1941年1月由开明书店出版。高士其本人很看重这部作品，他说：“《菌儿自传》是我的代表作。她不是科学小品，而是科学小说，是我学习了鲁迅先生的《阿Q正传》之后写成的……《菌儿自传》是一部细菌的生活史。”[②]这部作品以菌儿“我”为自叙视角，从“我的名称”“我的籍贯”“我的家庭生活”“无情的火”“水国纪游”“生计问题”“呼吸道的探险”“肺港之役”“吃血的经验”“乳峰的回顾”“食道的占领”“肠腔里的会议”“清除腐物”“土壤革命”“经济关系”等十五个部分讲述了细菌的生活经历。这是非常系统的对细菌存在状态的文学表达，其中随处都是科学原理的专业知识，但阅读与理解起来却很简单易懂，作者深厚的科学素养与对科学的“浅出”表达，在儿童科学文艺的范畴内卓有代表性。

高士其出身于诗的家庭[③]，从小受文学熏陶，接受了良好的教育，喜欢锻炼身体，喜欢旅游，属于难得的全面发展的杰出人才。这些为他的创作打下了坚实的根基。他的作品中自然渗透着历史文化、文学知识，还有他个人独特的情感体验与思想认识。虽然脑炎后遗症一直在严重折磨着他的身体，写作对他其实是一件相当艰难的事情，但他还是以坚强的意志发挥自己的专业所长，在科学与文学的结合问题上进行了努力的探索。他尝试用不同文体、不同的叙事视角去再现生物科学知识，同时他扎根于具体时代环境展开创作，使他的儿童科学文艺创作

① 高士其：《霍乱先生访问记》，收入《高士其科普童话》，西安：陕西人民教育出版社2013年版。
② 高士其：《为孩子们写作的经过》，引自叶圣陶等著：《我和儿童文学》，上海：少年儿童出版社1980年版，第94—95页。
③ 叶永烈：《高士其爷爷》，上海：少年儿童出版社1979年版。

具有了多元的文学功能。他写过儿童科学小品文、儿童科学文艺小说、儿童科学诗等，新中国建立后依然进行儿童科普创作，并有理论方面的总结。在儿童科学文艺领域，他为我国儿童文学发展作出了卓越的贡献。

第三节　贺宜　金近

一、贺宜

贺宜(1914—1987)，原名朱荼园，江苏省松江县亭林镇(现划归上海市金山区)人。出生在一个破落地主家庭，因祖母迷信，为其算命后认为他的生肖克祖母和父母，于是整个童年便遭受了歧视和折磨，有很多痛苦的体验，性格变得十分孤僻抑郁，喜欢独处并沉浸于想象世界。上小学识字后，阅读了大量的旧章回小说，迷恋最深的是武侠小说，并因而与小伙伴们一起行侠仗义。小学五年级就写了一篇以自我遭遇为想象基础的作品《怨府》。童年的成长际遇使得贺宜深深地体认到童年阅读的读物对儿童成长的深刻影响，“当我认识生活的意义的时候，我就决定把我自己的一生献给专门为儿童教育服务的儿童文学事业。原因很简单：我不愿看到孩子们像我童年时代那样受到坏书的毒害”[①]。

1933年到1934年，贺宜当小学教师的时候开始自觉为儿童写作。第一篇童话模仿英国诗人吉伯林的童话集《如此如此》而创作，后由周建人推荐于1935年发表在商务印书馆出版的《儿童世界》上，署名朱荼园，并因这篇作品得到周建人的鼓励和教诲。1934年下半年到“图画书局”工作，担任《生生》月刊的主编，因而与叶紫建立了密切的友谊，影响到第一本童话集《小草》的出版。《小草》是自费出版的，共收了12篇童话，其中1篇题名为“小草”，便以此作为书名，出版者也因此使用“草芽书屋”。作者署名“贺宜”，用意为“是对中国进步儿童文学事业和我自己投身于这个事业的决心和行动，表示祝贺”[②]。虽然自己的创作就像一株“小草”，但贺宜此时相信它是有生命力的，他和同仁们的努力一定会“野火烧不尽，春风吹又生”。《小草》的主要内容是揭露和控诉统治阶级对劳苦大众的压迫和剥削，培养、引导儿童的革命精神。这个作品当时在小学教师与少年儿童中产生了很大的反响，在与国民党斗争过程中发挥了积极的作用。

---

① 贺宜：《为了下一代》，收入叶圣陶等：《我和儿童文学》，上海：少年儿童出版社1980年版，第111页。
② 贺宜：《为了下一代》，收入叶圣陶等：《我和儿童文学》，上海：少年儿童出版社1980年版，第121页。

受《小草》激励，贺宜进一步坚定了从事儿童文学创作的信心。1936年贺宜在一所小学教书，能够深入了解儿童，并同时进行业余创作。此时期在《中国少年》月刊、《开明少年》月刊发表短篇童话，在《儿童文艺》月刊和《少年世界》月刊发表长篇童话。这些童话同样延续了贺宜此前的价值追求，教育儿童认清我们民族面临的形势，大家团结一致才能赢得独立与自由。

抗战开始后，贺宜在"孤岛"上海与钟望阳、方友竹一起推动了少年出版社的成立。此时期贺宜写了长篇儿童小说《野小鬼》，这是他的第一篇小说创作，这部作品于1939年6月由少年出版社出版，也就是少年出版社正式诞生的时间。《野小鬼》的主人公叫小土根，生活在海边，天天能看见海，妈妈死得早，从小是爸爸把他拉扯大的。东洋兵的入侵打破了小土根一家平静的生活，他与爸爸流离失所，亲眼目睹了侵略者对人民的残酷虐杀，只身一人经历了非常态的苦难，最终参加了共产党领导的抗日游击队，成长为一名真正的抗日小战士。这部作品是贺宜以上海郊区的所见所闻为素材，结合时代背景创作的。小说以第三人称"小土根"的视角展开叙事，在对具体环境的真切描写中，写出主人公的心理感受与成长体验，深刻地再现出日本侵略者凶残野蛮的无耻行径。贺宜写作本书时情绪激昂，他怀着对日本帝国主义的极端仇恨与对广大少年儿童进行抗日救亡教育的迫切愿望去急切书写，但是他落笔时沉静有力，叙事从容，娓娓道来小土根经历千难万险"在路上"的曲折故事，读起来非常有吸引力。据贺宜回忆，《野小鬼》出版后在少年儿童中获得了广泛的影响，因而较快推动了少年出版社的业务，钟望阳、包蕾、笑苹、贺宜四人共写了十六本儿童文学作品。贺宜另外写有中篇童话《凯旋门》、长篇童话《木头人》、短篇童话集《隐士的胡须》，三部童话集都是关于抗日救国的主题。

《凯旋门》写于1939年，故事讲的是米乎米乎国和大华国之间的战争。米乎米乎国侵略了大华国，大华国的皇帝和大臣们都是欺压老百姓的能手，但对于打仗可不在行，可是大华国的老百姓可不是好欺负的，他们自己组织起来抵抗敌人。米乎米乎国以为远征军很快就要打胜仗、凯旋了，所以打算在首都建造一座凯旋门，并且最后决定所用的材料是士兵的尸灰、老百姓的鲜血和眼泪。凯旋门一层一层被建造起来了，可是米乎米乎国的战况却越来越堪忧了，大华国的人民军队虽然没有很好的武器，可是为了保卫国家，他们英勇抵抗，越打越坚强，最终连米乎米乎国的老百姓、士兵都开始起义造反了，他们与大华国的人民军队一起攻克了他们共同的敌人。两国的人民都要自己当家作主，自己建设自己的幸福家园。故事结尾处，通过凯旋门的并不是米乎米乎国的统治阶级，而是高唱胜利歌的、不愿意做奴隶的人民。

贺宜说，"我向来认为童话是儿童文学中最具有儿童特点的一种文艺样式，世界上最好的儿童文学作家往往就是童话作家，所以，我在童话方面化的气力最多”①。贺宜对童话的属性认识得很深刻，他创作童话的感觉也纯正到位。在战争时期，童话作为一种非常特殊的艺术表达方式，它的隐喻功能被贺宜等一批重要儿童文学作家发挥到了一种非常高的水平。在非常时期，关于童话的价值，贺宜从一开始创作儿童文学就有自觉的认识，他于1935年写了一篇题名为《童话作家》的童话，这是一篇让“童话作家”警醒的童话，写作童话如果是为了获得更多的财富、权力、美色，那么自己的文字一定会被权贵所俘虏，不可能真正服务于孩子与广大人民。实际上从一进入儿童文学领域，贺宜就在思考作为作家的站位问题，他的写作“为了谁”的问题。

通过孩子们能够阅读和接受的童话人物形象，以及生动有趣的故事，贺宜想让孩子们清晰地理解事物与社会的本质。在童话《木头人》中，木头人“哈巴先生”效命于巴加国王，可是结局却很惨。为什么会这样呢？作者在故事的讲述中甚至直接站出来，对小读者们说：“要知道，世界上随便哪一个木头人，不管他多么会演戏，结果总是跟哈巴先生一样的。——主子用得着他的时候就用他；用他不着的时候，就把他挂在木架上，或者收在木箱里。倘使主子的心绪不好，也可能把他扔进垃圾箱去。总是这样”“是的，这个故事不是美丽的，甚至可以说是使人厌恶的，因为哈巴先生太可恶了。不过，世界上还有战争，还会有一个国家欺负、奴役另一个国家的事，哈巴先生这样的人物还是会出现的。他们比外部的敌人更可恶，更可恨。人们不但要警惕大大小小的哈巴先生，而且一定要团结在一起，齐心协力地反对他们，打倒他们”。② 在这篇较长的童话中，贺宜以形象的“木头人”的角色，隐喻那些反革命的走狗，引导孩子们认清他们可憎的面目。

1940年9月，应陈鹤琴之邀，贺宜赴江西泰和县省立实验幼稚师范学校任教，抗战胜利后回到上海，这期间他也写了很多作品。如写于1942年的儿童小说《竹林里的奇遇》，这是一篇读起来非常有吸引力、充满悬念的作品。故事写的是抗战年代儿童的精神成长，写孩子王禾林如何从意外的玩耍到一步步走向认识的自觉，最终成为一个勇敢的小侦探。这篇作品的可贵之处是作者完全基于儿童的真实生活，合逻辑地展开叙述，写一个重大主题但却不温不火地从儿童的日常生活细节写起。王禾林与王西林，还有庙里的小和尚小法全，他们六七岁大，自然而然便成为好朋友，每天在一起捉金铃子，生活惬意而快乐。但快乐的童年无法逃避日本侵略者这一残酷的时代背景，实际上很快他们就被卷入进来。

---

① 贺宜：《贺宜文集·前言》（第一卷），上海：少年儿童出版社1984年版，第5页。

② 贺宜：《贺宜文集》（第一卷），上海：少年儿童出版社1984年版，第328、333—334页。

王西林生病了，小法全甚至身不由己地成为间谍的"帮凶"。王禾林顾念友谊却意外撬开了其中的秘密。整个故事的讲述完全基于孩子的生活经验，从他们自然的游戏经历、心理感受、认识转变入手，没有先入为主的灌输与强加。故事中的王老师，作为王禾林成长过程中关键的引路人，他对孩子是和蔼可亲的，晓之以理，最终王禾林的"坦白"完全是他自己想明白的，在对儿童的教育中，这是非常重要的一点。但是事后王禾林又常常念及小法全，不知他的结果，作者这一笔写得也很真实，孩子对友谊的尊重，对朋友的思念，这也是非常珍贵的感情。王老师作为教育者，很在意孩子心底的愿望，最终他领养了小法全，让孩子们能在一起，并为他起名王自强，希望他能成为自己命运的掌握者。

通过《竹林里的奇遇》可以看出，随着贺宜写作的不断深入，他对儿童文学创作中"儿童性"这一问题在不断思考，并有对应的艺术表现，这是非常难能可贵的。这可能和他自己孩子的出生有关。长子野旋出生于 1940 年 2 月，长女在文出生于 1942 年 6 月。1944 年 10 月，在野旋 4 岁 7 个月大时，他开始创作《野旋的童话》，这是一篇在表现形式上非常特殊的童话，它在 1994 年出现具有非常独到的价值。贺宜完全按照幼儿自我的思维方式与语言表达方式，以"野旋"的口吻将他自己讲述的故事记录、再现了出来，所以题名即为"野旋的童话"。在结构上，按照野旋所讲的一节一节的小故事辑录，每一节主题鲜明，都不长，但读起来确实是童心盎然，童语天真稚拙，值得反复品味，体现出本真的"儿童文学"的境地。如"水牛和马"这一节，开篇这样写道："从前有一个水牛，它走到一个池塘里。它游水。一个大人来牵，牵，牵这个水牛。这个水牛在塘里，它不上来。拿根长棍子来打水牛，打了，又来拉，拉，拉，拉上来了。"[①]语言非常生动，就是孩子自己嘴里说出来的话。这一组童话孩子读起来完全是他们自己的文学，大人读起来则像一则则形式简单但寓意深奥的寓言。它的艺术感是非常值得称道的。

1946 年，抗战胜利后，贺宜举家回到上海，在上海市幼稚师范学校任教，5 月参加由陈伯吹、李楚材发起组织的"上海儿童读物作者联谊会"，担任常务理事。10 月，加入中国共产党，任联谊会内党小组召集人。12 月，受中共地下党委托，组织成立"中国少年剧团"，任团长。这期间，他一直在努力创作。1947 年 10 月，经中共党组织批准，主编《童话连丛》，为解放战争时期上海儿童文学事业的发展作出了重要贡献。1948 年 10 月，因被国民党注意，组织上安排贺宜秘密离沪前往解放区。新中国建立后又回到上海，他一直在儿童出版领域担任重要职务，写有大量优秀作品，并在儿童文学理论方面也卓有建树。贺宜的儿童文学业绩是

① 贺宜：《贺宜文集》(第一卷)，上海：少年儿童出版社 1984 年版，第 328、437—438 页。

一笔宝贵的文化财富，值得我们不断去研究、传承。

二、金近

金近（1915—1989），本名金汝盛，后又改名金知温，“金近”是他1945年发表一篇短篇小说时的署名。浙江上虞县人。自幼家境贫寒，有过很多苦涩的童年体验，但临近海边的农村生活，也让他与大自然及动物产生了亲密的感情。同时，家乡的民间戏班子、儿歌使他在幼时受到了民间艺术的滋养，这些对他后来的儿童文学创作都有深刻的影响。12岁时，金近离家赴上海当学徒，在二年多的时间里，当了四次学徒，承受了少年人不该承受的很多苦难与辛酸。这期间也得以有机会看到《新闻报》的副刊《快活林》，满足了他饥渴的阅读愿望。后来受亲戚资助断断续续念了三年书，念不下去后，恰恰能够到图书馆借书看，把当时现代文学名家如鲁迅、郭沫若、茅盾、巴金、郁达夫、田汉、叶绍钧、冰心、丁玲等的作品，以及一些翻译作品都系统地阅读了，还读过叶圣陶、张天翼的童话。可以说，金近的创作道路直接受到了现代文学的深刻滋养。

1935年，金近得以在《儿童日报》工作，其间鲁迅先生发表的《表》对他认识儿童文学很有影响。练习写作后，最早发表的第一篇作品是讽刺笑话《中国人没屁股》。1937年发表的第一篇童话是《老鹰鹞的升沉》。抗日战争爆发后金近到重庆流浪儿童教养院工作，接触了很多穷苦孩子，这些孩子的际遇是激励金近书写儿童文学的一个重要原因。之后，他写了一些以学徒、丫头、小和尚为主人公的儿童小说。1946年以后回到上海，除了写杂文、讽刺诗，也写儿歌、童话、儿童叙事诗等反映现实。还担任儿童读物工作者联谊会理事，出版了童话集《红鬼脸壳》、儿童诗集《小毛的生活》等。新中国成立后出版有大量的儿童文学作品，还有儿童文学理论著述。

在立足童年、为儿童进行写作这个问题上，金近自己说，“按照我青少年时期的出身经历和社会关系，似乎和文学并没有什么因缘，搞儿童文学更缺乏条件”[①]，但是他在艰难的成长道路上硬是依靠个人辛勤的学习与努力，以对社会底层人民的生活经验的积累、对贫穷儿童的生活状态的深入体察为基础，在系统文学阅读积累的前提下，凭着忧国忧民的拳拳爱国之心，逐步在儿童文学的创作道路上取得了硕果，特别在当代儿童文学领域作出了杰出的贡献。

金近的创作秉持了非常严肃的现实主义态度，他以崇高的民间情怀为儿童

① 金近：《我喜爱这工作》，收入叶圣陶等：《我和儿童文学》，上海：少年儿童出版社1980年版，第161页。

书写，积极以儿童文学揭露黑暗社会现实，发挥文学的战斗功能。金近自己说："我认定这一点，为孩子们写作，是个光荣的任务，也是我所喜爱的工作。"①他是把儿童文学当作自己内心神圣的追求去进行写作的。郁青在为金近写评传时，对他的创作有这样的判断："他主张儿童文学（主要是童话）要有教育意义，要反映现实生活。他提倡童话作家要有广泛的知识。他不赞成脱离现实生活，迎合所谓'儿童兴趣'，而油腔滑调、瞎编乱造、哄骗孩子的写作态度。"②金近的创作是"掷地有声"的，这种"落实"了的儿童文学审美追求体现了他为人为文的整体风格，就像叶君健对他的评价："他一直把自己定作一个平凡的人，而且是来自贫困的那一层平凡人的中间，因此他待人接物极为谦虚、和蔼可亲，一般平凡人愿意接近他，一般平凡的孩子更愿意接近他。"③

1946年起金近在国统区的上海生活工作，面对国民党严酷的统治与人民激烈反抗的特殊背景，金近采用了童话这一艺术形式去展开揭露与抗争。童话的幻想和夸张的艺术特征给予他充分表达自我思想的空间，这些童话都倾向于讽刺性的，其内涵是深刻的现实主义批判精神。《红鬼脸壳》写于1946年12月，这篇童话写的是"马虎国"里的故事。"马虎国"国王有一条法律，每年通过抽签确定得奖人选，大小臣子都能参加，就是老百姓不能参加。抽到红、绿、黑、黄、白、灰不同颜色的脸壳，依次代表不同等级的奖项。不同奖项意味着可以获得差异的权力。这样形象化的"权力"表达方式孩子们很容易理解。我们看到，国王对权力的赋予方式是多么的荒诞不经。在这一年的抽签活动中，针眼儿大臣为了和螳螂大将争夺红色脸壳，竟然愿意用挨打流血的方式把脸染红，而且可以将国王糊弄过去。通过这个细节可以看出，颜色所代表的权力是多么"表面化"的一种东西，充满了游戏化与随意性。国王与臣子们这种为所欲为的做派，终于在这一年的大荒年时被人民群众颠覆了，"戴红鬼脸壳、绿鬼脸壳，还有别种鬼脸壳的臣子们，起先很凶，见到老百姓就杀。后来老百姓的力量一天一天大起来，戴鬼脸壳的臣子们吓坏了，逃到一座高楼上。楼下，人多，轰地倒下来，戴鬼脸壳的臣子们都被压死了"。金近将结尾处理得干脆利索，很有一种寓言的意味，通过这么一篇不长的童话就将统治阶层腐朽没落的丑恶嘴脸淋漓尽致地暴露出来了。

1947年5月金近写的《黑心魔术家》也是一篇寄予了丰厚的讽刺意义的作品。金近将"黑心"与"魔术家"并列，以呈现剥削者阴险狡诈的本质。黑心魔术

① 金近：《我喜爱这工作》，收入叶圣陶等：《我和儿童文学》，上海：少年儿童出版社1980年版，第171页。
② 郁青：《金近评传》，太原：希望出版社2001年版，第2页。
③ 郁青：《金近评传》，太原：希望出版社2001年版，第3页。

家自己说:“你该知道,有的人黑在外面,有的人就黑在里面,有本领的人都是黑在里面的,你知道吗?”这是多么“大言不惭”的表达,可是黑心魔术家却引以为豪,以所谓的“魔术”欺骗百姓,最终的目的是“盗走”大家的财产。通过这篇童话,金近要引导人们看清楚那些欺压者的谎言与把戏,其实全都是不堪一击的,真相很快就被暴露出来。在童话的结尾,作者这样写道:“等观众把火灭了,黑心魔术家已经逃得很远,观众一点也不放松,立刻分几路去追,一定要把他们抓回来。”这个结尾和《红鬼脸壳》的风格一样,言简意赅,要言不烦,突出作品的主题。

金近用童话的幻想与夸张写出了现实社会的荒诞滑稽,原本是艺术文本内的想象与虚构,其实就是真实人生的有力写照,这种巨大的错位就是金近要揭示的那个黑暗时代的本质。所以,“反讽”的技法在金近的童话中非常普遍,因为它非常适宜呈现原本就黑白不分、是非颠倒的世界。1947年3月,金近写了一篇《“好”人国》,这个“好”字上面是加引号的。“好”人国里最有权力的是皇帝。皇帝头上有两只角,“好”人国里有地位的人,头上都有两只角。这两只角很形象地传达描摹出有权力的人的样貌,以及“角”的功能。“好”人国里的规则与常理是相悖的。越是坏的百姓,就越算好。如果你不肯坏,那么你就犯了法。“好”人国里最重要的法律有下面三条:

一、不许讲道理,讲道理是犯法的;

二、不好的事情要说好的,假的事情要说真的;

三、你请我吃一块糖,我定要打你一记耳光,你请我吃一块糕,我要打得你求饶。

这三条法律就像孩子们现实中不受常规束缚的游戏,可以任意打乱秩序,作为童话的审美是合逻辑的,但是它讽喻揭示的恰是一种“非常态”的社会人生,黑白颠倒,是非不分,统治者可以为所欲为,残害百姓。“好”人国里发生的事情全都令人匪夷所思,但恰恰是现实社会的真实写照。通过童话“放大了”的艺术表达,金近实现了创作批判现实主义的力度与深度。

1946年底,金近写了一首儿童叙事诗《小毛的生活》,发表在郭沫若主编的《文汇报》副刊《文学专刊》上,针对这首诗郭沫若给予了金近热情的鼓励。诗歌写的是底层儿童在抗战胜利后的悲惨遭遇,之后金近还写了《小瘪三的歌唱》。这些作品都以“诗”的形式体察叙写贫苦儿童的生活境遇,表达他们内心对幸福生活的期盼,诗歌写得情真意切,读后令人感动不已。两首诗歌中都写到了“妈妈”,写孩子对妈妈的思念,对妈妈爱的港湾的向往,从细节处着笔,写出了孩子真实的内心世界。这一时期金近发表了很多童话、儿童诗、童话诗等，由华华书店于1948年结集出版了童话集《红鬼脸壳》、儿童诗集《小毛的生活》。

金近的创作具有鲜明的时代性、进步性和革命性，他始终立足儿童本位创作，作品语言、形象、故事情节等均符合儿童的心理接受特点，适合孩子阅读。冰心这样评价他的创作，“……他是一个不但热爱儿童，而且理解儿童的作家，他写的作品，都是对小孩说的大白话”[①]。金近自己在为儿童写作需把握的艺术原则这个问题上的认识非常自觉，他说儿童文学的写作问题，“(一)主题要明确，不能太含蓄，寓意不能太深，少用理论。(二)用儿童熟悉的题材，要来自儿童生活中的东西。(三)题材应该注意鼓励性，不论是诗、戏剧、童话都该含着勇敢，充满上进、希望在内。其次，内容要生动有趣，注重一点幻想，但又要不离开现实太远，结构该紧凑。(四)为了要适合儿童兴趣，写作必须注意活泼热闹”[②]。通过这段表述可以看出，从儿童文学的内容来源、特点到艺术形式的构成、审美特征，金近的认识都非常深刻、到位。

新中国成立后金近积极参与了东北电影制片厂美术片组的筹备工作，写了动画片剧本《谢谢小花猫》，这是新中国成立后第一部专门给孩子们看的动画片。之后他又写了《小猫钓鱼》《采蘑菇》等，都拍成了动画片。1952年金近调到北京，在中国作家协会新成立的儿童文学组工作。1957年报名去浙江深入基层生活。1963年回到北京负责筹办《儿童文学》杂志，这个时期写了《狐狸打猎人的故事》等，后来成为脍炙人口的经典名篇。新中国成立后金近写了大量的优秀儿童文学作品，作为我国现当代儿童文学的优秀作家，他无论在创作还是在理论研究上，都为我国儿童文学学科的发展作出了重要的贡献，得到了中外儿童文学界的高度评价。

第四节　包蕾　丰子恺

一、包蕾

包蕾(1918—1989)，原名倪庆秩，笔名叶超，浙江镇海(今宁波)人，现代剧作

---

① 转引自颜学琴：《红鬼脸壳・后记》，收入金近：《红鬼脸壳——中国童话大师系列・金近童话全集》，福州：福建少年儿童出版社2009年版，第225页。

② 金近：《儿童文学作品里面切忌命运论的思想》，载《儿童读物问题座谈发言》，收入《1913—1949儿童文学论文选集》，上海：少年儿童出版社1962年版，第329—330页。

家、儿童文学家。自幼喜爱文艺，但由于父亲是个“务实派”，不许儿女接触文学艺术，使得包蕾的童年生活自感寂寞。上学后一次意外的机会获得了阅读儿童读物的机会，从此一发不可收拾，表现出对文学浓厚的兴趣与对美的事物天性的敏感。小学五、六年级时，甚至在班级里与同学一起自己制作图书。中学时代有大量的阅读，古今中外的文学作品都涉猎，受鲁迅的儿童文学作品及关于儿童文学的杂文影响深刻，对儿童文学的认识由之前的感性开始走向自觉与尊重。中学时代的包蕾在文学实践上就很活跃，担任墙报主编，组织进步剧社，通过排演田汉的剧本学会了写戏，学会了用戏剧揭示社会黑暗，同帝国主义和国民党反动派进行战斗。早期创作了《后台》《释放》等重要的进步剧作，成人戏剧的实践经验为包蕾之后的儿童戏剧创作打下了坚实的基础。

“一二·九”学生运动发生后，包蕾积极参与抗日救亡活动，“写独幕剧，演话剧，夜里还在一个夜校教书”①，在夜校教书时真实感受到了孩子们需要他们自己的剧本。1938年10月开始，应《好孩子》刊物的邀请，包蕾每期为该刊写一篇儿童剧，到1939年夏初，共写出十篇儿童独幕剧，都是活报剧的形式，于1939年结集，题名为“祖国的儿女”，由少年出版社出版。《好孩子》是上海地下党领导下组织起来的，由“小学教师联谊会”创办，为孩子们提供进步精神食粮，开展抗日救国思想教育。包蕾一开始为儿童创作剧作即汇入到这股时代洪流中。剧本创作都是基于反映时事和演出条件的许可而设计的，主题鲜明，虽然包蕾自己承认“写得是很粗糙，很不成熟的”②，但其努力发挥戏剧的表演、宣传与号召功能，在大时代中积极配合抗战的急迫需求，教育引导儿童作为一支重要的抗战力量行动起来，使得包蕾也成为抗战期间发展儿童戏剧运动的一个重要人物。

从作品集《祖国的儿女》可以清晰地看出包蕾这部分创作的主旨，“祖国”与“儿女”是紧密关联的两个中心词。在集子的前言中包蕾这样写道：“现在全国人民已经起来抗战了，而且只要我们持久抗战，不中途妥协，胜利一定是我们的，这些事还有许多人不懂，他们不知道鬼子的残忍凶恶和亡国的痛苦，所以我们要演戏给他们看，叫醒他们才对！……小孩子说话演戏有时候比大人更能感动人，我们都是爱国的孩子，所以我们要到各地去演戏，唤起民众，这也是救国工作。”③这段表述可以看到包蕾对儿童主体性的深度尊重、了解，以及在此基础上及时的教育引导。《祖国的儿女》中的十部儿童剧，有两部取材于国际斗争，其余八部都是

① 包蕾：《我的创作历程》，收入叶圣陶等：《我和儿童文学》，上海：少年儿童出版社1980年版，第180页。
② 包蕾：《我的创作历程》，收入叶圣陶等：《我和儿童文学》，上海：少年儿童出版社1980年版，第180页。
③ 转引自蒋风主编：《中国现代儿童文学史》，石家庄：河北少年儿童出版社1986年版，第292页。

国内题材，以抗日游击队和爱国少年儿童的英勇抗日为表现对象，气势昂扬，深切反映了新时代抗日救国的新气象。剧中有很多由孩子演唱的歌曲，词曲铿锵有力，如《胜利的新年》中，"我们是中国的小英豪，赶跑敌人把国仇报，等到抗战胜利，我们放一个大鞭炮"，这样的语言符合儿童心理特性，极大地张扬了他们主人翁的地位，演出完广受孩子们传唱，起到了戏剧真正配合时事要求、深入人心的鼓舞作用。

多幕儿童剧《雪夜梦》是包蕾这一时期的代表作，该剧还是包蕾写给少年出版社，于 1939 年出版。剧作的构思受到安徒生的《卖火柴的小女孩》的影响，但创作灵感及动因、思想内涵则完全是中国的。"那年的寒夜，夜半梦醒，隐隐听到远处有个女孩子凄凉的哭泣声，使我久久不能成眠，从而构思这一故事，披衣而起，写成这一儿童剧。内容是描写因国难而家破人亡，流落街头儿童的悲惨遭遇。"[1]完全基于现实刺激的剧本创作，饱含着包蕾满腔的愤慨之情，他想通过戏剧唤起广大民众同仇敌忾的激情，唤起广大少年儿童参与战斗的勇气与热情，去为我们的孩子们谋求幸福的家园。歌辛同志为该剧插曲谱曲，组曲很快被小学生们传唱开来，据包蕾回忆，在一次儿童歌唱比赛时，该曲获得了满堂的喝彩，现场的热烈气氛连包蕾自己也被感染了。由于《雪夜梦》产生的巨大影响力，受到了日本军国主义的重视，按照重要的抗日书籍去查处，相关人员(包括包蕾自己)甚至还面临了被捕的风险。由此可以见出《雪夜梦》思想及艺术上的价值，它真正发挥出了戏剧这一艺术形式特有的审美及教育功能，真正走进了观众的精神世界，影响着他们的革命追求。

从《祖国的儿女》到《雪夜梦》，包蕾在儿童剧创作上逐步走向成熟。《雪夜梦》在内容体量、艺术构思、人物塑造、情节安排、结构设置、艺术的感染力等诸方面都较《祖国的儿女》丰富完善许多，反映出包蕾个人对儿童剧的认识与艺术把握都已经开拓至相当高的水准。抗战胜利后，包蕾虽然长期失业在家，但仍然坚持为孩子们写了《寒衣曲》《求仙记》《玻璃门》《瓶里的魔鬼》《胡子和驼子》《巨人的花园》等十多个儿童剧，这些剧作也是他参与对儿童进行教育的党的外围团体——"中国少年剧团"的成果。鉴于当时的特殊环境，这个时期包蕾在剧作艺术风格的设计上有时会淡化现实感，从民间故事、童话中取材，使得文本意境富于浪漫主义特色，但作品立意与主旨还是在教育儿童，其精神底蕴依然是战斗性的。

《玻璃门》是这一时期取材于现实题材的一个作品，它构思开题"切口"很

---

① 包蕾：《我的创作历程》，收入叶圣陶等：《我和儿童文学》，上海：少年儿童出版社 1980 年版，第 180 页。

小，主要以“华丽大饭店”门外的服务生孩子“小良”与另一个卖晚报的孩子大根之间的相遇与对话展开情节。透过两个孩子的眼睛，作者将题旨聚焦在了“华丽大饭店”那扇精致的“玻璃门”上。一道门将世界分成了两半，正如剧作中小良对大根说的话，“我想这个世界真奇怪，譬如我自己吧：一天到晚站在这儿，只不过是为了替人家拉开这扇门，好让人家进去，这扇门就好像把世界分成了两个，门里头多暖和，有吃、有喝、有玩、有乐，门外头多冷，风吹雨打、下霜、下雪，就隔开这么一扇薄薄的玻璃门，什么都大不相同了！”小良又说，“玻璃是透明的，里面可以看得出外面，外面可以看得到里面，为什么这些人都不睁开眼睛看一看，难道他们眼睛瞎了吗？”[①]“玻璃门”本身是一个很透明、唯美的意象，但是当它被放置在现实社会中去“切割”世象时，竟然是如此的残酷与无情。包蕾用两个纯真的孩子的口去责问这个世界，“提出问题”是这个作品主要的目的，它警醒人们去面对、去反省。在作品中，孩子们获得不了答案，他们得到的是“想不明白”，但他们至少一直在真诚地追问答案，这就是包蕾想告诉世人的。

《巨人的花园》是一篇象征意味隽永的剧作。“巨人”和他的小公主、仆人胡里居住在一个小岛上的大花园里，巨人来到这里后把当地的人都杀光了，小岛冷冷清清，巨人和胡里也懒得劳动建设小岛，所以整个花园都是颓败的景观，小公主寂寞无聊，郁郁寡欢。在巨人带小公主出游时，岛上来了五个小孩子，他们用自己辛劳的双手让花园变得重新美丽起来。在胡里的撺掇下，巨人回来后却将他们赶走了。最终巨人被胡里陷害，胡里也被孩子们战胜了。在全剧的结尾，包蕾这样写道：“小朋友们：我的故事是这样结束了，要是你想念着那花园，那小岛，和那勇敢的孩子们时，那么，你可以随时留意寻找。你会发现有许多地方一样可以变成个美丽的花园，而你自己也可以努力去做成一个勇敢的小英雄呢！”[②]从外在形态上看，“巨人”是一个巨大的、让人敬畏的、可怕的形象，他的女儿小公主恰和他相反，美丽可爱，内心善良。巨人恃强凌弱，可是他的生活并不幸福，唯一的仆人成天觊觎的是他的财宝，最终巨人命丧于他。孩子们与巨人和仆人正好相反，他们能自己建设自己的家园。剧本将时间定为“某一年，冬尽春来的时候”，这个时间也充满了象征的意味。这个剧写于1946年，在包蕾心中，所有貌似强大、腐朽、没落的势力终将是要倒台的，因为他们欺压百姓，不劳而获，在他们统

---

① 包蕾：《玻璃门》，少年报社编：《中国现代儿童文学选 诗歌·戏剧》，南京：江苏人民出版社1982年版，第426页。

② 包蕾：《巨人的花园》，任德耀主编：《中国儿童文学大系·儿童剧(一)》，太原：希望出版社1990年版，第422页。

治下，世界荒芜，生活无聊无趣。孩子们是拯救这个世界的巨大力量，他们能让家园重新春花开遍，芳草蔓延。剧作的寓意是十分鲜明的。

在长期的艺术实践中，包蕾对儿童剧有非常深刻的理性认识，“从儿童读物的形式上来看，儿童戏剧有它的特殊性，也有它特殊的价值……儿童戏剧和其他形式的儿童文学一样，使儿童在阅读后得到真理的启示，得到艺术的欣赏，或者说是‘真’的认识，‘善’的默化，和‘美’的熏陶。同时，它在演出的过程中，更可以真切地体味：‘一方面教育了自己，一方面教育了别人。’所以它比较其他形式的儿童作品显得更活泼，更容易为儿童所喜爱”①。包蕾对儿童戏剧特殊的艺术表达及其功能的理解是非常精准的，他个人的文学实践也对我国现代儿童戏剧的发展作出了重要的贡献。新中国建立后，包蕾在少年儿童出版社专业做儿童读物的出版，同时还写了大量优秀的童话作品。1963 年调到美术电影制片厂工作，改编阮章竞的童话诗《金色的海螺》为剪纸片，这部片子在亚非电影节中获得了卢蒙巴奖。

包蕾也写过大量的成人电影文学剧本，他是中国现当代文学史上一位重要的艺术家。

二、丰子恺

丰子恺（1898—1975），我国现代漫画家、文学家、翻译家、艺术教育家。出身于浙江省崇德县石门湾的一个读书人家庭，自幼聪慧，跟随父亲读私塾，受文学熏陶，喜欢绘画。1914 年 2 月，年仅 16 岁的丰子恺即有四篇文言寓言发表在《少年杂志》上。该年初秋，丰子恺以第三名的成绩考入杭州的浙江省立第一师范学校，在这所学校他接受了良好的艺术教育，且遇到了对他影响至深至远的两位老师——李叔同与夏丏尊，前者影响到了他对绘画事业的热爱与追求，以及人格修养与艺术心性；后者影响到了他的文学创作，特别是其散文的艺术风格。1921 年丰子恺去日本留学，在绘画与文学两方面都很有收获。回国后在“漫画”与“散文”两大领域展开他对于人生思考的艺术表达。

丰子恺先后当过中学、大学教师、编辑，有《子恺漫画》《子恺画集》《缘缘堂随笔》《缘缘堂再笔》《音乐入门》《子恺近作漫画集》《客窗漫画》《甘美的回味》《子恺近代散文集》等重要作品出版，并有译著如《苦闷的象征》等。作为我国现代重要

① 包蕾：《儿童戏剧的地位与价值》，收入王泉根主编：《中国现代儿童文学文论选》，南宁：广西人民出版社 1989 年版，第 634 页。

的艺术家与文学家，丰子恺的特殊贡献还表现在对儿童世界、童心境界精深的思想感悟与艺术再现上，由此而创作的大量儿童漫画、儿童故事、童话、散文极大地丰富了我国现代儿童文化与儿童文学的艺术版图，使其在我国现代儿童文学艺术史上具有非常重要的地位。

“丰子恺是一位具有独特美学思想的文化名人。”①在他的美学思想形成及构成内容中，“童心”思想始终是非常重要的一部分，认识丰子恺在中国儿童文学史上的贡献，需把握其核心要义的也在于其“童心”思想。这部分思想体系深厚，是对我国古代以来“童心”思想的传承与发展，是我国现代知识分子将人生、艺术、宗教、哲学与童心贯通思考后的智慧结晶，其价值并不仅在儿童文化单一维度，更在普遍意义上的人文学术领域。

我国现代儿童文学在发生时最重要的贡献就是在精神层面创建出一个“儿童世界”，这个世界就是专门提供给孩子们的，让他们在其中自由徜徉，这在古代封建社会是不可能存在的。但是这个世界的获得必须经由成人的体悟与认同，由成人的文学创造将其具象化。也就是说，一个“儿童世界”的艺术现象得来于成人对童年精神的自觉浸染，且这种浸染能与其个体的心性、思想境界合拍，他能感悟、体验、相信、执念于这个独有世界的魅力。这种状态不是每个成人都能轻易为之的，毕竟它是“非成人”“非现实”的一种状态。

1921年郭沫若在《儿童文学之管见》②一文中，从儿童文学对人性熏陶的宏伟效力谈起，指出建设儿童文学的重要性与迫切性。在辨析与描述儿童文学的本体属性时，郭沫若使用了很多空灵般的、“银光幻境”效果的语词去努力形容与再现一个“儿童的世界”。1921年11月15日，叶圣陶创作了第一篇童话《小白船》，他用“小白船”这个非常唯美、有童年质感的“摆渡”意象，表达了自己对儿童世界的想象与描绘，也代表了一个时期知识分子内心的“圣殿”与对理想人生的憧憬。1922年1月7日，中国最早的儿童文学刊物《儿童世界》创刊，由郑振铎主编。这份专门办给孩子们的刊物被命名为“儿童世界”，今天咀嚼起来其意味更为隽永。这应该是一份既能满足孩子们的阅读需求，又在很大程度上可以寄托、放飞“五四”知识分子不羁心灵的精神园地，是这一代知识分子对“儿童世界”巨大精神生态价值勘探而收获的硕果。

承接五四时期对“儿童世界”的思想与艺术发现，到20世纪20年代中后期，丰子恺将这一精神资源甚至上升为一种“儿童崇拜”。“儿童崇拜”是一种精神信

---

① 余连祥：《丰子恺的审美世界》，上海：学林出版社2005年版，第1页。
② 郭沫若：《儿童文学之管见》，载《民铎》第2卷第4号，1921年1月15日。

仰。丰子恺在1928年所作的《儿女》[1]中，他这样表达："近来我的心为四事所占据了：天上的神明与星辰，人间的艺术与儿童。"我们看他并列的这四种事物，"神性""诗性""童真"，在丰子恺的心目中是具有等同的价值的。通过观察与"同情"自己的孩子，丰子恺写下了大量抒发童真情怀、给孩子阅读的文字。他说，"天地间最健全的心眼，只是孩子们的所有物，世间事物的真相，只有孩子们能最明确、最完全地见到"[2]"世间的人群结合，永没有像你们样的彻底地真实而纯洁"，他想挽留孩子的黄金时代在画册里，但是一想到孩子一长大他的画在世间已无可印证，便是何等可悲哀的事啊！[3] 丰子恺的"儿童崇拜"指向了"拒绝长大"，他对童年精神生态的体悟与表达代表了我国现代儿童文学时期一个特殊的高度，体现出那一时代我国学人对童年思想认识的深度。

丰子恺的"童心"思想对我国现代儿童文学价值观念的丰富与发展具有非常重要的价值。他完全从"儿童本体"的维度体认到儿童精神的特殊奥妙，并将其与艺术审美的"无利害关系""绝缘"特性等联系起来思考，形成其有关"赤子心、艺术心、宗教心"三位一体的"童心"思想。"童心"是一种本真的境界，儿童具有"绝缘"的眼，可以"见到"事物孤独的、纯粹的本相，其至高境界如艺术、宗教是一致的，所以丰子恺将"神明与星辰，艺术与儿童"是并列对待的。从这几个范畴内在精神上的共通性来理解丰子恺的"童心"思想，我们才能领悟其价值观念的意义与价值。

所以丰子恺对儿童是发自内心由衷赞美的，通过观察、感悟他身边自己的这几个孩子，他画下并写了大量经典的漫画与文字，这些精致的线条、简单处见深刻的画面、赤诚的儿童情怀与童年诗性已经成为难得的艺术珍宝。如他以孩子"华瞻"的口吻记录的日记[4]，写下了孩子天真的对于"家"的理解，"其时照我想来，像我们这样的同志，天天在一块吃饭，在一块睡觉，多好呢？何必分作两家？"在华瞻看来，"家"就是我们这些要好的孩子们每天都能够在一起。这是一种多么朴素的理解，也是多么美好的愿望。作为一个成年人，丰子恺真正能够写出孩子心底里的世界。

"丰子恺是在李叔同的启迪下走上艺术之路的……跟老师一样，丰子恺以博爱、深广的心灵去看天地间一切有情无情的物事；他相信艺术家所见的世界是一

---

① 丰子恺：《儿女》，载《小说月报》第19卷第10号，1928年10月10日。
② 丰子恺：《儿女》，载《小说月报》第19卷第10号，1928年10月10日。
③ 丰子恺：《给我的孩子们》，载《文学周报》第4卷第6期，1926年12月26日。
④ 丰子恺：《华瞻的日记》，载《小说月报》第18卷第6号，1927年6月10日。

视同仁、平等的世界;艺术家的心,对于世间万物都应给予热诚的同情。”[①]在面对儿童时,丰子恺将所有的孩子都视为值得成人去认真打量、关爱、同情的对象。他怀着博大的人文关怀精神去竭力书写、绘画、映现他所处的那个时代的中国儿童的生活与生存境遇。在《穷小孩的跷跷板》(1934年)一文中,一方面他贴切地用漫画与文字刻绘出了两个穷小孩自创的快乐游戏,并且深切地体察到了孩子在其中所获的愉悦,“这种游戏的简陋,和这两个小孩的穷苦,只有我们旁人感到,他们自己是不知道的”,这种单纯的“快乐”就是他一直所赞赏的孩子们“为游戏而游戏”的“无我”的艺术的、宗教的境界。但透过“穷小孩”的游戏,丰子恺也看到了“苍凉”,“因此我想到了世间的小孩苦。在这社会里,穷的大人固然苦,穷的小孩更苦”,他更悲哀地感受到,“穷的小孩苦了,自己还不知道,一味茫茫然地追求生的欢喜,这才是天下之至惨!”他以孩子游戏的“快乐”与现实之“苦”的境遇的巨大反差来批判社会,表达了忧国忧民的责任担当与人文情怀。

在特殊的时代境遇中,面对黑暗现实对人生的冲撞与挤压,丰子恺在儿童世界中找到了慰藉心灵的通道,并且时时以“成人”的状态去对照,凸显“儿童”世界的可贵,在《谈自己的画》(1935年)一文中他写道,“成人的世界,因为受实际的生活和世间的习惯的限制,所以非常狭小苦闷。孩子们的世界不受这种限制,因此非常广大、自由。年纪愈小,其所见的世界愈大”。反观自己作为“大人”的生活,丰子恺对已然的人生是有“灰冷”感受的,他说,“我呢,名义上是他们的父亲,实际上是他们的臣仆……丧失了美丽的童年时代,送尽了蓬勃的青年时代,而初入黯淡的中年时代的我,在这群真率的儿童生活中梦见了自己过去的幸福,觅得了自己已失的童心。”这种真实的心迹的流露,充分地说明了在较长的一段时间内,“童真”是滋养丰子恺个体精神世界的一种重要资源,正是基于这种彻底的反思与认同,他才将如此大量的笔墨倾注在了对儿童的关爱与艺术再现上。

“使他真正有意识地为儿童而提笔的机缘是他参加了编辑儿童刊物《新少年》和《中学生》杂志以后”[②],从编辑杂志要考虑儿童的实际接受出发,丰子恺写了大量的适合儿童阅读的作品,其中包含许多艺术审美教育的文章。在1936年第1卷第1至第3期上,丰子恺以连载形式发表了一篇中篇童话《小钞票历险记》,这是他创作的最早的童话,配以漫画,以一张“小钞票”的经历,真实地揭示出旧中国底层人民艰难的生活处境。以“童话”对“物性”的视角聚焦,作者的深层目的在于引导孩子去深刻地认识世界。

---

① 陈星:《丰子恺漫画研究》,杭州:西泠印社2004年版,第17页。

② 蒋风主编:《中国现代儿童文学史》,石家庄:河北少年儿童出版社1986年版,第279页。

抗战爆发后，丰子恺以更加积极的创作姿态站在时代的浪尖上，创作风格发生了明显的变化，创作了一些童话和儿童故事，主旨仍在引导、培养儿童鞭挞黑暗、追求光明的人生态度上，在民间文学营养的汲取上也有自觉的创作追求。

第五节 《鸡毛信》《雨来没有死》《虾球传》

以儿童为中心的现实主义儿童小说在这一时期取得了重要的成绩。其中，《鸡毛信》《雨来没有死》《虾球传》是三部著名的作品，影响力深远。

一、《鸡毛信》

《鸡毛信》的作者华山生于1920年，广西南宁人。15岁参加学生抗日救亡运动。18岁入延安鲁迅艺术学院，不久即到敌后太行山抗日根据地的《新华日报》担任战地记者。长期的战地生涯为华山的创作打下了坚实的生活基础。

《鸡毛信》创作于1945年，1949年出版，20世纪50年代再版，1972年作过修改。

《鸡毛信》全文有3.5万字，篇幅不长，共有“儿童团长”“消息树”等十四个部分，但写得生动曲折，情节紧凑，阅读起来朗朗上口，充满了紧张惊险的快感，是一部适合儿童接受，又深具教育意义的时代小说。华山能够在战争年代创作出贴近儿童阅读心理、又充分映现时代特征的现实主义作品，说明他对于反映儿童的、写给儿童看的作品有充分的思考。整体来看，有下述几个方面思想及艺术上的内涵使得《鸡毛信》成为一部经典的作品。

一是以儿童的视角写的非常典型的童年经验。《鸡毛信》的开篇这样写道：“海娃今年十四岁了。海娃放了六年羊。”非常简单的两句话，直入正题，一下把儿童形象海娃带入读者视界。接下来，又是三言两语，引出了海娃现在是抗日救国儿童团的团长。这便是第一部分“儿童团长”的主题。《鸡毛信》写的是作为“儿童团长”的海娃的童年经验，这一经验在那个时代非常具有典型性。抗日战争对苦难的中国来说，是一场全民战争。正是依靠于全民的力量，不屈不挠，我们才取得了卓越的胜利。战争年代全国各地出现了众多的小英雄，海娃便是其中的一个。海娃的故事通过送“鸡毛信”这一事件被传播了开来。

二是作品中海娃这一形象的塑造是成功的。叙事性儿童文学作品中必须有一个“儿童或孩子般的人物角色”，这个角色就是作品的灵魂，也是把读者带入故事世界的关键纽带。通过与他的情感共鸣，读者能够替代性地获得满足，即自己就像主人公一样，在故事世界中经历了如此丰富多样的体验，而这些体验通常在现实生活中是很难实现的。华山写海娃，完全按照海娃自己的儿童状态去描绘，没有刻意地居高临下地去代言。海娃从父亲那里接受任务开始，就被置于危险的情境中，随时面临着瞬息万变的局面，他需要一一去应对，去变通，还得去接受与处理。在这个过程中，华山完全按照海娃的认识水平、经验、能力去推进故事，全部的情节与细节都是以一个少年主体为轴心展开，这是对儿童与儿童读者基本的尊重，所以作品能够获得儿童的共鸣便是自然而然的了。

三是作品的语言与情节是典型的儿童文学的表达方式。写给儿童阅读的作品语言要简明，语意清晰，行动与事件是推动叙述的主要元素，叙事不拖沓，节奏很快，叙事线索不复杂，一根主线奔到底，故事情节有趣，人物形象分明，这些都是最原始的文学叙事要素，它们都完美地保留在儿童文学中。在这一点上，华山完全习得要领，《鸡毛信》的整体处理方式都与此吻合。作者采用了朴素的语言，句子都不长，读起来很轻松。在情节设置上作者也很用心，通过写海娃"在路上"送鸡毛信的经历，一波三折、高潮迭起，读起来总是让人充满了想知道后面结果的感觉，这种阅读效果是理想的。

最后是《鸡毛信》的思想与情感是值得称道的。这是一部主题鲜明，表现战争年代小英雄的勇敢与智慧，引导广大青少年健康成长的小说。战争本身是残酷的，死亡是可怕的，但中华民族在面临外敌入侵时所表现出的民族精神是卓越的，这种精神在儿童身上同样有淋漓尽致的表现，当时的儿童文学对此进行了很好的再现。我们看到，故事中的海娃接受了艰难的送信任务，一路上都有日本鬼子的阻拦，处处面临险境，但是海娃没有一点畏惧之心，没有因危险与疲倦而放弃，一直都是精神抖擞，机智应对，一次次的挫折没有把他打败，每次都重头再来，找寻机会。这种百折不挠的精神是我们在儿童教育中最需要注入的，特别是对于今天的孩子。《鸡毛信》中一以贯之的是一种乐观纯洁的感情，这正是儿童文学最基本的文学精神。

《鸡毛信》是现代儿童文学史上叙事类作品的代表作。作品的立意、艺术表现，以及重视儿童接受的写作姿态都非常值得肯定。具有一定冒险色彩、情节出奇的作品是孩子们的最爱。特殊的战争年代为作家们提供了绝好的素材，华山由于对生活的熟悉，所以很自然娴熟、细节生动地写出了海娃的故事。即便是已经过了70余年的今天，我们再打开故事时，依然是一种鲜活的气息扑面而来，海娃就好像在你身边，他在行动着、思忖着：下一步该怎么办呢？华山把历史永远定格了下来。《鸡毛信》可以让我们领着今天的孩子们重新回到历史的现场，学习海娃的英勇无畏与智慧沉着，感悟与传承高扬的民族气节，进而肩负起新时代祖国的发展赋予他们的责任与使命。

二、《雨来没有死》

《雨来没有死》的作者管桦生于1921年1月9日，原名鲍化普，河北人，出身于革命家庭，从小有较好的文学积累。1940年参加革命，在晋察冀华北联合大学文学系学习，1941年做报社记者，开始发表文章。后在部队担任文化教员，并有各种文体的创作。

《雨来没有死》创作于1948年，发表于1949年4月4日的《人民日报》。1962年11月，作者将其扩展修改，成为中篇小说《小英雄雨来》。

《雨来没有死》是来自解放区的优秀的抗日战争题材的儿童小说。作品以抗日战争时期的晋察冀边区为背景，紧扣时代主题，塑造出了一个机灵活泼、英勇有智谋、爱国好学的小英雄"雨来"形象。这篇作品的文学魅力在于它特有的审美张力——战争的严酷、日本鬼子的凶狠野蛮、侵略者的丑恶与抗日民主根据地人民顽强的斗争精神、家乡美丽的自然风光、儿童面对战争的自如从容等形成了绝妙的对立，构成了阅读过程中"紧张情节"释放后特有的快感。小说写的是"儿童"的故事，表面看来，儿童外在形态上的"小"与战争事件之"大"严重不匹配，但经由作者的艺术再现，"雨来"在应对非常事件中表现出的"精神力量"简直让人震惊，而且最主要的是，雨来的状态始终保持着孩童式的顽皮可爱，他"驾轻就熟"地以自我高超的生存本领一次次化险为夷，总是让人在"担心"之余获得意外的惊喜。

管桦以"雨来"为典型，实际上写出的是抗日民主根据地人民普遍的一种精神风范，那便是面对外敌入侵时的坚强，骨子里的自信与勇敢，对祖国家乡的热爱与誓死的保卫，而且没有被抗战的艰难打倒，一直保持着革命乐观主义的精神。管桦将这种风范内化为小说的基本格调，一种渗透于字里行间的从容有度、信心满满的情怀，所以即便是写战争，管桦并没有让"硝烟""战火"成为压倒文本思想空间的巨大力量，相反，他一直在细致有余地写家乡的景致，充满喜爱之情地刻绘雨来的天真可爱，"抒情"的气息弥漫在残酷的"战争"对抗中，这种处理在管桦是自然而然的，来自"抗战精神"在他思想筋骨里的内化。因此，阅读这篇小说，在故事、人物等表层的意义获得之外，更大的价值便在于小说格调的启示，在于"抗战精神"对我们潜移默化的影响与感染，其价值对儿童而言尤其不言而喻。

管桦将这种格调从小说一开篇便布置渲染了出来。题为"雨来这孩子"的第一节是如此开篇的：

> 晋察冀边区的北部有一道还乡河，河里长着很多芦苇。河边有个小村庄。芦花开的时候，远远望去，碧绿的芦苇上像盖了一层厚厚的白雪。风一吹，鹅毛般的苇絮就飘飘悠悠地飞起来，把这几十家小房屋都罩在柔软的芦花里。因此，这村就叫芦花村。十二岁的儿童雨来就是这村里的。

这幅清新唯美的芦花村图景被作者徐徐地拉开在我们面前。我们的视线仅从这幅自然景致望过去，唯美与温馨的乡村存在很难与“战争”这样的字眼挂上钩。接下来与“自然”和谐出现的当然是“儿童”：

> 雨来最喜欢这道紧靠着村边的还乡河。每到夏天，雨来和铁头、三钻儿，还有很多很多光屁股的小朋友，好像一群鱼，在河里钻上钻下，藏猫猫、狗刨、立浮、仰浮。雨来仰浮的本领最高，能够脸朝天在水里躺着，不但不沉底，还把小肚皮露在水面上。

雨来与河的关系被作者就这样自然地描述了出来。这一交代既是对景观描写的轻松过渡，又是人物形象出场的自然烘托，“水”里的雨来，便是乡村童年最典型的“游戏”情境。雨来的自由快乐、雨来的本领，全都为后面情节的推进埋下了伏笔。管桦在为雨来“造型”时，非常注重细节，从生活内部出发去“雕刻”形象。比如当写到雨来下河妈妈总是很担心时，雨来面临妈妈的追赶跳下河逃脱时，他的机智与顽皮管桦是这样处理的：

> 忽然，在老远地方，水面上露出个小脑袋来，像个小鸭子一样抖着头上的水，一边用手抹一下眼睛和鼻子，嘴里吹着气，望着妈妈笑。

这就是“真实”的雨来。这样扑面而来的雨来读者能不喜欢吗？管桦在写作“雨来这孩子”的开篇时，内心一定满溢着喜爱与赞赏，所以才能活灵活现地让雨来的形象站立了起来。有了这样的开篇，后面故事的精彩自然是水到渠成的。

管桦将小说最先题名为“雨来没有死”，这个题目作者显然是有深刻用意的。作者就是想凸显战争中“雨来”作为儿童英雄的主体性。面对强敌，雨来不仅没有死，而且凭借自己的英勇与胆识，积极参与斗争，从容不迫应对复杂情况，在抗战中发挥了巨大的作用。“雨来”的成长离不开身边环境对他的深刻影响。雨来的爸爸妈妈，乡村中每一个朴素的劳动人民，勇敢的民兵们，都是潜移默化影响雨来的榜样。在夜校中，雨来跟随女老师一起学习，“我们——是——中国——人，我们——爱——自己的——祖国”。对祖国与对自己家乡的爱，就这样一点一点渗透在雨来的内心，在与鬼子的较量中，他就是要通过自己的力量，让他们清醒地认识到——“这儿是中国的土地！”

儿童文学在帮助孩子树立民族身份、传承优良的民族精神方面发挥着无可替代的作用。通过对故事中人物形象的共鸣与同情，儿童读者可以替代性地获得经验满足，并自然而然习得与内化主人公的情感与思想。从这一层面看，战争题材的儿童文学具有其他题材的作品无可比拟的优势，“雨来”的故事虽然已经过了半个多世纪，但它依然是可以对今天的儿童具有重要影响力的优秀作品。

三、《虾球传》

《虾球传》的作者黄谷柳生于1908年11月15日，广东梅县人。从小在云南长大。1927年加入中国共产主义青年团。后在香港、广东等地生活。抗日战争时期开始发表作品。小说《虾球传》于1947年10月10日以“春风秋雨”为题在《华商报》上连载，后又有第二部《白云珠海》、第三部《山长水远》。第四部《光天化日》未完成。

《虾球传》在我国现代儿童文学史上是一部很独特的作品，这主要基于它的题材表现，作品塑造了一个流浪于香港、广州等地底层社会的儿童形象虾球，他的故事在30、40年代以抗战题材为主的儿童文学作品中显得很特别。作家黄谷柳个人的生活经历与他深沉的现实主义创作视野铸就了这部经典的作品。

《虾球传》最先连载于《华商报》的文艺副刊，其时主编为夏衍，夏衍当时接受了黄谷柳的投稿并决定以连载的方式在报纸推出。据夏衍回忆，“当天晚上，我看完了第一章，就使我很惊奇，这是一部很有特色的作品，写广东下层市民生活，既有时代特征又有鲜明的地方色彩，特别是文字朴素、语言精练”[①]。夏衍的这个直观感受很准确地道出了《虾球传》的基本艺术特色。黄谷柳所观照的这个题材领域的确非常独特、重要，尤其是在具体的时代背景下，但是这个题材要想写好又是很难的，意味着要对生活相当的熟悉。黄谷柳自己说出了其中的原因：“那主要是因为生活穷困，做过苦力、当过兵，和穷人、烂仔、捞家经常打交道的缘故。”[②]个人真实

---

① 夏衍：《忆谷柳——重印〈虾球传〉代序》，收入黄谷柳：《虾球传》，广州：花城出版社1979年版，第2页。

② 夏衍：《忆谷柳——重印〈虾球传〉代序》，收入黄谷柳：《虾球传》，广州：花城出版社1979年版，第3页。

的生活经历与体验为黄谷柳的创作打下了坚实的根基，同时为了创作《虾球传》，他经常去流浪儿活动频繁的地方去调研，掌握一手资料，因此作品塑造出来的“虾球”完全是从现实生活内部生长出来的，富含着生动的艺术感染力。

虾球的故事是从“离开家庭”开始讲起的。虾球十五岁，和母亲在一起过着艰难困苦的生活。虾球还没出生时，父亲便去美国做了华工，母亲因生活困苦经常打骂虾球。在十五岁的时候，虾球终于忍受不了现状，决定开始自己闯世界，过独立的生活。虾球开始成为流浪儿，他的流浪注定了只能是混迹于黑社会。他做了王狗仔的马仔，在危险关头却被无情地抛弃；他又做了地痞鳄鱼头的听差，参与盗窃进了监狱。就像黄谷柳在作品中写道的，“香港这个殖民地社会，到处张着许多有形无形的罗网，虾球偶然碰上了这许多罗网中的一张，不知不觉就给套住了”。事实上，虾球永远无法逃脱这张罗网，因为在解放前夕，国民党政府摇摇欲坠，土匪、流氓横行霸道，双方互相勾结利用，结成了一张欺辱百姓、民不聊生的密不可透的罗网，劳苦大众根本没有求生的道路，何况稚嫩幼小的虾球。

《虾球传》情节曲折，作者对虾球离开家庭后的遭遇慢慢细细地道来，由于细节真实生动，很多场景富于传奇色彩，所以颇具阅读吸引力。作者按照现实生活逻辑去刻画虾球，写出了一个身处逆境中的孩子的无奈，写他的善良，他对母亲、家庭的眷恋，对爱的渴望，但无情的现实总是一再粉碎他的梦想。经过无数次的挫折与失败，最终虾球加入游击队，走上了革命道路。

《虾球传》是一部表现少年成长主题的小说，其基本结构方式是“在路上”的理路。“在路上”是成长小说的基本叙事结构模式，少年脱离家庭，“一个人”闯荡世界、行走江湖，充满了冒险与奇遇，是为儿童读者喜欢阅读的情节形态。《虾球传》特别的价值在于，真实记录了40年代中国南方及殖民统治下的香港社会的儿童生存境遇，作品写出了丰富的社会图景，三教九流的人物形象，是从儿童维度对社会历史的一种重要书写。这种书写隔开一定的历史时间看，更显珍贵。

从更深层的思想价值看，《虾球传》的意义更在于写出了共产党领导的革命胜利的必然性。正如茅盾对黄谷柳的评价，“从城市市民生活的表现中激发了读者的不满、反抗与追求新的前途的情绪”[①]，这种激发是基于作者的艺术笔力的。虾球的流浪原本是为了寻求新生活的出路，但是在牛鬼蛇神的世界里，他别无出路，被逼迫做了很多错事，沾染了恶习，直到最后找到了革命队伍，成长为战士，他才有了光明的出路。从虾球个人具体而微的成长经历，我们看到了中国共产党领导中国人民取得革命成功的根本历史原因。

---

① 夏衍：《忆谷柳——重印〈虾球传〉代序》，收入黄谷柳：《虾球传》，广州：花城出版社1979年版，第4页。

第四章
儿童文学思潮和理论建设

第一节　在不同背景下形成的两种儿童文学观

中国现代儿童文学的发生、发展是中国现代化进程的具体产物，它受社会思潮、政治背景等影响至深。在整个现代儿童文学的推进过程中，有两个时期在理论争鸣上构成了热点讨论，观点针锋相对，一是20世纪30年代初关于“鸟言兽语”的讨论，一是1949年初关于儿童文学应否描写阴暗面问题的讨论。这两次争鸣的发生都有具体的背景、起因，而且这些起因直接与政治相关，反映出儿童文学深层次的意识形态属性。同时，两次讨论针对的主要问题又是儿童文学学科内部最关键的艺术问题，它直接涉及成人怎么看待儿童，又如何给儿童提供精神食粮的问题，这些问题是中国现代儿童文学在发生以后，随着它往前发展迟早会遭遇的关键难题，这本身就是需要被逐步探讨、逐步匡正的。加之30、40年代复杂的政治格局，使得这些问题被缠绕了具体的政治利益诉求而变得复杂起来，因此也构成为中国现代儿童文学史上非常重要的理论思潮现象。

尽管两次争论都涉及儿童文学内部的重要艺术问题，通过争论与辨析，也使得学界及社会各界对儿童文学的认识愈加科学、理性，争论过程中学理化的内容也很充分，但透过繁杂的现象看本质，我们还是能够厘清基于不同的背景而持有的具有根本差异的两种儿童文学观，即代表着时代进步方向的科学发展的儿童文学观，与代表保守反动势力的停滞倒退的儿童文学观，两种观念尤其在政治格局紧张的时候会显得格外对峙，由此可以见出儿童文学在深层次上所潜藏的巨大的社会功能。

1931年“鸟言兽语”问题的集中爆发基于国内政治形势的变化，左联成立后进步文化的扩大，红军力量及革命根据地的迅速发展，都使国民党受到极大震动，加剧对革命进步人士的压制与迫害。不仅查禁进步儿童文学，捕杀革命作家，而且直接从舆论上、从教育源头上占据话语权，干扰、控制进步思想，传播封建教育奴化的陈旧内容。“五四”以来，随着现代儿童文学观念的逐步传播，小学教科书的内容逐步取得革新，增进了以尊重儿童的发展认知程度，满足他们心理兴味的“儿童化”的内容。这一趋势受到了教育界一些保守派的抵制，这种“新异”的教学内容甚至使国民党当局感到恐慌。1931年2月24日，国民党湖南省政府主席何键向教育部提出了改良学校课程的建议，文章于1931年3月5日在《申报·教育消息》发表，[①]何键将“鸟言兽语”视为怪诞，将其与革命言论等同，预测为“率兽食人”的可能，是无量无边的浩劫。这种观点完全从统治者的利益出发，百般阻挠科学进步儿童观的传播，惧怕新生力量。针对这种言论，鲁迅在1931年4月1日所作的《〈勇敢的约翰〉校后记》一文中表达了自己的观点，“对于童话，近来是连文武官员都有高见了；有的说是猫狗不应该说话，称作先生，失了人类的体统；有的说是故事不应该讲成王作帝，违背共和的精神。但我以为这似乎是‘杞天之虑’，其实倒并没有什么要紧的。孩子的心，和文武官员的不同，它会进化，决不至于永远停留在一点上。”[②]鲁迅的立论完全站在发展着的儿童的立场上，捍卫“五四”以来进步的儿童文学观，积极从理论与实践上传播先进文化。

1931年4月，中华儿童教育社在上海举行年会，初等教育专家尚仲衣作“选择儿童读物的标准”的发言，这篇发言后来发表在4月20日的《申报》和上海各报，以及1931年5月的《儿童教育》上，旋即引起了儿童教育与儿童文学界关于“鸟言兽语”的热烈讨论。尚仲衣在文中提出了八条“消极标准”，其中第一条是“违反自然现象”，指出“鸟兽作人言”是越乎自然；第二条是“违反社会价值与曲解人生关系”，认为读物若是给了儿童错误的社会观念，就成为不治之症了。[③] 显然，尚仲衣的观点是在附和何键，但是由于他在文中所陈述的其他观点是在学理层面的讨论，所以吴研因在紧接着的回应中也是针对其中“很觉疑虑的一小部

---

① 《何键咨请教部改良学校课程》，转引自少年儿童出版社编：《1913—1949年儿童文学论文选集》，上海：少年儿童出版社1962年版，第163—164页。

② 鲁迅：《〈勇敢的约翰〉校后记》，转引自王泉根评选：《中国现代儿童文学文论选》，南京：广西人民出版社1989年版，第243页。

③ 尚仲衣：《选择儿童读物的标准》，转引自少年儿童出版社编：《1913—1949年儿童文学论文选集》，上海：少年儿童出版社1962年版，第140—141页。

分”，特别提出“鸟言兽语”是否就是神怪的问题，并提请大家展开试验研究。[1] 尚仲衣随后写文回应吴研因，进一步申辩自己的观点并对童话的价值给予了审慎的估定。[2] 吴研因再次致以回应，陈述尚先生并未就“鸟言兽语是否就是神怪故事的最紧要的问题”作出明白答复，并且切中要害地指出，“可悲的很，我国小学教科书方才有‘儿童化’的趋势，而旧社会即痛骂为‘猫狗教科书’。倘不认清尚先生的高论，以为尚先生也反对‘猫狗教科书’，则‘天地日月’‘人手足刀’的教科书或者会复活起来。果然复活了，儿童的损失何可限量呢？”[3]吴研因清楚地认识到，此次讨论如果不能紧紧围绕一些关键的学理问题进行，就担心保守与反动势力开历史倒车，“儿童化”的进步潮流会被彻底阻断。这也是他在讨论中反复从理论上细致辨析，把握思想主流，作出正确引导的初衷所在。除了他们二人的讨论外，陈鹤琴、魏冰心、张匡、儿童文艺研究社等都站在儿童的立场上[4]，从实证研究的角度、文本个案分析的角度、外国理论介绍的角度等提出详细的论证研究，维护了“鸟言兽语”在儿童文学中应有的地位。

1931 年的“鸟言兽语”的讨论起因于政治背景，深刻地反映出儿童教育、儿童文学与社会政治的密切关联，也映现出基于不同政治立场“儿童文学观”的根本差异。但进步文化思想的历史潮流是无法被阻挡的，争论问题的提出恰恰促使研究者们更加系统、深入地去探究儿童文学的内部艺术问题，关于如何科学地顺应儿童的心理发展状态，自然而然地施行教育，分清科学和文学的界限，按照年龄与年级分类处理阅读材料等精彩的结论，都通过讨论被提了出来，最终是促进了进步儿童文学观的发展。

抗战胜利后进入三年的解放战争时期，国民党加紧对进步文化的摧残与扼杀，革命的儿童文学受到严加管制，进步书刊被查禁迫害，他们争夺儿童读物阵地并通过出版物让孩子接受奴化教育。面对这种倒行逆施，中国共产党地下党组织积极领导儿童文学工作者勇敢、智慧地开展工作，重新创造一个又一个儿童

---

① 吴研因：《致儿童教育社社员讨论儿童读物的一封信——应否用鸟言兽语的故事》，《申报》1931 年 4 月 29 日，收入少年儿童出版社编：《1913—1949 儿童文学论文选集》，上海：少年儿童出版社 1962 年版，第 143—145 页。

② 尚仲衣：《再论儿童读物——附答吴研因先生》，《儿童教育》第 3 卷第 8 期，1931 年 5 月，收入少年儿童出版社编：《1913—1949 儿童文学论文选集》，上海：少年儿童出版社 1962 年版，第 145—150 页。

③ 吴研因：《读尚仲衣君〈再论儿童读物〉乃知‘鸟言兽语’确实不必打破》，《申报》1931 年 5 月 19 日，收入少年儿童出版社编：《1913—1949 儿童文学论文选集》，上海：少年儿童出版社 1962 年版，第 151—154 页。

④ 陈鹤琴：《“鸟言兽语的读物”应当打破吗？》，《儿童教育》第 3 卷第 8 期，1931 年 5 月；儿童文艺研究社：《童话与儿童读物》，《儿童教育》第 3 卷第 8 期，1931 年 5 月；魏冰心：《童话教材的商榷》，《世界杂志》第 2 卷第 2 期，1931 年 8 月；张匡：《儿童读物的探讨》，《世界杂志》第 2 卷第 2 期，1931 年 8 月。以上均收入少年儿童出版社编：《1913—1949 儿童文学论文选集》，上海：少年儿童出版社 1962 年版。

文学阵地,《新少年报》《童话连丛》《大公报·现代儿童》等成为进步儿童文学发表的重要园地。中国少年剧团的进步戏剧活动也举办得有声有色。“中国儿童读物作者联谊会”文化团体的成立,成为发展进步儿童文学事业最有力的组织平台。这个组织开展了非常重要的系列活动,其中在1949年初开展的关于儿童文学应否描写阴暗面问题的讨论,就深刻地映现出此一时期两种儿童文学价值观的对抗。

在这场讨论中,上海文艺界的落后分子提出,儿童文学不应该向孩子暴露社会黑暗,实质上他们惧怕的是儿童成为革命的新生力量,惧怕进步的儿童文学成为推翻统治阶级的有力武器,以保护儿童心灵不受伤害为由,实质上是在回避社会问题,不愿承认千千万万受苦受难的少年儿童的命运由谁来负责,只是蒙蔽儿童而粉饰太平。

由于儿童文学特殊的服务对象,“题材限制”是这一文学类型一个永恒的话题,也是不同时期最易引发敏感争议的话题。由于儿童不是活在真空世界里的存在,而是生活在具体的社会环境中逐步接受社会化的生命个体,由于所处时代不同,儿童社会化的任务不是一个抽象的命题,而有其具体的时代性与社会性。在特殊的战争时期,“儿童文学必须暴露当前政治所造成的贫穷、黑暗,这是儿童文学写作者不可躲避的责任”[①]。因此,所谓的阴暗面是有具体针对性的,它有具体的社会语境与价值目标所在。通过研讨,进步儿童文学界对这一问题的思考也更加深入。

从1931年到1949年,进步与落后的儿童文学观的对峙一直存在,其中内含着“如何更科学地认识儿童”“儿童文学的存在究竟为了谁的利益”“什么样的价值观念是顺应历史潮流,是发展的进步的观念”等若干关键的理论问题,在反复的争论与辨析中,中国现代儿童文学积累了更加丰富的本土文学经验,汇入中国社会化的进程而努力成长,发展壮大。

第二节 苏联儿童文学的传播及其影响

20世纪30年代,随着左翼儿童文艺运动的推进,外来儿童文学的影响逐渐转向以苏联为主,苏联儿童文学作品及理论被译介进来,对我国儿童文学观念及其发展方向产生了巨大影响,并且一直持续到建国以后。

---

① 《中国儿童读物作者协会简史》,收入《一九四八年儿童文学创作选集》,上海:中华书局1949年版,第4—5页。

1935年，鲁迅翻译了苏联作家班台莱耶夫的儿童小说《表》，作品是关于底层流浪儿的故事，鲁迅翻译时借鉴了日译本，日译者在序言中指出：日本现在所读的外国的童话，几乎都是旧作品，为了新的孩子们，一定要给他们新的作品，《表》的内容簇新，非常有趣。[①] 鲁迅认同日译者的观点，并且认为十余年来，自叶绍钧的《稻草人》给中国的童话开了一条自己创作的路，此后并没有进步。显然他希望通过译介这样崭新的童话，来刺激中国儿童文学的革新。果然，《表》与鲁迅的《〈表〉译者的话》发表后，引起了较大反响，胡风著文呼应，指出在此之前译介的儿童文学，绝大多数表现的都是抽象的儿童，《表》对于流浪儿的表现是对传统儿童文学最有力的反抗，这是《表》最基本的特色，我们所要求的儿童文学必须是反映人生真实的艺术品。[②]《表》的价值取向直接契合于左翼文艺运动所追求的政治方向，因而引领了我国30年代儿童文学观念的变革，作品在思想主题、人物形象、题材选择上都表现出崭新的面貌。鲁迅在翻译时将《表》直接呼应叶绍钧在十余年前创作的《稻草人》，肯定《稻草人》的"现实主义"内涵是属于"中国"自己的路，他对《表》的认同也基于此，《表》中流浪儿所走向的新生活，正是他所企盼的现实的中国儿童在变化着的新世界中能够获得的前景，而这一切的实现，需要我们的创作脚踏实地地从生活本身出发，写给儿童阅读的作品不能是"抽象"的，必须是"人生真实"。鲁迅的倡导，胡风的呼应，以及《表》所产生的重要影响，都一致地表明，苏联儿童文学在当时能够被广为接受和传播有其必然性，此一时期的"儿童文学必须反映人生真实"，这是时代的呼唤，也是有志之士的共识。由此也真正确立了我国原创儿童文学自20世纪20年代以来探索的发展主潮，那就是承接"稻草人"主义精神，立足中国现实，服务于无产阶级革命，关注底层儿童命运，将他们在困境中的成长与民族国家的自由、解放紧紧联系在一起，对儿童主体价值的阐释充满了鲜明的时代性。

除了《表》，产生重要影响的苏联儿童文学还有盖达尔的《远方》《第四座避弹室》《帖木儿及其伙伴》、卡达耶夫的《团的儿子》、莫吉列夫斯卡雅的《小夏伯阳》等。这些作品共同的特点是基于新的世界观下新的儿童形象的塑造，新的理想的憧憬与建设等。如《小夏伯阳》，写一个叫米恰的十一岁孤儿，如何在失去父亲被唤起阶级仇恨后，参加夏伯阳的部队而成为夏伯阳式的小英雄的故事。《帖木儿及其伙伴》写的是优秀少年帖木儿及其伙伴们如何在平凡的生活中为国家、为

---

① 鲁迅：《〈表〉译者的话》，转引自王泉根评选：《中国现代儿童文学文论选》，南宁：广西人民出版社1989年版，第148页。

② 胡风：《〈表〉与儿童文学》，转引自王泉根评选：《中国现代儿童文学文论选》，南宁：广西人民出版社1989年版，第974—981页。

人民、为社会主义作出贡献的。这些少年儿童的“光辉”形象正好契合了当时数以万计的中国被压迫儿童的内心渴望，召唤起他们心灵深处被压抑的英雄梦，因此被译介到中国后备受孩子们的青睐。

为满足当时国人对苏联儿童文学更加充分的了解与认识，茅盾于1936年7月发文《儿童文学在苏联》[①]，全面、深入地介绍了当时苏联儿童文学的发展状况。开篇第一句即指出，“苏联的儿童对于读物之热烈的需要是惊人的”，何以如此？茅盾引用苏联著名儿童文学作家马尔夏克的话说，“苏联的儿童需要懂得许多事。他注意文学，而且要求于文学者，极多。他爱英勇的行为，特别是革命时代的英勇的行为；他爱技术和历史；他要懂得科学的秘密，他是热心的探险家和梦想家，他找求着伟大人生的充分的描写；他在等待着社会主义建设的史诗。他崇拜革命的英雄。他要认识他的英雄——他们的生活和职业。他要从他的英雄懂得了人生”。这段对于苏联儿童的描述是非常精彩的，它透彻地说出了苏联儿童文学作家“为什么要写”与“写什么”的动因，因此，“苏联儿童的此等需要，就反映着社会主义文化的成长以及社会主义的巨大成功”，茅盾重点引述的这些话都深深启迪了中国儿童文学界。然后他重点介绍了苏联的“儿童文学大会”，指出苏联党政当局对儿童文学的重视，重视翻译世界儿童文学，重视创造新的神幻故事，新的神幻故事中的奇迹是“人”的英勇行为所成就的空前的新文化，重视科学的儿童读物的出版，训练新进的儿童文学作家。苏联的文艺界贯彻着“建立起儿童文学来罢”的呼声。“苏联的作家会的执行部最近决议，苏联的最好的作家应得同时为了成人也为了儿童而写作。应得有讨论儿童文学的特殊的集会，应得建立儿童读物作者与儿童读者之间的经常的联系。”儿童戏院的建设也要觅取儿童观众们的意见和批评。茅盾的这篇长文对苏联儿童文学的关键决议、活动都作了详细的介绍，其中的很多有益经验在30年代、40年代的中国儿童文学界都获得了积极的借鉴与本土化的实施，获得了重要的成绩。

由于苏联儿童文学的影响，30年代中期以来，我国原创儿童文学的主题与人物形象都发生了深刻的变化，其中代表作品如茅盾的《大鼻子的故事》、张天翼的《奇怪的地方》、王统照的《小红灯笼的梦》等。这些作品深深扎根于现实大地，将关爱的目光投向那些可怜的底层儿童，茅盾在《大鼻子的故事》开篇就写道：“在‘大上海’三百万人口中，我们这里的主角算是‘最低贱’的。”茅盾所写的这个“大鼻子”，就是“最低贱”中的一个，他的家被战争摧毁了，他成了流浪儿，被迫只能

---

① 茅盾：《儿童文学在苏联》，原载《文学》第7卷第1号，1936年7月1日。收入王泉根评选：《中国现代儿童文学文论选》，南宁：广西人民出版社1989年版，第983—994页。

靠欺骗为生。但就是这样弄来的一点钱，他都愿意租街边的连环画来看，孩子有正义感，希望弱者得胜。茅盾从"大鼻子"日常的生活细节写起，很真实地写出他情感的细微变化，他的境况与他无奈的选择，篇尾等他遇到游行队伍时，从刚开始的懵懵懂懂到弄清楚游行的目的，他马上自省，改正了自己的缺点与错误，成为汇入爱国潮流的积极少年。王统照的《小红灯笼的梦》写为老板送货的阿宝，夜上海的霓虹幻影中映照着行走中阿宝的意识流动，从挨打受骂的童工生活，到对乡下过年时红灯笼与亲情的思念，阿宝一晚上的努力行走最终换来的却是惨祸，他只能别无出路地选择逃亡。以底层儿童的视角观察与映现这个不公平的社会，就是对 30 年代平民的、反抗的、进化的儿童文学观的最好阐释，这是苏联儿童文学对我国儿童文学最直接的影响。

萧三在 1942 年著文《略谈儿童文学》①，背景即是有感于中国儿童文学的不足，希望更多作家能为孩子写作，为了突出议题的重要性，他先从苏联的儿童文学说起，从受苏维埃教育的千百万儿童中选择了一个例子谈起，指出苏联儿童在拥有儿童读物这方面的幸福。并列举了一本 1940 年苏联儿童文学书的目录，描述了它的丰富类型，从调查入手，萧三说明苏联对儿童文学的重视，继而引用观点介绍了苏联重要作家如高尔基等对为儿童文学创作所持的严肃的态度。30、40 年代，我国对苏联儿童文学的译介与传播基本同步于苏联同一时期儿童文学的发展，这一方面说明我国知识界对儿童文学事业发展的重视，另一方面也说明儿童文学的时代拓展急需外来资源的营养，此一时期对苏联儿童文学的译进传播构成我国儿童文学对外接受史上非常特殊而重要的一个部分，是我国现代儿童文学外来影响史研究的一个重要内容。

第三节　《新少年报》和《童话连丛》

一、《新少年报》

《新少年报》是中国现代儿童文学史上一份非常重要的报纸。它创刊于 1946 年 2 月 16 日的上海，是在中国共产党的地下组织直接领导下创办起来的，读者对象是小学高年级和初中的少年儿童。"办这张报纸是为了把真理带给国统区

---

① 萧三：《略谈儿童文学》，《解放日报》1942 年 12 月 17 日，收入少年儿童出版社编：《1913—1949 儿童文学论文选集》，上海：少年儿童出版社 1962 年版。

的孩子们。”[①]这是一份从诞生的时间、地点背景、创办理念、参与人员、组织与操作、阅读效果、历史意义等都非常特殊而重要的报纸。《现代儿童报纸史料》一书曾收录了回忆记录、梳理总结《新少年报》发展历程的系列文章，这些文章成为认识、了解该报的珍贵历史文献。

《新少年报》基于特殊的政治环境而创办。抗战胜利后，政治形势发生了急剧的变化，国民党企图在上海掠夺胜利果实，在其反动统治下，少年儿童不仅物质上处于饥饿状态，在精神上也处于苦闷彷徨之中，各种腐朽、反动的儿童读物影响恶劣。出于拯救、保护新中国未来一代的急切愿望，上海地下党组织决定创办《新少年报》，一批同仁在艰难的物质与政治条件下开始行动。这份报纸从一诞生起，就充满了战斗的活力，充满了对每一个孩子的爱与责任，目标清晰，内容丰富，时效性强，又符合少年儿童的接受心理，创造出了“儿童与报纸阅读”互动的接受奇迹，最大程度上实现了党组织创办报纸的初衷，发挥了在少年儿童群体中的战斗堡垒作用。其办报理念与经验已经成为一笔宝贵的文化财富，对不同时期党在少年儿童中的意识形态工作、思想教育工作都有非常积极的启示价值。

首先值得肯定的是《新少年报》的先进理念。“为孩子们办报”——这一明确的读者定位意识始终将报纸与孩子们紧紧地联系在一起，办报人员以清晰的认识与切实的行动实践了“儿童本位”。报纸的主要创办人蒋文焕这样鼓励办报人员：“我们一定要把报纸办成孩子们的好朋友、好老师，使孩子们喜爱它。如果我们被捕了，当读者们知道《新少年报》是共产党办的，那时孩子们就会知道共产党能代表他们的利益，是好人，这就扩大了党的影响力了。”[②]在特殊的年代里落实这一目标时，编辑与作者队伍是下了苦功的，因此他们也收获了广大小读者与教师的喜欢与爱戴，发行量最高时达到一万多份，这在特殊的社会时期里是罕见的。这与办报人员的革命精神与专业的眼光、态度、敬业是密不可分的。虽然，他们对少儿报纸的办报经验也是从零起点开始的，但通过钻研与探索，主要是对孩子的爱与责任心、奉献精神，报纸很快便步入了正轨。在十九期后，基本上按照时事、知识、少年园地、文艺四版的格局运行，1947 年又增加了学校新闻、有关少年儿童活动的报道。

报纸在版块及内容设置上始终注重孩子的接受能力，强调趣味性，尤其突出互动性。“从一九四六年到一九四七年这两年内，《新少年报》刊用的稿子，除了《少年园地》以外，基本上全是内稿。大多数是《新少年报》同志自己写的，也有少

---

① 高沙：《解放前的〈新少年报〉》，收入《现代儿童报纸史料》，上海：少年儿童出版社 1986 年版，第 45 页。
② 王业康、施德铨：《创办》，收入《现代儿童报纸史料》，上海：少年儿童出版社 1986 年版，第 57 页。

量是党内其他同志写了交组织转来的。一九四八年后，我们开始打开外稿，经常约请上海儿童文学界的一些朋友写稿，如金近、何公超、方轶群等都写过稿，杭州《中国儿童时报》的严冰儿、圣野也常写稿。”①

内稿是办报人员为孩子们专门量身打造的，充满了儿童文学的艺术智慧。蒋文焕同志用“哈哈大王”的笔名为孩子们写长篇连载，《爱皮西游记》《爱皮东游记》《怪物游村》等作品利用了章回小说故事性强的特点，对其作了创新，并加入幻想的成分，受到了广大小读者的热烈欢迎。唐微风为报纸积极引入连环画这种形式，自编自绘，打破了其时连环画仍局限在旧戏、旧小说的模式套路，使用新题材、新内容，创作了备受孩子们欢迎的《少年血》《石榴花》《小矮人》等作品。其中报纸利用《石榴花》还搞了一次“石榴花”运动，号召孩子们要像故事中的“石榴花”一样，热爱受苦的人，勇敢地与坏人作斗争。报社组织孩子们出去调查访问，送救济品，获得了非常好的社会效应。

“知识版”②的内容也很丰富，好几个栏目都很受孩子们欢迎。这也与专门创作的内稿密不可分。潘文娟用心经营了“打破砂锅问到底”这个栏目，用科学道理为孩子们解释生活中的现象，她还写过很多科普知识。施德铨专门做“为什么”这个栏目，以提问题的方式引入科普知识，她的科普知识稿总是写得深入浅出，利于孩子们接受。除了自然知识，报纸还考虑到了社会知识，吴芸红讲历史、讲社会发展通俗有趣，她的历史故事很受欢迎。

时事稿原本是办报的一个难点，孩子们对时事新闻的兴趣不大。蒋文焕试着采用一点“噱头”来吸引孩子③，创造了会“七十二变”的小孙记者，以他的见闻开辟了“小孙周游列国”这个栏目，让小孙的正义感带领孩子们认清真实的时事。这一点真可谓是独具匠心。“咪咪信箱”是与小读者直接联系的一个平台，由吴芸红负责，最可珍视的是该栏目有信必回，成为每一个小读者真正的心灵伙伴。这样的工作量是可想而知的，在困难年代里这样的精神坚守实在太过珍贵。在特殊的政治背景下，孩子们有各种困惑，有个人的、也有面向社会的，在《新少年报》这里，他们可以找到知音，获得精神上实质的扶持。对那些有代表性、普遍性的问题还发表在报纸上公开回答，其意义辐射了更大层面的孩子。这个通道的意义与价值已经不简简单单是一份“报纸”的概念了，它将党对未来一代的关心

① 胡德华：《〈新少年报〉的版面》，收入《现代儿童报纸史料》，上海：少年儿童出版社 1986 年版，第 64 页。
② 此处参考了胡德华：《〈新少年报〉的版面》，收入《现代儿童报纸史料》，上海：少年儿童出版社 1986 年版，第 63 页。
③ 胡德华：《关于〈小孙七十二变〉》，收入《现代儿童报纸史料》，上海：少年儿童出版社 1986 年版，第 65 页。

与厚爱体现得淋漓尽致。

由于“为孩子办报”的清晰理念，《新少年报》的所有文化行为都是实打实地针对现实中的孩子们，报纸上经常举办孩子们喜爱的比赛，发展了一批优秀的通讯员，举办小记者训练班，开设形式、内容丰富的各种课程，小通讯员和报社同志建立了非常亲密的友谊，发挥他们的主动性，带动了更大层面的孩子。“密切联系群众，广泛开展读者活动，这是当时《新少年报》的一个特点。”[①]主要创办人蒋文焕同志非常重视报纸的通讯工作和读者工作，他自己带头为孩子们创作，并具备与孩子亲密接触的能力与本领，孩子们非常喜欢他。在他的领导下，报纸搞了很多大型的、以孩子为主体的、有影响力的社会活动。像是“小先生运动”，就是号召小读者们自己做“先生”，帮助失学儿童读书识字，孩子们自己成立“义校”，自己招生办学。这样的教育活动实践性强，以报纸为纽带调动了儿童的积极性，发挥了他们参与办报、改造社会的主观能动性，可谓是非常有思想的举措。《新少年报》先后组织的活动有“五爱”“小先生”“小记者”“石榴花”“模范少年”等，特别是“石榴花”运动影响最大，这些活动有力地贯彻了办报宗旨，将小读者们紧紧地团结在一起，在新中国诞生的前夜教育、引导他们积极做新世界的主人。

《新少年报》内容丰富，版面活跃，囊括了新闻时事、文学艺术、科学知识、少年习作、小读者信箱等各类综合性版块。在革命取得最终成功的前夕，《新少年报》旨在教育培养少年儿童牢记革命的真理，具备健全的科学头脑，用先进的思想文化武装自己，成为未来民主、自由、富强的新中国所需要的人才。在1946年这个特殊的时代背景下诞生的《新少年报》，毫无疑问，“强烈的战斗性”是其非常关键的文化属性。《新少年报》秉承了鲜明的政治立场，及时揭露政府当局的罪恶面目，反映国统区人民的痛苦生活，控诉国民党的倒行逆施，把真理带给黑暗统治下的孩子们。它于1946年2月16日创刊，由于反动当局的迫害，1948年12月2日被迫停刊，正好出满100期。在报纸最后的告别辞《暂别了，朋友》中有这样的语句：“在未来光明的日子里，我们不会再受经济的压迫，在未来光明的日子里，我们不会再有任何恶势力的阻碍。让我们为未来的再见努力吧！”[②]这些语句与报纸的发刊词“……今后将是一个新的世界，一个以人民为主人的世纪”[③]遥相

---

① 吴芸红：《〈新少年报〉的读者活动》，收入《现代儿童报纸史料》，上海：少年儿童出版社1986年版，第81页。

② 薛才康：《〈新少年报〉一百期述评》，收入《现代儿童报纸史料》，上海：少年儿童出版社1986年版，第154页。

③ 薛才康：《〈新少年报〉一百期述评》，收入《现代儿童报纸史料》，上海：少年儿童出版社1986年版，第151—152页。

呼应，共同表达出办报人坚定的革命理想信念，深刻地映现出我们党对祖国未来一代的热情关怀与辛勤培育。报纸在较短的时间内探索积累的宝贵的经验，无论在党对少年儿童的思想教育工作领域，还是在服务于少年儿童的报刊的自身建设方面，都有非常积极的观念、经验与方法可以汲取，《新少年报》的办报历程是一笔值得不断开采的丰厚的文化财富。

二、《童话连丛》

《童话连丛》是这一时期除《新少年报》之外另一重要的儿童文学刊物。这份刊物也是由中国共产党地下党组织领导创立的，于 1947 年 10 月在上海创刊，主编为贺宜。该刊是我国第一本专门发表童话创作的刊物，以刊发童话为主，但也发表与童话相关的体裁类型，如故事、传说、童话散文、童话诗、寓言、科学童话、童话剧等。办刊主旨在于突出“童话”的艺术内涵，所以，连一个社会新闻的栏目也设置成“最真实的童话”，以童话的方式去再现。刊物以单行本的“书”的形式刊出，其实质是杂志，这是为了逃避向国民党登记送审。名为“连丛”，意指连续出版的丛书。

《童话连丛》的办刊目的十分明确，充分尊重“童话”作为儿童最喜欢、最适宜接受的文体形式，“要以‘好的童话’取代‘坏的童话’，教育儿童‘做一个聪明的，勇敢的好孩子’，给他们以广博的知识，帮助他们认清社会现实，不致跌入‘陷阱’，还鼓励他们团结起来，去填平它”[①]。《童话连丛》一共出了 12 期，起初由贺宜一个人“包办”，鲁兵参加了四、五期的编辑工作，后仍由贺宜独撑门面。贺宜一共编辑出版了 11 册，包括《老虎的尾巴》(陈伯吹等著)、《猩猩公的故事》(范泉等著)、《同心合力斩蛇妖》(包蕾等著)、《狐狸救山羊》(何公超等著)、《愚笨的裁缝》(包蕾等著)、《星期日的童话》(未明等著)、《十一个小面人》(金童等著)、《国王的皮鞋匠》(李乃忱等著)、《老鼠嫁女》(田地等著)等。由于国民党反动派白色恐怖加剧，为安全起见，组织上命令贺宜于 1948 年 10 月初离开了上海。主编先由陈鹤琴担任，后改由陆静山接编。

1946 年 6 月 9 日在上海成立的中国儿童读物作者联谊会，与 1947 年 10 月在上海创刊的《童话连丛》，使得上海儿童文学作家群被有力地团结了起来，其中，贺宜、仇重、何公超、苏苏、包蕾、金近等人是这个群体的中坚力量。除上海童话作家群外，《童话连丛》还联系了众多其他作家，成为国内凝聚童话作家力量、

---

① 蒋风主编：《中国现代儿童文学史》，石家庄：河北少年儿童出版社 1987 年版，第 321 页。

推动童话创作的一个重要平台。

作为优秀的童话作家，贺宜对童话的文体属性有着非常深刻的感悟与理解，这一优势非常有助于他主编《童话连丛》。办刊时，他对“童话”持开放的理念，没有狭隘地只限定于单一的“童话”，而是注重开发了具有“童话”性质的各类文体，甚至将社会新闻也智慧地融入进童话的世界里，最大限度地扩大童话的题材范围，发挥了童话的文学价值功能。此外，他还常常采用一种“副标题”的形式来突出每篇童话的主题。这个“副标题”其实是编者加的按语或提示，为了引领小读者更好理解作品主旨。比如在鲁兵的《坦克车的故事》的正题后面，贺宜加的副标题如下：

> 以前，敌人用它来吞噬我们的人民，碾碎我们的土地，现在，它又在破坏我们的苹果，葡萄架……吞噬我们的人民——但是，谁叫它干这坏事的呢？[①]

这样的副标题显示出编者对编辑工作的用心设计，贺宜说这样的做法完全违背了我国刊物的一般规矩，他大胆打破陈规的目的是“为童话创作开辟一个尽可能生动活泼、丰富多彩、别开生面的园地”[②]。可以看出，紧紧围绕“童话”这一文体，在刊物的内涵上，贺宜积极渗透编者的思想与理念，努力提高办刊质量。

《童话连丛》在特殊的政治形势下，最大限度发挥童话文体“隐喻”的艺术功能，作品深深植根现实土壤，揭露控诉旧社会的黑暗和罪恶，再现国民党统治下为政者的荒淫无耻，人民的痛苦和灾难，以童话的方式引导孩子认清现实。如范泉在《童话连丛》第1期发表的《狐狸妈妈办学校》就是对当时教育界的莫大讽刺。狐狸妈妈所办的学校已经彻底违背了教育的宗旨，完全变成了校长、会计、校工几个人所算计的赤裸裸的数字游戏，靠收学费赚钱，最后仅收的一个学生所交的学费还是他们家自己造的假钞，狐狸妈妈最终也自食其果，尝到了欺骗与虚假带来的惩罚。黄衣青在第6期上发表的《财神下降以后》写的是一位财神来到幸福岛以后的故事。幸福岛上人们的生活原本自由自在，大家一样生活工作，一样相亲相爱，但是财神到来后，教会了老虎作威作势，教会了狐狸欺诈骗人，还教会了笑笑和乐乐两个小朋友如何“自己第一，别人第末”，幸福岛开始充满了剥削与压迫，弥漫着战争的硝烟，百姓的脸上只有惨淡与凄苦，幸福村已经变成不幸村了。最后，是小女孩真真的歌声打破了幸福村的惨淡和寂寞，惊醒了笑笑和乐

---

① 贺宜：《为了下一代》，收入叶圣陶等：《我和儿童文学》，上海：少年儿童出版社1980年版，第132页。
② 贺宜：《为了下一代》，收入叶圣陶等：《我和儿童文学》，上海：少年儿童出版社1980年版，第132页。

乐，惊醒了村里人，让笑笑和乐乐认识到自己是多么愚笨，他们把财神从窗口抛下去，人们把财神打着、踏着，把他踏成肉酱。幸福村的人们又重归健康快乐，生活在阳光里。这篇童话以明白易懂的故事让孩子们认清剥削者的本质。小女孩真真所唱的歌词浅显清澈，但却深刻地唱出了被国民党统治下人民的心声：

> 我们什么时候能够不再贫穷？不再受灾难？什么时候再有可爱的自由？快乐的幸福？什么时候人们会像蚂蚁那样合作？什么时候人们会像蜂群那样过活？①

孩子如此纯真的诘问命中的正是当时国统区腐败黑暗的政治现实，也是《童话连丛》刊物创刊的宗旨，以鲜明的政治倾向鞭挞黑暗，迎接光明。《童话连丛》还发表了描绘解放区人民幸福自由生活、对未来中国美好前景向往的作品，以“童话世界”的美丽呼应新中国建成的愿景。《童话连丛》同时还注意培养儿童的科学能力，经常介绍一些科学知识给孩子们。

第四节　中国儿童读物作者联谊会

中国儿童读物作者联谊会是抗战胜利后在中国共产党影响下成立的一个进步儿童文化团体，由地下党组织直接参与，于1946年6月9日在上海成立。它以半公开的组织状态，在全国解放前有力地团结了一大批国内进步的儿童文艺工作者，屹立于当时国民党统治下政治、文化的逆流中，举行了一系列切实有效的集会研讨、展览会、座谈会、笔谈会等，紧密联系实际，就其时儿童文艺的理论与实践发展问题展开了深入、具体的建设工作。在特殊的政治背景下，中国儿童读物作者联谊会在认真总结、反思中国现代儿童文学的成绩，有力地发现、提出儿童文艺发展中存在的问题，积极领导并大力推动进步儿童文艺的发展方面作出了杰出的贡献，产生了深远的历史影响。该文化团体的运作模式、建设思路、问题导向对今天我国儿童文学事业的发展仍然具有非常积极的借鉴价值。

“中国儿童读物作者联谊会，首先由陈伯吹与李楚材商议创办，征得陶行知和陈鹤琴的赞同，然后用陈鹤琴、陈伯吹、李楚材三人的名义发起，函请了何公

---

① 黄衣青：《财神下降以后》，收入中国儿童读物作者协会编选：《一九四八年儿童文学创作选集》，上海：中华书局1949年版，第82页。

超、仇重、贺宜、沈百英、金近、黄衣青、鲍维湘和韩群等十余人，于 1946 年 5 月 24 日假座上海南京路大三元粤菜馆楼上，举行了第一次集会。”[①]在这次集会上，与会人员热烈发言，就抗日胜利后儿童文学的发展方向形成了共识，“提出了必须反映时代，指导儿童注意政治，注意社会等主张，同时还要求用儿童的口语来传达儿童所能了解的意念”[②]。这次集会上同时还研究了儿童杂志的具体办刊问题，大家还希望把所有的儿童读物作者组织起来，成立“中国儿童读物作者联谊会”。自此，经过准备工作，“中国儿童读物作者联谊会筹备会”于同年 6 月 9 日成立，到会的二十四人通过章程草案，并请陶行知演讲了“儿童与儿童文学”。联谊会正式举行成立大会是在 1947 年 4 月 20 日。当时这个组织名称之所以定为“联谊会”而不是“协会”，是因为“协会”二字必须要登记后才能使用，为了避免国民党的支配和干扰，“联谊会”的名称是权宜之计。

联谊会的会员大部分在上海，此外北京、南京、杭州、福州、重庆、香港等地也有少数会员。基于当时国内复杂的政治格局，联谊会的会员成分也不是非常纯粹，有要求进步的，有中间状态的，也有落后的，甚至是顽固的、国民党的御用文人。联谊会内部的思想斗争也很激烈。地下党组织直接领导了这一斗争，当时成立党小组，贺宜是党小组的召集人，成员有包蕾、孙毅、林丁、仇重、陆静山等。党小组在联谊会中开展的统战工作发挥了积极的作用，保证了联谊会的团结，促进了进步思想的正确引领。

就我国现代儿童文学事业的发展来看，联谊会在抗日胜利后成立，其最关键的价值是集聚了这个领域的专门人才，搭建出一个非常重要的专业平台，一方面有力地配合了革命形势的迫切需求，保证了儿童文艺思想的先进性；其次是深入、系统地开展了儿童文艺建设的理论与实践问题研究，创造了此一时期儿童文学研究的一个新高潮，活跃了当时的儿童文学学科气氛，对很多问题的思考与讨论非常有理论深度，为现代儿童文学理论批评留下了珍贵的文献史料。

联谊会在开展工作时注重理论与实践相结合，每次活动都主题鲜明，针对性强。1946 年 11 月 11 日，联谊会的第二次集会讨论的主题是“连环图画”，这个议题的提出说明当时的儿童文学人士已经深刻地认识到“图画”对于儿童阅读的重要性，认识到带有“图画”的文学在儿童文学构成中的核心价值，所以将这样一个主题在第二次集会时就迅即提出讨论。当时的讨论分五个问题，“连环图画对儿

---

① 张之伟：《中国现代儿童文学史稿》，上海：华东师范大学出版社 1993 年版，第 274 页。

②《中国儿童读物作者协会简史》，收入《一九四八年儿童文学创作选集》，上海：中华书局 1949 年版，第 2 页。

童及民众的影响;连环图画的缺点;改革旧连环图画的方法;创作新连环图画的方法;如何向旧连环图画发行人手里,争取广大的小读者”[1]。这几个问题的设定直入连环图画的艺术效应本身,抓住连环图画的发展现状,命中解决其发展方向问题,集思广益,讨论革新的思路与办法。

始终积极面向现实,从基础工作做起,注重扩大儿童读物的社会影响力,增进其社会效应,是联谊会工作的一个重要特点。1947 年 3 月 14 日联谊会组织第三次会议,决定于 1947 年的儿童节(旧儿童节)举行“第一届儿童读物展览会”。在“联谊会筹备会”的主持之下,4 月 2 日在上海新闸路小学举行了“儿童读物展览会”,分六个部门展览了儿童读物相关的书籍,这六个部门是“各国儿童读物、连环图画、教科书、一般儿童读物、儿童自己的作品、儿童读物研究书籍”[2]。展览的图书追求纵向历史发展的线索与横向的一个状态面貌展示,有引导观众自觉展开对比认识的意图在内。在展览第一日,同时在新闸路小学放映教育电影,上演木偶戏,积极营造儿童艺术文化氛围。展览会期间,大公报、文汇报上还发刊了《儿童读物展览会特刊》系列文章,展开了对儿童读物的深度探讨。如陈伯吹的《陈旧的“旧瓶盛新酒”——关于儿童读物形式问题》[3]在总结当时儿童文学界对儿童读物内容所持的各种观点的基础上,重点提出儿童文学在“文学的形式”和“艺术的技巧”的形式方面的问题,认为这是适合儿童心理与引起趣味的重要因素,因此提出了陈旧的“旧瓶盛新酒”有被再估价的价值。陈伯吹的这一思考立足儿童的实际接受与其时中国儿童文学发展的现状,用意可谓深远。和陈伯吹的文章同时刊发的,还有范泉的《新儿童文学的起点》[4],该文首先总结了现代以来中国儿童文学的成绩,然后提出“处在中国这样的社会环境和政治情势之下,我们应当建立怎样的中国风格的新儿童文学呢?——这是一个值得我们讨论的问题”,然后提出“应当跟政治和社会密切地联系起来”等四个方面的据点。

利用具有影响力的报纸,适时召开儿童读物座谈会,广泛深入探讨儿童读物的各类问题,集中发表文章,增进影响力,这也是联谊会开展工作的一种方式。1948 年 4 月,《大公报》的副刊《现代儿童》在上海举行了儿童读物问题座谈。会后,1948 年 4 月 5 日《大公报》发表了一组重要文章,其中包括范泉的《如何写作

---

① 《中国儿童读物作者协会简史》,收入《一九四八年儿童文学创作选集》,上海:中华书局 1949 年版,第 2 页。

② 《中国儿童读物作者协会简史》,收入《一九四八年儿童文学创作选集》,上海:中华书局 1949 年版,第 2 页。

③ 陈伯吹:《陈旧的“旧瓶盛新酒”——关于儿童读物形式问题》,《大公报》1947 年 4 月 6 日。

④ 范泉:《新儿童文学的起点》,《大公报》1947 年 4 月 6 日。

儿童文学作家要有真切感情》、金近的《儿童文学作品里面切忌命运论的思想》、贺宜的《谈儿童补充读物》、陆静山的《写儿童读物的三条途径》、陈鹤琴的《钻进儿童圈子里去才能写出好的作品》、严冰儿的《儿童文学需要建立批评》、汤中原的《莫忘贫苦儿童给他们以精神食粮》、黄衣青的《莫忘农村儿童　要供给他们好的教本 内容要表现农村气味》。这组文章涉及的问题多元，都切中实际，对症下药，文章虽不长，但颇有思想深度。

1948年10月9日，联谊会专门针对"儿童读物的用字和用语问题"展开座谈，这一主题针对的是儿童读物的"形式"问题，这组文章发表在《中华教育界》1948年12月15日第2卷第12期上。在"小引"中，陈伯吹指出，"这是个重要而繁复的问题。这问题太有分量，内容太深广，方面也太多；我们对儿童读物的'题材'，已有好几次的口头检讨和书面研究，而对它的'形式'，还不曾有过一次的讨论"[①]，从这一表述中可以见出此次座谈的主要目的，也可以看出此一时期学人对儿童文学自身内涵建设全面的思考。这一次座谈会的成果内容丰富，既包括座谈发言部分，还有提交的论文，以及总结的问题。在总结的14条问题里，有文字、语汇、语法及方言读物的编写问题、语言的净化、可否用欧化语句、用语儿童口语化、大众化的意义等，条条直入儿童读物写作形式层面的关键艺术难题，引导人们切实从儿童文学的艺术本体出发，做好建设工作。

1948年12月27日，联谊会鉴于儿童戏剧自身发展的需要，以及儿童戏剧与儿童教育关系的密切，又召开专题座谈会，并于1949年2月15日的"戏剧节"在《中华教育界》第3卷第2期刊发了这次座谈会成果。座谈会仍然由陈伯吹主持。在开场主持时，他高度肯定儿童戏剧的重要性，同时强调其作为儿童教育的良好的教材、活动、教学方法的重要性，指出本次座谈不空谈儿童戏剧理论，而是重点围绕董林肯在抗战时期编写的戏剧《小主人》而展开深入研讨。[②] 何公超、金近、陆静山、施雁冰等发言，同时还有提交的论文。发言者高度评价了该剧强烈的现实意义与艺术上的感染力，但也从细节上指出了其存在的一些不足。陈伯吹在总结时更提出了儿童戏剧一个关键的艺术问题，即儿童戏剧在喜剧与悲剧这两种类别的使用上的把握问题，其核心是过于悲惨残酷的事实究竟在儿童文学中如何处理的问题？此一问题引导出了更为深入的讨论。龚炯和严冰儿又进一步撰文发表具体看法。这次座谈会从儿童戏剧切入，但提出的问题实际对整

---

① 陈伯吹：《儿童读物的用字和用语问题座谈发言·小引》，收入《1913—1949儿童文学论文选集》，上海：少年儿童出版社1962年版，第344页。

② 《儿童戏剧与儿童教育问题座谈发言》，收入《1913—1949儿童文学论文选集》，上海：少年儿童出版社1962年版，第361—362页。

体儿童文学都具有辐射意义，即题材的深刻现实性与儿童是否适宜接受、如何接受的问题，这是当时的儿童文学工作者面临的最实际的艺术难题。

同时，这一问题在特殊政治时期又很容易与政治关联，使问题的讨论更显复杂。“在这一个时候，上海儿童文艺界的落后分子，为了替统治阶级掩饰罪恶，蒙蔽儿童起见，曾发出了儿童文学不应该暴露黑暗的荒谬主张，本会特举行了一个笔谈会，号召会员对这问题，提出正确的意见。”[①]参与当时论战的有十余人，这组文章发表于《中华教育界》第3卷第4—5期。这场争论观点针锋相对，在“暴露阴暗面有害心理健康”“必须暴露阴暗面”“应该有条件的描写”“怎样暴露阴暗面”“教育的意义必须强调”等具体论题中展开了讨论，“结果是下列的主张占了优势，就是：儿童文学必须暴露当前政治所造成的贫穷、黑暗，这是儿童文学写作者不可躲避的责任，但同时必须向儿童大众指出一条奋斗的路，（集体的，有正确领导的）以及光明的胜利的前景，勿使儿童因为只看到目前的黑暗，看不到出路而悲观，绝望”[②]。这次论战在革命胜利的前夕发生，有其非常积极的现实价值，为儿童文学写作者们树立了正确的主张。同时，讨论过程中其实也自然延伸出儿童文学在内容把握层面上的一些难点，以及艺术上的掌控技巧等，其实对今天的儿童文学理论探讨仍有积极的启示意义。

联谊会始终坚持正确的政治导向，积极参与社会斗争，于1948年6月20日发表过反对美国扶日、反驳司徒雷登的荒谬声明的宣言，于1949年5月29日发表过“热烈欢迎上海解放，拥护中国共产党”的宣言，这些鲜明的政治态度的表达为扩大联谊会的社会影响力，增进其进步文化团体的战斗功能都发挥了积极的作用。联谊会在三年多的实践中，开展了大量卓有成效的文化活动，编选出版了《一九四八年儿童文学创作选集》，积极紧跟配合政治需要，树立正确的儿童文学政治导向，同时营造出活跃的儿童文学话语氛围，增进了儿童文学学科的广识度。尽管联谊会在建设过程中也存在一些不足之处，但它的文化业绩与历史贡献已经在中国现代儿童文学史中刻下浓墨重彩的一笔。

---

① 《中国儿童读物作者协会简史》，收入《一九四八年儿童文学创作选集》，上海：中华书局1949年版，第4页。

② 《中国儿童读物作者协会简史》，收入《一九四八年儿童文学创作选集》，上海：中华书局1949年版，第5页。

第四编　中国儿童文学的新生期(1949—1959)

第一章
儿童文学的新面貌(童话与诗歌)

第一节 教育童话的泛滥(上)

20世纪40年代后期,童话界几乎已是左翼作家的作品,产生了大量像《红鬼脸壳》《"好"人国》那样与统治者直接战斗的作品。随着解放战争的节节胜利和新中国的即将建立,儿童文学作家的政治热情更加高涨。这时,除了写那些国王被推倒的故事外,也出现了不少从侧面表现时代,包含着知识分子自身反思和调整过去心态的创作。如包蕾写于1948年的童话故事《石头人的故事》,写一个冬天的黄昏,一只飞行了一天的燕子落在了墓园石头人的肩上,燕子快乐地向石头人描绘外面世界的精彩,告诉他许多新的变化,提醒他春天就要来了;可石头人一动不动,更不为之动心,他只留恋自己的旧主人,对人类没有丝毫热情,认为外面的生活只是"今天的无聊换上明天的无聊"。燕子飞走了,去追求光明的明天了。不久,大地动荡,风暴降临。当一切都过去,春天来到的时候,"墓园也已填平了,各处繁殖着鲜艳的花朵,和暖的风吹着新种的小树,在轻轻地摇曳"。这里所写的,不就是当时知识分子迎接解放、迎接新生的心境吗?当然,也有对顽固不化者的警告。

另一位童话作家吕漠野在1937年写过一篇《熊》,写马戏团里逃出来的小熊历经艰难,终于回到了故乡,可它给母亲和熊兄弟们表演从马戏团学来的舞蹈后,竟被大家所排斥,大家认为熊除了吃饭、睡觉外,根本不应该会跳舞,它们高喊着:"你不是熊!你不是熊!"把它赶出了熊的国土。这显然是一篇批判"国民性"的童话。但到1949年,作者重新写了一篇《跳舞的小熊》。汪习麟先生是这样介绍这篇新作的:

> 在这里，小熊的归来，受到了热忱的欢迎；它为乡亲们跳舞献技，虽然没有得到鼓掌与喝彩，但并未遭到驱逐，大家关心它启发它；作为熊，还必须学会造巢，学会爬高，学会自己找食，学会不依赖别人而生活。最后，响起了暴雷一样的鼓掌与喝彩声："欢迎我们的伙伴！欢迎我们灵巧的伙伴！"

作品洋溢着炽热的团结友爱气氛，一扫当年的孤独与悲愤。看得出来，这是作者"有意为之"之作，它既表明了作者对往昔的思想的一种否定，又表明了作者的文艺创作始终服从于时代的要求，自觉地向少年儿童进行"歌颂工农、歌颂劳动、改造思想、去旧迎新"的宣传教育。[1]

的确，批判"国民性"，抒发一己的孤愤，这是站在知识分子的、个人的立场上的，那对立面，便是中国的民众；而现在，面临解放，人民当家作主了，知识分子要夹紧尾巴，向工农学习才行。作品正是在这个根本点上作了改写，从而跟上了"时代"。前一篇《熊》是从作者自己的人生体验出发的；后一篇呢？不能不说还是一种"正确观念"的图解。

将上述童话统称之为"政治童话"，是并不为过的。因为它们的价值首先是政治的，而不是文学的，文学在这里，只是政治斗争的"工具"；后来有些作家、理论家，如贺宜、鲁兵等，称儿童文学是"教育的工具"，其根由就在这里。因为在作为"教育的工具"之前，儿童文学早已经是"政治的工具"了。

新中国成立后，作家们衷心拥护新政权，不需要那么多讽刺和推倒黑暗统治的童话作品了，但作家图解理论的习惯已很难改变，如果没有那么多正确理论供文学工作者拿来作形象化处理，创作之路该怎么走，一时恐难以回答。所以20世纪50年代初，创作的作品很少，书肆上出现的是大量翻译的苏联儿童文学。但作家们很快意识到了儿童文学的优势，那毕竟是写给孩子看的，孩子有很多缺点，他们在成长，他们需要教育，用正确的道理教育孩子，不就能写成好的童话？于是，给孩子讲道理，帮孩子认识缺点错误，针对孩子的毛病编出的童话故事，也就日见其多——因为这些道理总还是正确的，作家们对此还是有自信的。这样的作品在建国后大量出现，成为童话创作的一个重要的套路。这样的童话，具有近乎"药片"的功能。

张天翼从1951年起，陆续发表了一些短篇儿童小说，如《去看电影》(1951年)、《罗文应的故事》(1952年)、《他们和我们》(1952年)等，写这些作品时，他要

---

① 《浙江籍儿童文学作家作品评论集》，杭州：浙江少年儿童出版社1990年版。

求《中国少年报》的编辑不断给他提供现在小朋友身上存在的问题，他就根据这些问题创作小说，其作品针对孩子"毛病"的教育性，也就显而易见了。1953年，他也创作了一则短篇童话《不动脑筋的故事》，针对的就是孩子的丢三落四、做事不爱多思考的问题，他熟悉儿童生活，笔下充满童心童趣，所以作品还是比较生动。

严文井在新中国成立后，担任出版部门领导工作，创作主要集中在童话上。他陆续发表《蚯蚓和蜜蜂的故事》（1950年）、《小花公鸡》（1952年）、《三只骄傲的小猫》（1954年）等，也都属于"教育童话"。如《蚯蚓和蜜蜂的故事》写一对形状本来相似的朋友蚯蚓和蜜蜂，由于生活道路的不同而逐渐分化：蜜蜂勤奋地劳动，不断地创造，终于学会了酿蜜，不仅改造了现实，也美化了自己，形态也变得越来越美丽；蚯蚓由于消极懒惰，不断退化，形体也变得丑陋笨拙。作品教育儿童，是"劳动创造了美"，所以儿童要热爱劳动。《小花公鸡》写一只"调皮捣蛋"的小公鸡，听老师在课堂上讲"果子是一种很好吃的东西……又甜又酸，吃下去对身体很好"，就不再专心听讲，溜出去尝果子的味道去了，结果吃了海棠果、山楂，又把辣椒当果子吃了，辣得嗓子像着了火，以后他"再不敢乱淘气了，遇见了什么事他都要想一想"，终于变成了一个"用心听课的好学生"。《三只骄傲的小猫》也是写它们自以为聪明，其实不懂"劳动是怎么一回事"和"劳动的好处"，后来受到妈妈的教育，也得到了教训，终于改好了。从这些作品中，可以大致看到"教育童话"的创作模式。

当然，这里有两点必须指出：

一是作家们在这样的模式化的创作中，其实也是力求突破的。如严文井写于20世纪50年代中期的短篇童话《小溪流的歌》，较好地体现了他自己的艺术风格，有一种诗化的追求。作者以小溪流比拟新中国的少年儿童，表现他们天天向上的进取精神。小溪流来自山谷，唱着欢乐的歌儿，不分昼夜地向前奔流。它蔑视枯树的牢骚，不怕乌鸦的恐吓，也不理睬泥沙的怨恨和沉船的奚落，以涓涓细流汇成滔滔大江，进入浩瀚的海洋，唱着永不停息的歌。这种不断前进的进取精神同建国初期蓬勃向上的时代精神是相通的。作者的诗人气质在童话中得到了充分表现，作品充满了浓郁的诗情画意：小溪流唱着动听的歌儿在山谷中奔流，"太阳出来了，太阳向着他微笑。月亮出来了，月亮也向着他微笑。在他清亮的眼睛里，世界上所有的东西都像他自己一样新鲜、快乐"。小溪流一边笑着向前奔流，一边快乐地嬉戏玩耍。一会儿拍拍岸边五颜六色的卵石，一会儿摸摸沙地上才伸出脑袋来的小草，一会儿又奔腾跳跃……作者以细腻优美的文笔描绘了一幅清新优美的图画，将读者带入诗意盎然的童话世界，给儿童以美的熏陶。

这种个性化的追求，是对固有的创作模式的突破。应该说，在很多作家身上，都不时显现出这样的努力。只是一旦遇到批评的压力，大家又都回到共同的模式中去了。

二是“教育童话”虽已取代建国前的“政治童话”，但因对阶级斗争的强调始终未减，所以，描写打倒皇帝或斗倒地主老财的童话仍然不时出现，其中最著名的就是洪汛涛的《神笔马良》。1955 年，洪汛涛根据民间童话素材，重新构思创作的童话《神笔马良》，大获成功。这部作品写穷苦孩子马良从小喜欢画画，在得到了那支画什么就能变什么的“神笔”后，他只给穷苦人画犁耙、锄头、油灯、吊桶，绝不给财主画画，更不给皇帝画龙凤画金山，最后，他用手中的神笔，把皇帝、大臣等统统葬身于大海之中。这是很典型的 40 年代“政治童话”的结尾。此处还可牵涉一点后话，即在“文革”刚过的 1978 年，受尽迫害的贺宜重登文坛，他在当年六月号《上海文学》上发表了童话新作《哼哼和珍珍》，写的是小金丝猴哼哼老是捉弄人，老实的小熊猫珍珍被他气坏了，再也不理他了；他又去捉弄锦雉一家，捉弄灰兔和小鹿，结果，把大家都得罪了，谁也不愿和他一起玩了，他孤单极了；这时有两只小豺狗悄悄逼近，说愿意和他玩，小熊猫在树上大喊：“哼哼！快跑！……他们会咬死你！”哼哼赶紧往珍珍那儿跑，最后在珍珍帮助下逃到树上；豺狗不会上树，就去吃小锦雉，锦雉妈妈不顾一切飞下来啄瞎了豺狗的眼睛，熊猫珍珍跳下来压住豺狗，金丝猴哼哼捡大石头砸豺狗的脑袋，“没多大功夫，可恶的小豺狗就送了命”。这个作品，可说是“教育童话”与“政治童话”的结合。多年未能从事创作的老作家，在重新复出后，以熟练的“枪法”上阵，运用的正是过去使用最多的两大套路。这也说明，“政治童话”与“教育童话”，其内里是合一的。

第二节　教育童话的泛滥(下)

新中国成立后，活跃在文坛上的童话作家，除张天翼和严文井外，还有陈伯吹、贺宜、金近、包蕾等。

陈伯吹先后出版了童话《一只想飞的猫》(1955 年)、《一个秘密》(1957 年)，童话集《幻想长着彩色的翅膀》(1959 年)等，为繁荣新中国的儿童文学事业作出了自己的贡献。由于长期从事儿童教育和儿童读物的编辑工作，因此他的儿童文学观带着教育家色彩，正如他所说：“我的儿童文学的观点，往往是从教育的角度出发，因而与作家们的看法常有同中存异的分歧……”(《蹩脚的“自画像”》)他这段时间创作的童话，大多是针对儿童生活中存在的问题，着重于对进行思想品德教育的。如《一只想飞的猫》《小火车头》《若有其事的喜剧》《小毛驴愿意干什么》《桔林里的灯》和《新年老人和圣诞老人》等。也有作品注重以优美的想象满足儿童的幻想需求,教给儿童丰富的自然知识和科学知识,如《摘草莓的故事》《从算术国里来的小人儿》《磁姑娘和慈姑娘》等。

《一只想飞的猫》可视为他建国后的代表之作。这是针对建国初期某些娇生惯养的儿童骄傲自大、好逸恶劳等缺点所写的讽刺故事。作品叙述了一只喜欢自吹自擂的猫厌恶劳动、顽皮无礼、不切实际,一心想飞而终于摔了跟头。这只猫因抓住过几只老鼠,就到处自吹自擂,说"我一伸爪子就逮住了十三个耗子"。他盲目地逞强好胜,吹嘘自己是赛跑健将、歌唱家和打鱼专家,可他却不愿学习,他说:"我要飞,就能飞！只有那条笨驴子,不论做什么事,总得先刻苦学习一番,我可用不到！"

作者十分熟悉猫的生活习性,寥寥几笔便能描摹出猫的情态。例如,猫从窗子里跳出来打碎了花盆,却说:"那算什么,我是猫！""猫没有道歉一声,连头也不回一下,只弓起了背,竖起了尾巴,慢腾腾地跨开了大步,若无其事地向前走了。……'嘎——'猫忽然停住了脚步,耳朵竖了起来,招了两招,马上撒开四条腿向前飞奔。"作品紧紧扣住猫的习性来写,使小读者觉得它的确是一只顽皮的猫,这就增添了作品的情趣和真实感。

作品没有过多的说教,而巧妙地将道德教育潜藏在一个轻松幽默的故事中,通过"一只想飞的猫"想捉蝴蝶而被蝴蝶捉弄,吹嘘自己是钓鱼能手而被乌龟咬住了尾巴,幻想能飞而从树上重重摔了下来等情节,委婉地讽喻了儿童的骄傲自大、不切实际,使儿童在嘲笑"一只想飞的猫"的同时受到启发和教育。

贺宜从1950年起,陆续出版了《树林里的故事》(童话诗,1951年),《仙乐》(童话诗集,1956年),《小公鸡历险记》(长篇童话,1956年),《鸡毛小不点儿》(中篇童话,1958年),《小神风和小平安》(童话集,1959年)等。这些作品一改过去"沉重、悲痛"的格调,而以乐观、明快的色彩反映新的时代生活,对儿童进行新思想、新道德教育,具有鲜明的时代特点。

贺宜这时的创作,首先也是针对少年儿童中普遍存在的问题,对孩子们进行讽喻和引导的,比如劝诫儿童不要任性、骄傲。《天鹅的儿子》《小神风和小平安》《小公鸡历险记》等都是这样的作品。

同时,他也注意对儿童进行新思想、新道德的教育。代表作之一的中篇童话《鸡毛小不点儿》,通过一根鸡毛"小不点儿"的流浪经历,歌颂了为他人的欢乐和幸福,任劳任怨、自觉献身的崇高精神。"小不点儿"生长在公鸡的脊背上,它既无脖颈毛那样荣耀,也没有鸡尾毛那么美丽,但它并不计较名位,在平凡的岗位上安心于自己的工作,尽自己的一份职责,跟所有的鸡毛一起为公鸡合成一件美丽的外衣。时过境迁,鸡毛们离开公鸡而各奔东西。“小不点儿”无论到哪里都任劳任怨、尽职尽责。当它被扎进鸡毛掸子的时候,它心甘情愿地为主人除尘去灰;当它被做成毽子的时候,它又热心地为孩子们增添欢乐;最后,“小不点儿”飘落到一颗葵花子身上,为它保温驱寒。春天里,它化作尘泥滋养着这棵向日葵。这种“化作春泥还护花”的献身精神感人至深,对小读者产生了潜移默化的影响。

还有些作品,是对儿童进行爱国主义的教育。童话《天竺葵和制鞋工人的女儿》通过一个制鞋工人在新旧中国生活的鲜明对比,赞美了新中国社会主义制度的优越性,连室内的盆花天竺葵也由衷地赞叹:“活在这个世界上是多么有意思!”这篇童话洋溢着对新中国的赞美之情。

贺宜十分重视童话形象的塑造。《小神风和小平安》《天鹅的儿子》《鸡毛小不点儿》《小公鸡历险记》等都以生动、细腻的笔触塑造了一个个性格鲜明的童话形象。他在塑造这些拟人的童话形象时,不仅注意到原有的物性,如公鸡的好斗、母鸡的护雏和黄鼠狼的偷鸡等,并据此赋予与之相似类型的人物的思想感情。而且,他更为重视描绘童话形象性格形成的具体环境,揭示这些性格形成和发展的具体过程。《小公鸡历险记》中小公鸡性格的形成过程就是一个典型的例证。小公鸡之所以骄傲任性,不仅仅因为他是一只公鸡,还因为他是鸡妈妈十四个孩了中唯一的儿了。正是鸡妈妈的宠爱、娇惯,姐姐们的忍让,助长了小公鸡任性、自大的心理,结果惹出了许多麻烦,也使他经历了许多危险。但正是这种任性之下的闯荡冒险使小公鸡得到了锻炼,变得聪明、勇敢。小公鸡在一次次历险中认识到自己骄傲、任性、爱撒娇、听不得批评的毛病,知道这些是要不得的,终于改掉了自己的缺点。最后,小公鸡还想出妙计,同伙伴们一起机智地战胜了黄鼠狼。这些情节符合童话人物性格发展的逻辑,就小公鸡所处的具体环境而言显得真实、自然。正因为贺宜在这种具体的环境中揭示出童话人物性格发展的历程,才使得小公鸡等童话形象个性鲜明,这在某种程度上避免了概念化和类型化。

金近是个优秀的童话作家,他不仅重视艺术形象对儿童的讽喻劝诫作用,而且重视描绘优美动人的童话意境,给小读者以美的熏陶。比如,在那篇意在教育儿童做事不可三心二意的《小猫钓鱼》中,碧清的小河水,飞舞的红蜻蜓,围绕着紫云英花转圈的彩蝶,配上顽皮的小猫和捉弄人的青蛙,构成了情趣盎然的童话世界。

1958 年发表的短篇童话《小鲤鱼跳龙门》,是金近建国以后最著名的作品。这篇童话叙述了一群住在小河里的小鲤鱼,听了鲤鱼奶奶讲的“鲤鱼跳龙门”的故事之后,去寻找“龙门”,跳过“龙门”的故事。作者巧妙地把民间传说和童话故事结合起来,在古老的“鲤鱼跳龙门”的传说中融入新的时代色彩,获得了一定的成功。在那一群活蹦乱跳的小鲤鱼身上,作者赋予他们新中国儿童活泼天真、积极进取的性格,表现了他们富于理想、朝气蓬勃的精神风貌。童话中小鲤鱼们商量找“龙门”的动人场面,就生动地再现了充满稚气的儿童渴望实现远大理想时的真实心理:

> 小鲤鱼们直嚷嚷起来,他们游到一边,大家在悄悄地讲话。
>
> 领头的金色小鲤鱼跳起来说:“嗳!你们去不去?我要去找那个龙门,要是能跳过去,变成一条大龙,多有意思。待在这条小河里闷极啦。”
>
> 小鲤鱼们都嚷起来:“我去!”“我去!”“我也去!”
>
> 有一条最小的小鲤鱼说:“我也要去,可是我跳过去还要回来的。”
>
> 金色的小鲤鱼瞧瞧他,不满意地说:“那你趁早别去。”
>
> “好,那我去。你们到哪儿,我也到哪儿。”领头的小鲤鱼带着这一群小兄弟,悄悄地游开去。

在童话的高潮跳“龙门”一节中,作家以其更为巧妙的构思表现了新中国儿童的冒险精神和聪明才智:

> 金色小鲤鱼想试一试,他对伙伴们说:“我先跳过去,你们一个一个跟着来。”说着,他飞快地向前游去,快游到那个龙门的时候,他真的蹦了起来。这回倒蹦得挺高,可是离龙门还差好多尺呢。金色小鲤鱼又试了几次都不行。后来,金色小鲤鱼又跳的时候,给一个浪头一拍,弹得很高。他就从这里找出一个办法来。于是一条小鲤鱼冲过去,跳到半空中,又落下来,另一条小鲤鱼跳上去,把那条快要落下来的小鲤鱼弹得很高,弹到龙门那边去了。这样一条顶一条跳着,最后,金色小鲤鱼自己也给浪头弹过去了。

这些精彩的细节描写,将一个个性格各异、童趣盎然的童话形象刻画得栩栩如生。金色小鲤鱼那坚强自信和勇敢、聪明的性格给人们留下了尤其深刻的印象。

小鲤鱼们终于跳过了“龙门”,但他们并没有变成大龙,而是进入了一个风景如画的龙门水库。童话中幻想与现实的结合,和谐、自然,达到了水乳交融的境界。作者运用烘云托月的艺术等法,从侧面展示了新中国水利建设的新成就,显得新颖、别致。

这篇童话被公认为是反映新中国建设成就的代表作，产生了较大的影响，被译成多种外文，是较早走向世界文坛的中国当代儿童文学作品。

写过《石头人的故事》的包蕾在建国后写了《小金鱼拔牙齿》，批评了小金鱼不爱清洁，不懂得保护牙齿；又写了《理发的故事》，批评了许多孩子任性、不肯理发的毛病。这样的作品在当时大量出现，成为童话创作的套路。但包蕾机智、幽默，他常常以诙谐风趣的口吻，向儿童讲述一个个妙趣横生的喜剧故事，童话中的人物洋溢着活泼天真的儿童情趣。正是这些特色使他的作品深受儿童喜爱。

包蕾陆续出版了《小咪和毛线球》(1954 年)、《小金鱼拔牙齿》(1957 年)、《火萤与金鱼》(1959 年)、《猪八戒新传》(1962 年)等童话集；此外，还创作儿童剧，并长期从事美术影片的编剧工作。

1959 年发表的短篇童话《火萤与金鱼》，显示了包蕾童话的另一种风格。与包蕾其他大多数童话活泼明快、幽默风趣的风格不同，这篇童话具有浓厚的抒情色彩，在包蕾童话中别具一格。作品以委婉细腻的笔触娓娓动听地叙述了一个真切感人的故事：在山谷中的一条小河里，住着一个因年老而失去萤火的火萤和一个因患病而失去彩鳞的金鱼。他们没有沉溺于自己的痛苦和不幸之中，时刻想着为别人赢得快乐和幸福。火萤和金鱼互相关心、互相帮助，终于使对方恢复了生机，小金鱼重新长出了 身美丽的彩鳞，老火萤的萤灯也重放光明。整篇童话犹如一首瑰丽的抒情诗，充满了浓郁的诗情画意。作者在这篇童话中充分发挥了一个美术影片专家的特长，生动地描绘了一幅幅色彩绚丽的图画，将读者带入了一个美丽动人的童话天地。

从 20 世纪 50 年代开始，包蕾运用古代神话小说《西游记》中的艺术形象，陆续创作了富有民族特色的《猪八戒吃西瓜》《猪八戒探山》《猪八戒学本领》和《猪八戒回家》，获得了很大成功，后在 1962 年汇集成《猪八戒新传》出版，一直深受孩子们的欢迎。

总之，在“教育童话”模式的框范下，作家们还是努力发挥自己的个性，使作品尽可能多样化。正是这种创作上的努力，突破了固有模式的局限，产生了一些较为优秀的作品，为这段时期的儿童文学保持了一定的亮色。

第三节　鲁兵的诗

1949 年以后的儿童文学界，有一批年轻作家相当活跃。他们多是热血青年，此前已以各种方式向报刊投稿,有的还出版过自己的集子。鲁兵、圣野和田地就是其中的三位,他们都是从儿童诗开始创作生涯的,有的也写过不少童话。他们的作品政治性、战斗性很强,这与 20 世纪 40 年代中国大时局有关。如鲁兵最早的创作中,就有这首《乌鸦》:

我有嘴巴,
我要说话,
“呀,呀,呀!”

我看了不顺眼,
我可不能装哑,
“呀,呀,呀!”

人家恨我要害我,
我也全不怕,
“呀,呀,呀!”

在那个不准人民说话、不准发出声音的时代,这样的诗,就是勇敢的抗议了。鲁兵也写了很多童话(那时用的笔名是严冰儿),如《掉到月亮里去的富翁》《狮大王做寿》《瞎眼的法院》等,正如他自己所说,那是“暴露了反动阶级及其政权对人民群众的经济剥削、政治压迫和精神统治”“国民党政府控制新闻出版甚严,可是对于满纸小猫、小狗、狮子、老虎,却不大在意。那时童话之兴旺,正是由于在无声的半个中国,还可以运用这种语言发出一点微小然而强烈的声息”。(《喜见儿童笑脸开》,载《我和儿童文学》)新中国建立以后,他们的创作,很快就转向歌唱祖国、歌唱新生活、歌唱建国初期的建设和战斗(鲁兵和圣野都曾参军,鲁兵还上过朝鲜战场),当然,也转向了“教育儿童”。田地在那一时期作品最多,至 1957 年被打成“右派”前,已出版了《南瓜花》《轮船就要开了》《他走在阳光下》等六本儿童诗集,代表作是 1954 年发表在《新少年报》上的长达 80 行的朗诵诗《祖国的春天》。

鲁兵和圣野从部队转业后,都到上海的少年儿童出版社工作。他们的诗,也多有明确的教育倾向(圣野的题材相对多样,也常以对儿童的欣赏为题旨)。后来,鲁兵就和贺宜相呼应,提出了儿童文学是“教育儿童的文学”的命题,将儿童文学视为“教育的工具”(直到 20 世纪 90 年代,鲁兵还将自己的评论集定名为

“教育儿童的文学”）。统观50年代的儿童诗和整个儿童文学，可以发现两大特点：首先就是非常突出的“教育倾向”，作品的教育目的往往十分明确，针对儿童某一缺点、弱点，一看即知；同时强调“贴近儿童”，这些作品大多浅近易读，有的还很有童心童趣，很引人入胜（枯燥乏味的说教之作也有，但大多不出于儿童文学大家之手）。“教育性”和“儿童性”常常联系在一起，这是个很能发人深思的现象。

1955年，鲁兵创作了他早年的代表作《下巴上的洞洞》（1979年又作了修改推敲），他写道：

从前
有个奇怪的娃娃，
娃娃
有个奇怪的下巴，
下巴
有个奇怪的洞洞，
洞洞
谁知道它有多大。
瞧他
一边饭往嘴里划，
一边
从那洞洞往下撒。

这是第一节。从字面看，无甚希奇，但读给小孩子听，效果就出奇地好。作品缓缓进入，叙述清晰，孩子一听就懂，一点不累，而且充满悬念，越听越奇。诗的节奏感也强，两字一顿的句式，会把孩子的注意力紧紧地吸引住。然后是第二节，调侃了一下吃饭漏米粒的孩子：饭桌不是土地，饭粒不会发芽，漏饭种不出庄稼，等等，听来也很有趣。最后一节难免有说教之嫌，但现场效果还是很好的：

你们
听了这笑话，
都要
摸一摸下巴；
要是

也有个洞洞,
那就
赶快塞住它。

孩子听到这里,会情不自禁地摸下巴,会注意地看别人,会开心地笑起来。这样的效果,来自互动性(朗诵者和“你们”)、动作性(听众的动作),也来自诗本身的含蓄——作者始终没有说穿“洞洞”是什么,但孩子在摸下巴的时候,肯定已经明白了,而且那笑中,还都有几分不好意思呢。

鲁兵从部队回来后,就编辑低幼杂志《小朋友》,长期和小娃娃打交道,对儿童的心理特点十分了解。他写了诗,就要知道孩子的反应到底如何,常作现场调查,决不想当然。早在1948年,他发表于《小朋友》893期上的《我和一只小狗的友谊》里,就有这样的话:“ ……很可惜它听不懂我的话,否则我一定把刚写完的故事念给它听,它说:‘好听!’那就真的好听了,我就多么快活;它说:‘不好听!’我就重新把这故事修改一下;它说:‘一点都不好听!’那我就把这故事丢掉。”到了晚年,他不能常跑幼儿园了,就委托幼儿园的老师替他做这样的工作。写于1990年的《我写童话》一文中,他又说了相近的意思:

> ……这些短篇童话,和长达八九万字的《小西游记》一样,都请我的朋友陈静英女士读给小娃娃们听过,得到他们的批准。……她将稿子寄还给我,都附有一信,告诉我孩子们的反应。

这就难怪他的作品,能始终得到小读者的喜欢。“文革”过去之后,他主编的幼儿读物选集《365夜故事》,发行竟达500万套,也可说是一个明证。他写于80年代初的童诗代表作《小猪奴尼》,故事其实并不新鲜(柯岩写于1955年的《小弟和小猫》即与此相似),无非是批评脏孩子不肯洗澡,从字面上看也未见有多精彩,但与《下巴上的洞洞》一样,读给孩子听效果就是好。尤其是奴尼在外疯玩,脏得连妈妈也认不出了,诗中这样写:

“妈妈,妈妈,
我是奴尼。”

“不是,不是,
你不是奴尼。”

“是的，是的，
我真的是奴尼。”

“出去，出去！”
妈妈发了脾气。

“你再不出去，
我可不饶你。”

“扫把扫你，畚箕畚你，
当作垃圾倒了你。”

奴尼吓得逃呀逃，
逃出两里地。

这里有一种夸张的喜剧性，虽然明知不会发生，但孩子们笑作一团，这是他们都熟悉，都能领会的游戏，他们完全投入其中了。这里还有一点小小的奥妙，就是孩子和垃圾有一种秘密的联系，垃圾桶是他们眼中颇有魅力的地方，几乎所有家长都和小孩说过“你是从垃圾桶里拣来的”，这在喜剧效果里也起了潜意识的作用。诗的最后，奴尼洗干净了回家，看到“妈妈真欢喜”时，诗中写道：“奴尼，奴尼，/鼻子翘翘，眼睛眯眯。”只要朗诵者加上表情和动作，孩子一定也会发出会心的笑声。这正与《下巴上的洞洞》结尾时的互动相一致。这种效果，都是在诗人与娃娃们的交流中发现，并修改、琢磨而强化的吧？

鲁兵写儿童诗有明确的教育目的，如《我们七个》《这样看书好不好》《我知道和小问号》《不知道和小问号》等，就是批评儿童因为练“武功”而影响学习，因埋头看书而影响视力，以及说大话、不爱动脑筋等毛病的。虽然强调儿童性，也有一定的文学性，但最终还是以道理或教训来充实这些诗作的。这样一种创作方法对文学性很容易造成伤害，除了题材上的单调，不能有更丰富的儿童生活和心理进入创作视野外（孩子的毛病大体就是这些，所以到后来题材上的雷同愈益难免），还体现在每一题材或作品中，难有更多的余情余趣，一旦形象只围着思想转，思想就必然大于形象。本来，“思想大于形象”在文艺学中是尽人皆知的缺憾，可既然已把儿童文学定义为“教育儿童的文学”，它已成为“教育工具”，教育成了第一位的,于是在那个时代,教育(思想)大于文学(形象)也就成了天经地义的事。贺宜曾说:“每一篇儿童读物都应当有它的教育任务。”[①]可见,它要完成的是“教育任务”,文学本身的追求被推到了第二位,被纳入工具层面去了。

这种现象到“文革”后的“新时期”才渐渐被突破,鲁兵内心的诗情也突破了他固有的文艺思想的樊篱,他也写起找不到明确“教育任务”的童诗来,《小猪奴尼》的续篇《过生日》(创作于 1987 年)就是很有代表性的一篇,无论童趣还是文学性、独创性,都胜过了写于六年前的那篇名作。它写奴尼一早醒来就看见大蛋糕,那天正是他生日。“砰砰砰……谁来了?”小象来了,背着背包;小猴来了,挎着挎包;小羊来了,拎着拎包;小牛来了,“提的篮子不是包”。奴尼开始切蛋糕,刚分好,正要吃,“砰砰砰”,门又响了,进来一只又瘦又脏的小黑猫,他说:“我没有妈妈,呜喵。/我没有朋友,呜喵。/我一年没洗澡,呜喵。/我三天没吃饱,呜喵。”这太让人同情了,孩子们围上去,你一言,我一语:“我们做你的朋友,你说好不好?”“我的妈妈,做你的妈妈,你说好不好?”大家给他洗澡,奴尼还递给他一块蛋糕,他真的饿坏了,肚里咕噜咕噜叫。可就在这时,奴尼发现问题了,他愣住了,受不了了:

> 大家笑着吃蛋糕,
> 奴尼瞪着眼睛瞧,
> 瞧着瞧着,
> 哇地哭起来,
> 他没蛋糕吃,
> 他没吃蛋糕。

因为刚才的同情和慷慨大度,他的蛋糕给小猫吃掉了,这是他的生日,他是这里的主人,可是,居然,“他没蛋糕吃!”这让他委屈得哇哇大哭,一分钟前还开开心心,现在却伤心极了——这就是孩子。大家上来劝奴尼,小象从背包里拿出香蕉,小猴从挎包里掏出蜜桃,小羊从拎包里掏出紫葡萄,小牛变戏法,从篮子里变出了牛妈妈做的大蛋糕。这弥补了奴尼没蛋糕吃的大遗憾。后面还有个有趣的结尾:“只有小猫没礼物,/唱支歌儿凑热闹:/奴尼身体好,/大家身体好!”真是皆大欢喜。而这诗中所表现的微妙、真切、难以言说的童心变化,就不是教育性的题旨所可包容的了。这里的“形象”已明显大于“思想”。——当然,这都是后

---

① 《童话要正确地教育孩子》,载 1958 年 10 期《文艺报》。

话了。

第四节　柯岩的诗

柯岩写儿童诗始于1955年，时年26岁。那年9月16日，《人民日报》发表了影响很大的社论《大量创作、出版、发行少年儿童读物》，中国作家协会随即发出“发展少年儿童文学”的指示，全国文联主席郭沫若撰写《请为少年儿童写作》一文作呼吁，冰心紧接着发表了《一人一篇》进行响应。柯岩的丈夫贺敬之是著名诗人，当然也要响应号召，但他写了一夜只有短短几行，房里香烟缭绕，纸上满是涂抹痕迹。柯岩见他愁眉不展，一问是苦于为儿童写诗，就说：“这有什么难的？我来试试。”结果，一夜时间，写出了九首。贺敬之睡醒一看，大为惊讶。他从中选了六首寄到《人民文学》，在当年12月号上刊出了三首，此即后来大得好评的《儿童诗三首》，还曾被收入中青版“青年文学创作选集”《海滨的孩子》一书。这就是柯岩儿童文学的处女作了。

这三首诗都充满童趣，相比之下，第一首有更多的教育性，但仍不失为好诗；第三首又有个政治性的尾巴；第二首《坐火车》属儿歌形式，但童趣最为浓郁，艺术上也最完整。第一首《小弟和小猫》是柯岩儿童诗的名作，后来鲁兵写《小猪奴尼》与之略有雷同。写的是小弟玩得满头满脸都是泥却不肯洗澡，妈妈叫他，他跑掉，爸爸拿镜子照给他看，“他闭上眼睛格格地笑”，后来他去抱小猫，小猫连忙往后跳：“不妙，不妙，太脏太脏我不要！”他这才害臊了，忙让妈妈给他洗。诗中的小弟写得很活，小猫又夸张得很形象，转折巧妙自然，很受儿童喜欢。它在孩子中自觉流传，传了几代人，至今还常有人念起里边的句子。第三首《我的小竹竿》，写孩子将竹竿当赶车的鞭、当不用喂草的马，满院子乱跑，最后是当解放军的枪，“把侵略我们的强盗消灭光”（这一句几年后收入集子时，被改为“把强盗土匪消灭光”）。现将第二首抄录如下：

小板凳，摆一排，
小朋友们坐上来。
这是火车跑得快，
我当司机把车开。
（轰隆隆隆，轰隆隆隆，呜！呜！）

抱小娃娃的前边坐，
牵小狗熊的往后挪。
皮球积木都摆好，
大家坐稳就开车。
(轰隆隆隆，轰隆隆隆，呜！呜！)

穿大山，过大河，
火车跑遍全中国。
大站小站我都停，
注意，到站下车别下错。
(轰隆隆隆，轰隆隆隆，呜！呜！)

唉呀呀，怎么啦？
你们到站都不下？
收票啦，下去吧，
让别人上车坐会儿吧！
(轰隆隆隆，轰隆隆隆，呜！呜！)

全诗都是孩子的自言自语，分明是她一个人“过家家”的语音记录。但孩子的心情、思维、趣味和性格，全在里边了。看得出，诗人下笔时，真正沉浸到幼儿的游戏世界里了，所以涉笔成趣，童趣满溢而出，令人愉悦异常。第一节中，那句“这是火车跑得快”，显得特别郑重，这是孩子掌握的新知识，或许是听来的，或许是亲眼见过火车后得出的结论，因前后三句都是交代性的叙述，这一句则是“特别提醒”，因而很显突出。第二节中，前两句写她指挥若定，很一本正经，但“牵小狗熊的往后挪”有点奇特，到第三句，“皮球积木都摆好”就更露馅了，看来这还不是个真正的司机(其实应是乘务员)。第三段显示火车飞驰，这列火车要“跑遍中国”，而且要“大站小站”全都停，的确很了不起，小乘务员显得挺称职。第四段最有趣，完全是小儿声口，她“轰隆隆隆”跑了一大圈，忽然想起车上的人都坐着没动，于是责怪起来(小小孩子都很爱责备人的)，“怎么啦?”“都不下?”她要把乘客轰下去了，这当然是出于好心:“让别人上车坐会儿吧!”但这样一来，乘客上车好像不是为了旅行，只是来歇歇脚，或来坐坐玩玩似的——她虽然在扮演司机，心里想的原来还是“过家家”！这样的诗，体现了一点幼儿的职业向往，也暗含祖国建设繁荣发展的气氛，但这终究只是附带的，真正的着墨点还是童心童趣，它表现了诗人对孩子的喜爱和观察,写的是儿童愉快的游戏情景。这样的诗,可以说是“积极”的,却很难说是“教育”的。

紧接着的1956年,对刚走进诗坛的柯岩来说,是一个丰收年。她创作了一批生动有趣的儿童诗,奠定了自己在文学界的地位。这些诗,有的有淡淡的“教育性”,有的依然没有。即使是有教育目的的诗,也仍然沉浸在童趣之中,而不是直奔主题——思想大于形象。她这一年发表的诗有《姐姐的本子》《小红花》《放学以后》和《看球记》《心事》《爸爸的眼镜》(这三首都写“弟弟”,前二首还都与足球有关,可视为一个系列),另有组诗《小兵的故事》和《少年运动会诗三首》等。

《姐姐的本子》写小妹妹“我”很想写字,可是没有本子,就把姐姐的书包打开,在书皮上写下自己的名字,又一口气写了好几个“小丫”,看来看去觉得不好,就照着姐姐写过的字描,“弯弯曲曲把空格填满”。等姐姐跳完橡皮筋回来,打开本子准备做作业了,“我心想她这回准得夸我能干,谁知她抓住本子又哭又喊”。结果可想而知,妈妈也来了,奶奶也来了,所有的人都说小丫不好。“我写字累得满头是汗,/墨水都抹到了鼻子尖,/到头还惹得姐姐哭了一场,/唉,她的书包我再也不翻。”《小红花》也有异曲同工之妙,写姐姐种了一盆花,要在“五一”劳动节送给妈妈,花已经开出来了,弟弟“我”带着妹妹,还有小狗,每天盯着这盆花,他们向姐姐保证一定把它养好,姐姐这才同意让他们来照顾它,结果他们又浇水又擦洗叶子,还小心翼翼地搬进搬出,儿大不到,花头折断了,花掉下来了。妹妹哭了,小狗耷拉着尾巴,“我”的心里像针扎,可是什么也救不了小红花,妈妈的礼物没了,“这到底是怎么回事啊?这错处到底在哪儿呢?”两首诗都写了幼儿的过于热心,急于干好事,却弄出了坏结果,他们既委屈,又迷惘。看得出诗人对儿童生活的熟悉,她把握儿童心理十分真切细微,一下笔就能让人想起自己周围许多好玩的孩子来。她没有一句批评,完全从幼儿的角度展开故事,虽然也有一点教育或提醒的意思,重心却还是对儿童的喜爱和欣赏。她在诗末也常会来一句含有理念的话,如:“她的书包我再也不翻!”这可算是“结论”了;“这错处到底在哪儿呢?”虽然还没找出原因,但出现了“错”字,总之已经是“认错”了。再后面的《爸爸的眼镜》的结尾甚至还带点教训味:“唉小弟呀小弟,/你这个小糊涂东西!/有学问要靠自己努力,/眼镜怎么能代替你学习?!”这“教训”依然是淡淡的、温婉的,充满喜爱和欣赏,并非真的耳提面命。这样的结尾,体现了当时时代风气的影响,与诗人自己的文学观念也有一定关系。可是在这样的诗里,我们仍然能感受到一种新的气息,一种压抑不住的诗性,它们不是当时的观念所可替代或掩盖的,那就是:它的出发点是诗,是对生活、对童趣的欣悦的体验,是对这一体验的表达的冲动——这才是创作的动机。这样的动机,和找到一种儿童的缺点,然后编个故事批评之、教育之,是不可同日而语的。这是两种完全不同的创作方法。在这里,诗人的本性起到了决定的作用。

《看球记》[1]当然更要精彩得多,写的是球迷一家看足球的故事,“青岛”对“新疆”,1956年8月在青岛的确举行过全国少年运动会,其中就有这场小足球赛。小弟对看球是最起劲的,“从清早就在院子里看天,有一朵乌云他就急得跺脚”。可球赛开始后,他却“什么也不懂”,他说“最好让两边都赢”,然而很快就看出了门路,“跟着我鼓掌还学着喝彩”,有一次“新疆”把球踢出场外,他站起来差一点跳出看台。最后还是“青岛”得胜,支持青岛的妹妹狂喜,小弟夺过她手里的花丢在地上,两人差点打起来。诗的最后几节是这样的:

好些人围着“新疆”的大门照相,
我也挤进去对他说:真棒!
弟弟一把抱住9号运动员,
他说:“我也看出来你们很勇敢!”

回家的路上爸爸和妈妈已经和好,
小弟和妹妹可还在争吵,
我用脚勾一块小圆石踢给小弟,
唉!有工夫磨牙还不如来练脚。

夜里大家已经熟睡,
可是小弟还在梦里踢球,
一脚把被窝踢到地上,
还用脑袋拼命去顶枕头。

妈妈叹口气去给他盖被,
他一脚丫正踢着妈妈的手。
妈妈笑着把他侧过身去,
一看,背心上还用红墨水涂了个大“9”。

这是一首生活气息浓郁、童趣盎然的小诗,这里找不到多少教育的痕迹。可见真

① 载《文艺学习》1956年10月号。

正能激发作者诗情的，正是对千姿百态的儿童生活的压抑不住的兴趣，而不是现成的教育主题，更不是在诗尾加上去的那些教育性的话。

但仔细想想，这首诗里还有更值得探究的东西。弟弟是在极短的时间里看懂足球的，看懂了就投入，而且是全身心投入，看到球出界了会急得跳起来，看到妹妹为敌队欢呼会去抢花甚至打架，还跟着哥哥挤过去为勇敢的守门员喝彩，当晚就做起了踢球的梦……小孩的兴趣来得快，而且是那样真诚专一，这正是他们童心的体现。梦是“潜意识”在起作用，在梦里还那么专注，这让妈妈又叹气又欢喜。从这里看得出，诗人对儿童已非一般的喜爱与欣赏，已不是寻觅一些有童趣的细节或画面铺陈为诗，而是深入到孩子的拳拳之心中去了，她是看重并珍视这拳拳之心的。相比之下，从教育主题出发的写作是居高临下的，以为自己必高于孩子，作者必高于读者；而这种欣赏、看重和珍视，却是把孩子放在一个很高的地位，一边看着他们的趣事，一边自己就会隐隐感动——这是诗人之心与儿童赤子之心的相通。

柯岩儿童诗的这一内在特征，在《帽子的秘密》中体现得更为突出。这首诗在读者中影响极大，被很多人视为建国后至“文革”前“十七年”中儿童诗创作的压卷之作，这并非过誉。它是组诗《“小兵”的故事》[①]的第一首，它那清清浅浅的开头，让许多早已成年(以至中老年)的读者至今还能背诵：

我的哥哥可不是个普通的人，
他是一个三年级学生。
他一连考了那么些个五分，
妈妈送他一顶帽子当奖品。

这顶帽子的颜色可真蓝，
漆黑的帽檐亮闪闪，
别说把它戴在头上，
就是看看心里也喜欢。

可是这顶帽子有点奇怪，
它的帽檐老是掉下来，
妈妈把它缝了又缝，

① 载《人民文学》1956年4月号。

不知为什么它总是坏。

这第一人称的儿童口气,悄悄流露着对哥哥的崇拜,这为后文埋下了伏笔。同时,由于帽子的“秘密”,人们急于往下看。妈妈派给“我”一个任务,让他跟着哥哥看看是怎么回事,可是哥哥一见他就把他赶开。这天他偷偷到了他们的学校,这才发现他们几个同学“一出校门就把帽檐扯下来”。他们在空地上来回跑,又喊“靠岸”又喊“抛锚”,哥哥还拿着个木头望远镜,四面八方到处瞧……原来他们在模仿海军呢!“我”还没决定躲不躲,已经被他们当“奸细”抓住了,“哥哥看也不看我一眼,就下命令把我枪毙”,于是“我”又踢又打吵个不停,即使告诉说“枪毙是假的一点也不疼”也不干,最后只好让他也一起参加了小海军的游戏。应该说,在20世纪50年代,因战争刚过,战争电影又多,当时部队威望高,海军又是现代化的兵种,这样的游戏确是男孩子们的最爱。那天,弟弟的兴奋可想而知。诗的后面几节是这样的:

晚上我回家见了妈妈,
我向她谈了船舱又谈甲板,
我告诉她什么叫做舰队,
还说天下最勇敢的就是海员。

至于哥哥的帽子嘛……
我说:“这是秘密,你最好别管。”
妈妈摸着我的头发笑了:
“那好吧,亲爱的海员!”

我奇怪妈妈怎么知道,
她说:“这也是个秘密。”
她说她还有几句话,
让我给所有的小水兵捎去:
……

捎去的话无非是“热爱祖国热爱劳动”“不看帽子要看行动”,这严格地说也还是“套话”。这首诗中最为感人之处,是“我”回家见了妈妈,“又谈船舱又谈甲板”,告诉她什么是舰队,“还说天下最勇敢的就是海员”……这是作者对“潜意识”的精确刻画，孩子兴奋之后，产生了难以压抑的表述欲望，他不想让妈妈知道秘密，但他内心的快乐和豪气要有表达的出口，他就控制不住地对妈妈说个没完，这就让妈妈猜出了他们的秘密。通过这些刻画，我们一下子进入了孩子的“潜意识”，作者没有说破，是我们在审美中体悟出儿童的这种心灵变化的，而这恰恰是最容易让人感动的。

“潜意识”是弗洛伊德派深层心理学的理论，在柯岩开始写诗的年代，弗洛伊德是连名字也不能提的“资产阶级心理学家”，她不太可能读那样的书。但因诗人的天性带来的文学自觉，因对生活和儿童的热爱从而走进了儿童的内心，这使她自发地与这理论相通了。这是对童心的深入的发掘和巧妙的艺术表现，那些居高临下的教育的诗，自然很难拿来和它相比了。

50年代的确是教育主义统治的时期，但文学总能有自己的突破——真正成功的作品总是有自己的与众不同的突破的。柯岩诗中最好的那几首，很能说明这个问题。

第五节　任溶溶：把童趣推到极致

任溶溶与中国儿童文学的缘分，早在20世纪40年代就已开始了，但那时主要是翻译而非创作。他的第一篇儿童文学译作刊载于1946年元旦出版的《新文学》杂志创刊号，那是一位土耳其作家的儿童小说《黏土做成的炸肉片》，译者名署的是“易蓝”。就任溶溶一生贡献来看，确属翻译成就最大。他的创作始于1953年夏，那时他经常在上海人民广播电台为小朋友讲外国儿童生活故事，有一次打算按一篇报道讲，开场前发现太单薄，但已骑虎难下，于是决定自己写，到播出时，这已变成了一篇口述小说；文学刊物《少年文艺》是这年7月降世的，创刊后稿件奇缺，主编李楚城从广播里听到了这篇作品，当场拍板，决定在刊物上发表。这就是任溶溶的儿童小说处女作《我是个黑人孩子，我住在美国》（载1953年8月号，出版单行本时改名为《我是个美国黑人孩子》）。后来，也因为讲故事，他在少年宫讲了自创的《没头脑和不高兴》，在小朋友中引起轰动，《少年文艺》的编辑又来要稿，他坐在咖啡馆里，一气呵成，写出了这个中国儿童文学的名篇。《没头脑和不高兴》发表于1956年2月号《少年文艺》，故事的构思成形应该是在1955年。——柯岩的童诗创作也始于1955年，对于中国儿童文学来说，这是个重要年份。

任溶溶的儿童文学创作主要是儿童诗。他的诗，大多单纯、巧妙、好玩，绝不平淡,绝不一般。它们大多有个简单而有趣的故事,但即使没故事,也同样引人入胜,让你充满兴趣。这些读来异常轻松的诗,却看得出写时是动足脑筋的,但又决不是“苦吟”的产物,作者的愉快、调皮、兴奋全在字里行间隐藏着。比如那首《强强穿衣》:

早晨当当敲七点,
强强起了床。
拿起书本看半天,
开始穿衣裳。
一个袖子才穿上,
他就去洗脸。
两个袖子刚穿好,
他去吃早点。

扣上两个小纽子,
他去玩邮票。
再扣两个小纽子,
中饭时间到。
……

最后,到强强好不容易穿好第一只袜子,要穿第二只时,天早已黑了,妈妈已经在叫“快脱衣裳,去上床”了。这当然是极度的夸张,与他的童话《没头脑和不高兴》用的是同一手法。但闲散拖沓、做事精力不集中的孩子,的确有;假期刚刚到来时,这样的孩子更多;其实,作者所在的文人圈里,这样的人也不少,作者自己恐怕也有类似的习气。作者在诗里没有一句批评,只是一味夸张,夸张中充满玩笑的心态。另一首《我给小鸡起名字》也很有趣:

一、二、三、四、五、六、七,
妈妈买了七只鸡。
我给小鸡起名字:
小一、
　小二、
　　小三、

小四、
小五、
小六、
小七。
小鸡一下都走散，
一只东来一只西。
于是再也认不出：
谁是小七、
小六、
小五、
小四、
小三、
小二、
小一。

50年代很时兴苏联马雅可夫斯基的“楼梯式”诗，结果排版松散，诗意也松散，虽慷慨激昂有余，却紧凑耐读不足，当然也不失为一种有益的尝试。但“楼梯式”一般是长诗，是所谓“朗诵诗”，任溶溶别出心裁，在一首小品中忽然玩起“楼梯式”来，让人觉得新鲜别致。而且，前面是从一数到七，后面是从七数到一，循环往复，有绕口令之趣。儿童对音韵节奏最为敏感，一看形式特别，一念好听好记，字又不难认，自然就爱不释手。

上述两首，第二首是纯游戏诗，没有什么意义（正合周作人之所谓“有意味的没有意思”），因而也谈不上教育性（当然也可说有“数字教育”之效），但第一首则有教育目的。在60年代，关于教育性的强调更盛，已非解放初期可比，这在本书后几章还会论及。我们再来看一首教育性很强的诗，《从人到猿》：

我家有个小家伙，
一早唱懒歌：
“穿衣服可真没劲，
麻烦实在多。
早晨起来得穿上，
晚上又得脱。
热天衣服得减少，

冷天得加多。
要是身上长上毛,
那,那,那多快活……
还有吃饭也麻烦,
烧饭得生火,
吃了还得洗碗筷,
还得涮饭锅。
最好住在树上面,
饿了吃水果。
只要爪子抓来吃,
手也用不着。
干脆长条长尾巴,
用它把树拔,
水果自己掉下来,
直往嘴里落……"
他在床上唱懒歌,
我在旁边坐,
顺手给他画个像,
全照他所说。
请大家来看一看,
他呀像什么?

这当然是对懒的批评,是一种教育,但作品不仅夸张,而且从头至尾是个谜,让孩子自己来猜,越念下去,谜底越接近,越清楚,但就是不说破。全诗用长短句的方式,有如说唱、快板,这也增强了它的游戏性。看得出,作者是在教育性的大旗下,安排了一场欢乐的游戏快餐。任溶溶诗的这个特点,在《我是翻译家》里表现得更为突出。诗里的"我"才七岁,爸爸是个翻译家,"我"不懂外语,专翻中国话:他能跟奶奶讲广东话,跟姥姥讲宁波话,同是"阿婆"两个字,叫奶奶"apo",叫姥姥"abu"。这天他陪两位老人看电影,她们听不懂普通话,于是他就当起翻译家来——

电影里一个孩子说:
"这老大爷是我爹。"

我给左边，就是我奶奶翻：
“呢个伯爷公系我老豆。”
我给右面，就是我姥姥译：
“迭个老老头是阿拉爷。”

“那个孩子真好玩，”
电影里一位老人讲。
“个细佬哥好得意。”
“伊格小囡交关好白相。”

一场电影看下来，
我的脖子别了筋，
又向右来又向左，
像个钟摆摇不停。

一场电影译下来，
我的嘴巴实在干，
一回家就找水喝，
咕嘟咕嘟连喝八大碗。

我有一位福建的姑丈，
我有一位贵州的姨父，
要是哥哥娶个江西的嫂嫂，
要是姐姐嫁个湖南的姐夫……

读到这里让人忍俊不禁，如果这么多方言放到一起，那可真是太好玩，也太热闹了；要是小翻译家这么多才，那也真是够他累的。到最后，这翻译家大叫“受不了”“捱唔住”“吃弗消”，而最后两句显出了教育主题：

办法诸位都知道，
请大家讲普通话！

末句不仅用了感叹号，而且用了黑体字，可见是很想突出这个主题的。然而回过头去看,尽管作者赞成推广普通话,但他的写作兴趣,与其说是为了宣传这个主题,不如说更是为了表达各种方言聚集在一起时的那种趣味。他本来就是文字改革工作者,对方言特别有兴趣,这样将头摆来摆去变换吐露他所熟知的方言,那种得意和兴奋这就是任溶溶的诗,此即"把童趣推到极致"。

在任溶溶早年的创作中,虽然大都在题材选择上或在诗的尾巴上挂上教育性的"准生证",但纯属趣味性的诗也还是有的,比如上述《我给小鸡起名字》就是一例,另一首《拍照》(写自己拍照时心理上的小算盘)也可算一例。到"文革"以后,教育主义的枷锁不再箍得那么紧了,可以比较自由地抒写了,童趣在他笔下就发挥得更充分了。他的《告诉大家一个可以大喊大叫的地方》《没有不好玩的时候》《大人有时候也很狡猾》《爷爷他们也有过绰号》等,都是脍炙人口的好诗,将诗人自己的顽童的心态,表现得淋漓尽致。这些诗在读者中引起了较大反响。

当然,比之于柯岩,他的诗缺少对儿童内在心理乃至潜意识的发掘,他的童趣相对来说更外在一些,但也因此,他的诗就更热闹,更好玩。但他决不同于后来那些商业性的浅薄、搞笑的儿童读物,后者是大量重复的没有生活基础的粗陋编造,是以人工的"软饮料"来哄取孩子的欢心,其中并没有真生命。任溶溶的创作恰恰相反,这完全是从生活中来的,是自己的个性与人生体验的艺术再现,他自50年代初开始就在本子上记下许多诗题,过一段时间拿出来看看,重看时仍然感动,就准备写;一旦再看不感动了,就删掉。到了晚年,他身边不再有孩子了,他仍想写诗,但是写不出,他明白,自己缺乏生活了。但有一天,他的第四代上门来玩,他与之相处半日,心情愉悦异常,孩子走后,灵感又来,他果真又写出了一首童诗。这都证明,他的诗来自儿童生活,这都是他的童心和儿童生活交融的结晶。

任溶溶的童话《没头脑和不高兴》与他的童诗有相似之妙。他极少写童话,"文革"前就写过这一篇,但影响非常大,有人甚至称它为"十七年"童话创作的"压卷之作"(一如柯岩《帽子的秘密》被称为童诗的"压卷之作")。后来,任溶溶自己担任编剧,将这一作品改编成动画片(张松林导演),放映后更为轰动。几十年过去了,现在电视里还常能看到此片的重播。这无疑是一则有着明显教育性的作品,其中的"没头脑"是指孩子丢三落四("他其实很聪明,但记什么都打个折扣,缺点零头"),这可能是所有没长大的孩子的通病,有些长大的人此病还在;"不高兴"是指那种故意的不合群,毫无道理的倔,做什么都爱逆着来,这样的孩子不多,但"任性"和"不听话"则是常见的,大人说"不能干什么"却偏偏想干干看的幼儿心态也是普遍都有的。对这类缺点的批评,可以写成很浅薄、很老套、很不耐看的说教故事,任溶溶的高明就在于进入这一题材后,凭借他满腹满脑的童趣和想象，利用夸张的手法，往好玩的方向尽情发掘。他没在理性说教的层面上停留，立即穿越而过，挖出了一片完全属于自己的充满喜剧意味的艺术天地。他让“不高兴”遇到仙人，把这一对活宝都变成大人，而且按他们的本意，一个成了演员，一个成了建筑师。结果建筑师造出了三百层楼的特大少年宫，却忘了装电梯，孩子们看戏要爬半月楼梯才能到达，看完下来还得走半个月，随身带去的粮食将戏院隔壁堆成了粮仓。而当了演员的“不高兴”演《武松打虎》中的老虎，偏偏在台上就是不肯死，结果打了一天又一天，孩子们等不及了，因为下楼得半个月，学校马上要开学了！作品中最有趣的是“没头脑”跟着一大群孩子一同上楼，大家从兴高采烈登楼到一个个忍不住骂建筑师，忘造电梯的荒谬日渐显现，这种喜剧性是叠加的，越看越想笑；还有就是“不高兴”不肯死，一天天打下去，事情越变越荒唐，读得人笑不可抑。这可以视为“形象大于思想”的典范。儿童文学不是不可以有教育性（却也并非必须有），更不是不可以有思想或意义，但应如盐之在水，浑然一体，不能从观念出发，更不能以观念代替形象。文学的本质毕竟是审美的，儿童文学亦然。

第二章
儿童文学的新面貌(小说与散文)

第一节 儿童小说的两种范式(上)

20世纪五六十年代,在儿童小说创作上成绩最突出的是任大星。虽然那时有不少作家致力于儿童小说,如写《五彩路》的胡奇,写《三月雪》的萧平,写《长长的流水》的刘真,写《蟋蟀》的任大霖,写《骨肉》的胡万春等,都引起了文坛瞩目。但胡奇主要写长篇,萧平、刘真只写短篇(这两位作品并不多),任大霖那时也只写短篇,胡万春的主要创作领域还是成人的工厂题材作品。任大星则长篇(有《野妹子》《刚满十四岁》)、中篇(有《吕小钢和他的妹妹》等)、短篇(有《双筒猎枪》等)都写,作品发表后大都在读者中产生很大反响;在读者的年龄层次上,从低年级学生到中学生,他都做了成功的尝试。他的创作是全方位的,不仅作品多,还都保持了很高的质量。

1954年4月,中国青年出版社出版了任大星的《吕小钢和他的妹妹》,这是他最早的儿童文学创作,也是他的成名作。作品面世不久,就受到中国作协主席、老作家茅盾的赞扬。这本薄薄的小书一再重印,出了英、日、俄等多种外文版;同时被改编成故事影片《哥哥和妹妹》在全国上映。各种儿童文学选本一再选入这篇作品(至今已不下数十种),如中国作协编的"青年文学创作选集·儿童文学选辑"(1955年底之前)《海滨的孩子》,就将它放在全书第一篇。

这篇作品受到如此欢迎,实非偶然。这是由于作家创作时有厚实的生活积累,也有文学上的充分准备,并且,还确有真正的创造性的投入。在此之前,任大星已有一定的创作经验。他从十六岁(1941年)起就在浙江萧山一所初级小学当教师,那时就以写作来打发寂寞时光。到抗战胜利,他开始在报刊上发表作品。

建国以后,他在省财政机关工作,业余时间主动争取到附近儿童夜校当语文老师。他家周围大大小小的孩子成了他最好的朋友。他每晚读、写到深夜,读的都不是财经类的书,而是古今中外的文学名著、各国文学史、文学概论、儿童心理学、教育学,还有《在延安文艺座谈会上的讲话》和苏联加里宁的《论共产主义教育》等。他这时已意识到一个新的时代到来了,他要写一部给千百万少年儿童看,并能帮助他们在新时代健康成长的书,所以不能像过去那样只为抒发个人感情而写。他的这次创作,既是严格地从自己最熟悉的生活出发的,又是一次真正的探索——在他前面,并没有一个表现新时代儿童生活的现成的范式。他用了整整半年时间,写出一部作品的提纲。这个提纲有四万字,此中的艰苦和认真是不难想见的。因为没有把握,他把提纲讲给院子里的孩子们听,作了修改后又寄给中国青年出版社,请他们把关。出版社很快来信了,鼓励他尽快写出来。他这才投入了正式的创作中。因为事先想得周全,又因已有较成熟的提炼和剪裁的功夫,所以初稿竟然比提纲短:不到两万字。

用这么多文字介绍这篇小说的创作经过,实在因为它不只是一篇作品,而且意味着一种范式的诞生。时间过去半个多世纪,将近一个甲子轮回,文学也有了自己的"否定之否定"。今天再看《吕小钢和他的妹妹》,可能已很难发现此中的新鲜感和创造性了,因为后来的小说几乎都是这么写的,甚至情节与之雷同的写哥哥和妹妹或姐姐和弟弟的作品也有很多。可在当时,要把新生活的昂扬的动机天衣无缝地落实到儿童生活里,要让七八岁、十来岁的小孩的日常生活渗透出新时代的气息,这一切又必须是真正的文学而不能以说教取代,委实不是件容易的事。写《1Q84》的日本作家村上春树曾说:"从某一时刻起,我的前方已经没有人了。就这样,我在空白的地方一点一点开出道路,挖掘洞穴……"[①]对此读者容易信服,因为从他的作品中能感受到这种创新。但当年的任大星也是这样探索的。

下面是这篇小说的开头——

> 我的妹妹真淘气。奶奶说,我小时候就够淘气啦;可是她比我还淘气!
>
> 我们六年级的范老师对我们说过:学习,是祖国交给我们的任务。长大了要好好地为祖国服务,小时候就一定要好好学习。
>
> 我的妹妹这学期读二年级了,也就是说,上了一年学了,可是她一点也不知道用功,一放学,就跟隔壁的小毛毛在门口跳橡皮筋。

---

① 《与松家仁之对话》。

今天，我打完了球从学校回家。一进门，又看见她跟小毛毛在天井里跳橡皮筋，跳得满脸通红。我叫她到屋里去做功课，她睬也不睬。我对她说：

“学习是学生的任务，你懂不懂?”

她扭着身子说：“哎嗯，哎嗯!”

我说：“什么‘哎嗯哎嗯’! 你可想长大了好好为祖国服务?”

她还是扭着身子说：“哎嗯，哎嗯!”

我上去想把她们的橡皮筋抢过来，她瞪了我一眼，拉着小毛毛又跑到大门口去跳了。

这段描写很有生活气息，妹妹写得尤其好，哥哥写得也不差。哥哥说的是说教的语言，但那是搬用了六年级范老师的话。建国初期的政治气氛是浓重的，随着一场场政治运动的到来，此后将愈益浓重。小学里也加强了政治思想教育、爱国主义教育、当好接班人教育，十二三岁正是政治意识开始萌动的时候，所以哥哥生搬老师的话，虽显别扭，却别扭得真实而有趣，倒是妹妹根本听不懂，也不买这个账。这段文字中，最值得注意的，也就是这政治性的内容渗入了日常生活——哥哥和妹妹的关系已不是原来意义上的家庭关系了，哥哥对她的管束，已有了一种政治性的高度，这在一定程度上，暗示着家庭关系社会化了。奶奶是不理解这一点的，所以成了吕小钢管妹妹的阻力，而吕小钢对此一点办法也没有。

如果只一味突出思想，把吕小钢和奶奶组织成“正面”和“反面”的冲突，那就是一个概念化的作品了。后来许多低能的仿制品就走了这样的路，以致成为观念的图解。任大星是严格从生活出发的，他敏锐地发现了儿童生活中新的政治性因素的渗入，但决不让这种因素从生活本身抽离出去，仍坚持按生活节奏铺展自己的笔墨，这就保持了一个真正的作家的本色。于是，故事就变得真实而复杂了。妹妹在班级里和同学打架了，吕小钢遭了同学的白眼，他气得不行，上课回答问题像个木瓜似的，回到家就向奶奶发脾气：“都是你，都是你宠着她的! 我叫她去上学，你护着她赖学；我叫她温习功课，你偏叫她跟我出去玩……”奶奶被冲撞得生了气，两人吵起来，把妹妹吓哭了。这天晚上，奶奶等妹妹睡着了，悄悄来跟他说，以后别再这样顶撞自己了，免得妹妹学样。他很快发现，这话真被奶奶说中了，没过几天，妹妹竟也像他一样和奶奶对吵起来，他吓得赶紧去捂住妹妹的嘴。——到这里，家庭关系呈现出一种真实的复杂的状态，奶奶并不总在“反面”，这里并没有人为设定的“反面人物”。

星期三下午，二年级的杨老师来参加吕小钢他们的小队会，她说：“有一件事……我跟你们中队辅导员也商量过了，他也同意。”她望着吕小钢说，“这件事，只要一个人多出点力就行了；如果有什么困难，我可以帮助他，希望同学们也能够帮助他”。原来是要吕小钢帮助妹妹进步。吕小钢觉得这事太难，因为妹妹一点不怕他，于是大家七嘴八舌说，不应该让妹妹怕，应该是建立威信。吕小钢回忆起，有一次说好跟妹妹一起温习功课，后来有同学叫他去骑自行车，他就跑了，这下妹妹也不肯温习功课了……通过大家的分析，他明白了，妹妹学习上确实有困难，需要帮助；而他这位处处记着管人的哥哥，原来自己也有不少毛病。

后面的情节又有丰富、曲折的发展。总而言之，是在杨老师的启发下，吕小钢学会了耐心地对待妹妹，陪她玩，带她一起参加游西湖的活动，当然，还教她做算术。这中间，有一段开头是这样的：

> 星期天早上，妹妹对我说：
>
> “哥哥，我要到西湖边玩去，你带我去。”
>
> 我说：“不！今天要温习功课，咱们一起温习。今天，要是邱家瑜再来叫我骑自行车，我也不去。今天咱们温习一天功课，把你的功课全补上。”
>
> 奶奶笑着瞧了我一眼，好像有些不相信。等妹妹洗脸的时候，我悄悄对奶奶说：“这是我的任务。我答应杨老师要好好帮助妹妹学习，你别来打搅才好！”
>
> 奶奶说：“也用不着温习一整天。”

这里的奶奶，依然在家庭生活、私人生活之中，而“我”已经是带着“任务”的社会性角色了。或者说，是两种角色兼而有之——在后来的许多儿童小说中，正是这兼而有之，保持或增加了作品的不少童趣。

到小说的最后，妹妹进步了，经班级选举，她被选入了功课好、舞蹈也跳得好的十六人舞蹈队。自参加舞蹈排练以后，她“每天早上都催着我上学。晚上回家，做好功课，就练习舞蹈。跳给奶奶看，跳给我看，也跳给小毛毛看”。妹妹对上学的兴趣越来越浓了，一有空就跟小毛毛说学校的事，惹得小毛毛也急着要上学了。

星期六的中队会上，杨老师和辅导员表扬了吕小钢，要大家向他学习——

> 我很不好意思，站起来说：“我妹妹的进步，都是杨老师教育的。我算什么帮助呀，我不过带她去玩玩，讲讲故事给她听，跟她一起温习温习功课，还有，同学们也给了我很多帮助……”
>
> “瞧！”周奔大声说，“这就够大家学习的啦！你又不是老师，当然只有这

样帮助她。可我们有些同学连这样也做不到呢,他们把自己的弟弟妹妹当尾巴……”

大家笑了起来。

周奔气呼呼地说:“有什么好笑的!一个少先队员连自己的弟弟妹妹也不关心,还能帮助别的同学吗?”

这就是整个小说的结尾。这样看来,虽然作品生活气息浓郁,人物鲜活,写的又是一个家庭,但从结构上看,也可说是写了一个任务,写了两个孩子的进步,围绕一个少先队员应如何对待弟弟妹妹的问题,这就是个社会性的故事了,儿童已生活在“组织”中了。这里有很多队组织的活动,有谈话和开会,已明显不同于“私人生活场景”。所以说,这意味着一种新范式的形成。

应该指出:这样的范式的产生,并不是从概念出发,倒确实是从儿童生活中来的。新中国的儿童生活出现了新的变化,作家敏锐地发现并抓住了这一点。

任大星的另一部一出版即引起很大反响的小说《刚满十四岁》(少年儿童出版社 1956 年版),可说是进一步确立并发展了这一范式。

此书从 1954 年 10 月开始动笔,到 1956 年 5 月修改定稿,与“吕小钢”的创作、出版、改编是紧密衔接的。作者在“吕小钢”的稿子寄出后不久,就调到上海少年儿童出版社任文学编辑,开始了专业儿童文学工作的生涯。此后的两三年,是作者一生最愉快、最有朝气的日子,他到中学里深入生活,参加少先队的各种主题队会、军事游戏和夏令营,体会着新时代的童年生活,把自己当成一个“不戴红领巾的大龄队员”。《刚满十四岁》写的就是建国初的中学生活,因时代气息浓厚,与现实生活联系紧密,一出版就受到少年读者的欢迎,在短短几年里连印了十个版次。在有的学校,全班同学人手一册。后来成为儿童文学研究者的金燕玉当时正在南京上中学,十四岁那年,她们把作品改编成短剧,在学校上演。一说起这本书,她的喜爱之情至今依旧。作品在那一代青少年中所起到的积极作用,是不难想见的。

小说写一个充满朝气、积极向上的中队委员史小蓝,她即将进入十四岁,对未来怀着美好憧憬。当时团章规定最低入团年龄就是十四岁,她认真听团课,请班里的同学和辅导员帮自己找缺点,准备在生日到来时打入团报告。这段时间,班里发生了好多事,有同学无理顶撞老师,有即将超龄的队员不肯戴红领巾,还有班干部不愿积极工作,她在处理这些矛盾时痛苦过,也伤心地哭过,但她不断克服困难,一点点成长起来。而最大的事情,是女生陈朵云受社会上坏人的诱惑,差点成为受害者,她和几个同学勇敢地救出了陈朵云,并协助民警抓住了流氓。小说的第二节,写"史小蓝在开会",那是团总支书记作报告,讲"社会上的污泥浊水"对青少年的毒害,也讲了发展新团员的问题。小说最后是第十四节,写了陈朵云的觉醒,而史小蓝也终于郑重地交上了自己的入团报告。

在写这部作品的过程中,作者投入了自己的真生命,所以在时光流转、世事大变后的1991年,当他重新拿起这本旧作进行修订时,不觉心潮起伏,"再一次与青年时代所写作品中的人物为伴,重新感受一下当时中学少先队员们朝气蓬勃的生活,足以使我忘掉了匆匆流逝的岁月,仿佛青春再度来临一般"。我们在几十年后读这部作品,虽然有明显的时代隔阂,但仍能真切体会史小蓝身上那种单纯向上的青春气息,并受到美好的感染。

比之于《吕小钢和他的妹妹》,这本小说更不属"私人生活场景"了,女主角的班干部身份几乎贯穿于全部情节,团组织的指引在无形中统领了整个故事。即使是很私人的情绪(比如伤心流泪),在小说中也是为了工作,并且也总是在集体的目光中和关照下。

政治生活越来越快地渗透进日常生活,这是20世纪50年代初中国社会的现实场景。这种日常生活也包括儿童生活,虽然儿童生活的改变一般说来是滞后的,因为儿童有家庭的、父母的屏障;但这在中国社会恰恰相反,原因是那时特别注重学校的政治思想教育,而幼小的学生又是最为单纯而易感的,甚至儿童背叛父母的故事也常被作为榜样反复渲染(《海滨的孩子》一书中就收有王蒙写这一题材的短篇小说《小豆儿》)。何况,当时整个社会也都处在积极蓬勃充满向往的气氛中。在这样的时候,几乎没有人会认为这种变化有什么不好。这是一道向上的弧线,那时正呈直线状,光亮夺目,充满新鲜感,吸引着敏锐的作家,也吸引着全体中国人的眼与心。随着五六十年代的一场场政治运动(尤其是"反右"和"文革"),也随着经济形势的变化(尤其是"大跃进"后的"三年困难时期"和"文革"带来的"国民经济面临崩溃边缘"),人们才发现这弧线早已不再向上,而是转了一个圈深深地向下了。这时再回过头来看当年的政治生活迅速侵入日常生活,就会看到,那时已埋藏了一个缺陷,即:私人生活一点一点被剥夺了。再往后发展,则私人生活越来越成为一种近乎非法的存在。为什么60年代出现的"样板戏"里都没有家庭生活的描写?为什么《龙江颂》中的女支书江水英既无丈夫也没有"家"?这就是因为政治生活、社会生活的地盘越来越大,已挤走了家庭日常生活。这是后来在文艺创作中的极端表现,也是整个中国社会在那一历史阶段的畸形走向。其责任不在作家,当然更不在儿童文学作家身上。

正是在这样一种独特的生活和体制形成的初期,任大星写了两部描绘小学和中学生活的作品,体现了这种新的儿童小说的范式。范式不是模式,它的依据是变迁中的社会生活而非某种作品,不是把某类作品定型化。在本文中,范式是一个更为笼统和宽泛的概念,此处指的就是把深受政治生活和社会生活影响的儿童生活纳入文学的视野,在这样的范式中,儿童生活已不再是“私人生活场景”,而转化为“社会生活场景”了。

任大星后来并没有按着自己创造的路子直线地走下去,尽管这两部作品在当时可说是取得了巨大成功。一个真正的作家总是处在创造中,他不会不断重复自己。虽然他后来又写了一些学校生活的作品,但都与这两部作品有很大不同,他还运用奇思妙想将学校生活写成精彩的童话(曾结集为《大街上的龙》,百花文艺出版社 1963 年版)。他的创作目光又转向了旧社会的儿童生活和战争年代的生活,从而形成了与上述作品颇为不同的另一些特色。

第二节　儿童小说的两种范式(下)

“儿童小说的两种范式”的另一种,指的就是原有的“私人生活场景”的写作。此中的儿童当然也会受到社会生活的影响——儿童的天地从来不可能是世外桃源,但作家的眼光和叙述的角度,毕竟是不同的。为说清这一问题,我们再来简述两篇当时的作品。

其一是作家杜风的短篇小说《钓鱼去》(载《儿童时代》1955 年第 7 期)。杜风也是一位儿童文学作家,与任大星同龄(1925 年生),也曾在少年儿童出版社当过编辑。这篇小说写哥哥和弟弟的关系,哥哥也不耐烦自己的弟弟,把他当作“尾巴”,去钓鱼时一心要甩开他。但弟弟就是黏着哥哥,简直是逆来顺受,不管怎么欺负他,就是要跟哥哥玩。哥哥让弟弟去拿方凳,弟弟老老实实去了,回来一看,哥哥没了,他顿脚大哭起来。妈妈过来为他抱不平——

> “不要哭!等会叫爸爸带你去,难道没有哥哥,我们就不能钓鱼了吗?”
>
> “不要嘛,不要嘛!我要同哥哥去钓……”
>
> “你这个孩子也真怪,哥哥不要你去,你偏要去。难道爸爸同你去不一样吗?上次爸爸摘毛豆,也带你去过的,还给你捉了一只螳螂呢!”……
>
> 弟弟哭呀,哭呀;忽然,眼睛闪光,忍着泪珠朝门那边奔去——门角上露着一根钓竿的竹梢头。

原来弟弟拿方凳时碰翻了柴堆,哥哥怕他摔着,没能跑掉,只来得及躲到门背后,这下给噘着嘴的弟弟逮着了。妈妈又好气又好笑，也过来责备他，他只好带弟弟去钓鱼了。他摸出手帕给弟弟擦了鼻涕，又擦眼泪，并警告弟弟钓鱼时不许说话，不许扔石子，不许把鱼吓跑……原来带着弟弟确实有点麻烦。弟弟点着头，嘴巴瘪呀瘪的，好像还想哭，却“噗哧”一声笑了出来。

小说很短，才三千字，是个小品，写的就是弟弟和小哥哥之间这种扯不开的感情，通过一个不太友好的人生片断写出了他们内在的亲情，颇有世俗人情味，那份童趣看得人心酸酸的，却又有笑意泛上心来。这还是当初凌叔华《小哥儿俩》那样的作品，是很单纯的儿童小说。《儿童时代》是半月刊，发表此篇当在1955年4月初，《吕小钢和他的妹妹》已在此前出版。杜风显然没有任大星敏锐，从他的小说中看不出时代风气的变迁。但这两部作品所体现的两种创作范式，则不难从中看出来。这样的小说在当时不可能引起轰动，时过境迁之后，读它，却没有时代的隔阂。

其二就是萧平的《海滨的孩子》(载《人民文学》1954年8月号)。萧平比任大星小一岁，这篇小说也是自发投稿，被刚调到《人民文学》当编辑的沈从文夫人张兆和从来稿堆中发现，感到很特别，就请当时的常务副主编、儿童文学作家严文井审稿，严立即拍板发表。这是萧平的处女作，也曾译成多种外文。后来的《青年文学创作选集》以它的篇名作为书名，也可视为对它的重视，至少在中国作协的主持者眼中，它与《吕小钢和他的妹妹》都应是当年最重要的收获之一。

《海滨的孩子》生活气息浓郁，作者的文笔不仅优美，而且有极强的表现力——这是萧平的一个很突出的优点，在以后的创作中这一点愈益令人瞩目。作品写一个叫二锁的四年级学生到黄海边上的姥姥家玩，成天跟大他一岁的大虎哥在一起。萧平与杜风不同，他的作品有时代气息，他也写到了少先队组织：二锁前不久入队了，虽然大虎是小队长，但二锁并不怎么看得起他，他觉得自己班里的小队长比他强多了。二锁是城里的学生，内心里有一种暗藏的优越感。还因为大虎常指出他的不对，这也让他不满。他兴奋地告诉姥姥今天看到了海上的白帆，雪白的，一动也不动，大虎打断说，那是因为远，其实在动。他拾了些白白的小船似的东西给大虎看，大虎笑起来，“那是乌鱼板子，我们都往外扔，你还往家搬呢。”可恨小花妹妹连忙跑去告诉了姥姥。小说中也有关于“尾巴”的描写，很有趣：

这天二锁和大虎从沙滩上回来，天已黑下来了。舅母和姥姥在做饭，小花一步不离地跟在姥姥背后，姥姥一转身，差点把她碰倒。姥姥生气地说：“我还能做点什么，长了尾巴啦！”小花赶紧拉住姥姥的衣襟问：“在哪里？在哪里?”姥姥正拿着一叠碗,哄着说:“好小花,去找二锁玩去。”小花噘着嘴:“我不。”二锁心里想:“你还不哩,你找我我也不跟你玩。”

小说就在人情浓郁的日常生活的描绘中,悄悄埋下一条伏线:城里孩子与这海边渔村孩子之间的小小隔阂。二锁盼望大虎带他到渠子北面去拾蛤,他想在回城后向班里的同学炫耀。但那里的沙滩有危险,大人不让去。暑假快结束了,“二锁有自尊心,不愿死皮赖脸地去求人家,心里比什么都着急”。这天大虎偷偷地带他去了,果然遇到了涨潮,危险中,大虎让二锁的两个裤筒装满空气,扎住裤脚,代替救生衣,硬是拉着不会水的二锁游过了大海。死里逃生以后,二锁的心态完全变了——

他抬头向北看了一眼,那里是白茫茫的一片,他的身上不由打了个冷颤。他又看了看大虎,大虎在他眼里已经变了样,他有多么好啊!为什么过去他不觉得大虎好呢?他突然对大虎说:

“大虎,你听我说,我对你好,心里真对你好,咱们一辈子做个好朋友行吗?”

可是大虎什么也没有回答。他两手攀着膝盖坐着,皱着眉头望着远处的海,过了好大一会,才对二锁说:

“回去我爹要问起来,你什么也不要说好不好?要说,你就说是我引你到北边港渠子跟前去的,潮水没涨我们就回来了。……”

这就是小说的结尾。其实小说的主旨还是与时代合拍的,当时刚解放不久,由农村进城的部队与原有的城市生活之间的差异和矛盾,是个突出的话题。《人民文学》发表的《我们夫妇之间》等就是谈这一话题的。城里人要向朴素的乡村看齐,这是那一时代的一种进步呼声。但小说没有突出或强化这种倾向,只是很隐蔽、很自然地暗含了这一内蕴,一切都按人物的性格和生活的本来面目进行,所以过了几十年,小说读来还是那么真实可信,毫无别扭之处。小说中也没有出现少先队的作用,孩子的问题是孩子自己在生活中解决的。——这显然属于另一范式了。

如果说,杜风不如任大星敏锐,那么萧平则可能比任大星更敏锐,看得更遥远。萧平自己就是个“老革命”,进城以后,对于建国初期生活范式的变化应能看得很清楚,从他后来数量有限但质量很高的创作看来,他是很小心地避开了将儿童生活社会化的范式。也正因如此,《海滨的孩子》虽在文学圈内受到重视,却并未引起社会反响,它不可能像《吕小钢和他的妹妹》或《刚满十四岁》那样受到广泛欢迎。它更具有那种相对小众但魅力更为永恒的纯文学的性质。

新的范式贴近了新时代的脉搏,但确有其文学上的先天不足。因为要突出集体、团队组织及老师(或其他成人)所代表的正面政治影响的作用,孩子的问题往往不能由孩子自己解决,这样,儿童生活就难以表现得更儿童,也不可能写得更丰富,更复杂,更私人。小说的文学性不能不受到局限。仍以任大星的创作为例,他后来写了很多以旧社会儿童生活为题材的作品(有些是"文革"后直至晚年所写),如《双筒猎枪》《摔碎了的奖品》《我的童年女友》《罪恶的种子发了芽》,对这些作品中的女主角,他往往暗寓了一种朦胧的异性之间的复杂情感,这既是儿童的,又有几分成人的爱意的萌芽,作者将其处理得很巧妙,分寸感把握得非常好。读这样的作品,让人仿佛沉入一种少年的心理的深渊,得到非常充实的审美享受。这是任大星儿童小说十分出彩的地方,在"文革"前的儿童小说作家中,能写出此种滋味的,非常少见(萧平或许能算一个)。他写战争题材的小说《野妹子》,也在野妹子身上寄托了这种感情,作品中的"我"和野妹子之间仍然是纯洁的童年友谊,但友谊深处又多了一层更复杂、美妙的东西。难怪后来的哲学研究者刘小枫在"文革"的荒漠时期读到这本小说,会生出许多关于爱情的幻想。他在自己的学术专著《拯救与逍遥》的增订版前言中说:"好多革命历史小说中,《野妹子》印象最深。故事背景是浙东新四军游击队的活动,但小说中没有出现多少新四军,大都在说一个叫'野妹子'的女孩同一个城里来的少爷的暧昧的革命关系。'野妹子'太可爱了,打补丁的衣裳袖口总是挽到胳膊肘,手里虽然拿着砍刀,笑起来却很甜,一身村姑气,哪里像会用砍刀去砍敌人的人?故事的结局是,少爷参加游击队干革命去了,我却关心'野妹子'的幸福。小说偏偏没有讲这件事情,我感觉自己就像那个城里来的少爷,离开'野妹子'时,满心忧伤……"这里很可能有青春期读者的创造性误读,但作品本身的丰富内涵,于此可见一斑。

然而,任大星的这一特色,在写旧社会的作品里出现了,在写战争生活的作品里也出现了,而在写新时代的少先队员的作品里,则连一丝影子也没有。这是不难理解的,因为新时代的生活要单纯和严肃得多,这是完全开不得玩笑的。同时也因为,这样的范式无法容纳如此程度的丰富性、复杂性和私人性,它是一种更为刚性而非柔性(甚至很难刚柔相济)的范式。文学一旦排挤了私人生活和日常生活,就很难达到真正的完满了。

任大星毕竟是一个文学功底深厚的作家。《吕小钢和他的妹妹》与《刚满十四岁》,是他引起重大社会反响并必将在儿童文学史上留下重要痕迹的作品,却未必是最能代表他的文学功力的。单就文学性说,上文提到的《双筒猎枪》《大街上的龙》乃至《野妹子》,或许都在它们之上。“文革”后,任大星新作不断,除写有多种成人文学的中长篇外,儿童小说创作也进入一个新的境界。他的题材更集中于旧社会的童年生活,其中如《三个铜板豆腐》《我的第一个先生》《湘湖龙王庙》等,都因乡土气息浓郁,并暗寓一种悠长的诗化的美,而引来文坛与读者的关注。——这种“高雅的土气”,加上他写人(尤其写女性)时的“道是无情却有情”的含蓄笔致,都可说是独家枪法,是他重要的风格特征。他写当下现实生活和学校生活的新作,也抛弃了过去的束缚而回归于儿童的私人生活,并充满新的时代精神。

第三节　孩子与战争

建国初期,在描写新生活的儿童文学还没有创作出来的时候,描写战争的小说已经有好几部了,其中影响较大的,是华山的《鸡毛信》和管桦的《小英雄雨来》。《鸡毛信》写成于1945年7月,出过多种版本,1949年由新华书店刊印新版;1954年改编为故事影片(张骏祥编剧,石挥导演),这是新中国早期国产片的代表作,放映后反响强烈。《小英雄雨来》的前身是一个短篇小说《雨来没有死》,写成后请作家周立波过目,得到他的称赞。周立波鼓励作者扩写成一个中篇。短篇发表在1948年的《晋察冀日报》上,扩写后的中篇1951年由三联书店出版。这两部作品的故事都被选入五六十年代全国小学语文教材,所以几乎无人不知。

写战争的儿童文学因为有紧张的情节,有与和平时期截然不同的生活氛围,更有生龙活虎、既勇敢无畏又充满童趣的小英雄,所以很受读者欢迎。但正如上文所说,建国后的集体生活的新范式是从战争年代的军事化生活延伸而来的,所以,在描写战争的儿童文学中,儿童生活往往很难“私人化”,他们的生活(至少是其中一部分)难免要纳入集体的、军事化的行动中。值得注意的是,那时的中国儿童文学大都不是写战争笼罩下的儿童生活,而是写儿童直接参加战争,写他们在战争中成长,成为小战士、小英雄。这就又碰到了我们上文谈到的一些问题。

让我们从一个很具体的情节入手,作些剖析。

早在《鸡毛信》诞生的前三年,即1942年,晋察冀地区的诗人方冰就写过一首《歌唱二小放牛郎》,由作曲家劫夫谱成曲,一直传唱至今。王二小是个真实的人物,本名王朴,1929年1月22日生于河北涞源县上庄村一个贫困农民家庭,排行老二。歌中唱的是真实的故事,他牺牲于1942年10月25日。现在涞源县上庄村还有一所“王二小希望小学”。方冰是抗战期间北方战地很有名的诗人,建国后方冰曾任大连市文化局长、辽宁省作家协会副主席等，1997 年去世。

这首歌中有王二小给敌人带路，把敌人带进包围圈的事迹。《鸡毛信》写的是太行山（也属晋察冀边区）放羊娃海娃给八路军送信，中途遇到日本军队，也把敌人带进了包围圈的故事。海娃当年十四岁，比王二小大一岁。很可能，这个作品就是以王二小作为原型创作的。又过了三年，管桦开始创作小英雄雨来的故事了，这也发生在晋察冀的抗日战场上，雨来也放羊。当然，《鸡毛信》可以说从头至尾就是一个紧凑的战斗故事，没有多少与送信及带路无关的人物日常生活的描写；《小英雄雨来》在建国初扩写成中篇小说后，内容要丰富得多了，雨来作为一个十二岁的儿童，他的性格、心理以及日常生活中的调皮、机灵、爱笑爱闹，写得很充分，跃然纸上，如见其人。但把敌人带进包围圈，仍然是书中最重要的情节。在完成了这次任务后，还有许多续写的故事，其中，送信又成了一个大环节。

并不光是这三个作品，我们再往后看。1959 年 11 月，中国少儿出版社出版了女作家颜一烟的长篇小说《小马倌和"大皮靴"叔叔》，这是当时极受欢迎的一本书。作者是满族人，原是清廷的格格，抗战前在日本早稻田大学读书，受鲁迅与左翼文学影响，积极参加进步活动，后与郭沫若同船回国，曾在延安鲁艺任教，建国前后有很长一段时间在东北工作。她采访过一百多位"老抗联"，做了几十本笔录，写出了《中华儿女》（即《八女投江》）的电影剧本，这是中国第一部获国际大奖的影片。作者熟悉东北抗联的生活，但《小马倌和"大皮靴"叔叔》从作品的风格样式上看，很可能还受到当时正引起轰动的长篇小说《林海雪原》的启发和影响。曲波的这部小说 1957 年由人民文学出版社出版，其中的一章"奇袭虎狼窝"出版之前已发表在当年二月号的《人民文学》上。作品吸收了中国古代演义小说《三国》《水浒》《说唐》的传奇风格，故事性强，情节夸张，主要人物充满传奇色彩；同时，东北大地冰天雪地的特异风光，也引起了读者的惊讶和赞叹。颜一烟的小说也具备这两大特征，所有故事都发生在抗战年代的林海雪原中，小主人公和抗联老战士"大皮靴"也都是传奇人物。小马倌为了逃避地主的压迫，一个人逃进深山，成了一个掷石奇准、上树如飞的人物。他一开始把"大皮靴"当成日本人，后来终于也成了抗联小战士。他机智勇敢地完成了很多战斗任务，而最为出色的，是在一次归途中，遭遇到鬼子，他假装愿意带路，在漫天大雪中把大队日本兵带入了一处深山绝路，他故意延长时间，等大雪把来时的脚印都覆盖后，只身从悬崖上跳了下去。最后那些日本兵都困死在冰天雪地里了，而他竟又奇迹般地生还了。作者没写他把敌人带进包围圈，却根据北国奇异的自然环境和作品的传奇风格，作了更大的夸张，让小马倌一人完成了这次消灭大队敌人的壮举。——但带路的情节毕竟还是存在雷同。

1964年5月,天津的百花文艺出版社出版了任大星的长篇小说《野妹子》。正如前文所说,《野妹子》动用了作者所熟悉的农村中童年伙伴的素材,所以人物写得很活,它的主要内容也不是战争,而是写"我"和野妹子的一段特殊的乡村生活,野妹子一家参与了当时的地下斗争。但作品最后也出现了带路的情节(《小马倌和"大皮靴"叔叔》也把带路放在最后,皆因其为重头情节),"我"带着汉奸陈步云和几个卫兵,走进野妹子他们设下的包围圈。此书的不同之处在于这不是大部队活动,双方人数都不太多,野妹子和游击队员手里只有两支短枪,靠的是到时候把一大堆石头推下去。所以"我"不顾危险,既已脱险又重新暴露在敌人面前,冒着枪弹把敌人引到大石堆前,终于抓住了陈步云。

当然还不止这些作品,回忆一下我们看过的描写战争的电影和小说,可以发现带路情节的出现频率非常高。管桦、颜一烟、任大星都是有水平的作家,并且除儿童文学之外也都从事成人文学(或电影)的创作,有的还是中国成人文学的重要作家。那时候中长篇小说少,上面提到的那些作品他们肯定都看到过。那为什么还会允许这样的雷同在自己的新作中出现呢?任大星曾一语破的:"只有这一件事可以做——战争中的小孩没有别的事情可以做。"

细想想确实如此,儿童本不应该参加战争,要让他们参加战争,而且要在战争中建功立业,成为小英雄,那他们能做什么?他们还没长大,他们的能力非常有限;他们的敌人不是低能的傻瓜,战争终究是你死我活的,稍一犯傻即意味着丧命。所以,在这种你死我活的拼杀中孩子很难有所作为,而带路,让敌人进入我方包围圈,就几乎是唯一以他们为主角的战争行为了。或许还有第二种选择,那就是送信。但送信如遇太多曲折,送不到,任务就难以完成;轻易送到,又显示不出太多的英雄气概。所以在《鸡毛信》里,送信就和带路重叠着写,目的正是为了增加故事的分量。

这样的雷同,看起来是一个技术问题,再往纵深思考,就能发现,让孩子参加战争(即使只是在文学上——文学必然要受到生活逻辑的限制),这本身有多么不合理。明明不合理却要大写特写,于是作家就被逼到一条狭窄的路上去了。这就是雷同的原因。这其实就是我们谈建国后校园小说时所遇到的范式问题。在战争小说中,这个问题已经呈现出来,并且已在阻碍我们的儿童文学向更高水平发展了。

当儿童文学创作更热衷于写儿童如何参加战争,并成为战争英雄,而不仅仅满足于写战争年代儿童本身的"私人生活"时,创作不可避免地出现了雷同。这时,也有个别作家作出了别样的选择——这或许由于生活的赐予,也可能是出于作者自己的冷静思考。这样的作品不多,但毕竟还是有。

这里不得不提到的是女作家刘真的短篇小说《长长的流水》,它发表在1962年10月号《人民文学》上,我们将其放到下一编中细说。这里先说一说萧平的短篇小说《玉姑山下的故事》(载《人民文学》1957年8月号,现已收入湖北少儿版《三月雪》一书)。它写的是一对青梅竹马的孩子,女孩小凤的妈妈因为受到财主的调戏,丈夫知道后骂了她一顿,当晚她在果园里吊死了;小凤的爸爸(即小说中的三舅)成天不说话,老是闷闷地抽烟,但对小凤特别好。小凤非常可爱,"我"上姥姥家的时候,她有时也住在姥姥家,两人一起上玉姑山玩,"我"送过她很多小礼物。后来,两人渐渐大了,他从东北当学徒回来,小凤当着别人的面不大和他说话了。最让他受不了的是小凤好像有什么秘密,说好晚上来姥姥家的,等到半夜也没来;他去找,又发现她在果园里等人,还让他快走。第二天他赌气回自己家了,小凤追上来,想解释又没法说,急得哭。他也哭,但还是狠狠心离开了小凤。不久就传出小凤家那边出了共产党,三舅还是其中的重要人物。再以后,清乡的队伍来了,三舅被砍了头。他们还要抓小凤,幸好前一夜有个老人把她领走了。"我"心神不安地跑到姥姥家,打听了小凤一家的遭遇,还去看了被清乡队烧掉的房子,在灰烬中,他发现了自己过去送给她的礼物。过了几年,抗战爆发了,八路军的一个支队开到了那里,他也参加了工作。到这时,才知道那年发生的事是党领导的农民暴动。小说的结尾是这样的:

> 我时常想起小凤。我曾向一个参加过那次暴动的同志打听过。他知道那一带有个联络站,可是不认识那些人,也不知道他们以后的下落,他只知道那次参加暴动的人大部分都牺牲了,一小部分人跑到了海北。
>
> 一九四二年冬,日寇对胶东举行了残酷的拉网"大扫荡"。我们和群众一起在网里跑了两天两夜,第三天拂晓时,我们冲了出来,可是冲散了。我一个人沿着一条山谷跑着。这时,太阳已经出来了,积雪反射出耀眼的光辉,刮着西北风,两旁山上的松林怒吼着。忽然,在我后面响起了"嗒嗒"的马蹄声。我一惊,急忙转回头一看——不是日寇,却是我们的一个战士。他纵马从我身旁疾驰而过。就在这一瞬间,我忽然看出她是个女的,而且觉得很面熟。是谁?啊,像小凤啊!我想叫住她,可是战马早已驰过很远了。我呆呆地站在那里,望着那匹红马迎着西北风在山谷奔驰着,最后消失在深山密林里。

在"文革"前十七年所有的儿童文学作品里,这大概是我们读过的最优美、最难忘的一篇了。小说既打动人心又很耐咀嚼。它写的是战火中的人，而且是“个人”，有着个人丰富、曲折的感情。虽然在革命年代，虽然在战争中，但还是“私人生活场景”。作者所集中渲染的，作品所真正感人的，恰恰是纯个人的感情。

作者萧平还有一个稍长的短篇《三月雪》，发表以后影响更大，一直被视为他的代表作。但仔细对比即可发现，就内在的文学性而言，这一篇远在《三月雪》之上。两篇作品的题材有相近之处，但《三月雪》写的是“组织中的一员”，虽然多采取虚写而不正面渲染惨烈场面，并且注意通过孩子的角度表现，这使作品优美隽永，不同一般。《玉姑山下的故事》则是写的“这一个”，小说中的“我”以及先前的小凤，到后来可能都是“组织中的一员”，这都没问题，关键在于——小说写的是“这一个”，而不是写“组织”。这在文学上是不同的。

说到底，《玉姑山下的孩子》所写的是“战争中的孩子”，而不是“孩子的战争”。——这其实也是两种范式的区别。

第四节　工农兵作家与旧社会题材

在建国后的儿童图书中，除了战争题材作品比较多，还有一类题材也不少，即描写旧社会生活的；其主题也相对单一，就是揭示旧社会的黑暗和穷人的痛苦与反抗。这中间，产生过较大影响，并具有一定文学水平的，是胡万春的短篇小说集《过年》，还有就是沈虎根的一组以学徒生涯为题材的短篇（含《满师》《小师弟》《大师兄》等，1965 年由少年儿童出版社结集为《大师兄和小师弟》）。

《过年》出版于 1962 年（少年儿童出版社出版），其中最具影响的《骨肉》创作于 1955 年，发表在 1956 年 1 月号的《文艺月报》（《上海文学》的前身）上。1956 年 6 月通俗读物出版社就印行了《骨肉》的单行本，作为“工农兵作品”丛书的一种。这篇小说在 1957 年世界青年联欢节举办的国际文艺竞赛中获奖，这使胡万春很快成为全国知名作家。

《骨肉》写“我”的爸爸失业后，全家走投无路，只得把妹妹送给家中没有后代、专放“印子钱”（高利贷）的高老板抵债。“我”时时想着妹妹，有一次去看妹妹，正好见她挨打，就冲上去和高老板拼，被高老板扔下了楼梯。这时听到妹妹要逃出来的哭喊和煮开水的铜壶泼翻的声音，一下子急昏过去。等醒来再去敲门，没人开门，屋里一点声音也没有，妹妹可能已被烫死了……

小说写得很紧凑，对骨肉分离前的家庭生活，尤其是妹妹的可爱和哥哥的懂事，渲染得很到位，这使文末的悲剧变得万分揪心。但因后来此类写法越来越多，悲惨故事渐成模式，所以现在重看，也许会觉得并无太多新意。

书中的《“阿粹斯号”》(1956年作)写外国轮船上中国水手的悲惨遭遇，《过年》(1961年作)写纺织厂童工的生活，都很有生活气息，也相当感人，故事情节引人入胜，有一种渐渐把读者的心揪紧的力量，可见作者在写作上已十分成熟。可惜的是这些小说都有一种明显的“忆苦思甜”的倾向。书中最有文学意味的倒是那篇不太被人提起的《路》(1958年作)，它和《骨肉》也许是动用了作者亲身经历中的同一段素材，但《骨肉》把故事引向“惨”，《路》则把故事引向“深”，表面看它没有把生活写得更黑暗、更绝望，其实却有一种内在的控诉力量，这不是外在的强烈所可取代的。它写一对母子到东家家里打工，发现那家的婴孩原来正是被迫送掉的弟弟，这本来是喜剧，可真正的悲剧就蕴育在其中。弟弟渐渐大了，潜藏的血缘之力敌不过公开的家庭环境之力，弟弟跟打工的母子不是一条心，身份的隔阂让他看不起这对无私待他的母子，他让他们越来越寒心。最后，他们离开了这个冰冷的家。母亲对儿子说：“你的弟弟，真的死了。”儿子点了点头：“是的，妈！他死了！”虽然这个故事有点类似于张天翼的《大林和小林》，也多少有图解阶级斗争学说的含意，但它的着力点在于逐步深化日常环境中人心的变异，这比编一个悲惨故事，确实高明多了。

沈虎根的学徒小说也有努力把旧社会生活写“惨”的倾向，他的《小师弟》中的小师弟最后死了，《大师兄》中的大师兄最后也死了，而且老板(一家小店的老板)全家，包括其小老婆、太师母等，全都串通一气，没有一个好人，这同样有图解理论之嫌。但沈虎根的好处，在于注重人心的刻画，这一点上更接近胡万春的《路》而不同于他的《骨肉》。

《满师》(1954年7月作，1955年6月改定)写三师兄快满师时，老板为了不发他工资，就叫“我”当证人诬其偷钱，好把他开除；当初，二师兄快满师时，老板就是叫三师兄这样干的；不料“我”坚决不从，于是老板让小老婆诬“我”偷钱，要把“我”赶走；三师兄看不下去，当场揭露了老板的伎俩，最后两人双双卷铺盖回家；走在路上，三师兄忽然大哭起来，他意识到自己当初太对不起二师兄了……

《小师弟》(1956年9月作，1957年9月三稿)写一个老实的乡下孩子进店里后，受到老板母亲的威逼，要他天天告密，一定要说出师兄们暗地里做的事，不然不给吃饭；小师弟夹在师兄们和太师母之间，左右不是人，痛苦不堪；师兄们知道真相后，才消除了对他的鄙夷和痛恨，但他终于一病不起。这种对于小学徒心灵的利用和折磨，其实要比肉体打骂残忍得多，所以这篇小说明显高于同时代的大量忆苦思甜之作。

沈虎根的小说还有一个好处，就是叙述中不避“土气”，尽可能将当时当地原

生态的生活质感再现出来。比如他写"小师弟"的出场:

> 新来的小师弟剃了一个刮光芋艿头,穿了一身新做的蚂蚁布小衫裤,嘴一张,上爿就显露出蚕豆一样阔的两颗门牙,左边耳朵上还戴了一只银耳环。他显得很拘束,老是习惯性地用手摸摸芋艿光头。……
>
> 晚上,来不及整理出空地来搭床铺(因为房间里堆着货物),我照着大师兄的吩咐,叫他和我一起睡。当夜我们就搞熟了。他只十二岁,从他的谈话里我看出他还没脱掉孩子气。我问他为什么一个男孩要戴耳环?他说:"母亲年轻时生过好几胎都落地就死了,到了近四十岁生下了我,也还是八个半月早产下来的,很难管。母亲又怕管不大,就给我穿了耳朵,戴上了耳环。"……我觉得他很忠厚、诚实,就关心地告诉他这样那样……还特别关照了在店堂里拾到了钱,要么交还给老板,要么由它放在原地不动。因为这是老板在试验学徒的心,像老板这种人对钱是不会疏忽的,你如果拿下了,就是"不规矩",要开除。

这些叙述,都是又"土"又实,充满浙江小镇的生活气息,但写得从容不迫,看得出作者下笔时的津津乐道。这正体现了传统的浙江文风的特殊之美。从当初徐文长、王季重和李越缦的笔记,到鲁迅笔下的远观社戏与偷罗汉豆,周作人笔下的挖马兰头和坐乌篷船,再到任大星小说中三个铜板买一篮壳豆腐,都体现了这样的美,胡万春和我们以后要说到的任大霖,叙述文字中也都有相似之美。我们曾说任大星的小说有一种"高雅的土气",指的就是浙江文坛的这一风致。此种文字,留恋学生腔者不敢为,普通知识分子作家不擅为,它显示了比一切学生腔、学院腔、文艺腔高雅得多的文学趣味。雅趣不避俗世,这是最具质感的人生写照。

沈虎根能达到这样的文字能力,与另一位高水平的浙江籍老作家魏金枝的辅导有关。魏金枝是上海作协副主席、《上海文学》副主编,当年正主持《文艺月报》编务,沈的作品大都有漫长的修改过程,就因为魏在一次次提供修改意见。但魏金枝有一原则,即只提意见,决不代笔。结果,胡万春、唐克新等上海工人作家很快成为"十七年"里中国文坛的大家,来自杭州的沈虎根也成了当时青年作家中的佼佼者。

与此相反的例子,是部队作家高玉宝的成长之路。高玉宝在解放战争中刻苦学文化,用简单的文字加各种符号创作小说,被部队领导发现,后由解放军文艺社的理论组组长、作家荒草帮助修改;1951 年,传记小说《高玉宝》在《解放军文艺》连载；自 1955 年起，单行本由解放军文艺、人民文学、中国青年、中国少年儿童等多家出版社出版发行。《高玉宝》成了家喻户晓的揭露旧社会黑暗的作品，其中《我要读书》和《半夜鸡叫》两节因编入语文课本，流传更广。但此后几十年，这位蜚声国内外的中国作协会员（他于 1956 年入会）再也没有写出过有影响的新作。

如前所说，不管《高玉宝》也好，《过年》或《小师弟》也好，多少都存在图解理论的倾向。这是当时的时代局限，作家个人很难摆脱；但它分明有悖于文学的原理。一有此种倾向，就会以完成理论说明为标的，而不再致力于真切表现丰富复杂的人生。这就必然成为文学创作重复雷同之源。胡万春笔下的妹妹之死和沈虎根笔下的师弟、师兄之死，就都是为了强化理论而组织的情节。但从《路》与《骨肉》的对比中，我们已可看出，旧社会被迫送走的孩子未必只有“死路一条”，生活还是十分多样的。更能说明问题的是沈虎根在“文革”以后，还写过一本自传体作品《我这一家人》（浙江少年儿童出版社 1983 年版），书中也写了自己过去当学徒的事，这不再是小说，作家的文艺思想也有改变，不必再图解现成的政治理论了，这里的老板及家人，就变得很有人情味，也很复杂了，他们一一复原为“真人”，不再只是坏和恶的化身了。作家如实坦言：“他们都是镇上的中、小型商店，有的还算不上是资本家。”其中一位店主还兼行医，平时爱读书藏书，文学趣味和欣赏水平很高，作者当初正是受了他的影响，才爱上文学的。可见，图解理论的创作方式只能将旧社会生活往“惨”里写，将敌对阵营（这阵营有无限扩大之势）人物往“坏”里写，这就不能不抛弃生活本身的无限丰富性，走上一条狭窄的创作之路。而离开生活丰富性的创作，就难以往深处发展，更难以保持文学的真气和活气。

也许，要到任大霖《童年时代的朋友》发表之日，这种写旧社会生活的创作模式才得以暂时突破。

第五节　郭风的散文

郭风是儿童文学界很有影响的诗人和散文家，生于 1917 年，到 2010 年去世时已是九十四岁高龄。他在抗战刚爆发不久，即二十岁不到时，在小报上发表过一篇散文《写给孩子们》，遭到了比他大十来岁的一位姑丈的批评：“这样的文章你也送去发表？这篇文章有官腔，看似散文，实乃训人之作，儿童不愿读。”姑丈曾在北京读书，崇拜早期新月派诗人，他反复强调：“为文最忌训人”“亲切动人方为上乘。”这些话,郭风记了一辈子。他正式开始儿童文学创作是1944年,因为当过中小学教师,深感儿童读物奇缺,想和一位生物系毕业的老师合作,用文艺笔调写动植物(生物习性)故事,像法布尔写《昆虫记》那样。这个计划虽没实现,但这样的起点是至关重要的。此后不久他就写起童话诗、儿童诗、散文诗和小散文来,他为贺宜主持的《童话连丛》撰稿,也向陈伯吹主持的《现代儿童》和《小朋友》投稿。建国后,读到苏联作家普列什文、比安基等描写森林和大自然的优美的儿童文学,大受启发,从此致力于为孩子写短小的散文,描写家乡闽南山区的动植物故事,其中也包括童年的回忆。这些故事写得真切朴实,又带点抒情笔调,勾勒一点自然界的画意,以便使儿童的心能在这轻盈柔曼的审美中渐与大自然相通。

上文已说,20世纪50年代,描写战争、旧社会黑暗和表现新时代儿童生活的题材,成为儿童文学的主潮,这时,郭风的这些小散文就成了十分异类的存在。别人都在走向强烈、高亢,他却依然雅淡、小巧,像一朵小花开在大潮的间隙,并始终看不出有什么教育意义和思想性。但在这雅淡中,却有童心与诗意存焉。它们看似毫不重要,读过却令人难忘,让人放不下,被不少读者悄悄地喜爱并收藏。

为了说清他的散文,想先引一段诗评家谢冕先生对他的诗的评说。那是发表在1979年第2期《榕树文学丛刊》上的一篇《北京书简》,谢冕写道:

> 下面一首儿童诗,简直让我惊叹:
>
> 一只蝴蝶从竹篱外飞进来,
> 豌豆花问蝴蝶道:
> “你是一朵飞起来的花吗?”
>
> (郭风:《蝴蝶·豌豆花》)

他出奇不意地捕捉了孩子的闪光的想象。这在孩子,是天真的发问;在大人,却是妙不可言的神来之笔。这委实是绝妙的童诗。这里既有儿童式的语言和思维,又有大自然的真切的写照——豌豆花与蝴蝶的神似,而后者恰恰就是写实。这样的诗,对于中国的童诗界,也是一种极珍贵的弥补。我们前文谈过鲁兵、柯岩、任溶溶的诗,它们多以“童趣”取胜,而在诗的“意境”上,并不十分讲究;现在我们看到,郭风的诗却是突出意境的,妙处在于这意境正与童趣相合。

当然,郭风的散文还是与诗有所区别,它们更注重写实的一面,更为真切朴素,显得更淡然,但诗意仍在,它潜藏在写实中了。

下面我们来抄一篇他的名作《搭船的鸟》——

我和母亲坐着小船，到乡下外祖父家里去。我们坐在船舱里。天下着大雨，雨点打在船篷上，沙啦、沙啦地响。船夫披着蓑衣在船后用力地摇着橹。

后来雨停了。我看见一只彩色的小鸟站在船头。多么的美丽。它的羽毛是翠绿的，翅膀带着一些蓝色，比鹦鹉还漂亮。它还有一个红色的长嘴。

它什么时候飞来的呢？它静悄悄地停在船头，不知有多久了。它站在那里做什么呢？难道它要和我们一起坐船到外祖父家里去吗？

我正想着，它一下子冲进水里……不见了。可是，没一会，它飞起来了，红色的长嘴衔着一条小鱼。它站在船头，一口把小鱼吞了下去。

母亲告诉我：这是一只翠鸟。哦，这只翠鸟搭了我们的船，在捕鱼吃呢。

全文三百多字，有如临其境的大自然的画面，有童年的好奇的记忆，也有充满感性的动物知识，这是散文，也是诗。虽然它有知识性的内容，却不是科学小品，它在本质上还是文学的、审美的。

郭风的散文多是这样的小品，它们的确没有什么教育性(如果狭义地突出政治思想和道德品质教育的话)，但儿童其实是需要这样的作品的。刘绪源的《儿童文学的三大母题》中，除了谈“爱的母题”“顽童的母题”外，另一个就是“自然的母题”，它仍然是文学的母题，这是儿童文学的一个大类。但如果没有郭风，这一大类在50年代的中国儿童文学界，几乎是要绝迹了。

不仅写一些小动物，郭风也写他曾经接触到的猛兽。下面是他的另一名篇《避雨的豹》：

那时，我住在岭坪村的一个农民家里。一天晚上，我从镇上回来，路上遇到突然袭来的暴雨。回到村里，要经过一段山路。四周是浓密的森林，巨大的黑色的岩石。这时雨越来越大，蓝色的闪电，隆隆的雷鸣，呼啸着的风，大森林在摇撼；风雨声里，夹杂着从岩隙间急泻下来的水声，那声音好像野兽的吼叫。白天，因为天热我带着遮太阳的雨伞，这会全不当用。雨把我全身淋湿。路很难走。

这条山路我很熟悉。前面山坡上，有一个避雨亭，虽然很破烂，但雨下得太大了，我想赶前去暂时躲一下，拧一拧身上的雨水，好再赶路。没有想到，快走到那个避雨亭时，隔着只有二十多步的地方，我突然看见避雨亭里射来两道光,好像电炬一般——黑暗里,一头野兽蹲在地上。"豹子!"我早听见村里农民说过,这个山岭间出没凶猛的豹子。

我全身打了一个冷噤——我急忙逃开……

不记得跌过几个跤,我才从另一条小山路,到附近一个小村的农民家里,借住一宿。第二天早上,天放晴了。这个小村里的几个青年农民,送我回到岭坪村。经过那个避雨亭时,我们特地上那里看一看。亭里地上留着一大摊水迹,好像曾经放过一大堆湿布,这一定是那头豹子躺过的地方,它也淋过一身雨。附近还有许多猫爪一般的脚印。

昨天晚上雨下得真大,这头豹子找到躲雨的地方——咳,我逃跑时,它也没来追逐!

我遇见豹子这回事情,很快在附近几个山村里传开了。不久,我便离开了岭坪村。后来我听见村里的来人说,我离开那里的第五天,他们便打死了一头豹子——村里的人说是"金钱豹",但不知道是不是我在雨夜里碰到的那头豹子。

此文中大自然的奇观和作者惊险的奇遇,很能抓住小读者的心,但他们最感兴趣、也将悄悄进入他们心灵深处的,恐怕是豹子居然也会受不了雨淋,也会像人一样到亭子里躲雨。作者还写过一篇《洗澡的虎》,说一个打鸟的猎人看到密林里跳出一头虎,吓得赶紧躲起来,却见老虎向溪边走去,站在溪岸上张望一下,一步步走到了溪中,把身子浸到水里,一会儿站起来,摇摇身子,把毛上的水摇掉,还像老猫一样用前掌抹一抹虎脸,又把身子浸下去——原来它是跑到溪里来洗澡的。这种写实的、描绘陌生动物像人一样的生活细节,会给儿童带来无穷的审美乐趣。刘绪源在《儿童文学的三大母题》中说过,"自然的母题"之所以会有审美价值,在于:一、它给异化的现代人以审美的"超脱感";二、它提供了作为人类精神生活新起源的"惊异感";三、描绘类人的自然物,让人重又领略与大自然的"亲近感"。也许,这第三点的"亲近感",会是儿童们读郭风这些作品时较为突出的体验吧!

其实这篇《避雨的豹》的最后一段,写到他"离开了岭坪村",便可戛然而止,后文均可删。这里可能也有50年代的局限:那时因阶级斗争观念的泛化,将动物也分了类,凡是狼、虎、豹、蛇等一旦出现在作品中而又不将其消灭,似乎立场就有问题了,所以上述两篇最后都提到猛兽被射杀的事,另有一篇《虎》到最后也是将虎射杀,这不仅有损于散文的开放的意境,也出现了一定的雷同。这是有点可惜的。

郭风还写狐狸，写刺猬，写龟、獐、松鼠、野兔……也写各种鸟类，写纷繁多样的植物。1955 年，他出版了散文集《搭船的鸟》《会飞的种子》；1956 年，又出版了散文集《避雨的豹》《洗澡的虎》《在植物园里》。这段时间，他的小散文创作形成了一个高潮。这样的作品能如此公然地存在，与那两年文艺形势的相对宽松有关，与苏联儿童文学中有普列什文和比安基的传统也有关。这正如当时儿童诗中有描绘童趣的作品，与任溶溶翻译的那些苏联诗人如马尔夏克、巴尔托的存在大有关系一样。到了 60 年代初，开始批判苏联文艺和人性论、童心论了，郭风也很快受到批评了。当然这又是后话。

郭风的创作在儿童文学界影响很大，不少作家悄悄从中吸纳文学营养。诗人圣野的那首代表作《欢迎小雨点》，被很多人认为是 50 年代的作品(1955 年少年儿童出版社确实出过他的童诗集《欢迎小雨点》)，其实是写于上世纪 40 年代的，当时他刚学写诗不久，而他所追逐的，正是郭风的既有童趣又寄情于大自然的诗风。任大霖的 50 年代的创作，也可视为这一优美的文学传统的延续。

第六节　任大霖的《童年时代的朋友》

郭风的散文是诗的散文，可以当诗来读；任大霖的《童年时代的朋友》也是作为散文发表的，但离小说并不远，完全可以当小说读。

任大霖这一代表作发表于 1956 年 12 月号《人民文学》，被排在第三篇，是相当突出的地位。在同一期刊物上，还有孙犁的中篇名作《铁木前传》。那是“十七年”中少有的一段真正讲究文学性的时期。

《童年时代的朋友》内含三个短篇：《芦鸡》《阿蓝的喜悦和烦恼》《多难的小鸭》。从这样的题目中，已不难看出郭风散文的影响。这三篇都是写动物的，同时也是写旧社会儿童生活的。《芦鸡》写的是一年春末，因涨大水，从上游漂下来三只小芦鸡，他们几个孩子去追，去捉，在大人的帮助下，终于抓到了，于是平分，“我”也分到一只。可是芦鸡很难养，拼命挣脱，逃跑，实在跑不了就发脾气，不吃不喝。小伙伴的一只芦鸡很快就死了，“我”只得解开自己这只芦鸡脚下的绳子，放它到天井里活动，当然门是关好的。不料它跑了一会儿，忽然钻到天井角落的水缸旁去，好久不出来。等“我”想到那里有个堵死的小洞，已经晚了，移开水缸，发现芦鸡已经卡在那个洞里，退不出来了。大家想了各种办法帮助它，“我”甚至要妈妈把墙敲掉，可是真的敲墙也没有用了，它已经活活塞死在洞里了。“为这事我哭了一场，不是为的我失掉了小芦鸡，而是为的小芦鸡为自由却失掉了性命。我觉得这是一件极悲惨的事,而我要对它负责的。”只有第三只芦鸡养得很好,因为那个小伙伴家里有一群小鸡,芦鸡就和它们一块儿养了。但它终究是不快活的,常常离开家鸡群,独自在一旁发呆。大家都觉得这只芦鸡“养熟了”,将来会养得很大、很肥。没想到有一天,鸡群都在河边草地上捉虫吃,它径直走到河边,走到河里,游过河去,然后钻进对面的芦苇丛,不见了。第二年,河对面又来了两只小芦鸡,大人问“我”要不要捉,“我”跑去一看,果然和去年的三只一模一样,但看了一会儿,却说:“不捉它们了吧,反正是养不牢的。”大人点头道:“是啊……有些小东西,它们生来就是自由自在的,你要把它们养在家里,它们宁愿死。”这是一篇十分隽永的作品,虽然围绕动物展开,却充满乡村童年的生活气息,写儿童心理丝丝入扣,“我”的心理变化也写得很好,从一开始悉心观察和照料芦鸡,到最后不再捉它们了,体现了儿童对芦鸡的认识,对动物习性的认识,也包含了对“自由”的认识。虽然作品还是含有一点说得出的意念,但真正感染人的却并不是这一结局,而是从头至尾儿童对动物好奇、关注、牵挂的拳拳之心,以及动物一点不为所动、我行我素的习性。这是两个世界——人的和动物的世界,真正写实的动物小说往往就以这种二元的场景引发小读者的疑虑和怀想,这其实正是他们接触神秘的大自然的开始。这是一种十分浑然大气的审美,它的价值决不低于一般的道德品质教育,可惜在当时的儿童文学中十分缺乏——现在虽然有不少动物文学,但真能达到这样的审美效果的,仍然不多。

这种写动物的小说式的散文,是郭风的诗的散文的扩充和延续。然而,因为篇幅增大,故事复杂了,不再是对动植物世界的巧妙一瞥,而是和它们有了深入的交往,这就不得不写到人了。所以它们不再是单纯的动物故事,同时也是人的生活故事了。这就带来了新的严峻的问题:这毕竟是旧社会的人的生活故事,旧社会可以这样写吗?它的背后其实是另一个问题:文学究竟是为什么的?那时强调文学为政治服务,到后来干脆将文学视为“阶级斗争的工具”了,而儿童文学则是“教育儿童的工具”,既是工具,就要最大限度地用,于是写旧社会生活就要直奔揭露黑暗的目标,以达到歌颂现实的目的。然而像任大霖那样的作家,从小熟读了各种世界名著,对生活和文学审美有很高的悟性,丰富的童年生活场景活跃在他们心中,要他们不表现,实在是很痛苦、很憋屈的事,同时,又很技痒、很难耐,这种创作冲动,一有机会,就会冲破阻力发挥出来。所以,有了 1956 年的宽松氛围,有了郭风散文的诱导,任大霖终于放手写起了他所知道的真实、丰富的旧社会童年生活了。他们那时确实贫困,社会也确有大量的不平等、不合理,但童年的体验毕竟是多样的,生活的文学表现也可以无穷无尽,并不只有《骨肉》这一种写法。——我以为,《童年时代的朋友》的文学史意义就在这里,作者大胆地突破了当时的时代和理论的局限，它让儿童文学回归于文学。

另外两篇也很有意思。“阿蓝”是一条狗，作品前面一半篇幅全都是写“我”与小伙伴们怎样跟阿蓝玩，写得津津有味，充满感染力。可是阿蓝常常挨饿，因为爸爸被学校解聘，家里实在养不起这条狗了。分离的日子终于到来，“我”在妈妈的劝说下，狠狠心，在骗阿蓝玩的当儿，给它套上了项圈。它让叔叔牵走了。在它被牵出门时，“我”倒在妈妈怀里大哭起来。第二天放学，走在路上，“我”忽然被什么东西绊了一下，差点跌倒。原来是阿蓝！它脖子上的项圈还在，但绳子被它自己咬断了。它被带到十几里外，面对新主人家的一大碗饭和两块大肥肉，连碰也不碰；趁人不备，它爬山涉水，逃回了这个贫困的家。从此以后，再没有人提起要把阿蓝送人的事了——“我想，爸爸也被阿蓝感动了呢！”比起《芦鸡》，这篇《阿蓝的喜悦和烦恼》似乎有了一些“思想性”，不仅动物的行为里含有“穷人的道德”，而且，作品中实实在在写了旧社会的痛苦，虽不如《骨肉》那般强烈，到底还是能够“为政治服务”的。可是，第三篇《多难的小鸭》就全不是那么回事了，它写的是鸭子中的倒霉蛋。本来，那是娘舅送来的半篮喜蛋——喜蛋就是孵了一半的蛋，煮着吃很鲜。喜蛋挂在梁上，准备明天煮，晚上却听见“叮叮”的声音，小孩好奇，忙叫奶奶拿下来看，却见一只喜蛋破了，一只黄黄的小脚已经伸了出来。按说喜蛋里的鸭子是养不活的，可这只鸭子被奶奶小心地放在灶门前烤干，活过来了。“我”让它睡在纸匣里，晚上它却被老鼠拖走了，它居然也不叫，幸好小孩发现纸匣空了，忙喊妈妈，妈妈用灯照照床底，拿扫帚把它拨了出来。可怜的小鸭被咬破了肩胛，奶奶戴上老花镜，给它洗伤口，敷万金油，过了三天，居然又能走了。可是接下来的磨难更大，它慢慢学会跟着人走了，家里来了一个客人，走路爱走走停停，一个倒退，正好踩在它翅膀上，幸好没踩着脑袋，后来又是奶奶给它治伤，敷万金油。再后来它又被冲下阴沟，以为回不来了，小孩半夜还醒来叫“我要小鸭，我要小鸭”，吵得妈妈和奶奶都没睡好，天亮却终于找到了，用火钳把它从阴沟里钳了出来。最后一次受难，是它和一群小鸡争食，结果吃得太饱，差点撑死。奶奶是“死鸭当活鸭医”，把它的嘴掰开，让它吃仁丹和十滴水。作品的结尾是这样的：

>……小鸭子吃好药，就一动也不动地躺着。我想，它一定很难受呢，我非常同情它。
>
>它就这样躺了两天，我们都以为它一定要死了，谁知道在第三天上，它又能站起来了，又摇摇摆摆地走动了。
>
>小鸭子就这样活下来了，虽然它的磨难这么多。我现在回想起来，还觉

得很奇怪呢。

就是这么一篇淡淡的、闲闲散散的作品,但充满真切的儿童心理,有浓郁的乡村儿时生活的气息,动物的习性也是真实的(决非拟人的、道德化的),因而虽然平凡却也充满神秘感。这既是散文,也是小说;既是动物小说,也是旧时儿童生活实录。比起单一的揭露旧社会黑暗的作品来,它让我们懂得了,什么是真正的文学。

任大霖后来又写了很多续篇,到 1958 年长江文艺出版社结集出版《童年时代的朋友》时,已有十多篇了。写于 1957 年的那几篇,也许因为"反右"运动渐近,文艺政策趋紧,描写旧社会黑暗的分量加重了。但即使这样,作者仍保持了自己淡雅隽永的风格,没有一点牵强的说教。其中,如《打赌》等篇什,把浙江农村少年生活写得精细入微,既有"高雅的土气",又对复杂的儿童心理作了深刻发掘,我以为,那是放在契诃夫的作品系列中也不会过于逊色的。

任大霖是任大星的弟弟,他的成名作《蟋蟀》发表于 1955 年第 7 期《人民文学》。这是写农村小学毕业生参加农业合作社的事,本来应该是政治性(或曰教育意义)很强的小说。马烽的同类题材短篇小说《韩梅梅》(发表于 1954 年第 9 期《人民文学》)就写一个优秀少年参加农业社的经历,笔墨十分集中,人物的成长脉络很清晰。任大霖当然也写成长(脉络略欠清晰),也写孩子的不成熟,但他的兴趣似乎更在于写孩子对蟋蟀的热衷,一旦写到他们斗蟋蟀的场面,写他们到村外翻棺材板找蟋蟀王的情景,文字顿显酣畅淋漓,下笔若有神助。因为他太熟悉也太喜欢孩子的生活了,他压抑不住这种表现的冲动。这其实是一个作家最宝贵的财富,可惜在当时的时代气氛中它不得不让位于政治和教育。到 60 年代初,任大霖还写过两个精彩的短篇——《妹妹》和《我的朋友容容》,那也是纯然表现童趣的,前者受到魏金枝的称赞,后者在文坛和读者中引起小小轰动;当然,很快又受到了批评。纵观任大霖一生的创作,他写有不少努力突出政治性教育性的作品(如《小兵冬冬》和《在团旗下》),但他并不是一个善于"图解"的作家,他的真正的兴趣和才华,在于表现那种相对超然的童趣和人性。他最擅长的,还是写那种雅淡隽永、琐屑有味、饱含浓厚乡情的小品。这让人想到郭风,也让人想到与他同乡同籍的鲁迅和周作人。

第三章
儿童文学创作的第一个黄金时期

第一节　1955—1956 年的文学氛围

前几章曾一再提及 1956 年，还有就是 1955 年。的确，对中国儿童文学的发展，这两个年份十分重要。我们说过，柯岩开始写儿童诗是 1955 年，第二年就迎来了她的童诗创作的丰收年。任溶溶写《“没头脑”和“不高兴”》与任大星出版《刚满十四岁》，都是 1956 年。郭风在 1956 年出版了三本散文集，任大霖则发表了他的代表作《童年时代的朋友》。更大的收获，也许是两位老作家在这一年里正构思创作两部长篇童话：张天翼的《宝葫芦的秘密》(发表于 1957 年第 1 期《人民文学》)，严文井的《唐小西在“下次开船”港》(发表于 1957 年第 7 期《收获》，后改名《“下次开船”港》，下文均按改名)。另有一个重要收获，是部队作家胡奇创作了长篇小说《五彩路》，也于 1957 年 4 月由中国少年儿童出版社出版。上述三部作品在“十七年”儿童文学中都属重量级，它们的相继出现，令人欣喜。

其实，从许多老作家的著译出版情况看，也能发现早春的迹象。《叶圣陶童话选》是 1956 年 5 月由中国少年儿童出版社出版的，冰心的儿童小说新作《陶奇的暑假日记》也于同年同月由同一出版社推出。陈伯吹在这一年出版了五本书，其中两本是翻译童话，一本是翻译小说，还有自己创作的小说与童话各一(童话即他的代表作《一只想飞的猫》)。贺宜在 1956 年出版了两本儿童诗集和一本长篇童话(童话即他的代表作《小公鸡历险记》)。

还可举个有趣的例子。诗人圣野在 1955 年出版了他的儿童诗集《欢迎小雨点》，其中有建国前的诗，更多的则是新作，此书在 1956 年浙江军区部队业余创作评奖中，荣获一等奖；但几年后在少年儿童出版社业务批判时，同一本书却被指责为“修正主义”和“宣扬自然主义”的作品了。

从1955年到1956年，儿童文学界春风拂面。在这两年里，发生了什么？

其中有一件重要的事，就是前文说到的《人民日报》在1955年9月16日发表了一篇社论：《大力创作、出版、发行少年儿童读物》。社论公布了1954年全国少年儿童读物的印数，还公布了旅大市儿童图书馆和文化馆少儿图书的藏书量，河北省农村儿童的少儿读物的占有量，从而得出“目前儿童读物奇缺”的结论。社论批评中国作协、各地文联、各省市出版社忽视儿童文学创作，要求“中国作家协会拟定繁荣少年儿童文学创作的计划，加强对少年儿童文学创作的领导。要在作家当中提倡为少年儿童写作的风气，克服轻视少年儿童文学的思想”。社论还有许多具体的布置，如各省市有条件的人民出版社要设立儿童读物编辑室，应降低少儿读物价格，新华书店应设立专门发行机构，政府部门应给予种种必要和可能的优待等。很显然，这并不是一般的报纸社评，而是党的领导部门发出的一份专门文件，我们读到的不过是它在报纸上的“社论版”罢了。既然可以对中国作协和各地政府下指示，则只有中央机构才有这样的权力。现在我们知道，在此之前，团中央曾向党中央打过一份《关于儿童读物奇缺的报告》，那时上海的少年儿童出版社和北京的中国青年出版社（中国少年儿童出版社从属于中青社）都由团中央领导，他们深知当时创作与出版的贫瘠的现状。为了这份报告，团中央一定作过很具体的调查研究。这也就是后来社论中那些具体数据的来由。当时的团中央书记是胡耀邦，从这件事上也可看到他对中国儿童文学的关注与贡献。这篇社论（其实是社论背后的正式指示）的确起到了很大作用，中国作协10月即召开主席团扩大会议，专门讨论儿童文学的发展问题，并于11月18日向各分会下发指示，要求马上制定从现在直到1956年底的发展儿童文学的创作计划。所以，才会有郭沫若和冰心发出的要作家们都来为儿童写作的号召，也才会有贺敬之连夜苦吟儿童诗而不得的事。在这样的推动、促进下，儿童文学作品大量涌现，老作家的创作也重新整理出版，大家的积极性调动起来了，这是有目共睹的。

然而，我们也不可过于看重了这类指示的效力。已见有文学史著把50年代“黄金时期”的出现，归于这篇社论的开路之功。古今中外文学发展的事实告诉我们，好作品只能自然生长，它是号召不出来，也催生不出来的。同样，高额的资金和版税，也催生不出第一流的作品，倒是大量二三流的作品可以催生——它们当然也能解一时之渴，也能达到一时的影响或很高的销量——却毕竟仍不是第一流的艺术品。

那么，为什么50年代的确产生了不少好作品呢？我们认为，另有原因。那原因就是宽松的时代氛围，尤其是到1956年上半年，又提出了“百花齐放，百家争鸣”的“双百”方针，这就使各种艺术风格、艺术样式都有了自由发展的空间。“双百方针”也可以说是一种“指示”，但它和“大力发展”某某的指示是不同的，它不是具体催生什么，指示某某作品应在何时如何诞生，却是在总体上放开，即形成各方都能发展的自由竞争的空气和土壤，而这正是第一流作品自然生长所需要的。所以，儿童文学在这两年中的相对繁荣，并不是孤立的，并不是因为有了一个报告、一篇社论、一次作协主席团会就有了一切；最具说服力的论据是，成人文学在这两年里也同样有喜人的发展。

这就像长期经受秋霜寒雪的百花，一旦春风暗度，暖意袭来，马上就会竞相绽放。成人文学中的许多名篇，如王蒙的《组织部新来的年轻人》、刘宾雁的《在桥梁工地上》和《本报内部消息》、孙犁的《铁木前传》、王汶石的《风云之夜》等，都出现在 1956 年。而一些重要的长篇小说，则出版于 1957 年，如曲波的《林海雪原》和梁斌的《红旗谱》。更多的长篇出版于 1958 年，其中有杨沫的《青春之歌》、雪克的《战斗的青春》、刘流的《烈火金钢》、李英儒的《野火春风斗古城》、冯志的《敌后武工队》、冯德英的《苦菜花》、乌兰巴干的《草原烽火》、陆柱国的《踏平东海万顷浪》……长篇写作时间长，一两年都难以完成，但 1955—1956 年的宽松气氛，无疑有助于加快它们的创作进程。这么多作品的问世都集中在这短短几年里，这不很说明问题吗？

当然，上述作品（尤其是所举的成人文学）虽都轰动于一时，真正究其文学水准，那还是高低不齐的。但其中确有真正高水平的作品，如孙犁的《铁木前传》和王蒙的《组织部新来的年轻人》，可说是这两位作家毕生的最好作品，也是“十七年”文学的最高水平之作。好作品的诞生有非常复杂、难由人力掌控的原因，既要有生活的积累与情感的长期酝酿，也须有必要的文学准备，更有作家本人的天才因素与外在环境的巧妙应合。陆游云：“文章本天成，妙手偶得之”，说的就是这个道理。所以，我们只有非常小心而耐心地等待第一流作品的诞生，却不能对它颐指气使，更不可予以摧折——这样的作品内在、外在要求都高，各种准备、各种条件缺一不可，因而是最难诞生却最易被扼杀的。

这样我们就不难理解，为什么叶圣陶那时只把自己的童话旧作反复修改，却不再创作新的童话；文学经验告诉他，不能硬写。冰心虽然呼吁《“一人一篇”》，自己也积极行动，创作了《陶奇的暑假日记》，质量却相当一般；两年后她出版的《再寄小读者》，更是大不如前。大诗人贺敬之努力响应号召，却写不成童诗；无名的柯岩则出手不凡，一气写出九首，几乎一夜成名。文学造诣与理论素养一流，曾成功地创作过大量童话的严文井，虽努力拨冗写作，也在作品里投放了颇有哲理深度的思考，但《“下次开船”港》还是未能成为他的最佳作品……这一切，都有助于我们思考文学的规律。

第二节　张天翼的《宝葫芦的秘密》

在这样的时候,张天翼写出了他的又一部天才童话《宝葫芦的秘密》。

《宝葫芦的秘密》的故事已尽人皆知。简单地说,就是小学生王葆从小听惯了奶奶讲宝葫芦,渴望自己早晚也会有个能实现一切愿望的宝贝。他跟同学闹矛盾,心情很不好的时候,宝葫芦出现了,它不但叫得出王葆的名字,还愿意让王葆做它的主人,只是有个条件:不能向任何人说出它的存在。王葆答应了,于是,王葆要钓鱼,桶里就有了各种活鱼,不仅有鲫鱼,还有金鱼;他肚子饿了,手里马上有了想吃的熏鱼、卤蛋、冰糖葫芦、花生仁……王葆开心得在地上打滚,觉得从此就是个幸福的人了。可是问题很快来了,路上碰到同学中的钓鱼专家郑小登,很惊讶他怎么会钓到金鱼,拉着他到家里去问姐姐,"老大姐"分析了金鱼由鲫鱼变种的过程,认为河里绝对不会有金鱼,王葆张口结舌,无法解释。他答应借给"老大姐"《科学画报》合订本,那是他捐给班里的。结果借书那天,好几个同学排队要借这个合订本,根本轮不到王葆,它却一下子跑到王葆的书包里来了,班里小图书馆少了这本书,大家正追查呢。他让宝葫芦快把书还了,可它只会拿来,不会还。他和同学下象棋,刚想要吃对方的马,那只"马"一下子跑进他嘴里去了,弄得他百口莫辩,赶紧掩着嘴逃走。最后,小流氓来拜他为师了,因为发现他才是真正的高手,自行车、望远镜……想要什么马上就能到手。他得到了很多物质的东西,却再也没有快乐可言,因为见谁都怕,到处躲人,他没法解释东西是哪来的。甚至在考试时,宝葫芦也把别人写好的考卷拿给他,被老师发现,要他解释,他无地自容。他气得和宝葫芦算账,没想到那宝贝委屈得很,它说它的本事就是把别人的东西拿来,它不会生产,也不会创造,它只会"搬"! 王葆要和它决裂,但它怎么也撵不走,砸也砸不坏,它一定要跟定主人,这可真是"请神容易送神难"。最后还是把它的秘密告诉给班里同学,原先的协议破坏了,它才消失了。然而,搬了人家那么多东西,还不知是从哪里拿的,现在要一件一件归还,王葆吃尽了苦头……

这部童话妙趣横生,故事情节充满戏剧性,叙述语言和人物对话充满童趣,一看了开头就放不下。它甫一发表就引起轰动,并理所当然地受到儿童们的喜爱。它曾两次被改编成电影,先是1963年的国产黑白故事片,后一次是2007年由中国电影集团与美国迪斯尼公司合拍的动画片。虽然作品有较明显的教育意图,也有一定的时代局限,但它始终活泼泼地存在着,通身洋溢着活气,至今活在文坛,活在儿童文学界,也活在中外小读者、小观众充满憧憬与好奇的心中。

张天翼是一位非同小可的天才作家,但同时,也是他开了用童话作品图解理论的先河。他拟写的长篇童话《帝国主义的故事》所要图解的理论实在太浩大繁复,终于难以为继。建国后,他多年未碰童话,只写了几则短篇小说和少量剧本。小说中也有引起很大反响的,如《罗文应的故事》。这些作品大多是"主题先行"的产物。据当年负责《中国少年报》文艺版的陈子君回忆,他们当时的一项重要工作,就是替作家收集材料,向他们反映少年儿童中存在的问题,然后"出题目做文章",要作家们有针对性地写关于"努力学习""锻炼意志""团结友爱""爱护公物"一类的小说,结果,大部分不成功,只有张天翼写出了《罗文应的故事》。陈子君总结道:"老作家张天翼对少年儿童心理是有深刻了解的,加上语言文字上的功夫又那么深,这就取得了成功。"①看得出,那几年里,张天翼一直在蓄势待发,在暗自思考酝酿,他的创作库存并没真正动用(写小说用的也是他人提供的素材)。到 1956 年,出现了宽松奋发的早春天气,他愉快地出手了,而运用的正是最拿手的童话形式。多年来,他一直关注着古往今来的各种童话,对于儿童得到宝贝的渴望可说已非常了解,并在心中反复盘旋过了。包括洪汛涛童话《神笔马良》及后来拍成的木偶片,包括苏联卡达耶夫的《七色花》,包括英国大作家奈斯比特的"沙仙"故事系列(这套书现已有任溶溶翻译的中文本,书名为《五个孩子和一个怪物》等,长春出版社 2010 年版),都是由一个(或一件)能让人心想事成的宝贝引出的故事。所以,《宝葫芦的秘密》一下笔就写道:

> ……至于宝葫芦的故事,那我从小就知道了。那是我奶奶讲给我听的。奶奶每逢要求我干什么,她就得讲个故事。这是我们的规矩。……我就这么着,从很小的时候起,听奶奶讲故事,一直听到我十来岁。奶奶每次每次讲的都不一样。上次讲的是张三劈面撞见了一位神仙,得了一个宝葫芦。下次讲的是李四出去远足旅行,一游游到了龙宫,得到了一个宝葫芦。王五呢,他因为是一个好孩子,肯让奶奶给他换衣服,所以得到了一个宝葫芦。至于赵六得的一个宝葫芦——那是掘地掘来的。
>
> 不管张三也好,李四也好,一得到了这个宝葫芦,可就幸福极了,要什么有什么。……后来呢? 后来不用说,他们全都过上了好日子。

① 陈子君:《儿童文学论》,石家庄:河北少年儿童出版社 1985 年版。

这既是故事发生时王葆的童话接受史，也是作者创作之前一部缩微的童话史，作者正是在这样的前提下开始自己言说的。他做的是一篇翻案文章。当然，这里也有他要精心图解的理论，那就是：劳动创造财富，世界是由劳动创造的，从来就没有什么救世主，所以也没有什么“宝贝”。这样的理论，从根本上说，与他在《大林和小林》乃至《帝国主义的故事》中所要表达的，可以说是一致的。但他吸取了以前的失败教训，不再奢望作全面、复杂的演绎，而只希图讲清一个简单的道理。其实这道理仍是通向复杂的大道理的，但他不再往彼处延伸。这样的选择是十分聪明的，这就使它的理念限于孩子所能接受的程度，不至过于抽象，它完全可以融入形象，化为宝葫芦的故事中很自然的部分。

然而，做到了这一点，只能保证这部童话不会像《金鸭帝国》那样失败，却不能保证它的成功。因为一部成功演绎了正确理论的作品，能演绎得清浅自然，实现形象表达，那充其量，还只是“科教片”标准，很难说一定是优秀的文学作品，它的审美价值仍值得怀疑。《宝葫芦的秘密》之所以成功，恰恰在于作者虽虔敬于理念，但他的心中并不只有理念，他长期接触孩子，一生喜爱孩子，自己也是个大孩子，这从他一开口就是活生生的孩子的话即可知，他的那颗文学的审美的心，能够与孩子的心奇妙相通。所以，他在写出宝葫芦行为的荒唐乃至其背后本质上的恶劣的同时，却并不写王葆也有相似的问题，不，王葆的问题只是相信童话，相信奶奶故事中的那种幸福，相信从小形成的对宝葫芦的美好憧憬。二者的结果好像差不多，其实却有巨大差异。这是作者的童心——对儿童的理解与同情之心，引导他这么做的，这也是一个天才作家和天生的儿童文学家才有的幸运。

王葆太想有个宝葫芦了，宝葫芦也真是太神奇了，它对主人忠心耿耿，除了“保密”之外没有任何要求，他们一开始的相遇实在令人神往，这是多少孩子多少代的梦啊！随着梦一点一点被打破，王葆陷于惊讶、被动、尴尬和无可逃遁的境地，矛盾被推向极致，这体现了极强的戏剧性。但这么强的戏剧冲突，却并不是两种思想或理念的冲突，不是“要劳动”和“不要劳动”的冲突，不是“劳动光荣”或“不光荣”的冲突。冲突的一方始终是一个迷茫的孩子及孩子时代的神奇密友，另一方则是对这个神奇密友的行为的严峻的现实判断。

所以，作品中有一些片断表达了孩子在这两种逻辑和价值观(童年时代的逻辑和现实世界的逻辑)互相交织和互相取代时，内心所遭遇的混乱和痛苦。这些片断，对于成人，尤其对于很老练地一心顺着作者想要演绎的理念往下追寻的成人读者来说，会觉得很不可解，很多余，因为打断了演绎的节奏。比如，第十二和十三节，写王葆拎着鱼桶，从郑小登家回到自己家后的心情。这时宝葫芦已经为他变出了鱼缸，那些金鱼已在缸里游起来了——

我想着今天一天的奇遇，又叫人高兴，又叫人糊涂。

“嗯，我真得静下来，好好儿动动脑筋”，我刚这么约束住自己，一下子又想起了老大姐——“她能相信我么？她不疑心我是吹牛么？”

我瞧瞧金鱼，金鱼瞧瞧我。我说：

“哼，都是你！”

忽然——不知道是由于光线作用呢，还是怎么的——金鱼们一个个都变大了。它们都睁着圆眼盯着我，嘴巴一开一合的，似乎在那里打哈哈。……

“恐怕是我的幻觉……”我想。

可是金鱼缸里又“卜儿卜儿”的——乍一听，好像是喊我的名字。再仔细一听——

“葆，对不起……葆……”

这可的的确确是它们跟我说话！它们还冲着我晃动着身子，仿佛表示过意不去似的。

我就说：“你们也不用向我道歉，什么对得起对不起的。我只是要问问你们：你们这号鱼到底是怎么变成的？是打哪儿来的？你们的生活情况怎么样？”

它们摇摇脑袋：“不知道。……我们没学过。”

……“哎呀，真拿你们这些鱼没办法！”我只好叹气。“什么‘学过’没‘学过’！你们连你们自己的来历都不知道哇？”

……

“那么你呢？”它不等我回答，又加了一句：“你有一些思想情况——别人还比你自己了解些呢。”

“什么‘别人’？是谁？”

“比如你的宝葫芦……”

“什么？”我很不高兴。“你说什么？”

可是鱼缸里再没有一点声音了。我等了好一会，还是静得很。突然——这真是一个了不起的大发现！——我发现不大对头：

“鱼怎么会说话呢？谁都知道，鱼是没有声带的。”

你们想想！一条金鱼和一个人辩论！——这难道可能么？这难道合理么？不论你拿什么理由来说……

“不合理！”我兜儿里也发出了声音。

“你也同意我的看法，宝葫芦？”

“那当然”，宝葫芦慢条斯理地发言。“事实确是如此。鱼类不单是没有发声器官，并且它们的头脑也长得有限得很，不可能有这么多思想。”

可不是！可见我怀疑得很有道理。我是用科学态度来看这个问题的。……

“那么宝葫芦呢？”——我忽然听见鱼缸里一个声音问我。

宝葫芦说鱼类没有发声器官，难道宝葫芦自己有这号器官么？至于宝葫芦的头脑……嗯，对不起，宝葫芦从来就没有一个头脑，连鱼儿都不如！那它怎么会说话呢？

不但这样，宝葫芦还会变出东西来——那又是怎么回事呢？……这都叫人相信不过。我只要动一动脑筋，想一想这些问题，那么……

“那么这些事儿都不合理，都不能成立！”我的宝葫芦接上了碴儿。

“那——那——”我十二分吃惊，不知道该怎么说了，“那你这宝贝……”

“那我就不是什么宝贝，就没有什么神奇。那你‘要什么有什么’，也是不可能的事。那你白搭。”

我失望地嚷起来：“那还行！”

宝葫芦义正词严地说：“那你就别怀疑我。什么合理不合理呀，可能不可能呀——你对别的事尽可以这么去研究，可别这么研究我。你要是这么研究我，那对你自己可没有好处。”

……我刚才还说来着，一个人得用科学态度来研究一切问题。可是一提到这个宝葫芦问题——嗯，那没办法，不得不例外看待。因为这个宝葫芦并不是什么马马虎虎的普通玩意儿，而是我的宝贝——可以使我自己得到幸福的宝贝——我非相信它不可。我得相信它的魔力。假如它没有什么魔力的话，那我不就等于没有得到宝葫芦么？那还有什么意思！

从这段文字中可以看出，王葆其实是在挣扎——在相信儿时的童话还是相信今天的现实之间挣扎。他懂得科学，但留恋童话，童话带来的美和希望，在他这个年龄还真不舍得放弃。为了留住童年的既有的心理，他必须用一种类似于宗教信仰的方式承认宝葫芦的存在。这一节，可以看作解开这部童话奥秘的钥匙。

在作品第三十一节，还有一整篇王葆和金鱼的对话。王葆得到宝葫芦是在钓鱼的时候，他最早如愿得到的想要的东西就是这一桶鱼，看来，作者有意让这些神秘的金鱼成为全书的点睛之笔。他写道：

这天晚上我好久好久没睡着。

奶奶说的对，我从来不撒谎。可是现在——唉，奶奶你哪知道！——我跟爸爸也不能说真话了。现在，越是亲密的人，越是爱我的人，我就越是得提心吊胆地防着他。我也怕见我最想见的好朋友和同学们。我还得躲开我最喜欢的孩子们。

要是这一切——真像那条黑金鱼说的那样，不过是一些幻影，等于一个梦……

"那你可就轻松了，葆儿"，——忽然金鱼缸有谁答碴儿。

"我不同意！"我叫起来。"那么着，世界上只有我一个是真的，只有我这么一个人——嗯，孤零零的有什么意思！"

我爬起来坐着，披上了衣服。

对，这世界上该有爱我的人，该有和我要好的人。他们都得是实实在在的真人，并不是什么幻影。他们得真正和我生活在一块儿。……

"那更没意思，葆儿"，黑金鱼冲着我摇摇头。

"为什么？"

"那么着，你就得一天到晚紧张着，生怕泄露你那个宝葫芦的秘密。那可不是更别扭？"

"胡说！"我嚷。"才不会呢！"

……

"我看，最好是这么着"，有一条眼睛上挂着绣球的金鱼游到了黑金鱼旁边，发表起意见来。"把世界上的一切——人也好，物件也好，事情也好，都给分成两类。一类该是实实在在的东西，真有那么回事：比如说苹果吧，那就得是真的苹果，那吃起来才有个意思。还有一类呢，那可是惹你麻烦的东西，拿它不好办，那它就得是幻影，根本没那么回事。这两类东西一分清楚，问题就解决了。"

黑金鱼偏着脑袋想了一想，问："那么，哪些个东西该放到第一类，哪些个东西该放到第二类呢？……这会儿你固然觉着好朋友少不得，他们都得是实实在在的真有其人才好。待会儿你可又忽然生怕见他们的面，躲他们都躲不及，你就唯愿这是一个梦了。这么一来，就太不容易了。"

……

我们看得出，随着情节的深入，王葆越来越在现实和幻想之间挣扎，他要区分和选择，但他一头也放不下。这背后，不正是童年和成长——和他们正开始进入的成人社会之间的冲突吗？

《宝葫芦的秘密》的发表，是当年文学界（不仅是儿童文学界）的一件大事。各种评论和赞扬文章，散见于各报刊。稍令人意外的是，一向以抨击和批判为主业的姚文元，竟也在作品发表两年半后的 1959 年 7 月，写了一篇七千余字的文学评论，对之赞扬有加。当然他看重的是其中"劳动创造世界"的思想，文章的标题也是《童话中的真理——读〈宝葫芦的秘密〉》。但他独独不能接受上述那节内容："如果有什么不足的话，我感到有的地方意思太深奥了些，恐怕不是一般孩子所能理解的。例如第三十一节中金鱼那一番关于真实和幻想的议论，我觉得就可以删去，或者换上别的内容。"[①]——他热衷于用文学演绎"真理"，却不明白张天翼天才地发现的这一故事背后更为永恒的人生意味。

姚文元所不能理解的东西，周作人和蔼理斯却早就指出来了。周作人在写于 1924 年的《科学小说》一文中[②]，引了奥地利医生蔼理斯的三段话，说出了下面这几层意思：

> 一、如儿童需要想象时读不到童话，这方面精神的生长将永久停顿；二、因为需要，儿童在读不到童话时会自己创造童话，但大抵造得很坏；三、随着少年的成长必将反对儿时的故事，所以荒唐的童话无害，而硬塞给他们的"科学小说"也不会有什么用处。

这第三点说得过于绝对，童年时期读的童话虽然在成长中被少年所否定，但那种阅读所形成的心理结构却仍会影响孩子的一生。然而这三段话却告诉了我们一个"真理"，即儿童是"分期"的，他们在不同阶段有不同的心理需求，这是不容抹杀和违逆的。《宝葫芦的秘密》所写的，是一个从爱童话的阶段走向正视现实阶段的孩子，他与童年的别离是凄美的、慌乱的、纷繁而尴尬的，却也是趣味横生、令人忍俊不禁的——这就是这部带有点图解意向的童话却能具有永恒魅力的奥秘所在。

张天翼在童话发表以后，不断收到小读者的来信，他们的兴趣似乎更在宝葫芦身上，他们一再询问：真的有这样的宝葫芦吗？他们很为宝葫芦的故事不是真的而惋惜。作家为此自责，觉得自己的写作任务没完成好。其实何须这样想？

---

① 载《在前进的道路上》，北京：人民文学出版社 1965 年版。

② 可参阅《周作人论儿童文学》，武汉：海豚出版社。

童年期的儿童永远倾心于宝葫芦，这就像孩子落地会哭，孩子长大会叫妈妈一样自然。作品写出了宝葫芦时期的王葆和告别宝葫芦时期的王葆，这就是它的成功之处。

第三节 《“下次开船”港》和《五彩路》

《宝葫芦的秘密》是形象大于思想的典范。作者所要演绎的“劳动创造世界”的思想，只是这作品中的一个部分罢了，而作品人物从童年到少年的复杂心理历程远远超出了这一抽象的内容。作者对此可能并不十分自觉，然而他的人生体验，他的审美经验，他的那支优美神奇的笔，引导着他的作品，不断走向丰富和完美。

严文井写《“下次开船”港》时就没有那么幸运了，这部童话引入了时间概念：一旦没有了时间，会出现什么情景？这是一种很有深度的思考，也十分适合于童话的表现。在西方童话名著中，《彼得·潘》中孩子的长大和不肯长大，也同样隐含着时间概念；米切尔·恩德的《毛毛》和《讲不完的故事》，更是充满了对时间的现代思考。然而，尽管作者文笔饱含童趣，所组织的场景新奇而热闹（这里看得出《阿丽思漫游奇境记》的影响），关于“下次开船”的构想很发人深思，却毕竟太着重于教育儿童了，作品把反时间的力量化为几个“敌人”，让孩子们在与这些“敌人”的斗争中明白道理，从此幡然改悟。如前所说，张天翼写一个孩子有了宝葫芦便脱离集体、脱离家庭、脱离现实，最后还是放弃宝葫芦回到了集体和现实中来；在这故事背后，蕴藏了一个更深邃、更普遍的童年期孩子告别神话开始走入现实社会的人生故事。那么，严文井所写的那场热闹的斗争背后，所蕴藏的，则只是一些通过成人的思考所得出的抽象的哲理，尽管他已把这个哲理讲得很清浅、很生动了。因此，严著就未能将更丰富、更永恒的童年奥秘蕴藏于情节之中，未能处处体现咀嚼不尽的人生意味。——于此也可看出，真正第一流作品的诞生是多么不易，它们的确是“妙手偶得”的，作者再有经验，用力再勤，有时仍达不到目的。

但胡奇却是幸运的。他的小说《五彩路》写三个藏族少年渴望了解外面的生活，在听说解放军正修筑一条五彩路时，怎么也遏制不住看一看的冲动，便悄悄相约出走，经历了无数危险，差点在惊涛中丧生，幸而被解放军发现，将他们救起。他们终于看到了五彩路，看到了外面的世界，也见到了“金珠玛米”。这本来是一个带歌颂性的故事，写解放军对当地少数民族的救助和情谊；又因作者是从部队的角度来观察藏族孩子的，他虽有童心，熟悉儿童，但对藏族少年毕竟还是有些“隔”，所以他的描写只能是粗线条的，达不到像萧平、刘真、任大星小说中的那种细腻、真切。然而，从总体看，这部小说却是相当成功的，它像一首带有传奇色彩的歌谣，唱出了远方少年的生活和心理，让小读者对这三位少年充满理解和神往。这里关键的一点，是作者在这故事背后，也发现了更为丰富的童年与人生的奥秘，这就使作品的形象高于思想，使这三个少年的故事逸出了写解放军与少数民族交往的故事的局限——它也成为一个更深刻并更具普遍性的故事了。这从小说开篇第一段就能读出来：

在很远的地方，有一些孩子日子过得真寂寞，因为他们居住的村庄长年累月的被雪山封锁着，他们很少接近外边的人，外边的人也很少接近他们。

小读者的心一下就被抓住了。因为这不光是写修公路与看公路的事，这是全世界儿童共同关心的事，他们都懂得这样的“寂寞”。儿童文学中的“外出”——去看外边的世界，几乎是个永恒的主题。作者正是把这种童年的共同的向往写入了故事，这才使这部作品充满了隽永的趣味，读得让人回肠荡气，并能反复回味。

也许是受了《五彩路》的意外成功的鼓舞，几年之后，胡奇又写了一部长篇小说《绿色的远方》(中国少年儿童出版社与作家出版社 1964 年同时出版)，两部作品不仅题材相似，连题目也是相仿的——“绿色”对“五彩”，“远方”应对远方的“路”，然而其中已无上述的新意，又因 60 年代“阶级斗争”的口号越喊越响，小说加进了大量与敌人斗争的内容，它成了一部政治性很强的、有些概念化的作品。《五彩路》所有的故事背后的更深刻也更普遍的童年与人生的奥秘，已很难在这部新作中找到了。

这也再次证明，真正高质量的创作的完成，有赖于“天时地利人和”，各方条件缺一不可。

第一流的作品的诞生有其偶然性，早春天气也未必能保证它们的诞生。可一旦作者有这样的天才和这样的准备，一旦这样的作品的确在酝酿在形成，那么，春天，就应是最适合它们的时节。

第五编　中国儿童文学的迷茫期(1960—1966)

第一章
惨遭打击的儿童文学界

第一节　对陈伯吹的突然批判

1956 年的早春天气并没延续太长时间，至 1957 年夏天便戛然而止。“反右斗争”开始了。儿童文学界虽人人自危，创作则还在进行，这也许因为儿童文学的题材本来多是积极的、光明的，那时的作家也真心拥护新中国的全新的生活和秩序。对于儿童文学来说，更大的——或者说更为具体、明确的打击，发生在 1960 年。首当其冲的竟是陈伯吹。

陈伯吹在 20 世纪 20 年代中期曾秘密加入中国共产党，后因社会动荡，与组织失去联系，但仍一贯追求进步，多年来一直紧跟着党。新中国成立后，他于 1952 年任少年儿童出版社副社长，1954 年调任北京人民教育出版社编审，1957 年 6 月起成为中国作家协会专业作家。这段时间，他创作相当活跃，作品很多，政治态度也很积极。奇怪的是，1960 年 6 月，陈伯吹由中国作协安排回上海深入生活，正在漕河泾搜集生活素材，忽然遭到一场火力密集的、有组织的批判。他对此毫无准备，询问中国作协领导，那边告诉他只是一般性“批评”。但批判来势很猛，少年儿童出版社的丛刊《儿童文学研究》的第二辑中，发表了蒋风、里方和贺宜的批判文章（这些文章可能在此前就已组织好了）；《人民文学》第五期发表了《中国少年报》社长兼总编左林的文章，同期还有沈澄的文章（一说沈澄即张天翼夫人沈承宽），直涉或旁涉陈伯吹的儿童文学观，接着第六期又发表了何思的文章，严厉批判陈伯吹的“童心论”和“儿童立场”，明显体现火力的升级；7 月 7 日，上海市委宣传部的徐景贤在《文汇报》上发表点名文章《儿童文学同样要为无产阶级的政治服务》，副题即“批判陈伯吹的儿童文学特殊论”；《上海文学》《文艺报》等也陆续刊发有分量的批判文章;《中国青年报》(这是团中央机关报,与儿童文学有关的部门多在团中央领导下)于8月5日发表了张天翼和严文井的联名文章《我们对当前少年儿童文学的一点意见》,这显然又是代表中国作协上层的权威性的声音。茅盾先生事后回顾说:“这一场大辩论(几乎所有的中央级和省级的文学刊物都加入了),有人称之为少年儿童文学的两条道路斗争。”

这场批判的来龙去脉,却始终是个谜。

毫无疑问,这与“反右”以后思想文化界进一步强调“阶级斗争”的大形势有关,也与当时中苏关系破裂,国内文艺界开始“批判修正主义”有关(《文艺报》在1960年初发起批判巴人的“人性论”,上海作协也在这年上半年召开了四十九天大会,批判钱谷融、蒋孔阳等)。但除此之外,也还应有事关儿童文学,尤其是事关陈伯吹先生本人的直接原因与具体背景。在陈伯吹生前,曾有人就这一问题专门请教。他有点不愿意说,但也并不是完全不想说,在反复追问下,他说:“这事情早就过去了,不必再说了。到底是什么原因,我到现在也没有弄清楚;只知道是北京的另一位儿童文学作家,一位既搞成人文学也搞儿童文学的作家,很有名的,是他发起的。”他说的,应该就是当时《人民文学》的主编张天翼了。问是不是张,他点点头。问是因为个人原因、作协内部矛盾的原因,还是理论上的分歧引起的,究竟哪个原因为主?他摇头,表示答不出。

在有关传记作品中,已梳理过这场批判来临前的一些事,但似乎还可以再作一点深层的分析——

事情应从1956年陈伯吹发表的《谈儿童文学创作上的几个问题》说起。在这篇文章中,他讲了那段后来受到批判,但影响一直很广的话:“一个有成就的作家,愿意和儿童站在一起,善于从儿童的角度出发,以儿童的耳朵去听,以儿童的眼睛去看,特别是以儿童的心灵去体会,就必然会写出儿童能看得懂、喜欢看的作品来。”此文提出了儿童文学的三个特性:一、坚持教育方向;二、重视儿童读者的年龄特征;三、强调作品的文学性。对于儿童文学中可不可以有不写儿童的作品,他的观点是否定的。同时,文章也突出了“童心论”和“儿童本位论”。

1956年初,广东的《作品》月刊第一期发表了著名作家欧阳山的童话《慧眼》,写生产队长的儿子长着一双慧眼,能看透人心,后来被破坏合作社的人所利用,这种神奇的眼力就消失了,再后来认识提高了,又恢复了慧眼。束沛德、贺宜等都撰文批评它“背景过于现代化”“在一个现实生活中的人物身上,赋予了一种不可思议的神奇力量,而这个非同寻常的神童又和我们这一时代的普通人生活在一起”。陈伯吹也参加了讨论,而且一口气写了两篇文章,正大光明地发表在《人民文学》(张天翼很快将接任主编)和《作品》(欧阳山本人即为主编)。他认为作品的问题在于：第一，没有诗的美感，比较暗淡、忧郁，所以不可爱、不动人；第二，“人物是幻想的、童话的，而环境是现实的、小说的”。这和贺宜等人观点相近。当时有一大批文章，都持这一观点，这就形成了一种集中批评的势头。现在看起来，这一理论观点是站不住脚的，因为大量的“幻想小说”，像林格伦的《小飞人》三部曲，正是在一个现实的环境中出现了一个会飞的人。张天翼的《宝葫芦的秘密》，不也是在现实的儿童生活中，出现了一个神奇的宝葫芦？到了1958年，中间经过“反右”，山东作家萧平在《儿童文学研究》上发表了《童话中的幻想和美》，再谈《慧眼》，说了一些不同观点，指出苏联作家卡达耶夫的童话《七色花》也是“在一个现实生活中的人物身上，赋予一种不可思议的神秘力量”。贺宜立刻起来反驳，认为自己与萧平的分歧是“两条道路的斗争”“萧平的这篇文章中很明显地反映了他对童话看法上的资产阶级文艺观点”。这就不仅不正确，而且很有几分霸道了。不妨想一想的是，几年后开始批判陈伯吹，其中一个重要方面，恰恰就是“童话要不要反映现实生活”。

在关于《慧眼》的争论中，挨批的是来自延安的党员作家欧阳山；而批判人的，反而是来自白区的作家（如贺宜）和非党作家（如陈伯吹）。这不是一场党组织领导发动的批判，而是几位纯儿童文学作家（撰文参与的还有广东的黄庆云等）对于一个地位很高的成人文学作家的批判，而且调子越来越高，是以一种权威性的、不可商议的口气要将对方压倒。——这样的行动，会不会引来反拨呢？要知道，在“反右”中，有大批白区干部被打成“右派”（广东和云南是最突出的），很多党外名人更是被批、被揪，并被戴上了“帽子”，而现在儿童文学界出现的这一局面，会让那些突出政治的、居于重要文艺领导岗位的党员作家们作如何想？

1957年8月和10月，陈伯吹出版了《作家与儿童文学》和《漫谈儿童电影、戏剧与教育》两本理论书。1958年出版了《在学习苏联儿童文学的道路上》，1959年4月又出版了理论专著《儿童文学简论》。此外，在1958年1月，陈伯吹发表了分量很重的文章《谈儿童文学工作中的几个问题》，这与两年前的《谈儿童文学创作上的几个问题》不同，不光是谈创作，也谈儿童文学的编辑、出版工作，谈理论批评、教学、科研，还涉及整体的儿童文学的组织工作，谈了领导创作的眼光，等等。

这里穿插一下《文汇报》前总编马达先生去世前发表在2011年第1期《世纪》杂志上的文章：《我了解的柯庆施》，其中有个细节：“又有一次，《文汇报》学术版发表了著名经济学家沈志远的文章，说社会主义只有实行按劳分配政策，才能调动劳动者的积极性，但分配不当也会造成社会不公。我认为这篇文章写得很好，可是柯庆施看了十分恼火，要我把《文汇报》总编辑找来责问：你们发表沈志远的文章是什么意思？他是民盟，是党外人士，难道我们党制定的政策还要他们党外人士来解释吗？”柯庆施当时是中央政治局委员、上海市委第一书记。沈志远是“摘帽右派”。沈文发表于1962年8月30日的《文汇报》，题为《关于按劳分配的几个问题》。像柯庆施这样狭隘，当然可说是一种极端，但“反右”后某些高层领导的心态，也就可见一斑了。距此两年之前，文艺界的领导对陈伯吹（他也是“民盟”成员）有关中国儿童文学的那种全面性理论性的言谈会如何看待，这至少可以作为一种参考。值得注意的是，陈伯吹文章中还一再批评某些人：审稿时不重视儿童文学的特殊性，和成人文学“一视同仁”，忽视儿童文学“必须分别对待，甚至应该有另外一种尺度去衡量”。他写道：“如果能够‘儿童本位’一些，可能发掘来的作品会更多一些。如果审读儿童文学作品不从‘儿童观点’出发，不在‘儿童情趣’上体会，不怀着一颗‘童心’去欣赏鉴别，一定会有‘沧海遗珠’的危险……”这些话，全出于一派天真。但在“反右”刚过的时候，领导们头脑里还保持着高度的警惕，读着这样的话，会不会感到有人正在利用儿童文学的特殊性（这正是后来批判的重点之一）否定党的领导，闹“独立性”呢？

而“儿童本位”四字，更能引发一些人心底的回忆，这里还有一笔旧账。1934年底，周作人因为左翼作家对于《五十自寿诗》的批判攻击，连续写了两篇文章：《论救救孩子》和《阿Q的旧账》，向左联和鲁迅发起反击（其实鲁迅是反对青年作家批《五十自寿诗》的，当时周作人并不知情）。这两篇文章写得很刻薄，左翼作家难以反驳，而第一篇，针对的正是鲁迅背离了“儿童本位论”。周作人一直被认为是中国儿童文学的开山老祖，“儿童本位论”就是周作人提出来的。所以，这次集中批判陈伯吹的“童心论”和“儿童本位论”，也有借机清算周作人旧账的意味在。周作人在“反右”时一点没碰着，也因不知最上层的领导对他怎么看，所以也不宜再碰，但这口恶气憋了二十多年，现在解放了，胜利了，当家作主了，一大批旧知识分子在“反右”中打下去了，今后是清一色的天下了，这笔账还不能算，当年的左翼作家很难咽下这口气。张天翼正是当年的左联成员，1934年前后活跃于上海文坛（一度居住南京），他对这事是一清二楚的。所以，由他出面推动这场批判，也就不奇怪了。当然，这决不可能是他个人的行为，而一定是中国作协上层的组织决定（作协领导成员严文井的亲自参与即为明证）。虽然，不久后，又由作协另一位主要领导——党组书记邵荃麟出面，阻止了批判的进一步深入。这场批判来得突然，结束得也突然而离奇。

自这场批判以后，陈伯吹变得小心翼翼（他于当年11月调回上海少年儿童出版社工作）。最明显的例子，就是他谈论儿童文学的口吻变了。他曾在1956年的《论童话》一文中说：有些童话是为了解决教育上的问题而作的，比如纠正孩子的生活习惯问题等，这是“为赶任务而写作”“写得简单化，表现力不强，里面的教条一触即到，就像破衣服里钻出了棉絮来”，这种“头疼医头，脚疼医脚”的毛病，是“教育上的狭隘功利主义倾向”。他还说：“伸着指头训斥式的道德教训，这正像给一棵青葱葱、活生生的小松树钉上了一个指路标。”他甚至提出：“儿童文学作品应该被认为十分道地的艺术品。”“从理论上来说，儿童文学作品应该比成人文学作品更加艺术。”“高度的艺术性往往体现了高度的思想性。”“文革”后才接触陈伯吹作品的读者，怎么也不会相信当年他竟有这样的文艺思想。但挨批以后的陈伯吹，一直到新时期，一直到去世，开口闭口都是“教育工具论”的调子，再也不敢说这种有个性、有特色、坚持“儿童本位”、坚持文学立场的话了（他 1956 年说的有关儿童文学的三条，就只剩下“教育方向”这一条了）。到了 1977 年 6 月 18 日，陈伯吹先生在《光明日报》发表了《在儿童文学战线上拨乱反正》一文，这是粉碎“四人帮”之后他作为儿童文学界的代表性人物的最早的发言亮相。他在其中说道：

> 儿童文学创作，应该进行忆苦思甜的阶级教育，排除万难以争取胜利的革命传统教育，社会主义革命和社会主义建设的先进模范教育……总起来说，是革命的政治思想教育。文艺，从来就是改变人的思想的有利的教育工具……

这并不是“拨乱反正”之初思想还不够解放，在以后的二十来年间，他的基本观点一直如此。这与 1956 年时的“儿童本位”观是大相径庭的。从这里，我们也可看到当年党内的宗派主义、极左思潮、排斥党外知识分子、过分强调斗争哲学所带来的严重后果。

第二节　茅盾的直言与创作的现状

1960 年的批判，使本已在走向萧条的儿童文学界，面临全面的萧条。只要读一读茅盾发表于 1961 年第 8 期《上海文学》的《六〇年少年儿童文学漫谈》一文，就能看得很清楚了。

茅盾是文学研究会的发起者之一，也是中国最早的儿童文学作家，改编过很多古代神话、寓言，也写过童话，出版过《北欧神话 ABC》《中国神话 ABC》等小册子，并写有长篇儿童小说《少年印刷工》——这虽不是他最好的作品，但其人物描写的功力不能不令人钦佩。建国后的茅盾(沈雁冰)任国家文化部长,有人认为他一事无成,其实不然,文化部实际工作并不由他主持,他牢记的是自己的“作家”职责(茅盾兼任中国作协主席),在“十七年”里,他以个人名义,发表大量重在艺术分析的批评文章,提携了一大批青年作家(如茹志鹃、陆文夫、胡万春、林斤澜、敖德斯尔等),也对不好的创作倾向及时予以提醒。如发表于1959年初的《短篇小说的丰收和创作上的几个问题》中,就凭着作家的良心,说了不少真话。谈到“革命浪漫主义”的口号时,他说:

> 应该不会有人这样想吧:如果《林海雪原》的英雄人物在克服困难的时候,想起了未来的社会主义、共产主义远景,于是乎勇气百倍,便可以给这部作品增添些革命浪漫主义色彩。

真正是不幸而言中,此后的文学发展,尤其是“革命样板戏”的出现,不正是按着他所批评的方向走下去的吗?看来他在50年代末,就已有此预感了。

茅盾也分明看到了1960年儿童文学界的困境。为写《六〇年少年儿童文学漫谈》,他“向文化部出版局借阅了六〇年全年和六一年五月以前出版的少年儿童文学作品和读物”,全部翻阅一遍。据笔者粗略计算,这些书有176册之多。他是在作了这样的阅读和研究之后才发言的。在全文开头和第一节的开头,他不惮重复,一针见血地说:

> 一九六〇年是少年儿童文学理论斗争最热烈的一年,然而,恕我直言,也是少年儿童文学创作歉收的一年。
>
> ……
>
> 本文开头,我就说六〇年又是少年儿童文学创作歉收的一年;说起来,这话好像是浇冷水,然而事实既已如此,我以为不应当浮夸虚报,以鸵鸟自居。让我们先来看一点数目字吧。……

随后就是对他所看过的那176册儿童书的概述和批评分析,从中提出了题材单一、说教过多和语言呆板等问题。接着又对全国29种杂志和两种儿童期刊上的几百篇作品进行分析,得出的结论大体相似。虽然其中也有较好的作品,他不忘一一指出,但总体情况是:

> ……绝大部分可以用下列的五句话来概括:政治挂了帅,艺术脱了班,

故事公式化，人物概念化，文字干巴巴。

文中给人印象最深的两点，一是指出了当时题材和写法的极端单调：除了少量革命历史题材外，“几乎全是描写（当然也就是鼓励）少年儿童们怎样支援工业、农业（而以支援农业为描写的重点），参加各种具有思想教育作用的活动。……品种太少，这且不说，而内容也生硬粗糙，解答问题简单化，故事千篇一律，所谓低年级儿童者……看了就丢”。二是对刚刚批判过的“童心论”和“儿童本位论”，作了巧妙的辩解，他先是承认资产阶级宣扬“儿童本位”是为资产阶级政治服务，但他们懂得按儿童心理发展的不同阶段去做，这就很高明，值得我们学习，“从4岁到14岁这10年中，即由童年而进入少年时代这10年中，小朋友们的理解、联想、推论、判断的能力，是年复一年都不同的……儿童本位、儿童情趣等等说法，其科学的依据只此一端”。又说，“应不应当进一步追问：所谓年龄特征，究竟意味着少年只是缩小了的成年人，而儿童又是缩小了的少年？还是儿童的想象、情感和趣味与少年确有不同，而少年的想象、情感和趣味与成人确有不同？”这样，他其实是以相当精确的语言，把“儿童本位论”重申了一遍。他是以一人之力，在为这一被批判的理论“平反”。

“文革”结束以后，国内曾有“第二次全国少年儿童文艺创作评奖”，是从1954—1979年的漫长时段中遴选的，这一奖项可能未设批评奖，不然，茅盾这篇《六〇年少年儿童文学漫谈》真应该得一等奖或特等奖。这样真正花了巨大阅读工夫，又有几十年创作与批评经验打底；既是宏观的整体研究，又不乏细部探讨，对大量作品作了简洁精到的艺术分析；关键处一针见血，击中要害，既在语气行文上照顾到当时各方（不是故意气谁或刺激谁），却在观点上决不含糊（要表达的思想哪怕再尖锐还是要说出来）；写得通俗易懂又有理论深度，其理论不是远离作品的玄想而始终与创作密切相关——这无疑是评论中的极品，这样的文章理应成为后世（尤其是当下）的文论典范。

但经历了那场批判的儿童文学作家大多已如惊弓之鸟。茅盾的一人之力毕竟敌不过“山雨欲来”的大局。

1961年，山东作家邱勋出版了他的长篇小说《微山湖上》（少年儿童出版社），这是一部很不错的少年小说，写生产队里劳力不够，三个农村孩子暑假里被准许到微山湖去放那四五十头牛，他们在这个夏天里经历了风险，也成长起来。但作品是这样开头的：

在我们亲爱的祖国，有一个微山湖。离湖四十里，有一个杏花庄。

> 庄里有个小男孩儿，名叫二牛。
> 这天早晨……

作品的结尾，调子更高：

> 再见了，亲爱的微山湖！
> 再见了，亲爱的叔叔，亲爱的荷花，亲爱的同志们！
> 再见了，亲爱的抗日岛！
> 是你，教我们劳动，教我们懂得了很多道理，给了我们亲密的友谊！
> 是你，让我们变得更加勇敢坚定，不怕困难……
> 是你，让我们更加热爱我们亲爱的祖国，亲爱的党！
> ……

这样的语句，高亢而幼稚，明显地破坏了作品的生动和谐的美。

可悲的是，并不是在一部作品中出现这种标语口号式的句子，一连几年，此种文风愈演愈烈，创作界相互参照，谁调子不高谁可能就有政治思想问题。上文说到郭风，他在 50 年代中期“成了十分异类的存在。别人都在走向强烈、高亢，他却依然雅淡、小巧，像一朵小花开在大潮的间隙”；然而，1960 年以后，郭风也写了不少让人不忍卒读的散文和诗。试以 1961 年的《人民大会堂颂》为例，我们仍只引开头和结尾：

> 你是一座气宇轩昂的、辉煌的、巍峨而壮丽的伟大建筑。你的以麦黄的和叶绿的琉璃瓦装饰的屋顶上，比火焰还强烈的红色绸旗，在北京的风和阳光中飘扬。
>
> 人民的威力统治着一切，你是人民的权力的象征。人民以太阳一般的智慧和创造力量，塑造了你。
>
> ……
>
> 呵，你是全国人民议事的地方。你的以麦黄的和叶绿的琉璃瓦装饰的屋檐上，如林的红旗在北京的阳光和风中飘扬。你是六亿五千万人民塑出来的、人民政权的灿烂的塑像。你屹立在天安门广场上。你屹立在全世界人民的面前。

作者 1965 年出版的散文诗集《英雄与花朵》（作家出版社），几乎满本都是这样的作品。以前那种超然淡雅的韵味不知到哪儿去了，换成了空洞激昂的口号。写着这样的文字，作家心里一定是不好受吧。他应该还记得他的姑丈说过的话："为文最忌训人""亲切动人方为上乘"……但在当时的形势下，他已经不能再写远离阶级斗争的《避雨的豹》了。

第二章
曲折中前进的儿童文学

第一节 《小布头奇遇记》

在1961年，也出现了一部很受小读者欢迎的长篇童话——孙幼军的《小布头奇遇记》（中国少年儿童出版社）。严格地说，它在题材上也接近于茅盾谈到的“少年儿童们怎样支援工业、农业（而以支援农业为描写的重点）”；可是在写法上，却突显了个人的风格，让人们看到了这位文坛新人的非凡潜力。

《小布头奇遇记》在那样一个“故事公式化，人物概念化，语言干巴巴”的“歉收年”，一出版即盛况空前。叶圣陶先生在1962年第9期的《文艺报》上发表了一篇《谈谈〈小布头奇遇记〉》，评价甚高，但又实事求是地谈了作品的不足，他与茅盾一样，在评论中显示了老一代作家高屋建瓴而又平实委婉、充分说理的风范。文中也记录了当时的读者反映：“听好些老师说，《小布头奇遇记》受到二、三、四年级的孩子的欢迎。中央人民广播电台在‘小喇叭’节目里广播这篇童话，据说事后调查，幼儿园的小听众也喜欢听。”这本书最大的奇迹，还在于读者反响的持续性。“文革”过后，在全国文代会上，一群年轻作家知道孙幼军是《小布头奇遇记》的作者，马上围了上来，兴奋地谈个没完，他们当年都是他的读者。作品发表三十年后，作者在病房里陪母亲，一位向来严肃的女医生，一听说他写过《小布头奇遇记》，顿时像孩子似地拍手跺脚，好像回到了童年时代，她忘不了这书给她带来的快乐。作者很知道这本书的局限性，几次下决心不再重印，但经不住家长们和小读者的强烈要求，当然还有出版社的反复恳请，最后还是不断地印，并一直受到欢迎。作者的头脑是清醒的，他对此书的批评可谓切中要害：

事实上，在我这本“处女作”里，主人公小布头被我当作所谓“反映现实”的工具。我精心安排的不是主人公个性的发展，而是那背景。好比拍摄人物像，我把焦距对准人物身后的建筑物。结果是，背景是清晰的，人物面目却模模糊糊。听到赞扬的话越多，我越觉得它不该有这样严重的缺陷。

作品写了“人民公社”时期“大办农业”的事。小布头因为小苹批评他不爱惜粮食，赌气出走，到了农村，看到了粮食的重要，也看到农民们为增产和保护粮食所作出的努力和牺牲，明白了很多道理。这时小苹一家也搬到农村，来支援农业了，小布头与小主人又会合了。这中间，小布头还遭遇了偷粮食的老鼠们，这让他分清了是非和敌我。——光看这样的简介，会觉得这是个很没劲的故事。它的妙处，在于把小布头写得非常活，小布头的心理和行为就是个活脱脱的儿童，妙趣四溢，让人没法不喜欢。作者抓住了小布头的一大特征——“小”。世界上本来没有小布头，它不过是两片多余的布料，那一年幼儿园开新年晚会，老师给孩子们准备礼物，一共一百个孩子，做了九十九个，还差一个，小老师到处找材料，终于发现了这点剩布，她就做了个小不点儿布娃娃，从自己衣服里扣出一点棉絮填进去，又把大洋娃娃袋里的手绢拿出来做了顶帽子，这才有了小布头。结果，小布头在玩具堆里是被大家取笑的，到了分玩具时拿到这个小玩艺儿的孩子还不高兴，幸好小苹把自己分到的大洋娃娃换下了它。小布头胆小，看到很乖的小布老虎怕，听到放鞭炮怕，小苹给他坐小火车他也怕。他讨厌这种胆小的毛病，就大着胆子从高处跳下来，结果碰翻了酱油瓶，把碗里的饭粒也碰翻了，小苹生气了，责备他一通，他委屈极了……这里所表现的“小”，是每个孩子都有的普遍的人生经验，他们都曾被人看不起，被大孩子欺负，他们会不由自主地害怕各种强大的或陌生的东西，有时明明很努力却反被大人误解和责骂……作者的描写紧紧抓住了孩子们的心，他们从这里看到了自己，于是就像关心自己一样为小布头担心，为小布头高兴，这就是从幼儿园孩子到小学生都为这故事入迷，甚至长大以后也难以忘却的原因。小布头后来懂事多了，也庆幸自己回到了小苹的身边。但它并没有变成“小大人”(60 年代的儿童文学中已经到处充斥着觉悟很高的“小大人”了)。请看此书结尾：

有一天，幼儿园的老师带着小朋友到小河边去做游戏。小朋友把小布头、小黑熊、小猴子和小老虎放到一只小木船上，用绳子牵着木船走。没想到绳子脱开了，小木船向远处漂去。小朋友们喊：

“小布头，快停住！小布头，快停住！”

可是布猴子小声说：“不要停住，不要停住。到远处去玩玩多好！”

于是，小木船越漂越远，越漂越远……

这些都是后来的事了。等以后有了空儿，我再慢慢讲给你们听吧！

可见，这部童话虽然常常把镜头对准背景，通过小布头的故事反映当时的工农业建设，表现人民公社的发展，但人物始终还是个活生生的孩子，是真正的童话形象，这就非常难得。故事中一再写到粮食问题，小布头就是弄翻了一些米粒被小苹责骂的，这也牵动着当时孩子的心，因为作品发表时正是所谓“三年困难时期”，大家都为饥饿所苦，它带着一种深深的时代记忆，无疑，作者下笔时也是有真情实感的。至于对建设形势的歌颂，这是60年代特有的文学风气，此前的童话中，只有金近的《小鲤鱼跳龙门》等作过类似尝试（小鲤鱼们最后跳入的是刚刚修建好的龙门水库），别的作家并未紧紧跟上，金近自己也没有顺着这条路子写下去。这是对的，因为这并不是文学的写法，而更接近于新闻报道了（其实真正的好新闻也要反映客观事实而不可一味歌功颂德）。但到60年代，作品如不这样写，就会被视为脱离现实。上海的柯庆施不久又提出“大写十三年”，这已是对文学提出的政治要求了。

叶圣陶先生在那篇评论中称赞孙幼军语言好：“简洁，活泼，有情趣，念下去宛然孩子的口气，可是没有孩子常有的种种语病。我猜想作者是下过功夫向孩子学习语言的……”这说得非常到位。但更要紧的也许还不是语言，而是作者有一颗未褪色的赤子之心，他笔下的每个儿童（包括小苹，也包括玩具群里的小老虎、大洋娃娃、布猴子、小花猫……）无一不是稚态可掬、活灵活现，看得出他对儿童不仅熟悉，而且是真正喜爱的，他作品中的童趣不是挤出来，而是前呼后拥冒出来的。这是一种难得的才华。他的语言之精彩，只是这才华和童心的外在表现，正如张天翼无往不在的充满童趣的叙述语言与人物语言是他童心的体现一样。到“文革”以后，孙幼军重新拿起笔，顿时佳作迭出，《小狗和小房子》《怪老头儿》《小猪唏哩呼噜》等系列童话，使他获得了极大的声誉。这时人们才发现，当年《小布头奇遇记》虽然有那么大的时代局限却仍然取得巨大成功，并非偶然——原来这不是一位普通写作者，当时是“小荷才露尖尖角”，作者堪称张天翼之后中国儿童文学界的又一天才作家。

第二节　《小兵张嘎》

茅盾在《六〇年少年儿童文学漫谈》中说过两段话：

> 据说少年儿童们喜欢革命历史题材的作品……窃以为优秀的革命历史题材的作品至少有两个特点：一、故事性强，情节曲折复杂；二、人物性格鲜明而突出，有智有勇，而又不是缩小了的干部，确是少年。相形之下，那些以社会主义建设为题材，把少年儿童放在火热的生产斗争中的作品大多数却是故事公式化、情节简单化，人物“干部化”而加上概念化。如果容许我作个比喻，那么，前者好比广东的丁香辣椒，莫看它小，可实在辣；后者好比灯笼辣椒，尽管是庞然大物，却平淡而无烈性。
>
> 如果再容许我作个比喻，那么，我以为少年儿童确实也应当吃点辣的，不应当多吃甜的，然而老给辣椒吃，竟无选择之余地，那也未必合于卫生之道罢？显然，身心正在发展的少年儿童需要各种各样的营养，而辣椒虽富于维生素某某，总不能代表（或包办代替）了少年儿童发育期所必须的其他各种营养。

这些话很妙，既以丁香辣椒的比喻指出“革命历史题材”作品在当时成绩较优，又以辣椒的比喻（我想其中应包含“丁香辣椒”）指出孩子不能只看“革命历史题材”，甚至不应只看仅达到现有文学水平的作品，而应有更多样的阅读。他谈的是1960年的儿童文学，而此后，一直延续到1966年5月“文革”开始，基本上还是他所谈的这种状态。以中长篇小说而论，这几年中，出现了三部文学水平较高的作品，都是写战争年代生活的，都属“革命历史题材”。由此也可见茅盾先生判断之精准和敏锐。

这三部作品是：1962年5月中国青年出版社出版的《小兵张嘎》，作者徐光耀；1963年4月少年儿童出版社出版的《“强盗”的女儿》，作者史超；1964年5月百花文艺出版社出版的《野妹子》，作者任大星。

这里谈一下前两部作品。

《“强盗”的女儿》是八一电影制片厂的编剧史超撰写的小说，仅三万多字。史超是电影《五更寒》的作者，这是50年代战争片中少有的突出人情、人性的作品，其中地主寡妇巧凤和叛徒妻子穆英都是很有个性的“正面人物”，影片公映后很快受到了批判。作者参与编剧的电影还有《秘密图纸》等。他偶作小说，出手不凡，笔下一路白描，文字简洁、平实又有穿透力，不事渲染，读来却分外厚实。这部中篇小说不独情节曲折生动，更好在细节丰满，情感大起大落，尤重心理刻画。这是第一人称的作品，从头至尾，仿佛一曲低沉忧伤、充满亲情渴望的吟唱，把读者的心揪得紧紧的。小说后半，写她悄悄出去报信，回来晚了，杨团总命令她"跪下"，作者写道：

> 爹打过我，不准给这些人下跪。我直挺挺站着，心里想："就是拿我喂豹子，我也不低头！"忽然头皮一麻，马上埋怨自己："桂娃，不要一时性强，叫团总察觉你去报了信，误了爹的大事！"我斜了他一眼，朝门外跪下了。我看着蓝天，天空有几片白云自由自在浮动。我暗自祷告："神仙菩萨，你叫滑溜溜下坡就折断腿杆啊，天黑也赶不到死人崖！你保佑周表叔呀，迈快点步子，叫爹早得到消息……"

看得出，作者的笔移动得很快，每个细节点一下就过，但总体的人物性格和心理，却因此表现得十分细腻，而且韵味悠长。应该说，这是一部艺术上很成熟的作品，在"十七年"儿童文学和成人文学中，这样的作品并不多见。它写红军时期江西农民酝酿起义的事，这事让桂娃隐隐约约感觉到了，但爹并没告诉她真相；以后她被三姑父卖给地主狗腿子滑溜溜（本名花又柳）当童养媳，爹知道后来要回她，她怕爹遭害，忍痛说自己愿意留在花家，这伤了爹的心；后桂娃又被杨团总的五姨太要去当丫头，不久爹带领大群农民上门抗捐，杨团总只得暂时低头，过后却在计划抓人和杀人了；桂娃想尽办法把消息通报出去，大家及时撤离，爹也把她接走了，他们最后归入了红军……作品在很多地方与当时流行的写法相异：桂娃没有直接参加战争或地下斗争，她是处在漩涡边缘的孩子，是生活的处境让她无法脱开；她并不明白革命道理，小说里也不硬叫她明白，她只是要救爹，保护爹，让爹喜欢、高兴，她是为了爹才不顾一切去报信的；整个过程中，她常感到害怕，也有小女孩特有的软弱，作者并不回避这些；杨团总家的五姨太对她很好，有同情心，坏人的家里也并非铁板一块，在这一点上它比《小师弟》等作品高明。但这些在60年代很难被容忍，所以作品一出版就遭到批判，以后便被禁止发行。它的罪名，就是"人性论"。

《小兵张嘎》则另有一番情况——它的作者是"右派"。

在1957年的"反右"运动中，儿童文学界同样损失惨重，许多优秀作家被打成"右派"，其中有：诗人田地，童话作家仇重、葛翠林，小说家王蒙（写有《小豆儿》，另有长篇《青春万岁》，但成稿后未能出书，真正面世要到80年代）、王若望（写有《阿福寻宝记》）、徐光耀、李有干……徐光耀十三岁参加八路军，是个老革命，此前出版过一本长篇小说《平原烈火》，受到丁玲、陈企霞的好评，丁、陈被打成“反常集团”，他也因此在“反右”中遭难。运动到来时他在解放军总政创作组，周围全是著名作家、艺术家，但相互批判起来仍是可笑而残酷的。2001年徐光耀出版了回忆录《昨夜西风凋碧树》（北京十月文艺出版社），对这段伤痛的经历表述甚详。他先是被揭发批判，接着就“挂起来”，也就是等待结论，不准干别的事，说是“继续检查”，其实早已检查到无话可说了。这时他发现了两件可怕的事：一是把十二大本《莎士比亚全集》读完了，但回想一下内容，竟一个字也回忆不出，一点印象也没留下；二是刚学会走路的小女儿一摇一摆笑着走来，一向喜欢小孩的他，竟怒吼一声让她滚，吓得女儿转身就逃，摔倒在地。他怀疑自己要疯了，这时记起前几年读过苏联的《普通心理学》，其中说到如遇重大挫折，压力超过负荷，容易得精神分裂症，这时就要设法控制自己。当时特别留心那控制的方法，记住了八个字：集中精力，转移方向。他所能“转移”和“集中”的，莫过于创作了。过去一直埋怨没时间，现在有大把时间，却反反复复只纠缠于“自己怎么会反党”，这太危险，也太划不来了！这样一想，眼前大亮，立刻就干起来。他为自己定下个规矩：不管写啥，一定要轻松愉快，能逗自己乐的。这就想到了写战争题材，写儿童。他在《平原烈火》中写到过一个小鬼“瞪眼虎”，出场时很活跃，后来却被主角挤到一边，没什么事可干了，有个老战士批评说：“你怎么把个挺可爱的孩子写丢了呢?”于是，就想把他抓回来，就写“瞪眼虎”。其实这“瞪眼虎”还是有原型的，1942年至1944年间，作者在冀中八路军宁晋县大队，赵县是他们邻县，两个县大队经常配合作战，平常也有交往。宁晋县大队有几个十二三岁的小侦察员，但没什么突出贡献。赵县的两个小侦察员“瞪眼虎”和“希特勒”就不一样了，他们名气很大，当时就有不少传说。有一次，“瞪眼虎”和“希特勒”被派出去监视敌情，毕竟是孩子，呆久了就玩起来，忘了执行任务的事。没想到敌人突然出现在村口，等他们发现已经晚了，来不及回去报告。这时往回跑必定引起敌人疑心，两人马上就打起架来，一个被打哭了，撒腿往回跑，另一个在后面追，就这样跑回去报告了敌情。还有一次两人化装成要饭的，背了一个粪筐，到敌人据点去，不仅带回来了敌人数量、装备等情报，还把枪和手榴弹偷回来了。那时作者自己也才十七岁，对这两个小孩子很感兴趣。有一次在战壕上远远看见一个小战士，倒背着一条马枪，枪口朝下，穿的便衣，头上歪戴着一顶八路军帽，英气逼人。别人告诉他，这就是“瞪眼虎”。那帽子一歪，带来的那股野气和嘎气，长久地留在了作者的心上。这时为写小说，他还以私人名义给赵县武装部去过一封信，询问有关“瞪眼虎”和“希特勒”的情况。虽然没得到回音，但平生所见所闻的各种“嘎人嘎事”，却全都奔涌而来。他在桌上铺一张大纸，想起一点记一点，大嘎子、小嘎子、新嘎子、老嘎子……越来越多，活龙活现，他觉得，在这紧要关头，他们才是自己的救命恩人！在创作方法上，作者也有自己的追求，他一直记着文艺批评家萧殷的一段话：“文学的最终目的是写人，写人的性格。……共性是通过个性表现出来的。”现在，抓个性，就成了他的头等大事：凡符合“嘎子”个性的，就拼命强化；凡与“嘎子”个性无关的，戏再好，也予以割弃。到1958年6月，不到半年时间，不仅五万多字的小说《小兵张嘎》写好了，同名电影剧本也写好了。这以后，“右派”帽子下来了，他被发配去了家乡的农场。——要不是作者自己回忆，谁想得到这部快乐的小说竟是这样诞生的？它的发表是在三年之后，那时他已“摘帽”。《河北文学》的张编辑来组稿，就让他把小说拿去了，后来发在1961年最末一期上。出书是第二年的事。第三年就拍电影了，由崔嵬导演，在白洋淀拍，很快上映，轰动全国。这是建国后十七年中公认的艺术成就最高的儿童片，但在当时的评论界，有不少人认为，小说的成就其实在电影之上。

“嘎”，也写作“生”，北方方言，本意指脾气怪僻，与众不同，用在孩子身上，就是调皮的意思。所以，嘎子，可以理解为机灵、调皮、不一般、不听话、倔、别出心裁、事事出人意料……这与顺从、听话的孩子正相反，放在战争年代的复杂环境中，当然就会有很多好戏出现。但最为重要的创作后援，其实还是作者的生活，他说过，自己从小老实，不够嘎，所以特别羡慕嘎孩子，喜欢和他们玩，爱听他们的故事。他参加八路的年龄与张嘎一样——十三岁，他写的也正是自己的生活。这部小说的最大特色，的确是以性格取胜，是那种充满生活气息的儿童个性的充分展示。

且看张嘎的出场：

> “呱唧、呱唧、呱唧……”由远而近传来一路子急跑声。老奶奶吃了一惊，一针扎在手上。只见单布门帘往里一鼓，从底下冒出个孩子的头来：“奶奶，奶奶！一条长虫转砖堆，转了砖堆钻砖堆。——你说说，你说得上来吗？”
>
> 真叫人哭笑不得。老奶奶一面瞪着他，一面揉着胸口，好半晌，才喘口气说：“小祖宗，你把奶奶给吓煞了……”

那时正在抗日战争最残酷的1942年，即“五一”大扫荡后的第一年。张嘎的村里藏着八路军伤病员老忠叔，嘎子老爱往老忠叔屋里溜。奶奶最易担惊受怕，规定嘎子除非有紧急情况，平时不准奔跑。不料嘎子在老忠叔那里学了绕口令，马上到奶奶这儿来卖弄了，把奶奶吓得心跳不止。他这嘎劲儿一出场就已入木三分。随后，村子遭了日军的血洗，奶奶被杀，老忠叔被抓走，嘎子成了孤儿。他决心去当八路，可是忽然又起了个怪念头：想进城。这念头来得猛烈，就像坦克冲过来似的。他跟村里人说是要给城里的老姑报奶奶的丧信，其实是想打探一下老忠叔的下落；如有机会，最好再偷一把鬼子的枪，这样八路军也不会嫌自己小了。这些想法，也都“嘎”得可以。结果在路上遇到个骑自行车的汉奸，身后别着把手枪，他眼睛顿时亮了，就摸出老忠叔给他削的木头手枪，去缴汉奸的械，但立刻就被人家制服了。幸好那人不是真汉奸，却是赫赫有名的八路军侦察员罗金保！这样的写法，显示了作者的聪明和富有经验，如果让嘎子真的缴了敌人的枪，那一个十三岁的孩子就成了奇人了，他很清楚这是不可能的；但如没有这种突发的机灵和冒险冲动，他这“嘎”性也出不来。嘎子当兵后，性格更突出了，他在战斗中拣了一把手枪，刚在村里的孩子中间炫耀了一阵，就被区队长叫去了，硬是命令他上交，他先是赖着不交，看看实在躲不过，气得把枪往桌上一拍说：“我不要了！”就哭着跑了出去。偏偏这时村里的小孩胖墩来找他，要以一串鞭炮换他的木头枪，嘎子两样都想要，就和胖墩摔跤打赌，不料给摔输了，他又耍赖提出“三战二胜”，再战还是摔不赢，眼看老忠叔给的木枪不保，他心一急，张口咬了人，拿起木枪就跑。这下惹了众怒，胖墩哭，胖墩爹也来骂他给八路军丢脸，他又气又理亏，却又悄悄爬上屋顶堵了胖墩家的烟筒……嘎子的祸越闯越大了，他理所当然地受了处分。他这一连串行为，合乎孩子的性格和心理，看得人忍不住发笑、叫绝。作品的后半部主要是写军民团结和战斗故事，最后还救出了老忠叔，这就不免有点落套。但仅仅前面这半本，已是中国儿童文学与战争文学的奇观了。

当然，作者以“待罪之身”写作，就不可能像《“强盗”的女儿》作者史超那样，作出许多大胆的突破，他只能在被允许的范围内驰骋，好在他熟悉生活和人物，笔墨才显得比较自由。可是为了让孩子在战争中发挥作用，最后还要以胜利收场，让老忠叔得救，他就不得不将战争写得轻松些，将敌人写得低能些，这也是小说后半落入俗套的原因之一。其实这种写法也未尝不可，中国小说传统中本来就有这样写战争的，《三国演义》写关云长、赵子龙等，有时也是将敌人贬低、将战事写得轻松自如而富于戏剧性的。那么多作家中，有几位这样写，本属正常，何况这也更适合儿童口味。问题是，当时不是某几位作家如此，而是只允许如此，只能有这一种写法，这就带来了一定的后果。当时有两大限令：一、不准渲染战争残酷；二、必须突出英雄人物。其目的，是要歌颂正义战争，让人民热爱这场战争的指挥者、领导者。而更进一步的目的，是为当下的政治斗争服务。整个社会的下一步走向，则是几年后爆发的“无产阶级文化大革命”。作家们不可能看到这一点，正等着“右派”帽子降临的徐光耀更不可能看得那么远，他的笔只能在这限令下面游走。这可说是这部作品艺术局限的深层原因。

不是一部两部，而是几乎所有战争文学（仅萧平、刘真、史超等少数作者的个别作品除外）都作这样的描写，尤其是大写像张嘎那样的“娃娃兵”如何在战火中长大，在杀敌中得到快乐，这就容易让未尝经历战争的小读者误以为：唯战争状态才是最美好的生活。事实上，战争本身毕竟是丑陋的、残酷的、反人性的，是理应摒除于正常生活之外的。这种被反复渲染的假象，有时会是非常致命的。它不但不能使前一代人尽快走出战争状态，进入正常美好的和平生活；而且会使下一代人时时渴望进入战争状态，以致不惜打破和平美好的日常环境，还以为这是在创造英雄业绩。“文革”初期大批“红卫兵”的疯狂行为，与这种长期的文学渲染不能说毫无关系。参加电影《小兵张嘎》拍摄的小演员中，就有人在“文革”串连时到电影厂殴打饰演罗金保的名演员张莹，当初那么耐心地教他们演戏的张莹就是在“文革”中悲愤离世的。这很能发人深思。当然，这一切不能由这些作家和孩子负责。

第三节 《长长的流水》

在本书第四编中曾说到，当儿童文学创作更热衷于写儿童如何参加战争，并成为战争英雄，而不仅仅满足于写战争年代儿童本身的“私人生活”时，创作不可避免地出现了雷同。但也有个别作家作出了别样的选择——这或由于生活的赐予，或出于作者自己的冷静思考。这样的作品不多，但毕竟还是有的。

女作家刘真的短篇小说《长长的流水》发表在1962年10月号《人民文学》上（1963年8月作家出版社出版了作者的同名短篇小说集）。作品开头，那行题记式的话就是：“十三四岁的时候，我是多么不懂事啊。”它写的就是一个从小进入革命队伍的女孩，对于战争年代的记忆。那本来就是在集体中的生活，写的应是一连串的集体行动或战斗故事吧？但它偏偏没有这样写，作者写了一个像家庭一样的环境，写了她最尊敬和喜爱的大姐，写出了战斗集体中的“私人生活场景”。这在当年的战争小说中，真是十分异类的。

作品第一节写1943年她刚上太行山报到时的情景：

……组织部的王干事把我叫了去，问我："这里有整风大队，也有学校，你想整风，还是上学？"

我想了想问："和我一起来的大同志都干什么？"

王干事说："当然啰，他们都整风。"

我毫不犹豫地说："那我也整风。"大同志干的事都是最有用、最光荣的，我还能吗？

没想到，旁边坐着一个女同志，她插嘴说："你这么小个孩子，整风干什么？上学去吧！"

我盯了她一眼，她脸上有许多黑点点，看那样子，也是刚从平原上来的。我很不满意地顶了她几句："噢！光许你整风，不许人家整风？我偏要整风，看你把我怎么着！"

王干事笑了："好好，叫你整风。"他转身对那女同志说："你看她小哇，她从九岁就到革命队伍里来了，当过宣传员、交通员，被敌人逮捕过两次。叫她先整整风，提高提高思想也好。"

我很想对那女同志说："怎么样？这一下把你那嘴堵住吧？"她却笑眯眯地站起来拉着我的手："那就走吧？"

我把身子一扭："你是干什么的呀？"

王干事急忙站起来说："我还没给你介绍呢。这是李云风同志，枣南县妇救会主任，现在是整风六队的小组长，就把你分配在她的组里，以后要听她的话。"

我心里想，真倒霉！

来到女同志宿舍，看她那个热闹劲吧。又是跟房东借大盆，又是去担热水，还拿出她的手巾和肥皂，下命令一样对我说："脱了衣裳，洗！"

嗬！这是干什么呀，热气腾腾一大盆水，又不是宰猪哩。我站着不动，她推了我一下："先洗头。"

就这样，"我"在大姐的妈妈般的关照下，开始了八个多月的"整风"生活。看着别人受批评、哭鼻子、闹情绪，大姐怎么做别人工作，倒也有趣（"我心里想，还是你们爱哭吧？我一次也没哭哩"）。但大姐对谁都很耐心，时常和大嫂们说笑，就是对"我"说话，"脸儿也变冷了，声音也难听了，好像我上一辈子该她二百钱"。大姐天天晚上逼着"我"上课，每晚布置作业，一点也不让拉下，"我"觉得简直多了个婆婆。虽然有过几次不愉快的冲突，但渐渐地，自己"有点喜欢大姐了，她脸上的雀斑点点，也好看多了"。不料大姐忽然得了淋巴结核，要去住院，临走前把上课的事托给了别人，还一再叮嘱："这孩子够聪明，可就是浮躁，管严一点才好。"因为想起老家有人称这种病叫"气疙瘩"，"我"担心地望着大姐的脖子问："你长这个，是叫我气的吧？"大姐说一声"不"，眼泪就淌下来了。以后在一次反扫荡中，"我"生病了，在战地医院又遇到大姐，大姐已病得不能走，成天躺着看书。这次住院，大姐给"我"讲了很多苏联小说中的故事，还让"我"学会了自己看书。妈妈从老家托人带来两双袜子，这在当时是极奢侈的东西，"我"把其中一双给了大姐，大姐的眼圈湿润了，把袜子细心地看了看，满意地放在旁边。但当大姐检查"我"的日记，又开始批评起来，而且批评得很严厉时，"我"忽然不高兴了——

> 我的泪水一下子气出来，伸手拿过那双袜子，不送给她了。我要送给小喜去，她和我一起到太行山来的时候，脚上打满了血泡。她是个老实巴脚的小闺女儿，从来不说我长说我短的。
>
> 大姐愣住了，想笑，又把脸绷起来，一句话不说了，低头用红笔批改我的日记。她愿意怎么批就怎么批，反正那日记本我也不要咧。

小说中的"我"完全是个孩子，虽然在革命队伍这个特殊集体中，她的想法仍是孩子的想法，从一开始的"偏要整风"，到这里拿回袜子"不送"了，都是孩子特有的行为。作品没有人为地把她拔高，而是写出了这一特定环境中的儿童真实的性格和人生。到战争结束，大姐已经失去了一条腿，但仍坚强地生活在基层，并且找到了自己的幸福。"我"在省城和大姐见面了，这时的"我"已经是个作家。"我"跑上去抱住大姐，忍不住哭了……

> 她忽然想起了什么，立刻打开她的书包，拿出两个小本本。"噢！"我狂喜地一把抢过来，紧紧抱着，这是我那最初的两本日记，黑皮的、紫皮的，我急忙打开了第一本。
>
> 大姐说："我总想找到你，把它送给你。现在有用处了吧？可认识认识那个调皮的小家伙吧！"
>
> 我忍不住地笑着往下翻看，那歪歪扭扭的小错字儿，胡乱用的标点符号，她都用红笔细心给我改过了……
>
> 我真的又看见了她，那个又野又傻的小丫头儿。在她面前，有平原上秀美的白杨树林，有太行山长长的流水；有剧烈的战斗，也有平静的月夜。那些日子里，大姐给予她的一切，都是永远珍贵的。

刘真写这篇小说之前，正受到一场粗暴的批判，差点被打成“右倾机会主义分子”。在最苦闷的日子里，她回想自己的历史，想起了过去教她识字、教她懂道理的大同志们，她怀念那时候的同志关系，这就是创作《长长的流水》的最初动机。后来，批判停止了，可以重新写作了，她将这篇作品重写了十五遍，最后还是在老作家严文井的指导下完成的。正因为小说是真正从自己的生活出发，写战争中自己所感受的真情，而且是一群成人对一个孩子的真正的爱，所以它与那些编织战斗故事的作品就非常不同，与那些将孩子置于战斗故事中心的作品就更不同了。于是我们才有了这样一幅战斗集体中的“私人生活场景”的生动写照。或者也可简而言之：它写的是“战争中的孩子”，它不是写“孩子的战争”。

《长长的流水》的这一特色，后来在部队作家徐怀中的短篇小说《西线轶事》（载《人民文学》1980 年 1 月号）中又有了长足的发展——这是直接写战争的作品，难度比刘真高得多。作者注目于此中大量的“私人情感”，使这些战争中的人充满了人情味，这就使小说突破了过去的框框，具有了一种深长悠远的魅力。这已超出本文论述的范围，且按下不表。但还须啰嗦一句的是，类似徐怀中的写法在苏联作品中时或可见。苏联很多优秀的战争文学并不像我们那样老盯着战争本身，就像苏联写校园的儿童文学也并不只盯着学生在学校教育中的进步，而很注重写学生的私人情感的变化与发展。

第四节 《羊舍一夕》

也是在 1962 年，另一位“右派”作家——北京的汪曾祺，在《人民文学》第 6 期上发表了他的小中篇小说《羊舍一夕》。这也是“十七年”中难得的儿童文学杰作。

汪曾祺是西南联大时沈从文的学生，此后便终生执弟子礼；沈从文认定他为极有文学潜质者。建国前夕，巴金在自己编的“文学丛刊”中为他出了一本短篇小说《邂逅集》。他当时走的是现代派、意识流的路子，这也和沈从文 40 年代的文学探索相一致。新中国成立后，他在北京作协工作，曾任《说说唱唱》编辑，赵树理是他的领导，他对赵的人品与文品极为推崇。他后来的小说言近旨远、淡而有味、俗极而雅，与上述两位老作家的影响有一定关系。“反右”运动后期，他在毫无思想准备的时候被补划成“右派”（因单位右派数量不够），下放到河北近内蒙的沙岭子农科所劳动。在近两年的时间里，他一面积极劳动，得到所里科研人员和农民工的好评；一面积极观察生活，了解周围的人，积累了大量素材。1960年“摘帽”回京，他悄悄写下了这篇近两万字的小说。当时的《人民文学》编辑涂光群，三十多年后回忆初读此稿的心情，仍然兴奋难抑：

最早我似乎是从同事沈从文夫人张兆和那儿得悉汪曾祺手头有小说稿，遂安排编辑去同他联系。那是60年代初期，物质生活较困难，国民经济在调整，上级部门重申了文艺的“双百”方针……

1962年某天，汪曾祺交来他的小说稿《羊舍一夕——又名：四个孩子和一个夜晚》。《人民文学》编辑部读过这篇小说手稿的人，是怀着怎样喜悦的心情啊！汪曾祺的精心构思、精妙的文学语言，将四个可爱的农场少年不同的性格、生活命运和一个诗情画意的羊舍之夜联系在一起……这些农场少年的形象——像拙诚的牧羊少年“老九”，机灵的果园小工“小吕”，文静的“留孩”和好动的“奶哥——丁贵甲”，一一呼之欲出。……小说也使人想到俄国大作家屠格涅夫的那篇《白净草原》，诗境和构思有某些相近之处。

它会让人想到《白净草原》，是因为这两篇作品都闲闲地写了旷野的一夜，没有什么集中的故事，写的是几个可爱天真的孩子，小说由他们的经历和对话组成，二者都有优美难忘的诗的气氛；而且，其中孩子们入神地谈论有没有鬼的内容，更使二者不仅神似，还有几分“形似”了。但我以为，屠格涅夫的小说趋向于“静”，汪曾祺的小说则“静中有动”——这是成长的骚动和新生活的骚动，是对于明天的希望的骚动。作者对朴实的农场少年的爱和对最普通的日常生活的爱，在小说的淡淡的笔墨中，浓浓地向我们涌来。可以说，这是一篇美得让人心旌荡漾的诗一般的作品，同时又是一篇真正有自己风格的作品。

汪曾祺的艺术特色，在于“实而细”，也在于“淡而美”，这二者相辅相成，它们造成的共同效果，是“近而远”或“俗而雅”。不妨看看小说的开头——

火车过来了。

“216！往北京的上行车。”老九说。

于是他们放下手里的工作，一起听火车。老九和小吕都好像看见：先是一个雪亮的大灯，亮得叫人眼睛发胀。大灯好像在拼命地往外冒光，而且冒着汽，嗤嗤地响。乌黑的铁，铿黄的铜。然后是绿色的车身，排山倒海地冲过来。车窗蜜黄色的灯光连续地映在果园东边的树墙子上，一方块，一方块，川流不息地追赶着……

……

“十点四十七。”老九说。老九在附近山头上放了好几年羊了，他知道每一趟火车的时刻。

火车开过，这是最普通的事了，每天都会有同样的火车一班班地开过，极易让人熟视无睹。但对于充满好奇心，充满热情，并充满向往的孩子来说，火车代表着新的生活和外面的世界，他们观察得那么细，研究得那么透，这就“平中出奇”，一下就突显了他们的性格。当然，关于夜行车的灯光和色彩的描绘，本身就是很美，很有诗意的；也许，作者对几个孩子的身世经历的介绍，更能体现他的个人风格。这些介绍，初看起来，都是那么平铺直叙，没有多少故事和起伏，简直就是罗列，甚至会让人觉得哆嗦，有点不厌其烦。但此中，恰是蕴含着真正的诗和美。比如对小吕的介绍，就是一堆平凡到极点的小人小事。他念到小学六年级，忽然跟爹说不想念了，要到农场做小工去。他心里想的，是爹在医院里当炊事员，为他们兄妹三人上学还常常借钱，不如他也工作，两个人养活五个人。哥念高中了，能念多高就让他念多高。他把一个牙刷把子截断磨平，刻了一个小手章：吕志国。就用这个领工资，除了伙食、零买（买个学习本，配两节电池……），别的全数交给爹。有一次只交了一块五毛（因为从场里给家中买了菜和果子等），爹笑笑说：“这就是两个人养活五个人吗？”他脸红了，知道偶尔跟同事说的话传到爹耳朵里了。他在果园做小工做得有滋有味，一回家就说他的果园，于是，全家都知道了这果园的历史，知道那里有多少树，单葡萄就有八十多种，好多还是外国来的。知道那里有大老张、二老张、大老刘、陈素花、恽美兰……他熟悉果园的角角落落，知道所有果木品种的名字：金冠、黄奎、元帅、国光、红玉；烟台梨、明月、二十世纪；蜜肠、日面红、秋梨、鸭梨、木头梨；白香蕉、柔丁香、老虎眼……（本文恕不全抄，原作罗列还有一大串）。但他觉得自己还不像个真正的技工，因为还缺两件东西，一是树剪子，凡固定在果园做活的，每人有一把，装在皮套里，挎在裤腰带后面，远看像支手枪，发现哪里有问题，掏出来就能剪枝、矫正树形。可是他没有，他多希望自己也能有一把啊，老是借仓库里的，太没味道了。组长大老张看出了这一点，心里发笑，从锁着的柜子里拿出一把全新的苏式树剪，发给他了，他从此得意非凡，真是一日三摩挲，每天要到上床才解下来，从不离身，而且用砂子打磨得锃亮。另一件，是嫁接刀，不用公家发，他决定自己买了。他合计好了：“把那把双剪牌塑料把的小刀卖去，已经说好了，猪倌小白要。打一个八折。原价一块六，六八四十八，八得八，一块二毛八。再贴一块钱，就可以买一把上等的角柄嫁接刀!”——作者这种看似笨拙的铺叙,其实充满了巧思,在一五一十的介绍中,一个单纯少年热爱工作、热爱农场的拳拳之心,呼之欲出了。这是多么高明的文笔!

也许,要到许多年之后,到另一位“右派”作家高晓声“摘帽”复出,写出了他的传世名作《“漏斗户”主》《李顺大造屋》《陈奂生上城》(均发表于20世纪七八十年代之交),中国的读者才会领略这种看似笨拙的一五一十的写法,知道它们具有多么巨大的文学力量!当然,高晓声的笔墨指向了对生活的开掘和批判的深度,汪曾祺的笔墨则指向平凡人心的美和诗意,他们之间还是有区别。如果细论这种写法,其实还有更远的渊源,那就是知堂小品。20世纪二三十年代,周作人开创的小品文传统中,就有这种不动声色、看似稚拙,其实暗藏着大智大巧的笔法。如周作人的名文《吃茶》,细述江南干丝的做法与堂倌端上茶干的过程;《谈酒》则娓娓介绍制酒的技术与奥秘;《陶集小记》把自己家藏的二十种陶诗书目如数抄在文章里;《江都二色》把日本有坂太郎所著的十余种玩具史书一一列出,篇幅几占全文一半。这好像是懒散与不善作文者的行为,但真正的高手有时恰恰与初学者有表面的相似,如真能欣赏,便会得到“悠然心会”的妙趣,从中获得美感和回味。这种罗列,往往是津津有味的,是“如数家珍”,是“尽在不言中”。所以我们看《羊舍一夕》中写小吕,看着看着,就不由得喜欢起他来,被他对工作和生活的投入所牵动,一种怜惜之感在心中涌动,这正是作者对日常生活和对平凡人物的爱传递给我们了,而这种传递恰是在不动声色中完成的。

作者写老九如何放羊,写留孩为什么喜欢到农场参加工作,无不采用这种看似稚拙的铺叙,艺术效果都不错。但作品中写得最好的还是留孩的“奶哥”丁贵甲,这一章不仅丰满,而且充满幽默感,既真实平凡到了极点,又不露声色地包含了一段“英雄行为”,但他轻轻带过,并不强调,让人自己去品别和体会。这种文章上的雅致,着实令人惊叹。丁贵甲本来是个有病的孤儿,是农场治好了他的病,现在他越长越俊美了,可又显得没心没肺。奶母想给他张罗对象,常问他场子里有没有好看的姑娘,他说林凤梅长得好,五四也长得好。一问,林凤梅是生产队长的爱人,生过三个孩子了;五四是场幼儿园的小孩子。场里姑娘们倒常常议论他,有个念过初中的女孩说:“他长得像周炳,有一个名字正好送给他,《三家巷》第一章的题目!”那时《三家巷》正走红,没读过的姑娘去找来一看,原来是“长得很俊的傻孩子”。后来这题目就成了他的外号。他跟老九一起放羊,前天少了一只羊羔,他一连两夜到山上去找,都没找到,很不甘心。留孩是他奶弟,当地风俗对“奶亲”看得很重,但留孩来到农场的当晚,又正逢场里要他排戏(他很喜欢排戏),却下了大决心,要再到山上找,“我准备找一通夜!找不到不回来。……

不过就这么几座山,几片滩,它不能土遁了,我一个脚印一个脚印地把你盖遍了,我看你跑到哪里去!"结果终于给他找到了——这找的过程也在对话中作了细细铺叙——原来羊羔掉到山坡下一个坟地的破棺材里去了,现在硬是让他把羊拽出来了。从作品开头我们就知道,这可是个寒冷的冬夜!但这一切写得平淡而自然,在那样一个呼唤英雄的年代,作品没有多作一点拔高和渲染,只是不动声色地写这样一位本色少年。从这里也可看出作者内心的定力。

作品中的对话都很精彩,作者写人的笔力不同凡响,对话中的表情与心理,往往只轻轻一点,就非常传神。且看这段:

小吕从来没放过羊,他觉得很奇怪,就问老九和留孩:"你们每天放羊,都数么?"

留孩和老九同声回答:"当然数,不数还行哩?早起出圈,晚上回来进圈,都数。不数,丢了你怎么知道?"

"那咋数法?"

咋数法?留孩和老九不懂他的意思,两个人互相看看。老九想了想,哦!

"也有两个一数的,也有三个一数的,数得过来五个一数也行,数不过来一个一个地数!"

"不是这意思!羊是活的嘛!它要跑,这么窜着蹦着挨着挤着,又不是数一笸箩梨,一把树码子,摆着。这你怎么数?"

老九和留孩想一想,笑起来。是倒也是,可是他们小时候放羊用不着他们数,到用到自己数的时候,自然就会了。从来没发生这样的问题。老九又想了想,说:

"看熟了,羊你都认得了,不会看花了眼的。过过眼就行。猪舍那么多猪,我看都一样,小白就会都认得……"

小吕想象,若叫自己数,一定不行,非数乱了不可!数着数着,乱了——重来;数着数着,乱了——重来!那,一天早上也出不了圈,晚上也进不了家,净来回数了!他想着那情景,不由得嘿嘿地笑起来,下结论说:

"真是隔行如隔山。"

这样的内容,有再大的本事也是编不出的,这都是作者一点一点在生活中发现和收集的。只有真正爱这样的生活,爱这样的人,才可能找到这样琐屑、平凡而又深藏诗意的素材。也因为这种爱,他才会如数家珍,才会那么自信它们本身所具有的艺术感染力。现在那些只相信强烈故事和夸张搞笑的儿童文学家们，真该读一读这样的“真文学”！

作品的末了一节，小标题是“明天”，约八百字，全是抒情的笔墨。但所抒的是自己对日常生活之情，没有一句高亢、时髦的标语口号，如与《微山湖上》的结尾作一对比，就能看出虚实高下来。他写的是到了明天，这四个孩子还会回味今晚的事，还会像今天一样说笑打闹；将来有一天，他们聚在一起，还会谈起这一晚上的事，还会觉得非常愉快。一天就这样过去了。夜正在进行着。开往北京的216次列车也正在轨道上奔驰。而明天，就又是一天了，小吕会去置办他心爱的嫁接刀，老九打好行李要去当钢铁工人了，留孩将成为一名新的牧羊工，丁贵甲准备参军入伍……“这也只是一个平常的夜。但人就是这样一天一天，一黑夜一黑夜地长起来的。”——这样的抒情，让人想起孙犁《铁木前传》的最后一章，它们有同样感人的内蕴与节奏。下面是小说的最后两段：

> 现在，他们都睡了。灯已经灭了。炉火也封住了。但是从煤块的缝隙里，有隐隐的火光在泄漏，而映得这间小屋充溢着薄薄的，十分柔和的，蔼然的红晕。
>
> 睡吧，亲爱的孩子。

这篇小说在《人民文学》上发表后，据说是中国青年出版社的名编辑萧也牧（也是一位“右派”作家）向中国少年儿童出版社推荐，可出单行本。后作者又于1962年5月20日写完短篇《王全》，发表在当年《人民文学》第12期上。到7月20日，又写出了以小吕为主角的短篇《看水》，但已来不及先行发表了。1963年初，中国少年儿童出版社出版了这本小说集，改名为《羊舍的夜晚》，内收这三篇写农场生活的小说。《羊舍一夕》是汪曾祺建国后写的第一篇小说，《羊舍的夜晚》也是他建国后出的第一本书。值得一提的是，此书的封面是由他40年代的老朋友黄永玉设计的，幽蓝的旷野里，一排茅舍，一个大大的月牙，很有意境，透着跟小说相似的那种悠远的静气。

第五节 《军队的女儿》等青少年读物

进入60年代以后，从总体看，好的儿童读物寥寥可数。为弥补这一不足，小读者们自己从成人文学中找书看。那些故事性强的战争题材长篇小说，如《林海雪原》《烈火金钢》《敌后武工队》等，在儿童中流传极广；其他历史题材作品，如《青春之歌》《红岩》等，也受到他们的欢迎。当时还有几种成人出版物，是完全被当作儿童文学流传、阅读和推广的——它们本身也具备一定的儿童文学特质——现在多已不被人们提起，此处顺便作一简述。

《女皇王冠上的钻石》，鄂华著，上海文艺出版社 1959 年 12 月出版。这是五个短篇小说的结集，写的全是西方世界的传奇故事，当时是以揭露帝国主义、资本主义为主题的。其中，《刺花的灯罩》写一个纳粹女军官亲自剥下人皮制作灯罩的事，她在战后隐蔽了下来，但当她炫耀自己的收藏品时，没想到面对的正是当年受害者的母亲，母亲认出了自己儿子皮肤上的印记。《女皇王冠上的钻石》写一个神秘的凶手在英国女皇的花园里被捕了，他在供词中说，自己的目的是想取下女皇王冠上那颗最大的钻石，因为这是受过魔咒的，谁得到它都会带来厄运，他是看到英国一步步没落下去，才不得不铤而走险，他在供词中写出了自己横行海外罪恶而疯狂的一生。这些小说情节性很强，作者是东北青年作家，本业学的是自然科学，有外语阅读能力，他很注意从外文报刊上收集素材，也很注重异国风光的描绘，所以在当时的出版物中独树一帜。此书初版即印二万七千册，以后又多次再版。儿童文学作家叶君健也写过类似题材作品，有短篇小说集《小仆人》（中国少年儿童出版社 1960 年 2 月版）等行世，但在小读者中的影响明显不如鄂华，也许是缺少那种神秘气息吧。

《东风第一枝》，杨朔著，作家出版社 1961 年 12 月出版。这是杨朔的散文集。当时中小学的语文课本中，选入杨朔品最多，如《荔枝蜜》《茶花赋》《雪浪花》《泰山极顶》《海市》等，几乎各个年级都有。他的文字优美、灵动，文章布局小巧，的确容易成为作文样板。只是这些作品美而轻、美而虚，与汪曾祺的《羊舍一夕》一比，即能见出审美价值的高下。60 年代成长的学生受杨朔影响很大，那种一味歌颂新生活却看不见现实疾苦的写作倾向，往往很难纠正。当时学生中流传的还有柯蓝的散文诗集《早霞短笛》（作家出版社 1958 年 8 月版），因文词优美，篇幅短小，长于写景抒情，也成为学生作文的参考作品，但此书常以巧妙的形式和华美的词藻抄转标语口号，对现实一律大唱颂歌，艺术品味在杨朔之下。

《军队的女儿》，邓普著，中国青年出版社 1963 年 9 月出版。这是在 60 年代热血青少年中流传极广的长篇小说。只举一个例子就能看出它的影响，1998 年，张抗抗等三位女作家与新疆文化新闻界及大学生对话，张抗抗在开场白中说：我本来应当是新疆生产建设兵团的一员，60 年代初，读了邓普的《军队的女儿》，我就立志要来新疆，后来因为插队落户，才去了黑龙江。台下传上一张纸条，她打开宣读："十分感谢你还记得我的父亲。"原来邓普已在 80 年代初去世。这部作品写中学生刘海英(烈士的女儿)报名参加新疆生产建设兵团,不幸连遭两次疾病袭击,成为又聋又瘫的少女,但书中没有悲戚气氛,却充满少年人乐观向上的献身精神。女主角单纯透明如水晶球,对周围一切毫不设防,她是未被生活击垮的少女,那一时代愈益强劲的理想信念支撑着她。这样的形象最易引起十四五岁的少年人的共鸣。此书堪与《钢铁是怎样炼成的》相媲美,作者的文学素养与心理刻画能力也在当时一般青年作家之上,可惜未能在创作上取得更大成就。

《草原新传奇》,赵燕翼著,上海文艺出版社 1964 年 2 月出版。茅盾在《六〇年少年儿童文学漫谈》中说到:“另一篇童话《五个女儿》却是难得的佳作。主题倒并不新鲜,五个女儿遭到后父的歧视,以致谋害,然而因祸得福。特点在于故事的结构和文字的生动、鲜艳、音节铿锵。通篇应用重叠的句法或前后一样的重叠句子,有些句子像诗一般押了韵。所有这一切的表现方法使得这篇作品别具风格。我不知道这篇作品是否以民间故事作为蓝本而加了工的,如果是这样,作者的技巧也是值得赞扬的。”它的作者就是赵燕翼。赵本来就是儿童文学作家,出过一本童话集《金瓜和银豆》,但这本为成人写的短篇小说集《草原新传奇》也许更受小读者欢迎,初版一年后已累印至十六万册了。作品写农村的新生活,故事新颖奇特,出人意料,却又有浓郁的生活气息,更兼语言明快响亮,确是“别具风格”之作。那时的孩子还是很会寻找合乎他们口味的文学书籍的。

第三章
悄然走向“文革”的儿童文学

第一节　以阶级斗争为纲的创作路线

“文革”是在1966年5月爆发的。“文革”中出现的文学作品（包括儿童文学），创作的题材只有一个：阶级斗争。即使过去那种“革命历史题材”，到这时也明确规定：必须为现实的阶级斗争、路线斗争服务。于是，原先就存在，并在60年代前期愈演愈烈的公式化、概念化、图解政治的艺术倾向，到这时就登峰造极了。

但写阶级斗争的作品，在“文革”前就已越来越多，并渐渐成了创作的主流。

在成人文学界，那时出现了几部很重要的作品，其中有工人作家胡万春（《过年》的作者）所写的短篇小说《家庭问题》，通过对一个工人家庭两个已参加工作的孩子的对照描写，挖掘出了“资产阶级思想”侵入灵魂的现实，并将此上升到阶级斗争的高度，此作品得到姚文元的激赏。小说发表于1963年4月号《上海文学》，翌年出版了同名中短篇小说集（作家出版社），并很快被改编成电影。另一部值得注意的作品是丛深的多幕话剧《千万不要忘记》，篇名即取自毛泽东提出的“千万不要忘记阶级斗争”的口号，写一位青年工人的丈母娘有严重“资产阶级思想”，在日常生活中腐蚀下一代。剧本发表于1964年第4期《中国戏剧》，很快也被改编成电影。这两部电影在当时广为宣传，影响极大。

儿童文学界也得紧跟，曾写过《马兰花》的剧作家任德耀创作了儿童剧《小足球队》，写一群孩子在街上玩足球，有一位“爷叔”上来搭讪，同他们交流球技，教他们“合理冲撞”，有些孩子开始崇拜他，他趁机灌输“资产阶级思想”。作品发表于1964年第5期《剧本》，但此前的1964年3月已破格由文化部艺术事业管理局出版了单行本——这和当时正搞全国性的戏剧汇演有关，那段时间的汇演突出了阶级斗争主题，所谓“革命样板戏”正是在这样的气氛中形成的。

曾经写出《童年时代的朋友》《我的朋友容容》等充满童趣的小说、散文的任大霖，在那段时间创作了短篇小说《小兵冬冬》《在团旗下》等，也写了日常生活中阶级斗争的表现，写出了少年儿童的警惕和觉醒。上述几部作品都有一定的生活气息，艺术上也比较成熟，虽然现成的阶级斗争观念在作品中过于强势，但作者都有生活积累并能自觉注意不违背生活逻辑，所以它们并不属于同一时期大量涌现的公式化概念化的作品。

这几篇作品的问题，在于对生活中属于人之常情的心理行为(比如人有私心，多为家庭或小团体着想等)批判过严，“上纲”太高。作家们哪里知道，这其实已是在为“文革”蓄势了。

与上述所谓“资产阶级思想”相对立的，是一种神圣道德，那就是在学雷锋运动中大力普及，以一连串已牺牲生命的英雄(如王杰、欧阳海、刘英俊等)为楷模，以“狠斗私字一闪念”为核心的革命道德。因其高得无比，无法实行，所以对全民形成了压力(学雷锋本是好事，但将学雷锋与阶级斗争合而为一，公德私德相混淆，效果就不一样了)。到“文革”开始后，道德概念已完全被偷换成阶级概念，据此即可划分敌我，无数大字报就是这样上纲上线的，其逻辑正与此前的文艺作品相同。于是，人人都须在“革命”中改造，人人都可成为“革命对象”，但也可成为“革命动力”，这恰恰是“文革”中造成人人自危局面(一会儿这个被打倒，一会儿那个被解放，举上天与踩在地都有理论根据)的深层原因。

当然，还是前文说过的那句话：根本责任不在作家。作家们很快也都成了“革命对象”。

第二节 浩然小说的演变

浩然(1932—2008)，原名梁金广，曾用笔名白雪、盘山等，祖籍河北宝坻。由于家境贫寒，他只念过半年私塾，三年小学，靠干部业余学校，达到了中学文化程度。他酷爱读书，古典小说以及“五四”以来的一些新文学作品，他都阅读过一些。这成了他今后文学创作的养料，对他产生了积极影响。1949年，浩然在基层做青年团工作，当时就萌生了“要学写作，要在报刊发稿子”的念头。他不停练笔，编小戏，写歌谣、故事和小说，整理民间传说等。经过七年的努力，1956年11月，浩然凭借发表在《北京文艺》上的短篇小说《喜鹊登枝》登上文坛。这篇作品以清新自然的风格和浓郁质朴的乡土气息广受好评。此后，他笔耕不辍，著作极丰。在成人文学领域，出版了《喜鹊登枝》(1958 年)、《苹果要熟了》(1959 年)、《新春曲》(1960 年)、《珍珠》(1962 年)、《蜜月》(1962 年)、《杏花》(1963 年)等短篇小说集，《艳阳天》(1964 年)、《金光大道》(1972 年)、《西沙儿女》(1974 年)、《百花川》(1976 年)、《山水情》(1980 年)、《弯弯的月亮河》(1982 年)、《浮云》(1983 年)、《苍生》(1988 年)等中长篇小说，此外，还有《乐土》(1989 年)、《活泉》(1993 年)、《圆梦》(1998 年)等自传体小说以及散文集《火红的战旗》(1975 年)、《大地的翅膀》(1976 年)等。

浩然是"文革"中最为走红的作家，当时人和作品全部受到肯定的作家，这在全国可能只此一位。但他也是儿童文学作家，"文革"前就已出版《夏青苗求师》《"小管家"任少正》等单行本多种。浩然的小说大多以农村生活为背景，歌颂新农村涌现出来的新人新事，刻画农村各阶层人物的精神面貌和思想性格，反映农村社会主义改造的生活画卷。

浩然所写的主要是农村题材，他的短篇小说大都可以作为儿童小说读，它们与他的长篇不同，不写成人社会复杂的心理和人际关系，只写农村新生活，语言质朴生动，结构简单轻松，故事性不强但流畅可读，人物朴实而有个性，生活气息颇浓。

短篇小说《喜鹊登枝》发表于《北京文艺》1956 年 11 月号，是作者最早的作品，也是他的成名作。小说写农业社会计韩玉凤悄悄与邻村青春社的会计谈恋爱，父亲韩老头不放心，想趁去邻村换种子的机会打探打探；路上与一骑自行车的年轻人擦碰了一下，年轻人又和气又热情，谈了新种子的优劣和注意事项，末了发现此人可能就是女儿的男友；到了青春社，社主任大赞会计优秀，正好副主任是会计的爸爸，也是快人快语，遂请韩到家里坐，顺便交流办社经验；到家遇见一个队长和正和会计争吵，会计连父亲的话也不听，坚持不让报销，一定要按原则办；最后就在对方的家里，两老汉认了亲家，会计回家，闹了个大红脸……这是很典型的浩然小说的结构模式：在日常生活中写先进人物，通过一些巧遇或旁人的话，逐步增加读者对主要人物的好印象，最后主角出场，皆大欢喜。看得出，这样的写法与后来的"文革"中提倡的"三突出"创作原则，有一些天然的重合，即突出了正面人物(或英雄人物)；但还没有拔得太高，也没有脱离正常的生活氛围与性格逻辑。

但他的创作随着"文革"渐近，悄悄地发生着变化，具体地说，也就是阶级斗争的弦绷得越来越紧了，小说人物间阶级斗争的意味越来越浓。他于 1966 年春天定稿(已是"文革"前夜)的短篇小说《初显身手》，味道与早期完全不同了。这是两篇系列少年小说的后一篇，前一篇《枣花取经》，写十四岁的小枣花当上了队里的计工员，老支书让她去跟邻队的老计工员学习，她去了，发现那其实是个二十一岁的姑娘，叫高秀枝，满屋子都是她的奖状；秀枝跟她谈了自己的成长过程，这时发生了一件事，发现当天记的工可能有差错，姐妹俩连夜打着手电翻过山沟去现场核实，不让一丝差错过夜；一路上，秀枝说的是学习马列主义的事，谈了"为人民服务"要做到"完全""彻底"有多么不容易；枣花感到自己长大了。这篇小说里已有"拔高"的痕迹，谈学习，谈"为人民服务"(这是"文革"中要"天天读"的"老三篇"的内容)，已合于上述"五规定"中"写出英雄人物的思想高度，甚至理论高度"了。《初显身手》则写取经回来的枣花，面对企图拉拢人、腐蚀人的老中农刘老正，如何提高警惕。她像秀枝姐一样一丝不苟，宁肯辛苦自己，把称好的草重新过了秤。第二天，枣花和队长找到了刘老正——

队长劈头就说："刘老正，你又办了什么不正当的事儿，赶快给我说实话！"

枣花也来了一句："你真会使手腕儿！马上坦白认错！"

刘老正惊慌地倒退着："哎，哎，我说，这是怎么一回事呀？……"

……

队长说："收起你的把戏吧！枣花一夜没睡觉，把整个草垛一捆一捆地称了一遍……根本就没有你那一百二十五斤！"

枣花说："你要不认账，咱们马上再当面称它一遍，看看有没有你割的草！"

刘老正茫然地看了枣花一眼。他真有点认不出这个孩子了。他两腿一软，差一点儿倒在地上……

经过"文革"的人都知道，这其实就是运动中那种斗争会的场面了。而对于对立面人物的描写，不仅是概念化的(地主富农一律梦想变天，上中农也好不到哪去)，而且是漫画化的。这里不仅有"对立面人物"，而且已经有"正面冲突"了，这可说是很典型的"文革"小说的结构模式了。

从浩然的作品演变中，我们不难看出，"文革"前的创作界，已是怎样一种状态。

第六编　中国儿童文学的空白期(1966—1978)

第一章
1966 年至 1970 年的一片空白

第一节　横扫一切，全盘否定

1966 年 5 月至 1976 年 10 月的“文化大革命”，使国家和人民遭受了自建国以来最严重的挫折和损失。文学艺术领域首当其冲，成为这场政治灾难的突破口与重灾区，文学艺术彻底沦为了政治斗争的工具和奴隶，过去十七年成长起来的儿童文学也遭受到了全面破坏和全盘否定。

1966 年 2 月，林彪和江青炮制的《林彪同志委托江青同志召开的部队文艺工作座谈会纪要》（以下简称《纪要》）是法西斯文化专制主义的纲领，也是全面摧残社会主义文艺的宣战书，其主要论点是“文艺黑线专政论”。他们认为，建国后的文艺界“被一条与毛泽东思想对立的反党反社会主义的黑线专了政”，因此“要坚决进行一场文化战线上的社会主义大革命”。《纪要》把“写真实”“现实主义——广阔的道路”“现实主义的深化”“写中间人物”、“反题材决定论”等见解和“时代精神汇合论”以及所谓的“离经叛道论”“反火药味论”统称为“黑八论”，将建国十七年以来的文艺作品诬蔑为“反党反社会主义的大毒草”，扣上五顶莫须有的大帽子：“路线黑”“领导黑”“队伍黑”“作品黑”“历史黑”，全盘否定了既往的文学传统和文学成就。

《纪要》在抛出“文艺黑线专政论”的同时，提出了一条反马克思主义的极“左”文艺路线。在创作上，提出了“革命样板戏”的口号，使其成为“文革”期间官方提倡的绝对神圣的文艺创作原则，并作为必须遵循的指导思想强加给所有的文艺工作者。在文艺批评上，在“兴无灭资”的旗号下，大肆鞭挞十七年以来的一大批文艺作品，全盘否定了建国以来所取得的文学成就。这套“理论体系”的核心观点是“根本任务论”。《纪要》宣称“塑造工农兵英雄人物是社会主义文艺的根本任务”，后经御用写作班子的注释、引用、发挥，“根本任务论”成为一切文艺创作的出发点和文艺批评的唯一标准。其次是“三突出原则”，这是“样板戏”的创作经验所总结出来的重要创作模式，这一创作模式强调“在所有人物中突出正面人物来；在正面人物中突出英雄人物来；在主要人物中突出最主要的即中心人物来”[①]。根据这一创作图式，在舞台和作品中要求所有的人物都要为英雄人物作铺垫；而“第一号”英雄人物必须永远占据“舞台中心”等。再次是“主题先行论”，其要点是在进行文艺创作时，首先必须确定主题思想，然后根据主题思想来确定人物形象，从生活中选择故事。

这一系列观点严重违反了艺术创作规律，脱离生活真实。完全扼杀了文艺创作题材风格的多样性和文艺创作的独创性，使“文革”十年期间的文艺创作走上了反现实主义的公式化、概念化、雷同化、八股腔的道路。

第二节　遭受摧残的儿童文学

在整个文艺事业遭受毁灭性的破坏之时，儿童文学自然也不能幸免。“文革”十年儿童文学领域经受了同样的摧残，度过了同样悲惨和艰辛的历程。1966年下半年到1970年，更是成了中国儿童文学发展道路上的“绝对空白期”。在当权者“文艺黑线专政论”的棒喝下，过去十七年成长起来的儿童文学遭到了全面否定，许多儿童文学作品被当成毒草加以批判、禁锢和毁灭；一些致力于儿童文学事业的作家、评论家、编辑和出版工作者，遭受残酷的精神折磨、人生侮辱乃至于监禁、虐杀；仅有的两家少年儿童出版社（中国少年儿童出版社和少年儿童出版社）及其他出版少年儿童读物的部门全部停止出书业务，所有少年儿童期刊、丛刊也陆续停刊，全国几无少儿读物出版和发行；全国文联、作协及各地分会的儿童文学组被迫解散，屈指可数的群众性业余创作小组也遭破坏。儿童文学的百花园已是花朵成泥、嫩枝被折、一片荒芜了。

在1966年“文化大革命”的风暴席卷之下，由于当权者鼓吹“教育革命”“停课闹革命”，造成学校停课，教师和作家被批斗，无人再从事文学创作的“空白期”。全国大部分的儿童文学期刊均已停刊“闹革命”，少年儿童基本上无书可读。1966年后只有以下几份零星的儿童文学期刊仍在不定期地出版：

---

① 于会泳：《让文艺舞台永远成为宣传毛泽东思想的阵地》，载《文汇报》1968年5月23日。

	刊名	出版单位	日期刊号
1	《红领巾》	重庆：青年出版社	1966年(1—15期)
2	《儿童文学》	北京：中国少年儿童出版社	1966年(10期)
3	《少年先锋》	南昌：共青团江西省委少年先锋队社	1966年(1—7期)
4	《少年文艺》	上海：少年儿童出版社	1966年(1—7期)
5	《红小兵》	上海：少年报社	1968年(9、15、21、24期) 1969年(26—27期、29—30期)
6	《红小兵报》	上海：红小兵报社	1967年7期—1968年12期 1969年(6、12期)

其中《儿童文学》只在1966年4月出版过短暂的一期，刊载的内容也主要以报告文学为主。作为全国核心的老牌儿童文学期刊，这一期杂志虽然刊载的内容题材狭窄，创作受限，但是在儿童文学作品的语言上尚未受到“文革”从政治上下发的指导性文艺理论的影响。虽然摘选了“左倾”意味浓厚的当代榜样人物语录，但是在“文革”政治狂热的大背景下，《儿童文学》也在没有预告的情况下草草停刊了。

而其他仍在坚持出版的儿童文学刊物已经没有多少“儿童文学”的成分可言。江西老革命根据地出版的杂志《少年先锋》自1966年5月起开始陆续刊登《我国进行含有热核材料的核爆炸成功》《向反党反社会主义的黑线猛烈开火》等系列时政宣传，到6期之后已完全充斥着对政治领袖的崇拜歌颂文章，本该属于少年儿童课外读物的《少年先锋》完全沦为“文革”的政治宣传册。1967年至1969年“文化大革命”最火热的期间，在上海诞生了两份面向少年儿童的期刊报纸，分别是《红小兵》期刊和《红小兵报》，其内容也完全被“文革”的思想教育所占据。在1966年至1970年这段“空白期”内，学校里学制缩短、教程缩减，语文课本以毛泽东思想为导向进行重新改编，少年儿童在课本中无法获得适龄文学的教育。文化出版界没有儿童文学图书出版，由于“造反派”的打砸抢烧，很多私人藏书、公共图书馆遭到野蛮摧毁，许多优秀的儿童文学作品被打成“毒草”，加以批判、禁锢和焚毁，少年儿童没有适龄的儿童文学课外读物可以阅读。双面夹击之下，儿童文学陷入“真空”。

相比于出版界的全面凋零，被批成“牛鬼蛇神”的儿童文学作家的命运更为悲惨。十七年期间，巴金、冰心、杨朔、杨骚、欧阳山等著名作家都纷纷表示要为孩子们创作，在这股高涨的创作热情之下，十七年的儿童文学取得了举世瞩目的成就，出版了《宝葫芦的秘密》《稻草人》等脍炙人口的经典作品。但是，“文革”开始以后，当权派站在极“左”路线的立场上将十七年儿童文学作家取得的文学成果诬陷为“彻头彻尾、彻里彻外的修正主义”的“毒草”，将几乎所有的儿童文学作家扣上“牛鬼蛇神”的帽子，进行批斗、打击、劳改和迫害。著名诗人、儿童文学作家冰心被“造反派”开了“抄家物资展览会”，被打成“洋奴右派”，在烈日下接受批判。著名儿童文学翻译家任溶溶编译过大量西方儿童文学经典作品，被“造反派”批为“宣扬母爱、人性论、阶级调和”，下放至“牛棚”进行“劳动改造”。甚至连《小蝌蚪找妈妈》这样一篇深受幼儿喜爱、单纯简单的科普童话，也被扣上了“宣扬母爱超过阶级之爱”的荒谬帽子，将作者迫害至死。

整个“文革”期间，大批的作家艺术家被打倒，大批的文学作品被否定。十七年以来的儿童文学领域的成就与其他文化艺术领域一样，在极“左”的艺术指导路线下被扫荡一空，整个儿童文学事业遭受毁灭性的破坏。

第二章
1971年—1976年“帮八股”影响下的儿童文学

第一节　荒谬的儿童文学理论

1971年—1976年为“帮八股”影响下的儿童文艺及“阴谋文艺”创作期。1971年，周恩来主持中央日常工作，各方面工作有了转机。这一年，周恩来总理召开全国出版工作座谈会，作出了“开放图书”的指示，各少年儿童书刊出版部门先后成立图书清查小组，进行清理和开放图书出版工作，儿童文学的创作和出版也逐渐恢复。

在儿童文学创作方面，十七年有成就的一批作家因受冲击大都停止了写作，在文坛零星从事儿童文学创作的一批新人，如李新田、何芷、边子正、张长弓、张秋生、杨本红、刘秉刚、叶永烈、朱志尧等开始在文坛崭露头角。十年间儿童文学创作中较有影响的作品，儿童小说有：《红柳》（张长弓）、《闪闪的红星》（李心田）、《红雨》（杨啸）、《战地红缨》（石文驹）、《向阳院的故事》（徐瑛）、《敌后小英雄》（边子正）、《纳拉》（王兰）、《上学》（管桦）、《新来的小石柱》（童边）、《小铁头夺马记》（蔡维才）、《龙泽》（王兰）、《三探红鱼洞》（程建）等；戏剧电影文学有：《草原英雄小姐妹》《红色小号手》《金色的大雁》和湘剧《园丁之歌》。儿童诗歌有：叙事长诗《金训华之歌》（仇学宝）、《警觉的草原》（刘晓滨）、《刘文学》（袁鹰），儿童诗集《金色小铜号》（孙海浪）、《火车向着韶山跑》（张秋生）等；以及科学文艺集《猫头鹰和蝙蝠的对话》（朱志尧）、《烟囱的辫子》（叶永烈）等。上述作品中除了小说《闪闪的红星》等少年作品外，绝大部分受政治气候和“样板戏”创作模式的影响，使儿童文学流于“以阶级斗争为纲”的范畴。

在当时恶劣的“帮八股”气候之下，文艺界产生了一套荒谬的儿童文学理论。这套理论认为，凡是不写阶级斗争、路线的斗争的作者，都是“无冲突论”。文艺界当权者为了让少年儿童“从小粗知马列”，把孩子们喜闻乐见的童话、寓言、民间故事斥为“封、资、修”的东西加以排斥，认为童话把少年儿童引向脱离阶级斗争的虚幻境地，“善良的王子”与“美丽的公主”恋爱故事是“腐蚀”“毒害”儿童的“药饵”。导致“文革”十年中，童话、寓言、民间故事几乎绝迹，这是世界儿童文学出版史上罕见的现象。

1973年之后，江青加紧了对儿童文学的控制。1973年6月3日，《光明日报》发表《加强对少年儿童文艺创作的领导》，同年在上海《朝霞》丛刊和月刊创刊，《少年文艺》更名《上海少年》复刊，掀起“阴谋文艺”的第一个高潮，开始大量炮制替“四人帮”歌功颂德、树碑立传的作品。其中诗报告《西沙之战》堪称代表。这篇作品将西沙之战胜利的“力量的源泉”归功于江青，全诗充斥着谎言、欺骗和肉麻的吹捧。1975年，邓小平主持中央日常工作后，江青集团借风庆轮事件大做文章，批判崇洋媚外、洋奴哲学、抓行哲学。在儿童文学中竟炮制出十多种与此有关的以试航、远航为题材的作品，其中《试航》还以彩色动画片形式登上银幕。1976年，江青集团抛出“老干部 = 民主派 = 走资派”的政治纲领，文化部下达了“写与走资派斗争的作品”的文件，“阴谋文艺”进入第三个高潮。代表作品为影片《反击》《盛大的节日》，这类作品旨在把儿童描写成“与走资派斗争”的“闯将”形象，《反击》中的小江涛就是这样的人物。

在“文革”期间，儿童文学界还掀起过“新儿歌”运动。所谓的“新儿歌”实则是流于政治运动的应声虫，成为直接投身于政治运动、沦为政治运动的工具。当时全国各地的报纸、杂志大量发表“新儿歌”，内容矫揉造作、空洞无物，实际上是政治要领和政治口号的赤裸裸图解和宣泄，毫无艺术价值可言。

“四人帮”鼓吹的这一套荒谬的儿童文学理论实际上是当权派借助儿童文学来达到政权夺利的政治阴谋，这是对儿童纯洁的心灵的严重亵渎，是一场无耻、卑鄙的政治闹剧。这是中国当代儿童文学史上最耻辱也是最惨痛的一页，随着“四人帮”的倒台，这套荒谬的儿童文学理论不可避免地走向了终结。

第二节　政治功利化了的儿歌

“文革”一开始，人们凭着对共产党的领袖人物的无比忠诚，对革命事业的满腔热情，因而当时的儿童诗歌大都以饱满的政治热情去歌颂共产党，歌颂当时的政治路线、群众路线，歌颂当时不断涌现的“社会主义新生事物”（如上山下乡之类）以及取得的“伟大成就”。《放声高唱〈东方红〉》《我爱北京天安门》《社会主义就是好》《党是阳光我是花》这类儿歌可谓比比皆见。这些儿歌往往带着一种政治路线的盲目认从，对“革命事业”的一腔热忱，给读者留下了那个时期人们的心态和精神风貌。

这些儿歌紧密地配合着当时政治路线的贯彻和执行，起着所谓“先锋号角”的作用。且不论作品思想意义上的成败得失，单从艺术上来说，这些诗歌大多艺术拙劣，感情苍白，根本不是从生活出发、从儿童出发而写出来的儿歌，而只是成人凭着他们的政治观念，用一些政治口号和术语，凭着自己的主观意愿灌输给孩子们的“组合品”。除了其外在形式，如字数每句相当、形式整齐、韵律合辙等，姑且暂作它们是儿歌的话，其余的如儿童诗起码应该具有的儿童情趣、意境、韵味，却全不具备，连最基本的一点即形象化也已消失殆尽了。

“文革”十年的诗歌创作，同其他文学样式一样，在“新诗也要学习样板戏”，要塑造“高大完美”的“英雄形象”的要求下，儿童诗歌更是成为反动思想和反动理论的牺牲品。如果说 1974 年之前的儿歌具有明显的政治功利性的话，那么 1974 年下半年起则更加变本加厉。其间，1973 年 11 月 29 日《人民日报》介绍了女“知识青年”杨本红创作儿歌的事迹，随后创作“新儿歌”成为热潮。虽然大量专职作家被迫停止创作，但在人为“诗歌运动”的影响下，公开发表或出版的儿童诗歌在数量上并未锐减，许多工农兵业余作者、广大中小学教师以及少年儿童抱着极大的热情加入儿童诗歌创作的行列。1974 年 8 月 24 日、25 日《光明日报》连续两天在一版头条的位置报道了北京西城区西四北小学和宣武区北线阁小学用“革命诗歌”来“批林批孔”的情况，8 月 31 日《人民日报》发表文艺短评：《要提倡为孩子们写作》，公开把北京市西城区西四北小学的红小兵们写的儿歌鼓吹为“革命儿歌”的样板，大肆加以宣传。这是“四人帮”继“小靳庄革命诗歌运动”后又一次用诗歌来为他们的政治目的服务，进一步把黑手伸向了儿童文学阵地。从这以后，《上海少年》《红小兵》等杂志每期都有好几个版面刊登儿童诗歌，各式各样的儿童诗歌选集也层出不穷，如《我们都是小闯将——批林批孔儿歌专辑》《我们是革命的新一代》《一代更比一代强》《批林批孔猛开炮》《校园春色》《公社新苗》《边疆少年之歌》《火车向着韶山跑》《战地黄花》等，这些诗歌除了用“批”和“斗”的口号、杀气腾腾的架势来体现所谓的“革命性”“战斗性”外，基本上没有什么艺术性可言。与之前的儿童诗歌相比，这类儿歌全是口号的堆积、政治要领的分行叙写，以及空洞的雄心壮志的抒发。到 70 年代中期，这种空洞无物、装腔作势、以抽象概念取代具体直观的艺术形象的所谓"新儿歌"运动达到了顶峰。

综观这些政治功利化的儿歌,它们受政治意识形态的控制,大多数图解政治、服务政治的作品,流于口号化,感情苍白,艺术拙劣,儿童诗歌的儿童情趣几乎消失殆尽。其鲜明的特点就是直奔主题。受当时文艺创作方针的影响,此类儿童诗歌通常是先有一个既定的、现成的主题,然后按照当时政治概念和要求去选材和填充,根本不考虑儿童的心理和接受能力。如杨本红《乘凉阵地当战场》:"月亮月亮照荷塘,/小朋友塘边来乘凉。/你说说,他唱唱,/说说唱唱添力量。/说的什呢呀?/说的柳下跖斥孔丘:/唱的什呢呀?/唱的劳动人民迎闯王。/老队长,来表扬,/小朋友们真逞强,/乘凉阵地当战场。"这样的儿歌,立意粗浅,根本不考虑儿童吟唱需求,而是借用歌谣的形式来包装战斗口号,完全是政治运动的传声筒,缺乏儿童诗歌应有的艺术感染力。

其次,在艺术表现手法上,单调如一、变化极少,儿歌的语言几乎千篇一律是干巴巴的、口号式的语言,往往用抽象的概念取代直观感性的艺术想象。无论是歌颂式还是批判式的儿童诗歌,大多充斥着抽象的概念和政治宣传的口号,人云亦云,人写亦写,千人一面,缺乏具体可感的形象。比如《工人辅导员进校来》:"工人辅导员进校来,/带领咱们把战场摆。/狠狠批判《三字经》,/孔孟之道脚下踩。/粉碎林彪复辟梦,/教育革命红花开。/学习马列劲头足,/斗争中炼出新一代。"全诗没有一个形象的意象,而是堆满了政治口号。这类诗歌既谈不上意境美、形象美,而且连起码的儿童诗歌本该具有的童真、童趣和想象力都缺乏。这种服务于政治的诗歌,完全以成人的思维代替儿童的思维,根本无法给儿童读者带来审美的愉悦,可是它们却被当作创作填满了当时整个儿童文学文坛。

总之,"文革"时期的儿童诗歌与当时社会政治事件密切相关,基本反映了当时的社会风貌,人们抛弃艺术的品味,疯狂地高歌,非理性地批判,随着政治的变迁和岁月的淘洗。这些诗歌如过眼云烟一样,消失在历史的故纸堆里。当然,尽管"四人帮"壁垒森严地控制着人们的一举一动,在喧嚣的主流话语之外,仍然有一批作者、教师怀着对祖国下一代的强烈的责任心,坚持从生活出发,写出了一些较好的儿童诗作品。如聪聪的《瀑布》、王珂的《放鹅》、金波的《水蜜桃》、乌·达尔罕的《红公鸡》、孺子牛的《渔家小学开学了》、李志的《革命鸟》、谢采筏的《迎春歌》、陈官煊的《扫雪》等。这些诗歌善于从眼前景、平常事出发,抓住一个小小的画面、一个具体的形象,张开想象的翅膀,开拓了诗的意境,有一定的艺术感染力。

第三节 《红雨》和一些变了味的儿童小说

“文革”十年，儿童文学的创作时相当可怜的，不仅数量少，质量也差。儿童文学样式又十分单调：童话、寓言、民间故事和科学文艺以其固有的特点难以与阶级斗争、路线斗争挂上钩而横遭砍杀，几乎绝了迹；如上所述，儿歌也沦为政治运动的工具，毫无艺术性可言；诗歌、散文、戏剧和报告文学的数量极少，只有儿童小说稍微突出一点，这些儿童小说成为“文革”后期儿童文学的主导。各少年儿童图书出版部门陆续选编了一些短篇儿童小说集，如人民文学出版社的《海螺渡》(1972年)、《海的女儿》(1973年)、《林中响箭》(1974年)、《喧闹的森林》(1975年)，江苏人民出版社的《小哨兵铁子弹》(1975年)，上海人民出版社的《捉獾记》(1976年)等；也有不少中长篇儿童小说，如北京人民出版社的《小鹰展翅》(1972年)、《睁大你的眼睛》(1975年)、人民文学出版社的《闪闪的红星》(1972年)、《红雨》(1973年)、《向阳院的故事》(1973年)、《新来的小石柱》(1975年)，辽宁人民出版社的《龙泽》(1974年)、《纳拉》(1973年)，上海人民出版社的《戈壁花》(1975年)等。

这一时期的儿童小说，从题材上看，主要分为革命历史题材和现实题材两大类。前者反映战争年代少年儿童斗争生活，对少年儿童加强革命传统教育；后者主要反映建国后少年儿童在“三大革命运动”中锻炼成长的精神面貌和英雄事迹，反映教育革命的成果。无论是哪类作品，其根本和整体仍是对“革命斗争”历史和现实的反映，内容以路线斗争和阶级斗争为中心，着重塑造无产阶级少年儿童英雄形象，而且把少年儿童英雄人物“放在阶级斗争的风口浪尖上”。相较而言，后一部分作品数量多一些，影响也大一些。

在作者方面，十七年有成就的一批儿童文学作家因受冲击而停止了写作，这期间从事儿童小说创作的主要是一批文学新人，如李心田、张长弓、杨啸、徐瑛、童边、王兰、何芷、边子正、蔡维才等。此外像贾平凹、刘心武、铁凝等一批当代著名的成人文学作家，也是在“文革”期间从事儿童题材创作起步的。贾平凹的《弹弓和南瓜的故事》刊于《朝霞》1975年第6期，写的是小旺和小军两兄弟替妈妈看集体的猪，在地主主动上交的南瓜瓤中发现里面掺了毒药，后来妈妈带领队员抓获了坏人。尽管小说主题是描写阶级斗争，但是也不乏生动表现小孩童趣的一面。刘心武的《睁大你的眼睛》描写“批林批孔”运动中红小兵们努力投入阶级斗争，把自己锻炼成无产阶级接班人的故事，是一种典型的英雄话语叙事，成为当时儿童文学的一种写作范式。这篇小说在“文革”话语语境中堪称“成功”，也给当时饥渴的读者们带来阅读的快感，但无论是作品内容还是艺术特色，在今天看来都乏善可陈。

“文革”时期的儿童小说中，短篇小说以快捷的方式，及时迅速地宣扬了当时的各类方针政策，故事和人物形象显得简单机械。更有一些作品完全充溢着政治意图，艺术水准低劣，纯粹服务于政治阴谋，需要加以否定。而中长篇小说，因本身固有的结构和表现要求，尽管同样是表现革命斗争，毕竟还有一定的艺术水准，甚至不乏一些成功的人物形象。其中，影响较大的小说有杨啸的《红雨》、徐瑛的《向阳院的故事》、童边的《新来的小石柱》、王兰的《纳拉》等。

《向阳院的故事》（徐瑛）描写的是亳州城东门里的“向阳院”的一群孩子，在石头爷爷的指导下，利用暑假支援公路建设的故事。这样的故事在“学雷锋运动”中相当普遍。作者一定程度上受过民间文艺和传统小说的熏陶，小说戏剧性强。故事环环相扣，首尾完整，颇能吸引小读者。小说一开头就引入戏剧冲突：向阳院的一伙孩子瞒着各自的家长搞秘密行动，家长们为自己孩子的失踪一个个都发急，后来才探知孩子们到建筑工地支援公路建设去了。然后作者对向阳院的几个孩子做了较细致的性格刻画，无论是擅长核桃雕刻、又容易被坏人利用的黑旦，还是喜欢分析、机灵老成的铁柱，或是虎头虎脑的山虎子，都有鲜明的个性特征。但是作为主要人物的小英雄铁柱，似乎一出场就比较成熟，反而是作为陪衬的黑旦，从游移不定，被坏人利用，到以小伙伴为榜样，有一个明显的转变过程。可惜的是，他也因此从一个机灵、调皮、带有孩子气的普通儿童，慢慢被规训为模范的好少年，作为儿童小说也就变了味，把这件普通的“学雷锋”故事生硬地套入“阶级斗争为纲”的框架，把孩子们的暑假活动上升到“在大风大浪中锻炼成长”的高度，为此设置了革命与反革命、无产阶级与剥削阶级争夺青少年一代的代表人物石大爷和胡礼斋。小说以阶级斗争为贯穿整个作品的主线，不仅与孩子们“学雷锋”的故事情节相游离，而且违背了生活真实。不过小说在艺术上有不少可取之处：如曹操“隐兵道”的古老传说和凤凰谷堆的民间故事插入，制造了较浓的民俗气氛。小说采用了大量谚语、民间俗语，无论是描写还是对话都显得轻脱灵动，充满了浓厚的生活气息和儿童情趣。遗憾的是，作者受到当时创作模式的影响，将黑旦作为上当受骗最后觉醒的典型来写，人为地典型化了，失去了人物性格的丰富多彩性。

与上述儿童小说相比较，描写少年赤脚医生斗争和生活故事的儿童中篇小说《红雨》，无论在生活体验上还是在艺术水准上都要高出一头。《红雨》作者杨啸，1936 年生，河北肃宁人。杨啸 50 年代中期开始创作，60 年代初有感于农村广大少年儿童太缺乏精神食粮而致力于儿童文学创作，先后创作了《笛声》(1962年)、《小山子的故事》(1964年)、《荷花满淀》(1964年)、《火苗》(1965年)、《青翠的松苗》(1973年)、《花蕾集》(1980年)六个短篇小说集，《红雨》(1973年)、《绿风》(1977年)两部中篇小说，还有长篇叙事诗《草原的鹰》(1973年)和长篇小说《鹰的传奇》，三部曲《觉醒的草原》(1983年)、《深情的山峦》(1986年)、《愤怒的旋风》(1986年)，以及许多童话、寓言故事和童话诗、寓言诗等。

《红雨》是杨啸新时期以前的代表作。“农村合作医疗”在“文革”中作为“新生事物”在中国大地搞得轰轰烈烈。小说塑造了少年赤脚医生红雨的形象，相当真实地反映了在缺医少药的偏远山区，赤脚医生如何通过自己的不懈努力与疾病作斗争并取得乡亲们的信任的。

《红雨》虽然产生于“三突出”模式时兴的时候，但作家有较深的实际生活体验，又努力从儿童思想性格出发，因而冲破了“三突出”的框架，至今看来仍然有新鲜感。

小说一开头便展示了农村生活的现实：社员们热火朝天地在水利工地上奋战——那是70年代最常见的农村劳动场面。紧要关头，大渠工程的“总指挥”“总工程师”石匠爷却病倒了。当社员们七手八脚地抬着石匠爷到二十里远的县城医院求医，却迎来桑大夫的“一盆冷水”。农村少年红雨，就是深受缺医少药之苦，才立志改变家乡面貌，自愿争取当上“赤脚医生”的。为了真正掌握本领，在训练班，他刻苦钻研医疗知识，不惜在自己身上练习针灸技术。长途跋涉去寻找老中医求教，还冒险攀上人迹罕至的高山峻岭，去采集珍贵的草药，克服重重困难，挑起了为家乡人民的健康服务的重担。小说并没有把“赤脚医生”的治病能力拔高，而是十分真实地描写了他们仅有的几种手段：针灸、偏方、草药。即便这些简单的治病方法，也经过了反复实践才得来的。红雨的行医道路并非一帆风顺，不仅被针刺得够呛，还遭到乡亲们的怀疑，更是受到搞迷信活动骗钱的巫医孙拐子的百般阻挠、蒙骗甚至残害。正是在与孙拐子争夺农村医疗大权的矛盾斗争中，红雨逐步从幼稚走向成熟的。如果没有作家对农村生活的体会，作品是很难达到这样真实的程度的。而这个作品又创作于70年代，就更加难能可贵了。

当然，《红雨》也受到那个时代社会思潮的影响，比如对孙拐子等人的描写，没能从他们的生活遭遇、心灵激荡中揭示其性格根源，而是简单地归结为剥削阶级的本性，阶级敌人“梦想变天”的机械教条掩盖了人物形象的丰富性。如果作者能更深入地揭示新的社会思潮与农村中愚昧落后心理的尖锐冲突，那么小说的思想深度将大为改观。

尽管《红雨》受时代政治语境的影响，文中掺杂对国家政策的图解，并且有贴大字报、农业学大寨等内容，但它仍然不失是一部较为成功的儿童小说作品。《红雨》在艺术技巧上受传统小说的影响。杨啸擅长讲故事、设悬念，将极其平凡的日常生活编织成起伏多变的喜剧冲突，使故事妙趣横生，引人入胜。悬念是作者构建故事的重要手段。作者能够从儿童心理特点出发，抓住儿童的好奇心，提出矛盾，制造悬念，一波未平又生一波，从而有一种扣人心弦的情节张力。在人物刻画技法上，也继承了古典小说和民间文艺的传统。人物的性格思想境界，多是用人物语言和行动体现出来，很少有的大段心理描写。在叙述语言上，讲究朴素的说道，不事雕琢，平白如话，从而构成清新明丽、朴实自然的语言格调。

《红雨》是"文革"时儿童文学创作中一部较为成功的儿童小说，曾先后被译成多种外文和少数民族语言出版，并拍成电影，在少年儿童中产生广泛的影响。

综观这一时期的儿童小说，都遵循着共同的写作模式，既有一个最突出的少年英雄，在前辈的引导和帮助下成长，并作为他人的榜样；阶级敌人则是地、富、反、坏、右或走资派，并有着自觉的反革命"觉悟"，时时把颠覆无产阶级专政作为其实现阴谋的行动目标；情节主线同样围绕着阶级斗争推进，小主人公眼睛雪亮，机警善斗，他们与阶级敌人斗智斗勇，最终取得胜利。这些小说过分强调对儿童进行革命英雄主义和革命乐观主义的教育，忽视了少年儿童自身的特点和儿童文学的特质，塑造的少年儿童英雄形象呈现模式化、成人化、政治化的特征，整体的艺术水准较为一般，实则为变了味的儿童文学。尽管如此，但仍给精神饥渴的人们带来了阅读的食粮，让人难以忘怀。

第四节　浩然的儿童小说

浩然是中国现当代文坛非常重要的作家之一，曾在 20 世纪六七十年代红极一时，家喻户晓。他一生中出版了各类作品超千万字，非常高产，影响极大。

儿童文学创作是浩然创作的一个组成部分，浩然自己说"一个直把儿童文学创作当作分内之事来做"。浩然的第一篇儿童小说《山洞》(1961 年)取材于八达岭一个农民出身的司机讲述的几个孩子的有趣故事，发表后受到孩子们的欢迎。之后，他又给《中国少年报》写了一篇名叫《荣荣》(1961 年)的儿童故事，在少年儿童中引起了较大的反响，有些学校少先队还开展了"向好孩子荣荣学习"的活动。此后，浩然陆续出版了儿童小说《小河流水》(1962 年)、《"小管家"任少正》、《翠绿色的夏天》(1964年)、《翠泉》(1966年)、《七月槐花香》(1973年)、《欢乐的海》(1974年)、《小猎手》(1975年)、《弟弟变成了小白兔》(1980年)、《勇敢的草原》(1982年)、《机灵鬼》(1983年)等,还有儿童小说选集《幼苗集》(1973年)、《丁香》(1979年)、《大肚子蝈蝈》(1980年),以及《浩然儿童故事选》(1980年)、《浩然的儿童小说选》(1986年)。在儿童文学领域,浩然也是一位多产的作家。

浩然擅长描写农村生活,他的儿童小说也大多取材于农村孩子们的日常生活,有浓郁的乡土生活气息,风格清新,语言质朴。于“文革”期间出版的《幼苗集》,所选的20篇小说均以农村生活为背景,从不同角度表现新中国的少年儿童热爱社会主义农村、热爱劳动、热爱学习、关心集体、助人为乐的道德品质和精神面貌。其中的《翠泉》,甚至直接描写了聪明伶俐、成绩优异的女孩翠泉初中毕业后力争留在农村建设家乡,拒绝迁到北京亲戚家的故事。

浩然像一个热情的共青团宣传员和新闻报道者从事着儿童文学创作,他这样总结自己创作儿童文学的艺术观:“在农村和城市的日常生活中,我用心收集好人好事的材料,也留神坏人坏事的材料。把这些材料经过艺术加工,写成有形象、有故事的作品。对好的表扬歌颂,让读者学习好的榜样;对坏的揭露讽刺,提醒读者防备坏的影响。这些是我创作儿童文学的艺术观的具体表现。”[①]歌颂,始终是他创作的主调。他致力于发掘现实生活中的美,他的大多数儿童小说是好人好事的热情描绘和歌颂。浩然笔下的主人公,虽然生活经历不同,但是对党和社会主义都有坚定的信仰和无限的热爱,对自己的工作有强烈的责任心和自豪感。浩然的儿童小说涉及最多的主题是个人和集体的关系问题,这是农业合作化过程中必然存在的问题。浩然小说的主人公是无条件的集体主义至上者,歌颂了大公无私的精神。

但是在当时那种特殊的时代背景之下,浩然的部分儿童小说不可避免地渗透了阶级斗争的话语和思维,在塑造人物和构建情节上受当时“时兴”的“典型性即阶级性”模式影响,将人物的思想行动简单地归结为阶级本性。《“小管家”任少正》中,集体的“小管家”任少正与从小好吃懒做、手脚不干净的地主女儿“大肚皮”几次斗智斗勇,终于和爸爸、二伯一起找到“大肚皮”偷麦穗的证据。《初显身手》里,从邻队取经回来的枣花,面对企图拉拢人、腐蚀人的老中农刘老正,十分警惕,最终识破刘老正偷懒的诡计。这些小说不是从生活出发,而是从阶级斗争理念出发构造的作品,是不足为训的。

在艺术表现形式上,浩然在小说的民族化、大众化上作过长期探索。他的儿

---

① 浩然:《永远歌颂》,《河北文学》1962年6月。

童小说明显受中国传统小说和民间文艺的影响。浩然善于塑造刻画正面人物，而在人物出场之前，一般都着意渲染，以达到不同凡响的效果；人物亮相之前便有一番精细的肖像描写，说明了人物的身份和特征，加强读者的视觉印象，然后让人物展开一系列的活动。通过人物对外部世界刺激的细微反应（如表情、姿势、行为等）以及矛盾冲突加强人物的个性化。浩然刻画人物的儿童小说几乎都采用肖像描写：如《笑声》中的韩春荣、《追赶》中的冯志远、《铺满阳光的路上》中的于来海等。而人物出场之前每每有一番渲染：如丁香、石柱子、小机灵鬼、马山宝（《灵芝草》）、红宝（《红枣林》）等。

浩然儿童小说在情节结构的设置上，也接受了传统小说和民间文艺的启示，注重故事情节的连贯性和完善性，善于针脚细密地把故事叙述得接头衔尾。例如在小说《丁香》里，一开头就引入矛盾冲突：小丁香代理五天保管员，就有人对她堆了一肚子意见。意见来自饲养员董四、生产队长杨五等人。于是队长顺藤摸瓜，了解究竟。小说以队长为线索描写丁香一连串事迹，最后真相大白：丁香是爱社如家的好保管员。小说情节曲折多变，环环紧扣，以发现真相，取得胜利告终，结构相当完整。

浩然大部分小说在开端和结局上有固定的程式。一般来说，开头有三种：或通过写景交代故事背景，烘托人物出场的气氛，如《小河流水》《铺满阳光的路上》《灵芝草》《追赶》《笑声》等；或通过对故事人物的介绍引出主人公，如《爱美的小姑娘》《水车叮咚响》《荣荣》等；或开门见山，直接引入矛盾冲突，如《藕》《半斤芝麻》《丁香》《姑嫂》《枣花取经》等。结尾方式通常为两种：或写景，照应主题，试图获得某种弦外之音；或议论，提高立意，意在达到某种新境界。而中间情节的展开依托于一系列的矛盾冲突，这种冲突表现为个人和集体的矛盾、工作中的失败和挫折，或者是好人好事与坏人坏事的斗争。但他有些小说为了提高立意而流于空泛的议论，破坏了小说的美感。

“文革”期间，在荒芜残败的儿童文学园地里，浩然的儿童小说是难得的收获之一，他的作品情感真切笃实，文风质朴大众，语言形象风趣幽默，充满了北方农村的乡土气息。但是浩然儿童小说的缺陷也是明显的：早期的作品，基本上是对新人新事作较肤浅、流于表面的赞颂，正如作家后来自述的是“单纯地写真人真事”。对人物的挖掘和表现过于浅层，未能深入到人物丰富复杂的内心世界，缺少对现实的干预和批判精神，作品思想深度不够；作品主题较为单一，情节结构模式化，概念化；某些作品囿于阶级斗争的理论框架，政治说教的意味比较浓厚。

第五节 从小说到电影的《闪闪的红星》

“文革”期间，有一部儿童小说不仅在儿童文学界，就是在整个中国文坛都产生过影响，那就是李心田的中篇儿童小说《闪闪的红星》。小说初稿创作于1961年至1966年，“十年动乱”开始以后失去了出版机会。直到70年代初文坛稍显恢复之时，在人民文学出版社编辑的努力争取下，小说在作者修改后才得以出版。在原创的优秀文学作品十分匮乏的70年代初，《闪闪的红星》一经推出立即引起广泛关注，人们争相传阅，如饥似渴地阅读这部作品。在当时我国文学作品与外国交流极少的情况下，《闪闪的红星》很快被译成英文、日文、法文等介绍到了国外。1974年，“八一”电影制片厂根据小说改编并摄制成影片，当年10月在全国上映，引起巨大轰动。

《闪闪的红星》的作者李心田出生于江苏睢宁县一个贫苦的农民家庭，在家乡读了小学，14岁时到徐州当店员，开始与文艺结下不解之缘。1950年参军，在部队从事文化教育与政治工作。1953年开始创作，除创作了《青春红似火》等话剧之外，还先后为孩子们写了话剧《小鹰》(1956年)，中篇小说《两个小八路》(1961年)、《闪闪的红星》(1972年)和《十幅自画像》(1985年)等作品。

《闪闪的红星》是一部革命历史题材小说，以红色根据地的腥风血雨为背景，展示了1934年红军长征北上抗日、离开江西革命根据地以后，红军后代潘冬子在党组织和革命群众的关怀教育下，在艰苦卓绝的斗争磨砺中，由一个淳朴天真的苏区儿童逐步成长为一个自觉的解放区战士的历程，表现了根据地人民对土豪劣绅的憎恨、对中国共产党和人民军队的深厚感情，歌颂了他们在艰难困苦之中不屈不挠的斗争精神。

小说采用第一人称回忆式叙述方式。从1934年至新中国诞生前夕，前后共15年，人物从7岁儿童长成青年，时间跨度相当大。这种第一人称回忆写法，客观上有利于避免当时文坛上时兴的“高大全”的“神童”模式：因为回忆需求真切，第一人称叙述，不宜作过分夸张。

小说根据少年儿童的特点，比较真实地反映革命战争岁月艰苦的斗争生活，表现了主人公潘冬子在激烈的斗争风浪和严酷的战争环境磨炼从幼稚的熟悉的过程。

潘冬子的成长受两方面的影响，一是他本人的曲折经历，二是中国共产党的教育，革命前辈的影响。

小说在结构上采用段缀式的结构，并以时间为顺序安排情节，情节清晰而完整。潘冬子自始至终都是作品的主人公，作者通过这一人物达到串联情节的目的。整部小说描写了一连串事件，这些事件是由潘冬子与胡汉三、潘冬子与茂源米店沈老板、潘冬子与武保长、潘冬子与国民党中央军矛盾冲突构成的，其中潘冬子与胡汉三的矛盾冲突是整部作品的一条主线。从潘冬子咬胡汉三的手到潘冬子活捉胡汉三，中间故事情节曲折多变，首尾呼应，扣人心弦，有较强的艺术吸引力。小说在刻画人物心理、行为及语言上比较注重儿童的特征和人物的个性，小说叙述语言简洁、朴素、流畅。这些都增加了小说的美感，读起来细腻有味、饶有兴趣。因此，《闪闪的红星》深受广大读者，特别是少年儿童的喜爱。

《闪闪的红星》的电影剧本是由“八一”电影制片厂集体改编，王愿坚、陆国柱执笔完成的。剧本与小说相比有了相当大的改变。电影剧本为了达到电影的效果，采用倒叙的方式，让中年潘冬子回顾自己的战斗的童年，以中年潘冬子的“画外音”为时间变更的标志，而让少年时代的潘冬子在画面上活动。剧本为了使情节更紧凑、矛盾冲突更集中，删除了潘冬子从茂源米号逃出后往北流浪，遭武保长毒打后被姚公公收养，不久因逃避抽壮丁而渡江参加解放军等占全部小说篇幅近一半的情节内容，增加了潘冬子阻止匪兵溃逃破坏木桥断敌退路、封山斗争中机智过哨卡为游击队收集食盐以及结局父子会面等情节，对小说中的其他情节和细节，人物语言和思想感情等都作了不同程度的改动。

改编后的剧本，潘冬子成为绝对的主人公，而且成为一个真正的小英雄，其他人物仅仅作为陪衬。电影中的潘冬子一出场就是一个有勇有谋的小英雄，具有很高的革命觉悟，与其他革命前辈一道捍卫着“毛主席革命路线”。与小说开头懵懂无知、处于被保护地位的潘冬子不同，电影中的潘冬子一开始就知道闹革命就是革土豪老财的命，帮穷人翻身出气。作为一个典型的小英雄形象，电影中的潘冬子被置于典型的革命斗争环境中，塑造出他机智、勇敢、不怕苦、不怕累、具有坚定的革命信念的小英雄形象。在情感表达上，小说在强调阶级情感的同时，也会抒发潘冬子作为一个儿子对父亲、母亲浓浓的思念之情，小说结尾的书信透着淡淡的悲伤情绪，这样的亲情表达具有感人的力量。而电影则着重抒发了小英雄潘冬子对红军、对毛主席的神往之情，父亲、母亲的位置几乎被“红军叔叔”和“毛主席的队伍”的代言人吴修竹所取代，私人化的亲情消失殆尽。影片运用自身表现手法的优势，用情感饱满的音乐以及情景交融的画面来渲染浓烈的革命激情。

如果小说强调潘冬子成长过程中内外界的影响，潘冬子战胜胡汉三实为革命形势发展之必然；那么剧本突出的是潘冬子的英雄本质和英雄事迹，刀劈胡汉三是为了完成潘冬子形象的塑造。尽管电影中反复出现《闪闪的红星》主题曲以及党的领导者吴修竹的谆谆教导，但这些并不能作为决定性的影响真正深入到潘冬子的行为之中。事实上，潘冬子已经具备了一个少年英雄的一切条件。就这个意义上来说，电影失去了一个苦大仇深的孩子成长的真实意图，失去了潘冬子成长的典型意义，而流于一个出类拔萃的小英雄的事迹展览和歌颂。也许当时流行的“三突出”创作模式使这个风行一时的电影终究没能超越这个时代。“学习潘冬子，争做党的好孩子”的群众运动更证明了这部电影的时代特征。然而，放在那特定阶段，与同类儿童电影剧本相比，《闪闪的红星》无疑是最出色的；尤其是万马齐喑、少年儿童嗷嗷待哺的“饥荒”年代，电影《闪闪的红星》更显得弥足珍贵了。

第六节 粉碎“四人帮”后的心有余悸

胜利粉碎“四人帮”之后，儿童文学和儿童读物的创作、出版、发行工作渐渐从“文革”时期的空白和畸形回归正轨，并开始得到人们的重视。尽管儿童文学与刚刚起步的整个新时期文学一起出现了蓬勃复苏的气象，但是经历了“十年动乱”的政治禁言、思想钳制、极左路线，人们在文学创作上的态度还是战战兢兢、心有余悸的。综观“文革”结束后的一些作品，大都是政治色彩浓于文学色彩，成人思想多于儿童思想，对少年儿童和儿童文学的特点都不够重视。

在此后直至十一届三中全会召开的前两年里，由于“文革”遗留的“左”倾思潮尚未彻底肃清，儿童文学界的创作思想和理论建设都是比较混乱的。经历这场浩劫之后，“四人帮”文化暴政的阴影依然徘徊在人们心头挥之不去，许多作家在创作态度上束手束脚，不敢写、不会写。茅盾就一针见血地指出：“我以为繁荣儿童文学之道，首先还是解放思想。这才能使儿童文学园地来个百花齐放。”①

1978年10月，由国家出版局、教育部、文化部、共青团中央、全国妇联、全国文联、全国作协、全国科协在江西庐山召开了全国少年儿童读物出版工作座谈会，这成为新时期儿童文学的转折点。

庐山会议总结了建国以来在儿童文学创作和出版方面的成绩和教训，分析了“左”倾思潮干扰破坏所带来的严重后果，指出这方面的工作虽然已在积极恢

① 茅盾：《中国儿童文学是大有希望的》，载《儿童文学论文选·1949—1979》，北京：中国少年儿童出版社，1981年出版，第20页。

复、整顿和开展，但由于“四人帮”造成的创伤很深，少年儿童书荒的现象还很严重，急需动员各有关方面的力量，下大决心，花大力气，迅速改变目前严重的落后状况。

这次会议认真探讨儿童文学艺术规律问题，彻底撇清了“四人帮”在“文革”期间的一连串荒谬怪诞的极“左”儿童文学理论，提出儿童文学“应该具有少年儿童的特点”“应该富有知识性”“要提倡题材、体裁多样化”“坚决贯彻‘百花齐放、百家争鸣’”等若干原则性意见。同时，会议还就加强少年儿童读物出版机构，发展和壮大少年儿童读物编辑、创作队伍，提高少年儿童读物水平和恢复少年儿童读物评奖制度等做了具体安排。

庐山会议前后，新时期的文艺政策也得到了调整，确立了“为人民服务，为社会主义服务”和“百花齐放、百家争鸣”的方针，对新时期儿童文学事业的发展解除了枷锁，理清了方向，也起到了极大的推动和鼓舞作用。庐山会议帮助刚刚走出“十年浩劫”的文艺工作者消除了心有余悸的顾虑，对儿童文学领域的拨乱反正起到了积极的促进和推动作用。

第七编　中国儿童文学的重建期(1978—1999)

第一章
从新时期到转型期

第一节 “庐山会议”和儿童文学的拨乱反正

十年动乱结束后，各行各业开始拨乱反正。1977 年 5 月，《北京儿童》和《北京少年》在京举办童话座谈会，率先冲破儿童文学界的寂寞。严文井说出了童话作家的心声：“我们现在有充分条件写出比过去的童话更好的童话来。”6 月 2 日，《解放日报》发表文章《为孩子们多写好作品——揭批“四人帮”摧残扼杀儿童文学的罪行》。6 月 4 日和 18 日，《光明日报》又分别发表吴岫原的《“三突出”是儿童文学创作的绞索》和陈伯吹的《在儿童文学战线上拨乱反正》。北京的《儿童文学》、上海的《少年文艺》和《小朋友》也相继复刊。据统计，1977 年全国出版的儿童读物已有 192 种，印数 2 653 万册，终于打破了“文革”时期死气沉沉的局面。11 月，《人民文学》发表了刘心武的《班主任》，开启新时期儿童文学创作。

1978 年 10 月，全国少儿读物出版会议在江西庐山召开，会议由国家出版局、教育部、文化部、共青团中央、全国妇联、全国文联、全国科协等 7 家单位联合举办。当时主持国家出版局工作的陈翰伯认为，保障少年儿童读者在成长阶段有好书可读对于国家的未来意义重大，决定先抓少儿读物出版的恢复，并亲自在会上做主题报告，号召出版界要尽快解放思想，多出好书。

会议总结了 30 年来的经验和教训，明确提出：儿童文学“应该具有少年儿童的特点”，儿童文学作家“要了解儿童文学、熟悉儿童……照顾到孩子们的年龄和心理特征，考虑到孩子们的阅读能力、理解水平”“写得生动、活泼、形象、幽默”“富有趣味性”。同时强调要“坚决贯彻‘百花齐放、百家争鸣’的方针”“提倡题材、体裁多样化”[①]。庐山会议还就儿童读物的出版、评奖、交流、科研和教学等都作了认真、细致、具体的规划和部署。特别是制订了“三年内为孩子们出版29套丛书”的出版规划。束沛德认为：“这次庐山会议结束了儿童文学创作、出版界百花凋零、万马齐喑的局面，揭开了我国新时期儿童文学的新篇章。有的论者认为‘这是中国儿童文学界从长达十年的政治噩梦中复苏的第一个信号’；有的论者描述‘庐山会议像一声春雷，迎来了新时期儿童文学园地百花争妍的春天’，是‘中国当代儿童文学发展的历史转折点’。”

第二节　蓬勃开展的儿童文学活动

一、儿童文学阵地建设

一批儿童报刊纷纷恢复或创办。如北京的《儿童文学》（1977年8月）、《中国少年报》（1978年11月）和上海的《儿童时代》（1978年4月）、《儿童文学研究》（1979年1月）。新创办的儿童刊物有：南京的《少年文艺》（1977年2月）和《金钥匙》（1979年1月）、贵阳的《幼芽》（1979年2月）、杭州的《小螺号》（1979年6月）、北京的《朝花》（1980年1月）和《中国儿童》（1980年1月）、长沙的《小溪流》（1980年5月）、天津的《童话》（1980年5月）、南昌的《小星星》（1980年6月）、昆明的《蜜蜂报》（1980年10月）、《安徽儿童》（1980年1月）、上海的《娃娃画报》（1981年6月）等。1980年，除少年儿童出版社、中国少年儿童出版社恢复外，又成立了北京、上海、天津、四川、湖北等5家少儿出版社，到1999年，全国所有的省、自治区和直辖市都有了少儿读物出版机构。1979年1月文革期间停止出版的《儿童文学研究》出版第一辑（复刊号）。1981年《儿童文学选刊》创刊，成为我国新时期最权威的了解中国儿童文学的窗口。进入20世纪80年代，《浙江师范大学学报》一直坚持不定期出版“儿童文学研究专辑”。自1987年1月起，《文艺报》也设置了由冰心题词、定期出版的“儿童文学评论”专版。形成了儿童文学从创作出版到理论批评的儿童文学发展的完整生态。

---

① 《尽快地把少年儿童读物出版工作促上去》，《出版工作》1979年第2期。

二、儿童文学组织建设

1979 年 11 月，中国作协设立儿童文学委员会，严文井任主任。各地作协分会也相继设立儿童文学组织。1980 年 6 月 1 日，中国儿童文学研究会正式成立，陈子君为理事长，蒋风、浦漫汀为副理事长。1980 年 10 月，文化部又发出了《关于加强少年儿童艺术工作的意见》，并宣布成立少年儿童艺术委员会。这三个组织的相继成立，为儿童文学的有序发展提供了根本保证。1984 年，文化部召开全国儿童文学理论座谈会，中国作协成立儿童文学组。1986 年，中国正式加入国际儿童读物联盟，儿童文学开始了“走出去”的新征程。

三、儿童文学出版热潮

“庐山会议”部署儿童读物的创作与出版，拉开儿童文学复苏的序幕，迎来了一个为少年儿童创作、出版的热潮。1977 年，全国有 2 亿小读者，全年出版儿童读物才 192 种，平均每 13 个孩子才有一本书。到 1983 年，一年出书 3 900 种，发行 7 200 多万册，比 1978 年增加了 10 多倍。一批有质量的儿童文学创作得到出版，一批年轻的、有才华的儿童文学新人脱颖而出。如陆扬烈、冰夫的长篇儿童小说《雾都报童》(1977 年)、叶永烈的科学文艺《小灵通漫游未来》(1978 年)、刘心武的儿童小说集《班主任》(1978 年)、任大星的儿童小说集《双筒猎枪》(1978 年)、郑文光的长篇科幻小说《飞向人马座》(1978 年)、樊发稼的儿童诗集《花花旅行记》(1978 年)、金近的童话集《春风吹来的童话》(1979 年)、任大霖的童年散文集《童年时代的朋友》(1979 年)、王安忆的短篇小说《谁是未来的中队长》(1979 年)、圣野的儿童诗《神奇的窗子》(1979 年)、金波的儿童诗集《林中的鸟声》(1979 年)、童恩正的长篇科幻小说《珊瑚岛上的死光》(1979 年)、刘先平的大自然长篇探险小说《云海传奇》(1980 年)、张天翼的长篇童话《金鸭帝国》(1980 年)、王一地的长篇小说《少年爆炸队》(1980 年)、郭风的儿童散文集《避雨的豹》(1980 年)、任溶溶的儿童诗集《给巨人的书》(1980 年)等，由此拉开了新中国儿童文学发展的“第二个黄金时代”。

四、儿童文学教学与科研

“文革”结束不久，在拨乱反正的同时，浙江师范学院、北京师范大学率先在中文系恢复儿童文学课。1978 年,蒋风教授在浙江师范学院创建全国第一个儿童文学研究室,并于 1979 年在全国招收第一届儿童文学硕士研究生。1980 年儿童文学研究室还编印出版了《我与儿童文学》一书,内收张天翼等 47 位作家的自传与回忆录。1982 年蒋风在浙江师范学院(现为浙江师范大学)创办全国幼师普师儿童文学进修班,1984 年在此基础上成立全国师范院校儿童文学研究会,至今仍然坚持每两年召开一次教学交流年,为儿童文学教学研究、儿童文学人才培养和儿童文学学科建设发挥了积极作用。蒋风也先后出版《儿童文学丛谈》(1979年)和《儿童文学概论》(1982 年)两部科研著作。1979 年,浦漫汀教授从东北师大调往北京师范大学承担儿童文学课程的恢复和发展,带领中文系儿童文学教研室编印出版了 4 卷本《儿童文学教育研究资料》。1981 年又主持编选出版了《中国儿童文学作品选》和《外国儿童文学作品选》,同年,北师大举办高校儿童文学进修班。1982 年,由浦漫汀教授主持,北京师范大学、浙江师范学院、华中师范学院、河南师范大学和杭州大学等五院校合编的《儿童文学概论》出版。自此,形成了北京师范大学和浙江师范学院南北两个儿童文学教学与科研中心,带动中国的儿童文学学科建设和儿童文学研究水平不断提升。

第三节　儿童文学评奖的推动

文学评奖是总结创作实绩、引导儿童阅读、体现创作导向、扶持文学新人、繁荣文学发展的重要举措。全国性的儿童文学评奖开始于 20 世纪中叶,1954 年由中国人民保卫儿童全国委员会、共青团中央,中国文联、中国作协、全国科协、教育部、文化部、国家出版局等 8 家单位,联合举办了第一次全国少年儿童文艺创作评奖,评选 1949 年至 1953 年创作出版的优秀儿童文学作品。1979 年 5 月,举办了第二次全国少年儿童文艺创作评奖(1954—1979),近 300 位作家,200 多篇作品获奖,并于 1980 年六一儿童节在人民大会堂召开万人授奖大会。这次评奖既是对过去 25 年间创作的一次检阅,同时也表明,经过恢复、重建的中国儿童文学已重新走上正轨。

此后,中国作家协会设立"全国优秀儿童文学奖",至 2013 年已经连续举办 9 届,评选奖励自 1980 年以来的儿童文学优秀作品,评奖时间正好与全国少年儿童文艺创作评奖相衔接。1981 年,陈伯吹捐出自己积蓄的稿费设立"儿童文学园丁奖",每年评选一次;1998 年更名为"陈伯吹儿童文学奖",每两年评选一次,成功举办 25 届后,2014 年更名为"陈伯吹国际儿童文学奖",除评选图书和单篇作品外,增加对促进中外儿童文学、儿童出版交流有突出贡献人士的奖励。1986年,“宋庆龄儿童文学奖”设立,每两年评选一次,由宋庆龄基金会、团中央、中国作协等共同主办,至2005年共评选6届。1990年,由著名作家韩素音女士倡导的冰心儿童文学奖设立,为年度儿童文学作品奖,一直举办至今,与当时的宋庆龄儿童文学奖、陈伯吹儿童文学奖、全国优秀儿童文学奖并称国内四大儿童文学奖。这些儿童文学奖的设立,均以为少年儿童提供更多更好的精神食粮为宗旨,通过表彰优秀作家作品,引导儿童阅读,中国儿童文学呈现持续发展、欣欣向荣的良好态势。

在“四大儿童文学奖”外,1996年,江泽民总书记发出抓好“少儿文学、长篇小说、影视文学”的指示。自90年代开始评选的中宣部“五个一工程”图书奖、国家图书奖、中国图书奖(现改为“中华优秀出版物奖”)等三项国家级图书大奖,都设有儿童文学(儿童读物)组,原创儿童文学受到重视和扶持,有力地引导并推动了儿童文学的繁荣发展。

第四节　儿童文学理论建设

庐山会议后,儿童文学在恢复创作的同时,加强了各方面的建设,尤其是舆论引导和理论建设。1978年11月18日,《人民日报》发表了题为“努力做好少年儿童读物的创作和出版工作”的社论。12月21日,国务院又批转了由国家出版局等7家单位根据庐山会议起草的《关于加强少年儿童读物出版工作的报告》。1979年3月26日,茅盾在《人民日报》发表《中国儿童文学是大有希望的》,希望在“儿童文学园地来个百花齐放”的同时,“关于儿童文学的理论建设也要来个百家争鸣。过去对于‘童心论’的批评也该以争鸣的方法进一步深入探索”。这些论述极大地推动了出版界,特别是少儿出版界的思想解放,引导创作出版更多更好的儿童文学作品。突出表现在重新肯定过去被作为“毒草”批判的一批优秀作品,如《小兵张嘎》《鸡毛信》《神笔马良》《金色的海螺》《马兰花》等,为作家恢复名誉;重新评价被作为资产阶级反动学术权威来批判的“童心论”,为陈伯吹及其所谓的“童心论”平反。政治形势日趋稳定,学术环境日趋宽松,儿童文学理论研究也进入全面拨乱反正的建设时期。经历过“文化大革命”的破坏和压抑,儿童文学家从自身实践出发,重视理论积累,重视研究创新,在反思、总结和思考中,开启了新时期儿童文学理论研究的新篇章,取得了前所未有的研究成果,不仅为中国儿童文学独立品格的建立奠定了理论基石,同时也是中国儿童文学发展成熟的标志。

这一时期的儿童文学理论建设经历了对“童心论”的反思、对“工具论”(“儿童文学是教育儿童的文学”)的否定,开始向“文学性”与“儿童性”回归,进入建构“儿童的文学”新时期,重点回答了三大基本问题:什么是儿童文学?中国儿童文学发生于何时?中国儿童文学的本质特征及其发展趋势是什么?

什么是儿童文学?强调儿童文学首先是“文学”,是“整个文学的一个有机组成部分,同一般文学一样,是用语言塑造形象以反映社会生活、表达作者思想感情的艺术。但由于它的读者对象不同,又具有不同于一般文学的特点,而成为文学中的一个相对独立的门类”[1]。同时特别提醒注意,“儿童文学是儿童的文学”“是文学中一个有儿童特点的独立的部分”;“儿童”又是一个集合概念,泛指0岁到18岁的未成年人,狭义的儿童指6岁到12岁的小学里的孩子,这是儿童文学服务的范围;儿童的本质在于他们所表现出的与成人迥然不同的社会关系,儿童期社会关系的核心是儿童阶段处于人生集中受教育的阶段,其社会关系的本质是被动地接受社会教化,完成由“自然人”向“社会人”的转变成长的过程,这赋予儿童文学的教育天性;儿童文学中的“儿童”在自然属性与社会属性之外,更重视从哲学高度来观照儿童,视儿童为具有与成人平等人格的独立的个人,既不是缩小的成人,也不是不完全的成人,要求把儿童当人看,把儿童当儿童看,这是儿童文学存在的前提。所谓儿童文学,有广义和狭义之分。广义的儿童文学是指与成人文学相对应的一个独立的文学门类,包括儿童文学创作与作品、儿童文学理论与批评、儿童文学史论与史料等,是一个学科概念;狭义的儿童文学即适合少年儿童阅读并能为他们乐于接受,有助于他们健康成长的文学,包括幼儿文学、童年文学、少年文学三个层次,其间以小学阶段的儿童为读者对象的童年文学是儿童文学的主体与核心。[2]

关于中国儿童文学的发生,学术界有“古代说”(王泉根等)、“晚清说”(胡从经等)、“明末清初说”(吴其南等)、“五四说”(韩进等)不同说法,其中前三种观点都认为中国儿童文学古已有之。韩进在《中国儿童文学产生于五四时期》(1986年)[3]、《从“儿童的发现”到“儿童的文学”》(1993年)、[4]《十年来关于“中国儿童文学的发生”之论争》(1993年)[5]等文论以及《中国儿童文学史》(1998年)[6]、《中国

① 《全国儿童文学理论座谈会纪实》,《儿童文学研究》1985年第19期。
② 韩进:《儿童文学》,北京:中国广播电视出版社1999年版,第9—19页。
③ 韩进:《中国儿童文学产生于五四时期》,《儿童文学研究》,1986年,第28期。
④ 韩进:《从“儿童的发现”到“儿童的文学”》,《安庆师范学院学报》1993年第3期。
⑤ 韩进:《十年来关于“中国儿童文学的发生之论争”》,《文艺报》1993年11月20日。
⑥ 蒋风、韩进:《中国儿童文学史》,合肥:安徽教育出版社1998年版。

儿童文学源流》(1999 年)[1]等著作中，从儿童观的变化、儿童文学专有名词的出现、为儿童创作的儿童文学作家作品的出现，儿童文学期刊和儿童文学出版机构的创办、儿童文学理论著作的出版和师范院校儿童文学课程的开设等多方面，论证了“中国儿童文学是现代文学”，中国儿童文学作为一种独立的文学现象并发展出自己的美学标准和独立运行的法则，只能出现在五四新文化运动时期。

儿童文学是供儿童审美的文学。文学具有广泛的功能，儿童文学因为儿童读者对象的特殊性，具有教育的方向性。对儿童文学教育性的理解成为认识儿童文学本质的关键。20 世纪 80 年代初至 90 年代初，就儿童文学与教育的关系展开了一场旷日持久的讨论，主要文章有：刘崇善的《儿童文学的对象与功能》(1983 年)[2]、刘绪源的《对一种传统的儿童文学观的批判》(1987 年)[3]、方卫平的《近年来儿童文学发展态势之我见——兼与陈伯吹先生商榷》(1988 年)[4]、韦苇的《文学史如是说——我对儿童文学教育性与艺术性的思考》(1990 年)[5]、陈子君的《再谈儿童文学与教育的关系》(1991 年)[6]、韩进的《谈儿童文学基础理论中的两个问题》(1992 年)[7]等。讨论的结果是：儿童文学的教育性不是“教训”和“说教”的同义语，教育作用也不只是政治思想道德教育，把儿童文学称作“教育儿童的文学”和“儿童教育的工具”的提法，不能清楚说明儿童文学的全部功能，不宜再继续使用。应该认识到中国儿童文学的发生、发展与儿童教育不可分，但不是儿童教育全部，更不依附于儿童教育，而是尤其独立的审美品格。在理论探讨上，不妨采取全方位开放的姿态，百家争鸣，百花齐放，“如果有人从教育学的角度来考察儿童文学在儿童教育上的价值，让他去做好了，至少这也是一种认识和使用儿童文学的角度，只要言之有据，在他的语境里，将儿童文学称作‘教育儿童的文学’，又有何妨？同一道理，你从审美的视角解说儿童文学是‘供儿童审美的文学’，他从游戏愉悦的角度界说儿童文学是‘娱乐儿童的文学’，都没有不可，都不过是从一个方面来探讨儿童文学的本质罢了”，这样的视角越多，对儿童文学的认识也越全面，也就越接近儿童文学的本质。

探讨儿童文学的本质，必然强调“儿童的”文学，这便与陈伯吹的“童心论”和

---

① 韩进：《中国儿童文学源流》，长沙：湖南少年儿童出版社 1999 年版。

② 刘崇善：《儿童文学的对象与功能》，《延河》1983 年第 3 期。

③ 刘绪源：《对一种传统的儿童文学观的批判》，《儿童文学研究》1988 年第 4 期。

④ 方卫平：《近年来儿童文学发展态势之我见——兼与陈伯吹先生商榷》，《百花》1988 年第 3 期。

⑤ 韦苇：《文学史如是说——我对儿童文学教育性与艺术性的思考》，《儿童文学研究》1990 年第 6 期。

⑥ 陈子君：《再谈儿童文学与教育的关系》，《儿童文学研究》1991 年第 3 期。

⑦ 韩进：《谈儿童文学基础理论中的两个问题》，《儿童文学研究》1992 年第 6 期。

周作人的“儿童本位论”有着剪不断理还乱的历史渊源。在陈伯吹的“童心论”被平反后，重新认识周作人的“儿童本位论”和重新评价周作人的儿童文学地位被提上日程，从80年代中期到90年代中期，历时十年，掀起了儿童文学理论界的“周作人热”，主要文论有：王泉根的《论周作人与中国现代儿童文学》(1984年)和《周作人与儿童文学》(1985年)[①]、吴家荣的《周作人在儿童文学上的功过》(1984年)[②]、方卫平的《西方人类学派与周作人的儿童文学观》(1990年)[③]，以及韩进的系列文论《也论周作人的儿童文学观——兼与〈中国儿童文学史〉商榷》(1989年)[④]、《周作人早期儿童文学初论——兼述“以儿童为本位”观的提出》(1992年)[⑤]、《论周作人的儿童文学观及其悲剧品格》(1993年)[⑥]、《从“儿童的发现”到“儿童的文学”——周作人儿童文学思想论纲》(1993年)[⑦]、《鲁迅、周作人早期儿童文学观之比较——兼论中国现代儿童文学发展的鲁迅方向》(1994年)[⑧]、《周作人与儿童文学研究述评》(1995年)[⑨]等。反思五四时期周作人的儿童文学理论实践，学术界认为，应该给周作人一个儿童文学史上的恰当位置，“周作人是中国儿童文学史上不可或缺的人物，因为他的儿童文学观及其创作实践是中国儿童文学从自发走向自觉的不可或缺的一个环节。不了解周作人，就不可能了解一部完整的中国儿童文学史，也不可能正确地理解以鲁迅为代表的现实主义方向的中国儿童文学。我们必须把科学的态度和正义的忿怒很好地结合起来，以忿火照出他的战绩，对周作人在中国儿童文学初期所做出的多方面的贡献及其对中国儿童文学发展进程的影响，实事求是地给以肯定”[⑩]。

重建期儿童文学理论研究取得令人瞩目的全方位的科研成果。首先在儿童

---

① 王泉：《论周作人与中国现代儿童文学》，《浙江师范大学学报（儿童文学研究专辑）》1984年版。王泉根：《周作人与儿童文学》，杭州：浙江少年儿童出版社1985年版。
② 吴家荣：《周作人在儿童文学上的功过》，《论谭》1984年第3期。
③ 方卫平：《西方人类学派与周作人的儿童文学观》，《浙江师范大学学报（儿童文学研究专辑）》1990年版。
④ 韩进：《也论周作人的儿童文学观——兼与《中国儿童文学史》商榷》，《安庆师范学院学报》1989年第4期。
⑤ 韩进：《周作人早期儿童文学初论——兼述“以儿童为本位”观的提出》，《浙江师范大学学报（儿童文学研究专辑）》1992年第2期。
⑥ 韩进：《论周作人的儿童文学观及其悲剧品格》，《鲁迅研究月刊》1993年第10期。
⑦ 韩进：《从“儿童的发现”到“儿童的文学”——周作人儿童文学思想论纲》，《安庆师范学院学报》1989年第4期。
⑧ 韩进：《鲁迅、周作人早期儿童文学观之比较——兼论中国现代儿童文学发展的鲁迅方向》，《鲁迅研究月刊》1994年第2期。
⑨ 韩进：《周作人与儿童文学研究述评》，《中国文学研究》1995年第1期。
⑩ 蒋风、韩进：《中国儿童文学史》，合肥：安徽教育出版社1998年版，第311页。

文学资料的积累方面，为理论研究奠定了基础，主要有：《儿童文学教育研究资料》（1—4集，北师大中文系儿童文学研究室编，1979年）、《我和儿童文学》（叶圣陶等，1980年）、《儿童文学论文选1949—1979》（锡金、郭大森、崔乙主编，1981年）、《中国儿童文学大系》（希望出版社，1988年）、《中国现代儿童文学文论选（1902—1949）》（王泉根评选，1989年）、《儿童文学辞典》（四川少年儿童出版社，1991年）《中国幼儿文学集成（1919—1989）》（理论编，鲁兵主编，1991年）、《中国儿童文学论文选（1949—1989》（浙江少年儿童出版社编，1991年）、《世界儿童文学事典》（蒋风主编，1992年）、《中国新时期幼儿文学大系》（张美妮、巢扬，1996年）、《中国当代儿童文学文论选（1949—1994）》（王泉根评选，1996年）、《中国儿童文学大系》（蒋风等主编，15卷本，1988年至1990年间陆续出版）等。

在儿童文学独立学科的基础理论建设方面，主要著作有：《儿童文学概论》（蒋风，1982年）、《儿童文学概论》（五院校合编，1982年）、《儿童文艺心理学》（姚全兴，1990年）、《儿童文学的思想与技巧》（傅林统，1990年）、《儿童文学教程》（浦漫汀主编，1991年）、《幼儿文学原理》（黄云生，1995年）、刘绪源的《儿童文学的三大母题》（1995年）、《幼儿文学概论》（张美妮、巢扬，1996年）、《儿童文学原理》（蒋风主编，1998年）、《幼儿文学教程》（蒋风主编，1999年）、《儿童文学》（韩进，1999年）、《民族儿童文学新论》（张锦贻，2000年）等。

在将儿童文学作为一种独立的文学现象加以研究，其发生发展的史学著作有：《晚清儿童文学钩沉》（胡从经，1982年）、《中国现代儿童文学史》（蒋风主编，1986年）、《现代儿童报纸史料》（少年儿童出版社，1986年）、《现代儿童文学的先驱》（王泉根，1987年）、《中国儿童文学十年（1976—1986）》（洪汛涛主编，1988年）、《中国儿童文学史（现代部分）》（张香还，1988年）、《中国儿童文学理论批评与构想》（班马，1990年）、《中国当代儿童文学史》（蒋风主编，1991年）、《中国当代儿童文学史》（陈子君主编，1991年）、《中国童话史》（金燕玉，1992年）、《中国童话史》（吴其南，1992年）、《中国儿童文学现象研究》（王泉根，1992年）、《中国现代儿童文学史稿》（张之伟，1993年）、《中国儿童文学理论批评史》（方卫平，1993年）、《20世纪中国儿童文学导论》（孙建江，1995年）、《东北儿童文学史》（马力，1995年）、《转型期少儿文学思潮史》（吴其南，1997年）、《中国儿童文学史》（蒋风、韩进，1998年）、《中国儿童文学源流》（韩进，1999年）等。

在儿童文学文体方面的研究也日益细分和深入，主要的著作有：《儿歌浅说》（蒋风，1979年）、《论科学文艺》（叶永烈，1980年）、《儿童诗散论》（汪习麟，1984年）、《童话学》（洪汛涛，1986年）、《儿童小说创作论》（任大霖，1987年）、《寓言辞典》（鲍延毅主编，1988年）、《童话辞典》（张美妮主编，1989年）、《世界著名童话鉴赏辞典》(蒋风主编,1990 年)、《寓言学概论》(薛贤荣,1991 年)、《童话学通论》(马力,1998 年)。

一部儿童文学就是一部儿童文学作家的创作史,对一批重要儿童文学作家的研究,是儿童文学研究的主体,主要著作有:《郭老与儿童文学》(邓牛顿、匡寿祥编,1980 年)、《茅盾与儿童文学》(金燕玉,1983 年)、《郑振铎和儿童文学》(郑尔康等编,1983 年)、《冰心研究资料》(范伯群编,1984 年)、《周作人与儿童文学》(王泉根,1985 年)、《陶行知和儿童文学》(李楚材编,1986 年)、《陈伯吹传》(苏叔迁,1987 年)、《张天翼论》(吴福辉、张大明编,1987 年)、《冰心与儿童文学》(卓如编,1990 年)、《叶圣陶和儿童文学》(韦商编,1990 年)、《巴金和儿童文学》(张耀辉编,1990 年)、《郭沫若和儿童文学》(朱守芬等编,1990 年)、《黎锦晖和儿童文学》(黎泽荣编,1996 年)、《中国著名儿童文学作家评传丛书》(希望出版社,1998 年陆续出版)、《人与自然的颂歌——刘先平大自然探险文学评论集》(束沛德主编,1999 年),《韦苇与儿童文学》(韦苇,2000 年)等。

批评与创作是儿童文学发展的双翼,批评家是与作家同样重要的儿童文学建设者,不同时期儿童文学批评的代表著作有:《儿童文学丛谈》(蒋风,1979 年)、《小百花园丁杂说》(贺宜,1979 年)、《教育儿童的文学》(鲁兵,1982 年)、《儿童文学的春天》(樊发稼,1986 年)、《鹅背驮着的童话》(高洪波,1987 年)、《比较儿童文学初探》(汤锐,1990 年)、《束沛德文学评论集》(束沛德,1991 年)、《中国儿童文学现象研究》(王泉根,1992 年)、《中国儿童文学理论批评史》(方卫平,1993 年)、《我的儿童文学观》(任大霖,1995 年)、《新时期儿童文学》(朱彦,1995 年)、《浦漫汀儿童文学评论集》(浦漫汀,1996 年)、《樊发稼儿童文学评论选》(樊发稼,1996 年)、《中国儿童文学的本质》(朱自强,1997 年)、《当代儿童文学面面观》(周晓波,1999 年)、《追求儿童文学的永恒》(樊发稼,2000 年),《中国儿童文学与现代化进程》(朱自强,2000 年)。

中国儿童文学从一开始就与世界文学有紧密关系,汲取世界儿童文学营养是中国儿童文学发展的重要动力,研究世界儿童文学的主要著(译)作有:《俄苏作家论儿童文学》(周忠和编译,1983 年)、《儿童文学引论》(日本,上笙一朗著,郎樱、徐效民译,1983 年)、《安徒生简论》(浦漫汀,1984 年)、《世界儿童文学史概述》(韦苇,1986 年)、《世界儿童文学概论》(日本儿童文学学会编,郎樱、方克译,1989 年)、《世界童话史》(马力,1990 年)、《外国童话史》(韦苇,1991 年)、《苏联儿童文学简史》(周忠和,1991 年)、《书・儿童・成人》(保罗・亚哲尔著,傅林统译,1992 年)、《俄罗斯儿童文学论谭》(韦苇,1994 年)、《西方儿童文学史》(韦苇,1994 年)、《日本儿童文学面面观》(张锡昌、朱自强合著,1994 年)、《德国儿童文学纵横》(吴其南,1996年)、《我的图画书论》(日本,松居直著,季颖译,1997年)、《西方现代幻想文学论》(彭懿,1997年)、《英国儿童文学概论》(张美妮,1999年)、《意大利儿童文学概论》(孙建江,1999年)、《法国儿童文学导论》(方卫平,1999年)、《北欧儿童文学述论》(汤锐,1999年)、《欢欣岁月》(李利安·H·史密斯著,傅林统译,1999年)等。

第二章
儿童文学创作进入第二个黄金时期

第一节　重建期的儿童小说

重建期儿童小说创作是中国儿童文学有史以来最为活跃、最有成绩的文学版块，大致经历了由伤痕小说、问题小说、新人小说、成长小说向多元小说形态共荣的发展态势，形成写实小说和幻想小说两大流派，分别在20世纪80年代、90年代出现短篇小说、中长篇小说两座高峰。主要从事儿童小说创作的儿童文学作家超过百人，涌现了刘心武、张洁、柯岩、王安忆、陈丹燕、程玮、罗辰生、刘厚明、刘先平、秦文君、曹文轩、梅子涵、沈石溪、乌热尔图、金曾豪等为代表的一批有重大影响的儿童小说作家。

一、以刘心武、张洁、柯岩为代表的伤痕小说创作

伤痕文学作为一种文学现象，是指“文革”结束后，自1977年开始陆续出现的一批反映十年动乱带给人的悲惨遭遇和内心创伤的小说，从个人的悲剧命运揭示社会问题，并引发思考悲剧的原因。刘心武的《班主任》、卢新华的《伤痕》是伤痕文学开先河之作。有意思的是，刘心武的《班主任》塑造了两个中学生形象，揭露和批判极左思想对青少年的毒害，这种从“儿童视角”观察社会现象，以“儿童问题”反映时代本质，使得新时期的儿童文学与整个文学同频共振，都以“伤痕文学”为新生之源。

1 刘心武的《班主任》

刘心武（1942—　），四川成都人。中学时代开始文学创作。1959年发表第

一篇小说《送给妈妈的礼物》。1961 年毕业于北京师范专科学校，在北京任中学教师 15 年。1975 年发表中篇小说《睁大你的眼睛》，描写少年儿童同教唆犯作斗争的故事。1976 年"四人帮"被粉碎后，调任北京人民文学出版社编辑。1977 年在《人民文学》第 11 期发表短篇小说《班主任》，借初三(3)班班主任张俊石老师之口，喊出了"救救被'四人帮'坑害的孩子"的时代强音，让人想到半个世纪前鲁迅在《狂人日记》里发出的"救救孩子"的呐喊。

1977 年春天，光明小学初三(3)班班主任张俊石收下了转班生宋宝琦。宋宝琦被称"小流氓"，因为卷进了一次集体犯罪活动被拘留，因为坦白彻底，揭发有功，加之未满 16 岁，被教育释放。他的父母感到再也难以在老邻居们面前抛头露面，便搬家到光明中学附近，根据"就近入学"的规定，他父母申请将宋宝琦转入光明中学上学。得知宋宝琦将转入初三(3)班的消息后，老师、学生都有十分激烈的反对情绪，担心、害怕宋宝琦的到来会打乱破坏班级原有的教学秩序，破坏学习氛围，影响教学质量。为挽救失足少年宋宝琦，也是回击不同声音，班主任张俊石发动团支部和班干部一起做其他学生工作，意外发现团支书谢惠敏是一位比宋琦宝更需要挽救的精神失足少年，在她的脑子里，"凡不是书店出售的、图书馆外借的书，全是黑书、黄书"，《牛虻》《青春之歌》有谈情说爱的内容，更被她认为是毒害少年的"黄书"，坚决拒绝并反对他人阅读。班主任张俊石由此陷入沉思——"谢惠敏正当风华正茂之年，满心满意想成为一个好的革命者，想为共产主义这个大目标而奋斗，却被'四人帮'害得眼界狭窄、是非模糊。"小说结尾，作者向社会呼吁："请抱着解决实际问题、治疗我们祖国健壮躯体上的局部痈疽的态度，同我们的张老师一起，来考虑考虑如何教育、转变宋宝琦这类青少年吧！"实际上是要引起社会关注，初三(3)班在当时的中国还有很多，宋宝琦、谢惠敏只是当时中国受迫害的少年一代的缩影，一定要彻底清算"四人帮"文化专制的流毒，拯救被"左"的思潮窒息和扭曲了的灵魂，这与中华民族的前途和未来的关系是非常重要的。因而，"《班主任》的意义远远超出了儿童文学本身的范围。它超常的震撼力，深刻的启蒙作用，触发了整整一代人对自己一向深信不疑的某些观念和思维习惯的怀疑，成为新时期文学对极左思潮进行深刻批判的开始，成为全民族思想解放运动在文学上的先声。"①

《班主任》经中央人民广播电台播出后，影响更大，读者反映褒贬不一。有人批评谢惠敏这个人物歪曲了团干部和进步青年的形象，有人批评《班主任》是歪曲了社会主义国家光明形象的"问题小说"；更多人认为刘心武是第一个批判性

---

① 陈子君主编：《中国当代儿童文学史》，济南：明天出版社，1991 年版第 375—376 页。

地触及'文化大革命'的不良后果的作家，借《班主任》"带头讲出了"人人心中有"，却一时说不出或说不清的真感受，是第一部清算文化大革命给少年儿童身心带来伤害的宣言书；有人认为，尽管"伤痕文学"这一特定概念，是青年作家卢新华于1978年8月发表短篇小说《伤痕》才定下来的，但"伤痕文学"的第一次表露，应推刘心武1977年发表的《班主任》，刘心武是中国"伤痕文学之父"。刘心武写这篇小说确实冒了很大风险。他20多年后回忆说："当时，我确实有'闯禁区'的意识。因为，如果我还是个中学教师，可能我不懂；但那时我当编辑了，在那个敏感的圈子里，我知道有话要说，知道有点儿冒险，也感到有点儿怕"，感到"我的政治生命也全在这里面了"。

正是刘心武的冒险，结束了一个"文革"时代的文学，开创了新时期文学，《班主任》被视为伤痕文学的发轫之作，获1978年全国首届优秀短篇小说奖第一名，在中国当代文学史上具有里程碑意义。正如路遥在长篇小说《平凡的世界》第二十五章开篇写道："'四人帮'垮台以后，中国最为瞩目的现象之一，就是文学在全社会的大爆炸。从刘心武的那篇小说开始，以社会问题为主题的文学作品，哪怕是一个短篇小说，常常立刻就引起全社会的喧哗。也许有史以来，中国文学直接的社会效应从未达到过如此巨大的程度。"

《班主任》之后，刘心武仍不满足，认为"就儿童文学来说，目前闯开的禁区并不多，如儿童心理、儿童情趣，总还是仅仅作为一种点缀出现在作品里，不敢放开地通过细致入微的儿童心理和淋漓尽致的儿童情趣，去描绘儿童的生活，塑造儿童的形象"[①]。为改变这一现状，他继续"冒险"，闯开儿童文学创作一个又一个禁区，或继续拓展校园现实生活题材，如《没有讲完的课》(1978年)、《醒来吧，弟弟》(1978年)、《母校留念》(1978年)、《看不见的朋友》(1979年)、《我是你的朋友》(1980年)；或反顾童年写解放前山城重庆的革命斗争，如《嘉陵江流进血管》(1982年)；或将笔触深入人物内心，写同学间不无阴暗却自然正常的"嫉妒"之火，如《熄灭》(1980年)中的学习尖子佟春杏和"考了第一名"的叶莲之间的复杂心理变化；或突入青春禁区，写少年成长过程中的"反叛"心理，如《我可不怕十三岁》(1985年)中的初一学生罗世凯面对自我主体意识觉醒的冲动和矛盾，塑造了一群有血肉、有童趣、有个性、有追求的儿童形象，其中《看不见的朋友》和《我可不怕十三岁》分别获得第二次(1954—1979)全国少年儿童文艺创作奖和中国作家协会第一届(1980—1985)全国优秀儿童文学奖。

---

① 刘崇善：《儿童小说的心理描写》，《朔方》1984年第6期。

2. 张洁的《从森林里来的孩子》

张洁（1937—　），当代女作家。辽宁抚顺人，生于北京。童年求学时期爱好音乐和文艺。1960年毕业于中国人民大学计划统计系，到第一机械工业部工作。1978年发表第一篇小说《从森林里来的孩子》，1979年加入中国作协。1982年加入国际笔会中国中心，并随中国作家代表团赴美国参加第一次中美作家会议。被授予美国文学艺术院荣誉院士称号。现为国家一级作家、国务院授予的有特殊贡献作家。张洁作品以"人"和"爱"为主题，不断拓展艺术表现方式，以浓烈的感情笔触探索人的心灵世界，常引起文坛论争。著有长篇小说《沉重的翅膀》《只有一个太阳》《无字》，小说、散文、随笔集《爱，是不能忘记的》《方舟》《祖母绿》《张洁文集》《国际文学大奖得主自选文库》《世界上最疼我的那个人去了》等10多部，游记文学集《域外游记》《一个中国女人在欧洲》等。曾获1989年度意大利马拉帕尔蒂国际文学奖，《从森林里来的孩子》《谁生活得更美好》《条件尚未成熟》分别获1978年（首届）、1979年、1983年全国优秀短篇小说奖。《祖母绿》获全国1983—1984年优秀中篇小说奖，《沉重的翅膀》获第二届茅盾文学奖，《无字》获第二届老舍文学奖、北京市第三届文学艺术奖、《小说选刊》2001—2002年优秀长篇小说奖、第六届国家图书奖、第二届女性文学奖、第六届茅盾文学奖。

短篇小说《从森林里来的孩子》首发于《北京文艺》1978年7期，与刘心武的《班主任》相比，虽然都烙上了时代的"伤痕"印记，却有着独特的诗意追寻。主人公孙长宁是伐木工人的儿子，在单纯、干净的森林里长大，与外界沟通少之又少，他的价值观和世界观是一片空白。下放知青梁启明做了他的启蒙老师，指导他学习音乐，在他纯洁的心灵里播种积极向上、追求真理、为民服务的信念。孙长宁错过了音乐学院高考报名的时间，误闯考场后，他的音乐才华不仅征服了主考教授傅涛，其他考生也无私让贤，他被破格录取。张洁讲述了这样一个充满浪漫理想和诗性温暖的"童话故事"，塑造了孙长宁这一新人形象，探索了伤痕文学的新领域。

"伤痕"生长在孙长宁的启蒙老师梁启明的灵魂深处，孙长宁也必然感染着老师那颗受伤的心，承受着无形的伤害和隐痛。梁老师是从北京送到山林来劳动改造的"黑线人物"，因为他积极地搞了十七年的"文艺黑线专政"，不仅政治上有罪，而且身体上还有一种难以治愈的、叫做"癌"的病症。他要想回到北京治病，就必须"认罪，投降，出卖、陷害别人"。梁老师是有理想和坚守的人，不会做丧失人格和良知的事，劳动之余，习惯用吹笛来抚慰身心的痛苦。他的神奇美妙的笛声深深吸引了酷爱音乐的少年孙长宁，孙长宁惟妙惟肖的口哨拨动了梁老师的心弦，"他们的心，被同一种快乐和兴奋激发着，在这旋律的交流里，彼此发现着、了解着、热爱着，忘记了他们之间的年龄的差别，忘记了时间已经渐渐地过去”，他们结为父子般的师徒关系，“梁老师除了教他读、写、算，还教他吹那只魔笛”。梁启明知道生命留给他的时日不多了，他将自己内心的痛苦隐藏起来，不让孩子看见，又将这痛苦幻化成教授孩子音乐的力量，争分夺秒地用在孙长宁身上，同时传递一种坚定的信念，相信乌云会散去，真理会胜利，真正的艺术将会流传下去。作者的高明处在于，没有重笔着墨“文革”带给知识分子的惨痛悲剧，而是利用孙长宁的成长来侧面反映梁启明的悲伤，以孙长宁超乎寻常的成功方式，延续梁启明的人生梦想，慰藉梁启明的在天之灵。因而，与其说孙长宁的成功是他赶上了新时代，还不如说在他的身上融聚了两代人的理想。

《从森林里来的孩子》显示了伤痕文学向成长文学的跨越，在那个文学时代具有特殊意义。20世纪70年代末80年代初的中国文学，正处在拨乱反正、百废待兴的重大转折时期。面对“文革”浩劫留下的精神恶果，许多人相信，单靠政治、科学、哲学、道德等启蒙手段是不够的，必须借助艺术“审美”的启蒙，直击人的心灵情感，抚平政治“伤痕”而获得健全自由的生命。《森林里来的孩子》不是暴露黑暗、传递仇恨，而是通过梁启明对孙长宁的音乐熏染，输送知识和正能量，使少年儿童在理想与奋斗中成长。“破格录取”象征着一个政治时代的终结和文化时代的开启。如果把《班主任》称为新时期文学中关注孩子政治生命的第一声呐喊，那么《从森林里来的孩子》可以说是关注孩子文化成长的开篇之作。

3. 柯岩的《寻找回来的世界》

柯岩(1929—2011)，女，原名冯恺，祖籍广东南海。著名作家、诗人。1949年开始专业创作，从事多种文学样式的写作，被誉为20世纪中国文坛的全能式作家。主要作品有：儿童诗集《帽子的秘密》(1956年)、《小兵的故事》(1957年)、《“小迷糊”阿姨》(1960年)、《童画诗情集》(1981年)、《月亮会不会搞错》(1984年)等；诗集《周总理，你在哪里》(1979年)、《春天的消息》(1984年)等；报告文学、散文集《奇异的书简》(1980年)、《癌症≠死亡》(1989年)等；长篇小说《寻找回来的世界》(1984年)、《妈妈不知道的事情》(1990年)、《他乡明月》(1992年)、《CA俱乐部》(2004年)等。多次获得全国性大奖，多种作品译成英、法、德、日、俄等多国语言出版。

柯岩以儿童文学起家，许多作品收入大、中、小学教材。儿童诗集《“小兵”的故事》获得全国少年儿童文艺创作评奖(1954—1979)一等奖，《童画诗情集》获得新时期(1979—1988)优秀少年儿童文艺读物一等奖，《月亮会不会搞错》获得新闻出版署和中国作家协会等7部委儿童文艺评奖一等奖。《寻找回来的世界》长篇小说及同名电视连续剧，分别获得公安部金盾长篇小说奖、电视剧飞天奖、金鹰奖、国家教委特别奖、宋庆龄基金会文学剧本奖、中国作协儿童文学奖等全国性大奖。

《寻找回来的世界》是柯岩第一部长篇小说，也是第一部反映少年犯罪的长篇"伤痕文学"，与《班主任》和《从森林里来的孩子》等短篇小说相比，以更大的容量、更丰富的内容、更多的形象、更深刻的思考，将"文革"后的"伤痕文学"推向"新人文学"的高度，开拓了"少年犯罪世界性题材"，塑造了"社会主义新人形象"。

小说以工读学校为背景，探讨少年失足的社会原因，讲述迷失的一代如何通过教育寻找回自己的良知与尊严，把中国的工读教育事业同整个社会生活与国家前途紧密地结合起来。作者毫不隐晦这部作品的创作主张，她说："青少年犯罪是世界性的问题，不夸张地说，这写的是世界性的题材。通过对犯罪少年的中国式的挽救，我要让外国人了解我们中国社会的本质。"①

作者塑造了以老校长徐问、老工读生出身的教导主任黄树林、女教师于倩倩等为代表的新教育者形象。校长徐问从调查结果中发现仍然有百分之三的学生最尊敬的人是周总理和雷锋，对所有孩子敢于"讲真话"给予高度赞扬，不仅充分肯定这是最可宝贵的品质，也让教育者了解了孩子们的真实内心，能够对症下药。

老校长徐问是一个自觉献身工读事业的形象。他放弃了安定的工作、良好的住房，选择到工读学校。作为一校之长，处处以榜样的力量引导师生。他观察问题敏锐，处理问题决断，对待那些走上歧路的青少年，就像一个治病救人的名医，能够准确地号脉并对症下药，从而不仅能够教育这些失足的青少年，还能让学校从积重难返的"文革"阴影中走出。对待遇到困难的老师，就像父母兄长，循循善诱，他对前来汇报思想、对学生失去信心的青年女教师于倩倩说："我们的孩子都是有毛病的孩子。就像医院里有各种各样的病人一样，有着各种不相同的表现形式。难道医生因为哪个病人得的不是多发病、常见病，就拒绝治疗吗？我们的信念如果一见丑恶，就要破灭，那这信念不是太脆弱了么？因为我们从来不是认为生活中没有丑恶，我们恰恰是承认生活中有丑恶，但丑恶是可以改变、可以医治的。我们不是为了变丑为美才到这儿来的么？"

于倩倩在老校长的开导和引导下，不仅学会了用自己的真诚和爱心，以阳光般明媚、春风般和煦的朝气和情感，彻底感化了"伯爵""小佛爷"和"小疯子"等个性刚强的孩子，成为孩子们亦师亦友的好朋友，而且还正确处理了与"前男友"的

① 高洪波：《鹅背驮着的童话——中外儿童文学管窥》，合肥：安徽少年儿童出版社1987年版，第284页。

关系，在不断追求中获得“完美的幸福”。在工作中，她虚心向老工读生出身的教导主任黄树林请教，在黄树林的“传帮带”中，加深了对工读事业的认识，在对事业的无怨无悔的追求中，两个人的爱情也瓜熟蒂落。

老校长徐问、教导主任黄树林、青年教师于倩倩正是所有教师的代表，他们忠诚党的教育事业，坚持用尊重、理解、宽容的无私之爱，感化、教育、引导失足少年建立理想信念，自重自信，帮助他们勇敢地告别昨天，扬起理想的风帆，开启新的人生。在园丁的辛勤教育下，工读学校的孩子们，从堕落、刁蛮、目不识丁、以丑为美，变成了有理想、有抱负、有工作能力和鉴别能力的一代新人。他们在晚会上念这样的诗：“生活曾经欺骗过我，但我并不甘心堕落；当生活重新给我温暖，我就开始新的生活。”

失足少年的新生是新时期儿童文学画廊的全新形象，在他们身上集中了党的关怀、教育者的热爱、社会的期待和时代的理想，在教育改造失足少年的同事，教育者也受到教育，在引导孩子们找回失去世界的同时，也完美了自我世界，共同成长为“新人”，正如丁玲致柯岩信中所说：“社会主义新人是有自觉的人，并不只是能忍受一时痛苦，而是明知有牺牲也甘心愿意去受痛苦的人，是认为应该为人民服务，无所谓牺牲，不怕受委屈的人。你书中的徐问，陆娴，黄树林……才是社会主义的新人。他们并无惊人之事，惊世之才，但他们都能一生至少是半生坚强不屈，以马列主义为主导，以党的事业为重，办工读学校，改造我们年轻一代中的失足者而孜孜不倦，任劳任怨。他们胸怀广大，感情真挚，才是真正的社会主义新人。这些人很多，尽管也有些人是不成熟的，是有缺点的，甚至是犯过罪的，如倩倩，如老扣，如谢悦……我们这个社会，这个社会主义的社会就是这些人的集合体，就是依靠这些有这样那样的不足之处，而又在党的教育下向前行进的人。我们的前途、希望就在这里。……我从心里拥护这本书，我为读者感谢花了不少心力的作家。你为书中的人物浇铸了你的全部的感情，和多少的心血啊！”①

柯岩笔下这批社会主义“新人”形象，都来自她的生活和观察，是作者慧心独具的文学发现，更是作者30年“寻找”的结果。早在1956年，柯岩就到工读学校工作，担任教师，帮助建团建队，以至于学生们一直不知道她的真实身份，以为是个普通的老师。在这段工作中，柯岩做了大量的调查研究，做孩子们的贴心朋友，摸清他们的失足原因和内心真实世界，当时觉得自己的阅历和思想还不能驾驭少年犯罪这个太严肃的题材，直到80年代，面临“四人帮”留给教育的种种毒

① 丁玲：《1984年7月11日病中于医院给柯岩的信》，原载1984年8月9日《光明日报》，后收入《丁玲全集》第12卷，石家庄：河北人民出版社2001年版。

害，做了外婆的柯岩再次深入工读学校，才把这个经过深思熟虑的题材，以富于诗情画意的笔触写了出来。“《寻找回来的世界》无疑是80年代一部出类拔萃的儿童小说，它不仅以题材的新颖见长，更重要的是作家以娴熟的艺术技巧，通过对生活中异常驳杂错综的矛盾冲突的生动展现和对特殊环境中种种人际关系的细针密线的揭示，撼人心弦地启动着小读者乃至大读者对做人真谛的揣摩和思考，其题旨的张力、内蕴的深邃、思想的力度，都是儿童文学中所罕见的。”①

二、以王安忆、罗辰生、刘厚明为代表的问题小说创作

“问题小说”指为探讨某种社会问题而创作的小说，它是五四时期开始出现的一种文学现象，鲁迅说他创作《狂人日记》的原意，就是“提出一些问题而已”，冰心的《最后的安息》(1920年)、王统照的《湖畔儿语》(1922年)、叶圣陶的《小铜匠》(1922年)等儿童小说就是代表作品。十年动乱不仅给谢慧敏、宋宝琦、孙长宁、谢悦、郭喜相、赵建国、向秀儿们带来了精神、灵魂、行为扭曲的创伤，而且动乱环境对儿童认知和行为产生的严重负面影响不会随着“文革”的结束马上结束，儿童文学不再停留在暴露“伤痕”的初期反思上，而开始进一步思考“为什么”和“怎么办”的问题，在创作题材、主题、形象方面敢于突破，出现了王安忆的《谁是未来的中队长》(1979年)、程远的《弯弯的小河》(1979年)、罗辰生的《白脖儿》(1980年)、邱勋的《三色圆珠笔》(1980)、王路遥的《破案记》(1981年)、黄蓓佳的《阿兔》(1981年)、刘厚明的《黑箭》(1982年)等一批书写“问题儿童”的小说，借助对问题儿童的反思检讨历史儿童观、儿童文学观和儿童教育观，形成“问题小说”创作的新思潮。

1. 王安忆的《谁是未来的中队长》

王安忆(1954—　)，江苏南京人。学生时代正处于十年动乱期间，1969年中学毕业后到安徽省五河县插队。1976年发表散文处女作《向前进》。1978年调回上海，在《儿童时代》杂志社做编辑工作，1979年在上海《少年文艺》发表短篇小说《谁是未来的中队长》一举成名，获得第二次(1954—1979)全国少年儿童文艺创作评奖二等奖。主要的儿童文学创作还有：儿童小说《黑黑白白》(1983年)、报告文学《小松树，轻轻地响》(1985年)。1987年调上海作家协会从事专业创作，代表作有获得第五届茅盾文学奖的《长恨歌》(1996年)。

---

① 樊发稼：《1949—1999中国当代文学作品精选·儿童文学卷》导论，《樊发稼三十年儿童文学评论集》，上海：少年儿童出版社2010年版，第235页。

《谁是未来的中队长》是继《班主任》后又一篇引发大讨论的短篇小说。作品紧紧围绕“谁是未来的中队长”展开情节，塑造人物。张莎莎是老师的红人，从幼儿园开始一直是小班干，如同《班主任》中的谢惠敏，听话、忠诚、乖巧、循规蹈矩，组织性、纪律性强，延续了“红色接班人”的传统，正是老师心目中理想的中队长角色。但同学们不喜欢她，因为她动不动就给老师打小报告；同学们拥护李铁锚，他为人正直，乐于助人，可老师不喜欢他，说他“自说自话”，还“有点鲁莽”。作者巧妙地以“我”听爸爸讲他们厂里“文革”时期有人靠“打报告”当上车间主任的故事，来影射张莎莎“爱打小报告”的品质问题，同时认为李铁锚的“鲁莽”恰是孩子本有的天性，应该得到尊重和理解。在强烈的对比中，对“听话”即是“好孩子”的传统教育观提出质疑，让读者不得不去和作者一起思考“谁是未来的中队长”：如果“爱打小报告”的“好学生”张莎莎不合适，“有点鲁莽”的李铁锚就合适吗？可以找到既不“鲁莽”又“不打小报告”的完美的中队长吗？老师、学生都以自己的喜好为标准来选择中队长就没有问题吗？如果这些都有问题，那我们的学校教育就一定有问题，如果教育出了问题，就一定是关系未来的大问题！因为有这些“问题”，小说发表后，在儿童读者及家长、教师中激起了异乎寻常的反响，编辑部收到400多封读者来信，有的小干部在信中说“张莎莎就是自己”，从张莎莎身上反观自己，受到极大的震动，理论界也将其作为“问题小说”展开讨论。

王安忆的成功之处就在于以敏锐的艺术观察力，透过看似没有问题的表象挖出深刻的社会问题，对听话的“好孩子”提出质疑。选中队长是每个学校、每个老师、每个学生都必然遇到的问题，老师让自己喜欢的“好学生”担任也是最正常不过的现实，而作者就是要在“常理”中意外发难，表明自己鲜明的倾向性，却又不是简单地肯定和否定。在王安忆看来，李铁锚也是有很多缺点的成长中的少年，像张莎莎这样的“小干部”，“肯定都是好孩子。同学们不喜欢他们，这怪谁呢？难道怪他们自己？不，决不能怪他们自己，也不能怪老师。想想吧，‘四人帮’猖獗了这么多年，党的干部政策被破坏了，民主作风被糟蹋了，成人受到影响，孩子们又怎能不受到影响？！”①

小说在艺术构思上有其独到之处，不同于校园题材的教育小说《班主任》《寻找回来的世界》以教育者老师作为主角，《谁是未来的中队长》将儿童形象张莎莎、李铁锚、“我”推到舞台中央，将成人、教育者形象“王老师”隐在叙述中，作为张莎莎每次打小报告的“隐含角色”，对于老师的态度和立场也始终没有给出正面回答，其实，“谁是未来的中队长”已经不那么重要了，重要的是孩子们由此“发

① 陈子君主编：《中国当代儿童文学史》，济南：明天出版社1991年版，第394页。

出了自己的声音”，是一部“代儿童立言”的儿童小说。

2. 罗辰生的《白脖儿》

罗辰生（1944—　），河北阜城人。1957年到北京读书。1963年高中毕业后到北京市崇文区翟家口小学任教。1978年到《中学生》杂志社工作。1980年到《东方少年》杂志社工作，任社长、副主编。主要作品有：长篇小说《下世纪的公民们》（1992年）、《天才、神才、鬼才》（1988年）、《小巷奇人》（1992年），中篇小说《没有歌声的春天》等20余部，短篇小说《白脖儿》等100余篇。短篇小说《吃拖拉机的故事》获第二次（1954—1979）全国少年儿童文艺创作二等奖、《白脖儿》获中国作协第一届（1980—1985）全国优秀儿童文学奖、《下世纪的公民们》获中国作协第二届（1986—1991）全国优秀儿童文学奖。

罗辰生的儿童小说大都取材于他熟悉的小学生校园生活，特别关注那些所谓有问题的儿童，如长篇小说《花儿向她开》中受“四人帮”毒害的“文革”少年、五（2）班的“闹将”崔铁柱，中篇小说《足球在行动》中不守纪律的小学生宋力，中篇小说《没有歌声的春天》中生活在父母爱情悲剧家庭的小女孩丽丽，短篇小说《白脖儿》中“经不住考验”的小学生张小明。罗辰生笔下的“问题儿童”，恰恰是儿童成长处于“逆反期”的特殊阶段，他们的问题是成长中的心理问题、性格问题，而不是道德问题、品质问题，从而使新时期以来的儿童小说创作在“伤痕”和“问题”的主题中得到新的升华，把儿童向善向上的美好品德表现了出来，作品因此具有温暖明亮的基调，传达了“理解与爱”的正能量。《白脖儿》就是其中最具特色的代表作之一。

《白脖儿》原载于《儿童文学》1980年第1期。小说写某小学五（2）班学生张小明渴望加入少先队又最终没能如愿的故事，“白脖儿”是他奶奶给他取的外号，因为脖子上没有红领巾，用中队长方娟娟的话说，就是经不起考验。原来张小明有个不好的毛病，在课堂上回答老师的问题时，喜欢开玩笑，自以为是一种幽默、可爱、惹人注意的方式，但破坏了课堂气氛，每次入队讨论，方娟娟都以“再考验考验”为由拒绝了张小明的申请，气得张小明把戴眼镜的方娟娟叫做“四眼儿”，两人从此较上劲，一个坚持严格的入队标准，一个赌气以编外队员的方式，跟踪参加少先队活动，引发一系列带有喜剧色彩的矛盾冲突。小说中针对张小明入队的问题，新任班主任兼中队辅导员的白老师与中队长方娟娟的对话让人深思：

一次，她问中队长：“娟娟，张小明怎么总入不了队呢？”

“有缺点，老不改。”

白老师笑了：“有缺点，入了队再改不也行吗？”

> 娟娟一听，吃惊地说："什么？带着缺点入队？哎呀，那怎么行？"
> 白老师说："咱也不能总盯着他的缺点，也要看到他的优点呀！"
> 方娟娟不吭声了。白老师说："你是中队长，应该主动地做工作，找他谈谈吧！"

方娟娟的思想问题显然没有彻底解决，她和张小明之间的相互提防、猜忌始终存在，尽管方娟娟找了张小明谈心，但没有开始就不欢而散，而且误会更深，当张小明的妹妹都光荣入队时，张小明的内心渴望、痛苦和矛盾也达到了顶点，想到入队无望的悲凉，张小明偷偷戴上妹妹的红领巾到照相馆拍照留念，也终因不是自己的红领巾而倍感无奈和失望。少先队到公园活动，他好奇地尾随而至又不得不防备被发现，只得一个人孤单地游戏。在班主任白老师的启发引导下，中队委终于在最后一次毕业游园活动中吸收张小明作为编外队员参加，张小明在风雨中勇敢保护同学安全和游船财产的行为，让人们认识了张小明的优秀本质，也让一直持否定态度的中队长方娟娟改变态度，提出重新讨论张小明入队问题，然而此时已经太晚，这已经是中队最后一次活动了。小说发人深省的意义在于，辅导员、中队长、张小明三位责任攸关者，似乎都有问题又都没有问题，张小明的个人悲剧又似乎是每个人的悲剧、学校教育的悲剧，虽然问题表现在老师、学生身上，但根子却在学校教育的价值观上，在于培养好学生的标准上，从而大胆反思教育制度和教育政策，将"儿童问题"引向"教育问题"，有了"教育改革"的萌动。结束小学生活后的张小明在即将到来的中学生活阶段是否会有更好的境遇，这又是一个不能不让人担心的"大问题"！

3. 刘厚明的《黑箭》

刘厚明（1933—1989），北京人。1950 年考入北京师范学校，毕业后在小学和工读学校执教。1954 年开始儿童文学创作，写成独幕剧《钮扣》。1961 年到北京市文联从事专业创作。1965 年到北京市人民艺术剧院担任编剧，1981 年再回到市文联任专业作家。

"刘厚明还是一个出色的儿童文艺组织工作者。"[①]1986 年到文化部工作，担任过文化部社会文化局主管少儿文艺工作的局长、中国作家协会儿童文学委员会副主任。他关注儿童文学，视野开阔，反应迅速，不时为促进儿童文学的发展积极建言献策。1986 年中国作协设立"全国儿童文学奖"、1987 年 1 月 24 日起《文艺报》开设"儿童文学评论专版"，都是在刘厚明的建议和倡议下，有关方面积

① 束沛德："为儿童文学鼓与呼"，南昌：二十一世纪出版社 2009 年版，第 122—124 页。

极响应和推进的结果。刘厚明还是一位带头研究儿童文学的作家，在新时期改革开放之初，最早提出不能“对儿童文学的教育功能看得太狭隘、太机械”，用新鲜独特的“导思、染情、益智、添趣”八个字对儿童文学的价值功能做了全面、精准的概括。

刘厚明开始写儿童文学时，还是小学教师和少先队辅导员，他热爱教师职业，热爱孩子，从孩子的生活出发，从教育的需要出发，以“于孩子有益，为孩子所喜”为创作目标，在儿童小说和儿童戏剧两方面，创作了一系列优秀作品。儿童小说结集出版的有：短篇小说集《红叶书签》(1980 年)、中篇小说集《黑箭和它的朋友》(1982 年)、小说、童话合集《黑箭》(1983 年)、中、短篇小说集《阿诚的龟》(1984 年)《耍蛇少年》(1985 年)、小说集《刘厚明作品集》(1987 年)。儿童剧本集有：《夏天来了》(1955 年)、《小雁齐飞》(1962 年)、《六个儿童剧》(1979 年)。此外，还有儿童诗集《蜗牛姑娘》(1956 年)、散文集《亚非九国游记》(1984 年)、各类体裁合集《刘厚明作品选》(1987 年)。

刘厚明是位有生活、有创作、有理论、有组织的儿童文学专业作家，他的儿童创作有着鲜明的主题，就是关注当下儿童生活，歌唱善良和爱，代表作有儿童剧本《小雁齐飞》(获全国第二届少儿文艺创作一等奖)、电影文学剧本《绿色钱包》(获 1981 年文化部优秀儿童故事片奖)、小说《黑箭》(获 1981 年全国短篇小说优秀作品奖)和《阿诚的龟》(获 1980—1985 年中国作家协会首届“全国优秀儿童文学奖”)。

《黑箭》在题材上类似柯岩的《寻找回来的世界》，是一篇深刻反思失足少年获得新生的“问题小说”，原载于《人民文学》1981 年第 5 期，被收入秦文君主编的《中国新文学大系》(1976—2000)“儿童文学卷”。1981 年，刘厚明回到北京市文联担任专业作家后，他再次回到 20 年前工作的北京工读学校深入生活，发现“经过十年内乱后复建的学校，入学的失足少年比从前多了，他们精神上受的伤害比过去严重，‘再教育’的过程也比过去曲折、复杂”，教师与儿童文学作家的责任，激发他要写一部“反映这些少年的教训和转变”的作品，通过挖掘失足少年的“心灵美”，来“培养孩子们热爱美好事物的感情”，纠正社会对失足少年的偏见，《黑箭》就是这样一部“以表现善和美”为主题的“新问题小说”。

工读生玉柱因为有偷东西的毛病，被父亲用菜刀剁掉了一个半指头，半个月进了三次派出所，工读学校严格对待犯人似的管理，让他“浑身不得劲儿”，“入学四天，仿佛苦熬了四年”，借一次课间活动去校墙外捡球的机会，逃之夭夭，在集市里忍不住伸手偷了卖兔子妇女的蓝布褂子口袋里的三块六毛钱，却对一只“又瘦小又难看”的流浪狗产生了怜爱之心，发挥他的特长，每天偷了学校食堂里的饭菜送出来，他要把小狗养得肥肥的，“把它训练成一条猎犬，给它起了个名字，叫‘黑箭’，意思是它能跑得像箭一样快！”收养这只流浪狗的少年虎子，开始瞧不起“工读生”，现在“渐渐喜欢上这个工读生”，认为“他心眼好，知道怜惜这条无依无靠、可怜巴巴的狗”。作者立意的高明处在于老校长深夜潜伏在食堂抓住了小偷玉柱后，没有简单地把他送到派出所或者公开在学校批评，而是细心地问明“为什么”偷盗后，事情发生了戏剧性的变化。“老校长的眉头展开了，往椅背上一靠，微微笑了。哪个孩子不喜欢小狗呢？这是稍稍懂得儿童的人，都可以理解的。原来，这桩‘失窃案’，不同一般，不再那么可气可恼，罩上了一层饶有情趣的色彩”。老校长做出了一个惊天骇俗的决定，让玉柱把黑箭带回到学校来养，并在全校大会上庄严宣布，“玉柱被任命为工读学校的狗倌”。这让“玉柱心里颤颤的，产生一种从未体验过的感觉——狗倌也算一种‘官儿’吗？这并不重要，重要的是他在这集体里，看到了自己的位置和责任。”故事结尾还没有忘记交代一笔，卖兔妇女正是虎子的妈妈，玉柱偷的是虎子妈妈卖兔给虎子爹治病的钱，玉柱后悔死了，将剩下的一块四毛钱偷偷放到虎子家的兔窝里，悄悄带着黑箭走了，虎子发现钱后，又专程赶到学校把钱送还给玉柱，让玉柱有话难说，“眼里一热，泪珠吧嗒吧嗒掉下来，吸溜着鼻子说：‘虎子，你说得对，世界上还是好人多。’”

《黑箭》是新时期以来第一次塑造了失足少年的正面形象，没有抓住并夸大玉柱小偷这一不良行为的弱点，而是挖掘少年心底的善良、有爱的本性，并加以肯定和引导。揭示失足少年的过去、现在和未来都与环境有着深刻关系，家庭、学校与社会应该为少年的失足和新生负起主要责任，教育者应该懂得儿童心理，尊重儿童人格，激发其潜在的良知良能，引导其向善向美的方向成长，强调少年的自我成长和自觉成长。刘厚明以他教师的责任和作家的情感，将强烈的现实主义精神与鲜明的浪漫主义理想相结合，在小说里创造了一个“属于他的世界。这是一个具有着朴实美和单纯美的世界，一个充满着爱和善良的世界，一个呼唤着人的尊严的世界”，生活在这个“世界”里，因为“好人多”，你会感到是多么可爱。失足少年邢玉柱已经不是一个简单“问题少年”，而是一位能够“自我成长”的“新人形象”。作者站到了那个时代儿童文学的高度，敲响着工读生也是“好人”和“祖国的花朵”的双主题，认为“人类的任何美德，都是建立在人们之间相互亲爱、关怀、同情和尊重的基础之上的”，揭示了儿童文学就是要培养孩子们“爱”与“善”的美好情感的重大主题方向，对新时期及以后的儿童文学创作有着深刻的引导和示范意义。

三、以张之路、秦文君、黄蓓佳为代表的新人小说创作

所谓“新人小说”，是由“问题小说”深化和发展而来。儿童文学作家在反思现实“问题儿童”的同时，必然有“理想儿童”的期待，而理想的种子就在现实的儿童生活之中，于是一批反映正常儿童生活、正面塑造儿童形象的小说呼之欲出，这是儿童现实生活的主流，也是现实主义儿童文学的主潮，涌现出了以张之路、秦文君、黄蓓佳等为代表的“新人小说”创作，为新时期中国儿童文学画廊增添了一批天真纯洁、活泼向上、孩子气十足又充满正能量的儿童形象。

1. 张之路的《第三军团》

张之路（1945—），祖籍山东诸城，生于北京。1968 年毕业于北京师范学院物理系，曾在中学执教 10 年。1976 年开始发表作品，1985 年加入中国作家协会。1992 年国际青少年读书联盟（IBBY）将张之路载入优秀作家名册。1997 年成为第一位入选中央电视台“东方之子”栏目的中国儿童文学作家。2005 年获得中国安徒生奖。2006 年获得国际安徒生奖提名奖，并被 IBBY 中国分会任命为中国推广儿童阅读大使。主要作品有：短篇小说集《题王》（1988 年）、《惩罚》（1994 年）、《空箱子》、《在楼梯拐角》（1985 年）、《静静的石竹花》（1996 年），中篇小说《螳螂》（1992 年）、《有老鼠牌铅笔吗》（2002 年），中篇童话《还魂记》（1993 年）、《我和我的影子》（1995 年），长篇小说《第三军团》（1991 年）、《坎坷学校》（1991 年）、《非法智慧》（2001 年），电影文学剧本《霹雳贝贝》（1988 年）、《魔表》（1990 年）、《傻鸭子欧巴儿》（1988 年）、《暗号》、《扬起你的笑脸》、《足球大侠》（1998 年）等。

长篇小说《第三军团》是张之路的代表作，先后获中国图书奖、宋庆龄儿童文学奖、中国作家协会全国优秀儿童文学奖、冰心儿童图书奖。这是一部反映社会现实问题的严肃小说，与以往“问题小说”描写“问题少年”不同，《第三军团》反映的则是“问题社会”背景下一群“问题少年”的正义行为，在新时期儿童文学创作中第一次塑造了“问题少年”——“第三军团”的集体群像，一改传统“问题小说”通常以社会道德力量拯救“问题少年”的模式，反而将“问题少年”塑造为与世风日下的“问题社会”作斗争的勇士和彰显社会良知正义的化身，以文学的形式拷问现实，在所谓“问题少年”的身上挖掘优秀品质和进取精神，塑造了一群正面少年形象。

张之路后来回忆说，《第三军团》写于 20 世纪 80 年代末 90 年代初，那时是中国十年动乱过后不久，百废待兴，人们心里也都郁积很多社会问题，《第三军团》

就反映了当时的很多社会问题，正如作品中暴露的，一些小混混在学校门口威胁、敲诈低年级同学，流氓团伙在公交车上明目张胆地滋事打人，有人公开制黄贩黄，污辱女学生的流氓刚被送进派出所又被放出来，这样恶劣的社会环境，人人都没有安全感。作者借作品中人物之口发出追问："如今有什么正气呀！人都变得那么自私，那么胆小，老太太掉进河里没人救！看见妇女受流氓污辱连个屁都不敢放！路见不平！路见不平的事太多了！可是谁能拔刀相助呵！"辅民中学的五位高二学生拍案而起，自动组织起来与社会黑恶势力作坚决的斗争，每一次行动都留下一张纸条，上面写着："七尺男儿不为民，愧对父母枉为人。世间自有正气在，路见不平有须眉。"落款："第三军团。""解放军是第一军团，解放军不管的事由人民警察来管，警察算是第二军团。警察管不了的事我们来管，我们就叫第三军团。"

这个不合乎法律、行侠仗义的学生组织，在辅民中学校长顾永泰的眼里被误以为是一个流氓团伙，派一名新来的教师华晓装成学生打入高二(5)班当卧底，经过困难重重的调查，华晓意外发现"第三军团"就是这个班的班长常振家、体育委员陆文虎、物理课代表骆强、民主人士刘天人、"飞贼"鲁湘舟，他们是一个为民着想、路见不平、拔刀相助的学生组织，完全改变了态度。明白了事件原委的老校长也一改初衷，当公安机关以"第三军团"触犯法律而找到学校时，老校长挺身而出，做出了同样具有侠义道义的惊人决定，独自承担一切责任，昂首去公安局"自首"，保护他的"第三军团"的五位学生，小说到此戛然而止。作者的高明之处在于，没有将"第三军团"写成无所不能或者无法无天的孤立事件，而是深挖"第三军团"背后深刻的社会背景——社会良知的呼唤、学校教育的担当和法治社会的保障，倡导在有"问题的社会"需要"路见不平一声吼"的侠义正气，并将这一侠义正气寄托在少年的义气和朝气上，不仅有直面社会问题的勇气，还有以文学形式解决社会问题的智慧，使得这部小说带有社会分析的深刻犀利，被称为"一部揭示民族劣根性的忧患书，也是一部歌颂民间侠义的正气歌"[1]，具有鲜明的时代特征。

张之路的儿童文学创作开始于"文革"后期，得益于十多年的教师生活，题材与风格多样化，"从童话小说到文化现实主义小说到科学幻想小说""覆盖了新时期以来儿童小说创作的几个最主要的类型"，拥有众多不同年龄、不同阅读趣味的读者，这在中国儿童文学作家中是不多见的，其中一个重要原因，是其故事具

---

① 吴其南：《从仪式到狂欢——20世纪少儿文学作家作品研究(下)》，北京：人民文学出版社2014年版，第46页。

有曲折的故事性，张之路被公认为“新时期以来儿童文学中少数几个将故事讲得新颖、生动、有内容、有情趣又不庸俗的作家之一”①。张之路认为：“儿童文学不仅要有成人文学作家的深刻，同时又能浅出。孩子们喜欢故事，喜欢新奇的、有悬念的、有戏剧冲突的东西，所以，作为表现形式，故事是很重要的；还有孩子天生喜欢幻想，对世界充满希望，所以我不赞成自然主义的写作手法；即使是悲剧，也要让孩子看到希望，不好的东西是可以战胜的。”②他常常在作品没有成书前，先把书中的故事讲给孩子听，待到故事烂熟于心、听者乐不可抑的时候，才肯写出来。写作过程中，又根据自己多年从事电影编辑的经验，吸取电影艺术的讲究结构、设置悬念、注重场景等戏剧化艺术因素，使得他的作品故事完整、情节紧凑、细节真实、语言生动、形象丰满，有很强的现场感、画面感和可读性，显示了张之路的艺术才华和那个时代中国儿童文学的艺术追求。

2. 秦文君的《男生贾里》《女生贾梅》

秦文君（1954—　），上海人。初中毕业后到黑龙江大兴安岭“上山下乡”8年。中学教书5年。1984年毕业于华东师范大学中文系。历任少年儿童出版社编辑、《儿童文学选刊》主编、中国福利会出版社总编辑。1982年开始儿童文学创作，以儿童小说为主，也写童话、散文和幼儿文学。至1999年，出版作品50余部，主要小说作品有：《别了，远方的小屯》（中篇，1985年）《黑头发妹妹》（中篇，1988年）、《少女罗薇》（短篇集，1988年）、《十六岁少女》（长篇，1989年）、《孤女俱乐部》（长篇，1991年）、《男生贾里》（长篇，1993年）、《女生贾梅》（长篇，1993年）、《宝贝当家》（长篇，1996年）、《永远的玛利亚》（短篇集，1996年）、《男生贾里全传》（长篇，1997年）、《小鬼鲁智胜》（长篇，1998年）、《小丫林晓梅》（长篇，1998年）、《调皮的日子》（长篇，1998年）、《女生贾梅全传》（长篇，1999年）等。主要散文集有：《少女寻梦》（1993年）、《女孩船》（1995年）。

秦文君的儿童文学创作获得了所有国家级的儿童文学大奖。《男生贾里》《家有小丑》《开心女孩》等近10部作品版权输出国外，以英文、荷兰文、日文等外文出版；《男生贾里》《女生贾梅》《宝贝当家》《小鬼鲁智胜》《调皮的日子》等10余部小说，被改编为影视作品，并多次获得“飞天奖”。1996年，秦文君获意大利蒙德罗国际文学奖特别奖。

秦文君在童年时代就受到父母的文学熏陶，在家庭的书香氛围中，读到了

① 吴其南：《从仪式到狂欢——20世纪少儿文学作家作品研究（下）》，北京：人民文学出版社2014年版，第38页。

② 金波：《我所熟悉的张之路》，王泉根主编：《中国儿童文学60年（1949—2009）》，武汉：湖北少年儿童出版社2009年版，第861页。

《红岩》《山乡巨变》《青春战火》以及《青年近卫军》《钢铁是怎样炼成的》《简·爱》等文学作品。三年级下学期的课外读物《红珊瑚》《欧阳海之歌》《芬芬为什么愿意剃光头》是她最早的启蒙读物，对她走上儿童文学创作影响最大的作品是法国作家埃克多·马洛的儿童小说《苦儿流浪记》和中国作家任大霖的散文集《童年时代的伙伴》。四年级时因作文《雪》成为学校的作文尖子。初中毕业后，带着自己装订的小学、中学最满意的作文，到大兴安岭林区插队当伐木工。1982 年在《巨人》发表处女作中篇小说《闪亮的萤火虫》，从此一发不可收，用秦文君自己的话说："觉得从事儿童文学创作得心应手，是件既有趣又有益的事，同时又能显示自己特有的才能，这样的好事何乐而不为？所以我不愿歇笔，因为世上已没有比从事儿童文学创作更适合于我的事情了。"①高洪波预言："照这样写下去，在未来的世纪里，秦文君将了不得！"②

毫无疑问，新时期之初的一批年轻儿童文学作家中，秦文君是佼佼者。纵观 20 世纪 80 年代初到 90 年代末十六七年间的秦文君儿童文学创作，以 1993 年《男生贾里》为标志，前后分作两个不同的创作时期。"在《男生贾里》之前，秦文君作品中的主人公以孩子居多，笔触细腻，感情丰富，风格中透着深沉凝重。而以贾里为第一主角的《男生贾里》《男生贾里全传》，却和她先前的作品很不一样，轻松活泼，诙谐幽默，充满游戏精神，大胆夸张，成功地营造出一种欢愉开心的戏剧效果。从深沉凝重到轻松幽默，这显然是作家秦文君有意追求的创作艺术风格的一种嬗变。"③

《男生贾里》之前的作品主要指短篇小说《少女罗薇》《告别裔凡》《想见米男》《四弟的绿庄园》、中篇小说《黑头发妹妹》和长篇小说《十六岁少女》《孤女俱乐部》等这样一些"写得有魅力之作"。"那时的秦文君善于写故事给少女看，用少女很喜欢的那一类语调，故事也都是少女自身的，少女叙述的语言是秦文君的，软软的，有些拖拖的句子，讲着故事中人碎碎的生活和行为。没有大起大落，近乎平平淡淡，可是平平淡淡里，总有一个可以称之为悬念的未知在引着你，秦文君的这一手是她后来接二连三编着贾里们的故事的基础。因而秦文君的小说从一开始就很是把握住了小说的技艺，不放弃故事，让你在阅读时想要探究'后

① 秦文君：《我属马》，《男生贾里女生贾梅(秦文君文集)》，合肥：安徽少年儿童出版社 1998 年版，第 453 页。

② 高洪波：《秦文君将了不得》，秦文君：《男生贾里 女生贾梅(秦文君文集)》，合肥：安徽少年儿童出版社 1998 年版，第 468 页。

③ 樊发稼：《秦文君的儿童小说》//《鼓吹与评说》，合肥：安徽少年儿童出版社，2010 年版，第 109 页。

来'，后来怎样了呢？"①

《男生贾里》的素材来自作者与一对兄妹学生的几十封通信。秦文君在报上写了篇文章，说自己已经写了18本小说，还准备写32本，加起来50本。"文章发表后，有个初一的男孩给我来信，问那32本书能否有一种为他写传记。他在信末简单又机械地写着：天天写信。"于是他们经常通信，有一天收到一份同样地址的信，却是男孩的孪生妹妹写来的，说她的哥哥经常在她面前炫耀收到作家秦文君的信，她自己也是秦文君的粉丝读者，就写信给秦文君，证实她的哥哥是否在吹牛。奇怪的是，自从妹妹来信后，男孩再也没有来信，倒是妹妹似乎是哥哥的信息发布员，把哥哥的所有事情，好的不好的，都一股脑儿地告诉了秦文君，"在通了十封信后，那女孩才流露一句，说她的哥哥是天才。其实，从她的第一封信里，我就感觉到当妹妹的为有这么个哥哥暗暗地自豪。她说他的坏话，是因为他太小看她。那个有生气的男孩成了我书中的贾里。他的妹妹，那个智商平平，感情丰富，不断追求新鲜生活的女孩也在我的书中找到了位置。"②

《男生贾里》真实反映了以男生贾里为代表的90年代中学生的原生态形象，把孩子真正当作文学反映的审美主体在作品中给予中心地位。秦文君笔下的贾里、贾梅、鲁智胜、李晓梅、陈应达等人物，性格鲜明，栩栩如生。贾里聪明机智、正直侠义、争强好胜、喜欢恶作剧；贾梅善良温顺、随和大度、善于模仿、喜欢时尚；鲁智胜豪爽义气、小聪明又有点自知之明；林晓梅才情过人、敢作敢为、超凡脱俗，又有些咄咄逼人；陈应达头脑发达、爱好广泛、大智若愚、胆小如鼠。这些人物来自校园生活，普通平常得就如中学生读者自己，用秦文君的话说，男生贾里不是个平凡的小人物，他的故事可真不少。不但自己突出，周围的伙伴个个也不同凡响，经常做出点令人意想不到的举动，几个正处于青春期的活泼的少男少女，演绎着多姿多彩的初中校园生活。如智力大奖赛、外号"卡门"、龙传正案、编外队员、见义勇为、选举风波、生日派对、戏院风云、父子热线、抄袭事件等，无不带有90年代大都市中学生生活的鲜明印记，充溢着一股浓浓的时代气息，全篇洋溢着一种幽默欢快的轻喜剧风格。特别是贾里，通过一系列事件情节的发展，一个很有"男子汉气概"的男生形象呼之欲出，不论发生什么事情，他都不回避、不发牢骚、不怪罪别人，而是独自面对、敢作敢当、阳光开朗、有英雄情结、正气侠

---

① 梅子涵：《秦文君的80年代和90年代》，《中国儿童文学60年（1949—2009）》（上），武汉：湖北少年儿童出版社2009年版，第919页。

② 秦文君：《我·贾里》，《男生贾里　女生贾梅（秦文君文集）》，合肥：安徽少年儿童出版社1998年版，第455—456页。

义、有股子韧性，是位人见人爱的小男子汉，这样一位儿童文学新人形象在新时期儿童文学创作中未曾见过。

《男生贾里》可以说是秦文君此后儿童小说创作的一座富矿，不仅贾里在她的续作《男生贾里新传》中不断成长，小说中的主要人物后来也都单独成书，组成庞大的"贾里文学大家庭"系列，如《女生贾梅》《小鬼鲁智胜》《小丫林晓梅》等。几乎同时创作的《女生贾梅》，与《男生贾里》的结构方式一样，都是以"日记"作为题记，将一个个有趣的校园故事串连起来，校园还是那个校园，人物还是那些人物，只不过故事的主角有所不同，一是贾里，一是贾梅。其实，完全可以把这两部小说对照起来互补阅读，甚至可以作为"贾里、贾梅兄妹校园生活故事"的上下卷，这也就是人们为什么习惯性地喜欢将《男生贾里》《女生贾梅》放在一起评说的缘由。四五年后，《男生贾里全传》《女生贾梅全传》的出现，将这一贾里、贾梅文学现象推向了顶峰，开创了一个属于中国儿童文学的"秦文君时代"。

《男生贾里》《女生贾梅》的成功，对当代儿童文学发展具有独特的、开拓性的意义和价值。首先是塑造了"一群极普通的中学生小人物"现象，普通得让每一位中学生都能看到自己的影子，但贾里、贾梅、鲁智胜、林晓梅等又是中学生读者眼里的文学明星，长久地活在他们心里。让文学回归少儿生活，书写少儿眼中的现实世界，塑造当代中学生的真实形象，这是秦文君对新时期儿童文学创作的贡献。

其次是创作手法、格调上的创新，"一反过去的深沉凝重、质朴敦厚的调子，而透出一种活泼轻松灵透的喜剧风格"①，"幽默和有趣"成为作品最重要的艺术特征，成功尝试了一种"新的创作方向"——探索属于儿童文学特有的美学特质，也为中国儿童文学的国际性寻找到一种路径。

第三是独特的"糖葫芦串"的艺术结构。《男生贾里》《女生贾梅》分别以贾里、贾梅为主线，各串起 18 个既有人物性格发展的内在联系、又能各自独立成篇的短小故事；为增强故事的真实感和弥补故事结构可能有的松散性，又在每个故事之前，引用贾里、贾梅的日记，与故事相呼应，读者在看一本书，同时又像是在看一部电视连续剧，不仅有阅读文字的美感，还有声色动感俱佳的画面感。这种开放式的结构，也为作者后来续写《男生贾里全传》《女生贾梅全传》自然留下了很好的接口。

秦文君以《男生贾里》《女生贾梅》领衔的儿童小说风靡校园，成为新时期以

---

① 汤锐：《〈男生贾里〉〈女生贾梅〉的启示意义》，秦文君：《男生贾里　女生贾梅(秦文君文集)》，合肥：安徽少年儿童出版社 1998 年版，第 457 页。

来最畅销的儿童文学,并被誉为"新时期少年儿童的心灵之作"①,秦文君也是公认的"天生的儿童文学作家"。秦文君在回顾自己的儿童文学创作生涯时,回答了她"为何要写儿童文学"的三大理由:一是"很喜欢孩子";二是"感觉到儿童迫切需要儿童文学";三是"孩子们的反响鼓舞我一直写下去"②。这正好体现了儿童文学作家在文学的准备之外,还必须具备"童心、爱心和责任心",所以,看她作品中贾里、贾梅等少儿形象,也都有"童心、爱心和责任心",这是秦文君创作《男生贾里》《女生贾梅》的又一重要启示。

4. 黄蓓佳的《我要做好孩子》《今天我是升旗手》

黄蓓佳(1955—),江苏如皋人,1973年江苏省黄桥中学毕业,1974年下乡插队。1977年考入北京大学中文系。1982年分配至江苏省外事办公室工作三年。1984年开始调入江苏省作家协会任专业作家。1973年开始文学创作,在上海《朝霞》丛刊发表处女作《补考》。大学读书时代,凭着知青时代当教师的阅历和对童年的新鲜记忆,写下了以《小船,小船》(1981年)为代表的一系列优秀儿童作品。此后的主要作品有:《唱给妈妈的歌》(1983年)、《芦花飘飞的时候》(1983年)、《遥远的地方有一片海》(1985年)等。此后,她走向成人文学创作,主要有长篇小说《夜夜狂欢》(1989年)、《新乱世佳人》(1997年),散文集《生命激荡的印痕》(1995年)。1997年以一部长篇儿童小说《我要做好孩子》回归儿童文学,获中宣部第六届精神文明建设"五个一工程"图书奖(1997年)和中国作家协会全国儿童文学奖(1999年)。1999年,黄蓓佳又推出力作《今天我是升旗手》,再次获得中宣部第八届精神文明建设"五个一工程"图书奖,将以儿童文学"新人形象"为特征的主旋律儿童文学创作推向一个新的山峰。

和秦文君一样,黄蓓佳的儿童小说创作,也以校园生活为题材,在丰富多彩的校园生活中,抓住儿童成长的主题;在时间逻辑上,正好有一个从20世纪90年代初到90年代末的衔接;如果说秦文君的《男生贾里》《女生贾梅》是一首抒写"新时期少年儿童的心灵之歌",那么黄蓓佳的《我要做好孩子》《今天我是升旗手》则是孩子们直接喊出了"新时期少年儿童的心声"。

黄蓓佳以创作《小船,小船》《心声》《遥远的地方有一片海》等儿童文学作品成名,而后转向创作成人文学,直到1996年,她因自己的女儿升初中,"和孩子共同经历了一场算得上残酷的升学大战",由此关注当下儿童的生存状态,才又开

① 樊发稼:《新时期少年儿童的心灵之作》,《文艺报》1996年6月28日。
② 秦文君:《我·贾里》//《男生贾里 女生贾梅(秦文君文集)》,合肥:安徽少年儿童出版社,1998年版,第449—451页。

始儿童文学创作，同时创作成人文学。黄蓓佳说："成人文学让我释放，儿童文学让我纯净"。其实黄蓓佳的儿童文学创作并不"纯净"，同样有一种"释放"。《我要做好孩子》就是最好的明证，这部借孩子之口喊出的心声，就是一部"发愤之作"。据作者自己介绍，这部小说是她自己的女儿要考中学，不是一般地为了从小学升到初中，而是要为升到几个重点中学的名额而奋斗。半年多的时间里，作者不得不和女儿一起找资料、做习题。当下儿童沉重的学习负担和心理压力，刺激了作者的心灵，有感而发，创作了这部针砭现实的教育成长小说。

小说描写12岁六年级小学生金玲的日常生活，主要是金玲在学校、家庭两个重要生活场所，与家长、同学、老师之间发生的、在小学六年级最普通最平常的事情。金玲是一个系着红领巾背着沉重书包的当代小学生形象，整日疲劳应付做不完的作业、考不完的试，面对分数和名次的压力，参加强化训练班、学钢琴……天真烂漫的个性受到摧残，家长、老师的"好学生"期待，与她心里对"好学生"的追求与理解的矛盾，让她感到痛苦、委屈和无奈。小说既揭示了现行以升学率为评价核心的教育制度对儿童健全成长的危害，又突出展示了儿童向往美好事物、追求完美的天性，更以金玲的成长体验向教育者提出了"何为'好孩子'"的标准讨论。小说有一个典型情节，写金玲在"扔垫子"事件上，先受到冤枉、委屈，后又讨回了公道，在展现金玲机灵、正值、明辨是非、爱憎分明等优秀品质的同时，更激发了金玲对自己"要做好学生"的思考，终于喊出了"我要做好孩子！"的心声。在金玲的心里，有着与大人们不一样的"好孩子标准"：不把分数、成绩看作衡量一切的标准，而诚实、不自私、品学兼优、心智健全发展，才是最重要的。

金玲的抗争和呐喊终于让父母改变了观念。在小学升初中的会考前夜，紧张害怕的金玲失眠了，妈妈卉紫握着女儿"柔软的、汗湿的手"说：

"没什么？实在考砸了也没关系。妈妈知道你尽力了。"

"真的没关系？"金玲眼巴巴地盯住卉紫的脸。

"真的没关系。"

"你会认为我是个好孩子吗？"

"当然。"卉紫在金玲脸上轻轻一吻，"妈妈一向认为你是个好孩子，是个很乖、懂事的、讨人喜欢的好孩子。"

金玲的老师也改变了自己的观念：

好孩子的内涵太丰富，它所有的光圈不全是由100分组成的。

黄蓓佳将金玲的话"我要做好孩子"作为书名,成为全书的主题词,为儿童代言,将"孩子的心声"升华为"时代的呼声",启发人们对现行学校教育的思考,呼唤改革扼杀儿童天性的教育标准,从这个意义上说,黄蓓佳借金玲之口发出的"我要做好孩子"的呼喊,和世纪初鲁迅在《狂人日记》、新时期刘心武在《班主任》中发出的"救救孩子"的呐喊一样,振聋发聩,让人警醒。20世纪儿童形象从封建时代的"被吃",到"文革"期间"被毒害",到新时期"被唤醒",到20世纪末,孩子们自己发出了心底的最强音:"我要做好孩子!"这是20世纪对儿童理解的巨大进步! 也是儿童文学创作由"成人本位"向"儿童本位'跨越的历史进步!

黄蓓佳的《今天我要做升旗手》与《我要做好孩子》一样,不是将儿童放在"第三视角",而是以"我"为第一人称,以作品主人公孩子的话作为书名,真正将生活主体的儿童作为审美主体,将"儿童本位"的旗帜更高地举起,在中国儿童文学史上有着特殊意义,所塑造的儿童形象也是具有"成长史意义"的全新形象。如果说金玲是觉醒了的、追求上进、渴望认同、不甘落后、努力主宰自己命运的"好孩子"形象,那么《今天我是升旗手》中的肖晓更是为实现自己心中理想而不断奋斗、不断成长、最终如愿以偿的成功儿童形象。

《今天我是升旗手》中的肖晓是品学兼优的"好孩子",他心中有一个愿望:当一回学校的升旗手,但机会一次又一次与他擦肩而过。出身于军人家庭的肖晓永不言弃,团结"学习尖子"林茜茜,帮助"追星族"祝小娜,和包郝、马驭等同学智抓"偷猴贼",积极参加"手拉手"活动……终于,他在临近小学毕业的时候亲手升起了一面鲜艳的五星红旗。这是一个有梦、追梦、圆梦的成长过程,因为有梦,肖晓的学校生活变得充实而有目标;因为追梦,肖晓要求自己比同学们做得更好;因为圆梦,肖晓的心灵在这一时刻得到了净化和升华。在作者的价值标准里,不是只有学习好的学生才能当升旗手,而是学习好的同时还应该品德好,品学兼优的学生才有资格当升旗手。小说中写道这样一个情节,因为林茜茜得过奖,学校临时决定用她取代了肖晓的升旗手的位置,可是当林茜茜晕倒的时候,是肖晓冲上去背起她送到医院,帮助林茜茜换病房、筹医款。肖晓的行为感动了林茜茜,也感动了周围的同学,大家都看到了肖晓美好心灵的一面。小说也让人掩卷深思,如何对待孩子心中的荣誉感? 为着当一回升旗手,成长中的肖晓经受了那么多的考验,是否值得? 学校如何呵护好孩子心中美好的理想并为理想的实现创造良好的环境和有利条件?

黄蓓佳是一位有社会责任感的儿童文学作家,她的儿童小说创作大多是主旋律作品,传递正能量。同时她又主动追求"儿童本位"的创作,"总是把写作的视点放得很低，尽量贴近少年儿童，努力从平常的事物中挖掘出闪光点。从作品中我们可以感受到她对儿童的了解，对生活在'现在时'的儿童身心状况的准确把握"[①]。因而她的创作具有"接地气""扬正气""孩子气"的特征，有着较深的思想洞察力和较强的艺术感染力。

四、以程玮、陈丹燕、梅子涵、曹文轩为代表的成长小说创作

1. 程玮的《来自异国的孩子》《少女的红发卡》

程玮（1957— ），江苏江阴人，出生于教师家庭。1975年秋高中毕业到农村插队。1980年当选为中国作家协会江苏分会理事。1982年毕业于南京大学中文系，1983年加入中国作家协会。1984年参加第四次全国作家代表大会，是与会者中最年轻的代表。1989年因中德文化交流需要，被遴选派往德国，在汉堡大学、科伦学院深造。1993年毕业于西柏林国际电视中心，以编译兼制片人供职于德国电视二台。

程玮的儿童文学创作开始于"文革"即将结束的1975年，大都发表在《少年文艺》上，如《候补演员》（1976年）、《大雁南飞的时候》（1977年）、《注意，从这里起飞》（1978年）、《开学前几天》（1979年）《永远的秘密》（1979年）等，文字清新、叙事明快、形象生动、题材广泛、主题积极，很少纠缠于"文革"的"伤痕"和"反思"，表现出了良好的艺术素养，深受小读者喜爱。进入80年代，程玮的儿童文学创作更加深入儿童的内心世界，如《邮票事件》（1980年）、《圣诞树上的泪珠》（1981年）、《淡绿色的小草》（1982年）、《白色的贝壳》（1983年）、《来自异国的孩子》（1983年）、《孩子、老人与雕塑》（1984年）、《中学生三部曲》（1986年）、《走向十八岁》（1987年）、《少女的红发卡》（1991年）等，更是体现出作者对儿童及儿童世界独特的观照和理解，思想的触觉日益透过孩子的眼睛抵达人性的彼岸，通过儿童文学创作做着为儿童打下人性基础的工作，被评论界喻为"80年代最有才情的少儿文学作家之一"。短篇小说集《永远的秘密》（1986年）获新时期儿童读物一等奖，电影文学剧本《豆蔻年华》（1989年）获全国庆祝建国40周年儿童电影剧本奖，中篇小说《少女的红发卡》（1991年）分别获得第一、第二届全国优秀儿童文学奖。

《来自异国的孩子》（原载《巨人》1983年第1期）是程玮代表作之一，也是新时期第一部成功塑造外国儿童形象的小说。小说的背景是改革开放之初，中国

① 汪政、晓华：《黄蓓佳近期儿童文学创作论》，《盐城师范学院学报》2004年第2期。

经历了长期的闭关锁国后，国门初开，法国专家应邀到金陵大学讲学一年，他的儿子菲力浦随父亲来到中国，在金陵大学附属小学四年级插班借读一年。这位黄头发、蓝眼睛、穿着滑雪衫的外国男孩，仿佛天外来客，在学校、班级引发轩然大波。马校长如临大敌，从维护中国形象、爱国主义教育、体现社会主义制度优越性的高度，亲自安排插班班级、找班主任路老师谈话、调换光线好的教室、物色审查同桌同学、规定中外同学交往规则，一切都习惯于从国际关系高度和阶级斗争思维来精心布局，给班级同学间的自由交往人为制造了那个时代最合理的政治界限和心理隔膜，让菲力浦成为拥有特权的学生。正是这一特殊照顾政策，菲力浦被封锁在同学们的正常学习交流和心灵沟通之外，感到很孤独、很痛苦。他在给法国同学的信中用近乎控诉的语言写道：我的同桌方芸芸什么都好，就是太严肃，"我跟她第一次见面，送给她一个小小的礼物，一块法国橡皮，可她坚决不要。这使我很不高兴。她是我们的班长，是干部，在中国，干部都是很严肃的，哪怕是小学生也这样。这一点我很不喜欢。""我非常非常想念法国。我在这儿时时刻刻感到我是一个客人。每个人都对我很好。不过，是对待客人那样的好，我很不喜欢。"在菲力浦的心里，"全世界的孩子都是一样的。我们大家应该做很好的朋友。小时候是好朋友，大了以后也是好朋友。这样，全世界的人都是好朋友，大家可以随随便便到别的国家的朋友那里去做客。"①

菲力浦的形象是全新的。不同文化背景、行为习惯和价值观，中外同学间相互碰撞，相互吸引，最终融合为"一家人"。在主要人物菲力浦的身边，包围着一群爱心向善、个性鲜明的中国学生——方芸芸、安小夏、卜卜、朱鹿，作者精心设计了送礼困惑、值日风波、扫墓误会、家访认错、树后比武、生日聚会等情节冲突，真实描写了中外孩子在学习、交流过程中心理及情感变化，由开始的相互防范到最后的心灵相通，从拒之"心"外的"客人"，到正常状态下的同学和朋友，用班长方芸芸的话说，"安小夏变了，朱鹿变了，菲力浦变了，大家都在变，我觉得，我也变了"，变得心理健康、坦诚友善，相互间都有了美好的情感。菲力浦这一外国儿童形象与中国儿童形象构成鲜明的对比，让人思考中国学校教育应该培养什么样的新儿童。

程玮结构作品的方式极具艺术匠心。有意选择大学刚毕业的班主任路老师作为整个故事的开篇叙述者，作为班主任，不仅是整个事件的实质掌控者，更是故事情节展开的具体导演者，还是给全篇奠定主题基调的思想者。作为刚刚毕

① 程玮：《来自异国的孩子》，《今年流行黄裙子》，福州：福建少年儿童出版社1996年版，第200—201，242页。

业的大学生，她是新教育者的代表，比马校长等老教育者有新思想、新文化，比年幼的小学生有身份上、知识上的优势，所以她敢于对马校长的神经过敏的做法不以为是，对学生身上发生的偏激行为能够宽容理解。如果按照作品中透视的背景来推测，路老师应该是"文革"后第一届大学生，改革开放的新时代，赋予她观察教育问题的新视角，能够居高临下地俯视十年动乱造成的僵化和扭曲，对教育的改革开放信心十足，对儿童的开放教育勇于实践，从路老师身上，我们能够清楚地感受到一个崭新的时代已经到来的浓厚气息。

同为新时期的儿童文学创作，当很多作家还沉浸在"伤痕文学""反思文学"的阵痛中时，程玮已经走在了同代人的前面，"作品几乎从不对十年动乱留下的伤痕、扭曲作正面的描写，似也无意对造成这些扭曲和异化的力量进行批判和追究。她并非全然没有看到'伤痕'和这些'伤痕'在现实生活中的遗留，但她是站在'新时期'的新人的立场上来回首、俯瞰历史的，一开始就有一种文化上的优势，是将异化、扭曲作为某种已经或正在消逝的东西表现和嘲弄的，洋溢在作品中的是一种青春的正面的力量"[①]。程玮笔下的"正常儿童"形象，相比同时代作家笔下儿童"受害者""被改造者"形象，更具有生活本质的真实和建立一种和谐美好的人际关系的愿望。

对于儿童文学新人形象的塑造，程玮关注的不是"儿童的过去"，而是"儿童变化着的成长"，正如方芸芸说的"大家都在变"。变化即成长，而少年成长最大的变化莫过于"女大十八变"，塑造了一群新时期少女的青春形象。

程玮是新时期最早创作少女成长小说的也是最有成就的作家之一。代表作有系列中篇小说《中学生三部曲》(1986 年)、短篇小说《今年流行红裙子》(1987 年)、长篇小说《走向十八岁》(1987 年，后改名为《豆蔻年华》)、《少女的红发卡》(1991 年)。《中学生三部曲》以一所重点中学初三(2)班为表现对象，描写俞浩、李岚、许晶晶、鲁雪萍、董莉莉等一群充满朝气的少男少女，随着身体发育变化而变化的心理和行为，在环境的教育与老师的引导下，曲折而成功地克服最初走进青春期的惶惑和骚动，生命在意识到自身成长的时候变得格外鲜亮，人生在跨越一个个成长节点以后变得格外美好。

"成长和变化"不是一帆风顺的，苦难和挫折是人生最好的学校，《少女的红发卡》就表现了这一主题。小说写了一场灾变中充满爱意的成长故事。女中学生叶叶本有一个快乐的家庭，父亲是一家企业的负责人，突然因为卷入经

① 吴其南、程玮：《走向人的精神高地》,《从仪式到狂欢——20 世纪少儿文学作家作品研究(下)》,北京：人民文学出版社 2014 年版，第 2 页。

济纠纷案，在家里被公安局逮捕了，被带走前，他恳求邻居们，特别是女儿的同学刘莎不要把他被逮捕的事情告诉正巧不在家、一无所知的女儿，因为女儿有青春期抑郁症，两年前考试不及格还自杀过，父亲非常担心女儿无法接受现实。小说写叶叶的同学和邻居，包括刘莎的钢琴老师李佳同，以及李佳同已经定居美国的前女友濛等，为着叶叶父亲的心愿，也是对遭遇不幸的叶叶的爱护，他们共同编织了一个美丽的谎言，告诉叶叶她的父亲因为公司有急事，突然被派出访美国，来不及和她告别，让濛以叶叶父亲的身份不断给叶叶写信。围绕着不断编织谎言与随时被揭穿的可能，在险象环生的情节里，上演了一场良知与道德的审判，同学唐伟作为有缺点的少年，本与漂亮的刘莎要好，听说叶叶的父亲去了美国，马上转而追求叶叶，当知道事情真相后，悔恨交加，只顾自己的感受，残酷地揭穿大家苦心编织的善意谎言，使叶叶突然遭受打击，险些酿成无法弥补的生命悲剧。突然的灾变是人心的试金石，经历灾变，每个人的心灵和精神都得到洗涤和升华。叶叶感受到了父亲、同学、邻居的真诚的爱，不仅勇敢地接受了现实，还在自我调适中治好了青春期抑郁症，更主要的是有了一颗感恩的心，会让她受益一辈子。刘莎在男友离开自己转而追求叶叶时，她在信守承诺还是说出真相的两难煎熬中，选择舍己为人，经历了一次成长的洗礼。大学生李佳同因为是刘莎的钢琴老师，不仅也被卷入这场"爱的谎言"，而且为了做实"善意的骗局"，忍着自己失恋的痛苦，请求已经在美国结婚定居的前女友濛冒充叶叶的父亲给叶叶写信，在共同帮助叶叶的过程中，双双都从过去的阴影中走出来，完成了精神上的自我超越。自私的唐伟也在这场灾变中暴露了自己心灵深处的缺陷，为他今后的健康成长矫正了航向。小说结尾，出狱的父亲把标志成年的红发卡送给女儿叶叶，叶叶又将其转赠给曾经给予自己巨大帮助的濛时，故事在高潮中圆满落幕，"红发卡"成为高度浓缩的"爱的象征"，在"爱的接力"中，所有人都得到了历练和成长，告别过去，走向未来。

《少女的红发卡》是程玮90年代初出国前创作的最后一部长篇小说，也是她最后一部儿童文学作品。综观二十年间的儿童文学创作，程玮关注校园题材，塑造少女形象，聚焦成长主题，追求文学表达，特别是对"少女的发现"——身体的发育和爱情的幻想，纯洁而干净，羞涩而唯美，呈现出程玮少女小说特有的清雅情趣和明媚格调，体现了那个时代儿童文学在批判"假丑恶"之后对"真善美"的追求，"如果说当时的'伤痕文学''反思文学''改革文学'等主要是从'破'的侧面反映社会、更新旧的文学观念，程玮等人的创作则更多是从'立'的侧面创作新的文学样式,反映时代文学风貌”①。

2. 陈丹燕的《中国少女》《我的妈妈是精灵》

陈丹燕(1958—),祖籍广西平乐,生于北京。1972年开始发表少女题材的习作。1982年毕业于华东师范大学中文系,毕业论文是关于西方儿童幻想文学作品研究的《让生活扑进童话:西方现代童话的新倾向》,该文获得全国儿童文学优秀论文奖。同年,到《儿童时代》做小说编辑,先后翻译了《小老鼠斯图亚特》《黑珍珠》《彼得·潘》三部经典外国童话作品。因而,陈丹燕的儿童文学创作从一开始就受到西方儿童文学影响,有着较高起点和鲜明的自由、平等意识,特别关注少女内心和精神的成长,她的儿童文学创作也因此被称为“少女文学”或“女性成长文学”。陈丹燕的第一篇散文《中国少女》(1985年)、第一部短篇小说集《少女们》(1986年)、第一部中篇小说《女中学生之死》(1986年)、第一部中篇小说集《女中学生三部曲》(1988年)、第一部长篇小说《一个女孩》(1994年),以及最具代表性作品长篇小说《我的妈妈是精灵》(1998年),仅从标题看就是“少女文学”,作品里的主人公也都是十五六岁的少女。1990年以后,陈丹燕开始成人文学写作,也仍然是女性文学,同时继续创作青少年文学。

陈丹燕是一位有着自觉的女性意识的作家,她的故事多是说给女孩子听的带有自传色彩的成长故事。“回想起我是一个女孩的时候……多么地渴望知道被遮在生活帷幕内的那部分……那时多么想和一个大人谈心,想和一个女人谈她的心情,她的生活和她作为一个女人的过去和未来……以后再写作,有了一种目的,就是想做那一个肯平等对待心境与处境说给女孩子听的人。”②这一说就是十五年,大致有三个阶段,即早期以《中国少女》为代表的短篇作品,具有浪漫、纯洁的少女情怀;中期以《女中学生三部曲》《一个少女》为代表的长篇小说,具有纪实、思辨的青春祭奠;后期以长篇小说《我的妈妈是精灵》为代表,具有苦难、幻想的人生无奈。在陈丹燕笔下,从女孩到少女到女人,都是以自己的人生经历来书写,使得她的作品能进入人物最幽晦、最隐秘的心灵深处,有一般儿童文学难以达到的感性深度、理性高度和人性的温度。

《中国少女》发表于上海《少年文艺》1985年3月号,描写“我”陪美国访华团到母校参加晚会,晚会上少女的歌舞勾起了“我”对自己少女时代的回忆。“我”的少女时代是在十年“文革”间度过的,那是一个没有歌舞的灰暗压抑的年代,当

---

① 吴其南、程玮:《走向人的精神高地》,《仪式到狂欢——20世纪少儿文学作家作品研究(下)》北京:人民文学出版社2014年版,第25页。

② 吴其南:《从仪式到狂欢——20世纪少儿文学作家作品研究(下)》,北京:人民文学出版社,2014年版,第219页。

"我"和女同学们在教室里学唱了《我的祖国》后，班主任竟然把这样一首爱国歌曲批判为"小资情调严重"的"旧歌曲"，把少女们美妙的歌声说成"像野猫叫似的"，对少女们纯洁心灵和美好情感的摧残，导致"我"的少女时代再也没有苏醒过来，"每当感到有什么东西要苏醒过来时，我再不会充满惶惑和喜悦地期待，而是厌恶地赶紧把它压下去，想到老师那句话，野猫叫似的！甚至总感到自己有点像个罪犯，野猫叫似的！"面对新一代少女们在欢乐美好的舞曲里旋转的天蓝色短裙，"我心里生起一阵失望和后悔的情绪，我也真想去跳跳呵！这简直是我们这一代韶华已逝的人们的宿愿。""我曾经是中国少女，他们现在正是中国少女，我感到一阵心酸，一阵欣慰。"作者以"中国少女"为题，有着深刻的寓意，在与现实的对比回忆中，预示中国进入了两个性质完全不同的时代。以少女时代的不同命运折射中国社会的不同命运，正如评论家曾镇南指出的："我觉得我不仅仅在谈一个'压抑而且绵绵不断地在没歌没舞和想歌想舞里煎熬'的中国少女的灵魂，我似乎也在吟味着我们整个民族在苦难中追求美、创造美的历程，吟味着整个民族的精神命运。"①《中国少女》发表后，以其深刻的思想性和高度的文学性，震惊了整个儿童文学界，获得上海青年作家作品奖、陈伯吹儿童文学奖、中国作家协会优秀儿童文学作品奖。收录了《中国少女》的第一部短篇小说集《少女们》(1986年)，也获得文化部新时期十年儿童文学二等奖。

以文学的方式告别自己童年的同时，陈丹燕已经是一位5岁女儿的母亲，完成从女孩到少女到母亲角色的转换成长，她大学毕业时以研究西方童话的小说化写法为内容的学士论文，让童话精灵隐藏在心底无意识里，当每天晚上给女儿洗过澡、给她讲睡前故事的时候，这个童话精灵就神奇地复活了。经过好几年在女儿床前的童话讲述，形成了《我的妈妈是精灵》的故事原型，作者也将这部作品看作是和女儿太阳"一起创造的故事"。②

《我的妈妈是精灵》是故事主人公陈淼淼的自述，讲了一个她刚刚经历的成长故事。她的爸爸和妈妈在她出生的那一年就有一个协议，到了她知道妈妈的真相的那一天，爸爸妈妈就离婚。12岁那年，她知道了这个秘密，她惊恐万状，简直就是一场无法逾越的灾难。妈妈不再爱爸爸和自己了，她要成为没有妈妈的孩子了，她不能接受这个事实，她要阻止"悲剧"的发生，为此她以逃学、出走、学坏为借口，让爸爸妈妈知道，如果他们要离婚，他们的女儿就会变坏。爸爸妈妈终于满足了女儿的愿望，表面上和好了，但仍然坚守着他们离婚的承诺。后来，

① 曾镇南：《读散文〈中国少女〉》，《文汇》月刊1985年12月。
② 陈丹燕：《我的妈妈是精灵》，福州：福建少年儿童出版社2005年版，第222页。

陈森森才发现，父母的欢乐是装出来给她看的，自己有什么权利为了自己的面子、私心和所谓的幸福而让父母牺牲他们的幸福、做一个不守诚信的人呢？爱一个人首先就是要尊重她的权利，不能把自己的幸福建立在他人的痛苦上。懂得了这个道理，陈森森不再阻止父母践行他们的约定，让妈妈终于回到她的精灵世界过自由自在的生活了。经过这一变故，森森也长大了。

这本是一个辛酸的故事，作者却让少女自己来讲述，让她自己明白一个事实："一个孩子试图换回父母已经有了原则分歧的婚姻是不可行的，而在上海的闹市中，黄昏时有精灵经过淮海中路的肯德基炸鸡店。还有精灵坐在 20 路无轨电车上，则是真实的。孩子在一个破碎的家庭中能得到成长"，这也是真实的。[①]陈丹燕通过这部"太阳的睡前故事"，"希望太阳不要成长为一个机械唯物主义者，也非泛神论者，我希望她有朗阔的理解力和好奇心，也能顺从命运。继而，我希望我的小读者们也是如此地长大，我以为这样的人比较接近幸福"[②]。

《我的妈妈是精灵》在艺术上的最大特色和成功，是作者给现实披上的童话外衣，这与她的学士论文研究西方童话的小说化写法有关，同时也是给女儿太阳睡前讲述故事的场景需要，"所以，这个故事里，有着许多童话故事的影子：会飞走的妈妈来自《羽衣》，对生活的失望与报复来自《美人鱼和蜡烛》，从一个寻常的窗子里飞出去的一队人马来自《彼得・潘》；而幻想故事与上海真实街景和小说化的人物形象的交融来自《小老鼠斯图亚特》和《时代广场的蟋蟀》中对纽约的生动描写，黄酒的禁忌来自《白蛇传》……妈妈的最后消失来自《女巫》；而壁柜里面的秘密，则来自《狮子，女巫与衣橱》"。作者终于如愿以偿地"用孩子的角度"，写了一部"孩子和大人都可以读的故事"[③]。《我的妈妈是精灵》也因此被誉为"迄今为止中国无人超越的优秀幻想小说"。

陈丹燕的少女成长文学创作，不论是幻想性还是纪实性，都有着明显的个人自述传记的色彩。从早期的《中国少女》《女中学生之死》到《一个女孩》《我的妈妈是精灵》，不论叙述方式如何变化，都有一个主人公"我"或明或暗地讲述引导着故事的进展，这与她的创作观有关，"写作时，能想到的，只有竭尽全力去表现好这个故事，想不到其他的，比如要如何讨好读者，要如何兼顾市场""我想如一个孩子般清澈直接地描绘出世界的边界，什么是看似可行的，却是不可行，什么是看似不可能的，却是真实的存在""过了十几年，才慢慢知道，自己的写作，自己

---

① 陈丹燕：《我的妈妈是精灵》，福州：福建少年儿童出版社 2005 年版，第 225 页。
② 陈丹燕：《我的妈妈是精灵》，福州：福建少年儿童出版社 2005 年版，第 226—227 页。
③ 陈丹燕：《我的妈妈是精灵》，福州：福建少年儿童出版社 2005 年版，第 221、225 页。

留在一句句话、一个个逗号和句号里的生命，是这样与别人的生命连接在一起，一起成为永恒而私密的回忆。”[①]这里有一个审美的共同点，就是我们都从曾青春过。用陈丹燕的话说：“我们是长大了的女孩”“关于女孩时代的梦，我们都做过而且似乎没有忘记，我们希望过自由自在、美丽无双的生活，希望那岁月优美而纯洁，又希望它充满了情感，以及一匹白马带来了王子，以及与父母第一次艰难地宣告自己独立的行动或者谈话，还有许多的忧郁失落，现在回想起来，它们似乎也像纯净水一样。记录下成长中的故事和心情，记录下成长中的希望和向往，这对一个长大的女孩来说，是极其幸福的”[②]，这对成长中的中国儿童文学来说，同样是极其必要的！

3. 梅子涵的《老丹们的浪漫故事》《女儿的故事》

梅子涵，1949年生于上海。祖籍安徽。1966年中学毕业后去农场当工人。1972年开始发表处女作，先写诗、散文，后致力于小说创作。1978年考入上海师范大学中文系，毕业后留校任教，从事儿童文学教学、研究与推广。梅子涵对自己的介绍是“儿童文学作家、儿童文学教授，儿童文学经典作品生动讲述人、儿童文学阅读活动倾力推进者”。

1979年，梅子涵发表儿童小说《马老师喜欢的》，开始儿童文学创作，陆续发表百余篇儿童小说，如《我的画廊》《临行时》《课堂》《走在路上》《你的高地》《蓝鸟》《我们没有表》《老丹行动》《黑色的秋天》《双人茶座》《咖啡馆纪事》《我们的浪漫故事和老郁》《打枪的事》等。主要儿童小说集有《三毛悄悄对你说》（1987年）、《男子汉进行曲》（1990年）、《老丹们的浪漫故事》（1992年），长篇小说《女儿的故事》（1996年）、《我的故事讲给你听》（1998年），另有儿童文学理论专著《儿童小说叙述式论》（1993年）等。

《老丹们的浪漫故事》是梅子涵早期儿童小说代表作，这部小说集收录了儿童短篇小说近20篇，大部分小说后附有创作随笔，体现出梅子涵强烈的文体探索意识。梅子涵评说自己的创作：“和通常印象中的儿童小说不同，它们显然有点‘违反’儿童的阅读习惯（我的目的正在于要改变和丰富它们），显然同时能供儿童之外的层次阅读，其中有的篇目若是刊载于成人文学刊物，那么准保它们又成为成人小说了，所以我的小说常被归人探索行列，我也几乎成了中国儿童小说探索派的头面人物[③]。”

① 陈丹燕：《我的妈妈是精灵》，福州：福建少年儿童出版社2005年版，第224—225页。

② 陈丹燕：《中国少女心理小说集・我们共同的梦想》，朱自强编：《儿童文学新视野》，青岛：中国海洋大学出版社2004年版，第337页。

③ 梅子涵：《老丹们的浪漫故事・自序》，武汉：湖北少年儿童出版社1992年版。

这位“头面人物”习惯于“超越少年小说创作的成规”[1]“擅长写司空见惯的小事”[2]“善于以生活的小事展开了去，写出有味儿的小说来”。如《我的画廊》写“我”初学写小说时的情景，《临行时》写“我”要去当农民时奶奶为“我”送行，都是只有千字的小小说，“虽只写了简简单单的一个过程，却已使人物无不都有了形象感。老丹的友忱和奶奶的慈爱；他的少年灵感和她的老年无奈。即使连艾也有了美丽的形象，虽然作者并未有多几笔的描写”。再如《我的画廊》写同学友谊，《滴嗒，滴嗒，下小雨了》写手足情深，《临行时》写无言母爱，《感谢太阳》写师生情谊，《写封信试试》《咖啡馆纪事》写初春情怀，都“写出了别致、新鲜的感觉”，写出了“不同寻常的意义”[3]，被评论家称为“爱的系列”，尽得意大利著名儿童文学作家亚米契斯《爱的教育》抒情写人的神韵。[4] 在《双人茶座》中更是呼吁“作为大人，作为老师，作为社会，有必要认可这种由少男少女组成的‘双人茶座’，他们原本是很美好的，肮脏的往往是我们自己的目光，是我们作为成人的理解。我甚至认为应该‘普及’这种茶座式接触和交流，使未来的中国人从小就具备‘开放’的习惯和风度，大大方方，潇潇洒洒”。梅子涵始终注视着儿童的“生活小事”，以饱满的“爱心”，真挚纯朴地叙述从孩童的温柔依恋到少男少女的朦胧情爱这一情感空间。如果说在《马老师喜欢的》《太阳永远照着》《老牛》等作品中还有一丝小男孩般温情的话，那么在《男子汉进行曲》《吹着小哨前进》《小渡》《老丹行动》《六月底一周日下午》《双人茶座》和《咖啡馆纪事》中，梅子涵内心和笔下的女孩和男孩已经长成少男少女了。

《女儿的故事》是梅子涵最重要的作品，以梅子涵式的幽默文笔，讲述了父亲眼中女儿的成长，获得第四届全国优秀儿童文学奖。故事的主人公是梅子涵的女儿梅思繁，现实中的父女关系和小说中的父女关系高度重叠，模糊了文学虚构和生活真实的界限，创造了一种具有幽默艺术特质的梅氏叙说方式，没有传统小说那样的开端、发展、高潮、结尾，看似漫不经心地随口一说，却像生活一样真实和琐碎，特别是在成长的主题下，将家长、老师与学生三方的矛盾聚焦在现行应试教育的环境下，展现儿童接受教育成长过程中的喜忧哀乐以及父母的心疼无

---

① 周晓：《超越少年小说创作的成规——梅子涵和他的小说》，《少年小说论评》，银川：宁夏人民出版社1990年版。

② 梅子涵：《小说创作艺术——随笔第8篇》，《老丹们的浪漫故事》，武汉：湖北少年儿童出版社1992年版。

③ 梅子涵：《小说创作艺术——随笔第4篇》，《老丹们的浪漫故事》，武汉：湖北少年儿童出版社1992年版。

④ 周晓：《超越少年小说创作的成规——梅子涵和他的小说》，《少年小说论评》，银川：宁夏人民出版社1990年版。

奈。小说中的梅子涵说道,“这是小学五年级再过两天就要进行毕业考的一个上午。这是一场殊死决战即将开始前的一个上午。真的是殊死决战：今年的考试又改革了,不是人人都可以考重点中学,而是必须在毕业考中拿到‘资格证’才可以考。‘资格证’有限,欢迎大家积极争取。这样就你死我活了。本来是你死我活一次,现在是你死我活两次。本来是考中学的时候你死我活,现在是毕业考的时候就先要你死我活了。一直你死我活到最后你考取了重点中学或者没有考取重点中学”。在人人都想考取重点中学的理想下,就不得不牺牲孩子童年的权利和快乐,梅子涵发问:“蜻蜓到哪里去了？游戏到哪里去了？蜻蜓的游戏到哪里去了？小孩的游戏到哪里去了？”梅子涵惊呼:“瞧啊！这儿看来是一个多么危险的世界”“荒唐的世界,但是我们必须遵守它的规则”,因为“现在的大人不是不懂小孩,是现在的大人要顾考试要顾重点学校要顾成龙成凤……因而顾不上懂小孩。他们有一个理论,你现在让他玩,将来他就完”。

家庭和学校是孩子童年生活的现场,家长是孩子成长最直接的引导者和参与者。梅子涵讲述的女儿梅思繁的成长喜悦和苦恼,是所有中国孩子都经历过和经历着的故事,具有广泛的普遍性和鲜明的典型性。梅思繁形象的积极意义在于面对“挫折”和“困难”的乐观进取的精神,这是成长的本质。成长就是长大,这个过程有笑声和泪水、有成功和失败、有玩闹和学习,从生理到心理、从性情到身高、从知性到理性、从小学到大学。这个过程,是人的成长中不可跳过的成长阶段,是属于童年、属于孩子的快乐时光,没有人有权利去剥夺它！在《女儿的故事》这部“非常真诚的小说”里,“作者直面了自己的矛盾和妥协”,同时“实践了作者的幽默理念”[①],大大拓展和提升了新时期儿童小说的表现范畴和中国儿童文学的成长主题,成长中的梅思繁也以其独特的艺术个性成为中国儿童文学典型人物画廊中的新形象,深受儿童读者喜爱。

梅子涵多次提请读者与评论家要读懂他的小说,“请注意它的叙事式”[②]。梅子涵“注重叙述化,和在叙述间慢慢地有意味地表现出意思”[③],给人一种“说不尽”的意味。《女儿的故事》延续了他一贯的文体探索风格,“致力于在叙事层面开掘幽默的可能性,致力于从世界经典儿童文学中汲取幽默的力量,也一直致力

---

① 陈恩黎:《受挫于现实的幽默》,梅子涵:《女儿的故事》,武汉：湖北少年儿童出版社 2006 年版,第 298 页。

② 梅子涵:《小说创作艺术——随笔第 12 篇》,《老丹们的浪漫故事》,武汉：湖北少年儿童出版社 1992 年版。

③ 梅子涵:《小说创作艺术——随笔第 2 篇》,《老丹们的浪漫故事》,武汉：湖北少年儿童出版社 1992 年版。

于对自由童年的维护，她的作品始终洋溢着卓尔不群的精神气质”[①]，其“价值不仅仅在于提供一篇一篇一本一本的读物、故事、小说，还在于推动、发展了他所从事的那种形式”[②]。

4. 曹文轩的《草房子》

曹文轩，1954 年生，江苏盐城人，2016 年获得国际安徒生奖。童年生活十分贫穷，吃过糠，吃过草，衣不蔽体。苦难的童年是他创作的原动力，他选择文学为自己呐喊，希望通过文学改变自己的命运，他做到了。18 岁（1972 年）时开始发表作品。1974 年以“工农兵学员”进入北京大学中文系读书。毕业后留校任教至今，业余从事文学创作，成为中国最具国际影响力的儿童文学作家之一。主要作品有：中短篇小说集《没有角的牛》（1983 年）、《云雾中的古堡》（1986 年）、《哑牛》（1986 年）、《暮色笼罩的调堂》（1988 年）、《忧郁的田园》（1989 年）、《红葫芦》（1994 年）、《蔷薇谷》（1996 年）；长篇小说《古老的围墙》（1985 年）、《山羊不吃天堂草》（1991 年）、《草房子》（1997 年）、《红瓦》（1998 年）、《根鸟》（1999 年）。此外，还有文学理论专著《中国八十年代文学现象研究》（1988 年）和主编的“新潮儿童文学丛书”（1989 年）等。其中短篇小说《再见了，我的小星星》和长篇小说《山羊不吃天堂草》《草房子》分获中国作协第一届、第二届、第四届儿童文学奖。

20 世纪 90 年代，曹文轩涉足长篇儿童小说创作，连续推出《山羊不吃天堂草》（1991 年）、《草房子》（1997 年）两部代表作品，显示了这位学者型作家深厚的文学艺术素养和强劲的创作实力，成为新时期儿童文学的重要收获。《山羊不吃天堂草》讲述了 16 岁少年明子由于生活所迫，跟随师傅到两千多里以外的城里去打工，但他无法融进城里的生活，心灵无比孤独的他多少次收拾行囊准备回家，一想到自己没有钱而家里又在等着他打工寄钱回家的现实，不得不偷偷落泪又坚持下来。在想家与留下的痛苦抗争中，慢慢从心底生长起一种志气、力量和悲壮感，终于在经过一段自卑、失望、徘徊、疯狂的艰辛磨砺后，走向自强、自信，有了惊喜和希望的新生活。“明子无疑是作者倾心刻画的人物，在他身上充分体现了作者‘回归文学’‘塑造未来民族性格’的儿童文学理念。与《弓》中黑豆、《红枣儿》中的小婷婷等以往小说中的人物不同的是，明子并不是一个通体透明的少年形象，在他身上善与恶、美与丑、真与伪、机灵与促狭、坚韧与脆弱……这些相悖的特质时时纠缠撞击

① 陈恩黎：《受挫于现实的幽默》，梅子涵：《女儿的故事》，武汉：湖北少年儿童出版社 2006 年版，第 301 页。

② 梅子涵：《儿童小说叙事式论 · 全书说明》，武汉：湖北少年儿童出版社 1993 年版。

着，明子正是在这种痛苦的心灵挣扎中完成了他的成长经历”[1]。

《草房子》是曹文轩最有影响、最负盛名的代表作。故事发生在苏北农村一个叫油麻地的小学，贯穿始终的主人公是校长桑乔的儿子桑桑，小说以桑桑六年的小学生活为主线，透过桑桑的眼睛，讲述了发生在桑桑身上以及身边的生活故事，真诚又富于诗意地歌颂了至真、至善、至美的人间情感，展示了富有独特风情的人生画卷。

油麻地小学是一色的草房子。十几幢草房子，似乎是有规则的，又似乎是没有规则地连成一片。它们分别用作教室、办公室、老师的宿舍或活动室、仓库什么的。在这些草房子的前后或在这些草房子之间，总有一些安排，或一丛两丛竹子，或三株两株蔷薇，或一片花开得五颜六色的美人蕉，或干脆就是一小片夹杂着小花的草丛。这些安排，没有一丝刻意的痕迹，仿佛这个校园，原本就是有的，原本就是这个样子。这一幢幢房子，在乡野纯净的天空下，透出一派古朴来，但当太阳凌空而照时，那房顶上金泽闪闪只又显出一派华贵来。作者描绘了这样一个静美的校园，却在这里发生了一系列有着浓郁忧伤和坚韧品格的童年故事。小说以身患绝症的少年桑桑重新获得新生后坐船离开油麻地小学时的回忆来倒叙，分九章讲述了桑桑刻骨铭心又终身难忘的六年小学生活。第一章《秃鹤》，讲陆鹤因为秃顶被同学起了外号“秃鹤”，秃鹤以逃学、在学校广播操表演比赛中恶作剧来报复，用生姜擦头皮希望七七四十九天长出头发、戴帽子掩盖秃头的缺陷等种种办法与不幸抗争，最后在学校文艺汇演中“用自己的秃头”出神入化地表现了角色，得到老师同学尊重的同时，他却流下心酸委屈的眼泪。第二章《纸月》，与外婆相依为命的纸月因为自己不明不白的身世被迫转学到离家很远的油麻地小学，与桑桑同班，由此进入桑桑家庭，发生了一些奇妙的故事，冥冥中似乎有一种姻缘因果。在以后的故事发展中才知道，桑桑的爸爸桑乔原来是纸月的爸爸！谜底一旦解开，一方就会消失，就像纸月突然出现在桑乔家里以磕头的方式请求转学一样，在相依为命的外婆过世以后，纸月又突然从油麻地小学消失得无声无息，让人感慨的同时无比挂念纸月的命运。第三章《白雀(一)》和第七章《白雀(二)》，讲桑桑眼中发生在班主任蒋一轮老师和富裕人家美女白雀之间的美好凄婉的爱情故事。桑桑作为两人情书的传递者，因好奇而偷窥并丢失了白雀给蒋一轮最为重要的一份情书，给他们的恋情带来了无法挽回的灭顶之灾，最终因为白雀父亲瞧不起穷书生蒋一轮而给白雀安排了爱情，原本两位相爱的人

---

① 徐妍：《坚守记忆并承担责任——读曹文轩小说》，樊发稼：《鼓吹与评说》，合肥：安徽少年儿童出版社2010年版，第106页。

从此有了不幸的婚姻。第四章《艾地》，讲秦大奶奶为守护自己的艾地，与油麻地小学展开了不屈不挠的抗争，学校由最初千方百计把秦大奶奶赶出校园，到后来剧情发生了意想不到的逆转，秦大奶奶变成了油麻地小学的守护神，学校专门给病危的秦大奶奶在校园里建造新房，给她选最好的墓地，全校师生送葬的队伍绵延一里多地。第五章《红门（一）》和第八章《红门（二）》，讲桑桑在班级的竞争对手、住在大红门里的杜小康，由油麻地最富裕的家庭突然间败落下来，养尊处优的杜小康被迫辍学，靠放鸭、摆摊谋生，最后成长为一个坚强的为家庭生计拼搏的男子汉，前后冰火两重天似的境遇，让人唏嘘不已。第六章《细马》，讲一个被领养的孩子细马，因为自小生长在南方，满口方言，听不懂老师讲课，也无法和同学交流，不忍同学间的闲言碎语，选择自我逃避，弃学放羊，以暴力发泄不满。在与养父母的生活中，更是冲突不断，离家出走。但他心地善良，在家里房屋遭遇大洪水冲垮后，面对一无所有的家庭，毅然挑起生活重担，立志要为养母（妈妈）造一所大房子，报答养育之恩。第九章《药寮》，讲桑桑不幸患病，一向严肃的父亲桑乔带他到处求医，伟大的父爱给桑桑强大的精神与情感支撑，在很多人的关心下，桑桑终于从死神中走出来，随父亲工作调动去到另一个陌生的地方。

《草房子》突出的艺术成就是塑造了一批栩栩如生的人物。不仅有桑桑、秃鹤、纸月、杜小康、细马等为代表的一群孩子形象，还写活了孩子们身边的大人形象，如校长桑乔、班主任蒋一轮、音乐兼语文老师温幼菊、油麻地的美人白雀、守护艾地的秦大奶奶、红门主人杜雍和、细马的养母邱二妈等。每一个人物都有自己的性格和历史，都是作品中不可或缺的一个个体，又那么和谐地生活在一起。"孩子不因大人在场而显得拘谨如小大人，大人也不因抢了孩子的风头而有意无意带上一点小儿腔，他们每个人的性格都是油麻地的一方胜景，他们都以各自的方式在油麻地这个舞台上扮演者自己的角色，于是油麻地就有了一幕幕有声有色、耐人寻味的悲喜剧；他们每个人又都从不同的方向走来或朝不同的方向走去""好像一串串秩序井然的阶梯，《草房子》通过不同人物的生活历程写出了少年人成长的几种不同途径、方式很层次，写出了少年人的自我意识生成的不同境界"，于是我们看到，"秃鹤的成长，杜小康的成长，桑桑的成长，细马的成长，孩子们都在不同程度地成长着。每一个少年的成长都浓墨重彩如庄严的仪式，每一个少年的成长都饱含了催人泪下的沧桑"[①]。这与曹文轩对"成长文学"术语中"成长"一词的理解是一致的，成长就是勇敢地从苦难甚至死亡中走出后获得的

---

① 汤锐：《为一种梦想而感到》//曹文轩：《草房子》，武汉：长江少年儿童出版社，2015 年版，第 321—323 页。

新生，所以他的人物不经历一些必然的事件便不能成长。如果说成长是必然的，那为成长付出代价也是必然的，这也是为什么《草房子》中的人物没有一个不经历挫折和磨难的，没有一个的故事不是沉重和沉痛的，而正是这种磨难和痛苦的磨砺，才是生活的真实，才有人生的真谛。

《草房子》是曹文轩追求诗意、追求永恒的文学观的集中体现。曹文轩习惯于以自己的经验构建文学世界，属于那种对过去的生活非常在意，偏重经验型的作家，不写没有经历过沉淀的生活。他认为"感动今世，并非一定要写今世。'以前'也能感动今世。我们的早已逝去的苦难的童年，一样能够感动我们的孩子""感动他们的，应是道义的力量、情感的力量、智慧的力量和美的力量，而这一切是永在的""千古不变的，我们只不过想看清楚它们是在什么新的方式下进行的罢了"①。用他的比方来说，基本人性并没有随着时代的变迁而变迁，"人性就是暗河，汹涌于地下的暗河是一直相通的，虽然地表是村庄，或者城市"②。儿童文学就是要为儿童抒写这些基本人性，为他们未来的成长打下人生的底色。曹文轩以自传性的苦难童年为母题，基本人物和故事都有原型，小说主人公与其说是桑桑，还不如说是曹文轩自己。曹文轩以文学的形式反顾童年苦难，既有一种过往者战胜苦难的俯视力量，又有一种悲悯情怀，这让《草房子》有了一种打动人心的悲剧美、人情美、人性美，和小说中描绘的草房子与自然浑然一体的"自然美"，将童年趣味、文学审美、悲悯情怀、深刻思想这些艺术纬度充满诗意地融合一体，标志着新时期成长小说彻底摆脱了伤痕、反思、教育、拯救的简单模式，开始回归生活的本源、基本的人性，回归艺术的正道，追求诗意的永恒，被认为是"一部荡气回肠、富有艺术魅力的力作""给少年儿童小说带来了新鲜的气息，独特的韵味，是我国儿童文学创作一个新的、重大的收获。与当前成人文学的诸多长篇小说相比，它在文学品位、艺术质量上也是一部毫不逊色的上乘之作。"③所有人又都在各自生活的艰辛中体现出可贵的人情美和人性美，相互搀扶着一同成长。

五、以刘先平、沈石溪、乌热尔图、金曾豪为代表的自然小说创作

在新时期的儿童小说创作中，有一类颠覆了"文学是人学"的创作倾向，以反映自然环境生态、动物生命状态为题材，探寻人与自然、人与动物的和谐关系，追

---

① 曹文轩：《追求永恒（自序）》，《草房子》，武汉：长江少年儿童出版社 2015 年版，第 3—4 页。

② 陈香. 曹文轩：《写作〈草房子〉的前前后后》，《中华读书报》2010 年 1 月 29 日。

③ 束沛德：《内蕴丰厚　艺术精致——读〈草房子〉》，《发出自己的声音（束沛德文论集）》，南宁：接力出版社 2013 年，第 174—175 页。

寻平等、博爱的价值观，极大地丰富了文学反映生活的广度和深度，对儿童读者养成科学的自然观、价值观有着潜移默化的引导。我们把这类与“人的文学”不同、以自然和动物为审美对象的文学，成为广泛意义上的“自然文学”，代表作家有刘先平、沈石溪、乌热尔图、金曾豪等。

1. 刘先平的大自然文学创作

刘先平（1938— ），安徽肥东人。父母早逝，少年时离家外出当学徒。1961年毕业于杭州师范学院，后从事教师工作10年。1971年从事文学编辑工作。1983年调安徽省作家协会，从事专业创作。1995年主持安徽省作协工作。1957年发表处女作《儿山与母山》。“文革”中被迫搁笔14年。1972年结识一批在野外考察的动物学家，有机会从科学的角度去认识山野中丰富多彩、喧嚣繁荣的动植物世界，认识到新兴的自然保护事业的意义以及引导青少年热爱大自然的重要性，爆发了强烈的创作欲望。“文革”结束后，恢复写作自由的刘先平毅然放弃已有成绩的诗歌、散文与美学研究，将审美视野投注于大自然，开始大自然文学创作，被誉为中国现代大自然文学的开拓者、奠基人。

刘先平的大自然文学创作经历了三个阶段。1977年至1987年（第一个10年）是长篇小说创作爆发期，写下了百余万字的大自然文学系列，出版了《云海探奇》（1980年）、《呦呦鹿鸣》（1981年）、《千鸟谷追踪》（1985年）、《大熊猫传奇》（1987年）4部在野生动物世界（猿猴世界、梅花鹿世界、鸟类世界、大熊猫世界）探险的长篇小说。这些作品，在儿童文学界率先书写“人与自然”的故事，呼唤生态道德，提倡人与自然和谐发展，开创了一个全新的文学审美空间，创建了一个神奇的文学世界，开拓了一种新的大自然文学流派，为在恢复中艰难发展的新时期儿童文学竖起了一道充满生机的绿色风景线，催生了现代意义上中国大自然文学的自觉。

1987年至1997年（第二个10年）是大自然探险纪实散文创作的集中期，主要作品集有《山野寻趣》（1987年）、《红树林飞韵》（1998年）、《东海有飞蟹》（1999年）。一篇篇真实的自然故事，以第一人称记叙大自然探险中的奇遇、奇趣、奇思、奇想，每一个字都浸透着他用脚丈量土地的血与汗，每一个新发现无不蕴藏着他灵感自然的智慧火花，每一个篇章都涵纳着他对大自然无限的情与爱，每一个惊心动魄的历险故事，都记录着他在危境中的勇敢与战栗，激发人们对每片绿叶、每座山峰、每条小溪、每种生命的敬畏和喜爱，直至升华为对祖国的热爱，对生活的热爱，对自然的热爱，有一种美不胜收、回味无穷的阅读美感。

1998年开始，刘先平开始一种新的大自然文学创作形式的探索，即大自然探险散文与大自然探险摄影相得益彰的图文书，有极强的纪实性、形象性、现场感。

主要代表作有《中国 Discovery 书系》(2000 年)、《刘先平大自然探险》(2001 年)。这些作品以“自然探险”为线，以“自然发现”为题，探讨“人与自然的关系”，通过小故事讲述大道理，有一种融文化启蒙与文学欣赏中的美学价值。

“刘先平大自然探险长篇系列”(1996 年)是刘先平最有影响的作品。该套系列包括长篇小说《云海探奇》《呦呦鹿鸣》《千鸟谷追踪》《大熊猫传奇》和散文集《山野寻趣》五部作品，是对 20 世纪七八十年代作品的修订再版。其中最具特色、艺术上成就最突出的是《呦呦鹿鸣》和《大熊猫传奇》。

《呦呦鹿鸣》写少年和科学工作者组成野生动物保护小组，进山寻找失踪的梅花鹿小月亮母子，发现有一支打鹿队正在追踪一头雄鹿，要杀鹿取茸，于是保护小组和打鹿队展开一系列巧妙周旋，终于说服了打鹿队，保住了大雄鹿的性命，同时借助麻醉枪成功锯茸后，梅花鹿放归大自然。小说以保护小组寻找梅花鹿母子为主要线索，将梅花鹿的生态知识、动植物的科学知识、野外考察知识、民间传说故事等自然而然地融汇在惊心动魄的故事情节里，带领读者一同在梅花鹿的世界里探险。同时又打鹿队追寻雄鹿暗线，将梅花鹿的生命聚焦到保护小组和打鹿队的矛盾冲突上，又使小说有着追踪、探案、揭秘般惊险的情节，具有很强的可读性。小说塑造了正直正义的雷大爷、憨厚精明的小胖子、梅花鹿母子等鲜明形象，给人耳目一新的阅读快感。

《大熊猫传奇》写在自然生态环境破坏和不法分子偷猎的双重威胁下，濒危物种大熊猫如何在我国科学家和动物保护工作者的共同努力下生存，上演了一场惊心动魄的生命传奇。小说一开始就为主人公设置了复杂而残酷的矛盾冲突。国宝大熊猫赖以生存的粮食竹子，开花后大量枯死，单一食源的大熊猫面临断粮的灭顶之灾。与此同时，雪豹“独眼”和不法分子都盯上了大熊猫，大熊猫的生命危在旦夕，围绕着拯救国宝，少年果杉与晓青兄弟俩、女科学家冷秀峻等人联合起来，消灭了“独眼”，挫败了不法分子企图倒卖大熊猫的阴谋，为大熊猫找到新的食源箭竹，并在研究改造大熊猫单一食谱方面获得重大进展。小说情节曲折，充满悬念，又在情节的进展中融入大量关于熊猫的科学知识，以及藏族民间流传的奇幻故事，特别是描写自然界动植物为着各自的生存发展而展开的殊死拼斗，血腥中闪耀着生命的光辉，作品洋溢着一种粗狂豪放、色彩浓烈的阳刚之气和强烈的地域民族风格，从人与自然之间相互依存的高度，表达了保护自然生态环境的主题、揭示生命的奥秘，这种融自然与人生、文学与科学、惊险与趣味于一体的美学追求，代表了儿童文学创作健康发展的方向，被誉为“中国的大自然文学”，成为新时期儿童长篇小说创作的重要收获，刘先平也被誉为“中国大自然文学第一人”。

所谓中国的大自然文学，是指以刘先平大自然文学作品为典范、以大自然文学为母题的所有类型的文学作品总称。它具有以下五个方面的基本特征：一是大自然题材。以整个大自然为审美对象，颠覆了以往"文学即人学"的文学传统。二是生态道德主题。以描写大自然生态为主要内容，突出人与自然的道德关系，追求人与自然的和谐发展。三是综合性文体。包括小说、诗歌、散文、童话、戏剧、故事等所有文体形式。四是以青少年读者为主。同时面向大众读者，走出了儿童文学的藩篱，融入文学大家庭。五是现实主义创作风格。是作家用脚行走、用心感悟、用脑写作的文学，行与思相融合的文学。以上五个方面便是刘先平大自然文学创作的基本特征及其对当代文学创作的主要意义。

2. 乌热尔图的《七岔犄角的公鹿》《老人和鹿》

乌热尔图（1952— ），原名涂绍民，鄂温克族人，祖籍黑龙江省甘南县，出生于内蒙古兴安盟乌兰浩特。当过猎民、工人、民警、乡党委副书记。现为专业作家，内蒙古文联副主席、作协副主席。1976 年发表处女作《大岭小卫士》。1985 年调中国作家协会任书记处书记。主要创作短篇小说，代表作《一个猎人的恳求》《七岔犄角的公鹿》《琥珀色的篝火》《老人和鹿》，分别获得 1981 年、1982 年、1983 年、1985 年全国优秀短篇小说奖，《老人和鹿》还获得 1988 年首届全国优秀儿童文学奖。1993 年以后，随着狩猎文化在现代文明的冲击下已经无可挽回地走向解体，乌热尔图也停止了动物小说创作，而转向从人类学、生态学、考古学、地理学和哲学等多层面多角度地去研究本民族文化和断裂的历史，呼吁要保护自然环境中的生态多样化与维护社会环境中文化多样化。

乌热尔图是新时期儿童文学创作中较早写作动物小说并取得较大成就的代表人物。鄂温克族古老而独特的森林狩猎生活，不仅为乌热尔图的动物文学创作提供了丰富的题材内容，而且让他以文学的方式思考动物与自然、人与动物之间的生态关系，将动物、森林、人都平等地放到自然界，放到同一个生态系统内来描述各自的命运、相互间关系以及系统生态平衡，大大拓展了儿童文学的艺术空间。最有影响的作品是《七岔犄角的公鹿》《老人和鹿》。

《七岔犄角的公鹿》发表于《民族文学》1982 年第 5 期。故事写少年"我"与公鹿的三次邂逅。一只七岔犄角的公鹿，曾经被"我"打伤了后腿。它为了保护五只母鹿和小鹿，带着伤腿与野狼搏斗，终于战胜了野狼。胜利的鹿，骄傲地扬起头，把漂亮的犄角竖在空中，整个身子衬在淡蓝色的天幕上，显得威武、强壮。这是一曲生命图腾的赞歌，也是一曲勇敢者的战歌。公鹿的意志和品格唤醒了"我"的生命意识。第一次狩猎的"我"，感受到了生命觉醒的尊严，忘记了自己狩猎的使命，着迷地欣赏着公鹿的英姿：它那一岔一岔支立着的犄角，显得那么倔强、刚硬；它那褐色的、亮闪闪的眼睛里，既有善良，也有憎恶，既有勇敢，也有智慧；它那细长的脖子，挺立着，象征着不屈；它那波浪形的腰，披着淡黄色的冬毛，真叫漂亮。四条直立的腿，似乎聚集了它全身的力量。啊，它太美了。少年想起了继父的话："公鹿，那才是真正的男子汉，它就是死也不会屈服的。"当疲倦的公鹿仍然骄傲地从"我"眼前走过时，要想补它一枪是太容易了，"我"下意识地摸了摸枪栓，看着它一瘸一拐的身影渐渐远去，远去……放走了猎物，"我"被继父一顿毒打。"我"忍着痛，没哭，也没喊，因为"我"想起了那头公鹿，那头不屈服的公鹿已经为"我"注进了男子汉的血性。第二次见到这只公鹿，"我"想起自己发过的誓，"绝不对它开枪，也绝不让任何人伤害它！"有意让它惊觉，让它快快逃离险境。继父看在眼里，抡起猎枪朝"我"头上狠狠砸去……第三次相遇，"我"从群狼口中救出了公鹿，当"我"像老朋友似的慢慢地走近它身旁时，发现公鹿身上满是伤口，鲜血和汗水像小溪似的流着。"我"心疼极了。公鹿突然箭一般朝前冲去，不幸被拧在桦树上的铁丝死死套住，"我"毫不犹豫地抽出猎刀，想去救它，却被警觉的公鹿一脚踢出老远，顿时"觉得胸口像被撕裂一般疼痛，浑身打颤。"我"一点也不怪它，第三次放走了公鹿。这一次，继父看在眼里，没有打"我"，而是伸出两只大手，轻轻地捋了捋"我"的头发，然后转过身去，蹲在"我"面前，双手一搂，就把"我"背到他宽阔的脊背上。公鹿的品性唤醒了"我"对生命的敬畏，"我"对公鹿的深爱无怨无悔，也感化了粗暴的继父恢复了父性。在这里公鹿是一种象征，它代表了人类之外的一切生命存在。人和动物的品性有时候是多么相似啊，我们本应该相依为命，说到底人也是动物的一种。少年成长了，在险恶的人世间，他像公鹿一样挺立不屈。这不是一个简单的、由动物行为引发人类良知的爱心故事，而是在狩猎社会发现猎物的生命价值、进而敬畏生命、拯救生命的价值传递，传达了作者"以动物为师"、回归自然的朴素情感。

1985年创作的《老人和鹿》是乌热尔图动物小说创作的转折点。此前的创作多采用第一人称叙事，叙事主人公大抵是少年儿童。从《老人和鹿》开始，主人公则变为成人，甚至老人，试图以成人或老人视角，寻根溯源，承上启下，借各种隐喻来阐释鄂温克族狩猎文化的精神世界与民族意识，以及人与自然和谐、生命与生命相通、长者与幼者相承的哲理境界。《老人和鹿》写孙子陪81岁的爷爷到山里听野鹿叫唤的故事。平时在村子里眼花耳聋、走路要人扶的老人，"在山上好像啥都能看见"，还独自和树、河流、动物对话。老人说，"这里的河、树、鸟儿、鹿，都是我的朋友。它们帮助过我，帮我活到现在……"每年的9月5日，老人都如约来到山里，露宿一夜，为着第二天早晨能够看到野鹿在前面的山上叫唤，那会是怎样的一种情景呢？"明天早上……你能看见它。它长着七叉犄角，是一头老鹿。它就从那片林子里走出来……”老人抬起右手指了指，“它一边叫，一边登上那个山崖。太阳就从它的身后升起来。真美，真好看！去年……它是六号早上叫的……前年，也是。”老人说，“它是一头老鹿，和我一样”“除非它被人打死；被人套死；被人药死”，不然都会准时出现在9月6日早晨的山上。可这一次，老人再也没有听到鹿的叫唤，因为“那头鹿让人用铁丝套死了”，爷爷的儿子和孙子不忍老人伤心，没有告诉老人，孙子为逗爷爷开心，还去偷偷模仿野鹿的叫唤，被爷爷听了出来。过了约会的时辰，老人预感到不幸，自言自语地说，“是该教给你了”。老人把鹿哨吮在干裂的双唇里，模仿出各种鹿的叫声，让孙子记在心里。又把孙子搂在怀里，用“这么悲哀，这么温情，带着哭腔，带着恳求”的声音，请孩子回答他，“你爱山吧？”“你爱林子吗？”“你爱小河吗？”“你爱山上的鹿吗？”当得到孩子“我爱”的肯定回答时，老人说：“孩子，你记住，就像爱你的兄弟，就像爱你的母亲，那样爱吧，爱吧。记住……我的话。人永远离不开森林，森林也离不开歌。”老人捂着脸痛哭起来，“……那头鹿、不愿来、来和我、告别了。它、嫌弃、我。啊——！”老人低着头，肩膀在抖。孩子跺着脚哭喊：“你别怨我。老爷爷，我没告诉你，爸爸对我说，那头鹿让人用铁丝套死了。”听到真相的老人，发出“一声凄惨的喊叫”“栽倒在地上，刻满皱纹的脸紧贴着地面，伸直了的双臂，好像搂抱着大地。他的眼角还挂着泪珠”。作者紧紧扣住“见鹿而不见”来展开矛盾，写老人内心的变化，没有自然风光的展览，也没有原始狩猎的猎奇，写的只是一段老人与老鹿相遇的故事，却写透了生命的体验和生活的真谛，是一种震撼心灵的人和森林、动物、山川、河流、日月星辰合而为一、相依为命的自然生态、文化形态、和谐心态，它美好而沉重，心动又心痛，给人异常深刻的阅读感受。

《七岔犄角的公鹿》《老人和鹿》都写到鹿。鹿与鄂温克人的生活息息相关，猎人身着鹿皮、帐篷也是鹿皮所制，特别是萨满神帽上镶嵌的则是模拟马鹿的多岔犄角（铁制品），萨满神帽上犄角的枝杈越多标志着萨满的法力越大；萨满的神鼓是用公鹿的皮绷制的；萨满的法衣也是由鹿皮鞣制的。鹿的形象已经成为狩猎民族文化的重要内涵。从鄂温克人的文化心理意向出发，作家在小说中对于鹿的描写有着双重意义。一方面作为善良、纯朴、骁勇、坚毅等美好品质的化身，鹿寄寓着鄂温克人对于人生信念的肯定，另一方面，鹿则象征鄂温克人对于自身人格品质的肯定。《七岔犄角的公鹿》中那个孤独寂寞的“我”在和公鹿的较量中成长，把公鹿当成了自己的朋友和英雄。《老人和鹿》中，一辈子在森林里生活的老人，他的朋友在大山里，是山里的河、树、鸟儿和鹿，只有鹿的声音才是他心目中真正的歌。人与鹿的感情构成了乌热尔图小说中最温情的内容，也体现了鄂温克狩猎文化的精髓，人与自然融为一体，自然万物都是有灵性的，树木有耳朵，风可以说话，石头也能言语，他们都是自然的主人，一起构成了森林的生命形态。这也是乌热尔图动物小说的深刻主题。人与动物之间的相互依存又互相竞争的关系，人与自然的斗争而又浑然融为一体的生存状态及其蕴含的自然之美在小说中得到了生动的展示。

3. 沈石溪的《狼王梦》

沈石溪(1952—)，原名沈一鸣。上海人，祖籍浙江慈溪。1968年上海九江中学初中毕业。1969年赴云南西双版纳插队落户。1972年当小学教员。1975年应征入伍，在部队从事新闻工作。1984年考入解放军艺术学院文学系。1986年毕业后分配到云南省军区政治部任文职。1973年开始文学创作。1980年以《象群迁移的时候》转向儿童文学创作，主要从事动物小说创作，主要作品有：《第七条猎狗》(1985年)、《退役军犬黄狐》(1988年)、《狼王梦》(1990年)、《一只猎雕的遭遇》(1990年)、《猎狐》(1991年)、《沈石溪动物小说自选集》(1992年)、《盲孩与弃狗》(1992年)、《象王泪》(1994年)、《残狼灰满》(199年)、《红奶羊》(1994年)、《疯羊血顶儿》(1995年)、《古剑·军犬·野鸽》(1996年)、《鸟奴》(1998年)、《小气鬼猴的诞生》(1999年)。《第七条猎狗》《一只猎雕的遭遇》《红奶羊》《鸟奴》连续获得中国作协第一、二、三、八届优秀儿童文学奖。《狼王梦》获第二届全国优秀少儿读物一等奖(1995年)和台湾第四届杨唤儿童文学奖(1994年)。《脸色苍白的伙伴》《斑羚飞渡》《相思鸟的爱情》等多篇动物小说入选中学语文教材。

徜徉在动物世界里的沈石溪，其初期的创作，大多是“整理从猎手那里听来的动物故事”，如《第七条猎狗》《蠢熊吉帕》《戴银铃的长臂猿》和《在捕象的陷阱里》等。“那个时期的作品讲究故事性和趣味性，所涉及的动物品种繁多，有很浓的传奇色彩。但因过分注重故事，忽视了思想内涵，基本主题仍囿于动物忠贞报恩的旧模式，艺术上也显得单薄，缺少必要的心理描写和氛围渲染”①。即便是1986年给作者带来“儿童文学园丁奖”的《退役军犬黄狐》，也仍然是《第七条猎狗》的平行延伸，只不过艺术上更成熟完美些罢了。

在动物和人的恩怨圈里打转了一阵之后，作者受到美国威尔逊的《新的综合》、奥地利洛伦兹的《攻击与人性》和英国莫利斯的《裸猿》《人类动物园》等作品的影响，“觉得自己过去对动物的理解是很肤浅的，除牲畜家禽外，野生动物并不是为人类而活在这个地球上的，它们和人类打交道并不是它们生活的全部内容。除了动物和人类的恩怨圈外，动物还有一个属于它们自己的弱肉强食的生存圈。完全可以在丛林法则这个色彩斑斓的舞台上塑造动物的本体形象”“应当在塑造

① 沈石溪：《我和动物小说》，《儿童文学研究》1994年第1期。

动物的本体形象上下功夫"[①]。同时,作者又进一步地认识到"人类社会的许多弊病和问题,人自身的一些缺陷与丑陋,例如战争、种族歧视、掠夺资源、两性差异、权力纷争、攻击行为、恃强凌弱等既可以在大文化中寻找到合理的解释和答案,亦可在生物意义上破译出原始起因"。从这个意义上推论,作者意识到,"动物小说的认识价值不仅可以超越科普知识,还可以超越'人还不如动物'这样一种照镜式忏悔,完全可以同问题小说哲理小说相媲美"[②]。

长篇小说《狼王梦》正是这样一部"有超越价值的儿童文学"精品。沈石溪笔下的狼王是"强者宣言",体现了作者"对'强人'意识和生存竞争的一场反思",读者从中"能感悟到生存的艰难,能体验到竞争的无情,更能欣赏不屈不挠的强者风采和在激烈竞争中声明称被激活的灵性和生命所释放的能量"[③]。《狼王梦》讲述的是一只母狼紫岚始终有坚定的培养子女成为"狼王"的宏伟梦想,以及如何将五只小狼驯养成为狼王的故事。母狼紫岚为了自己的后代能出"狼"头地,坚忍不拔地驯导自己的孩子成为强者,在弱肉强食的丛林里,在汰劣留良的法则下,母狼紫岚的努力一次次失败,但它没有退缩,没有气馁,勇往直前,直到把两只小公狼送上生存竞争的祭坛,直到自己与恶雕同归于尽。"这是一个邪恶的梦,也是一个辉煌的梦;这是一个悲惨的奋斗过程,也是一段悲壮的生命的冲刺",充满"震撼心灵的生命力量"。作者将"所想要表达的哲理意蕴恰好与狼的生物属性和生存环境相吻合",在客观描写狼群生活中,把卑微和崇高、残忍和辉煌、龌龊和圣洁,交融糅合,更接近生命的本源和生活的真实。作者对狼性的描写集中展现在狼群(母狼、公狼、成年狼、老年狼、幼年狼)的习态、本能、欲望、行为上,善于在"狼性狼道"中彰显"人性人道""给人耳目一新的较强的审美冲击力",体现了作者对"现代优秀动物小说"的追求,"在文化与生物属性的摩擦间,寻找主题,寻找突破口""找到人类更好了解自己的一把金钥匙"[④]。

综观沈石溪的动物小说创作,善于从动物的特性与丛林法则来结构小说,都有一个震人心魄的故事,以情节取胜,以情动人,作品有着一种浓郁的悲壮美和象征意味。在形象塑造上,对"弃儿"与"母亲"的性格刻画入木三分,如《第七条猎狗》中的猎狗赤利、《一只猎雕的遭遇》中的猎雕巴萨查、《残狼灰满》中的残狼

---

① 沈石溪:《在弱肉强食的丛林法则里闯荡的沈石溪》,《儿童文学家(台湾)》1992年秋季号。

② 沈石溪:《我和动物小说》,《儿童文学研究》,1994年,第1期。

③ 沈石溪:《狼王:强者宣言》,《动物小说的艺术世界》,上海:上海少年儿童出版社2011年版,第18—23页。

④ 沈石溪:《我的动物小说观》,《动物小说的艺术世界》,上海:上海少年儿童出版社2011年版,第78—79页。

灰满、《混血豹白眉儿》中的混血豹白眉儿、《天命》中的黑雕等。这些“弃儿”为在同类中找到自己的生存位置，在弱肉强食的动物王国里谋一席生存之地，它们付出了惨重的代价，充满悲剧的壮美。与“弃儿”形象相对的“母亲”形象，更有一种撼人心魄的悲壮力量。如《天命》中的母鹰为了鹰类种族的繁衍，作出抛出亲子红脚杆的痛苦抉择，以种族之爱超越母爱，以“大我”战胜“小我”，赋予母鹰一种甚至超越了人类的更高理性。在《狼王梦》里，母狼紫岚为了实现自己的狼王梦，将梦想寄托在第三代狼种身上，自己甘心情愿和凶猛的金雕在蓝天白云间同归于尽。沈石溪“在动物王国里发现了壮美”[1]，唤起了一种崇高与向上的力量。

3 金曾豪的《苍狼》

金曾豪(1946—　)，江苏常熟人。出生于世代行医之家，受书香熏染，自幼喜爱读书和文学创作。1974 年开始发表作品。1981 年将主要精力投向儿童文学。长篇小说《狼的故事》(1991 年)、《青春口哨》(1994 年)、《仓狼》(1997 年)分别获得中国作家协会第二、三、四届全国优秀儿童文学奖。《青春口哨》还荣获中宣部第五届全国精神文明建设“五个一工程奖”。中短篇小说集有《小巷木屐声》(1986 年)、《迷人的追捕》(1988 年)、《黑豹奇遇》(1990 年)、《九命树》(1993 年)等。

《苍狼》讲述摄制组为了拍摄电视剧《狼的故事》，把一个狼的家庭送上一个小小的荒岛(一个废置的军事禁区)，然后根据剧本逐步向小岛送上各种动物。由于对动物了解太少，误解太多，艺术家和动物学家们精心组织的情节几乎都未出现。动物们自己在小岛上按照自然法则上演了一幕幕出人意料的活剧。开摩托车的战士小冯在一个完全偶然的相遇中与狼群对峙，接着是一场惊心动魄的人狼恶战。在这位神枪手的扫射下，群狼沐血倒地，而两条本可以逃脱的狼却被活活生擒，其中一条是年轻的母狼，另一条是老公狼——它曾经是叱咤风云、阅历非凡、智慧出众、威风凛凛的狼王！这两条狼被囚于笼子中。在笼子中母狼生下了四条性格各异的小狼——这个完整的狼的家庭，被“释放”在荒凉的小岛上，与被摄制组先后悄悄送上小岛的兔子、豪猪和岛上原有的蚱蜢、老鼠、泥鳅、螃蟹等，以及突然从天而降的天敌——凶悍的鹰发生种种戏剧性的纠葛和殊死的冲突搏杀，而这一切事件情状和现象，狼的家庭在岛上的大部分活动，均通过事先安置好的极为隐蔽的现代科技仪器，一一摄入镜头。小说着力展示了以苍狼为首的狼的一家在特殊环境下种种特殊险遇中令人惊诧、令人感慨、也令人大开眼界的一系列狼情狼性的行为表现，读者在略带刺激的审美体验中会领略到大自

---

① 韦苇：《他在动物王国里发现了壮美》，《儿童文学家(台湾)》1992 年秋季号。

然法则的严峻和不可更易性，体味到作者“对大自然中各种生命形式的深深的理解和尊重”①，从而激起对人与动物、人与自然环境关系的种种理性思考，明白一个基本道理：动物一定要活在自己的世界里，人类必须让动物生活在一个属于动物的世界里；同时人也是自然界中与其他动物平等的一个物种，在动物的身上“折射着人性的亮点和生命的光彩”②。

金曾豪对动物小说这一文体，有着自己的“自觉”意识。他认为“较之于其他小说，动物小说更直接地指向生命存在的奥妙、瑰丽和神秘，指向生命本性的天然合理，指向生命意志的恢弘和精深，指向生命现象的雄奇和壮丽，指向生命运动的炽热和鲜活”。所以，金曾豪的动物小说有着“文学浓郁的生命意识”③。同时，金曾豪又强调动物小说首先是“小说”，“写不出动物的真实的情感和个性就不能算动物小说，只能称动物故事”。他清醒地看到，“事实上，目前的许多‘动物小说’还停留在故事的阶段。有的则把动物的情感写得比人还细致，就成为童话的另类，亦难说是动物小说”。《苍狼》在动物小说的艺术创造方面就显示了“良好的艺术分寸感和相当纯净的美学品位”。他不是把动物简单地处理成人类的某种观念符号或人格面具，而是力求以一种更超脱的眼光或视角来还原动物和人的形象及生活，来描述动物和人的现实及艺术关系。他把这种视角称为“上帝视角”，即“大自然视角”。“这是一种平等看待人与动物的视角，也是金曾豪为他的动物小说创作设定的一个独特视角”④。

第二节 重建期的儿童诗歌

儿童诗最能体现儿童文学的性质与特征，虽然在“文革”期间没有像童话那样被打入“冷宫”，但也作为为政治服务的“教育工具”，其“艺术的”和“儿童的”属性同样遭到实质性损害，在“文革”结束后的思想观念解放、文学回归艺术的新时期，与整个文学发展取同一步调，有一个拨乱反正、复苏重建的发展任务。1978

---

① 方卫平：《金曾豪和他的动物小说》，《思想的舞者——方卫平文论集》，南宁：接力出版社 2013 年版，第 279 页。

② 谢清风：《还给动物一个世界——评金曾豪的动物小说新作〈苍狼〉》，金曾豪：《苍狼》，武汉：湖北少年儿童出版社 2006 年版，第 309 页。

③ 凌英菲：《金曾豪动物小说创作观之我见》，方卫平主编：《中国儿童文化》，杭州：浙江少年儿童出版社，2005 年版，第 312—313 页。

④ 方卫平：《金曾豪和他的动物小说》，《思想的舞者——方卫平文论集》，南宁：接力出版社，2013 年版，第 280 页。

年12月，少年儿童出版社创刊《儿童诗》，茅盾为《儿童诗》写下《对于儿童诗的期望》，发起重建儿童诗的呼吁，号召作家爱护《儿童诗》这个小百花园里的"嫩芽"，提醒作家注意儿童诗"不是儿歌"，"儿童诗也是最难写的"，不要因为作家是成人，就用"成年人惯有的想象，甚至还有概念化"，犯下"把小读者不知不觉陶冶成为'小老头'的毛病"[①]。在茅盾、艾青、袁鹰、郭风等老一辈诗人的带动感召下，20世纪70年代末80年代初，儿童诗创作开始复苏，形成以严文井、金近、柯岩、刘饶民、田地、圣野、鲁兵、任溶溶、金波、樊发稼、高洪波、尹世霖、张继楼、张秋生、金逸铭、王宜振、刘丙钧、金本、薛卫民、徐鲁等老、中、青三代儿童诗人的大合唱，儿童诗坛出现繁荣景象，不仅在数量和质量上有明显提升，而且摆脱"教育工具论"的影响，开始"回归儿童诗本位"，进入20世纪90年代，儿童诗的创作更自由，题材更宽广，风格更多元，语言更诗性，儿童更喜欢，为中国儿童诗的当代发展打下了坚实的基石。记录这一时期儿童诗创作成果的主要诗集有：彭斯远、张继楼编选的《中国当代儿童诗精选》(1984年)、中国社科院文学研究所当代文学研究室主编的《中国新时期儿童诗选(1981—1984)》(1985年)、樊发稼编选的《儿童诗十家》(1988年)、束沛德主编的《中国当代儿童诗丛》(1998年)、金波主编的《红帆船诗丛》(1998年)、尹世霖主编的大型儿童朗诵诗《黄鹂丛书》(1999年)。代表重建期儿童诗创作成就的重要作家有：圣野、鲁兵、任溶溶、金波、樊发稼、高洪波、郭风、吴然、乔传藻、田地、尹世霖等。

一、圣野、鲁兵、任溶溶的儿童诗

1. 圣野的儿童诗

圣野(1922—　)，原名周大鹿，现名周大康。浙江东阳人。1945年就读于浙江大学。1949年3月参加浙东游击队金萧支队。1957年转业到少年儿童出版社，后长期主编《小朋友》杂志。1986年离休。

1942年开始发表文学作品，一辈子和诗交上了朋友。新中国建立前出版有《啄木鸟》(1947年)、《小灯笼》(1948年)和《列车》(1948年)3本诗集。"文革"前17年中，出版了11本儿童诗集，主要有《欢迎小雨点》(1955年)、《小哨兵》(与吴少山合作，1959年)、《布娃娃过桥》(1960年)、《奶奶故事多》(1962年)、《和太阳比一比》(1962年)等，其中以《欢迎小雨点》最有影响。"文革"后的新时期，他的创作更为勃发，平均每年有两本诗集问世，主要作品有《春娃娃》(1979年)、《鸡冠

① 陈子君：《中国当代儿童文学史》，济南：明天出版社1991年版，第468页。

花》(1979年)、《神奇的窗子》(1980年)、《竹林的奇遇》(1980年)、《爱唱歌的鸟》(1980年)、《瓜果谣》(1980年)、《写在早晨的诗》(1985年)、《雷公公和啄木鸟》(1986年)、《犁犁的故事》(1987年)、《银亮的大树》(1988年)、《不睡觉的火车头》(1990年)、《挤挤城和宽宽街》(1995年)、《小雪人的红鼻子》(1997年)、《跨世纪的问候》(1999年)等。其中,《春娃娃》获第二次全国少年儿童文艺创作二等奖,《瓜果谣》获全国优秀儿童读物奖,《银亮的大树》获全国儿童读物创作三等奖。在诗作之外,圣野还有诗评集《诗的散步》(1983年),获全国首届儿童文学理论评奖优秀评论奖;童话《挤挤城和宽宽街》获陈伯吹儿童文学奖。

"文革"期间,圣野被迫中止创作,被送进"五七"干校从事劳动改造。"文革"结束后,沉寂十多年的圣野,在1978年3月《小朋友》杂志发表小诗《迎春》,再次拉开了儿童诗创作的序幕。"冬爷爷,/快动身,/扫开雪路,/送一程。 春姐姐。/几时来?/折枝杨柳,/迎上门。"以冬去春来的季节变化,喻示一个时代的终结和新时代的开始,体现了他从大自然中攫取艺术想象、用艺术形象说话的创作特色。圣野新时期创作的优秀儿童诗,大都收入《春娃娃》《神奇的窗子》《竹林奇遇》《雷公公和啄木鸟》等4部诗集里。

《雷公公和啄木鸟》发表于1978年7月16日《好儿童》杂志,以"我"敲门声音的大小分别比作是由"雷公公"和"啄木鸟"发出的,由此给奶奶带来截然相反的结果——把"雷公公"比作"小强盗",把"啄木鸟"比作"小客人",在强烈的对比、夸张的描写中,体现出风趣幽默的追求,以小见大,突出文明礼貌教育的重要性,被作为中国当代童话的代表作译成多种文字介绍到国外。

《神奇的窗子》发表于1979年2月的《诗刊》上,以"我"——一个充满艺术想象的孩子口吻,抒发对探知自然、探知未来的渴望。全诗共有五节。第一节写"我"(一个孩子)白天画了一扇"很大的大窗子"。接下来两节写"我"的绮丽的幻想:这画着的窗子可以开启,而一打开,"歌声""阳光""凉风""花和树木的香气""都进来了";晚上,"凭着这扇神奇的窗子"和遥远的星星对话,并做了一个奇异的"美丽的梦"。最后两节写"我"进入了美丽的梦乡。展读此诗,或许以为这只是一首童话诗,但读到最后一节"我"的"美丽的梦"时,一种"激越的情绪、向上的意向",给人以"心灵的搏动":

  我梦见
我这开向明天的
  神奇的窗子
  变成了

什么都能看见
　什么都能听见
　什么都能感觉到的

我的嘴巴
我的鼻子
　我的耳朵
和我的眼睛……

这首诗以其丰富的想象、浓郁的儿童情趣，以及与它产生的1978年国门初开、改革开放之风撩人心扉的时代精神相贯通，被誉为不仅仅是“一首童话诗”“一首儿童生活抒情诗”“一首儿童朦胧诗”，还可看作是一首“儿童政治抒情诗”“全诗并无一个政治术语和标语口号，也毫无政治说教，而是情真意切，清新明丽”“以其独特的艺术构思”“表现了四个现代化这样一个重大主题：一方面把孩子们想象中的祖国明天的景象描绘得如此神奇，如此闪耀，如此美丽；而另一方面，则突出表现了作者对我们国家要实现四个现代化这一宏伟目标的欢悦、向往和沉思”①。

圣野的主要创作成就集中在童话诗。儿童诗选集《雷公公和啄木鸟》里有不少童话诗，《神奇的窗子》和《春娃娃》《竹林奇遇》3部都是童话诗集。这类作品大都写得隽永精练，构思奇巧，有美丽的幻想和优美的意境。并且这类诗作大多以大自然为题材，将“无奇不有的大自然”这本“有趣的书”展现在孩子们面前，让孩子们在大自然的怀抱里养成美好情操和健全心灵。

《春娃娃》一书中收入的《春娃娃》《夏弟弟》《秋姑姑》《冬爷爷》，被评论界称为儿童诗“四季套曲”，是圣野童话诗的代表作。诗人借用神奇的想象、奇妙的比喻，以如画的诗笔描绘了春夏秋冬在儿童眼中的奇异形象：春娃娃“喜欢在林间，/地头，/和我们/捉迷藏，/当我们找得/有点发急的时候，/她嘻笑着/从地缝里/从枝头上，/钻出来”；夏弟弟“悄悄地，悄悄地/一个活泼泼的，/爱爬竿子的绿孩子，/伸着小腿儿到处爬”“爬呵，爬呵，/给树/添上绿叶”“给葡萄架/披上绿纱”“给墙/绕上绿藤”“给小山坡/穿上绿衣……”；而秋姑姑则“给所有的/箩筐和麻袋，/都装上了/饱满的粒子，/沉甸甸的果子……”“她给我们送来了/一阵阵凉风，/使得那/给队里看场院的/小弟弟，老奶奶们，/把手上的蒲扇，/一把，一把，/

① 樊发稼：《圣野的儿童诗》//《爱的文学》，合肥：安徽少年儿童出版社，1989年，第156页。

收起来”。冬爷爷呢？他“在我们的窗玻璃上，/画小鹿，/画鸟，/画美丽的/小花……”，是个十足的“老顽童”。诗人就是这样给春夏秋冬四季安排上一个拟人化的称谓，从而使得平淡无奇的大自然季节更替具有了鲜明的人物性格：春娃娃活泼可爱，夏弟弟淘气顽皮，秋姑姑成熟稳定，冬爷爷仁厚慈祥。值得一提的是，诗人在写景抒情的同时，还巧妙地、自然而然地流露出教育的倾向性。如在《秋姑姑》中写道：“开在路边的/山坡的/大片大片的小黄花，/那是咱秋姑姑/对我们先烈的/深切的怀念。”情趣、知识、教育这三者作为儿童文学作品所必须具备的条件，在圣野的组诗《春娃娃》中，都有完美的融合。

圣野是多产的儿童诗人，不断有新作涌现，不断有艺术上新的探索和追求。如何让童话诗的故事呈现一定的寓意、哲理，提高儿童的思维层次，一直是诗人在创作中所思考的问题。而在具体创作时，又“很少刻意为之，或过事追求，而总是顺其文思，触机生发”。所以“他的诗，本色清淡，不加藻饰。素净淡雅的笔调是他行文的风格，也是他待人处世的风格”①。具体来说，在语言上不求字面华丽，而是崇尚朴实，以白描手法，简洁的笔触，点染出诗的意境；在形式上，他不刻意雕琢诗句的整齐，“不喜欢句式的均齐，他追求的是行云流水般的自然美、自由美，他注重的是内在的节奏。他的不少诗是无韵诗，甚至不加标点”②。他的诗美境界是“以自己燃烧的生命点燃着我们的感情”，而不是“板着脸孔”像“冬烘先生”那样“拿着严厉的戒尺想着教训孩子”。这些独特的艺术探索和执著的美学追求，使得他的儿童诗摒弃了一般性的构思方法，独辟蹊径，为儿童诗的发展探求了一条新路。圣野是“一个完全被诗迷住了的人”“愿烧亮人生最后一把火”，将毕生精力献给神圣的儿童文学事业。

2. 鲁兵的儿童诗

鲁兵（1924—2006），原名严光化，笔名鲁兵、严冰儿，浙江金华人。浙大英文系毕业。历任中国人民解放军某部宣传干事，1955 年转业到少年儿童出版社工作直至退休。大学二年级时（1946 年）参与《中国儿童时报》编辑工作，以“严冰儿”笔名，开始创作诗歌、童话等儿童作品，即以此为终身事业。

鲁兵诗儿童文学创作的多面手，诗歌、童话、散文、小说、戏剧等都有尝试，但一直坚持的是儿童诗（儿歌）创作，最高的成就是童话诗。“文革”结束前出版的儿童诗集有：《不落的太阳》（1956 年）、《火车开往远方》（1956 年）、《唱的是山歌》

① 金波、圣野：《一个诗的梦想》，《小精灵——金波儿童文学评论集》，合肥：安徽少年儿童出版社 1995 年版，第 128—129 页。

② 樊发稼：《儿童诗在探索中前进》，《儿童文学的春天》，郑州：海燕出版社 1986 年版，第 138 页。

(1957 年)、《小鸭捉鱼》(1960 年)、《小山羊和小老虎》(1962 年)、《从小锻炼身体好》(1976 年)。“文革”结束后出版的儿童诗集有：《不知道和小问号》(1979 年)、《爱美的公鸡》(1980 年)、《金色的童年》(1980 年)、《老虎外婆》(1981 年)、《聪明的乌龟》(1981 年)、《小乖乖》(1982 年)、《小猪奴尼》(1983 年)、《鲁兵童话诗集》(1984 年)、《母亲和魔鬼》(1985 年)、《神奇的旅行》(1988 年)、《奴尼过生日》(1990 年)、《金鞋》(1992 年)、《鲁兵童话诗》(1997 年)。儿歌集《唱的是山歌》获得第二次(1954—1979)全国少年儿童文艺创作二等奖，童话《虎娃》(1987 年)获得中国作家协会第二届(1986—1991)全国优秀儿童文学奖的幼儿文学奖。新时期最有影响的儿童诗主要有《小猪奴尼》《母亲和魔鬼》等。

《小猪奴尼》1981 年 2 月在北京《东方少年》杂志一发表，在儿童文学界引起热烈反响。儿童诗人金波兴奋地写道：“读完鲁兵同志的《小猪奴尼》，我感受到了一种很久很久没体验到的快乐。它唤起了我的童心。我回忆起自己以及童年的小伙伴，不就经历过像奴尼那样的事吗！”[①]《小猪奴尼》在形式上非常简洁，两行一节，共 31 节 62 行，语言质朴，音节灵动，朗朗上口，赢得了无数小读者的喜爱。“一只小猪，叫作奴尼。”“奴尼”一词，是象声词，取小猪的声音而代指小猪，也就是说，听“奴尼”之声而能知道是小猪。作者以所写小猪的声音特征而切入主题，使小读者听其声而知其形，在轻松、灵动的音节中，童趣就更加地生动活泼起来。当小猪奴尼在妈妈的追打下逃了出来，接连碰见羊姐姐、猫妈妈，都受到了她们的指责，因为奴尼浑身上下太脏了。最后碰见牛婶婶，“哎呀，哎呀，哪来这么个脏东西?”因为“她在吊水洗大衣”，所以她才说：“快来，快来，给你冲一冲，给你洗一洗。”诗人以“井水用了一百桶，肥皂泡泡满天飞”两行夸张句，写尽小猪奴尼身上如何的脏，在事实面前，才有小猪“鼻子翘翘，眼睛眯眯。妈妈，妈妈，明天我学会自己洗”，自己改变了以前不爱清洁的毛病。

同年发表在《巨人》(1981 年第 3 期)的《母亲和魔鬼》是一首将近 600 行的长篇童话诗，主要叙述一个“厌恶百花的芳香，憎恨百鸟的啼鸣”的魔鬼，如何“诅咒孩子的幻想，仇恨母亲爱子之情”，施用卑鄙的伎俩，欺骗纯真的孩子，使之成为以屠杀为快乐、“再也不认得自己的妈妈”的小夜叉；然而邪不压正，母亲终于战胜魔鬼，用她慈母的热血，使孩子从僵死中复活，从噩梦中苏醒，宇宙重又廓清，日月再现光华。诗中的母亲不是一位普通人，而是综合了神话传说中女娲和王母的形象，“永远年轻，永远美丽，就像一位新娘”；魔鬼也不是那种青面獠牙的类型，而是有着“花容月貌”的欺骗性，告诉孩子不能以貌取人。诗人有意将民间故

① 金波：《读鲁兵童话诗札记》，汪习麟：《鲁兵评传》，太原：希望出版社 2009 年版，第 248 页。

事、神话传说糅合到故事情节和形象塑造中，具有鲜明的民族风格和民族气派。进入90年代，鲁兵又创作了三首较长的童话诗《金鞋》《穿绿背心的小女孩》《扫帚姑娘卖花郎》，都是延续了这种创作思路，从民间文学和文化遗产中发掘出新故事新主题，古为今用，推陈出新，为童话这一外来体裁的民族化作出了有益探索。

既是编辑又是儿童文学作家的鲁兵，非常重视儿童文学的教育性、方向性。主张“儿童文学是教育儿童的文学”，曾经引发一场关于“儿童文学到底是什么样的文学”的大讨论。但人们往往忽视了论题的另一面，鲁兵在主张儿童文学具有教育功能的同时，又极力主张儿童文学的审美功能，而且这两者在他的儿童诗创作中是完美统一的。诗人“以民族的目光观照生活”“以诗人的感情融合故事”“以美听的语言歌唱故事”“带给孩子们的是精神上的滋养”。综观他全部的儿童诗创作，“绝无那种训诫教化、警世喻众的文字”“不但是他本人儿童文学作品中的上乘之作，即使放在我国当代儿童文学的园地里，它也是一束色泽鲜艳、历久不衰的鲜花。而且在探讨童话诗的创作方面，他的创作实践，他的理论著述都有所建树”①。

3. 任溶溶的儿童诗

任溶溶（1923—　），本名任以奇，原名任根鎏。广东鹤山人，生于上海。儿童文学翻译家、作家。1945年毕业于上海大夏大学中国文学系。1946年翻译第一篇外国儿童小说——土耳其的《黏土做成的炸肉片》，从此以儿童文学为终身事业。1947年开始以刚出生的女儿的名字“任溶溶”为笔名，在上海儿童书局出版的《儿童故事》杂志发表译作。上海解放不久，负责编辑《苏联儿童文学丛刊》。1952年少年儿童出版社成立后，主管外国文学编辑工作。1989年从上海译文出版社退休。任溶溶长期从事儿童文学翻译和创作，译介了大量俄、英、意、日等多种文字的外国儿童文学名著。主要译著有：《木偶奇遇记》（1980年）、《小飞人三部曲》（1983年）、《安徒生童话全集》（1996年）等。

长期译介外国优秀儿童文学，任溶溶深得欧美和俄罗斯儿童文学的精髓，有了自己创作的冲动，喜欢用小本子记下生活中的生动故事，主要作品有童话集《“没头脑”和“不高兴”》（1958年）、儿童诗集《小孩子懂大事情》（1965年）等。“文革”中，任溶溶被作为“中国的马尔夏克”打倒。“文革”后重新拿起笔，履行他20世纪60年代写下的“愿穷毕生力，学写儿童诗”的诺言，儿童诗创作明显加多，

① 金波：《论鲁兵的儿童诗》//《幼儿的启蒙文学——金波幼儿文学评论集》，南宁：接力出版社，2005年版，第171—193页。

先后出版儿童诗集《给巨人的书》(1980年)、《任溶溶作品选》(1983年)、《我妈妈的故事》(1984年)、《谁是丁丁,谁是东东》(1985年)、《四十只虱子·Ei,肥猪!Ou,瘦猴》(1987年)、《给我的巨人朋友》(1992年)、《绒毛小熊》(1993年)等。儿童诗《你们说我爸爸是干什么的》获第二次(1954—1979)全国少年儿童文艺创作一等奖。

"干脆写自己的诗!"是新时期诗人对自己创作的宣言,首先突破的是创作儿童生活讽刺诗。任溶溶应《红小兵报》(现为《少年报》)李仁晓编辑之约,创作了儿童诗《我们班里的"嘴巴"》(发表于《红小兵报》1977年8月10日),便一发而不可收,开始了"第二个创作高潮"[①]。

《我们班里的"嘴巴"》写一个上课爱说话的小淘气,"过去光知道他有嘴巴,/用嘴巴来听课。/语文老师说道:/'唐朝有位诗人李白。'/他的嘴巴却说它的:/'墙角有只蟋蟀……'"这首诗一改"以耳朵听课"的常态,抓住小孩子自我控制力弱,课堂上总爱说话的毛病,不是交头接耳,就是自言自语,给课堂秩序带来的乱象,打乱老师讲课节奏,影响同学听课。小读者在阅读这首描写自己生活的讽刺诗后,心领神会地转变态度,正如诗的结尾写道的:"嘴巴紧紧闭了起来,/耳朵竖起了听。"肯定了小孩子知错就改的优点,在讽刺"什么是错的"同时,指出"什么是对的",有着寓教于讽的良好效果。

教益不是教训。儿童文学最容易被误解为"教育儿童的工具",儿童最反感的是居高临下的教训式教育。任溶溶儿童诗创作的最大特点,就是尊重儿童的理念,轻松欢快的风格,亦庄亦谐的美感,有趣有益的效应,给新时期儿童诗坛吹来一股清新健康之风。《我家的特大新闻》(1980年)写"我侄女"刚满一岁的自然成长过程,从只能卧、睡到突然有一天能够直立行走,这一"特大新闻",借"人的成长"象征"人类的进化"。《我"妈妈"的故事——布娃娃讲的故事》(1982年)写一个小女孩模仿她妈妈的样子,给她的布娃娃当"妈妈"的游戏,深得儿童游戏的妙处,童趣盎然。《庐山带回来的一张照片》(1982年)写"一会儿雾,一会儿晴"的"庐山风景","我最爱的一张""就是一个留影",儿童旅游中的快乐和对大自然的热爱之情,跳跃在字里行间。同是游山的《爬山》(1982年)写一群"戴红领巾"的"小鸟们","一个个争先恐后,/向着山上飞跑",一会儿又"从山顶降落"的快乐心情以,童心荡漾。《奶奶看电视》(1982年)写奶奶一边看电视,一边打瞌睡,但这并不妨碍奶奶看电视,因为"奶奶有能耐,/能全给接起来",这种任意相联,以幻想剪辑故事的本领,就是典型的儿童思维和儿童接受外部世界的法则。《一首乱

① 任溶溶:《感谢编辑》,马力:《任溶溶评传》,太原:希望出版社2009年版,第162页。

七八糟的歌》(1984年)写三岁的小女孩学吹口琴,虽然"吹得乱七八糟",小女孩却怡然自得,非常享受。这些儿童诗没有重大的题材,也没有突出的教育意义,但通过对幼儿、儿童、"老小孩"(奶奶)身边琐事的模写,真实描绘了儿童的自然本性、自然生命的成长,以及儿童的潜意识,其意境已经溢出摹写儿童世界的真实表象,而是从儿童的世界里联想到人类向往美好的境界。有评论认为,"任溶溶在自己的诗中对儿童自然本性的表现,在中国的儿童文学领域,就具有对儿童本性再返现的意义,它标志着在新时期,我国儿童文学作家在对童心的探讨上已经在前人发现的基础上,又向前深入一步,它为我们打开了认识童心奥妙的另一条道路。这在80年代的儿童诗坛上同样构成了一种引人注目的'任溶溶现象'"①。

任溶溶对儿童诗创作有独到见解。他认为"诗要引人入胜,开头既要吸引孩子,让孩子跟着你走,可诗里面还得有胜,孩子白跟你走了一通,最后平淡无奇,要叫上当。儿童诗最好从题目就吸引孩子,诗的结尾又有回味"②。这也是诗人对自己儿童诗创作特色的评价。任溶溶的儿童诗特别善于从儿童生活中取材,"有些在我是无论如何想不到的地方,他却写出了诗来。比如《我牙、牙、牙疼》《白怎么变成黑》《大王、大王、大王、大王……》"③。每一首诗似乎都在给孩子说明一个道理,但从不干巴巴地说教,总能和儿童本性的表现浑然天成,在愉快的阅读里潜移默化。任溶溶的儿童诗深受俄罗斯、欧美优秀儿童文学的影响,特别看重诗性诗意,没有华丽的辞藻,以大量儿童口语入诗,朴实亲切,朗朗上口,富有节奏和韵律,孩子们可以读,而且会有一种阅读的享受。任溶溶始终是一位有责任感的儿童文学作家,往往选材角度很小,主题意义重大,在任溶溶的眼里,"不是把儿童当成一种有趣的小生物,而是把他们当成自己的小同志,共产主义接班人。他把他们称为'巨人'"④。他的创作"不是为儿童情趣而儿童情趣,他的儿童情趣只是为思想内容服务的艺术本领""他写的这些重要生活内容却那样合乎教育学原理,适合儿童年龄特点,写得幽默风趣,诗意盎然""熔思想与技巧于一炉,按照儿童年龄特点,饶有兴味地招呼着他们,吸引着他们,令他们不知不觉地'落入了圈套',得到了为他们所需、却常常出于无知或腻烦而加以拒绝的精神

① 任溶溶:《感谢编辑》,马力:《任溶溶评传》,太原:希望出版社2009年版,第184页。
② 任溶溶:《我和儿童文学》,樊发稼:《爱的文学》,合肥:安徽少年儿童出版社1989年版,第177页。
③ 柯岩:《难,但是需要——任溶溶和他的儿童诗》,任溶溶:《给巨人的书》,武汉:湖北少年儿童出版社2006年版,第318页。
④ 柯岩:《难,但是需要——任溶溶和他的儿童诗》,任溶溶:《给巨人的书》,武汉:湖北少年儿童出版社2006年版,第322页。

营养”。任溶溶将童心、诗心、爱心、真心完美地融合到儿童诗创作中，是中国当代儿童诗坛不可多得的“一位天生的儿童文学家”[①]。

二、金波、樊发稼、高洪波、尹世霖的儿童诗

1. 金波的儿童诗

金波（1935—　），原名王金波，河北冀县人。自幼在母亲的影响下，受到儿歌的熏陶。小学四年级时，他有一首短诗受到老师的夸奖并被抄写在壁报上，使他从此对儿童诗情有独钟。1956年开始儿童诗创作，1963年出版童话诗《红鹦鹉和绿鹦鹉》和儿童诗集《回声》，以清悠动听的韵律、轻柔婉丽的风格走进儿童诗苑，引起人们的瞩目。进入新时期后，儿童诗创作进入更加成熟，主要儿童诗集有：《林中的鸟声》（1979年）、《会飞的花朵》（1980年）、《我的雪人》（1982年）、《绿色的太阳》（1983年）、《金波儿童诗选》（1983年）、《红苹果》（1985年）、《雨铃铛》（1986年）、《在你我之间》（1987年）、《在我和你之间》（1990年）、《林中月夜》（1992年）、《金波诗词歌曲集》（1993年）、《带雨的花》（1996年）、《云在天上走》（1997年）、《我们去看海》（1998年），等等。另有评论集《十大童谣》（1994年）、《追寻小精灵——金波儿童文学评论集》（1995）。组诗《春的消息》、儿童诗集《在我和你之间》《林中月夜》《我们去看海》分别获得中国作家协会第一、二、三、五届全国优秀儿童文学奖。1992年，金波被国际儿童图书联盟中国分会推荐为国际安徒生奖候选人。

金波自述“我是从写儿童诗开始文学创作的，又是在发表了一定数量的儿童诗以后，才逐渐开始学习写散文、童话，力图把诗的一些技巧引入到其他文学样式的写作中去。所以，我一直觉得写诗帮助了我写其他样式的文学作品”。可见儿童诗创作在金波创作中的意义和分量。而“在创作一首儿童诗的时候，首先考虑的是这首诗的读者对象，并根据读者的年龄特征来构思和写作”。他认为“‘儿童诗’是一个较宽泛的概念，它实际上包括了三个年龄段的诗歌作品，即幼儿诗（包括儿歌和幼儿诗，主要读者对象是学龄前儿童和低年级的小学生）、童年诗（主要读者对象是小学中年级学生）和少年诗（主要读者对象是小学高年级和初中学生）”[②]。同时，金波的儿童诗创作又不会眼睛只盯着儿童，“也写给还有童心

---

① 柯岩：《难，但是需要——任溶溶和他的儿童诗》，任溶溶：《给巨人的书》，武汉：湖北少年儿童出版社2006年版，第321—322、327页。

② 金波：《谈谈我的儿童诗创作》，汤笺：《金波论儿童诗》，北京：海豚出版社2014年版，第244页。

的爸爸、妈妈看。我希望他们都喜欢”[①]。

幼儿诗是金波儿童诗创作中最重要、最有成就的部分。给年龄较小的幼儿写诗，金波特意采用“儿歌的形式”，在内容上比较贴近幼儿的日常生活，讲究风趣、幽默的情调，具有浓郁的民间童谣风格。如他的《轱辘轱辘圆》：“轱辘轱辘圆，/滚铁环，/摔了个跟头，/捡了一分钱，/买块糖，/想解馋，/吃到嘴里也不甜！”作者选择了幼儿游戏的题材，引起孩子们听赏的兴趣，进而写了一连串的动作（滚、摔、捡、买），全诗结束在一个与幼儿生活常识相违背的生活现象上，以启发幼儿思考：“这是为什么？”这首儿歌讲究声韵节奏，易唱易记，而且作者“还把儿歌学习语言、锻炼听觉的功能考虑进去”，易于婴幼儿唱。

如果给年龄稍大的幼儿写诗，金波通常采用幼儿诗的形式，在内容上偏重于表现幼儿在日常生活中所激发的感情的和心理的变化，如愉快的情绪、美丽的想象、理想的抒发等。由于这是给年龄稍大的孩子（幼儿园大班和小学低年级）欣赏和朗诵，作者有意识地写得优美，有丰富的想象，也讲究意境，讲究语言的精炼、生动，适当地教会他们掌握一些新的词汇。如幼儿诗《云》：“蓝天蓝，像大海，/白云白，像帆船。/云在天上走，/好像海里漂帆船。/帆船，帆船，/你装的是什么？/走得这样慢。/不装鱼，/不装虾，/装的都是小雨点。/雨点，雨点，/请你快下来，/帮我浇菜园。”这首诗实际上是由一连串的想象构成的，表现幼儿对于蓝天、白云浓厚的兴趣以及由此激发起的天真的想象。在语言上舍弃了“顺口溜”形式，转而注意用比喻，节奏变化大，句子参差不齐，适合幼儿欣赏和练习表情朗诵，从而体会到诗中所表现的一种意境和情调。

待到给中年级的小学生写诗，金波又特别注意“情节”“动作”与“戏剧性”，不论写事、写景、写情，都带有这一年龄段孩子的好奇心及独特的想象力。如组诗《春的消息》中的《风筝》就是带有情节的故事诗：“春天，在我敞开的窗子上，/挂着一只断线的风筝。/那根闪光的尼龙丝，/在春风里飘动、飘动。”这引发了作者一连串的想象与探求：“风筝，风筝，/谁是你的小主人？”为了“找到风筝的小主人”“我摘下这只风筝，/意外地发现了小主人的姓名；/风筝是用一张试卷糊成的，/我还发现了那不及格的考分！”原来这位小主人“他是我的一位小邻居，/就住在对面楼的第三层”。既然是相识的朋友，于是进而想帮助他，而帮助的方式又很奇特：“明天我要约他去春游，/顺便送还他这只风筝。/（当然，/当然还要谈别的事情……）”这首诗的情节与联想都是与儿童生活紧密相联的，但又不是押

---

① 金波：《儿童诗创作札记》，《追寻小精灵——金波儿童文学评论集》，合肥：安徽少年儿童出版社 1995 年版，第 272 页。

韵的故事，充满于情节之间的仍是浓郁的抒情性。“写得热情、明快、引人入胜，讲究巧妙的构思，有时甚至在情节的安排上来点戏剧性”[①]，这是金波童年诗的主要特征。

与童年诗相比，金波的少年诗“特别注意以平等、理解、尊重的态度对待”少年读者。他“常常体验自己少年时代的种种感受，回复到少年时代的精神状态下，然后才进入到创作状态”。他的少年诗给予少年读者的，“不仅仅是知识的增加，还意味着智力眼界的扩大，从而推动着他们逐渐深刻的思考”。因而他的少年诗的主体是“容易引起共鸣的抒情诗和启发思考的哲理诗”[②]。

短诗《记忆》写作者少年时代铭刻在心的不幸一幕，由此引发一种哲理性思考。小诗以成人回忆的口吻，叙说童年的“我”看见一条蛇“慢慢、慢慢地/攀上一棵古树，/变成了一根枝条，/在绿叶间隐没”“而小鸟，/还在枝头唱着歌”。于是，不幸的一幕发生了，“突然，那蛇，/纵身飞去，/擒住了小鸟，/也吞下了/小鸟没唱完的歌”。面对这场悲剧，抒情主人公惊愕不已，记忆中留下了永远抹不掉的一幕：“在我童年的记忆里，/有星光，有月色，/也有春天的花朵。/然而，我，/永不会忘记：/那鸟儿没唱完的歌……”这首小诗将一瞬间的悲剧定格于永恒的记忆里，它启示少年人要懂得“生活的血泪”，懂得没有丑就没有美，丑和美是互相斗争又互相依存的辩证法，美只有在和丑的对比中才更给人以强烈的印象，为了创造美的生活，就要不断警惕生活中隐没着的丑恶”，将这首童年题材的小诗上升到了哲理思考。

金波从未停止过对儿童诗创作的探索，先后尝试民歌体、自由体、半格律体、叙事体和抒情体，还将西方流行的“十四行体”引入儿童诗的创作，出版了“中国第一部十四行儿童诗集”《我们去看海》，开拓了儿童诗的新领域。十四行诗原是欧洲中世纪流行的一种抒情短诗，是为了歌唱而作的一种诗体，有点类似于中国宋元时期流行的“词”，讲究字句整齐、押韵。金波的十四行儿童诗创作，既借鉴了十四行诗的体裁特点，又秉承着自身固有的美学追求，保持着自身独特的风格，无论在艺术性方面还是思想性方面，都是高格的，体现了诗人对真、善、美的呵护与追求，其中以自然为题材的诗篇更为突出。如《游丝》写春天，“春的绿野，春的树林/褪下了它们雪白的冬衣/阳光像撒下遍地黄金/轻风吹拂，像春天呼吸”。如《草地上的萤火虫》写夏夜，“好像星星从天上飞了下来/来到草地上，开

---

① 金波语。

② 以上引文均出自金波：《谈谈我的儿童诗创作》，汤笺：《金波论儿童诗》，武汉：海豚出版社 2014 年版，第 243—257 页。

起了晚会/重重夜幕,骤然间被揭开/萤火虫的舞蹈最让人陶醉”。写《蕉林豪雨》,“一场豪雨激起蕉林喧哗/像一阵急促的鼓声掠过/抖动的阔叶像闪光的铠甲/凯旋的英雄一路在高歌”“我融入豪雨中无比畅快/张开我年轻的臂膀大声呼号/让豪雨与豪情同声歌唱”。这些歌咏自然之美的诗篇,有着诗人浓烈的抒情色彩,似乎总能感知到他的创作意图是陶冶孩子的心灵和思想,启发他们美好的联想和感情,给人“爱与美”的享受。

综观金波的儿童诗,是“爱”与“美”的艺术品。金波说过:“诗人的天赋是爱。诗人要用自己的爱让孩子们也懂得爱:爱祖国,爱人民,爱亲人,爱朋友,爱一切美好的事情。从小唤起孩子们心灵上的爱,我们的未来才是光明灿烂的。”①将儿童与未来同构对应,使得金波的儿童诗蕴涵着十分丰富的“爱”的主题,其中最突出的是母爱、友情、热爱大自然这些人类最基本的情感。儿童散文诗集《妈妈的爱》最有代表性。近60首的诗篇分作五辑,第一辑是对母爱的歌颂。《照镜子》写“我”因在人前受窘而哭,妈妈笑着将“我”抱到镜子前。于是“我”从妈妈的笑脸上,记住了:“永远不该懦弱地哭泣”。《夏夜》是写在炎夏的夜晚,妈妈不停地为“我”扇扇子,偶尔的瞌睡却使她在儿子面前,露出了“抱歉”的笑来。可那懂事的孩子,却心疼着母亲,于是,就“一动不动地躺着,装作睡得很香很甜的样子”,希望妈妈能够踏实地睡一觉。从这两首小诗可以看到,金波诗中的母爱有一个重要的内容,即母爱的双向性:妈妈爱孩子,孩子也希望能给母亲以安慰和温存的报答。所以,他笔下的母爱亲情,真实而感人。第二辑《二月兰》是友情的颂歌。这一辑里的每一篇都是写兰花,而同时又是通过兰花写“我”与邻家一位小姑娘的“情感交流”。作者以象征的艺术手法,表现了“我”对“二月兰”的美好印象与纯洁的挚爱,抒写了少男少女美好善良的心灵世界。第三辑《风景》从对美好大自然的讴歌,来表现对生活的热爱,对祖国大好河山的热爱。在《对大自然的爱》中写道:“钟情于大自然,就能把一片叶子培育成一棵盛开着鲜花的大树”,深情的礼赞中蕴含着哲理。在第四辑《给老师的悄悄话》里是对师生之情的赞美。第五辑《雨天小礼》则是以纯朴的童心唱出对生活的赞歌。金波就是这样将“爱”看作“世界上最宝贵的东西”。“在他看来,爱可以使一片普通的树叶变成一株参天大树。他歌咏母亲的爱和对母亲的爱。他珍视朋友间的爱,对祖国的爱;他感染着每一个人,使他们从童年时代起就对周围的世界倾心……他相信爱的情感诉诸行动的时候,就会使我们生活的这个世界变得更美。”

---

① 金波:《儿童诗创作札记》,《追寻小精灵——金波儿童文学评论集》,合肥:安徽少年儿童出版社1995年版,第268页。

"美是金波儿童诗最鲜明的艺术特色。"[1]金波的儿童诗就是他用"爱"精心经营的一个"属于孩子"的"美"的世界。金波说:"我写儿童诗,很注意美。""儿重诗的美是具体的。它依附于艺术形象之中。正如'红'依附于朝霞、苹果、花朵;'绿'依附于春草、翠柳;'蓝'依附于大海、晴天。儿童诗不应有抽象的美。儿童诗的美是流动的。感情的跳跃,想象的飞动,情节的迅速发展,都是一种流动的美。""儿童诗的美是悦耳的,它用语言传达出生活的音响。有音韵的美、节奏的美。不要忘记还有一种旋律的美。"[2]这是金波创作儿童诗的体会,也是对自己儿童诗创作特色的最好评论。加拿大英属哥伦比亚大学语文教育科教授邓萧敏女士(Gloria Tang)在给国际儿童图书联盟(IBBY)主席罗纳德·乔布先生的信中指出:"作为安徒生奖的候选人……他的诗歌有哪些特点呢?如果让我用一个词来概括这些特点,那就是'美'。他的诗是'美'的具体再现:从内容到形式,抑或题材、题目,遣词造句,语言风格,主题观点(思想和情感)。他使我们置身的世界变成一片更加美丽的生活乐土。他启迪了孩子们的美好思想和情感。他塑造出陶冶心灵的优美形象,无论是四行一节还是六行一节的诗,无论是否能被配乐谱曲,这些作品都那样富于节奏鲜明的韵律。"[3]金波自述最初写诗是"受了学音乐的朋友的影响",初写的诗歌"几乎都可以谱曲"[4]。如 20 世纪 50 年代写的《小红花》、60 年代写的《在老师身边》、70 年代写的《林中的鸟声》、80 年代写的《海鸥》《白帆》等,这些都是诗,又是歌词。诗人将这些诗结成歌词集《林中的鸟声》出版,将那些不一定适宜谱曲,但适宜朗诵的诗歌,大都收入《我的雪人》《绿色的太阳》《红苹果》《在我和你之间》等多种诗集。乔羽在《林中的鸟声》诗集《序》中指出:"这些泉水一般清亮,鸟语一般婉转的诗行,难道当它离开了音乐之后,它就失去了存在的价值了吗?我看不会的……它具有自身的美,这就使它获得了独立存在的价值。"

金波不仅是一位著名的儿童诗人,还对儿童诗创作有独到的理解,在儿童诗研究领域也作出了极其重要的贡献。他重视中国的"诗教"传统,重视儿童诗的音乐美,重视对儿歌童谣的借鉴,重视对儿童情趣的摹写,重视对儿童诗新人新

① 樊发稼:《金波儿童诗的艺术特色》,《樊发稼三十年儿童文学评论选》,上海:少年儿童出版社 2010 年版,第 11 页。

② 金波:《儿童诗创作札记》,《追寻小精灵——金波儿童文学评论集》,合肥:安徽少年儿童出版社 1995 年版,第 272 页。

③ [加拿大]邓萧敏(Gloria Tang),王天红译:《关于金波儿童诗的一封信》,陈模主编:《儿童文学创作艺术论》,成都:四川少年儿童出版社 1994 年版,第 259—265 页。

④ 金波:《爱献给新一代》,《追寻小精灵——金波儿童文学评论集》,合肥:安徽少年儿童出版社 1995 年版,第 304 页。

作的培养，对新时期及其以后的中国儿童诗创作发展，产生了积极而深远的影响。

2. 樊发稼的儿童诗

樊发稼（1937— ），上海市崇明人。1955 年开始发表文学作品。1957 年毕业于上海外国语学院俄语系。1980 年同时加入北京作家协会和中国作家协会。中国社会科学院文学研究所研究员、研究生院文学系教授；曾任文学所当代文学研究室副主任，中华台港文学暨海外华文文学研究会常务理事，中国儿童文学研究会副理事长、中国散文诗研究会副秘书长，中国作家协会儿童文学委员会副主任、中国寓言文学研究会会长。出版有《儿童文学的春天》（1986 年）、《爱的文学——儿童文学与诗》（1989 年）、《儿童诗论说》（1990 年）等 10 多部评论集，《伐夏爷爷的故事》（1976 年）、《小娃娃的歌》（1985 年）、《春雨的悄悄话》（1988 年）、《春天的小诗》（1994 年）等 30 多部作品集。主要选集有《樊发稼儿童诗选》（1991 年）、《樊发稼童话》（1994 年）、《樊发稼儿歌》（1996 年）、《樊发稼寓言集》（1997 年）等。评论集《儿童文学的春天》获全国首届儿童文学理论评奖优秀专著奖。1993 年，樊发稼获台湾杨唤儿童文学奖特殊贡献奖。1992 年起享受国务院特殊贡献专家津贴。

樊发稼与儿童文学结缘，可以上溯到小学时代阅读到的《小朋友》杂志和中学阶段阅读到在上海刚刚创刊的《少年文艺》。1955 年 6 月号《少年文艺》发表了他的第一首儿童诗《我们是一群年轻的初中毕业生》。1975 年出版、1974 年在《向阳花》杂志连载的儿童叙事长诗《伐夏爷爷的故事》，从此他的业余创作明显向儿童文学倾斜。1980 年考入中国社会科学院专门从事儿童文学研究，发表他的第一篇研究成果《欣欣向荣的小百花园——1980 年儿童文学创作概谈》，从此在儿童文学研究和儿童文学创作两条战线上为中国儿童文学建设和发展奉献一生。

樊发稼是儿童文学的多面手，创作“长项”是诗歌。樊发稼自述，“我写的儿童诗，题材主要有四类：美丽神奇的大自然，自己的童年生活，两个儿子小时候的‘事儿’，走访当下校园和幼儿园的见闻。我写的儿童诗在重视内容的同时，十分注重形式，讲究韵律和节奏，我甚至试验创作并发表过一些句式绝对均齐（每句字数一定、音步相同，每节四句、严格押韵）的‘豆腐干体’，如组诗《感受春天》。我也写过不少节无定行、行无定字、‘无拘无束’的自由体无韵诗，但写这类诗，我很注重诗的内在节奏和韵律，我在儿童诗艺术形式上的多方面的不懈探索，从未得到评论家们的应有的关注。在长达半个世纪的创作中，早期我也写过不少配合时政的应景作品，这些作品除对我个人具有练笔意义之外，无一例外如今已经完全失去其存在价值。这种创作现象并非我个人独有，对每一个亲身经历那段奇异历史岁月的作家、诗人，对此都有极其深刻的教训”[①]。

樊发稼儿童诗创作中以“幼儿诗”成绩更为显著，幼儿诗集《小娃娃的歌》获中国作家协会首届(1980—1985)全国优秀儿童文学奖。1977 年至 1978 年间创作的童话长诗《花花旅行记》(1978 年)，共 10 章 2 500 多行，是进入新时期后我国第一部童话长诗(诗体童话)，主要读者对象也是低龄儿童，属于“幼儿文学”。童诗作家、评论家金波评价樊发稼的幼儿诗具有“明敏、自然、优美”的特点。[②]

樊发稼有一颗对于“童年”非常明敏的心，对孩子特别了解，能够写出情真意切、真正属于孩子的诗。“森林里的小鸟，/都是些用功的孩子。/每天一清早，/就起来念书。/满树的树叶子/是他们绿色的书页。”(《小鸟》)将小鸟与森林的关系比拟为孩子与书的关系，将鸟的叫声比拟为孩子的读书声，将自然界与儿童世界同构，可见诗人一颗明敏的童心。

童心是一颗自然之心，是发自内心的声音，读樊发稼的幼儿诗也得静下心来仔细倾听：“小蘑菇，/你真傻！/太阳，/没晒。/大雨，/没下。/你老撑着小伞，/干啥?”(《小蘑菇》)仿佛看到孩子睁大好奇的眼睛，看着蘑菇在喃喃自语。孩子的心与自然最近，充满好奇，认为自然万物都有生命意识，一切形态都有原因。从外形来认识世界，以已知来推测未知，是孩子认知的基本规律。“猫头鹰，/你可是一只会飞的猫？/一对翅膀，/长着丰满的羽毛；/那圆乎乎的脸儿，/多像我家的小花猫!”(《猫头鹰》)在孩子式的联想中，抓住相似点，写了两种动物的区别，可谓独具匠心。

樊发稼的幼儿诗多取材于自然和儿童身边的小事，善于以儿童的眼睛去观察，以儿童的心灵去体味，以儿童的语言去表达，有着孩子般的纯洁和甜美。看到“树叶落了，/天气凉了”，就会担心飞到遥远的南方过冬的小燕子：“小燕子！/小燕子！我给你做件小棉袄。/穿得暖暖和和的，/就在我家过冬，/不好吗?”就会担心水中的鱼儿，“还光着身子，/在河里游水玩”“它们怎么就/不怕着凉、/不会感冒?”将幼儿的情感融于自然，从诗人的笔端流淌，这种审美特别容易被幼儿接受，在潜移默化中影响着幼儿的情感，也展示了柔美和宁静的童心世界的审美价值。

樊发稼是集儿童文学作家与评论家于一身的儿童文学家。他的儿童文学活

① 樊发稼：《我和儿童文学》，樊发稼：《三十年儿童文学评论选》，上海：少年儿童出版社 2010 年版，第 397 页。

② 金波：《明敏·自然·优美——读樊发稼的幼儿诗》，《金波论儿童诗》，北京：海豚出版社 2014 年版，第 265—271 页。

动开始于新时期，在他的身上有着中国新时期儿童文学发展的缩影。他认为中国儿童文学古已有之，源头可以追溯到远古口传的神话、故事，当然童谣也包含其中。他特别看重“儿童诗”，认为儿童诗作为一种“韵文”“应该大体押韵，长诗则无须、也不宜一韵到底，中间可以而且应当换韵；儿童学习写诗应从写有韵诗起步，指导学生写诗的老师应该让孩子懂得诗歌韵律的基本知识；现在小孩写诗大都不押韵，这是一些年轻人和教师误导的结果”。樊发稼特别重视对传统儿童文学的开发和研究，反对儿童文学界的“崇洋媚外”；不同意对建国后 17 年儿童文学的蔑视和否定，不同意否定儿童文学的教育功能和教化作用；坚持儿童文学是一种艺术，坚守儿童文学作家、批评家的社会责任；推崇曹文轩的长篇小说《草房子》是“追求儿童文学的永恒”之作，呼吁儿童文学作家要“向孩子们学习”，努力写出具有长久生命力、永恒的作品。[①] 樊发稼自己正是将儿童文学当作“一项十分美丽、十分神圣、特别崇高的事业”，有着“勇于为此献身的高尚情怀”的真正的儿童文学家。

3. 高洪波的儿童诗

高洪波（1951—　），笔名向川，内蒙古开鲁人。1969 年应征入伍。1978 年转业后历任《文艺报》新闻部副主任，中国作家协会办公厅副主任，《中国作家》副主编，《诗刊》主编，中国作家协会创联部主任、书记处书记。中国作家协会副主席。1971 年开始发表作品。1984 年加入中国作家协会。1988 年毕业于北京大学中文系。著有儿童诗集《大象法官》（1982 年）、《吃石头的鳄鱼》（1983 年）、《鹅鹅鹅》（1985 年）、《喊泉的秘密》（1987 年）、《飞龙与神鸽》（1989 年）、《我喜欢你，狐狸》（1990 年）、《种葡萄的狐狸》（1991 年）、《悄悄话》（1993 年）、《少女和泡泡糖》（1994 年）、《琵琶甲虫》（1995 年）、《鸽子树的传说》（1997 年）、《懒的辩护》（1998 年）等；儿童散文集《蟒的传说》（1992 年）、《文坛走笔》（1992 年）、《人生趣谈》（1995 年）、《太阳很足的响午》（1996 年）、《柳桃花》（1996 年）、《北国少年行》（1999 年）等；儿童文学评论集《鹅背驮着的童话——中外儿童文学管窥》（1987 年）等。儿童诗《我想》（1984 年）获全国第一届儿童文学优秀作品奖，儿童散文集《悄悄话》获全国第三届儿童文学优秀作品奖，儿童诗集《鸽子树的传说》获第七届中宣部精神文明建设“五个一工程”图书奖。

高洪波是中国当代文学界一位成就突出、影响广泛的著名作家，有文坛“多面手”的美称，其创作横跨成人文学和儿童文学两大领域。他一直保持着旺盛的

① 樊发稼：《我和儿童文学》，樊发稼：《樊发稼三十年儿童文学评论选》，上海：少年儿童出版社 2010 年版，第 398 页。

艺术创造力和不断创新的艺术勇气，在儿童文学、散文、随笔、诗歌等多个领域都有很好的成绩。这位“青春在眼童心热”[①]的诗人，以儿童诗的突出成就立足于儿童文苑，坚持“把欢乐还给儿童”[②]的创作理念，以他“一副特殊的‘儿童眼’”[③]，为各个年龄段的孩子创作了脍炙人口的儿童诗。

高洪波的儿童诗创作和他女儿的成长密切相关。在得知自己即将做爸爸的时候，高洪波开始以父亲的角度和角色，从一个小女孩的心思出发，来创作最初的儿童诗，出版了两部童话寓言诗集《大象法官》《吃石头的鳄鱼》。随着女儿的长大，他的儿童诗创作由动物题材转向儿童生活，更多地将他观察到的儿童生活和自己的童年记忆融汇在一起，“以男孩的心智来写”，这个时间大约从 1984 年开始，代表作有《鹅鹅鹅》《爷爷丢了》《倒爷的儿子》《一分钱咏叹调》《压岁钱》《君子兰》等。80 年代末 90 年代初，高洪波开始尝试从民族民间文学题材中汲取灵感，创作童话长诗《飞龙记》《鸽子树的传说》《琵琶甲虫》。这三首童话长诗出版的时间虽有前后，但创作时间相近一两年之内，都是有意识地以中国民间故事、传说神话为基础的童话长诗，在古老的故事里注入现代情感和精神，有一种“文化寻根”的诗意追寻。到 90 年代末，诗人的女儿已经长大了，他的儿童诗创作也伴随着女儿的成长，体现出鲜明的年龄特征，即幼儿阶段以动植物为主角的童话寓言诗、童年阶段以现实儿童生活为内容的儿童生活诗、少年阶段以民族民间文化为内涵的长篇童话诗。

高洪波是一位有着强烈使命感的儿童文学作家。他认为“儿童文学作家的使命，除了把爱与美、真诚与善良”“输导”给孩子们外，就是要“把欢乐还给儿童”，这是他创作儿童诗的出发点和目标。在他的儿童诗里，有很多是“代儿童立言”，为儿童释放郁闷与痛苦。如代表作《鹅鹅鹅》，反映孩子心理苦闷和心灵呼唤。母亲总是逼着儿子在客人面前背诵唐诗《鹅鹅鹅》，以此博得客人的赞美而充满骄傲，却一点也不顾及儿子内心无聊不满的情绪，因为他始终没有见过白鹅是什么样子。在诗的结尾处，以儿子之口发出感叹：“如果妈妈带我去趟动物园/那才是我最大的快乐！”[④]母子内心的冲突和距离源自母亲为自己的面子而牺牲孩子的权利，实质是对孩子心理的不了解和孩子人格的不尊重。

---

① 高洪波：《青春在眼童心热》，《青春在眼童心热：高洪波文学评论、随笔集》，南宁：接力出版社 2008 年版，第 154 页。

② 高洪波：《“小儿科”宣言》，彭斯远：《把欢乐还给儿童——论高洪波的儿童诗》，《重庆师范大学学报》2010 年第 4 期，第 53 页。

③ 高洪波：《儿童眼》，《高洪波文集：儿童文学卷》，合肥：安徽文艺出版社 2009 年版，第 274 页。

④ 高洪波：《鹅鹅鹅》，《高洪波文集・儿童诗卷》，合肥：安徽文艺出版社 2009 年版，第 162 页。

孩子的心本该是快乐的，但成长中会与成人世界的法则发生这样那样的冲突。诗人敏锐地发现了儿童心灵深处的忧愁，通过诗意的描写，告诉大人们这个世界的建构原则，应该"以儿童为本位"，不能给儿童望而生畏、不想长大的感觉。儿童诗《小》里的"我"，面对"全是大人们制造"的"这世界"里，"一切都又大又高/我自己太小太小"，有一种不适应、不舒服的感觉，希望自己变得更小，"小"到另一个自己可以"逍遥的"世界里："我真想吃一种药/把自己变得很小/躲进柜子里/藏在桌子下/隐进床脚——/和蚂蚁聊天/向小虫问好"[①]。孩子在现实的世界里没有欢乐，这是大人们的责任啊！

孩子的欢乐在他自己的游戏里，大人们要保护儿童正当的游戏权力。《隐身人》写孩子和爸爸妈妈一起做游戏的欢乐，因为"在冬天的夜晚，/一床棉被，能装下，/迪士尼和/一个童话世界"[②]。孩子的世界与成人的截然不同，如果不去了解他，就会误解他，因此造成教育或家庭的悲剧。在父母眼里，孩子"不愿意洗碗""害怕珠算"，被说成是"手懒""心懒"，孩子却认为"懒，是一切发明之源"，并历数"自来水""电灯""电梯""电扇""洗衣机""交通工具"等的发明，都来源于人们有"偷懒"的想法。父母不能理解孩子眼里"懒的辩证法"，不听孩子的"申辩"，动用家长的权威，"用勤快的巴掌，/对着我的屁股进行磨炼"[③]。

孩子的心与自然最亲近，没有受到大人们的污染，纯洁、童真，认为万物有灵，都和他一样，有生命，有感情。在《我喜欢你，狐狸》这首诗里，诗人以反对传统的孩子思维，把狐狸写成孩子的偶像，其实狐狸就是孩子自己。"我崇拜你，狐狸/你的狡猾是机智，/你的欺骗是才气。/不管大人怎么说，/我，喜欢你"[④]。诗人就是这样，习惯在与大人世界的对比中，凸显儿童世界的纯真与美妙，而且充满哲理与启迪。

动物是自然万物之灵，更是儿童天然的朋友，儿童就是未成人的"小动物"，他可以自由地和猫狗说话，"动物世界对于孩子是美妙无比的洞天福地，他们从动物身上体味到的快乐，又是可以享受一生！"[⑤]所以，高洪波创作了大量动物题材的儿童诗，这类动物儿童诗都有一个有趣的故事情节，但讲述的方式各有不同，有的以孩子"我"第一人称的口吻来叙述发生在孩子身边的动物故事，被称为

---

① 高洪波：《小》，《高洪波文集·儿童诗卷》，合肥：安徽文艺出版社 2009 年版，第 253 页。

② 高洪波：《隐身人》，《高洪波文集·儿童诗卷》，合肥：安徽文艺出版社 2009 年版，第 254 页。

③ 高洪波：《懒的辩护》，《高洪波文集·儿童诗卷》，合肥：安徽文艺出版社 2009 年版，第 264 页。

④ 高洪波：《鹅鹅鹅》，《高洪波文集·儿童诗卷》，合肥：安徽文艺出版社 2009 年版，第 73 页。

⑤ 高洪波：《儿童文学探讨》，彭斯远：《把欢乐还给儿童——论高洪波的儿童诗》，《重庆师范大学学报》2010 年第 4 期，第 53 页。

“孩提视角”，如《会散步的鞋》《爷爷的画眉》《袋鼠》《大灰狼，别怕》等，有的直接以动物为主人公构成故事情节的山林动物故事，被称为“他者视角”，如《吃石头的鳄鱼》《种葡萄的狐狸》《好客的蟒蛇》《大象法官》等。

把“欢乐还给儿童”，还要呵护儿童幻想的心灵。幻想是最可宝贵的品质，也是孩子认识世界、参与世界、创造世界的方式，获奖儿童诗《我想》就写出了儿童幻想的可贵、美妙和力量。“我想把小手/安在桃树枝上”“我想把脚丫/接在柳树根上”“我想把眼睛/装在风筝上”“我想把自己/种在春天的土地上”，那会发生怎样的奇迹呢！[①] 全诗以“想”为诗眼，在一连串的幻想里表达了孩子苏醒式美妙、美好的情感，给 20 世纪 80 年代初期刚刚复苏的儿童诗吹来一缕清新纯真的春风。

高洪波在他的儿童诗创作中，习惯将儿童世界与成人世界作对比，尤其在早期的儿童诗创作，礼赞儿童世界的纯真和快乐，警醒大人们要有一颗“儿童眼”来看待儿童的生活。这与高洪波的“父亲角色”分不开，他的创作源自对自己女儿的爱，又在注视女儿的成长中，有了一副“儿童眼”，“发现儿童”完全是一个独立的世界，当随着孩子的长大，逐渐融入成人世界，融入文化传统，他又习惯性地反顾童年，从老奶奶的传说中，从聊斋故事里边，从他所看到的沙漠里的甲虫里边，找到了传统与现代相通的核，于是把它们发掘出来，一鼓作气写下了《飞龙记》《鸽子树的传说》《琵琶甲虫》三部童话长诗，不仅为 20 世纪 80 年代末 90 年代初的儿童诗和童话创作，开辟了一条推陈出新的艺术之路，弥补了新时期以来中国儿童诗创作没有长篇童话诗的空白，更是那个时代中国儿童文学创作经历了 70 年代末到 80 年代中期大约 10 年时间的恢复重建后，开始打通传统与现代、向着更高的艺术层次探索的先声和成功实践，有着特殊的文体价值和文学史意义。

《飞龙记》讲的是朋友间的友谊小船说翻就翻的故事。全诗由《小引》《从一个怪圈说起》《古怪的刘龙子》《马子腾其人》《中秋夜》《飞龙变》《尾声》7 部分组成，主要情节是庙里的老和尚马子腾一年又一年讲着“龙的传奇”故事，这个故事是他和野孩子画家刘龙子由相遇、相知到永别的真实经历。《鸽子树的传说》是一首爱情长诗。在《序诗》和《尾声》外，主体又有《鸽恋》《鸽女》《鸽异》《鸽难》《鸽变》五章组成。《鸽子树的传说》源自聊斋故事里的《鸽异》，又嫁接了珙桐公子和白衣女郎两个传说，在古老的信任的故事上，增加了爱情戏，不仅丰富和发展了故事情节，更好看、更有味道，也更符合中国传统故事的圆满和儿童读者追根溯源的心理，为儿童诗及儿童文学创作民族化、大众化、现代化做出了成功探索。

在创作之余，高洪波还从事儿童文学评论和研究。早在 1984 年在《文艺报》

① 高洪波：《我想》，《高洪波文集 · 儿童诗卷》，合肥：安徽文艺出版社 2009 年版，第 181 页。

担任记者期间，就写了20万字的《儿童文学作家论稿》，对新中国儿童文学的发展脉络做了一个系统的回顾、梳理和总结，不仅对儿童文学各个门类的发展现状、创作特点及前景进行了深入探讨与总结，还对各个时期的代表作家、代表作品做了中肯而精当的解读，具有相当高的史料价值和学术价值。

4. 尹世霖的儿童诗

尹世霖(1938—)，山东日照人。1961年北京师范学院历史系毕业后，一直在中学任教。高中读书期间发表处女作儿童朗诵诗《夜空飞游记》(1957年)。1984年加入中国作家协会。他一生从教，一生创作儿童朗诵诗，先后出版了《我们的祖国》《少年朗诵诗》《小朋友朗诵诗》《校园朗诵诗集》《夏令营朗诵诗集》《节日集会朗诵诗选》《尹世霖儿童朗诵诗选》《童话朗诵诗》《让诗长上翅膀》等10余部。此外还有散文集《冷眼热游大江东》、历史文学《岳云小将真传》、电视剧剧本《养"吊死鬼"的孩子》、童诗电视艺术片撰稿《金色的童年》等。

尹世霖是一位有着明确文体意识与读者意识的诗人，是以其在儿童朗诵诗方面的突出成就跻身儿童诗坛并成为优秀的儿童文学作家的。"我国写儿童诗的诗人不少，但以写朗诵诗称著并产生深广影响如世霖者，国中似尚无第二人。"①对于他当年最新出版的原创朗诵诗集《村边的小河——农村孩子的朗诵诗》，樊发稼曾经这样简介过："这是著名老诗人尹世霖献给农村广大少年儿童的一本朗诵诗集，所收60多首诗作，绝大部分是诗人近一二年新写的作品，且主要取材于新的农村自然人文风貌和农村孩子的现实生活。作品艺术构思新颖，诗句清新流畅，韵律谐和，琅琅上口，十分适于朗诵。在当下儿童诗创作不太景气的情势下，尹世霖先生这本诗集恰如万绿丛中一束雅秀纯美的诗花。朗诵、欣赏这些优秀诗篇，十分有益于孩子们陶冶情操、净化心灵、提升审美感知能力，对于鼓舞新世纪广大少年儿童积极奋发、昂扬向上的精神，激励他们热爱大自然、热爱生活、热爱家乡和祖国的美好情怀，提高其思想道德素质，必将起到积极的促进作用。"他对少年儿童朗诵诗有着自己的文体定位。他说："少年儿童朗诵诗有什么特点呢？共有三条：第一是诗，而且是美好的诗；第二是为少年儿童写的诗；第三是适合朗诵的诗；三条加在一起，正是'少年儿童朗诵诗'。"②

"孩子们需要朗诵诗。""但不同的年龄段又有不同层次的要求。把给少年的朗诵诗给幼儿读，他们听不懂，不理解，自然也不被吸引；同样，让少年读幼儿、儿

① 樊发稼：《杏坛俊杰，文苑翘楚——在尹世霖儿童文学创作研讨会上的发言》，《给孩子一个美好的世界——樊发稼儿童文学评论集》，南宁：接力出版社2007年版，第39页。

② 尹世霖：《儿童朗诵诗的特点——我写儿童朗诵诗的体会》，《儿童文学研究》1992年第4期。

童的朗诵诗,他们又觉得太浅,不甘心被视为'小孩子'。"所以,尹世霖深有体会地说:"当我们提笔写儿童朗诵诗时,一定要明确这首诗的对象——幼儿、儿童,还是少年,然后才可以动笔。"①在尹世霖的诗作中,有一个贯穿各年龄层的主题,那就是爱祖国。我们来看看他是如何分别为幼儿、儿童、少年来创作的。

尹世霖有一首儿童朗诵诗叫《爸爸的礼物》,写聪明可爱的娜娜盼望得到爸爸从国外捎回的礼物。有趣的是那印着外国商标的礼物,却是印着"MADE IN CHINA"的"天津毛毯、新疆羊毛衫/福建罐头画着水仙花/十大名酒酒心巧克力/是首都北京生产的"。娜娜曾经羡慕小丽有红得像艳丽朝霞般的羊毛衫,小侠有又柔又滑的毛毯,而现在,她"恨不得太阳马上升起/好去告诉小丽和小侠/中国商品受到世界人民欢迎/还要教她们一句:MADE IN CHINA"。可以想见,娜娜心中油然而升的是中国人的自尊与自豪,主人公的这一爱国情愫也会大大感染小读者的爱国心。

然而,同样是爱国,若要写给少年,只讲一个"MADE IN CHINA"的故事,似乎太浅了。作者从另一个角度写了《这样爱我们的祖国》一诗,献给少年读者。在诗中,我们(少年)"为祖先骄傲的时候/也为今天的落后羞涩"。而面对落后,需要的是对未来充满信心,因为——

既然汉朝有张骞、
　　唐朝有玄奘、
　　明朝有郑和,
那么今天,
谁又阻挡得了开放与改革?
既然清朝被推翻、
　　日寇被驱逐、
　　江青被活捉,
那么现在,
谁还敢捆绑十亿人民钢铁的胳膊?
既然东海之滨已经旭日东升,
那么谁能把太阳紧紧拉着?
既然严冬的坚冰已经被春风剪破,
那么谁能把巨轮在港口封锁……

① 尹世霖:《儿童朗诵诗的特点——我写儿童朗诵诗的体会》,《儿童文学研究》1992年第4期。

这首爱祖国的少年朗诵诗与《爸爸的礼物》相比，多了一些哲理、深度与思辨色彩。如果将上述两首爱国诗与写给幼儿的《爷爷坐飞机》相比，就更清楚尹世霖儿童朗诵诗的年龄特征了。《爷爷坐飞机》是从幼儿能够理解的爱家乡的角度来抒写爱国之情的：

爷爷坐飞机，
乐得胡子翘。
飞在天上看家乡，
心儿蹦蹦跳。

农田像块大棋盘，
水库像个小水瓢，
村庄就像一幅画，
林带就像绿围腰。

过去汗珠摔八瓣，
没有出过大山坳，
今天飞到蓝天上，
才看到家乡真美好。

爷爷坐飞机，
乐得泪珠儿掉。
爷爷为啥掉泪珠儿，
小朋友你可知道？

诗人自述，“三首爱祖国的诗只能分属儿童、少年与幼儿”①。尹世霖为了能写出“让孩子喜欢”的朗诵诗，将自己的作品送到学校，让孩子投票表决，从中发现孩子们喜欢哪些诗，不喜欢哪些诗，为什么会这样，再从经验与教训中不断走向成功。尹世霖说过：“我淡泊评奖。我看重的是儿童文学的上帝——孩子！孩子需要，孩子喜欢，是我最大的快乐。”正因为诗人淡泊名利，一切为儿童的快乐

① 尹世霖：《儿童朗诵诗的特点——我写儿童朗诵诗的体会》，《儿童文学研究》1992年第4期。

计，他才能创作出“让孩子喜欢”的优秀朗诵诗。[①]

“朗诵”这一特性规定了儿童朗诵诗的文体特征，“因为朗诵诗不同于那些可以停下来重读、推敲、思索的、专供案头阅读的诗。台上的朗诵者一诵而过，马上接入下一句、下一节，听众的思路自然不能停留在上一句、上一节，而要随之进入下边的内容。因此，朗诵诗，尤其是少年儿童朗诵诗容不得费解和艰涩!”因而，尹世霖对自己的创作提出了三个方面的具体要求：“一是明快，句子简明、畅通，易于理解；二是尽量合辙押韵，诵来上口(但不能因韵害词)；三是把握诗的节奏，使其富有音乐美。”[②]为了达到这些要求，尹世霖的儿童朗诵诗中相当一部分不是先印在报刊上发表的，而是先在少年儿童中口耳相传；因为朗诵的广泛需要，又以手抄、油印的方式广为流布，而后又以演出、播映的方式在广大少年儿童的心中扎下了根；最后才由作者将其中合于朗诵、广为流布的优秀之作予以发表或结集出版。所以说，“他的朗诵诗不但在广大少先队员的心中扎下了根，也在不少老师、辅导员、家长的心中扎下了根”。尹世霖“在孩子们丰富多彩的生活中开掘着诗，又用诗建设着生活”。

第三节 重建期的寓言和童话

寓言、童话都是通过幻想来结构故事的，寓言重在通过幻想故事来打比方，说明一个道理；童话是通过鸟言兽语来映射人的世界，童话寓言都因为他们的象征性、幻想性，在“文革”十年被打入冷宫，“文革”结束后最应该得到恢复和重建的就是寓言、童话。随着寓言、童话的现代化，幻想的因子已经突破了古老的神仙精灵、鸟言兽语，有了魔幻、奇幻、科幻的新特质，西方已经不再沿用古老的童话观念，而流行用幻想文学取而代之，重建期的寓言、童话在继承传统的同时，如饥似渴地汲取现代学术营养，走出了一条传统与现代融合的新路。

一、重建期的寓言文学

寓言进入儿童文学始于 20 世纪初，发端于茅盾编纂出版《中国寓言初选》

---

① 尹世霖：《童诗要让孩子喜欢》，陈模主编：《儿童文学创作艺术论》，成都：四川少年儿童出版社 1994 年版，第 177—180 页。

② 尹世霖：《儿童朗诵诗的特点——我写儿童朗诵诗的体会》，《儿童文学研究》1992 年第 4 期。

(1917年)和创作出版寓言集《狮骡访猪》《平和会议》(1918年)。20世纪40年代,中国寓言文学走向第一个高潮,出现了一批真正意义上的寓言作家,以冯雪峰、张天翼、仇重、何公超等。新中国成立后,寓言创作迎来第二个高潮,代表作家有金江、湛卢、吕德华、林植峰、仇春霖等。进入新时期,寓言文学经历了"文革"的消沉后,逐渐得到恢复,形成寓言文学的第三个高潮,并呈现出全面开拓发展的态势,在寓言创作和寓言研究方面,都取得显著成就。

重建期代表性寓言集有:金江的《狐狸的"真理"》(1979年)、湛卢的《猴子磨刀》(1980年)、吴广孝的《小猴吃辣椒》(1980年)、凝溪的《猴子的舞蹈》(1981年)、鲁兵的《寓言的寓言》(1982年)、林植峰《怕羞的画眉》(1983年)、海代泉的《鹦鹉的诀窍》(1984年)、陈乃祥的《将军换马》(1985年)、湛卢的《动物寓言:审判伊索的寓言》(1986年)、吕德华的《月亮为什么害羞》(1988年)、金江的《寓言新作100篇》(1991年)、马达的《十二生肖寓言故事》(1991年)、钱欣葆的《铁拐李治脚》(1993年)、吴广孝的《十二生肖幽默语言》(1997年)、黄瑞云的《春天岛》(1999年)等。大型寓言选集主要有:《中国现代寓言集锦》《中国新时期寓言选》《当代中国寓言大系》等。这一时期也是寓言研究的收获期,主要著作有:陈蒲清的《中国古代寓言史》(1982年)、鲍延毅的《寓言辞典》(1989年)、陈蒲清的《世界寓言通论》(1990年)、吴秋林的《寓言文学概论》(1991年)、薛贤荣的《寓言学概论》(1991年)等。

1. 金江的寓言创作

金江(1923—),浙江温州人。原本是诗人,1947年出版第一本诗集《生命的画册》。1954年开始主要创作寓言。1984年中国寓言文学研究会成立时,被选为副会长,并连任第二、三、四届副会长。1987年温州市人民政府为表彰他为少年儿童创作的卓越成就,特授予"劳动模范"光荣称号。1992年70岁时,中国寓言文学研究会和浙江省作家协会联合召开"金江寓言研讨会",一致肯定他对中国寓言文学发展的重大贡献,称誉为"中国当代寓言的开篇人",并设立"金江寓言文学奖",每两年评选一次,培植新人和扶持寓言文学。1994年获得中国寓言研究会首届"金骆驼奖"特等奖。1997年,《金江寓言选》英文版和法文版发行。1999年,被授予新中国50周年"浙江文坛50杰"称号。

这一时期,金江出版了《狐狸的"真理"》(1979年)、《寓言百篇》(1981年)、《金江寓言选》(1991年)、《动物寓言150篇》(1996年)和《牛角尖上的老鼠》(1999年)、《老虎伤风》(1999年)等10多部寓言集。如果将《乌鸦兄弟》(1956年,获得全国第二次少年儿童文艺创作三等奖)看作是金江前期寓言创作的代表,那么《老虎伤风》(获得浙江省1997—1999年度优秀文学作品奖)则代表了金江后期寓言创作的成就。但贯穿前后期始终不变的是金江寓言的思想内容,一是对日常生活经验教训的总结,二是对社会及人们之间不合理现象的讽刺和揭露。这两方面的内容又是密切联系的,相比较而言,“金江寓言创作前期追求的不过是一种‘生活的寓言意义’,而后期的金江寓言创作则又多追求的是一种‘社会的寓言意义’。从这个变化中,可以窥见金江寓言创作从‘生活’走向‘社会’的变化线,这一变化线,证实了金江寓言创作的价值和意义”①。如金江在《老虎伤风》里,尖锐地批判了猴子吃桃子因为老虎伤风“这样的联系——推理——结论的怪逻辑”,暗示“文革”期间无限上纲的流毒远远没有肃清。金江在这篇语言的末尾写道:“这样的联系——推理——结论的怪逻辑,古今中外都有过例子,但愿这样的怪事能在世界上绝迹。”

此外,有关人生观及思想寄托的寓言内容,不论在数量上还是在深刻性上,后期都比前期更为明显,如《跪在地上的人》表现的人生观和《从岩缝里长出的小草》表现的思辨性,都给读者留下深刻印象。

金江寓言有着独树一格的艺术价值。在“明晰而不浅谈”的整体特色下,有着“闪光的艺术形象”“深长的儿童韵味”和“清新优美的语言”,在艺术表现上,金江擅长运用夸张(如《砍一棵大树做一根牙签》《要猫下蛋》)、对比(如《门牙和臼齿》《老虎和猎人》《0 和小数点》)、象征(如《从岩缝里长出的小草》《灯塔》《唱歌的蛇》)等手法,同时善于继承和借鉴中外寓言的优良传统,特别注意从中华各民族民间语言中汲取丰富的营养,自成一家。金江将寓言称作“哲理的诗”,通过浅显生动的语言来讲述生动有趣的故事,让孩子们在听故事的享受中领悟蕴含的哲理,成为“中国当代寓言的开篇人”②。

2. 黄瑞云的寓言创作

黄瑞云(1932—),湖南娄底人。1958 年毕业于武汉大学中国语言文学系。曾任中国寓言学会副会长,被评为全国教育系统劳动模范、全国优秀教师,获人民教师奖章。享受政府特殊津贴。这一时期的主要作品集有《黄瑞云寓言》(1981 年)、《春天岛》(1999 年)等,其中《黄瑞云寓言》获中国新时期优秀少儿读物奖一等奖、中国寓言学会“金骆驼奖”一等奖。

黄瑞云的寓言创作表现了作者对生活的独到观察和深刻的哲理思考,善于在平常的生活细节里,产生巧妙的构思和生动的故事,如《陶罐和铁罐》(载《人民

① 吴秋林:《中国当代寓言的开篇人——评金江寓言》,金江:《乌鸦兄弟》,武汉:湖北少年儿童出版社 2006 年版,第 282—283 页。

② 吴秋林:《中国当代寓言的开篇人——评金江寓言》,金江:《乌鸦兄弟》,武汉:湖北少年儿童出版社 2006 年版,第 283—286 页。

文学》1978年6期)。陶罐和铁罐都是国王御厨里装东西的罐子,本没有高低优劣之分。铁罐因为自己是铁不怕碰撞的特性而瞧不起陶罐,挑衅陶罐去碰它。没想到世事变迁,几千几百年后,当考古学家在一片废墟里挖掘出陶罐时,其文物价值得到专家的肯定。这时的陶罐没有忘记曾经在它身边的铁罐,请考古专家也把铁罐挖掘出来,可惜除了几块锈蚀不堪的铁片,什么也没有了,岁月已经氧化了铁罐。作者在篇尾点出寓意:"用自己的优点去比人家的缺点是不应该的,人家也会有比你强的地方。"这篇寓言写于"文革"刚刚结束,40年后再读这篇寓言,又有了更深的理解,可以把它看作讲述了"时间见证品质、品质决定不朽"的哲理故事。由此也可以看出,黄瑞云力图用寓言反映生活、思考生活,善于在很短的篇幅内刻画形象,结构完整,故事性强,寓意归纳着眼于故事本义,却有丰厚的内涵,在阅读故事中自然得到教训,回味无穷。

3. 凝溪的寓言创作

凝溪(1943—),本名李治中,云南大理人,白族。1984年,中国寓言文学研究会成立时即被选为理事,后为常务理事,名誉副会长。1979年开始寓言创作,是与新时期一同成长的寓言作家。主要寓言集有:《猴子的舞蹈》(1981年)、《猫头鹰的疑问》(1982年)、《雄狮的画像》(1984年)、《狐狸的生日》(1984年)、《无药的药方》(1984年)、《狮子与哈哈镜》(1988年)、《军犬立功》(1988年)、《伊索与富人与穷人》(1989年)、《一分钟寓言》(1990年)、《凝溪寓言2 000篇》(1994年)等。

凝溪寓言创作善于从生活中挖掘哲理性主题,用自己独特的形式表现出来。这一"独特性"可以用"短与长"一对概念来概括。凝溪是位多产的寓言作家,绝大部分寓言篇幅很短,可以称作"微寓言",一般百字文,很少有超过400字的,但质量很高,在极短的篇幅里最大限度地表达丰富的内容。如发表在《人民文学》(1981年第3期)的一组寓言《大零与小零》《冰》就很有代表性。全文如下:

大零与小零

有一次,一个小的"0"字掉到一个大的"0"字里,大的0字说:"小东西,看,我不知要比你大多少倍!"

小的0字回答说:"你再大又有什么用呢?还不是跟我一样:等于0。"

——生活中,这样的人也许谁都见到过:自己本身就无知得可笑,还把自己装扮成学者处处去吓唬人。

冰

一块冰对水说:"没有节气的软骨头,起点风就任风吹摆,一点上进心都没有,就知道朝下淌。看我,站在什么地方就一动不动,硬得像石头一样!"

过了一会，太阳出来了，冰慢慢化成了一摊水。原来的水说道："呵！外形变了还不可怕，可怕的是内心也变了态。"

集"短"为"长"是凝溪寓言创作的又一特点。将多篇微寓言组合成系列长篇寓言，分则各自成篇，自有其意；合起来前后人物一致，有情节连贯，有完整故事，把寓言这种短篇的形式发挥到了极致。如《孙悟空中计》，由38则微寓言组成，近2万文字，以《西游记》中的人物为主人公，悟空作为正面形象，师傅唐僧作为嘲讽的对象，以师徒四人取经后东归途中发生的一系列故事为线索，整个系列寓言故事以《千古之恨》结束，这则寓言的寓意也就是整个系列的寓意："我老孙识得千变万化的妖怪，却斗不过搞阴谋诡计的凡人。"

金江、黄瑞云、凝溪是新时期最杰出的寓言作家，在创作上都自觉汲取伊索寓言的艺术营养，又深深植根于现实生活，用自己熟悉的手法表现出来，具有鲜明的艺术个性。在他们之外，还有湛卢、陈乃祥、林植峰、钱欣葆、马达、吕德华、戎林、樊发稼、吴广孝、方崇智、薛贤荣等，都以自己的寓言作品，为新时期寓言文学的发展作出贡献。

二、重建期的童话文学

童话在"文革"期间被破坏殆尽，在新时期恢复最快、发展最好，成为儿童文学最有成绩的品种。恢复初期，在拨乱反正这一社会总体思潮作用下，童话创作迅速接通了它与"文革"前50年代童话的联系，创作出一批主要反映当时社会生活和主流意识的作品，主要有严文井的《歌孩》《浮云》《南风的话》，金近的《一篇没有烂的童话》《一出好险的戏》《黄鱼和盘子》，贺宜的《神猫传奇》《像蜜蜂那样的苍蝇》《哼哼和珍珍》，包蕾的《能说会道的狐狸》《小霸王和癞蛤蟆》《狮子的梦》，洪讯涛的《一张考卷》《夹竹桃》《半半的半个童话》，葛翠琳的《翻跟头的小木偶》《半边城》《进过天堂的孩子》等。"这些作品都以当时的社会斗争为作品内容，属于政治童话。""童话一方面从一片荒芜中恢复过来，焕发出生机和活力。一方面又受到十年'文革'中推至极致的非文学化的文学观念的束缚，艺术意识尚未自觉，许多作品主要是以其非美学上的感人力量而获得读者的。这在很大程度上也是当时整个中国文学真实现状的一个反映。"①

① 吴其南：《八九十年代童话创作反思》，王泉根主编：《新时期儿童文学研究》，石家庄：河北少年儿童出版社2004年版，第213—214页。

20世纪80年代初期，随着成人文学不断掀起的“伤痕文学”“反思文学”“改革文学”“寻根文学”“现代主义文学”的浪潮，传统的文学观受到极大冲击，童话率先在儿童文学界求新求变，发生了“抒情派”和“热闹派”之争。抒情派童话倡导者认为童话创作应当注重童话的诗性，在尊重童话的逻辑性、幻想性、同一性等基本创作规律外，更注重童话的诗意美和哲理性的完美融合。“热闹派”童话倡导者认为童话创作可以不受逻辑性与时空关系的限制，也不必与现实生活经验相一致，强调戏剧性，甚至是荒诞性，在极度夸张和热闹气氛中，让孩子获得更多精神心灵上的愉悦，而不是教育。两种童话主张的共同点，都是打破了长久以来形成的教育至上的思维定势，出现了一大批有着强烈创新精神、文体意识、娱乐品格的童话作品，其中备受关注的有孙幼军的《怪老头》、郑渊洁的《皮皮鲁外传》、彭懿的《五百个试管喜剧明星》、冰波的《毒蜘蛛之死》、葛冰的《大鼻头和红眼圈》、王业伦的《有劳先生的乡下之行》、周锐的《PP事件》、斑马的《鱼幻》等。

20世纪80年代末90年代初，在商品经济大潮的冲击下，童话创作队伍发生分化，有的下海，有的出国，有的从政，有的不再继续从事创作，但也有一股新生力量加入，其中主要是女作家居多，她们大多接受过很好的教育，有女性特有的母性与爱心，又有知识女性追求文学的浪漫和诗心，在风格上体现出细腻、温婉、柔和、清新的风格。如杨红樱童话（如《度假村的猫儿狗儿》）、肖定丽童话（如《滴丽和魔力兔》）、黄一辉童话（如《小儿郎·小儿狼》）、汤素兰童话（如《小朵朵与大魔法师》）、张弘童话（如《傩舞》）、葛竞童话（如《指甲壳里的海》）、杨鹏童话（如《装在口袋里的爸爸》）、李志伟童话（如《童话作家的一天》）等。

1. 陈伯吹、金近的童话创作

(1) 陈伯吹的《骆驼寻宝记》

陈伯吹（1906—1997），著名儿童文学作家、理论家。在创作上，他是位多面手，写过小说、散文、报告文学、诗歌、剧本、寓言与童话。他的童话作品虽然不多，但他在创作上的成就及其代表作还是童话，其理论研究的主题也是童话。

陈伯吹最早写的童话小故事《恶作剧》，发表在1927年5月7日出版的《儿童世界》（第19卷第19期）。第一部童话集《小朋友童话》，由北新书局1931年出版。1931年和1933年，又创作了两部中篇童话《阿丽思小姐》与《波罗乔少爷》，这些作品深受西洋文学中的神话与传说、寓言与童话的影响。1949年以后的童话作品，主要集中在《幻想张着彩色的翅膀》（东风文艺出版社1959年版）和科学童话集《十个奇怪的人》（长江文艺出版社1958年版）两本童话集里。代表作是《一只想飞的猫》（1955年）。“文革”期间受到迫害无法创作。“文革”以后，陈伯吹在他从事童话创作50周年之际，推出中篇童话《骆驼寻宝记》（1982年），这是继《一只想飞的猫》后的又一佳作。

《骆驼寻宝记》以“寻宝”为线索，写了近30种动物加入寻宝行列的壮观场面，但不到3天，动物们纷纷打退堂鼓溜回了家，只有一只骆驼仍一瘸一拐地出现在寻宝路上。作者在骆驼寻宝的路上设计了“冷水滩”“冰凌湖”“热风洞”“夹扁谷”四个难关，最后到了“珍宝关”。仙女拿出各种名贵珍宝给它，它一样也不要，只希望得到一件能改造沙漠的珍宝，使乡亲们不再受风沙折磨。最后，它从仙女那儿得到一篮子芨芨草、红柳和沙枣等植物的种籽，高高兴兴地回家去实现改造家乡的理想了。这部童话有着明显的象征意义，寻宝的骆驼就是陈伯吹自身寻求真理、造福社会的化身，读起来有一种人格力量和阳刚之气。在这部童话中，陈伯吹发挥了知识渊博、擅于拟人化描绘、有幽默感的创作优势，也暴露了他过分强调作品的教育性给创作带来的束缚。如在结尾处，急于表达“思想得宝”的主题，安排仙女和骆驼在对白中作说教，拖了一条极不自然的多余的教训的尾巴。

陈伯吹童话创作的特点是强调童话的教育性，这与他的儿童文学观是相一致的。陈伯吹认为，童话这一体裁的基本特点，是它把许多平凡的、常见的人、物、现象等，错综地编织成一个不平凡的奇异的图景，展开在读者的面前，以这种特殊形式达到教育的目的。但在强调教育性的同时，陈伯吹也同样重视童话的艺术性和儿童性，强调童话的长处就是它从来不曾疾言厉色地扬起戒尺来教育它的读者，要求童话作家应该具有一颗永不枯竭的“童心”。

(2) 金近的《小白杨要接班》

金近(1915—1989)，原名金知温，浙江上虞人。家境贫寒，12岁到上海，做过四次学徒，历经辛酸。常到图书馆看书，对文学产生了兴趣。1937年发表了第一篇童话《老鹰鹞的起落》，此后近10年中没有童话问世。1946年创作童话《红鬼脸壳》，出版童话集《红鬼脸壳》(1948年)和《顽皮的轮子》(1950年)。新中国成立后的童话创作，以“文革”为界，“文革”以前的童话主要以幼儿为对象，注重道德品质教育，注重儿童情趣，代表作品有《小猫钓鱼》(1950年)、《小鸭子学游水》(1952年)、《小鲤鱼跳龙门》(1956年)、《狐狸打猎人》(1963年)等。童话《小鸭子学游水》获第一次(1949—1953)全国少年儿童文艺创作三等奖。金近还是较早产生国际影响的中国童话作家。1959年，由他所制作的动画片《小鲤鱼跳龙门》获第一届莫斯科国际电影节动画片银质奖，并参加澳、美、英等国电影节。1963年，根据金近童话制作的美术片《东海小哨兵》、剪纸片《狐狸打猎人》剧本，分获南斯拉夫第二、四届萨格勒布国际动画片电影节奖和电影美术奖。

“文革”以后，重新焕发了创作青春的金近，在10年间创作了70多篇童话，几乎是他全部创作的三分之二。主要作品收在三个童话集里:《春风吹来的童话》(收1977年至1978年所写的8篇童话)、《童话的仙鹤》(收金近于1978年至1982年所写的36篇童话)、《最后一本童话》(收1982年至1987年所写的26篇童话)。童话集《春风吹来的童话》获第二次(1954—1979)全国少年儿童文艺创作荣誉奖。

金近在恢复期的童话创作,除与以往一样具有强烈的时代气息与讽刺意味外,还有一个重要特点,即在篇幅上向超短篇发展,主要对象又回到幼儿这一读者层次上。其中代表性的作品有《小白杨要接班》和《凤凰的秘密》等。

《小白杨要接班》发表于1977年《人民文学》4月号,因为这是"文革"后儿童文学界发表的第一篇童话,其深远的影响不可低估,恰似在荒芜的原野上,响起了第一声嘹亮的号角,唤醒了沉睡中的战士,重新拿起童话这个武器。在这篇童话里,金近塑造了小白杨与老野梨树两个对立的形象。小白杨象征着新生事物,充满活力,不断生长、壮大,富有奉献精神,是一种昂扬向上的前进力量。而老野梨树则象征着顽固阻挡历史前进的反动腐朽的邪恶势力,在不可逆转的新的生活洪流的强力冲击下,只能落得个被"连根刨掉""给扔在一旁,变成一推废物"的应有下场。这篇作品写于"文革"刚刚结束时,其中有不少那个时代的特定场景和情节,如"农业学大寨"等,但读者从这些富有时代特征的情景中,会自然联想到那个期间不正常的政治生活,表达了作者爱憎分明的情感。

《凤凰的秘密》是金近新时期讽刺童话的又一力作,其思想的触角深入人们心灵深处的阴暗一角,对一种普遍存在的轻信和愚昧心理作了尖锐的嘲讽。据说凤凰每隔一万年飞出来一次,今年正好到了,后天大清早就来,献上一盘大个儿水蜜桃,你就可以得到一颗无价之宝"夜明珠"。人人争相将这一神秘消息告诉自己最好的朋友,无人不信,都准备了一盘大个儿水蜜桃,起早摸黑地摆在一棵老柏树下,等着等着,压根儿没有飞来凤凰,倒飞来一群抢食的乌鸦,人们这才觉得上当。童话中的情景虽然愚昧可笑,但现实中类似的现象却并不少见。可悲的是上当受骗的人不去反思事情的真假,却怪罪自己的好朋友嘴不严,引来这么多人,吓得凤凰不敢来了,大家都在心里期待听到下一个神秘消息。讽刺中带有深长的意味。

2. 孙幼军、郑渊洁的童话创作

(1) 孙幼军的《怪老头儿》

孙幼军(1933—2015),黑龙江省哈尔滨人。小时候特别爱听姥姥、爸爸讲故事,他又将听来的故事讲给弟弟妹妹听,这其中就有他改编的成分。1954年考入北京俄专二部,1955年入北京大学中文系。1960年毕业分配到外交学院执教。

1961年出版处女作长篇童话《小布头奇遇记》，获得第二次全国少年儿童文艺创作评奖一等奖（1980年），并被国际儿童读物联盟（IBBY）列入优秀作品书目（1990年）。孙幼军也因这部童话获得中国首位安徒生奖提名奖（1991年）。

孙幼军大量创作童话是在“文革”以后。主要短篇童话有：《神笔和笔帽儿的故事》（1979年）、《玩具店的夜》（1979年）、《小贝流浪记》（1979年）、《吉吉变熊猫的故事》（1980年）、《怪雨伞》（1981年）、《小狗的小房子》（1981年）、《故事爷爷的奇遇》（1982年）、《玫玫和她的布娃娃》（1982年）、《亭亭旅行记》（1986年）、《西瓜房子》（1987年）、《喇叭花小人》（1989年）、《钓鱼奇遇》（1989年）、《没有鼻子的小狗》（1990年）。中篇童话有《神奇的房子》（1984年）、《胖丢丢变神童记》（1989年）、《熊猫嘻嘻传奇》（1989年）。系列童话有《玩具店的夜》（1980年）、《唏哩呼噜历险记》（1990年）、《怪老头儿》（1991年）。长篇童话有《没有风的扇子》（1980年）等。其中《小狗的小房子》获中国作家协会第一届全国优秀儿童文学奖（1988年），《怪老头》获中国作协第二届全国优秀儿童文学奖（1993年）。在创作之外，孙幼军还译介了大量外国优秀的童话作品，如日本童话集《不不园》（1981年）、《木马的小白船》（1981年），巴西作家蒙太罗·洛巴托的长篇童话《童话国的小客人》（1982年），捷克作家约瑟夫·拉达的中篇童话《一只聪明的小狐狸》（1983年），瑞典作家杨·艾克霍尔姆的中篇童话《小狐狸米克》（1985年）等。

如果说《小布头奇遇记》是孙幼军早期的童话代表作，那么《怪老头》就是孙幼军童话创作的又一个高峰。系列童话《怪老头》包括1987年至1990年发表的11篇童话，分别是《怪老头儿》《我的“代表”》《炸糕和滑翔机》《我最要好的朋友》《门神》《海外异国志》《爸爸就是爸爸》《变耗子始末记》等。写一个小学生赵新新和超人“怪老头儿”交上朋友后，实现了他的一件件被压抑的愿望，如怪老头儿让小鸟飞进他的肚子吃虫子，治好了肚子疼（《怪老头儿》）；怪老头儿为他造了个替身，代表他坐在屋里完成妈妈布置好的各种各样额外课业（《我的“代表”》）；怪老头儿供给他飞天树木片，帮助他做成了创世界纪录的滑翔机（《炸糕和滑翔机》）；怪老头儿使他的老师不再排斥童话和幻想（《我最要好的朋友》）；怪老头儿给他讲“大耳朵国”“四面国”“老头儿国”的奇闻轶事，让他的好奇心与幻想得到很大的满足（《海外异国志》）。从这些不同寻常的际遇中，成人读者会从赵新新身上，看到当代少年儿童的性格特征，他们的追求、苦闷与困惑；又从怪老头儿的身上联想到我们在教育上（包括家庭教育）所存在的一些不如人意之处以及教育实施上的失误。其中所暴露出来的问题，一言以蔽之，就是我们面临的如何理解儿童、尊重儿童，如何正确地引导他们发展个性。对赵新新与怪老头儿的形象塑造，正体现了作者这样的儿童观：理解与尊重儿童，引导他们充分地发展积极健康的天性。

与《小布头奇遇记》相比,《怪老头》在艺术探索上有了新特色与新发展。首先,童话主题的表达更加艺术性。在这部系列童话中,作者自觉地把自己"隐蔽"在鲜明的形象和有趣的情节后面,让读者感悟到一种思想,而不是去图解某些概念和主题。其次,童话幻想的本质得到尊重。不再是一种单一的思维定势和寓意,也不仅仅是一种表达某种观念的手段和方法,幻想作为童话的本质特征得到重视。第三,童话题材的空间得到拓展。写进了一些成人问题,这些成人问题曾给孩子们带来不公正对待,是成人在美好愿望里强加给孩子们的苦闷、寂寞与忧虑,题材的拓展让童话的内涵更丰富、思想更深刻。第四,艺术风格更加鲜明,即调笑风趣、离奇怪异、通俗浅易的艺术特色。总之,以《怪老头》为代表的新时期童话,更加重视童话的本体特征,艺术性得到加强,构成了孙幼军童话创作重想象、富活趣、晓畅明净、不事雕琢的特点,更好地体现了童话这种形式特有的艺术美。

孙幼军的童话创作在中国儿童文学史上有着特殊的重要地位。《小布头奇遇记》(1961 年)是继张天翼的《宝葫芦的秘密》(1956 年)和严文井的《唐小西在"下次开船"港》(1958 年)之后的又一佳作。"文革"结束不久创作的《小贝流浪记》大胆地与成人对话,可谓开了新时期探索童话的先声。此后的《小狗的小房子》,摒弃教训,淡化情节,通过心理描写来展现真实生动的幼儿生活与表现童稚美,在普遍的艺术回归意识尚未从传统的教育至上观念中分化出来时,孙幼军带头在自己的作品中进行了一次审美实验,这不啻于对传统的童话创作思维乃至整个儿童文学美学观念的一次意义深远的冲击。待到《怪老儿》系列童话诞生之时,在荒诞大胆的幻想和出其不意的滑稽调侃中所张扬的儿童游戏精神,使得孙幼军的童话一度被推至 20 世纪 80 年代"热闹派"潮首。孙幼军堪称当代中国最有创作活力的童话作家之一,从他的童话里"令人读出 30 年代来中国当代童话观念之变迁"[①]。

(2) 郑渊洁的《十二生肖系列童话》

郑渊洁(1955—),原籍山西省浮山县,出生于河北省石家庄,在北京长大。曾读过 5 年书,做过 5 年兵,当过 5 年工人。1977 年开始文学创作。1979 年转向童话创作。1985 年创办童话专刊《童话大王》,独立承担一个刊物全部内容的写作。郑渊洁笔下的皮皮鲁、鲁西西、舒克、贝塔和罗克在中国拥有亿万读者,连成年人也被吸引,其童话被誉为"适合全家人阅读"。主要童话作品有:童话三部曲《皮皮鲁外传(写给男孩子看的童话)》《鲁西西外传(写给女孩子看的童话)》《乔

---

① 汤锐、孙幼军:《不懈的探索者》,《儿童文学研究》1991 年第 1 期。

麦皮外传(写给不爱看书的孩子的童话)》(1985年),系列童话《魔方大厦》(1983年)、《十二生肖系列童话》(1992年),中篇童话《大头托托奇遇记》(1983年)、《红沙发音乐城》(1987年)、《舒克和贝塔历险记》(1987年)等。郑渊洁是多产的童话作家,也是孩子心目中的"童话大王"。

郑渊洁创作童话的初衷是要"丰富孩子的想象力;让他们解除一天学习的疲劳;让他们笑,让他们高兴",因而他的童话中有一种游戏精神、娱乐品格与热闹效应。郑渊洁早期的创作,在怪诞的形象中寄寓的主要是道德教训的主题,如《黑黑在诚实岛》的主题就是教育儿童要诚实。但作者在表现方法上借助大胆的夸张变形,显露了与当时许多教育童话不同的艺术追求。在《哭鼻子比赛》和《脏话收购站》里,虽然仍有其教育意义,但极度的夸张已不再仅仅作为一种传达意义的手段,而且本身即是目的。到了《皮皮鲁外传》和《鲁西西外传》等中篇童话时,郑渊洁已经开始自觉摒弃那种用艺术形式包裹起一个个道德规范或认知主题塞给儿童,而是审美地观照处于童年期的生命状态。他笔下的皮皮鲁和鲁西西聪明、淘气,充满幻想力和游戏精神,那种被传统道德认同的顺从、乖巧、听话、规矩、拘谨的好孩子形象不见了,代之以贪玩、活跃、爱冒险、爱恶作剧的淘气包。如皮皮鲁,为了把孩子们从作业堆中解放出来,他首创"童话节",组织"巧克力乐园"和"泡泡糖游行",让大家在童话世界里尽情玩乐(《皮皮鲁和童话节》)。他还用大竹竿制成"二踢脚",乘着它飞上天;他敢于拨快"地球之钟",把地球变成一片反常和混乱的童话世界(《皮皮鲁外传》)。他曾和牛魔王骑着碧水金眼兽去希腊游历(《皮皮鲁逃往雅典娜》)。他曾在北京一师附小五(2)班的教室地下,挖出了4个50斤重的大西瓜……这些奇异的幻想和在这些幻想中显示出的非凡的创造力与浓郁的游戏趣味,一下子就抓住了生活在当代沉重学业压力下的少年儿童,他们爱不释手,与童话人物一起开放自己的心灵,重现儿童的天性。

从1986年开始到1992年历时7年时间,郑渊洁完成了《十二生肖系列童话》的创作,12本,100多万字,是郑渊洁最有分量的作品之一,获得首届国家图书奖(1993年)。这部童话告诉人们,孩子们需要玩耍、游戏,需要与家长、老师及成人平等相处,需要发展自己的个性、爱好及创造精神,同时敢于同束缚自己权益的不合理的清规戒律作斗争。作品充分显示儿童生命活力与尽力满足儿童审美情趣,表达了维护儿童权益的重大主题。

郑渊洁善于运用"排列组合"的夸张构思,创造出新的童话形象。如童话《象鼻子牛的故事》,写一个小朋友在玩橡皮泥时,用多出的一点原料给已经捏好的牛加上了一条长鼻子,于是诞生了这么一个非牛非象的玩意儿,成为故事的主人公。象和牛在现实生活中是截然不同的,把它们组合成一个具有新特质的动物,便改变了它们各自原有的物性，给儿童一种又熟悉又陌生、又新奇又有趣的感觉。这种“多元素”的组合形象往往造成幻想与现实若即若离的特殊效果，能撩拨起读者的阅读兴趣与愉悦情感，别具一种魅力。这类作品还有《长驴头的鹿》《脏话收购站》等。

郑渊洁童话在儿童读者中有很大影响力，《童话大王》杂志月发行量曾达100万份。郑渊洁曾多次自述其童话创作受到张天翼的影响，是张天翼的《大林和小林》《宝葫芦的秘密》等导引他走上童话创作道路，他的童话创作也承继了张天翼童话的幻想、夸张、荒诞、滑稽、热闹的特色，但“趣”是有了，“味”却不足。尤其越到后来，作品批量生产，质量明显下滑，存在模式单一化、形象类型化、语言浅白粗糙等问题。

3. 周锐、冰波、张秋生、汤素兰的童话创作

(1) 周锐的《九重天》

周锐(1953—)，广东潮阳人。务过农，当过工人、编辑。1977年在《诗刊》发表处女作。1983年后逐渐将精力集中到童话创作，出版童话集《勇敢理发店》(1986年)、《拿苍蝇拍的红桃王子》(1986年)、《阿嗡大夫》(1987年)、《一副象棋33个子儿)(1988年)、《PP事变》(1988年)、《扣子老三》(1988年)、《三个杜杜先生》(1989年)、(特别通行证》(1989年)、《明星和替身》(1989年)、《怪杰阿嗡》(1989年)、《超人阿嗡》(1992年)、《鸡毛鸭》(1994年)等。其中动画片《超级肥皂》获第二届广岛国际动画电影节教育片组二等奖、第七届中国电影金鸡奖(最佳美术片)和全国影视动画节展播一等奖；动画片《新装的门铃》获1988年上海国际动画电影节特别证书奖；童话集《拿苍蝇拍的红桃王子》获文化部“新时期优秀少年文艺读物”一等奖；系列童话《特别通行证》获第二届杨唤儿童文学奖(台湾)；中篇童话《千年梦》获第四届东方少年文学奖(台湾)；童话《沙发展销会》获第六届儿童文学园丁奖；童话《疼痛转移器》获大陆与台湾合办的“中华儿童文学创作奖”二等奖。一些作品被译介到日、美等国家和地区。

周锐是继郑渊洁之后热闹派童话作家中创作最为坚实的一位，在童话题材开拓、童话艺术空间拓展上做出了成功尝试。社会生活的每一角落都能成为周锐的童话眼光观照对象，并运用幻想组合出“莫须有”童话空间，诸如霉气公、吵架俱乐部、关节炎气象站、半公斤500克联邦共和国等。系列童话《特别通行证》以一张由总统签发的特别通行证为线索，将糖果厂、印刷厂、医院、第一词典出版社、白蚁防治所、监狱、宇航员训练中心、装货码头、兵工厂、举办糕饼品尝会的幸福大旅社、模特儿制造所、火车站、动物园、记者站、大学等场所串在一起，每到一处都有超自然的奇迹发生，以空间的转换来构成一个个奇妙的童话故事。

《九重天》也是采用空间的连锁式结构，将一切情节都建立在空间连锁的反应之上。九重天原是指童话传说中的天界所在，在周锐笔下，却叠印出九层居民大楼的情景，用来表现邻里之间的复杂关系。一重天是星官府，住着轮流值班的二十八星宿，当他们值班归来要睡觉时，却常常被二重天进进出出的雷车吵醒。居住在二重天霹雳宫的雷神们又受到三重天泼下的洗锅水之苦。三重天是群仙宴聚之地的瑶池，却常常有四重天的马粪落进来。四重天是御马监所在地，天马的食料竟被五重天的乌鹊们抢食一空。五重天是织女栖身之地，织的云锦又被六重天的哪吒三太子的风火轮掉下的火星烧坏。六重天住着李天王父子，因不堪七重天四大金刚的吉他声而躲进防空洞。天界之间，如此上下相扰，已是司空见惯，千百年来未有变化，主人公善才童子在太白金星的授意下，巧设妙计，在八重天太上老君的八卦炉中放进辣精，辣味熏得九重天的玉帝无法安身，只得重新安排天界，使群仙相安。这篇童话的巧妙构思和空间结构，在荒诞中追求真实，形成理趣皆具的审美风格。

周锐童话的幻想往往离奇荒诞，但在猎“奇”猎“趣”的表象之中，包含了他对生活与人生的思考，富有哲理意味。《特别通行证》是对轻视儿童的观念挑战，《九重天》是要打破千年的陈规陋习，《F星：十二月五十九》用荒诞的故事表达了“发展自己、认识自己”的精神境界，《PP事变》讥讽“开后门”的社会现象。如是等等，可见周锐夸张离奇而不浅薄、荒唐怪诞而又耐人寻味的童话创作风格。

(2) 冰波的《狼蝙蝠》

冰波(1957—　)，浙江宁波人。1976年高中毕业后曾任中学代课教师和化验员。1984年从事编辑工作。他初写儿童散文，后专事童话，从幼儿到中高年级的读者，都有相应的作品，中长篇童话主要有：《怪蜗牛奇遇记》(1987年)、《怪蛋之谜》(1991年)、《狼蝙蝠》(1993年)、《小青虫的梦》(1994年)、《小神仙和小仙女》(1995年)、《龙蝙蝠》(1996年)等，系列童话有《老博士和小滴答》(1989年)、《阿笨猫的故事》(1996年)、《恐龙鲁鲁》(1999年)，童话集有《靴子的奇遇》(1983年)、《窗下的树皮小屋》(1988年)、《毒蜘蛛之死》(1989年)、《爱的故事》(1990年)、《蓝鲸的眼睛》(1995年)。其中《毒蜘蛛之死》、《狼蝙蝠》分别获得中国作家协会第二届(1986—1991)、第三届(1992—1994)全国优秀儿童文学奖。

冰波是一位高产童话作家，其中大量童话是为幼儿创作的，代表作有：中篇幼儿童话《长颈鹿拉拉》(1988年)、《红蜻蜓，红蜻蜓》(1992年)、《花背小乌龟》(1993年)，幼儿童话集《绿牙齿的猪》(1986年)、《白色的蛋》(1989年)、《冰波童话》(1989年)、《喝醉的被子》(1990年)，短篇童话《那神奇的颜色》(1982年)、《桃树下的小白兔》(1984年)、《窗下的树皮小屋》(1984年)、《梨子提琴》(1989年)等。《长颈鹿拉拉》全国第二届幼儿图书奖二等奖(1990年),《冰波童话》获冰心儿童图书奖(1990年)。有多篇作品被选入中国大陆及香港的小学语文和幼儿教材。

与郑渊洁、周锐热闹派童话相比,冰波的童话以清丽、典雅、富于抒情而著称,被誉为"抒情派"童话的代表。冰波初期童话明丽温馨,具有动人的纯情诗意,是一个充满爱与美的世界。夏天,小女孩从小男孩手中救出蟋蟀吉铃,他们在一起度过了美好的时光。夏去秋来,女孩为吉铃、蚂蚱和萤火虫盖起树皮小屋;女孩病了,蚂蚱和萤火虫用树叶抬来清水,吉铃奏着奇妙的音乐(《夏夜的梦》《窗下的树皮小屋》)。在粉红色的桃树下,小白兔捡起花瓣,想起许多朋友,把桃花装进信封,撒向四方。看书的老山羊用它做书签,小猫用它做发夹,小松鼠用它做扇子,小鸡用它做太阳帽,金龟子用它做摇篮,小蚂蚁用它做小船(《桃树下的小白兔》)。然而,慢慢地,作者童话中的情绪起了变化,早先作品中那种一以贯之的温婉恬淡、平和明朗的情绪基调不见了,取而代之的是一种躁动不安的心绪,一种抑郁沉滞的情感,乃至一种悲凉凝重的总体氛围,如《那神奇的颜色》《狮子和苹果树》《如血的红斑》《蓝鲸的眼睛》等。

《狼蝙蝠》是冰波抒情童话的代表作,讲述一个在南极冰川发生的故事,一支由国家科学总院派出的特别探险队,发现了一个以前在地球上从来没有见过的生物——狼蝙蝠,狼蝙蝠长着恐龙般巨大的身体,但模样却像狼,背上还有一副巨大而有力的翅膀。带队教授申其认为狼蝙蝠只是一种类似恐龙的动物,为了对它进行进一步研究,便用他自己发明的一种特殊针剂将它复活了。用自己发明的针剂将狼蝙蝠复活,复活过来的狼蝙蝠吞吃了迷恋恐龙的丽丽……"狼蝙蝠吃人了!"狼蝙蝠引起了大家极度的恐慌,它是人类的敌人吗?狼蝙蝠是恐龙吗?是智慧生物吗?它们灭绝了吗?它们为什么迁徙到南极?在冰层下,还有无数的狼蝙蝠,它们会有什么样的命运呢?复活后狼蝙蝠与低等的爬行动物有着非常明显的差别,似乎有着某种奇特的超能力,可申教授给狼蝙蝠注射的针剂里,又有可以致它于死命的东西……童话场面壮阔,想象奇特,气势恢弘,激发对生命的思考和对科学的探索,令人震撼,发人深省。作品结构精炼,双线并进,相互映衬、渲染,具有较强的艺术感染力。

以冰波为代表的"抒情派"童话创作,本质上是对童话"艺术性"的追求和坚守,以及一种"艺术感觉力"的传达,它与以郑渊洁为代表的"热闹派"童话相对应,特别屹立于当代中国儿童文学的时代风景之中,在中国童话史以至中国儿童文学史上,都有着特殊价值和意义。"要是这个时代只有郑渊洁和他的'热闹派'

童话，而没有了冰波和他的'抒情派'童话，那就不见得是好事情。实际上，当代的好事情正在于有着这两者的对应结构，幸亏'热闹派"童话的对应面还有着'抒情派'童话，否则，中国儿童的情感结构（及阅读结构）将有缺失。某种重大的缺失是什么？那就是当代中国儿童情感的'粗糙'。——冰波的意义，就在于有一位作家以他的艺术心灵和童话美感来滋润着童话世界及读者，呈现着一种童话梦境，引导着一种精致的感觉系统，以致影响着儿童读者的感觉器官的审美敏锐性和美感的丰富性。我认为，这就是冰波童话的一种纠偏一个'粗糙'儿童情感世界的文学意义。这种价值，置于历史中将更为重大"①。

（3）张秋生的"小巴掌童话"

张秋生（1938—　），天津人。1960 年上海第一师范学校毕业后，曾在小学任教。先后在《儿童时代》《少年报》任编辑。1958 年开始儿童文学创作。出版有儿童诗集《燃烧吧，篝火》（1979 年）、《小猴学本领》（1979 年）、《校园里的玫瑰花》（1982 年）等，童话诗《邮票王国的奇遇》（1984 年）、《天上来的百兽王》（1984 年），童话集《小巴掌童话》（1991 年）和《新编小巴掌童话百篇》（1995 年），幼儿童话《鹅妈妈和西瓜蛋》（1994 年）。其中《小巴掌童话》《鹅妈妈和西瓜蛋》分别获得中国作家协会第二届（1986—1991）、第三届（1992—1994）全国优秀儿童文学奖。

在新时期童话探索中，张秋生以其"小巴掌童话"独树一帜。原本是诗人的张秋生创造性地将自己的诗才运用于童话，如《邮票王国的奇遇》就是一部以集邮为题材的长篇童话诗。除开篇起的"序歌"和篇末的"尾声"外，全诗共十四章，每章在目录页上均有一段文字加以介绍，如第一章：小独独是个小集邮家，他有一本美丽而新奇的集邮簿；第二章：为了集邮簿上的玻璃纸弄豁了一个小口子，小独独和外婆大吵大闹；第三章是在小刺猬的带领下，小独独从豁口中进入了邮票王国；第四章：他们在邮票王国里，碰到了大象、犀牛、狮子，小独独出了不少洋相；第五章：小刺猬斗败了响尾蛇。小独独见到了胖胖国的国王——河马陛下；第六章：小独独被关进"肥儿灵"王宫里，"胖冬瓜"王子每六天必须吃 100 斤巧克力，52 个奶油大蛋糕……仅从目录上就能大致了解故事内容，有很好的导读作用。阅读童话，又像走进一个充满温情和哲理的诗园。张秋生将诗歌和童话融为一体，诗中有童话，童话中有诗，构成了他的诗歌与童话的艺术特色。

在童话诗之外，张秋生又酿造了一种短小如巴掌、隽永如橄榄的无韵之

---

① 班马：《冰波的意义》，王泉根主编：《中国儿童文学 60 年（1949—2009）》，武汉：湖北少年儿童出版社 2009 年版，第 939 页。

诗——微型童话，作者自称这一新的文体特征为“小巴掌童话”，以他的童话集《小巴掌童话》为例，篇幅最长的只有 1 830 个字(《象先生客厅里的画》)。在《新编小巴掌童话百篇》中，篇幅最长的也只有 1 250 个字(《狮子和老做不醒的梦》)。而且，在上述两部集子里，300 来字的童话占 95%，有些还更短小，以其短小、凝练、抒情、哲思吸引读者。如《河马先生的结束语》嘲讽了那些不知道时间珍贵，整天开那些冗长空洞、毫无意义的会议，既消耗自己生命又耽误他人时间的会议作风。《鸭式摇步舞》借鸭子摇摇的不同待遇——自卑招来鄙视与讥讽，自信赢得尊敬与羡慕——来阐述一个人生哲理：不必刻意去模仿别人，不必挖空心思去获取他人的赞誉与认同，你只需实实在在做一个最好的自己！《狐狸和他的影子》像匕首、投枪，直刺向那些自私自利、冷漠无情者的心脏：缺乏良知与爱心的人，不仅会失去朋友，甚至连自己的影子也会离弃主人而去。《夜晚，在森林里》告诉人们，理解是我们处理人与人、人与动物、人与大自然之间关系的基础。《一串快乐的音符》溢满动人情愫。孤独寂寞中的老奶奶对故人怀着深深的思念，这串不知道是从笛子里、钢琴上，还是小男孩的口哨里传出来的快乐的小音符，给她温馨，给她慰藉。可以说，短小隽永如橄榄之味，简洁欢快似童心之跳跃，亲切氛围中发人自省，生动描绘里融入当代意识，“小”中蕴波澜，“小”中含深情，“小”中现哲理，这就是张秋生“小巴掌童话”的基本特色。

张秋生的小巴掌童话，极力浓缩故事情节，十分注重构思的完整和新巧，充满诗意的散文美，情节、想象与语言深合儿童心理，仿佛每首童话里都住着一个可爱的小精灵，永远律动着快乐的节拍，在快乐阅读中引起深深的思考。

(4) 汤素兰的《笨狼的故事》

汤素兰(1965—)，湖南宁乡人。1985 年毕业于湖南师范大学中文系。1988 年考入浙江师范大学中文系儿童文学研究所，1991 年获儿童文学硕士学位。1986 年，童话处女作《两条小溪流》发表在《小溪流》杂志。1998 年荣获第十三届湖南青年文学奖，1999 年加入中国作家协会。汤素兰的儿童文学创作以童话为主，同时兼顾儿童小说、散文和儿童文学研究与评论。代表作是两部长篇童话《小朵朵与半个巫婆》(1995 年)和《笨狼的故事》(1998 年)，分别荣获第四届(1995—1997)、第五届(1998—2000)全国优秀儿童文学奖。短篇童话《住在摩天大楼顶层的马》荣获第七届(1999 年)陈伯吹儿童文学奖。中篇童话《大嘴巴小鬼》荣获第十届(1999 年)冰心儿童图书奖。

汤素兰有成人文学创作的功底和儿童文学的学养，研究生论文就是关于童话发生的研究，带着新的理念创作童话，给中国童话带来“一番新奇的美与魅力”，将中国艺术童话提升到一个新阶段。《两条小溪流》讲述的是不同选择带来不同结果的励志故事。两条小溪从山谷流出，却被谷口的石头挡住了去路。一条小溪知难而退，流进开阔的田野，日积月累，形成沼泽，被人遗忘和抛弃。另一条小溪迎难而上，终于冲破阻隔，流向江河湖海，被人喜爱和赞美。作者以诗意的语言、欢快的节奏，富有哲理地表达了勇往直前、超越自我的精神追求。这种品质也自始至终贯穿在她此后的童话创作中。

《小朵朵和大魔法师》讲述儿童逃离现实又回到现实的成长故事。小女孩朵朵不堪现实生活中的枯燥无味、自我压抑而离家出走，来到神奇美妙的豌豆城。在这里她获得了自由、快乐的成长，特别是在黑森林的历险中，获得了自信和勇敢，懂得了生命的意义和价值，让她自觉回到现实，在现实中得到磨炼和成长。作者借鉴自己阅读经典作品的经验，有意构筑漫游式、寻宝式、历险式传统童话叙事模式，又融入当代审美趣味和追求，童话形象充满现代感和真实感。从古典传统和经典作品中汲取灵感，融入当代少年儿童的审美趣味和作者个人的审美体验，体现了汤素兰童话创作一个重要的美学探索方向。体现这一创作追求的成熟作品便是长篇童话《笨狼的故事》。

《笨狼的故事》由多个独立成篇的系列小故事组成，塑造了一个憨态可掬的小狼形象，它稚气而幽默，洋溢着天真、阳光、乖笨中透着聪明伶俐，一个活脱脱孩子形象，整个故事充满戏剧情趣，像一幕幕童话剧，被很多学校改编演出，笨狼成为孩子们喜爱的童话明星，汤素兰也被亲切地称为“笨狼妈妈”。汤素兰也坦陈《笨狼的故事》写的就是孩子在成长过程中有趣好玩的事情，在笨狼身上，可以看到每个孩子成长的缩影，大人们也能从中看到自己的影子。《笨狼的故事》中自然流露的幽默及幻想力，给新时期的中国童话带来新的艺术品质。汤素兰的童话创作有着她鲜明的艺术个性，“一种经由世界经典童话熏陶出来的、富有现代感的新意和新味，一种与世界接轨的怪、清秀、美丽、雅致”[①]。

第四节　重建期儿童戏剧文学和儿童影视文学

一、重建期的儿童戏剧文学

儿童戏剧因为受到演出条件的限制，近半个世纪以来的发展不是很明显，但

① 韦苇：《对汤素兰童话作品的评价》，汤素兰、谭群：《湖南儿童文学史》，长沙：湖南少年儿童出版社2015年版，第242页。

其间有几个重要的发展时期值得注意。

第一个时期是新中国成立初的五六十年代，上海由宋庆龄创办的儿童剧团已扩展为中国福利会儿童艺术剧院，北京有直属中央文化部的中国儿童艺术剧院（由东北文工二团的儿童队改建而成）。在它们的带动下，各地相继成立儿童剧院（团），供演出的剧本也随之涌现。代表剧作有张天翼的童话剧《大灰狼》和独幕剧《蓉生在家里》、乔羽的两部歌剧《果园姐妹》和《森林里的宴会》、老舍的两部童话剧《青蛙骑手》和《宝船》、刘厚明的《钮扣》《小马光捡了个大钱包》等短剧及多幕剧《星星火炬》《小雁齐飞》、任德耀的多幕剧《马兰花》和《友情》、王镇的多幕剧《枪》、河岩的独幕剧《双双和姥姥》、罗英、赵鸿儒的多幕剧《革命的一家》、奚里德的多幕剧《地下少先队》等。

第二个时期是“文革”结束后的70年代末80年代初。1982年文化部举办了全国首届儿童剧观摩演出，共有43部儿童剧参演。代表性作品有邵冲飞、朱漪、王正、林克欢创作的六幕儿童历史剧《报童》，秦培春的七场话剧《童心》，罗英、潘耀斌、程式如的现代儿童剧《奇怪的“101”》，任德耀的六场话剧《宋庆龄和孩子们》，欧阳逸冰的三幕九场话剧《闪烁吧，繁星》，沈虹光、甘家志的《五（二）班日志》，宋捷文的独幕历史剧《甘罗十二为使臣》及与他人合作的独幕历史歌舞剧《花木兰替父从军》、课本剧《大森林里的小故事》等。

第三个时期是以1990年上海儿童戏剧展演为标志，展示了试验性、示范性儿童剧创作的成绩，代表作有胡景芳的《特殊夏令营》，欧阳逸冰的多幕剧《13 + 1 = X》、大型现代儿童剧《和月亮交谈的六个晚上》、大型现代童话剧《博物馆之夜》和组合剧《红蜻蜓》，任德耀的《魔鬼面壳》和《生命的瞬间》等。纵观这三个时期的儿童剧创作，最为引人注目的剧作家当推任德耀、欧阳逸冰与胡景芳。

1. 任德耀的《宋庆龄和孩子们》

任德耀（1918—1998），江苏扬州人。1940年毕业于国立戏剧专科学校。1947年受宋庆龄委托在上海创办中国福利基金会儿童剧团，历任该团负责人、编剧、导演，中国福利会儿童艺术剧院名誉院长、艺术指导，一级导演。中国儿童戏剧研究会理事长等。1951年开始发表作品。著有儿童剧本《友情》《马兰花》《小足球队》《宋庆龄和孩子们》《魔鬼面壳》等23部。导演过的剧目有《刘胡兰》《小燕齐飞》《童心》《甘罗十二为使臣》《木兰替父从军》等38个剧目。主编《中国儿童文学大系·儿童剧卷》。代表作《马兰花》获第二次（1954—1979）全国少年儿童文艺创作一等奖，被译成英文、斯瓦西语，先后在苏联、日本、澳大利亚、新加坡、越南等国家多次上演。《马兰花》《青春的园地》和《小足球队》等还被改编拍摄成电影。1988年获得首届上海市儿童少年工作白玉兰奖。1990年获第五届宋庆龄樟树奖、上海市劳动模范称号。1991年获全国优秀儿童少年工作者称号、第二届中国话剧荣誉金狮奖。1994年获首届宝钢高雅艺术特别荣誉奖。

"文革"结束后，任德耀以饱满的政治热情，创作了六场话剧《宋庆龄和孩子们》(1982年)，又与宋捷文一起创作了新型儿童剧《好伙伴之歌》(1981年)。前者以作者自身的经历为题材，真实地描述了在上海解放前夕宋庆龄把猫儿眼、陈大跌等穷孩子从水深火热中拯救出来，让他们参加由她创办的儿童剧团，并将他们培养成未来的新中国的小主人的故事。作者"善于提炼出那些既能表现领袖人物的崇高思想，又能使小观众理解和接受的戏剧情节和语言"[①]，大胆而成功地刻画了宋庆龄的光辉形象。作者在塑造这一光辉形象时，并没有让孩子们作为伟人的陪衬，而是将伟人放到孩子们中去，充分地展露她的童心和对孩子们的深沉的母爱，在普普通通的事情中，在具体的行动过程中，在日常亲切的言谈中，恰当地把慈母般的爱和光明的引路人的内质融合在一起，从而产生了巨大的艺术魅力。该剧的成功，为儿童剧如何表现领袖人物，提供了值得重视的宝贵经验。

综观任德耀的儿童戏剧创作，给人印象最深刻的是他的不断探索精神。他的剧作可以分为采自现实生活的纪实型和出自想象的幻想型两大类，每一类剧作都受到少年儿童的喜爱。悉心研究儿童心理又有丰富的儿童剧创作经验的任德耀，总是能准确地从有利于儿童的精神发育和身心健康出发，把趣味性、知识性、教育性、形象性有机地融汇统一起来，在不断的尝试中不断超越。因而，他的剧作集"试验性"与"示范性"于一身，成为展示中国儿童戏剧发展成就的生动标本。

2. 欧阳逸冰的《闪烁吧，繁星》

欧阳逸冰(1941—　)，原名王殿贡，天津人。1965年毕业于北京电视大学中文系。长期从事教育事业，曾任中国儿童艺术剧院副院长，一级编剧。1958年开始发表作品。主要作品有独幕剧《会粘知了的老师》、三幕九场话剧《闪烁吧，繁星》(1982年)、多幕剧《13＋1＝X》(1985年)、大型现代儿童剧《和月亮交谈的六个晚上》(1986年)、大型现代童话剧《博物馆之夜》(1986年)、组合剧《红蜻蜓》(1987年)、《我也是太阳》(1990年)等。其中《会粘知了的老师》获第二次(1954—1979)全国少年儿童文艺创作评奖三等奖、文化部新剧目创作二等奖，《闪烁吧，繁星》(1982年)获全国首届儿童戏剧观摩汇演优秀创作奖。

《闪烁吧，繁星》描写庄毅、李大为、胡金花等一群孩子，在班主任陶老师与儿童文学作家于涛帮助下成长的故事。单从情节上看，几个有缺点的孩子经过老

---

① 李涵：《评〈宋庆龄和孩子们〉》，《儿童文学研究(第15辑)》，上海：少年儿童出版社1984年版。

师教育，改正错误，取得进步，并不是什么新的题材，所写的也只是家庭、学校中发生的很平常的事，但作者成功地摆脱了开幕提出问题、回答了问题便闭幕的问题剧模式，巧妙构思，以情节来抓住观众，以充满真情实感的生活故事来打动观众，以栩栩如生有血有肉的人物形象来吸引观众，以丰富的儿童情趣来感染观众，该剧成为儿童剧群星中最耀眼的几颗中的一颗，闪烁在儿童文学的天空。剧本围绕钢笔引出故事。庄毅和胡金花比谁的钢笔好，庄毅的比不过胡金花的，一气之下，拿了胡金花的钢笔。胡金花丢了钢笔，诬蔑是李大为偷的。戏剧矛盾一下子展开，一面是李大为被侮辱受冤枉，一面是庄毅痛苦的思想斗争，这两条线有机地交织在一起，激起了层层波澜。从钢笔遗失到发现钢笔，李大为如释重负是第一个高潮；但紧接着，庄老师对李大为仍有偏见与不信任，不同意让他参加统考，庄毅面对这一意外，深感对不住李大为，终于坦白了自己的行为，继而出走，剧情又掀起了一大高潮；最后以庄毅回到集体，参加星星晚会结束。全剧始终让小观众为剧中人物的命运担心，与他们一同经历了一次品德考验。作者成功地塑造了庄毅、李大为、胡金花等少年儿童形象，及陶老师、庄老师、李师傅等老师和家长的形象，他们之间发生的故事充满了生活实感。

值得一提的是，作者还别出心裁地布局情节，让儿童文学作家于涛和“小观众”介绍出场人物，引出故事。台上台下连成一片，息息相通，观众也成了参与者。剧本结束时，又由于涛和“小观众”带着演员谢幕，结构很完整。再者，作者还充分调动艺术手段，采用对白、歌曲、梦幻等手法，增加了全剧的抒情气氛，将一部严肃主题的问题剧写得充满诗情画意，从内容与形式上达到了比较完美的统一。

3. 胡景芳的《特殊夏令营》

胡景芳（1931—　），笔名童丁，意思是“儿童剧院一白丁”，辽宁省凌源县人。1949 年创作处女作——小喜剧《大仙献丑》。1961 年调入辽宁儿童艺术剧院从事专业儿童剧创作。1956 年出版儿歌集《小鸽子》。儿童小说《苦牛》获第二次（1954—1979）全国少儿文艺创作评奖二等奖、《作家与少年犯》获中国作协首届（1980—1985）全国优秀儿童文学奖。科学童话《侦探长的报告》获第二届新星杯向全国妇女儿童推荐最佳优秀图书奖。而剧本创作占去他“有效工作时间的百分之八十”[1]，创作儿童剧体裁也多种多样，有小话剧、小歌剧、小歌舞剧、韵白剧、广播剧、小喜剧、童话剧。观众对象有适合低幼儿童、小学生、中学低年级等各个年龄层次孩子们演出的剧本。一共创作有 10 多部大型儿童剧和 20 多部小戏

① 胡景芳：《金蚯蚓》，见《中国当代儿童文学作家小传》，长沙：湖南少年儿童出版社 1992 年版。

剧，主要作品收在《胡景芳儿童剧本选》(1989 年)里，影响较大的是《小路弯弯》(1983 年)和《特殊夏令营》(1987 年)。

《小路弯弯》是胡景芳与于德义合作的一部充满诗情画意的抒情剧，作者以深沉的爱心启迪人们的使命感。孩子不是哪个家庭的私有财产，应用大公无私的爱去塑造一代新人。主人公战小海本是一个动荡年代里的流浪儿，他有一个孤儿的凄苦，但处处又以新社会的孤儿而自豪，经常向同学夸耀："我们党的孩子要啥有啥。"他心怀坦荡，仗义执言。见谁做好事，马上表示："我老战佩服。"见谁欺负人，他立刻就出来："我老战为你撑腰。"这是他性格中较为成熟的一面。但同时他又是个地道的孩子，在练习扮演"熊大王"游泳的情节中，观众看到的是一个游戏心强又幽默可爱的战小海形象。作者从人物的塑造到戏剧情节的发展都渗透着崇高的爱心和亲人般的深情。那些优美的幕间歌像诗画般地印在孩子们的心上，给人以美的享受。

《特殊夏令营》是胡景芳在艺术形式上的一次新探索、新突破。一个专门接待独生子女的夏令营，让一群带着不同家庭烙印的孩子在这里共同生活，在寻找人生珍宝杯的活动中了解大自然，了解生活，也了解自己。这部剧中的人物性格贴近现实，而环境和事件、细节却都是假定性的，作者大胆使用歌舞队，让一群树之精灵载歌载舞。他们身披绿袍时，营造出似真似幻的大森林；换成红衣时，象征革命先辈浴血奋战的红旗。他们是剧中人亲密的伙伴，当杨立立偷换路线图时，他们低声喊道："别换，别换！"当田天以假当真时，他们着急地提醒："假的，假的！"而当田天误入危险禁区时，他们不顾一切地用枝杈(手)拉住田天衣襟来阻拦。他们常常道出观众关切的心声，又表达着剧作家的启示和导向，他们是树，是布景，又是一群无名无姓的角色，既点染了气氛又沟通着情感，把全场观众带入到戏剧情境之中。作者就是在这独特的充满浪漫主义色彩的情境里展现人物的性格冲突，揭示人物性格形成的原因及独生子女教育的前景，使小观众在这种新奇有趣、扣人心弦的剧情发展中，自然而然地走向作者的最高目的——陶冶他们的品德和情操。《特殊的夏令营》的成功，显示着作家艺术风格的日趋成熟和完美。

二、重建期的儿童影视文学

儿童影视文学应该包括儿童电影和儿童电视剧，由于目前资料的匮乏，仅限于儿童电影，深感遗憾，在此先予说明。好在儿童电影在儿童影视中的主体和重要的位置一直没有改变，而且受到电视普及和电视剧制作播放的影响，恢复期时间内主要视听方式仍然是电影艺术，仍然可以从儿童电影的发展中，了解到整个儿童影视文学的发展脉络和可喜业绩。本节有关儿童电影的史料来源主要是林阿绵主编、中国电影出版社 2012 年出版的《中国儿童电影编年纪事（1922—2011）》，同时参阅了林阿绵的《20 世纪中国儿童电影故事片发展概述》和张振钦的《不断成长的新时期儿童电影创作》两篇文章。[①]

在 20 世纪的中国儿童文学史上，新时期的儿童电影创作是一个特别令人瞩目的领域。由于电影受到制作技术、演员队伍、资金投入、市场培育等诸多因素的限制，一直处于弱势地位。1922 年，由杜宇编导、上海影戏公司拍摄的《顽童》（仅一本）是中国儿童故事片创作与生产的起始。到 1949 年的 27 年间，共拍摄儿童故事片 23 部，而 1949 年到 1999 年新中国成立的 50 年，共拍摄儿童故事片 284 部，其中"文革"后 1977 年至 1999 年 22 年间，共拍摄儿童故事片 232 部，占 82%，也是此前 55 年间拍片总和 77 部的 3.7 倍。据不完全统计，在国际各种电影节，有 30 多部儿童影片共获奖 70 余项；在国内"金鸡""百花""童牛"等多种奖项中，有 70 多部儿童影片共获奖 100 多项。这在中国儿童电影史上是前所未有的，其发展速度、创作数量与同期儿童小说、童话、报告文学等其他儿童文学样式相比较，一点也不逊色，成为少年儿童重要的文学接受形式。

儿童电影文学既是中国电影创作的一个组成部分，也是中国儿童文学创作的一个组成部分。综合两方面的因素，1977 年至 1999 年 22 年间的儿童电影创作，可以大致分为三个发展阶段：1977—1983 年为恢复调整阶段；1984—1990 年为创新发展阶段；1991—1999 年为改革突破阶段。

1. 恢复调整阶段的儿童电影文学（1977—1983）

相对于"文革"十年而来。在 1966 年 5 月至 1976 年 10 月的十年间，儿童电影的创作与生产受到毁灭性破坏，竟然有 8 年间没有拍摄一部电影，只在 1974 年电影工作者冲破重重阻力，终于出现了根据李心田的同名小说集体改编，王愿坚、陆国柱执笔，李俊、李昂执导，八一电影制片厂拍摄的《闪闪的红星》。同年还有一部长春电影制片厂拍摄、根据徐瑛同名小说改编的儿童故事片《向阳院的故事》。其中《闪闪的红星》影响最大。影片描写主力红军北上抗日后，年仅 7 岁、苦大仇深的儿童团员潘冬子坚持战斗在苏区、成为一名红军战士的成长历程，以饱满的革命激情和浓郁的抒情格调，谱写了一首小英雄的赞歌。昂扬向上、节奏明快的主题歌《红星歌》很快风靡祖国大地。这部运用革命现实主义和革命浪漫主义相结合创作的主旋律影片，在中国儿童电影历史上有着特殊的地位。

---

① 均见王泉根主编：《新时期儿童文学研究》，石家庄：河北少年儿童出版社 2004 年版。

“文革”结束后，在思想界拨乱反正的同时，一些关心、热心儿童电影创作的新老艺术家倍感尽快创作生产儿童电影的重要性，开始奔走呼号并亲身实践。1977年、1978年两年拍摄6部儿童影片：《渔岛怒潮》《火娃》《两个小八路》《萨里玛珂》《朝霞异彩》《补课》。从不同角度反映不同民族少年儿童在抗日战争、解放战争和新中国社会主义建设中的不同生活侧面。但由于“文革”刚刚结束，难免摆脱不了那个时代的思想局限。

1978年党的十一届三中全会的召开开辟了中国历史的新时期。第四次文代会的召开，极大地激发了文艺工作者们的创作激情，出现了1979—1983年新中国儿童电影史第二个创作高峰期，创作儿童影片38部，接近“文革”以前（1922—1976）55年创作的总和，其中1982年一年就有14部。影响较大的有：反映战争年代“延安保育院”战斗生活的《啊！摇篮》（徐庆东、刘青编剧，谢晋导演，上海电影制片厂，1979年）、表现“皖南事变”前后新华日报小报童在党领导下与敌人斗智斗勇的《报童》（钱江编剧，钱江、赵元导演，北京电影制片厂，1979年）、反映“文革”后校园生活新景象的《苗苗》（严婷婷、康丽雯编剧，王君正导演，北京电影制片厂，1980年）等。

在第二次（1954—1979）全国少年儿童文艺创作评奖中，万籁鸣编导的《三打白骨精》获得荣誉奖。《祖国的花朵》（林兰编剧，严恭导演）、《小兵张嘎》（徐光耀编剧，崔嵬、欧阳红樱导演）、《小铃铛》（谢添编导）、《大闹天宫》（李克弱、万籁鸣编剧，万籁鸣、唐澄导演）的4部儿童片获得一等奖。《闪闪的红星》（王愿坚、陆国柱编剧，李俊、王平、李昂导演）、《红孩子》（时佑平、乔羽编剧，苏里导演）、《两个小八路》（李心田编导，朱文顺导演）、《半夜鸡叫》《张松林编剧，石磊导演》、《渔童》（虞和静执笔编剧，万古蟾导演）的5部儿童片获得二等奖。《草原英雄小姐妹》（何玉门、胡同伦编剧，钱运达、唐澄导演）获得三等奖。还有中国儿童艺术剧院、中国福利会儿童艺术剧院、中国木偶剧院、上海木偶剧院、上海美术电影制片厂获得集体荣誉奖。

这一时期的儿童电影创作有四个方面明显变化。一是注意在更广阔的现实生活中展示少年儿童的生活与心灵的变化，清除“文革”的精神伤害。如《苗苗》（1980年）、《琴童》（1980年）、《绿色钱包》（1981年）、《飞来的仙鹤》（1982年）等。二是反映革命历史和革命战争题材的作品有了新变化、新探索，对领袖与儿童、战争与人的主题有新开掘。如《报童》（1979年）、《妈妈，你在哪里?》（1982年）、《扶我上马的人》（1983年）等。三是校园题材的传统教育模式有新突破，展现新型师生关系和新教育理念。如《四个小伙伴》（1981年）、《春晖》（1982年）、《闪光的彩球》（1982年）、《候补队员》（1983年）等。四是幼儿即学龄前儿童题材得到重视。如《应声阿哥》(1982年)、《泉水叮咚》(1982年)、《红象》(1982年)、《小刺猬奏鸣曲》(1983年)等。

2. 创新发展阶段的儿童电影文学(1984—1990)

1984年,中国电影创作进入全面发展时期,儿童电影也迎来重大转折,发生了四件大事:一是理论创新。儿童文学理论界提出了少儿文学要"重塑民族性格"的理论主张,并展开广泛深入的学术研讨辩论,极大地解放了思想,追求创新、塑造新时代新人形象成为共识。二是组织落实。中国电影家协会批准成立中国儿童少年电影学会(简称儿童电影学会),于蓝任会长。儿童电影学会成立后马上设立"中国儿童少年电影童牛奖",每两年评选一次。三是中国儿童电影制片厂和中央电视台少儿部联合以"中国儿童少年电影电视中心"的名义,正式加入"联合国国际儿童青年电影电视中心",成为其会员国。以于蓝为团长的中国电影代表团参加第十四届季福尼国际儿童和青年电影节"中国年"活动,联合国国际儿童青年电影电视中心授予中国儿童电影事业"国际儿童青年电影中心奖",为中国儿童电影打开了"走向世界"的大门。四是陆小雅根据铁凝小说《没有纽扣的红衬衫》改编并导演、峨眉电影制片厂拍摄的《红衣少女》引起巨大反响。上述四个方面的合力推进,终于迎来了中国儿童电影创作最为活跃、成绩最为丰硕的发展期。

1984—1990年,全国共拍摄儿童影片83部,其中1984年12部,1985年7部,1986年10部,1987年15部,1988年13部,1989年14部,1990年13部,平均年产12部。这一时期,有34部儿童影片获得"金鸡奖""政府奖""童牛奖"三大奖,其中《少年彭德怀》(丁隆炎编剧,马秉煜导演,儿童电影制片厂,1985年)、《我和我的同学们》(谢友纯编剧,彭小莲导演,上海电影制片厂,1986年)、《多梦时节》(史铁生、林洪桐编剧,林洪桐、葛晓英导演,中国儿童电影制片厂,1988年)、《普莱维梯彻公司》(夏有志编剧,斯琴高娃导演,中国儿童电影制片厂,1989年)、《豆蔻年华》(徐耿、程玮编剧,邱中义、徐耿导演,中国儿童电影制片厂、南京电影制片厂,1989年)、《哦,香雪》(铁凝执笔编剧,王好为导演,中国儿童电影制片厂,1989年)、《我的九月》(杜小鸥、罗辰生编剧,尹力导演,中国儿童电影制片厂,1990年)分别获得第六、七、九、十、十一届"金鸡奖"最佳儿童片奖。

这一时期一个突出的现象是"少年电影"的兴起。从年龄段来分,一般在12岁至15岁的中学生阶段,再往上两三年的高中阶段叫青少年期。也就是18岁以下的青春期,是儿童走向成人的最重要的过渡期,其生理、心理都会发生重大变化;而上个世纪八九十年代又是中国社会形态发展与转型的主要时期,人生转型期与社会转型期高度契合,给少年成长带来巨大挑战,他们渴求理解和释放,

“少年电影”的出现，正是这一特定时代的真实反映。《红衣少女》是对纯朴、真诚、求真的精神赞美；《我和我的同学们》是一篇抒发青少年的青春活力、开放性格和美好情怀的美文；《多梦时节》是一首描绘现代少女成长的抒情诗；《哦，香雪》展示的是农村少女对现代精神的追求，一股清新扑面而来；《豆蔻年华》展示新时代要有新追求的当代意识，《我的九月》传达了发现儿童、尊重儿童、解放儿童的“以儿童为本位”的儿童电影观，将中国儿童电影推向了一个新高度。

3. 改革突破期的儿童电影文学(1991—1999)

进入20世纪90年代，中国电影适应社会主义市场经济发展的需要，按照国家文化体制改革的统一部署，开始自身体制和机制的改革。长期以来，以中国儿童电影制片厂为龙头的儿童电影创作生产，全部由政府投入和发行。政府每年计划拍摄儿童片12部，以保证儿童少年能够平均每月看到一部新的儿童影片。这一政策确保了儿童电影在“文革”后十多年的快速启动、高速发展。

随着市场经济发展的变化和文化体制改革的实施，儿童片创作生产出现了投入不足和发行不畅两个现实问题，社会效益和经济效益在儿童影片制作上难以得到统一，儿童电影创作生产的积极性受到明显挫伤。同时随着信息技术的迅猛发展，大众传媒对儿童少年的吸引力增大，儿童少年升学的竞争越来越激烈。儿童电影的创作队伍也有了分化，出现了“让人心酸”的质量滑坡现象，表现在反映现实的作品少了，概念化的作品多了，娱乐性强了，责任心少了，以至1994年、1995年连续两年“金鸡奖”评选中，最佳儿童影片奖出现空缺。

儿童电影就是在这样“内外交困”的情势下，维持着艰难发展。统计显示，1991—1995年共拍摄儿童片59部，其中1991年11部、1992年13部、1993年8部、1994年13部、1995年15部，基本保持了年均12部的生产指标。

1995年是个转折点。党中央及时提出了抓好“影视、长篇小说、儿童文学”“三大件”的要求。1996年，江泽民总书记亲自致信上海美术电影制片厂，要求电影工作者不断推出思想性、艺术性、观赏性高度统一的艺术精品，为少年儿童提供更多、更好的精神食粮。为落实中央精神，中国儿童电影制片厂、中国少年儿童电影学会和中央电视台少儿部于1995年联合举办第二次全国儿童电影、电视、动画剧作征集活动。1996年，中央在湖南长沙召开电影工作会议，在此强调加强儿童电影创作，并在会议上颁发了第二次全国儿童电影、电视、动画剧作的征集奖项，对儿童电影创作打了一针强心剂。在这次长沙会议上，确立了以抓“精品”生产为目标的“九五五零”工程战略，推动儿童电影创作实现新突破。

1996—1999年全国共拍摄儿童影片44部，其中1996年14部、1997年12部1998年9部、1999年9部。比较优秀的影片有：《我也有老爸》(郭玲玲编剧，黄蜀芹导演，上海电影制片厂，1996 年）、《男孩女孩》（萧远编剧，何群导演，福建电影制片厂，1996 年）、《红发卡》（徐耿、程玮、舒心编剧，徐耿导演，南京电影制片厂，1996 年）、《男生贾里》（秦文君编剧，张郁强导演，中国儿童电影制片厂，1996 年）、《花季·雨季》（丛容编剧，戚健导演，深圳电影制片厂，1997 年）、《草房子》（曹文轩编剧，徐耿导演，南京电影制片厂，1998 年）等。

1998 年 11 月，党中央、国务院批准国家广电总局 7 家企事业单位组建“中国电影集团”。集团按照影、视、录一体化，制、发、放一条龙的模式，调整产品结构，转换内部机制，优化资源配置，提高精品创作与生产能力，实现规模效应，确保社会效益第一、两个效益同步增长，多出好作品，多出人才。

恢复期儿童电影经历了由初期的兴奋与激情调整，到中期的振兴繁荣，再到世纪之交的变革求新，有许多成功经验和失败教训值得总结。其中最重要的一条经验是，儿童电影创作必须以儿童为创作本源，尊重儿童电影的创作规律，特别是儿童电影因为观众的特殊地位，需要制定特殊的产业政策来扶持发展。反之就会出现概念化、公式化、空调化、成人化而不受儿童观众欢迎，也背离儿童电影在“培养未来一代”中应该担负的责任。

第五节　异军突起的图画书

一、图画书概念辨析：图画书不是“插画”书

插画的字眼是“插”，即在文字书中插入图画。插画是插图的一种。插图原有两种性质：技术插图和艺术插图。技术插图一般用于科技、教育等类图书，如政、经、史、数、理、化、工、农、医、天、地、生等，包括图画、图形、图片、图表等，以说明和示意性的方法辅助读者理解文字的内容。艺术插图常用于文艺类图书，是美术作者按照出版要求选取其中特定情节或场景而创作的艺术作品，简称“插画”。这里的“画”是“绘画”的意思，与“绘本”接近，以“绘画”来讲故事的书就可以称为“绘本”了。

“插画书”在本质上是出版范畴的编辑学概念。“图画书”在本质上是文艺学范畴的文学艺术。区别“插画本的儿童读物”和“图画书的儿童文学”的简易办法，就是判断插画与文字的关系。用日本图画书理论家松居直的“数学式”来检验，就是凡属于“图画＋文字”的物理性组合，插画是文字的图解，文字是插画的说明，文字可以脱离插画而存在，插画脱离文字也没有实际意义，这类图文书，虽

然可以叫做“插画本的儿童文学”，但仍然属于“文字的儿童文学”。凡属于“图画×文字”的化学性融合，成为绘画和文学相结合的综合艺术，文字不再是图画的说明，图画也不是文字的图解，而是图文化合生成一种新的文学形式，甚至可以没有文字、只用绘画，这类图文书就是“图画书”。

图画书应该是宽泛的集群概念，包括连环画、漫画书、动漫书和绘本。狭义的、核心的概念是绘本，它们都有一个共同的艺术特征，是“以图画为本位”。

连环画是绘画的一种，字眼在“连环”，指用多幅画面连续叙述一个故事或事件的发展过程，也称作“连续画”，兴起于20世纪初叶的上海，是根据文学作品故事，或取材于现实生活，编成简明的文字脚本，据此绘制多页生动的画幅而成。一般以线描为主，也有彩色等。中国古代的故事壁画、故事画卷，以及小说戏曲中的“全相”等图画，已经具有连环画的性质。现代风行的连环画，因为故事中的人物画得很小，又特别受小孩子喜欢，常常揣进口袋里，又称“小人书”“口袋书”。

漫画书是用漫画的手法来画图画，“漫”是漫笔、漫谈的“漫”。漫画就是绘画中的随笔、小品，字数少而精，含意深而长。通过夸张、写实、比喻、象征、假借等不同手法，借图画来叙事，还可以加上文字、对白、状声词等来辅助读者对画的理解。漫画的表现力往往有限，常常需要侵占文字的范围，或一句诗，或一段话，被称为“画题”。画题有“点题”的作用。单幅漫画通常被用作书的插画，多幅连续漫画被用来讲述完整故事的，才是“图画书”的一种类型。

动漫书是动画和漫画的合奏。动画是让画面“动”起来，通过对多帧静止的画面逐帧拍摄，然后连续“播放”形成活动着的影像，融合了绘画、摄影、影视三种艺术手法。动画、漫画与游戏的联系日益紧密，已经形成比较成熟的产业链，动漫也已经从单纯的平面媒体和电视媒体扩展到游戏、图书、网络、玩具等很多领域。通过影视画面抓帧而来的动漫书，其实是连环画的一种。

绘本是狭义的图画书，越来越多的人倾向用绘本代替图画书，或者说图画书就是绘本。图画书源自英文的“picture book”，在日语中称作“绘本”。其实我们可以把日本流行的绘本看作是西方图画书在当代、在东方发展流变的一个新品种、新阶段，再引进到中国来，与中国的童书出版相结合，有以下基本特征：

1. 主要或全部用图画（无字书）讲故事；
2. 在需要文字的场合，文字只起辅助作用；
3. 开本不限，篇幅较短，一般限制在30页至40页之间；
4. 几十页（幅）画面形成一个连续的视觉映像，仿佛一部影视短片；
5. 封面、环衬、扉页、正文、封底是一个整体，往往设计成一个完整故事；

6. 画面间既是连续的，又有间歇感、空白感、跃动感，需要用想象来补充、衔接，可说是“图画的诗”（区别于连环画的图画，连续性强，一幅紧扣一幅，背后有紧张的情节串联，可以说是“图画的小说”）；

7. 绘画艺术是诗意的、唯美的（区别于动漫艺术，游戏的、通俗的）；

8. 主要读者是不识字的幼儿，图画书是幼儿文学的主体。

二、世界图画书发展扫描

图画书的历史要从“有插画的书”追溯起，它的步伐要以“世纪”为单位：发端于18世纪，成型于19世纪，发展于20世纪，在21世纪迎来新的振兴。《大美百科全书》“儿童文学”①辞条记载，有图画的儿童读物出现在17世纪，如罗马时期发行的《伊索寓言》（1607年），开始出现上图下文的编排版式。捷克教育家夸美纽斯（John Amos Comenius，1592—1670）发行的《世界图解》（又译作《绘本世界大观》，1658年），被认为是最早为儿童设计的图画教科书。前者是成人与儿童共享的文学读物，后者属于儿童教育对图画的利用。夸美纽斯认为，儿童需要特别的教科书，将绘画和文字组合在一起能达成非凡的效果，既能愉悦儿童也能使教学变得更为有效。夸美纽斯也因此被后人尊为教育学的奠基人（而不是儿童图画书奠基人）。

1860年是个转折点，出现了在出版史、童书史、图画书史上值得大书特书的英国出版商、彩色印刷商埃文斯的彩印童书。19世纪的上半叶，彩色印刷技术渐渐发展成型，出版家和插画家们开始琢磨起来，如何运用色彩来吸引孩子们进入书籍的世界。埃文斯将克雷恩、格林纳威、凯迪克三位英国著名插画家集合起来，为孩子们出版了一大批精美的彩色图画书，他们被认为是现代图画书的奠基人。当今美国和英国设立的最著名的图画书奖就分别以其中两位的名字来命名：美国凯迪克奖（Caldecott Meda，1937年）和英国凯特·格林纳威奖（Kate Greenaway Medal，1955年）。

以历史的眼光看，可以将19世纪后期的“埃文斯彩色出版时代”追认为“真正的图画书”的源头呢？当今世界三大图画书奖的另一奖项，就是国际儿童读物联盟（简称IBBY）于1966年增设的“国际安徒生奖”（Hans Christian Andersen Medal，1956年）插画家奖。这一奖项的设立比美国凯迪克奖大约晚了30年，比

① 《大美百科全书》编辑部：《大美百科全书（第17卷）·儿童文学》，北京：外文出版社1995年版，第354—363页。

英国格林纳威奖大约晚了10年，也正好说明以出版商埃文斯开启的图画书时代经过30年的发展，已经成为一种不可忽视的童书出版现象和儿童文学类型。这进一步表明在三大国际公认的图画书大奖的规范、引导和激励下，图画书在20世纪中叶开始进入繁荣发展期。

三、中国图画书历史回顾

中国图画书的历史源头可能比西方更久，甚至要早一个世纪，而且在20世纪的中国儿童文学发展进程中，也曾经有过一个值得追忆的“图画书时期”。

以现存明代嘉靖二十一年(1542年)熊大木校注本《日记故事》为例，这本上图下文的故事书，被当今网络戏称为“明朝小朋友看的图画书”，比捷克教育家夸美纽斯的《世界图解》(1658年)还要早116年，可能是世界上第一本有插图的儿童故事书。

《日记故事》主要讲叙古代儿童智慧聪明的生活故事，如众所周知的曹冲称象、灌水浮球、司马光破缸救小儿等，插图相当精美，不仅引起儿童的阅读兴趣，更能帮助儿童理解故事的内容。《日记故事》在明代有多个版本，大都采用上图下文的格式，帮助识字能力和理解能力都有限的儿童，尽可能地扫清阅读障碍，引发阅读兴趣，同时在书籍中增加图画，可以促进书籍的阅读和流通，从而为书商赢得更多的利润。

如果说《日记故事》是古代坊间的儿童启蒙读物，那么《孺子歌图》(1900年)更接近“图画书的儿童文学”。《孺子歌图》的编者是一个叫何德兰(Isaac Taylor Headland，1859—1942)的美国传教士，他收集了150首北京流传的儿歌童谣，中英文对照，在美国纽约出版。值得特别关注的是，该书为每一首童谣配上了当时应景的民俗照片，堪称中国最早采用“摄影插图”形式为书籍配图的出版物，在中国图画书发展史上，具有一定的研究价值。

20世纪二三十年代，还出现了“图画故事”的小高潮。中国人创办的儿童刊物，开始大量采用图画故事。如1922年郑振铎创办并主编《儿童世界》周刊，一年中共出版4卷72期，其中郑振铎创作的“图话故事”就有46篇，包括《两个小猴子的历险记》《捕鸟记》《圣诞节前夜》《河马幼稚园》《夏天的梦》等。有研究者认为，“这些作品，可说是中国现代儿童文学中图画故事体裁的滥觞”[①]。

---

① 张美妮、巢扬：《幼儿文学概论》，重庆：重庆出版社1996年版，第228页。

“图话故事”还进入了课堂。如张雪门的《儿童文学讲义》[①](1930年)的第九章就是《图画故事》,这是此前魏寿镛、周侯予的《儿童文学概论》(1923年,我国第一部儿童文学概论)、张圣瑜的《儿童文学研究》(1928年)等理论著作中所没有的。《儿童文学讲义》作为一部幼师教材,将图画故事分为“故事画”和“绘图故事”,表明当时对“图画故事”这类儿童文学样式已经有相当的了解,并且肯定其对于培养儿童阅读、审美与创作能力的价值。

不仅在师范院校儿童文学教材中有了“图画故事”的位置,而且儿童文学理论界对儿童图画故事的研究也有了新收获。1933年,王人路在他的《儿童读物的研究》第四章《儿童读物选择的标准》里,专门提出“插图”标准:“第二是插图,普通在7岁以内儿童的读物,全书的插图,都是有轮廓的线条画,而且加上彩色。到10岁以内的读物,才减少彩色,10岁以上才渐渐地由轮廓的线条图而增进到无轮廓的加阴影的插图。欧美各国,近年更采用摄影片为插图,除摄得的天然景象之外,有许多为适合读物的内容起见,竟不惜时力,选择相当的人物扮演的,他们是多么的讲究!在中国,因许多的人不知道这是应有区别的,一本书能有插图,已是很了不起了,谁还有功夫替插图去定年龄呢?插图的主要价值是在增进儿童的注意与兴趣的,可以表现文字的意义,而在美育上有很大的关系,欧美诸国,对于儿童读物上插图的绘画者,他的姓名常是与著者平列的,可见他们对于插图的重视了。”[②]

在这段论述后,作者还选择了“各种年龄儿童所用之插图17幅”[③]附后,包括7岁以内儿童看的图画《喇嘛打鬼》《麻雀弟弟,你不要逃啊!》《鼠伯英请客》《树林中》《笑和生气》《吃饱了吗?》《风雨之夜》,7岁至10岁儿童看的图画《小勇士》,10岁以上儿童看的图画《晚安!明天见》《孙猴子理发店》《踢球》,12岁以上儿童看的图画《一架大飞机》《聪明的驴子》等。可见当时对图画的使用已经有了明确的年龄观念,这是非常可贵并值得高度重视的。

从理论上对“图画故事”进行系统研究的,是赵景深的长篇论文《儿童图画故事论》(1934年)。赵景深开篇也描述了当时“图话故事”得到重视的情形。“近几年来,才有人注意到这一点,出版专给儿童看的图话故事,这真是儿童的福音!我觉得这些图画故事的出版,无形中代替了那些纸张恶劣,字画粗俗的连环图画,实在是一件功德无量的事情。”他从“发端”“溯源”“型式”“详例”“稽古”“评

---

① 张雪门:《儿童文学讲义(幼儿师范丛书)》,北京:香山慈幼院1930年版,第121—166页。
② 王人路:《儿童读物的研究》,上海:中华书局1933年版,第72页。
③ 王人路:《儿童读物的研究》,上海:中华书局1933年版,第75—84页。

论""价值"七大方面,全面考证并论述了儿童图画故事这一儿童文学的新样式之于儿童阅读成长的价值。①

在众多"小册子"(连环画)出版的同时,对图画故事书的认识也不断深入,开始重视对"真正的图画书"的引进。商务印书馆1937年出版过一本《俄国图画故事全集》,体现了"主体是图画,不是文字"的出版观,与我们今天给图画书下的定义何其相似。《俄国图画故事全集》共分三集36篇,275页。第一集包括《一个金蛋》等11篇,第二集包括《雄鸡和豆子》等9篇,第三集包括《狐狸和兔子》16篇。董任坚在书前短序《贡献给父母和教育者的几句话》写到:"编辑儿童读物的人,往往对于图画加以歧视,估价太低,没有充分的利用,实则文字图画都是一种传达意义的符号。在代表某种事物时,图画比文字更加具体,编辑一本书,图画文字,是同样的重要。"特别在低年级儿童,与其说他在看一本书的文字,不如说他在看一本书的图画。它不但能够补充文字的说明,还能够引起读者的兴趣——它大部分决定了儿童们对于一本书的喜欢与否和他们受到这本书的印象的深刻与否。所以"没有图画的那些书是不好看的,儿童这样想,许多成人,也未始不是这样地想"。高度评价《俄国图画故事全集》"主体是图画,不是文字;文字不过是图画的一种说明,一个补充,给父母和教师们的一点方便罢了。而那些故事的意思这样的简单,叙述这样的有趣,重复,再加之图画又这样地真的恰到好处,恰合儿童心理,非是艺术家而兼教育家的手笔不办,特编译出来为家庭和学校教学儿童的一助"。

四、新时期原创图画书的兴起

从出版的视角看,我国图画书的演化史大致可以分作三个阶段,古代传统印刷的"连环画时代",现代电脑科技的"动漫时代",新世纪媒体融合的"绘本时代"。随着科技进步而出现的新形式并不是要以牺牲之前的形式为代价,而是新旧形式完全可以和谐共生,各有所长,各取所需,各自发展,不仅个性没有被消融,反而更加鲜明,相互映衬,相得益彰,共同构成"图画书"世界一派繁花热闹景象。

中国当代原创图画书的复兴有复杂的现实原因。20世纪中后期,中国儿童文学的发展已经完成了新时期之初的拨乱反正,通过恢复期进入发展期,其中最

① 赵景深:《儿童图画故事论》。鲁兵主编,张美妮副主编:《中国幼儿文学集成理论(1919—1989)(第2卷)》,重庆:重庆出版社1991年版,第417—426页。

重要的是关于儿童文学观念的转变，从过去文学为政治服务，片面强调教育儿童的功能，开始回归“儿童的”“文学的”双支点，特别是强调儿童文学必须“以儿童为本位”，重新发现儿童有幼儿期、童年期、少年期的成长阶梯，年龄越小，儿童文学的特点越明显，幼儿文学开始从儿童文学中分化出来，成为被看重的儿童文学种类，与幼儿不识字的认知水平相一致，图画书成为幼儿文学最重要的、压倒一切的、幼儿可以自己阅读的书。

早在1978年10月，全国少年儿童读物出版工作座谈会在庐山召开。这是中国儿童文学复苏的标志，也是中国当代图画书复苏的起点。在这次座谈会上，低幼读物受到格外重视，以幼儿为对象的《快乐幼儿园丛书》《幼儿知识画册》《儿童图画书丛书》等系列创作选题被列入1978—1980年出版计划，图画书创作得到极大推动。图画书理论研究也结出硕果。1993年，张美妮、巢扬在写作《幼儿文学概论》著作时，就在第二编《幼儿文学体裁论》里设置“第四章　图画故事”，分“什么是图画故事”“图画故事的种类及作用”“图画故事的发展”和“图画故事的创作”四节加以阐述。该书于1996年由重庆出版社出版。1997年，朱自强在他的《儿童文学的本质》一书中，选用了一批世界级的经典图画书为例，探讨幼儿的审美能力，揭示儿童文学的本质，倡导儿童文学的“图画书意识”。

与此同时，随着中国少年儿童出版物对外交流与合作的迅猛发展，在大量引进出版世界经典图画书的同时，世界图画书理论也很快传到国内，对儿童文学界影响最大的是日本松居直的图画书专著《我的图画书论》(1997年)、Walter Sawyer和Diana E. Comer合著的《幼儿文学：在文学中成长》(1996年)，以及加拿大两位儿童文学教授的理论著作：李利安·H.史密斯的《欢欣岁月》(1999年)、培利·诺德曼的《阅读儿童文学的乐趣》(2000年)等。

与理论热相一致，20世纪90年代以来，图画书的创作和出版有了前所未有的进步，在幼儿读物中所占的比例越来越大，其形式也越来越丰富，制作越来越精美，已经成为儿童文学界、童书出版界、文学界和教育界普遍关注的文学形式。这一时期，原创图画书较有品位和影响的有：“名家幼儿新童话”(金波等文，安徽少年儿童出版社，1992年)、“黑眼睛丛书”(金波等文，陶文杰等绘，湖南少年儿童出版社、海南出版社，1994年)、“小鳄鱼丛书”(孙幼军等文，王晓明等绘，海燕出版社，1996年)、小脚丫图画书系列”(张美妮主编，黄宗湖等绘，接力出版社，1997年)、“绿帆船丛书”(葛翠琳等编绘，接力出版社，1999年)、“好阿姨新童话”(金波主编，福建少年儿童出版社，2000年)、“李拉尔故事系列”(梅子涵文，沈苑苑画，北京少年儿童出版社，2000年)等。其他还有《会飞的房子》(王晓明编绘，湖南少年儿童出版社，1994年)、《甜甜的眼泪》(蔡皋编绘，新世纪出版社，1998年)等。

20世纪90年代以后图画书的兴起，不仅给了读者美的视觉享受，也为大人讲孩子听、看的亲子阅读带来最理想的儿童读物，成为中国幼儿文学繁荣的一个重要标志。但也存在一些隐患，一是优秀的图画书创作、欣赏、推广的人才缺乏，直接影响到图画书发展的质量和数量，整体原创能力不足，水平不高；二是图画书创作生产的成本相对一般图书要高得多，图画书市场购买力还不旺盛；三是对图画书价值的认识还有待提高，重文轻图的传统阅读观念还根深蒂固，对图画书的研究、评论还不够。因而，中国原创图画书有着巨大的市场潜力和广阔的发展前景，也是最具有特色的儿童文学样式，必将得到更加重视和更大发展。

第八编　中国儿童文学走向繁荣(1999—2016)

第一章
新世纪中国儿童文学的新趋势

历史的演进推动着中国儿童文学的发展。尤其是在进入新世纪之后,伴随着儿童观念的改变、国外儿童文学作品和理论的引进、国内作家创作和理论研究的精进等,中国的儿童文学获得了前所未有的发展空间,出现了许多新气象,主要表现为幻想小说的张扬、图画书的崛起、通俗儿童文学的畅销、网络儿童文学的兴起等。

第一节 幻想小说的张扬

幻想类儿童文学中发展最为强劲的体裁是幻想小说,比起童话,它更注重现实与幻想的融合。幻想小说是儿童文学中最为旗帜鲜明地张扬幻想精神的门类,在幻想与现实的交叠中寄寓着对人生、宇宙、人类社会可能性的重新体认和自由腾挪的艺术创造。在20世纪八九十年代,中国儿童文学理论界开始关注幻想小说,陈丹燕、朱自强、彭懿都对这一独特的文类作了探索。20世纪末,二十一世纪出版社的“大幻想文学”丛书、春风文艺出版社的“小布老虎丛书”等推动了中国原创幻想小说的发展,幻想小说也因此成为一个重要的艺术生长点。自20世纪末起,由于不断受到英美畅销幻想小说系列的艺术震撼和市场刺激,新世纪以来的中国幻想小说创作者既在“催化”中振奋,也在“影响”下焦虑,他们力图开辟一片兼具自我个性与文化特色的奇幻天地,其突围之道主要表现为追求时代性与传统性、民族性与普世性的融合以及对文体的艺术性建构,蓄积着闯入世界优秀幻想小说之林的雄心和潜在的可能性。2014年设立了首届“大白鲸”原创幻想儿童文学奖,获奖作品多能直面中国儿童的生存现状、社会文化的发展形态,表现少年儿童的心灵世界,也追求前瞻性的科学幻想,总体发展走向多元化。

第一,游戏精神的张扬。幻想小说是最具有游戏精神的文学类型,尤为张扬游戏精神的作家是彭懿,1996年他以《疯狂的绿刺猬》开辟了一方奇幻花园,新世纪以来又先后出版了四个别开生面的幻想系列"精灵飞舞幻想""彭懿梦幻西行记""我是夏壳壳"和"我是夏蛋蛋"系列。他是中国幻想小说理论的拓荒者,最早系统地介绍和评论了西方幻想文学,对于世界幻想小说经典文本的熟稔及深厚的理论学养,使其创作颇得幻想文学真髓,能自成一格,形成特色鲜明的"彭懿风",主要以游戏、幽默的喜剧风格和实验精神为特征。他的幻想小说飞扬着潇洒不羁的个性,想象奔放奇特,"追求绝对的原创"、把故事写得"好玩、好看和感人"是其创作幻想小说的追求。游戏与成长的融合性追求使其作品既有饱满的喜感又有强悍的力度,是颠覆常态、让主人公在想象世界中进行蜕变的成长小说。

为了把故事写得好玩和好看,他尝试了悬念环环相扣的连环套结构,还运用后现代的叙事技巧,如人称之间的跳跃变化和大量互文本的运用,打破各种文体的界限,把童话、神话、民间故事、儿歌等整合进幻想小说。彭懿幻想小说中的形象元素斑斓驳杂,读来惊奇不断而又清新亲切,从布局谋篇到细节的精心构思,将故事的情与趣渲染得浓墨重彩,既带领读者遨游于他呈现的想象天地,也给读者留下自行去寻索的想象空间,体现了想象力和游戏精神的大解放。

第二,倾心于生态诉求。随着生态危机的日益突出,中国儿童幻想小说自觉地担当起"绿色使者"的角色,构筑充满原始生命力的"幻境"。以自然生态为主题的幻想小说表达了对人与自然之间和谐关系消逝的忧虑和如何重返自然怀抱的思考。"绿"是这些作品的主色调,表征盎然生机、蕴含了生态呼唤的"绿"甚至直接成为许多作品题目中的核心字眼。班马在继20世纪末创作的长篇幻想小说《绿人》之后,又创作了《小绿人到广州》,之后又有金波的"小绿人三部曲"、韦伶的《绿人家园》等长篇幻想小说。隐身于植物世界的"小绿人"成了中国幻想小说中一类备受作家青睐和儿童喜爱的幻想形象,同时也是一种象征性的意象。天真的孩子和不失自然之心的大人对小绿人的寻访寄寓了重建人类与自然亲密交融关系的召唤。"绿色中国"原创幻想丛书(共10本)从与现实有隐含关系或由现实直接生发的多个幻想故事,来表达对自然及人类生存状态的深思。新世纪中国幻想小说在表现自然生态主题的同时,往往也伴随着对于现实童年生态危机的关怀。成人文学作家张炜的《少年与海》的"齐东野语"在崇尚自然的层面之外,还渗入对于社会人心的批判,为儿童幻想小说的生态版图添加了一道浓重有力的人文风景。中国儿童幻想小说体现出强烈的现实关怀,大量生态主题的写作是对人与自然的关系走向恶化、环境被严重破坏而心灵也遭异化这一生存危机的幻想式应答，表达了对人与自然、成年与童年以及人与人之间和谐关系消逝的忧虑。这类由对现实的不满而生发的诗意想象体现出空灵的浪漫主义色彩，朴实、优美、宁静构成其自然图景的底色，在幻想中揭示矛盾并消弭矛盾，重构人与自然的关系。这是对中国古代文化中“道法自然”“天人合一”的精神传统的回归与承接。

第三，立足于本土文化。西方幻想小说的强势攻入和畅销诱惑，使得中国的原创幻想小说免不了会有亦步亦趋的跟“风”之作，但有些作家则保持文化警惕，认识到植根于本土文化才是中国幻想小说走向世界的出路。他们将寻索的目光投向本土文化矿藏，自觉地将“民族性”作为美学追求。开路先锋是班马于 20 世纪末创作的《巫师的沉船》，将远古的巫文化和对于生命意义的思考、对现代社会侵蚀古文明和自然的批判相糅合。这种有意识地对民俗、民间文化的开掘和采纳，有助于生成中国幻想小说的民族气质。韦伶的《山鬼之谜》中的三峡景物和野人传说，张炜的《少年与海》中的“齐东野语”，均以独特的地域为故事背景来凸显本土色彩，后者在艺术笔法上还濡染了中国传统志异小说的神韵。

中国幻想文学的源头远可溯及古代的神话传说，这些故事中留存着民族文化基因，具有深远的历史、文化、艺术价值，是民族古老的生命记忆，激活并再造民间传说成为当代幻想小说的一种民族化选择。薛涛的《山海经新传说》由《精卫鸟与女娃》《夸父与小菊仙》《盘古与透明女孩》三部组成，把远古传说融进当代孩子的日常生活，运用时空穿梭的手法实现二者的对接，构成悬疑故事。王晋康的《古蜀》获 2014 年度首届大白鲸幻想文学奖的特等奖，获奖评语是：“以超凡的想象、精湛的文字，将一段朦胧的神话灰线，真实地、艺术地构建、还原为远古时期蜀国的历史传奇与世间百态，塑造了杜宇、鳖灵、娥灵、凤鸟、朱雀、羲和、西王母等天界与凡间的艺术形象。以实写虚，幻极而真，大气磅礴，深具艺术魅力与思想力度。”张之路的《千雯之舞》也是一部重要的幻想之作，以博大精深的汉字文化为核心演绎而成，想象奇绝超拔，具有厚重的文化底蕴。故事以年轻的图书馆员桑南和三百年前的少女——已经被变为字的千雯之间的爱情轮回为线索，从现实世界转入字的世界，将字与人相融合，赋予文字以生命和情感，并将汉字的演变巧妙地编织于扑朔迷离的情节铺展之中，汉字阵营的斗争是文化的较量，也是人性的较量。以幻想形式呈现的本土元素给中国幻想小说增添了民族文化的气象，具有文化的亲和力和召唤力，避免了以西方宗教、历史文化为源泉的欧美幻想小说给中国读者带来的阅读隔膜问题。幻想作家朝着民族化方向的努力，接地气，也能接文脉，对西方幻想小说一统天下的局面形成了卓有成效的突破。

第四,科幻小说的挺进。随着高科技时代的到来,儿童科幻小说文类也越来越受青睐,新世纪以来的科幻文学摆脱了科普论、社会现实论和旧有的情节模式,寻求科幻文学本身的独立存在价值,向科幻本体回归,呈现出多元开放的状态。科幻文学的作家团队在不断壮大,除了老一代作家如刘兴诗、金涛、张之路等继续创作外,吴岩、星河、杨鹏、韩松、潘海天、何夕、杨平、牧铃、王晋康、刘慈欣等都各有力作,更年轻一代的科幻作家如江波、拉拉、赵华、夏笳、翌平、长铗等也很踊跃。2000年以来,以科幻作品获得全国优秀儿童文学奖的作家作品有张之路的《非法智慧》《极限幻觉》《小猪大侠莫跑跑·绝境逢生》(分获第五、七、八届)、梦华的《独闯北极》(第八届)、胡冬林的《巨虫公园》和刘慈欣的《三体3·死神永生》(第九届)。张之路的科幻小说将充满儿童气息的生活和科技、幻想元素相融合,故事活泼生动,多具悬念感,追求幻想、思想和理想的三位一体。杨鹏提出了"保卫想象力"的口号,他的科幻小说创作数量十分可观,已有一百多部,如《黑客少年事件簿》《世界之谜少年奇幻小说》等系列长篇、中篇校园科幻小说,其代表作《校园三剑客》系列2014年获全球华语科幻星云奖最佳少儿原创科幻图书奖,将科幻构思与当下少年的校园生活紧密结合在一起,并使之具有卡通作品的特点。张之路与杨鹏的儿童科幻文学,"强调科幻世界中的是非善恶给孩子以正能量,提供宇宙世界的稳定性、公正性给孩子以安全感,重在表现人类已有的科学知识与成就并展开合规律的想象给孩子以科学性,这是儿童科幻文学的特点。"[①]新世纪儿童科幻小说中高科技成分大大增加,如王功恪的《小博士漫游科学王国》是一段发生在2080年的奇幻旅程,它带领读者和小博士奇奇一起漫游神秘、有趣的材料科学王国,提前70多年进入未来科学世界,汇集了罕见的神奇与魔力,异彩纷呈。左炜的《最后三颗核弹》、唐哲的《未来拯救》等都是将科学想象建立在反省现实的基础上,想象奇特,构思精到。新世纪科幻文学作品更倾向于将历史性、思辨性、哲理性与科幻故事有机结合,刘慈欣是中国科幻文学创作中的翘楚,创作了《魔鬼积木》《超新星纪元》《谁替恐龙刷牙》《球状闪电》《三体》(三部曲)等多部长篇科幻小说和数十篇中短篇科幻小说,连续八年荣获中国科幻最高奖银河奖。他的作品拷问现实又对接太空,想象瑰丽、结构恢弘。《三体》三部曲包括《地球往事》《黑暗森林》《死神永生》,将过去、现在和未来相交织,直面世界的复杂性,对善恶发出终极追问并保存对简洁真理的追求,带有英雄主义情怀,充分表现了科幻文学具有的想象力、思考力和冲击力,将中国科幻文学提升到一个新境界。跟宇宙太空、生命基因、人类前景等题材相关的科幻小说在中

---

① 王泉根:《担当与建构——王泉根文论集》,南宁:接力出版社2013年版,第289页。

国正成为一种挺身崛起的"硬性"的幻想小说类型,因其丰富的想象力、神秘感和探险心而赢得了少年儿童的喜爱。

总体而言,新世纪中国儿童幻想小说创作正日益繁荣,体现出对这一文类创作理念的积极探索。相比西方幻想小说,中国儿童幻想小说在故事的材质、想象的密度和弹性方面还需要不断加强,创作者刻意"为儿童"的写作立场也束缚了想象空间的拓展。目前中国原创幻想小说的形象、题材和主题的雷同化、模式化倾向已经显现,如何从更加独特的领域、用更加新颖的想象去突破关于现实与幻想二次元世界的类型化构思,是中国儿童幻想小说,也是当今世界幻想小说共同面临的一个挑战。

第二节　图画书的崛起

图画书是新世纪最为引人注目的儿童文学新景观之一。曾经在前一个世纪里断断续续、若隐若现地发展着的中国图画书,在新世纪突飞猛进,《荷花镇的早市》《小石狮》《团圆》《躲猫猫大王》《安的种子》等一批从文图关系到装帧设计都体现出现代图画书气质的作品的出版,周翔、熊亮、朱成梁、梁川等谙熟现代图画书艺术特质的创作者的出现,预示着中国图画书一个新的时代的来临,图画书也由此成为幼儿文学中一个重要的门类。

这种景观的形成,很大程度上来自国外图画书引进的推动之力。新世纪伊始,《爱心树》《猜猜我有多爱你》《驴小弟变石头》《活了一百万次的猫》《爷爷一定有办法》等大量世界经典图画书都被翻译出版,并引起了成人读者极大的关注和热情。这一方面来自经济发展之后读者购买力提升,以及年轻父母们对孩子早期阅读的重视和眼光;另一方面其实也是整个童书界以及儿童文学研究界的一种引领和期待。早在2001年出版的《中国儿童文学5人谈》中,"图画书"已然成为梅子涵、方卫平、朱自强等儿童文学学者的关注重心,展开了充分的、富有前瞻性的讨论。在这场讨论中,朱自强提出"我一直认为图画故事书肯定是中国儿童文学在21世纪一个非常大的增长点。要想把它做好,首先是一个引进的工作。真正优秀的图画书是什么?从西方发达国家引进,引进之后我们才能有一种启蒙。"[①]之后中国图画书的迅速发展验证了这一说法,世界图画书翻译引进风起云涌,迅速占据了童书市场的大量份额。也正是在世界图画书铺天盖地的熏陶之

---

① 梅子涵:《中国儿童文学5人谈》,天津:新蕾出版社2001年版。

下，不仅形成了一个阔大的阅读和接受群体，更以现代图画书的艺术范式冲击着中国的图画书作者，打开了他们的视野也提升着他们的艺术表达，从而直接推动了中国图画书的发展。

仔细梳理新世纪以来的中国图画书，可以检视这一阶段的创作实绩。2000年，北京少年儿童出版社推出“李拉尔故事系列”，包括《大人都是猫咪》《我也会当爸爸》《爸爸小时候怎么样》《我是一个小孩儿》等共4册，梅子涵幽默感性的文字和故事，赵晓音、沈苑苑富有想象力、幽默、个性的插图，共同完成了对成人世界的颠覆。之后，江苏少年儿童出版社在2003年推出“我真棒”系列20册，明天出版社2006年出版“小肚兜”系列9册，海燕出版社也从2008年起陆续推出“棒棒仔心灵之旅”“棒棒仔品格养成”“棒棒仔快乐做自己”等多个系列的图画书，熊亮的“绘本中国”系列、“情韵中国”系列更是以对中国传统文化的关注和中国元素的呈现而魅力独具。这些丛书的出现，以其规模上的优势对中国图画书的推动是卓有成效的，丛书中的有些文本也显示出了较高的艺术成就。如王早早著、黄丽绘画的《安的种子》，通篇故事充满着禅意。老师父给了本、静、安三个小和尚每人一颗千年莲花的种子，本希望自己第一个种出来，急切地在漫天飞雪中种下了种子；静查阅了各种书籍给了种子最好的器皿；唯有安，将种子挂在胸前，一如既往地扫雪、扫地、挑水、做斋饭、散步。然而本和静没有等到莲花开，只有安，在春天的池塘里适时种下了千年莲花的种子，等到了盛夏阳光下轻轻开放的莲花。绘者黄丽将这样一个充满着禅意的故事也表现得富有古意而质朴，整本书以暗沉的灰色调为主，又加入暖暖的土红色的庙宇门柱，加上白色的雪，体现出一种宁静、朴素又温暖的气息。画面设计上，她将本、静和安设置于同一个跨页，让本、静、安三条故事线索在同一个页面中展开，并在翻页中形成故事的延续。这样的画面建构，也通过行动派的本的急躁、刻意经营的静的细腻更加彰显出安的淡定，使整体的图画文本呈现出安静平和的禅意和氛围。尤其是后环衬，大树绿意盎然，莲花在风中绽放，而种出了千年莲花的安依然挑水如常，这种设计拓展了文字留下的空间，散发出人生的哲理和智慧，也将安静平和的心境和禅意推进到图画之外。因此，无论是文字的精准、图画的古朴还是图文结合的巧妙，《安的种子》都称得上是这些丛书中的出色之作。《西西》（萧袤文，李春苗、张彦红图）的画面建构也十分出色。小小的西西安坐在椅子上，常居于画面一角，在热闹的游乐场的衬托下，显得孤单而拘谨。也许作者是要表达关于“专注”的话题，然而读者在画面中明显感到的是西西的孤单，被隔离在游乐场热闹气氛之外的孤单，图画和文字形成一种内在的张力。《青蛙与男孩》（萧袤编著，陈伟、黄小敏图），文字层面主要由青蛙和男孩的对话构成，语言简单而富有儿童的特色，画面上形象的建构、细节的安排等也都呈现出良好的叙事能力。这样的图画书，无论从内蕴还是文图的表达，都是令人欣喜的。《安的种子》《西西》和《青蛙与男孩》也因其出色的艺术成就而分别获得了第一届、第二届丰子恺原创儿童图画书奖的佳作奖。

当然在这些丛书中，质量是参差不齐的，并非每一本都能达到《安的种子》《西西》的艺术水准，然而整体上还是呈现出了21世纪中国图画书创作的一个侧面以及在原有基础上的发展。丛书之外，一些单行本如《团圆》《漏》《荷花镇的早市》《躲猫猫大王》等，由于打破了丛书在装帧等方面的束缚，在艺术呈现上更加自由，艺术个性也更加明显和丰富，它们和这些丛书一起，共同构成了中国图画书在21世纪最初阶段的发展和相对繁荣的状态。

很明显，这样的发展和繁荣不仅是数量上的，更是艺术质量上的。这主要体现在以下两个方面。

第一是现代图画书文本形态的形成。21世纪的中国图画书，第一次将图画书推进到了现代图画书的阶段，具有了现代图画书的创作理念、手法和文本形式。回望中国图画书的发展历史，尽管远在明代就有图文并茂的《日记故事》，1921年郑振铎创刊的《儿童世界》从第一期起就开始连载图画故事，建国后，也曾印刷出版了大批的图画故事文本。然而，在对图画书的概念和把握尚处于不明晰的状态之下，这些图画故事中绝大多数的创作理念与现代形态的图画书之间存在着一定的距离，“我们的图画故事书以文字故事为主，图画基本上是密集插画性质，图画为辅，对图画的艺术表现力要求不高；而西方的图画书则以图画为主，文字故事依然重要，但是它需要图画来表现和升华，图画被视为有高度的艺术”①。文字的主体地位的保持以及图画的辅助功能的设置，使中国的图画故事书很多时候只能被称作带插图的书，而不是图画书。印刷、装帧设计也由于技术条件的限制以及对图画书文本的认识的简单化而相对比较简陋。进入21世纪之后，随着西方大量优秀图画书文本的引进和出版，不仅为中国图画书的发展提供了典范的文本，也丰富和改变着对图画书的认知，并体现在本阶段的原创图画书的艺术质量上。周翔的《荷花镇的早市》以城里孩子阳阳回乡下给奶奶过生日，清晨跟姑姑一起逛早市为故事线索，简洁的文字清晰交代了逛早市的过程，并被似乎是不经意地放在了页面的底端，窄窄的一行或者几行文字，而与之相对的是大开幅的画面，展现早市的各种场景，菜市场、早餐摊、演出等不一而足，呈现出浓郁的生活气息以及江南水乡独具的氤氲之气。整本书的装帧设计也是豪

① 朱自强：《亲近图画书》，济南：明天出版社2011年版，第115页。

华考究，正如方卫平先生所说："也许，从这本图画书中，我们可以感受到一种相对成熟的图画书创作理念和手法，甚至，一种能够体现现代图画书设计、装帧和印制观念的图画书文本形态正在中国进一步形成和明晰。"[①]不过，《荷花镇的早市》在画面和故事设计上有点太注重于散文化，叙事性略有不足。相对而言，《团圆》在故事设计以及图文配合上，可读性会更强一点。故事源自中国现实生活中一个常见的事件：外出打工的父亲回家过年，与家人团聚，年后又再次离家。然而故事从一个小女孩的视角讲来，质朴真诚，自有一种感动人的力量。尤其是画面的语言，非常具有表现力。在年节的气氛中，母亲将父亲迎回家，小女孩站在门口，怯怯的又是期盼的，离家一年的父亲已经显得陌生而疏远。翻到下一页，小女孩已经在父亲的怀里，可是是被吓哭了的小女孩，眼含泪水，双手拼命地推着父亲，是在努力挣脱父亲的怀抱，显示出了小女孩与父亲之间感情的生疏。接下来的几页，是小女孩戴着爸爸买来的新帽子，陪爸爸去理发、修理房子，骑在爸爸的脖子上看舞龙，也和爸爸妈妈一起贴春联、走亲戚等，和爸爸几天的相处，彻底扫除了小女孩对爸爸的生疏之感，浓浓的爱和依恋漾满了图画的空间。然而正当这种情绪满蕴的时候，出现了一个为爸爸收拾行装的画面，妈妈背过身去掩面而泣，爸爸落寞地系着鞋带，小女孩倚在门框上，小小的身躯沉浸在忧伤之中。后面的画面是这种忧伤的延续，小女孩在父亲的怀里，可是父亲即将远行。画面对情绪的渲染是成功的。而且，在画面的设计和构造上，也是错落有致，小图、一页的图以及跨页的大图、文字和图像的关系等都显得妥帖。这样的图画书，已经基本具备了现代图画书的文本形态。

第二是中国元素的蕴含。中国的原创图画书，在21世纪的发展中，是努力寻找并彰显中国的特质的，无论是表现的形式还是呈现的内容，都有着对中国风追求的热忱。插图作者有意识地借用中国传统的元素，以期为西方图画书覆盖之下的中国图画书寻找一条突围之路。首先是中国美术元素的借鉴，水墨、剪纸、年画等技术都运用到了中国图画书的创制之中。梁川编绘的《漏》，主要采用的是中国传统水墨绘画中的写意技法，在墨的浓淡之间将一个关于"漏"的民间故事演绎得酣畅淋漓。构图突破了常规，老头子、小胖驴、小偷、老虎等的造型都是写意的笔法，夸张而有趣，风雨的表达更是别出心裁，梁川在创作小记中说是："为了拥有一场疯狂的大雨，我用毛笔饱蘸墨汁，朝桌子上、墙上尽情摔、甩、挥、洒……屋子里漫天下起雨来，然后剪了贴、贴了剪、又剪又贴、又贴又剪"[②]，这样

① 方卫平：《享受图画书》，济南：明天出版社2012年版，第79页。
② 梁川：《〈漏〉的创作小记》，《漏》，济南：明天出版社2010年版。

的画面创制方式，确实达到了风雨交加的自然景象的渲染和呈现。梁培龙的《中国绘》系列5册，也借鉴了传统水墨的技法，具有浓郁的国画特质。于平、任凭夫妇编绘的《老鼠 老鼠》《牛年的礼物》《虎年的礼物》《龙年的礼物》等图画书，则是剪纸艺术融入图画书的创意表达，传统剪纸构图中对时间、空间、比例关系的打破，立体的世界呈现在二维的平面之中，形成了构图的超现实性，月牙形锯齿形等典型的剪纸纹样也使画面带上了明显的装饰性，这都为图画书的呈现提供了新奇的艺术效果。熊亮的《灶王爷》则是典型的年画风格，封面灶王爷的造型，就是按照年画的艺术特质来塑造的，身形丰满、简洁，画面均衡、对称，用色鲜亮。正文中的爷爷、奶奶和"我"，也是"头大身小"，身形比例夸张，头部突出而身体的高度缩减，并横向夸张和变形，显示出丰满朴实、结实敦厚的身材特征和造型效果。这都是来自对年画的艺术特质的借鉴。水墨、剪纸、年画以及泥塑、篆刻、书法等中国美术元素的融入，给中国图画书带来了浓浓的中国味道以及独特的艺术传达语言，并与中国风味浓郁的故事相协调，从而使中国图画书获得了标志性的中国特色。其次，是中国民俗元素的融入。各种岁时节气、风俗习惯等，以合适的方式进入中国的图画书中。熊亮的《年》是对中国传统节俗及传说的呈现和改写，传说中的怪兽"年"，爆竹、年画、红灯笼以及大量的红色的使用，衬托出了过年的热闹和特色；《团圆》里更有着浓郁的年的气息：贴春联、挂红灯、包汤圆、拜年、舞龙等；保冬妮著、马新阶绘的《荷灯照夜人》，则将故事的背景设置在中元节，爸爸带着小菱为在车祸中死去的姐姐放河灯，鬼节放河灯缅怀先人是中国的传统习俗之一；还有熊亮《灶王爷》中的"灶王爷"、保冬妮文、黄捷绘的《小小虎头帽》里"虎头帽"等，都是中国传统文化的一部分。这些民俗元素的融入，使图画书散发出一种浓浓的中国味道和情韵。再次，是中国情景的建构。画面构造中透示出浓郁的中国生活气息。周翔《荷花镇的早市》充满着江南水乡市井的活泼与生动：人头攒动的早市、演出正酣的舞台、黑瓦白墙的楼宇、流淌的小河和横卧的小桥、上下行的船只等，共同构成了江南小镇的中国味道和生活气息。《花娘谷》(保冬妮文，小舟绘)更是显现出杏花烟雨江南的特质，白墙黑瓦的屋宇掩映在桃花、海棠的粉红之中，富有了诗意的江南情调和清新的江南韵致，保冬妮说："把最柔情的美丽送给了花娘谷，只要翻过那些画面，谁也抹不掉那一页一页的桃红和杏粉。这是蕴含着中国美的水墨图画书，一幅幅画面宛如新民俗画一样清新。"[①]姚红的《迷戏》，则是流淌着秦淮河的南京城以及陶醉在戏里的唱戏者和听戏者。中国情景的展开，使中国的图画书显示出了明显的中国气息和独特的韵味。

---

① 转引自方卫平：《享受图画书》，济南：明天出版社2012年版，第111页。

毫无疑问,中国的图画书在新世纪的语境之中呈现出了高歌猛进的气势,一批拥有相对成熟的图画书理念的作者的出现,具有现代特征的图画书的出版、图画书阅读氛围的形成等,都标志着中国图画书在新世纪里的优秀成绩,2008年,甚至被誉为是"图画书原创中国年"。然而,在热闹的背后,我们依然要保持理性的眼光,清醒地认识到中国原创图画书与世界经典图画书之间的距离。

第三节 通俗儿童文学的畅销

新世纪中国儿童文学发展的一大特色是通俗儿童文学作品的畅销。其实,就中国儿童文学的发展历史而言,通俗儿童文学从中国儿童文学的诞生之时起,在长长的20世纪里,几乎一直没有获得合法的身份和应有的肯定,对通俗艺术的偏见,儿童文学教育性的凸显等因素制约着儿童文学的通俗化追求。然而从20世纪末开始,商业和市场开始冲击文学领域,文学的娱乐化、大众化倾向日趋明显,通俗儿童文学也就应声而起,搞笑、冒险、奇幻、侦探等类型的通俗儿童文学逐渐占领了童书市场,甚至开始挤占少儿读者的主体阅读空间。这一方面是源于商业利益的驱动。出版社要在市场化的环境中获得可持续的发展,畅销书的打造是一种重要的手段,上千万册的超级畅销儿童文学的出现给出版社带来的利润相当可观,因此,基于销售的目的,出版社会采用各种营销手段,以文化产业式的运作方式,包装推销书籍和作者,在销售量的高回报中获得生存。市场成为制约和影响儿童文学的创作和出版的重要因素,而大众的、通俗的儿童文学因其丰厚的商业价值自然获得了推动和鼓励。另外一个方面是取决于儿童读者的阅读选择。进入新世纪之后,新媒体的覆盖培养了儿童新的阅读习惯和阅读方式,动漫、卡通、网游等以娱乐化的消费方式吸引着儿童的目光,给他们沉重的学习压力之外一个轻松而欢愉的空间。这种环境中成长起来的孩子对图像、对轻松而快餐式的阅读就有了一种迷恋。新媒体的盛行,也改变了儿童被动选择和接受儿童文学的特质,使他们在阅读过程中的自主和自由性增强,成人作为儿童阅读指导者和引领者的身份逐渐淡化,儿童的主体地位提升,阅读的娱乐化趣味上升为阅读选择的重要因素。通俗儿童文学能够满足儿童这样的阅读诉求,因而风生水起。朱自强先生将通俗儿童文学与艺术儿童文学的分流看作是"新世纪里,中国儿童文学发生的最有意味、最为复杂、最大的变化。"①

---

① 朱自强:《"分化期"儿童文学研究》,南宁:接力出版社2013年版,第7页。

在新世纪里，最受人关注的通俗儿童文学作家是杨红樱。尽管对杨红樱创作艺术上的质疑一直作为一种批评的声音存在，"她的笔下只有故事，那种编得很匆忙的调皮捣蛋的故事。……至于人物，'马小跳'与五·三班的'肥猫'他们就没有多少区别，总之就是调皮，是一种单一的模糊的影子，……这些故事从头至尾没有多少发展，除了马小跳年龄渐长，故事其实只有数量上的增加而已"①。"从作品的艺术表现到内在意蕴，读杨红樱的作品，无论是着眼作品整体还是其一些主要层面，似都感到有些乏善可陈。"②杨红樱的儿童小说中文学性的欠缺也确实是不争的事实，然而她的《淘气包马小跳》系列、《五三班的坏小子》《漂亮老师和坏小子》等持续畅销，甚至发行量达到上千万册，并成为一种儿童小说创作的类型而被模仿，迅速地引领起一种轻松幽默的校园小说在童书界的盛行。

这种盛行，自然跟媒体、出版社的鼓动，时代、环境的改变等有着密切的关系，但是最关键的还是杨红樱的创作贴合了此时期孩子的阅读需求。杨红樱的创作，将故事放在孩子熟悉的生活背景中展开，写的无非是老师上公开课、同桌之间的冤家关系、家长被老师叫去训话等小学生活中常见的事件，呈现儿童熟悉的生活，贴近儿童的阅读感受，对小读者来说有一种亲近感。"淘气包马小跳"系列中的《同桌冤家》中，马小跳非常向往能与夏林果同桌，可是夏林果从来不理马小跳，连看都不看马小跳一眼，因为夏林果是跳芭蕾的，她总是"下巴抬得老高，眼睛平视前方"。于是为了引起夏林果的注意，马小跳故意将夏林果桌子上放着的一块香水橡皮拂到地上去，可是夏林果什么反应也没有；马小跳又故意将椅子往后靠，把后面的桌子顶得倾斜，压在了夏林果的身上，终于惹得夏林果伤心地哭了。他这样做的目的只不过想让夏林果注意到他，结果却是因为欺负女同学被"请"进了老师的办公室。事件发展的逻辑完全是儿童式的，马小跳和夏林果在事件中的表现也完全是儿童心理的自然演绎，两个人的委屈都是发自真心的。这其实表达了杨红樱对儿童和童年的理解，作为一个曾经在小学从教7年的作者，怀着"破解童心"的愿望，自认为"是一个为孩子写作的人，我需要倾听的是孩子的心声，他们在我心中至高无上"③。孩子，是她关注的核心群体。

这样的创作姿态传递出了杨红樱理解童年的美好愿望，她写"淘气包"马

① 刘绪源：《试说杨红樱畅销的秘密》，《中国儿童文学》2004年第4期。
② 吴其南：《从仪式到狂欢——20世纪少儿文学作家作品研究》，北京：人民文学出版社2014年版，第267页。
③《杨红樱：时间能检验作品的优劣——关于〈女生日记〉畅销10年的访谈》，《文艺报》2010年12月6日。

小跳，写五三班的“坏小子”，写漂亮老师和“坏小子”……在她的笔下，孩子的“淘气”和“坏”几乎遍地都是，从标题到内容，“淘气”和“坏”都构成了作品的关键词。实质上，这样的“坏”只是对儿童的活泼、好动、淘气、充满游戏精神的天性的一种艺术还原，作家对这些“坏”小子，是怀着“纵容”之心的，对他们的肯定也是理直气壮和高调的，这种高调和理直气壮的背后，正是杨红樱对童年生命的理解和关切。由此，调皮捣蛋、搞怪、恶作剧等就构成了马小跳们日常生活中的常态。但是另一方面，将儿童读者放到“至高无上”的位置上之后，一种“朝向童年的‘文化献媚’”开始形成，并且“对于儿童消费者的刻意逢迎使得儿童小说过分看重作品表面上的幽默效果，从而导致了这一文体的过度娱乐化倾向”[①]。安琪儿（《笨女孩安琪儿》）是班里最矮的女生，她最大的愿望就是长高，听说给树浇水，树才能长高，马小跳也认为安琪儿的矮小是因为没有浇水。于是，安琪儿就让马小跳给自己浇水，马小跳真的提起水桶浇在了安琪儿的身上，水从安琪儿的头上一直流到脚底，结果把安琪儿冻得浑身颤抖、嘴唇发紫。这样的书写几近于为幽默而幽默，五年级的孩了，对人和树长高的不同需求，已经作为一种常识被熟知，这样的“幽默”显得生硬和虚假。帮儿子做作业写错了一个字的爸爸（《贪玩老爸》），被老师叫到办公室罚抄了一百遍生字，更有了为取悦儿童而戏谑成人的味道。

由浙江少年儿童出版社和盛大网络联合推出，雷欧幻像执笔的《查理九世》系列冒险小说，是新世纪通俗儿童文学中的又一成功范例。由于一只叫“查理九世”的小狗的到来，小学生墨多多的生活中开始谜团迭现，于是墨多多和他的伙伴们在查理九世的带领之下展开了一场场神秘的冒险之旅：他们调查黑贝街的亡灵、追踪“恶魔之子”进入传说中的禁地，探访吸血鬼卡玛利亚家族的领地，误入满是食人鼠、石中蛇的白骨森林……谜团也最终在冒险中依次解开。故事中包含的幻想、冒险、侦探等元素，使文本具有了极大的可读性和吸引力，又努力融入了考古、地理、历史等知识，自然也赢得了家长的支持。于是，在畅销书榜单上，《查理九世》稳居前列。

在新世纪，儿童中盛行的除了杨红樱们的通俗文学，还有一种文学形式，就是网游文学。这是一股网络游戏的盛行所带来的儿童文学的风潮，从 2009 年开始，以一种几乎是席卷的姿态，迅速地俘虏了大量的儿童读者。这种风靡形成的一个重要原因是，这些孩子首先是游戏的小玩家，因为对游戏的痴迷，

---

① 方卫平、赵霞：《商业文化深处的“杨红樱现象”——当代儿童小说的童年美学及其反思》，《当代作家评论》2012 年第 5 期。

而爱上了依附于游戏而产生的网游文学。实质上，网游儿童文学只是网络游戏的一种衍生品而已。依托于摩尔庄园、洛克王国、奥比岛、赛尔号、植物大战僵尸等网络游戏的童书《摩尔庄园》《玩转摩尔庄园》《海宝有约——奥比岛超级明星档案》系列、《赛尔号冒险王》系列《洛克王国探险笔记》系列《植物大战僵尸》系列等陆续出版，形成了异军突起之势。尤其是中国少年儿童新闻出版总社与宝开网络游戏公司联合打造，由金波、高洪波、白冰、葛冰、刘丙钧等著名儿童文学作家执笔创编的《植物大战僵尸·武器秘密故事》系列，更是在短短半年时间内，销售量就突破了500万册。这是一套面向低幼的童话故事书，是借助于植物大战僵尸这一游戏中的植物、僵尸和场景为创作素材编织出来的。每个故事都会讲述一种植物武器的特点和拟人化的性格，如大嘴花爱说话、火爆辣椒脾气火爆又热爱唱歌等，以及这些本领各异的植物让僵尸吃尽苦头的有趣过程。幽默而富有童趣的故事，再加上浅显生动的语言和大量的儿歌的融入，使作品既依附于游戏，又充分发挥了童话的想象，塑造出了富有活泼的生命感觉的角色形象，给孩子带来了充分的阅读乐趣。

这些网游文学的出现和繁荣，是跟多媒体的盛行和网络游戏的风靡有关的，游戏中儿童主体地位的确立、游戏本身所带来的娱乐的快感，也都会吸引儿童对游戏的投入。而网游文学一方面依附于网络游戏，另一方面又采用附赠游戏点卡等，使阅读与游戏有了一种直接的连接。这都影响着读者对文本关于文学性之外的痴迷。因此，无论是《植物大战僵尸·武器秘密故事系列》，还是《洛克王国》，从文学性上讲，并不出色，甚至有着明显的模式化的痕迹，故事的编织也略显粗糙，然而，将游戏的形式和故事的内容对接在一起，网游文学获得读者的青睐就是很自然的结果。

校园儿童小说、网游儿童小说为代表的通俗儿童文学成为新世纪初热门的儿童文学形式和成绩。尽管存在对这两者的批评的声音，然而销量榜上的位置已经显示了它们在儿童读者中的受欢迎程度。虽然不能以销量论英雄，但是销量客观反映了作品在读者群中的普及程度。站在新的时代语境之中，不能忽视伴随着时代、观念、媒介等的改变所带来的儿童文学发展的新领域，通俗儿童文学的畅销是自然也是必然会出现的一种儿童文学选择。只是，看起来热闹非凡的通俗儿童文学，离艺术上的成熟还是有着明显的距离，需要作家在文学性上进一步坚持与努力，平衡文学性和市场之间的关系。

第四节　网络儿童文学的兴起

网络儿童文学在21世纪的兴起，是必然的事情。当下环境中，网络已经在人们的生活中铺天盖地，无论是学习、游戏、阅读还是日常生活，都跟网络密切相关。在这样的全媒体时代，文学也不可能再以传统纸媒一统天下，开放的网络提供了广阔的文字发表空间，在这虚拟的世界里，每一个人都可以成为文字的编撰者，所创造的文学作品也不再需要编辑的审阅和出版社的操作，可以第一时间在网络发表，并被各种读者阅读。而读者也不再是沉默的读者，他们以跟帖的形式品评文本，并对作者的创作思路和情节框架提供建议，与作者形成互动，从而也参与到了文本的构建过程中。网络文学以一种不可阻挡的发展趋势在新世纪的文学空间里熠熠生辉。儿童文学作为文学的一个分支，也深受网络写作潮流的影响，网络儿童文学逐渐兴起。

网络儿童文学兴起的前提是各种儿童文学网站的建立。“纯真年代”以大量的网络原创童话盛行一时；饶雪漫、郁雨君、伍美珍三位女作家开创的“花衣裳工作室”，以她们的专栏为主，也接受读者的投稿；“小书房世界儿童文学网”亦开设有读者的文字发表空间……这些网站的建立，一方面给读者提供了更为广阔的网上阅读场域，另一方面也集聚和培养起了一批作者，如疾走考拉、艾斯苔尔、小碗等，他们以灵动和自由的笔致从网上创作起步，获得很高的点击率，积累了丰富的人气，然后再从线上走红走向线下出版。一些儿童文学专业作家也纷纷开设个人网站，“郑渊洁网站”“李志伟童话镇”“杨鹏幻想网”等，试图在传统的纸媒之外寻求网上的发展空间。之后，博客的兴起，作家们又纷纷开设个人博客，张贴自己的创作，在线交流文学观点等。这为网络儿童文学提供了充足的分享和展示平台。

网络的最大特点是开放，开放的、自由的作者群体和开放的、自由的读者群体，开放的语境所形成的大众化的文学倾向，以及快餐式的网上阅读习惯与需求，这就会影响到文学的样式和特征。网络儿童文学的最典型表征是娱乐化元素的增强。从故事的建构到语言的表达，都呈现出可读、时尚和富有想象力的特征，带着娱己和娱人的性质。疾走考拉就曾说过，她童话创作的初衷就是“自娱自乐”。她的《大风过后小心洗头》以一场大风的到来展开想象，大风使“我”的头发成为一个“百宝箱”，小麻雀、狗项圈、种子、唱了一半的歌、一个名字的轻声呼唤等都被从乱发中甩了出来。于是，从这一声呼唤里，“我”想起了电影《日瓦戈医生》中日瓦戈医生对分别多年的恋人的最后的呼唤；“我”也模仿《栗色小天使》里的小男孩照顾小麻雀；从狗项圈联想到了在天堂的小狗……想象很多是来自自我情感的表达。伍美珍的儿童小说明快简单，同样具有明显的娱乐性，尤其是语言上的时尚和流行用语的采纳使塑造的人物具有校园新人类的特质，在娱乐读者上达到了不俗的艺术效果。《同桌冤家》系列中遍地都是这样的文字：“‘是哦是哦，太后被电到了耶！’我狠狠地叉了一勺饭”“就是么，和陈月比，简直就不叫 LADY”“‘喂！你把我当什么人啦！有异性没人性啊?’我义愤填膺”“第一爱甩酷的家伙当然是惜城了”……“电到”“有异性没人性”“甩酷”等贴近儿童读者日常语言的新兴用语，体现了儿童的思维方式，好玩又通俗。这样的写作风格和文学表达方式，娱乐化的特质是明显的。

网络儿童文学的另一个重要表征是互动性。网络给文学带来的不仅是创作原则和出版制度的改变，还有传播媒介和阅读方式的变革。线上线下的互动、作者读者的互动等成为网络儿童文学的独特之处。《你好！花脸道》作为一部纸媒和网络互动的小说出现于 1999 年，但是网络的红火一直延续到 21 世纪。互联网上的“花脸道初中部网站”，读者可以和网络虚拟的小说主人公交流，也可以重编、续写故事情节，参与故事的发展和情节的建构。这种即时性的交流改变了读者的阅读方式，参与度的增强使其与文本的距离明显缩短。“花衣裳青少年文学网”开设的“网友专栏”“网友投稿”等栏目也是与读者互动的平台，而且还将互动放到了纸媒当中。《同桌冤家》丛书中就有“同桌冤家 PK 大擂台”，刊用了读者的同桌冤家故事，2015 年出版的《同桌冤家动物园》系列、《同桌冤家吃货课堂》系列，也在网上发起了“动物”“吃货”的征稿活动，并将入选的稿子纳入到了纸媒出版的书籍之中。因此，开放的网络给作者和读者提供了开放、自由、平等的对话和交流的空间，即时性的沟通使读者不再是文本的被动接受者。

微博的盛行又给儿童文学带来了新的变化，微童话是最直接的结果。早在 2007 年，亚东就开始进行微童话的探索，2011 年正式在新浪开微博发表微童话，并在 2012 年出版了《一本最美的早晨：中国第一本微童话》一书。盛子潮、冰波、谭旭东等作家也积极从事和推动微童话的创作。顺应微童话创作的流行，新浪网在 2012 年举办了首届微童话大赛，《小青蛙报》也举办了微童话有奖征文比赛。于是，微博的盛行、作者的参与、媒体的支持，共同推进了微童话这一网络文学样式的发展。

微童话由于是催生于微博，140 字的限制就成了微童话形式上的硬杠子。要在这么短的篇幅之内完成故事的讲述、童话形象的建构以及童话智慧的表达，是有一定的难度的，对作家的想象力、文字建构能力的要求也比较高。因此，尽管微童话在一段时间里颇为流行，而真正的优秀之作并不多见，不少作品常常为了量的“微”而缩减了质的高度，想象力平淡，并不能完全达到预期的艺术效果。有些微童话作品能给读者带来惊喜，如盛子潮的童话：“小刺猬的妈妈前几天去世了，小兔子很想接小刺猬来家里玩，兔妈妈说，小刺猬身上长着刺，一不小心就会扎痛你的。第二天，小兔子把自己身上的毛都剪了下来，兔妈妈太惊讶了：你这是干什么？小兔子骄傲地回答：我要用兔毛给小刺猬织一件兔毛衫，小刺猬穿在身上就不会扎痛我了。”这则只有127个字的微童话，故事完整、构思精巧、形象鲜明，又传递着作者对生活的理解和感悟，整体呈现出儿童文学的温暖和明媚。冰波的《水晶靴子》：“听说圣诞老人总是把礼物放在靴子里。阿笨猫想：‘我很聪明的，我要做个巨大的靴子，像房子一样大。’半夜里，圣诞老人看到房子一样大的靴子，只好重新拿来了新礼物。第二天，阿笨猫拆啊拆啊，原来是一只水晶靴子，只是火柴盒差不多小。圣诞老人留条说：‘易碎品。所以要多塞纸。’”这则微童话更多呈现出幽默的趣味。

在一个网络、微博盛行的时代，微童话的存在本身是合理的，微博的媒介使微童话的创作和传播自由而开放，这对童话的推广还是起到了一定的正面作用。问题在于140字的篇幅之内，作品能否展开丰富的想象和精巧的构思，能否坚守童话独立的艺术品格，能否传达儿童特有的情趣和由此而生成的童话的审美特质等，这就对作者的素养提出了较高的要求。这一创作特性导致了表象上微童话创作颇为热闹，而实质上良莠不齐，优异之作较为少见。

由此可见，进入到新世纪，中国的儿童文学在原有的童话、儿童散文、儿童诗歌等创作的持续发展之上，获得了崭新的推进，图画书、通俗儿童文学、网络儿童文学等文学形式兴起并取得了不俗的成绩，为新世纪多元共生的儿童文字创作提供了艺术上的支撑，显示出中国文童文学在新世纪里的蓬勃发展与积极开拓。

第二章
儿童文学创作的多元繁荣

第一节　儿童小说的持续发展

小说文体在中国儿童文学的发展历史中，是有着繁荣的篇章的，尤其是在20世纪的八九十年代，几乎可以称得上是一场小说文体的狂欢。曹文轩的《草房子》、梅子涵的《女儿的故事》、秦文君的《男生贾里》《女生贾梅》、班马的《六年级大逃亡》、刘健屏的《我要我的雕刻刀》等，都在八九十年代的儿童文学时空里占据过重要的位置，其中的某些作品如班马的《鱼幻》、常新港的《独船》、丁阿虎的《祭蛇》《今夜月儿明》等，或因为表现内容上的"出格"，或因为形式上的探索性，而引起了广泛的讨论，这样的讨论又促成了儿童小说的热闹景观。

进入21世纪，儿童小说的创作依然保持着一贯的热度，成果众多。除了上一章已论的通俗儿童小说、儿童幻想小说等新兴类型之外，走向红火的动物小说和秉持"纯艺术"道路的现实儿童小说是新世纪儿童小说界重要的收获。

从20世纪走来的曹文轩、梅子涵、郑春华、彭学军一如既往地笔耕不辍，注重艺术上的苦心孤诣，追求创作上的厚度和精神力量。《青铜葵花》《戴小桥和他的哥儿们》《腰门》等的出版印证着作家们的努力，而李东华、韩青辰、于立极等年轻作家的崛起，《薇拉的天空》《小证人》《美丽心灵》等作品的出现，也丰富着新世纪儿童小说的创作空间。

动物小说的大规模崛起是在20世纪的八九十年代，代表作有沈石溪的《第七条猎狗》《象冢》《狼王梦》、金曾豪的《苍狼》、蔺瑾的《冰河上的激战》、肖显志的《鹰王》、朱新望的《小狐狸花背》等。21世纪的动物小说依然风光无限，创作和出版都形成了一种热闹之态，刮起了一阵动物小说的流行之风。动物小说的盛行与时代有着紧密的关联。进入 21 世纪，人类的生态意识逐渐加强，生态文学随之蓬勃兴起，而动物小说作为生态文学的重要形式自然获得了进一步的推进和发展。在成人文学领域，姜戎的《狼图腾》、杨志军的《藏獒》等创作刮起了一股动物小说旋风。尤其是《狼图腾》，小说对蒙古草原的生态环境的书写，给读者带来了神秘感，而其中所蕴含着的文化思考，则将读者引入到了哲学反思的层面。自 2004 年出版到 2014 年的 10 年间，《狼图腾》在中国大陆的再版就达到了 150 多次，销售量非常惊人。姜戎在 2010 年推出了为孩子量身打造的《狼图腾：小狼小狼》，精灵般在蒙古草原游荡的小狼带领孩子进入了一个充满生命活力和野趣的神秘世界。

在儿童文学领域，新世纪的动物小说同样风生水起。动物小说所具有的神秘感和野性特质，建构出了一个迥异于现实的充满生机的空间，给儿童读者以清新的感觉并获得好奇心的满足。专事动物小说创作的沈石溪常常以他插队过的云南为故事背景。他在 20 世纪的后 20 年里，已经创作出了《第七条猎狗》《狼王梦》《红奶羊》等给他带来众多声誉的动物小说。新世纪，作为资深动物小说作家的沈石溪进一步红火，不仅旧作多次再版，新作也收获了众多读者的关注，《雪豹悲歌》里被人养大的雪豹雪妖失去了动物的野外生存能力，在野化中只能抢豺群的食物，幸运的是雪妖的母亲出现，母女重逢，然而雪妖为了独享亲情而将母亲的其他孩子全部杀死，母豹伤心离去，雪妖也最终被豺群杀死。《霸王甲龙家族传奇》讲述的是在小行星撞地球中存活下来的蚖，进化成了侏罗纪的霸主犬齿甲龙，它们身形巨大，感情迟钝，为了生存甚至同类相食，最终导致了种族的灭绝。《刀疤豺母》《天鹅历险记》《白天鹅红珊瑚》《黑天鹅紫水晶》《乌风和赤莲》等也是沈石溪新世纪里的创作成果。小说里有着生命的惊奇和野性，无论是在云南的丛林还是远古时代穿行的动物都有着自己的生命特质，展现其惊心动魄的生活。沈石溪凭借其动物小说的巨大销量在 2013 年登上中国作家富豪榜，显现了其动物小说广大的受众群。

蒙古族作家格日勒其木格·黑鹤，是新世纪崭露头角的动物小说作家。黑鹤有在蒙古草原成长的经历，童年期有两只乳白色狼犬的陪伴，成年后又与多头威斯拉猎犬和高加索牧羊犬为伴，并每年携狗到呼伦贝尔草原或者森林中去游历。对草原和动物的熟悉，使他的小说既有着充分的想象，又表现出了草原动物生存的真实性。从动物小说集《老班兄弟》《重返草原》《狼獾河》《狼谷的孩子》到长篇小说《黑焰》《鬼狗》《黑狗哈拉诺亥》等，黑鹤以纯净的、不事雕饰的文字，怀着对自然的崇敬，讲述着蒙古草原上自由奔驰的藏獒、狼等充满血性的动物，那一片有着勃勃生机的草地。讲述的视角充分尊重动物的“物性”，充分理解动物遵从动物世界的规则,黑鹤自己就说过“在创作中完全忠于现实也许毫无新意,但在动物小说的创作中杜撰一定是要以科学依据为基础的。野生动物就是野生动物,拥有与人类世界截然不同的残酷的生存法则,它们永远不会遵从人类的社会形态。”在黑鹤的笔下,大自然的生灵与人类一样有着高贵的生命尊严。《黑焰》讲述藏獒格桑的成长故事。藏北草原的深处,一头母獒在与一头雪豹的搏斗中离世,留下幼獒格桑,格桑渐渐长大,在孤独中成长为高原牧羊犬,却因主人丹增的醉酒而被卖,格桑命运也被改写了,从广漠的草原进入了城市拉萨。在藏獒展销会,项圈的突然断裂使格桑摆脱了铁链的束缚,获得自由的格桑穿行在拉萨闹市区错综复杂的巷子里,跑进了老画师温暖的院子,它将老画师看作新的主人,然而老画师还是将格桑送走了,格桑再一次被囚禁。幸亏一头发狂的牦牛撞飞了拴格桑的木桩,格桑才摆脱了被禁锢的命运。游荡在荒原上的格桑遇见了韩玛,韩玛锯断了格桑脖子上的项圈,于是,格桑跟随韩玛参加了藏羚羊守护队,也凭借自己的直觉,在泥石流来临之前救出了韩玛和其他人,并一路跟随韩玛来到哈尔滨,成为一头超市保安犬,经历了与一头德国牧羊犬的短暂感情,在福利院里无师自通地成为一头优秀的导盲犬,最后跟随韩玛回到了呼伦贝尔草原,重新呼吸着牧草的馨香的格桑,陶醉在了草地的气息中。然而冬天来了,百年难遇的大雪灾席卷了呼伦贝尔草原,格桑“像一只急于在灾难之前将自己的幼崽送进新巢的母狐”,将三个孩子拖进挖出的凹洞中,自己冲进风雪之中,去寻找一个丢失的孩子。黑鹤满怀敬重和关切,以平等的姿态讲述格桑的命运,写出了在生命的流转中格桑的野性、强悍和情感,草原的气息自然地流淌在故事里。《黑狗哈拉诺亥》是两只黑色牧羊犬哈拉和诺亥的故事;《鬼狗》讲述了一头混血白色獒犬“鬼”的生命故事,表现它的野性、自由以及爱等。黑鹤给读者提供了属于雪域草原的獒、犬的遥远世界,它们在传奇性的历险中获得生命的成长和精神的丰富,让读者体会到与人类并行的生灵的尊严和高贵。

在沈石溪、黑鹤等的引领之下,动物小说创作如火如荼,牧铃的《牧犬三部曲》《艰难的归程》《丛林守护神》、毛云尔的《狼山厄运》、乔传藻的《丑狗》、金曾豪的《义犬》等动物小说也都各具特色。这些彰显自然和原始生命力度的动物小说构成了21世纪中国儿童文学的一道生机勃勃的风景。

在热闹的通俗儿童小说潮流之外,一些作家仍然坚守纯艺术的儿童小说创作。曹文轩保持着对故乡童年的诗意回眸,创作了《青铜葵花》《细米》《天瓢》等小说,也写出了风格幽默诙谐的《我的儿子皮卡》系列以及关注弱智儿童的《丁丁当当》系列等,故事叙述深情,细节感人至深,并融入幽默笔法。《青铜葵花》的故事一如既往地在艰难的环境中展开,葵花跟随父亲来到大麦地,寂寞的葵花遇见了同样寂寞的青铜，然而父亲却意外死亡，葵花成了无依无靠的孤儿，是生活艰难的青铜一家收养了葵花，给了葵花家的温暖，青铜对葵花也有着无微不至的呵护：让出了自己上学的机会给葵花；为凑够给葵花照相的钱，青铜卖掉了冬天里自己穿的芦花鞋；为了让葵花能看上马戏，青铜让葵花坐在自己的脖子上……全家人也在灾难丛生的年代里相濡以沫、乐观坚韧地对抗着洪灾、蝗灾等一切苦难。然而，葵花是属于城市的，葵花的离去，让青铜内心留下了深深的伤痛，终于，已经失语多年的青铜在那一刻喊出了“葵花”两个字。小说里流转着浓郁的真情，无论是人物还是故事，都透着纯净和诗意。《青铜葵花》实现了艺术和市场的双赢，2014年起由人民文学出版社、天天出版社与“曹文轩儿童文学艺术中心”共同设立“青铜葵花儿童小说奖”，倡导“纯文学、真童心”。曹文轩在儿童小说创作道路上不断地挑战自我、突破自我，创造新的艺术高度，曾获国际安徒生奖提名、宋庆龄儿童文学奖金奖、国家图书奖等四十多种奖项。

李有干的《大芦荡》是他75岁时创作的一部儿童长篇小说，获第22届陈伯吹儿童文学奖。小说用沉郁的笔调，描写了20世纪30年代苏中一座海边小镇的世态人情，让儿童读者感悟厚重的人生。黄蓓佳的“五个八岁”系列是别开生面的创造，通过5个不同时代8岁孩子的成长，书写中国100年的历史。《草镯子》写的是1924年，辛亥革命结束不久；《白棉花》写的是1944年，“二战”时代；《星星索》，写的是1967年，“文革”时代；《黑眼睛》写的是1982年，改革开放刚刚开始；《平安夜》写的是2009年的故事。作者选取了最符合特定年代的文化特征和打动人心的故事和情节，塑造了梅香、克俭、小米、艾晚和任小小等一系列儿童形象，将对童年的独特感悟融入历史图卷。此外，她的《你是我的宝贝》《遥远的风铃》《余宝的世界》等也都是题材新颖、富有深度的现实主义力作。

彭学军的《腰门》是一部情味隽永的儿童小说，有着作家童年的印记和诗意的叙事风格，以湘西为背景，写出六岁的沙吉寄养在云婆婆家七年的生活过程和成长经历，慢慢地从自闭走向开朗。沙吉的成长与小城的变迁扭结在一起，作家试图从沙吉的个体生命成长中去隐喻、透示小城的时代变迁。曹文芳的“水蜡烛”系列，韩青辰的《水自无言》《小证人》，祁智的《小水的除夕》等是江苏乡土儿童小说的力作，笔力深厚，不仅写出了童年生命形态，而且也书写了宽广的乡土人情。三三的《舞蹈课》、赵菱的《如果星星开满树》等则书写少男少女的成长，注重人物成长中的心理和情感的描摹。薛涛的《满山打鬼子》、殷健灵的《1937·少年夏之秋》、李东华的《少年的荣耀》、李秋沅的《木棉·流年》、毛芦芦的《柳哑子》《绝响》《小城花开》《福官》等则将故事放到战争背景之下展开少年的成长历程，同时书写了历史的苦难。贴近儿童生活的现实小说容易引起孩子共鸣，代表作有秦文君的《一个女孩的心灵史》《天棠街 3 号》，周锐、周双宁的《中国兔子德国草》、程玮的《俄罗斯娃娃的秘密》、常新港《烟囱下的孩子》《陈土的六根头发》《五头蒜》、李东华的《薇拉的天空》《远方的矢车菊》等，成人文学作家张炜也出版了五卷本的系列长篇小说《半岛哈里哈气》。

新世纪儿童小说的另一个重要收获是作家视点的下移，出现了真正意义上的儿童小说，纠正了以往儿童文学创作中偏向高年龄段的少年小说创作趋向。郑春华在 20 世纪 90 年代因为《大头儿子和小头爸爸》而声名远播，进入新世纪之后，郑春华推出了"非常小子马鸣加"系列，讲述了进入小学的马鸣加的校园生活和成长的经历，充满着情趣又满蕴着小孩子的心思，富有意味。童心的美流淌在这样的文字空间里，孩子的心思在郑春华的笔下获得了宁静平和的展现，又显示了作者对孩子这一心思的理解和呵护。梅子涵的"戴小桥和他的哥们儿"系列，也是面向低年级小朋友的创作，用的是小孩子的视角和语气，有着孩子的感觉和心理。朱自强和左伟合著的《属鼠蓝与属鼠灰》系列儿童故事是周作人所称赞的"无意思之意思"作品，故事清新，充满单纯的趣味和暖暖的爱意，把儿童的心理写得真切动人。萧萍专门写给小学生看的"开心卜卜"系列，洋溢着童趣和智慧，风格活泼幽默。从事幼儿教育的曹文芳创作的"喜鹊班故事"系列写的是幼儿园孩子的生活故事，是解读幼儿成长的身心密码，塑造了稚气可爱、不同个性的幼童和温婉灵慧的教师，故事生动、文笔洗练。

坚守艺术品位的现实小说和别具一格的动物小说，与通俗儿童小说、幻想小说等共同推进了 21 世纪中国儿童小说的繁荣。

第二节　新世纪的儿童诗歌

广义所称的"儿童诗"主要分为两类：一是儿歌或童谣，一是儿童诗。相对而言，儿歌篇幅短小，多用口语，是典型的"浅语"艺术，注重合口押韵，朗朗上口，适宜于歌唱嬉戏，语音层形式较为自由，富有趣味感，风格亲切活泼；儿童诗比较注重炼字，更追求提炼意象和营造意境，语言大多清新明丽，注重情感和思想的传达，内涵较为丰富。

儿歌形式有摇篮曲、游戏歌、数数歌、绕口令、连锁调、问答调、谜语歌、颠倒歌等。新世纪儿歌创作的一个主要方向是编写、传唱"新童谣"，这些童谣具有鲜明的节奏感和韵律感，校园童谣风行一时，这也催生了新童谣的出版。王宜振、蒲华清主编"中国最美的新童谣系列"(共 5 本)：《小贝壳》《搭积木》《小蚱蜢》《果园雨》《大老虎》。每本选3位当代著名儿童文学作家的童谣代表作10首，图文并茂地表现童谣的儿童情趣。通过诵读这些兼具知识性、思想性和趣味性的童谣，孩子们既可以得到快乐，又可以陶冶情性、学到知识、开启心智。金波主编了《中国新童谣》，辑选包括台湾作家在内的百位儿童文学作家的百首佳作，配以充满情趣的画面，题材广泛，形式多样，内容丰富，新颖生动。金波还主编了大型丛书《中国儿歌大系》，丛书遴选1949年共和国成立至今，在报刊和书籍中公开发表的优秀儿歌，各卷按地域分为华北卷、东北卷、华东卷、中南卷、西南卷、西北卷、港澳台卷。新世纪以来儿歌创作方面成就突出的新秀是台湾的林芳萍，她的作品曾获"信谊幼儿文学奖"首奖、"宋庆龄儿童文学奖"等奖项。著有儿童诗歌集《谁要跟我去散步》《我爱玩》《爱画画的诗》《躲猫猫，抓不到》等。她的诗歌轻盈而清澈，闪烁着纯净温暖的色泽，语言平易流畅又意味深远。如《蜗牛》："小蜗牛，慢慢爬，/看看草，看看花，/过田野，和篱笆。/天黑了，不用怕！/我的壳，/是一件铁盔甲；/我的壳，/就是我的家！"这首儿歌节奏轻快，旋律优美，具有鲜明的画面感和律动感，情趣丰富，洋溢着天真快乐的气息，又不无宁静平和的气韵，传达的是对世界万物的欣赏和浓浓的爱。

新世纪的儿童诗创作较为丰盛。当代儿童诗坛诗人辈出，在上世纪八九十年代就已出现老中青少四代诗人各显神通的创作局面。进入新世纪，许多诗人依然童心不老、诗兴常青，如徐鲁创作出版个人诗集《散步的小树》《祝福青青的小树林》《校园弦歌》《小人鱼的歌》《七个老鼠兄弟》《灯花姑娘》《小蚂蚁进行曲》《大地早安》等多部。为了引导和促进儿童阅读诗歌，一些出版社集束性地出版现当代儿童诗名家名作来推广儿童诗歌的阅读。儿童诗人罗英主编"中国当代儿童诗新世纪诗丛"（8部），包括金本的《树眼睛》、李兆军的《红帆船》、罗英的《罗英儿童诗选》、阿勇的《星星岛》、沈前祥的《跑来的春天》、高帆的《清晨，十三岁》、谭旭东的《母亲与孩子的歌》、毕东海的《鸟儿们正在悄悄想些什么》。作品题材广泛，回忆童年生活，表现对大自然的喜爱和探索，抒发童年情趣或少年情怀。这些诗人特别注意从儿童视角出发，在构思、语言、意境等方面都追求新意，其诗歌形式也较为多样，涉及了不同诗体的探索，如抒情诗、童话诗、寓言诗等。另一个重要的儿童诗系列是"中国最美的童诗系列"，共有9位当代儿童诗人的诗集，大陆的诗集包括圣野的《小河骑过小平原》、傅天琳的《星期天山就长高了》、张秋生的《没有胡子的猫》、金波的《花朵开放的声音》、王宜振的《春天很大又很小》、谭旭东的《夏天的水果梦》。圣野的诗歌讲究童心童趣，风格清逸雅致而又具有精神力度，语言浅显而构思奇妙，抒情和哲理兼备。张秋生的诗歌大多描写森林，刻画小动物的天真情状，艺术表现上既有诗的意境、韵味，又有散文的随意，还有童话的想象和夸张。入选的台港诗集有林良的《蜗牛的风景》、林焕彰的《妹妹的围巾》、韦娅的《蒲公英不说一语》。林良的诗歌以儿童视角从身边小事透视人生,热情地关注生活,童心和思想性相融合,语言朴实自然。林焕彰善于捕捉日常生活中儿童对某种事物和景物的感受和思想的闪光,并用儿童化的语言展现儿童新鲜活泼的想象。香港女诗人韦娅的创作相当丰盛,新世纪以来出版了多部诗集,如《湿月亮》《飞旋的夕阳》《会跑的灯光》《风是男孩还是女孩》《长翅膀的夜》《顽皮的风》《会飞的叶子》等,她的诗歌情景交融,洋溢着孩子天真烂漫的情趣。此外,其他一些新秀诗人也佳作迭出。巩孺萍创作了儿童诗集《再见,雪孩子》《自然儿歌》《窗前跑过栗色的小马》《变来变去的妈妈》《我的第一本昆虫记》等。这些诗歌描绘了儿童眼中的美妙世界、儿童的情感与想象,充满童心童趣,追求画面感和语言的韵律感。配图诗集《我的第一本昆虫记》巧妙地把昆虫的形象和特征与现实人生的情思相融合。

新世纪以来,以诗集获得全国儿童文学奖的作家作品有金波《我们去看海》、王宜振《笛王的故事》、王立春《骑扁马的扁人》、张晓楠《叶子是树的羽毛》、萧萍《狂欢节,女王一岁了》、任溶溶《我成了个隐身人》、安武林《月光下的蝈蝈》等。这些诗歌创作都具有鲜明的个性化追求和独到的建树。张晓楠《叶子是树的羽毛》的获奖评语是:"张晓楠大睁着一双寻美的眼睛,注视着这个世界,对山川、树林、四季景色给予了充满童趣的描绘。他以心灵拥抱故乡、土地和亲人,用清纯的诗句构建了一个温暖和谐、无比丰润的世界。那些远去的生活记忆也因为童心的观照,闪耀着鲜丽的色彩和跳动的韵律。"安武林《月光下的蝈蝈》的获奖评语是:"诗集将乡土生活经验和青春心理探索建立在诗人自我心灵视境对世界的注视、捕捉之上,表达了现代化、城市化背景下土地、自然和乡村社会的复杂性与丰富性,为我们梳理和提供了乡土中国社会具有普遍意义的挽歌般的诗意。视野宽阔,富有美感和想象力。"满族女诗人王立春的儿童诗创作成绩斐然,《骑扁马的扁人》充满灵动之气和浓郁的童趣及地域文化特色,纯朴自然,不事雕琢却诗味蕴藉。她还著有《乡下老鼠》《写给老菜园子的信》《偷蛋贼》《光着脚丫的小路》《贪吃的月光》等多本儿童诗集,抒发乡情,风格奇巧成趣,如《写给老菜园子的信》是倾诉对于乡土家园的怀念的童话诗,意象鲜活纯朴,对于生命和世界有着清澈的感悟,情味深厚。《梦的门》《路灯瘦鬼》《枕着小河的膝盖》《给天空写信的炊烟》等诗都是童话性质的诗思的结晶。王立春诗歌对于儿童诗的想象性、精致性、贴切性及个性化的追求,显示了她在诗歌创作道路上不断创新和完善的努力。老作家任溶溶的诗歌自成一家,更多表现了对于童诗幽默质地的追求。《我成了个隐身人》是他在耄耋之年创作的100余首儿童诗,从诗中可见其童心未泯。这些诗歌语言平白,但不无机智,趣味盎然。他“用一生去学写”的儿童诗用单纯的文字表现纯粹的乐趣,甚至是“nonsense”(无稽之谈),“他对儿童文学创作中的 nonsense(有意味的没意思)有一种天然的默契感和认同感。他认为,nonsense 是一种童趣。这种童趣,小读者无师自通、心领神会,而缺乏童心的人是永远无法领略其间的奥妙的。”[①]如他写听到狗叫后发现的滑稽场景:“难道对门家养狗? /我忍不住往外瞅瞅。/不,不,/养狗的只一家,/其他叫的,/是小朋友。”而结果则出人意料:“大家倒是看看那狗,/它好奇地侧转了头,/干脆静下来‘听’热闹:/竖起耳朵,/闭上了口。”(《狗叫》)

尤为值得关注的是,新世纪中国儿童诗坛在诗歌文体建设方面出现了一些具有突破性的新气象,尤以金波的十四行诗集《我们去看海》、萧萍的童话诗集《狂欢节,女王一岁了》、班马的少年诗集《风之少年》为代表。

金波是中国当代儿童诗坛的常青树,儿歌、儿童诗创作都很丰富,新世纪以来出版的诗集有作为“幼儿文学选”的儿歌卷《蝴蝶蝴蝶你找谁》、诗歌卷《如果我是一片雪花》,属于少年诗集的有《迷路的小孩》《其实并没有风吹过》,散文诗集《大地的宴会》,还有《其实我是一条鱼》《无声的阳光》《推开窗子看见你》《让太阳长上翅膀》等诗集。他的诗歌注重大自然的描绘,景中生情、情感真挚、文字温润。他在世纪之交的一大重要创造是:将十四行诗引入了儿童诗领域,诗集《我们去看海》(2001 年获全国儿童文学奖)在十四行诗歌的段式、韵式和节奏上既有对意大利体和莎士比亚英体的继承,又有一些独创的变体在情感表达上精心安排起承转合,丰富了儿童诗歌的内涵层次。长诗《献给母亲的花环》采用了“十四行花环”的形式,由 14 首十四行诗和一首形式同样为十四行诗的“尾声”组成。前十四首十四行诗的各首之间需首尾重叠,“尾声”则用前十四首的第一行按顺序组成。这种环环相扣的花环形式深挚而贴切地表达了诗人对伟大母亲的歌颂,显得绵长而圆融。金波对汉语十四行诗体式作的这些有益探索,是对世界儿童诗歌体式的丰富。无论是十四行体还是其他形式的自由诗,他都十分注重语言的美质和力度。其诗歌创作的主要宗旨在于唤起儿童对于世界万物的欣赏、对于人生的悉心感悟,“让我们从小/就对这一切倾心”(《倾心》)。金波的抒情诗风格清新隽永,乃是源于诗人内心的丰润,而在诗歌阅读效果上也能“随风潜入夜,润物细无声”。

萧萍的儿童诗集《狂欢节,女王一岁了》(2009 年)是富有故事性的童话诗,开创了一种具有狂欢化特征的戏剧体,以自由不羁的精神打开了儿童诗歌新的书

---

① 孙建江:《任溶溶与他的童诗集〈我成了个隐身人〉》,《人民日报》2013 年 06 月 04 日。

写方式。萧萍诗歌更多体现出西方儿童诗歌追求夸张、有趣的美学倾向，发挥诗歌的叙事功能，注重故事情节的动态发展，甚至还有怪诞与幽默，给阅读带来丰富的奇异之趣。诗歌意象上频频采用西方儿童文学的多种典故，以不拘一格的大胆想象营造狂欢式的快感，召唤和释放儿童的种种冒险心、好奇心、游戏心和想象力等。狂欢性的儿童观是打破教化性儿童观的最为彻底的质变。萧萍诗歌的意象群中尤为突出的是对“食物”这类意象的大量表现，追求诗歌意象的感官化、肉身化，体现了肯定和拥抱现实生活(包括身体正常欲望)的率真之气。萧萍诗歌的狂欢化气象还表现在恣意横扫的想象力，萧萍诗歌的狂欢精神由内而外，诗歌形式也体现了“狂欢”的趣味：打破诗行规整性的常态排列，诗句转行不断变幻，参差错落，词语的流动自由明快，灵动俏皮；讲究诗歌的语言张力，大多采取独白式或对话式表达，语词色彩缤纷、奇趣迭呈；意象之间常有跳荡，古典性与时尚性并存。萧萍的儿童诗创作体现了她强烈的文体意识，有意识地追求戏剧性，其诗具有很强的叙事性，且生动地营造戏剧般鲜明的舞台感或场面感。她在长诗写作中，尝试将多种文体进行有机拼接与组合，自出机杼。具有“入世”心性的萧萍以其从童心出发的狂欢精神赋予了中国儿童诗歌独特的气质，她的童话诗充满了轻盈明媚的幻想力、自由自在的创造精神、生动迷人的戏剧性和率真丰沛的快乐感，在中国儿童诗歌领域开辟了一代崭新的诗风。

另一位自觉地标新立异的诗人是班马，他的诗集《风之少年》是一部笔力遒劲的少年诗集。班马是当代儿童文学界一个锐意变革的文体家，从具有魔幻现实主义色彩的小说《鱼幻》《巫师的沉船》，充满叛逆感的少年小说《六年级大逃亡》等，到诗集《风之少年》，都在不断给中国儿童文学掘进新的场域，灌注新的元素，熔铸新的力量。《风之少年》专以青涩而狂放的少年为抒情对象，充满着对于少年这一独特的人生阶段的关爱、尊重与欣赏，对少年勃发的生命力的张扬，情感充沛、狂放不羁。作者用长短句的转行和停顿、用一意突进的放肆和忍住不哭的吞声来表现少年——尤其是男孩的生命律动。诗集内容分为四辑“你的呼吸我能听到”“一个少年的世界思考”“少年读海记”“我已飞翔”。“身体”是班马少年诗歌中频频出现的意象，在他看来，少年独特的存在感当以身体的运动和感受为一个重要的基础。班马向来强调童年的游戏精神，释放和宣泄儿童身心的压抑，强调身心的参与和创造，他把“身体”在现实成长中的意义引入少年诗歌的表现领域，这是他的一大贡献。《风之少年》深入开拓少年题材领域，把少年身体、少年生活、少年心性、少年精神、少年的“力之美”张扬到了极致，是献给少年的一部热情的颂歌。班马诗中天马行空般的构思布局和大河汤汤般的语词挥洒，使得他的诗歌如风中旌旗猎猎作响。班马在诗歌文体上也锐意创造，诗行句子长短不一，而多用长句以形成气势，还别出心裁地用散文与诗歌两种文体共同组合成一篇长诗。班马的诗歌以对青春少年的热切关注而赋予了中国儿童诗歌阳刚、潇洒、奔放不羁的血性，增添了铿锵而又飞扬的力度美。

第三节　童话的平稳推进

童话，在很长一段时间里，几乎就是儿童文学的代名词，很多成年人对儿童文学的理解就是将其等同于童话。在20世纪的儿童文学历史中，童话确实也扮演了重要的角色，从民国时期的叶圣陶《小白船》《稻草人》，张天翼《大林和小林》《秃秃大王》，到建国后十七年和"文革"时期的严文井《"下次开船"港》、洪汛涛《神笔马良》、任溶溶《没头脑和不高兴》、彭文席《小马过河》、孙幼军《小布头历险记》等，童话的创作一直延续并且在每个不同的历史时期，都有传之后世的佳作出现。进入新时期，童话更是获得了前所未有的成绩，郑渊洁以他的高产和影响力，引领了热闹型童话的繁荣，他所塑造的皮皮鲁和鲁西西等，成为孩子耳熟能详的童话形象，而童话中所高扬的游戏精神也吻合着儿童的游戏本能。周锐的童话有着同样的热闹，但又有着自己的特质，游戏品格和幽默精神是被张扬和彰显的，同时作品靠近现实透示出民族性，从现实生活中取材，也借鉴民间传说和古典文学，并渗透进传统文艺的样式，充满着反思精神。《阿嗡大夫》《勇敢理发店》《王牌肥皂》《森林手记》《孙小圣和猪小能》等是代表性的文本。相对于郑渊洁、周锐童话的"热闹"品性，冰波的创作呈现出唯美、抒情的艺术质地，《桃树下的小白兔》《窗下的树皮小屋》《蓝鲸的眼睛》等都是以情绪的抒写、意境的营造见长，细腻、诗意、唯美，引领了抒情型童话的潮流。此外，葛冰、张秋生、彭懿、金逸铭、郑允钦、武玉桂、孙幼军、汤素兰等作家，《蓝皮鼠大脸猫》《女孩子城来了大盗贼》《唏哩呼噜历险记》《笨狼的故事》等童话也丰富着新时期童话的创作空间。

新世纪的童话创作平稳推进，尽管相对于动物小说、幻想小说、通俗小说的风起云涌，童话显得比较平淡，但也并不冷清。孙幼军、金波等老作家宝刀不老，冰波继续讲着阿笨猫、肚肚狼的故事，周锐的《幽默三国》《幽默西游》等"幽默"系列获得了市场的认可，汤素兰的"笨狼的故事"系列也在继续发展，汤汤、李东华、左昡、陈诗哥、顾鹰、孙丽萍等新一代的童话作家开始成长。

金波是儿童诗人，他创作的童话中总是有着诗的元素。《乌丢丢的奇遇》就带上了浓郁的诗性特质，是诗与童话融合。全文由14章和尾声组成，每章前面设置一首十四行诗，共15首诗歌。所有15首诗歌，前面一首的末尾一句，成为后面一首的首句，而位于尾声的十四行诗又是由前面 14 首诗歌的首句连缀而成，于是，在童话的结构上，形成了奇特的“十四行诗花环”。而作为引子的十四行诗，又与其所引出的故事相互照应、水乳交融，彰显出童话的诗性精神。这种童话建构需要作者深厚的功力和精致的用心。

在这样的叙事结构中，乌丢丢的忧伤而美丽的奇遇依次展开。乌丢丢是布袋爷爷制作的小木偶，一次偶然的意外丢失了身体，只留下了小脚丫，是跛足的小姑娘珍儿发现了小脚丫并让妈妈将小脚丫缝到了布偶的身上，给了乌丢丢细心的照顾和温暖的爱。然而乌丢丢还是不辞而别，无意中来到了老诗人吟痴的家中。在吟痴的引导之下，乌丢丢懂得了要“用爱来回报爱”，于是，与吟痴一起踏上了寻访给予了自己生命的布袋爷爷和珍儿的旅程。整个童话就是一个寻找的故事，寻找爱，寻找生命的完美。童话第一章引子的十四行诗的第一句和最后一句诗分别是“告诉我该到什么地方去追寻”“追寻的心在晴空里展翅飞翔”，标识出了这则童话中“追寻”的意义。在追寻的过程中，乌丢丢和吟痴遇见了逆风飞行的蝴蝶，为按时赴蔷薇花的约会，在狂风中如秋叶般翻飞却奋勇前行；遇见了种下鸡蛋等待鸡蛋发芽、开花的小姑娘芸儿，“她的想象，她的行动，让我感受到了生命的光芒”；遇见了因为不能使雕像完美而砸碎雕像的雕塑家……乌丢丢的奇遇，丰富和充盈着他对生命的理解。因此当他找到布袋爷爷的家，得知布袋爷爷已经去世时，乌丢丢在布袋爷爷的墓前泪流满面；与珍儿相逢后，不仅从火灾中救出了珍儿，而且，为了珍儿的健康决定将“自己融入到珍儿的生命中。他紧紧贴着珍儿的脚，他把自己的体温、力量，一点儿一点儿地给了那只残疾的脚。他在慢慢消失，融汇”。有了爱的滋养，乌丢丢的生命变得鲜活、美丽和不朽。乌丢丢的奇遇，同样也是吟痴的成长过程。童话里建构了一个“没有年龄的国度”，那里生活着吟痴年轻时的意中人可人，如今，吟痴已经老去，而可人年轻依旧。然而面对可人发出前往“没有年龄的国度”的邀请，吟痴拒绝了，因为“我不想舍弃我的年龄，它给了我衰老，也给了我阅历和智慧，我感受过欢乐与悲伤、爱与被爱，这就是年龄老去的收获”，对年龄的选择道出了吟痴对生命意义的理解。这样的书写，使《乌丢丢的奇遇》演绎出了深刻的生命哲学的内涵，与《不老泉》等世界经典童话对生命的书写之间取得了某种联系。

以《笨狼的故事》蜚声文坛的汤素兰，在新世纪已经成长为童话主力作家，她的风格多样，而诗意、优美是她富有艺术个性的创作选择。如果说延续着《笨狼的故事》而来的《笨狼旅行记》《笨狼的学校生活》《笨狼和他的爸爸妈妈》是幽默热闹的，《奇迹花园》则是充满着想象的诗意童话。在星沙城的郊外有一片原野，那里绿树围绕，溪流穿行，四季鲜花盛开，各种动物和谐生存。这就是“奇迹花园”。一个童话作家居住在花园的一栋小楼里，他每天早上提着篮子去花园里采集故事。这些故事温暖、生动又有着天马行空想象的绮丽：奇迹花园里的房子会走来走去，飞来飞去，一天早晨，飞到了马德里广场；黑猫几凡每当繁星满天时就站在城里最高的塔楼上用网兜捕捉星星，还真的捕到了，黑猫几凡宝贝得不得了，但是为了生活在黑暗寒冷的深深海底的小彩鱼们的温暖和光明，几凡将星星送给了小彩鱼们；因为有一个热爱生儿育女的老鼠妈妈，老鼠爸爸为给孩子取名字而费尽心机，最后只能到书房去找《百家姓》……这些想象是与现实结合在一起的，“汤素兰”自己也作为一个叙事对象进入到了文本之中。这样的叙事机智而风趣，与优美的想象和清澈的语言，共同造就了《奇迹花园》的雅致和诗意。

王一梅《鼹鼠的月亮河》，从标题就传达出一种抒情、优美的气质，故事的讲述里也透着一种清新和愉悦。鼹鼠米加是住在月亮河边的鼹鼠家的小儿子，他不爱挖掘，喜欢读书、思考和发明。为了给每天要洗很多衣服的鼹鼠尼里发明洗衣机，米加带着尼里送的月亮河边的鹅卵石，到城里去赚钱、买零件。于是米加遇见了老是念错魔法的咕哩咕，无意中成为明星，也被咕哩咕意外地变成乌鸦，帮乌鸦坡的乌鸦们挖了大大的地道抵御铁嘴老鹰的攻击，魔法消失后米加回到月亮河，终于完成洗衣机的发明和安装。故事讲得舒舒缓缓、从从容容而又收放自如，在一种散文化的叙事方式中呈现出一种独特、精致、优美的美学韵味。这样的叙事和故事构造方式，与汤素兰有某种相通之处。

冰波也曾是抒情童话的倡导者和践行者，然而在对自己创作的反思中，冰波意识到了抒情、优美、意境等赞誉的背后，隐含着对童话故事性、可读性不强的批判，于是开始了创作的转型，《狼蝙蝠》(1993年)就既延续了抒情风格又有着较强故事性的文本。到了2002年的《阿笨猫全传》，又在故事性的基础之上添加了幽默。冰波认为：“幽默是一种智慧。幽默可以增加阅读快感，同时，也可以启迪想象力的发展。语言的幽默，是机智的细节，而人物行为的幽默，则是通过结果来造成幽默效果的情节。”[①]《阿笨猫全传》中体现的正是这样一种幽默的智慧。笨笨的、爱贪小便宜的阿笨猫，总是抵不住来自阿尔法星球的小贩巴拉巴、气功大师元空、发明家金哥的诱惑，一次又一次地上当。童话在现实和想象的结合中，充满着诙谐、机敏和睿智，也给读者留下了思考的空间，冰波式的幽默风格开始逐渐形成。然而《阿笨猫全传》中故事性、幽默的凸显，使其放弃了此前的抒情风格，之后冰波又开始了新的尝试，《月光下的肚肚狼》是两相融合之作。故事不算特别惊人，但在想象的支持之下，被讲得丝丝入扣：肚肚狼会在月圆之夜变成王

① 冰波：《我变故我在》，见冰波的博客 http://blog.sina.com.cn/s/blog_48e6551e010002rr.html。

子,但是只能持续几分钟,只有当肚肚狼变身持续 24 小时后,才能变成真正的王子。于是好朋友仓鼠玉碎先生想方设法地帮助肚肚狼彻底地完成变身,然而没有奏效,最终是肚肚狼的善良和天真,对朋友的帮助,才使他的愿望达成。整部童话情节精彩又温暖明亮,流淌着优美的诗意,人物的言行、性格中展现出幽默的趣味。

与冰波不同,周锐的幽默更加热闹,尤其是新世纪后的童话,在后现代的戏仿、颠覆中走向了游戏化和娱乐化。此时期推出的"幽默系列",包括《幽默三国》《幽默水浒》《幽默西游》《幽默红楼》《幽默聊斋》等,都取材于中国的古典名著,但又不拘泥于名著,常常只是借用场景、人物等,然后完全是作者自己的生发和想象。于是,诗意的大观园成了"大观园学校",湘云、惜春、薛蟠等昔日的小姐、公子在学校里无所事事,整日关注和讨论的是减肥、追星、青春痘等;水泊梁山的聚义厅,也失去了往日的庄严,成为摆摊、办班之地,草莽英雄的 108 将,不再替天行道而是整日婆婆妈妈,母夜叉孙二娘开起了美容院,入云龙公孙胜创办了气功班;聊斋,则只是保留了聂小倩等几个人物,故事的发生地是一个虚构出来的若兰研究院。古典名著嫁接到了现代生活之中。有意味的是,周锐对名著中所塑造的精英化人物和庄重的主题,改造为搞笑、调侃的姿态,曹操动不动就作一些打油诗,惜春忙着抄《男生女生交往秘诀大全》,名著中所渗透着的对历史、生命、人性的思考,蕴含着的人文精神和人文关怀,在"幽默"系列之中已经荡然无存。文本之中的幽默是随处可见的,然而,幽默已经单纯化为搞笑、戏谑和无厘头,呈现出创作上的游戏化和娱乐化追求。

新世纪还出现了一些年轻的优秀童话作家。李东华的《猪笨笨的幸福时光》写的是善良诚实的猪笨笨和争强好胜、望子成龙的猪妈妈的故事,然而不同的教育观、人生观,并不妨碍猪笨笨过上单纯自由的幸福生活;左昡《住在房梁上的必必》展现出了城市化进程中的反思和对美好生活的憧憬;萧袤、吕丽娜、葛竞、商晓娜等新生代童话作者也在这一时期贡献出了有艺术水准的童话作品。尤其值得一提的是汤汤,她的创作总是有着一种温暖的力量。《到你心里躲一躲》,木零七岁,被派往傻路路山包取宝贝,他遇见了光芒,拿走了光芒心里的珠子,以后连续 4 年,木零都会从光芒的心里取走一颗珠子,可是珠子一年比一年小,光芒眼睛里的光芒也越来越弱,最后一次,内心的愧疚和不安使木零在光芒的心里留下了一滴眼泪。正是这一滴眼泪,让光芒感觉到了安慰,因此,当光芒从木零的心里出来的时候,眼睛又恢复了光芒,木零的心也"找回了温暖的感觉"。人性的温暖照亮了光芒和木零。《喜地的牙》也在家人对因为换牙而脾气大变如恶魔般的喜地的不离不弃和尽心呵护中,流淌出了温暖的情怀,这种温暖承载于富有童趣的想象之中。汤汤童话得到了很高的评价："有童趣、有童心、有灵气，有从内心里爆发出来的，几乎是天生的儿童文学的活力。"[①]萧萍的抒情童话《流年一寸》、孙丽萍的中短篇童话集《住在围巾里的歌》、新月的长篇童话《做自己最好——小鸭的故事》《谢谢你的爱——妈妈的故事》等也都显示了女性作家温柔细腻的情怀，风格或诗意或幽默，轻灵的故事里常蕴含了隽永之思。陈诗哥的《童话之书》则锐意创新，具有文本实验性质，以童话之书的经历巧妙地串起许多经典儿童文学名著和中国古典名著，对于童话、世界、人生等都作了独到的诠释。

新世纪童话创作显示了较为丰厚的实绩，20 世纪成名的作家的童话写作继往开来，艺术上更加精进，年轻作家也以新锐的创造开辟了新天地，丰富了童话的百花园。

第四节　新世纪儿童散文

新世纪活跃在儿童散文园地的作家们包括老中青三代，年长者如樊发稼、张锦贻、赵郁秀、张寄寒、金波等，中青年散文作家徐鲁、张洁、汤素兰、萧萍、陆梅、韩开春、毛芦芦、刘第红、孙卫卫、李姗姗、向迅等。

二十世纪八九十年代就创作了大量儿童散文的作家主要有金波、吴然、徐鲁等，新世纪依然笔耕不辍。诗文兼善的金波创作了散文集《等待好朋友》《等你敲门》《感谢往事》《心往哪里飞——作品背后的秘密》《寻找幸运花瓣儿》等，无论文字还是情思都充满了温婉而清新的诗性之美，表达了他对于童年和人生真挚的爱、怀想与希望。吴然的散文集《小鸟在歌唱》《小霞客西南游》和《踩新路》先后获得第二届、第五届和第八届全国儿童文学奖。吴然是云南儿童文学作家的领军人物，云南独特的风景风物、风俗民情给以其独特的题材魅力，他将孩子真切、生动的生活情境与民俗表现相结合。他着意于从平常的儿童生活细节中发现别样的童趣，找到童年情味的生发点而将之铺演成文。他的散文色彩斑斓如笔下的太阳鸟，采用儿童视角的描写和叙述则体现了率真和朴素，传达真诚的情感和童年单纯的稚趣。徐鲁的散文创作成果丰硕，新世纪出版的散文集有《冬至的梦》《对星星的诺言》《旷野上的星星》《青春的玫瑰》《天空从哪里开始》《童年的牧歌》《小鹿吃过的萩花》《致未来的你》等四十多部作品，这缘于他永远饱满的写作热情。徐鲁深情地书写着纯真而净朗的诗意，他的笔下有质朴的生活，有淳厚的

① 方卫平主编：《红楼儿童文学对话》，济南：明天出版社 2014 年版，第 161 页。

情怀，有灵动的机趣，也有深邃的哲思。“金蔷薇·徐鲁美文系列”每册一个主题，分童年、自然、艺术、励志、书香和行旅，他执著于自然、艺术、人生之美的探求和发现以及对于亲情、友爱、幸福、理想等一切美好的追索。他将此系列命名为“金蔷薇”，传达了对于人生与艺术悉心提炼、精益求精的姿态。徐鲁散文的语言十分讲究，着意于表现散文的意象与风骨之美，具有很强的思想功力和艺术笔力。

童年回忆是儿童散文的主要题材，老作家的童年回忆往往具有人生的厚度且笔带幽默。孙幼军的散文集《怪老头随想录》风格幽默有趣，怪老头想和小朋友进行一次心灵对话，他把自己顽皮快乐而又有伤心往事的童年讲给孩子听，也表达了很多人生经验和独特的思想感受。长期从事儿童文学出版工作的颜煦之在退休之后，创作了一部散文体回忆录《我的人生关键字》(上、下卷)。上卷是童年忆旧，写法别具一格。作者多年来潜心研究汉字，著有《谈古说今嚼汉字》等有关汉字文化的著作，这部回忆录中的散文，每篇都以对一个汉字的解析作为怀人记事的归结或由头，人生故事和汉字知识相融合，也相得益彰，汉字解析往往有画龙点睛之作用。这种构思是一种独特的创造，作者以风趣幽默的笔触娓娓道来，在怀人记事中寄寓深沉的人生和社会感慨，对于老师、母亲、玩伴等人事的叙写尤为动人。全书充满趣味性、知识性和真挚动人的人文情怀，是朴实而老道的散文力作。

年轻一代的新秀作家孙卫卫叙写童年的散文集《小小孩的春天》获得第九届全国儿童文学奖。他对散文创作情有独钟，著有书话集《喜欢书》、散文集《正好年轻的故事》《想成为别人家的孩子》《小小孩的春天》等。他的散文以本真的生命姿态带来本色的书写，以家乡陕西土地坚实的气韵来讲述他童年朴实的生活与梦想，内含着深厚的情怀，并且直面真实的自我内心，给貌似平淡的童年记事注入了灵魂的刚性和力度。他的散文也兼容对现实社会和童年的关注，由自己孩提时代的往事而抵达现实之思。他在艺术上追求节制，散文之笔避虚就实，情思内敛、结构简约、语言干净而又熨帖，写人记事大多用白描手法，洗练有致，形成了质朴恬淡的风格。《小小孩的春天》以“小小孩”的本真之心和本色之笔写出了对于快乐、温暖、自由、美好和踏实的生命“春天”的执著追求，不仅能使儿童在阅读中生发许多同感，而且也会使成人读者为之会心一笑。

自然与动物也是儿童散文钟情的书写对象。金曾豪的《蓝调江南》获得第六届全国儿童文学奖，以深情款款的笔致描绘了传统江南小城的自然风景和风土人情，氤氲着江南清新细腻的格调。书中有不少篇什直接或间接落笔于动物，点染动物的生命原色和习性，蕴含着作者自然生命的爱。以散文集《虫虫》获得第九届全国优秀儿童文学奖的江苏作家韩开春专事散文创作,还著有关于花的散文集《陌上花开》。《虫虫》通过乡村少年对充满未知秘密的昆虫世界的细密观察和特殊体验,凸显了人和自然世界的深度亲近。韩开春对于自然界的关心以及未泯的童心使得他以儿童的视角看"虫虫"玩耍,聆听"虫虫"说话唱歌,感受"虫虫"的喜怒哀乐,文笔质朴生动,《虫虫》被誉为当代中国版的《昆虫记》。在写过《虫虫》之后,他又开辟了关于"鸟"的写作领域,散文《雀之灵》《鸦族》等以细致的观察和精微的体悟,从自然万物抵达社会人生,思想颇为独到。朱赢椿的《虫子旁》也是一本关于昆虫的书,风格特别。朱赢椿是中国当代出色的书籍设计者,他设计的图书如《不裁》《蚁呓》等曾多次获得国内外设计大奖,他自己创作的《设计诗》《空度》《虫子旁》等都体现独特的人生态度和艺术旨趣。《虫子旁》是他的首部图文作品,以独特的观察视角,展现虫子的生活世界。虫子的世界就像是一面镜子,作者观虫的过程,既是在审视自我,也是在敬畏自然、敬畏生命。这本观虫记文字极其简约,蕴藏着作者对于生命存在的体恤和思索。

新世纪儿童散文园地中,女性作家的散文开始繁荣。谷应花费 12 年功夫,走遍中国东西南北的边疆,采集了中国 56 个民族的孩子们的梦想,写成《中国孩子的梦》,给每个民族写一个孩子的故事,并配上相关民族的简介、民族风情摄影以及孩子的手工作品来组成一个完整的单元。作者意图用深情的文字和多彩的图片唤起人们对边远地区孩子梦想的关注。湖南作家彭学军在小说和散文领域都有独特的造诣,小说《腰门》《你是我的妹》等带有散文格调,她善用散文笔致写小说。她的散文集有《真的很天真》《假装在长大》《纸风铃　紫风铃》等,文笔细腻优美,充满诗意的情趣。散文集《纸风铃　紫风铃》获得了第七届全国儿童文学奖,传神地叙写出诸多发自心灵深处的美好感觉、体验和瑰丽的梦想。上海的陆梅著有散文集《寂寞芬芳》《寻觅隐约的光亮》《女孩四季》《辛夷花在摇晃》《沿途》以及人物随笔集《谁在畅销》《文学家的星空》等。《辛夷花在摇晃》是一部涉及历史与生命大主题的儿童散文集,写"二战"时期集中营的艺术家们教会孩子对精神自由的向往,也关注日常生活中的人和事,涉及弱智儿童、生死、苦难等不无沉重的话题,赋予"感恩"新的内容和思考。江苏盐城女作家曹文芳的散文集《肩上的童年》获冰心儿童文学新作奖,她还著有长篇小说《香蒲草》《天空的天》《丫丫的四季》《荷叶水》《云朵的夏天》,短篇小说集《栀子花香》,另有"喜鹊班的故事系列丛书"。她善于以优美的散文之笔写苏北乡村童年,《肩上的童年》前两辑"褪色的荷塘""南来北往的雁"主要写她与哥哥曹文轩之间的童年故事,表达了朴素而亲密的兄妹情意。第三辑"天堂的烛光"是对已故父亲的回忆,饱含深情。曹文芳的散文语言流转灵动,节奏轻巧而情味绵长。其他代表作家作品有萧萍的《请允许我忧伤地想念》、汤素兰的《奶奶星》、毛芦芦的《爸爸电影院》、殷健灵的《爱：外婆与我》等，纷纷以女性作家温婉细腻的笔触怀人记事，情感深挚动人。

一些综合性的散文书系也拓展了新世纪儿童散文的阵地，集束性地显示儿童散文的创作实力。“我们小时候”书系（明天出版社，2012 年）共 6 册，除创作《当时实在年纪小》的郁雨君外，其他作家都是成人文学作家，他们从童年记忆中汲取养分，把童年时的心灵感受诉诸笔端。这些作品具有各自鲜明的地域和时代色彩，如王安忆的《放大的时间》写的是上海弄堂里的童年回忆，张梅溪的《林中小屋》生动再现大兴安岭的山野童趣，迟子建的《会唱歌的火炉》充满灵性地讲述作者在大兴安岭北极村一带成长的北方童年，苏童的《自行车之歌》则是记叙作者在苏州街头晃晃悠悠成长的南方童年。毕飞宇的《苏北少年“堂吉诃德”》自述在家乡兴化乡村长大的经历，展现一代人的境况和岁月，融个人童年、自然世界与社会历史的讲述于一炉。作者努力追求事实的“真实”，既灌注了深沉的情感，又矗立着冷峻的理性，成功地把握了回忆中情感书写的分寸，还内含着严厉的自剖与反思。这部散文集对于岁月、大地、人事的印象呈现饱含了思想和艺术的智慧，文笔洗炼，意味深刻。

浙江少年儿童出版社出版了多个重要的散文系列。一是金波主编的“红帆船校园美文”系列，包括肖复兴《丁香结》（理想篇）、雷抒雁《与风擦肩而过》（创造篇）、金波《感谢往事》（亲情篇）、高洪波《独旅》（风景篇）、赵丽宏《自新大陆》（励志篇），每本都有一个相对侧重的主题。值得一提的是，每本书的序言都交由一位少年读者写成，表达了他们对于这些艺术作品真诚的理解。二是“感恩的心”系列，包括鲍吉尔·原野《梦里鲜花开放》、徐鲁《翅膀下的风》、汤素兰《奶奶星》、萧萍《请允许我忧伤地想念》、宁志珍《向谷穗们学习》，作者以回忆往事、成长经历、人生体验等来表达感恩的主题，情感真挚、动人。三是“中国百年个体童年史”系列（共 9 册），这是一套非虚构的童年纪实，由不同年龄段、不同身份的 9 位作者书写自己的童年，以个体的经验和童年的视角来折射北京百年岁月的沧桑，也是中国历史和社会风貌的变迁。这些书反映的生活内容具有鲜明的时代色彩，叙述风格也都不同，这套关于童年的纪实文学开拓了关于中国个体童年史的研究与写作。

台湾儿童散文创作向来较为繁盛，福建少年儿童出版社出版了由桂文亚编选的“台湾儿童文学馆·精品美文”系列共 6 册，包括台湾地区 6 位儿童文学作家的散文集。张嘉骅的《风岛飞起——童年的澎湖湾》叙述作者童年在澎湖湾的生活经历和情感，他写深藏内心的伤痛和快乐、对故乡深沉的依恋和文学的启蒙，真挚动人。陈素宜的《野丫头的美味童年》写童年多姿多彩的田园生活，尤其是充满了“家的味道”的美味童年。林芳萍的《阿嬷家的樱花，开了》写跃动的童年、转动的四季、感动的记忆，是作者的“童年写真集”。李潼的散文《瑞穗的静夜》是穿梭在现实生活及点滴回忆中的小品文，文字充满画面感，情趣与理趣并生。扬哥的《青涩的苹果——老师的54封信》深入浅出地讲述现代校园普遍存在的事例，为成长中的学子解惑，文笔亲切自然。陈幸蕙的《我的吉祥物》表达隽永平实的生活哲学、美学与价值观，传达明朗、愉悦的信息，献给校园里的“新新人类”。此系列的编选者桂文亚是台湾儿童散文领域的杰出代表。桂文亚，祖籍安徽省池州市，1949年生于台湾台北市，曾任台湾《民生报》儿童组主任、童书主编，《儿童天地周刊》总编辑，《联合报》童书出版部总编辑，海峡两岸儿童文学研究会理事长。1981年始，致力于儿童文学媒体推广兼及两岸儿童文学交流。2006年5月，在浙江师范大学儿童文化研究院推动设立“思想猫儿童文学研究优秀成果奖”，是大陆第一个以高校学生为对象设置的儿童文学研究奖项。已出版个人作品五十余册，曾获信谊儿童文学特别贡献奖、宋庆龄儿童文学奖等。她的创作以散文为主，“思想猫”散文系列包括《美丽眼睛看世界》《你一定会听见的》《直到永远》《二郎桥那个野丫头》。她擅长游记写作，著有《思想猫游英国》《马丘比丘组曲》《再来一碗青稞酒》《哈玛！哈玛！伊斯坦堡！》等，丰富了儿童散文的题材。桂文亚的游记不仅写旅途见闻，同时也表现了她率真的性情和对生活的洞察，风格轻逸灵秀，兼具俏皮之趣。

报告文学可以看作是散文的一种，是介乎于新闻报道和小说之间、兼有新闻性和文学性的文学体裁。自2000年以来，以报告文学获得全国儿童文学奖的作家作品有：巢扬的《严文井评传》和刘先平的《黑叶猴王国探险记》（第五届）、妞妞的《长翅膀的绵阳》（第六届）、韩青辰的《飞翔，哪怕翅膀断了心》（第七届）、邱易东的《空巢十二月：留守中学生的成长故事》（第八届）等。在公安系统工作的江苏女作家韩青辰以自己多年深入采访所得为素材，精心创作了关注青少年健康成长为主题的四部纪实文学：《碎锦》《蓝月亮红太阳》《像蝉一样疯狂》《一尘不染》，内容涉及儿童成长中遭遇的种种险滩，表现儿童生命承受的种种磨难，不仅有令人触目惊心的萎谢与歧途，也有激励人心的奋斗与追求。韩青辰的纪实文学具有丰盈、高超的艺术表现力，开拓了“美文”性质的纪实文学。王巨成的报告文学《星星点灯》是根据全国妇联“关爱留守儿童先进个人”许芩创办“星星点灯”留守儿童合唱团的真实经历而创作，展现了“星星点灯”合唱团给乡村孩子生活带来的翻天覆地的变化，塑造了许芩心怀理想的追求、为留守孩子的成长无私付出的感人形象。上海简平的长篇纪实文学《阳光校园拒绝暴力》或详或略地记录了数十起校园发生的暴力事件，多角度地揭示与反思当下的校园暴力问题，引发教育的警醒和反思。这些报告文学体现了作者对于儿童现实生活的密切关注和责任担当，具有较强的可读性、感染力和说服力，用真切、生动的艺术形象来提醒儿童和成年读者关心童年生态，帮助儿童身心健康成长。

从儿童散文的读者年龄层次来看，新世纪散文创作园地中，适宜于幼儿听和读的短小、活泼的幼儿散文相对比较少。幼儿散文是真正的浅语的艺术，在创作上更需要举重若轻的表现技巧，这一儿童散文分支需要得到更多的关注。

第五节　新世纪儿童剧

在二十世纪八九十年代，由于受到日益风靡的影视和其他电子媒介的冲击，儿童剧一度遭冷落而退居一隅；在新世纪，随着儿童剧创作观念的调整，儿童剧的演出开拓了广阔的空间，北京、上海等大中城市创演的儿童剧数量都在提升，比较活跃的剧团主要是北京的中国儿童艺术剧院、上海的中国福利会儿童艺术剧院等，一些地方剧团在儿童剧原创方面也不乏精品之作，有多部作品获得国家文化部颁发的最高戏剧奖“文华奖”。

新世纪儿童剧的形式和题材相比之前更为丰富多样，剧目有话剧、戏曲、歌剧、舞剧、歌舞剧、木偶戏、人偶剧、皮影戏、杂技剧、滑稽戏、动漫剧、新媒体卡通剧等，题材则有童话剧、神话剧、魔幻剧、历史题材和现实题材剧作等。儿童剧最重要的突破在于创作观念的转变，儿童剧不再是高抬教化，而是更贴近儿童，表现儿童成长中的喜怒哀乐，使儿童在观剧中得到共鸣和快乐。

针对幼儿和小学生的童话剧是儿童剧中广为采用的形式，童话剧创编的一大途径是改编世界优秀儿童文学作品，如德国格林童话（如《青蛙王子》《白雪公主》《灰姑娘》《小红帽》等），丹麦安徒生童话（如《海的女儿》《丑小鸭》等），英国卡罗尔的童话《爱丽丝漫游奇境记》、意大利科洛迪的童话《木偶奇遇记》，瑞典林格伦的童话《长袜子皮皮》等。除了这些外国题材源泉，中国的古代神魔小说《西游记》、老舍的童话《宝船》、孙幼军的童话《小布头奇遇记》《“下次开船”港》等也都被成功改编，借鉴优秀儿童文学作品深厚的意蕴和鲜活的形象，以之为蓝本进行再创作，融入新的思考和表现手法，对儿童观众具有熟悉感和亲和力。河北省话剧院的《“下次开船”港》改编自严文井的同名童话，基于儿童喜欢猎奇和热闹的心理，对原著情节进行再加工，使故事更紧张刺激，节奏更快，加强了舞台魅力。剧中除了主角男孩唐小西之外都是玩具，洋铁人、白瓷人、灰老鼠、布娃娃、纸板公鸡等形象绚丽、济济一堂,新鲜、夸张的角色造型创造了一个生动的童话世界。

历史题材的儿童剧主要围绕古代少年英雄和战争年代的小英雄,前者如《少年岳飞》《岳云》等,后者如《红孩子》《二小放牛郎》《小英雄雨来》等。革命历史题材比较厚重,是较难处理的一类题材。大型音乐儿童剧《红孩子》以时空交错为契机,让不同时空的孩子相遇。主人公是活泼、淘气、热爱音乐的当代儿童陈果果,他在生日那天,被一股神奇的力量吸进了奇异的"红五星世界",和红五星世界的四个"红孩子"(潘冬子、张嘎子、王二小、小萝卜头)成为好朋友。最终,他通过努力凑齐了五颗红五星,自己的精神也得到了升华,带着永不褪色的红色精神回家。剧中舞台色彩及灯光效果通过明暗强弱、冷暖搭配的变化来表现故事场景的变化,通过一首首红色歌曲而追忆一个个红色革命故事。《听妈妈讲那过去的故事》等十余首耳熟能详的经典旋律重新编配演绎,让观众和剧中人物一起演唱,产生强烈的共鸣和互动。《二小放牛郎》根据抗日红色经典歌曲《歌唱二小放牛郎》创作而成,由青岛话剧院海尔儿童剧团在2004年首演。该剧的成功首先得归功于剧本的成功,编剧代路把王二小的故事进行了有血有肉地扩展,情节丰富曲折、思想内涵丰富、表现形式别具一格。剧中写了王二小的家庭、朋友、周围的人事,王二小的形象被塑造得饱满立体,既表现他活泼顽皮的性格、爱憎分明和勇敢机智的品格,也暴露他的弱点如幼稚、轻信、冲动等,并且写出了他经过变故之后的成长。这个抗日小英雄形象真实可信,其他次要人物如母亲、舅舅、货郎爷爷等的性格也很鲜明。这部音乐剧以《二小放牛郎》为主题歌曲来渲染气氛和表达情感,运用庄稼和树的舞蹈来增加舞台表演的生动感和趣味性,尤其是二小的两头牛被人性化,最后和二小一起与日寇展开斗争,烘托了战斗的气氛和正义的力量。整部戏编排得流畅、干净且好看,引起了观众的积极呼应。

表现儿童现实生活的儿童剧如《宝贝儿》《我要做好孩子》《特殊作业》《春雨沙沙》《未来组合》《潇洒女孩》等,都富于生活气息。获得第九届"文华大奖"的济南儿童艺术剧院创演的儿童剧《宝贝儿》在十多个省市上演两千多场,成为2005—2006年国家舞台艺术精品工程。《宝贝儿》的故事贴近儿童生活,塑造了丁放这个顽童形象,他意外地得到小狗贝贝,带着小狗到处撒欢,把盲人梁爷爷家的葡萄架和鸟笼撞翻,画眉飞走了,鸟食罐也不知被谁偷走,闯下了祸。身为警察的爸爸严厉训斥丁放,丁放深感委屈离家出走,甚至产生了报复梁爷爷的念头,后来误会消解,得知梁爷爷是立过战功的英雄,丁放决意把小狗贝贝训练成导盲犬送给梁爷爷做伴,丁放和父亲之间也获得了彼此的谅解。作者以简洁、准确的笔触写出了人物之间的矛盾,情节安排上峰回路转,入情入理。小狗贝贝为剧情发展穿针引线,添加趣味。这类轻喜剧风格、反映儿童现实生活的作品受到了小观众的喜爱。

从儿童剧的观众年龄层次来看，大多为幼儿园孩子和小学生，针对少年观众的优秀青春题材剧凤毛麟角。武汉人民艺术剧院的《柠檬黄的味道》是一部出色的青春剧，剧中揭示了少年阶段在现实中普遍存在的问题，如与父母的冲突、与老师的相处、对异性的情感萌动等，深入展示当代中学生的精神面貌，包括其内心苦闷与情感困惑，并以巧妙、温润的方式来化解各种尖锐的矛盾冲突，将青春期少年的生活和情怀表现得清新而富有诗意。在"早恋"这个禁区题材的处理上非常美妙，作者不是加以严肃的批判和遏制，而是以理解的姿态来描摹青春的光彩。现代青春剧《挑战 3 VS 3》和多媒体音乐剧《成长的快乐》也反映当下摇曳多姿的青春风景，运用现代戏剧观念和多媒体技术加以充分表现，实践了对儿童剧创作观念和表现方式的突破。

儿童剧的创作视角还投向了过去极少正面表现的边缘群体，如由中国福利会儿童艺术剧院创作的《灿烂的阳光》是首部关注智障群体的话剧，取材于上海市虹口区曲阳社区"阳光之家"的真人真事，剧中不是表层地展现智障群体的生活，而是深入到感情层面去关注他们的喜怒哀乐。儿童剧题材方面较为欠缺的是科幻题材，除了上海木偶艺术剧团创作的《哪吒神和太空人》、中国福利会儿童艺术剧院的《带绿色回家》、浙江省话剧团的《宇宙蛋》等几部，鲜有出色的科幻题材儿童剧。

就艺术风格的变迁而言，当代儿童剧创作普遍奉行"快乐"原则，不仅是题材上偏向于轻松感，且在形式和风格上也加强"喜剧性"。儿童剧中致力于营造喜剧性的一种形式是滑稽戏。苏州滑稽剧团创演于 1996 年的儿童剧《一、二、三起步走》在获得"文华奖""五个一工程奖"等多项殊荣后，仍不断加工修改，坚持不懈地开拓演出市场，创下了巡演大半个中国、演出两千多场的地方剧团原创儿童剧的高峰。这部现实题材剧作通过山村女孩安小花进城后的遭遇，展开同龄人之间、师生之间、父母与子女之间、城市与乡村几代人之间的性格冲突和心灵碰撞，用滑稽戏的艺术形式表现对人生道路应该如何起步走的思考和追求，生动风趣和充满激情的艺术表现赢得了儿童观众的喜爱，于 2004 年成为第一部入围国家舞台艺术精品工程的儿童剧。常州滑稽戏剧团根据黄蓓佳同名小说改编的滑稽戏《我要做好孩子》于 2000 年获得"文华新剧目奖"，滑稽戏夸张的喜剧性让读者看得轻松愉快，但在给观众带去笑声的同时，也引发他们对于孩子成长中现实问题的诸多思考。

儿童剧的表演形式在谋求现代新变中也注意到对传统戏曲形式的继承和融合，将传统艺术精华运用于儿童戏剧。如浙江京昆艺术剧院的大型童话京歌剧

《孔雀翎》将传统戏曲的美学原则与音乐剧等现代戏剧表现手段相结合，使得舞台表演呈现出辉煌、流动的传神意韵。此外，还有一些儿童剧创作采用魔幻现实手法，如《白马飞飞》《依兰在上海寻找母亲》等。

萧萍用诗歌形式创作的儿童剧《蚂蚁恰恰》是一部风格幽默、现代气息浓郁的儿童诗剧。让儿童剧变得“好玩”是作者追求的核心境界。给阅读这部诗剧带来好玩之趣的，是作者贯穿戏里戏外的游戏精神。剧本开头的《进场诗》提纲挈领地介绍了戏剧的主人公“一只会跳街舞的乌龟得啦，一只名叫恰恰的大头蚂蚁，还有一个叮铃哐当响个不停的、独腿小丑玩具”，他们其实就是大千世界里最最普通的孩子，有各种各样的缺点，但终有一天“都会成长为真正的勇士”。剧作采用当下儿童喜闻乐见的表现风格，汇集了流行元素，从舞台、灯光、音乐设计到歌舞表演等都不乏炫酷之气。剧作的主要情节线索是：蚂蚁恰恰和朋友们与毁灭彩虹城的黑头王势力斗智斗勇，最终拯救了蚂蚁王国。故事的表层所指是关于生态环保——黑头鸡仔部落的入侵揭示了当代社会日益严重的污染问题带来的生态危机，投注了作者的现实关怀；而故事的内在之核则是关于人性的较量和成长的历练，凝聚了作者的人生智慧。这部剧作的形式定位是“诗剧”，除了主题的诗性开掘、人物语言的诗性表达之外，还在剧作的《序幕》和《尾声》前后安排了《进场诗》和《退场诗》，以此来构建诗剧的外在结构体式。《蚂蚁恰恰》是难得一见的优秀儿童诗剧，游戏性和诗性兼济并生。

儿童剧在新世纪得到较大发展，在日益红火的市场推动下，儿童剧演出数量激增，但创作和表演水准良莠不齐。最根本的问题在于儿童剧本质量不高，创作个性消失，跟风现象严重，缺乏真正有新意、有深度的作品；儿童剧的创作观念上难以真正摆脱说教的因袭，说教的传达必然会影响戏剧整体的艺术审美表现；与“说教化”相反的另一个倾向是过度的“娱乐化”，因为奉行“快乐的儿童剧”而混淆了真正的游戏精神，剧中掺杂了许多“伪游戏性”内容，“戏不够，互动凑；戏不热，互动逗”成为一种风气，儿童剧演出应该培养孩子对艺术的一种神圣感，在潜移默化中提高儿童对艺术的感受力；儿童剧对于儿童成长的理解和表现也有某种模式化倾向，往往设置儿童主人公的成长需要成人的指引，体现了成人教育者的主体地位，忽视了儿童成长的自主性；现实题材儿童剧中的儿童形象出现雷同化倾向，如塑造调皮的顽童或叛逆的青春期少年，个性化不足；近些年儿童剧在艺术形式上扎堆走音乐剧路线，但这种艺术上十分粗浅的音乐剧不符合音乐剧的艺术规律，离真正的音乐剧有较大距离。此外，尽管儿童剧的舞台演出十分活跃，但正式出版的儿童剧作并不多。总之，在消费主义时代，儿童戏剧在实现商业化转变的同时，依然要秉持纯正的审美之路，不能降低艺术价值以致沦为庸俗的消费商品。

新世纪儿童戏剧发展中的一个可喜现象是，儿童戏剧教育的功效日益受到重视。小学语文教学中常编排课本剧，幼儿园的绘本剧活动发展尤其迅速。戏剧表演能有效地促进儿童的交际能力，使其在戏剧表演中发生移情效应，更好地理解戏剧角色，也可以经由戏剧故事探索人生领域、学习团队合作并有助于创造性地思考。儿童剧是把艺术教育普及到儿童中去的重要途径，这方精彩的园地还有待于进一步开垦。

第三章
新世纪中国儿童文学的收获与挑战

第一节　新世纪中国儿童文学的成就与展望

中国儿童文学在新世纪虽然才走过了短短的十多年，但在更为丰富、多元的社会文化生态环境中蓬勃发展，形成了多元共生的儿童文学新格局，迎来了中国儿童文学发展的黄金时代。

新世纪儿童文学的繁荣首先体现在儿童文学创作队伍的壮大。早在20世纪八九十年代就成名的作家依然佳作频出，如孙幼军、金波、曹文轩、张之路、秦文君、黄蓓佳、沈石溪、班马、韦伶、常新港、董宏猷、刘先平、金曾豪、周锐、冰波、吴然、徐鲁、郑渊洁等，他们坚守儿童文学的文化担当与美学品格。作为后起之秀的新生力量主要是出生于60年代之后的年轻作家，被称为中国儿童文学的第五代作家，以地区来分，代表作家主要有：东北地区的黑鹤、薛涛、老臣、车培晶、常星儿、刘东、王立春、于立极、肖显志、满涛、李丽萍、商晓娜等，北京的杨鹏、安武林、李东华、翌平、葛竞、孙卫卫、保冬妮、汪月玲、吕丽娜、熊磊、张国龙、左昡等，河北的张玉清、肖定丽、周志勇、赵静等，上海的殷健灵、萧萍、陆梅、张洁、李学斌、郁雨君、张弘、周晴、唐池子、金建华等，江苏的祁智、马昇嘉、王一梅、韩青辰、王巨成、曹文芳、胡继风、徐玲、顾鹰、沈习武、韩开春、赵菱、顾抒、范先慧、巩孺萍、孙丽萍、盛永明、饶雪漫等，浙江的毛芦芦、汤汤、谢华、吴洲星等，湖南的汤素兰、牧铃、邓湘子、萧袤、毛云尔、皮朝晖、林彦、谢乐军等，山东的郝月梅、张晓楠、鲁冰、刘青梅、杨绍军、刘北、代士晓等，甘肃的刘虎、赵剑云、曹雪纯、张琳、张佳羽等，西南地区的杨红樱、钟代华、汤萍、余雷、湘女、李珊珊、简梅梅、骆平等和西北地区的赵华、刘乃亭等。此外，还有一些“低龄化写作”的新秀，如韩寒、郭敬明、蒋方舟等，书写青少年和儿童的真实生活与心声。

儿童文学的发展也体现在出版市场的繁荣上。新世纪儿童图书出版打破了上世纪八九十年代以百科全书类知识读物为主导的局面，实现了以儿童文学为主体的童书出版生态。2004 年，杨红樱的校园小说的出版和销售改变了引进版外国儿童文学作品盘踞畅销书榜的格局，本土原创儿童文学出版和销售开始持续攀升。创作的繁荣还表现为新世纪中国原创儿童文学出现了多种新兴的文体，主要是幻想小说、图画书等，丰富了儿童文学的创作园地。作为新时期以来主要儿童文学体裁的现实主义儿童小说的创作也在朝着广度和深度发展。关注边缘儿童的小说有曹文轩以弱智儿童为主人公的“叮叮当当”系列，黄蓓佳以城市民工孩子为主人公的《余宝的世界》等，关注过去岁月中的童年的力作有黄蓓佳的“五个八岁”系列、《遥远的风铃》等，关注乡村儿童成长的力作有祁智的《小水的除夕》、韩青辰的《小证人》等，关注当下少年心态的深度作品有班马的《没劲》、李学斌的《男孩不寂寞》等，关注少女心灵成长的有彭学军的《腰门》、殷健灵的《轮子上的麦小麦》《橘子鱼》等。新世纪还出现了许多战争题材小说，如薛涛以东北名将杨靖宇浴血抗战为背景的长篇小说《满山打鬼子》，殷健灵以上海“孤岛”为背景的长篇小说《1937，少年夏之秋》，毛芦芦以江南水乡抗战为背景的《柳哑子》《绝响》《小城花开》三部曲，李东华以山东半岛为背景的长篇小说《少年的荣耀》以及张品成的“红色少年经典系列”等。这些关于战争的庄重书写不仅追怀和反思历史，而且大多集中笔力写战争中的孩子，体现了作家面向民族历史的责任感。

在艺术本体的摸索和创造上，一些具有自觉的文体意识的作家秉持了 20 世纪八九十年代儿童文学中的先锋精神，尤为突出地表现在班马、萧萍、殷健灵、陈晖、陈诗哥等的个性化创作中。班马的小说《没劲》运用多种叙事人称，解构中有建构，达到多元的艺术效果，风格幽默洒脱又不乏睿智。萧萍的诗歌、童话、戏剧、小说等也都体现出她融汇贯通多种文体而带来的新鲜别样的美学效果。殷健灵的小说不仅在题材上不断拓展，而且也致力于艺术形式和手法的创新，如《橘子鱼》大胆地将笔触伸向“少女妈妈”的心灵世界，结构上则将不同时代两个少女的青春困惑用 A 面、B 面的交叉叙述来表现。陈晖的“小小豆豆”系列中关于女孩小小的前两册内容可以看作是童话与小说的化合，并且这种“嫁接”天然无缝，而关于男孩豆豆的两册中的篇章是小说和散文的融合。陈诗哥别具一格的长篇童话《童话之书》是他对于童话写作的独到宣言，既是对古今中外众多经典童话的致敬，也是对其不同程度和角度的重新阐释和颠覆，是一部颇有抱负的锐意革新之作。此外，成人文学作家的加盟也在推进儿童文学的发展，如茅盾文学奖得主张炜的长篇儿童小说《半岛哈里哈气》《少年与海》等，从童年的视角写人生、社会和人性，浪漫与质朴交融书写，笔力深厚。作家们用崭新的创意尝试不同的创作可能，为儿童读者带来新奇的阅读感受。

新世纪儿童文学的繁荣也表现在儿童文学奖项的增多。为了鼓励和推动中国原创优质儿童文学发展，除了此前已有的“全国优秀儿童文学奖”“冰心儿童文学奖”“宋庆龄儿童文学奖”等儿童文学奖项之外，新世纪还扩大了原有几个奖项的规格，如“张天翼童话寓言奖”扩展为“张天翼儿童文学奖”(2006 年)，“陈伯吹儿童文学奖”升级为“陈伯吹国际儿童文学奖”(2014 年)。此外还增设了多个重要的儿童文学奖项，主要有“信谊图画书奖”(2009 年)、“丰子恺图画书奖”(2010 年)、“金近儿童文学奖”(2012 年)、“大白鲸世界杯原创幻想文学奖”(2014 年)、“青铜葵花儿童小说奖”(2015 年)，之后将增设“青铜葵花图画书奖”。获奖作家作品中不乏新人新作，显现了当下中国儿童文学的艺术水准和新的走向。这些奖项的评价目标也会促进儿童文学创作在艺术上的探索和提升。

新世纪儿童文学创作呈现出更为纷繁和自由的气象，但也带来了一些困惑和质疑，引发了儿童文学批评界的几场争论，争论的焦点既涉及创作现象，也涉及儿童文学的基本理论。

争议之一：低龄化写作的价值判断。新世纪备受年龄较大的青少年追捧的是以韩寒、郭敬明等“80 后”为代表的“少年写作”，这类由少年读者自画青春的书写迅速成为一股时尚的旋风。他们初期的写作，如韩寒的《三重门》《零下一度》、郭敬明的《爱与痛的边缘》《幻城》等，多表现少年被压抑的真情实感，在同龄人中迅速引起强烈呼应和反响，出版商也开始炒作来自校园的年轻作者，使得低龄化写作渐成气候和风尚。更为低龄化的写作代表是湖北女孩蒋方舟，7 岁时开始创作散文集《打开天窗》，之后又有《正在发育》《青春前期》《都往我这儿看》《邪童正史》等。最初引起争议的是她 11 岁时创作出版的《正在发育》，小说中显露的过度早熟的思想和不加掩饰的表达引起了成人作家和批评界对于这类童年写作的担忧。这类文学直接从少年儿童自身的视角来表现生活，因为具有真切的生活和心理体验而使作品更贴近儿童读者。但另一方面，批评者也看到了低龄化写作的问题，主要在于价值观的混乱和商业化的诱惑。这类写作有其不可避免的局限性，如何摆脱刻意为之的叛逆化、游戏化或忧伤化写作，加强纯正的艺术品味的追求成为这类写作需要警醒的问题。

争议之二：畅销儿童文学的价值定位。若从儿童文学接受层次类型来看，适合小学生年龄段的“童年文学”在新世纪大举兴起，改变了以往儿童文学“两头大、中间小”(“两头”指少年文学和幼儿文学)的局面。这类作品尤以杨红樱的

“淘气包马小跳”系列等小学校园小说为代表，以其贴近当下儿童的生活故事和轻松幽默的风格赢得了小学生的喜爱，创下了数千万册的发行量。杨红樱的写作被一些批评家归为“商业化写作”“通俗儿童文学”类型，到2008年展开了一场激烈的论争。商业童书一方面自然受到重视销售市场的出版界的追捧，另一方面也遭到来自坚守儿童文学艺术立场的作家和批评界的指责。论争的中心话题之一是儿童文学的市场畅销与其艺术水准之间的关系，即商业性和文学性的问题，出现了两种代表性的观点：一种是肯定儿童文学作品的市场反应与其艺术质量之间的因果关联，并提出对现行儿童文学评价体系的批评和重建[①]；另一种反对以商业性的畅销与否来评判儿童文学艺术的优劣，提出要警惕来自市场的文学垄断，认为杨红樱的小说创作严重缺乏文学性。[②] 王泉根从儿童文学阅读的自身规律来充分肯定坚守儿童本位的写作立场的杨红樱小说之于童年文学的重要意义[③]，方卫平等从商业文化的深处来考察商业文化带给当代儿童文学写作的格局变化和美学意义[④]，朱自强则将通俗儿童文学作为新世纪儿童文学“分化”出来的一种文学类型加以理论辨析，以日本通俗儿童文学的经典作品为参照来探讨通俗儿童文学应该臻于的艺术境界，指出中国通俗儿童文学艺术缺损的弊病。[⑤]“杨红樱现象”仍然方兴未艾，其小说的走红带动了同类创作的风行，雷同化倾向严重、艺术不够精细。从儿童阅读接受来看，过多的“轻阅读”“浅阅读”不利于提升儿童读者的艺术品味和审美能力。

争议之三：儿童网游文学的价值评估。新世纪儿童文学已经置身于数字革命的时代，这场革命将转变儿童文学的写作方式和阅读方式，在影响既有文体的同时创造出新的文类。随着数字化媒介环境的日益铺开，由儿童网络游戏催生的儿童网游文学图书成为出版热潮，推动着儿童文学阅读内容与阅读行为的变革。这些网游图书配合儿童网络游戏出现，因此令儿童趋之若鹜。从2009年始，《洛克王国》《摩尔庄园》《赛尔号》《植物大战僵尸》等系列网游文学相继推出并登上少儿类畅销书排行榜，儿童网游文学影响力与日俱增，成为儿童阅读的一大“时尚”。相比传统创作形式的儿童文学，儿童网游文学具有鲜明的特点：对于网络游戏的依附性、可操作的游戏性和突出的商业性。此类儿童文学作品良莠

① 郑重：《杨红樱作品的出版意义和童年阅读价值——兼析杨红樱作品畅销与儿童文学评价维度》，《中国图书商报》2008年10月28日。

② 刘绪源：《“杨红樱现象”的回顾和思考》，《博览群书》2009年第3期。

③ 王泉根：《童年文学的难度与杨红樱的意义》，发表于《中国图书评论》2009年，第1期。

④ 方卫平、赵霞：《商业文化深处的“杨红樱现象”——当代儿童小说的童年美学及其反思》，《当代作家评论》2012年第5期。

⑤ 朱自强：《通俗儿童文学：孩子的一方精神乐土》，《中国教育报》2010年9月16日。

不齐，因此遭到了文学界的批评。但近年已有一些资深儿童文学作家投入儿童网游文学的创作中，以优秀的思想和艺术含量促成儿童网游文学的良性发展，也推动了市场。但有作家和学者对此现象持保留态度，认为创作者不应无节制地顺应流行文化而一窝蜂地追随畅销性文本写作，毕竟网游文学是衍生性的网络游戏产品。如何平衡儿童文学艺术品质的坚守与儿童网游的渗透是儿童网游文学发展中必须面对的根本问题。

除了上述关于儿童文学新兴创作现象的论争之外，新世纪的儿童文学理论批评界也发生了关于儿童文学的“本质论”与“建构论”之争。因受到西方后现代理论的影响，吴其南、杜传坤等一些学者站在后现代建构论的立场对儿童文学“本质论”提出了质疑和批判，而刘绪源、朱自强从另一维度进行辨析，刘绪源认为建构论必须在“本质论”的基础上存在，不可取代本质论。[1] 朱自强反对盲目接受西方后现代激进的解构理论，指出现存的后现代话语批评中存在关于“本质论”和“本质主义”的概念混淆之处，也肯定了汲取后现代理论资源进行儿童文学研究的方法论价值，并以兼收并蓄的开放的学术姿态召唤“现代”与“后现代”理论相融合的研究方向，以求共同推动解放儿童的“童权运动”[2]。儿童文学理论的论争虽然对于儿童文学创作暂时未见影响，但是就儿童文学学科建设来说却十分重要，对于关键概念的辨析和厘清关系到儿童文学安身立命的坐标和发展目标的根本问题，论争也激发了沉寂已久的儿童文学学界的批评生气，学界需要保持学术思想的敏锐、深邃和严谨，需要在开放的争鸣中寻求儿童文学新的学术建构。

儿童文学的阅读实践在新世纪也进入了空前的繁荣期，尤其随着阅读被国家作为提升国民素质的战略所重视，儿童文学的阅读推广活动更是风生水起，各种民间的阅读推广机构和公益组织等对儿童文学的阅读意义大力宣传，在全国具有较大影响的有：以推荐优秀儿童文学为主的“红泥巴村”“公益小书房”等网站，以推进儿童文学在小学阶段阅读教学为主的北京的“新阅读研究所”、江苏的“亲近母语儿童阅读研究中心”，以推动家庭亲子阅读为主的“三叶草故事家族”“悠贝亲子图书馆”等机构。年度儿童文学阅读论坛和阅读推广人的评选等活动，也有利于儿童文学阅读实践的普及和提高。一些儿童文学领域的研究者也不再仅仅置身于学术象牙塔，开始主动介入小学语文教育教学的领地，揭示现有语文教材的问题，并以儿童文学的美学标准来编写各种儿童文学读本，以求改变

---

① 刘绪源：《儿童文学思辨录》，武汉：海豚出版社 2012 年版，第 309—310 页。
② 朱自强：《儿童文学理论：在“现代”与“后现代”之间》，《当代作家评论》2015 年第 3 期。

语文教育中内容单调、思想贫乏、艺术欠缺等弊病。朱自强的《小学语文文学教育》(2001 年)主要以儿童文学为视角和方法,将儿童文学与小学语文教育相融合,开了这一研究领域的风气之先。他提倡小学语文教育要从儿童文学中汲取内容、教育思想和方法,主张小学语文教育的深入变革必须与儿童文学化紧密联系。把“儿童文学”落实到小学语文教育,实现了 20 世纪现代儿童文学先驱周作人在五四时期就提倡的“小学校里的文学”。

总之,新世纪儿童文学从创作、出版、理论批评、阅读实践等层面实现了多方位的立体性发展,呈现出多元繁荣的新面貌。

第二节　新世纪中国儿童文学的世界性交流

随着全球化程度的加深,中国儿童文学与世界儿童文学的交流也更加频繁,儿童文学出版的引进与推出以及国际学术交流等都在大幅度拓展。

一、外国儿童文学“引进来”

新世纪中国童书出版与国际接轨更加密切,童书版权贸易十分活跃。外国儿童文学的译介数量之大、国别之多、门类之繁、作品之新,都超越了之前的时段,体现出时新化、集束性、多元化等趋势。

第一个显著特征表现在时效性方面,及时地译介当代外国获奖的优秀儿童文学,有些畅销童书甚至同步引进出版。如英国 J. K. 罗琳的“哈利·波特”系列幻想小说(1—7 册)由人民文学出版社在 2000—2007 年间引进出版,基本与英语原著的出版保持了同步。近年来获得国际或国别大奖的作品也会很快被引进,如国际安徒生奖、国际林格伦纪念奖、美国的纽伯瑞儿童文学奖等获奖作家作品等大多在获奖后一两年内被中国引进出版。信息化和全球化的时代环境使得中国童书出版界对于世界儿童文学出版动向保持了高度的敏感性和一致性。

同类图书“集束性”的引进出版也是一个卓有成效的策略,新世纪以来除了《哈利·波特》系列之外,还有许多具有重要影响的系列性引进作品,例如:二十一世纪出版社引进出版的以德语文学为主的“大幻想文学精品译丛”;中国少年儿童出版社引进的比利时埃尔热的漫画故事集《丁丁历险记》和瑞典阿斯特丽德·林格伦的“林格伦作品集”两大系列;新蕾出版社引进的“国际大奖小说”书系,译介包含“国际安徒生奖”“纽伯瑞儿童文学奖”在内的十多项儿童文学大奖作品，且随着新作家和作品的发现而不断递增，至今已有上百种；湖南少年儿童出版社引进出版的“全球儿童文学典藏书系”；河北少年儿童出版社的“国际安徒生奖获奖作家书系”；安徽少年儿童出版社获得国际儿童读物联盟（IBBY）授权许可，引进出版“国际安徒生奖大奖书系”，整个书系由文学作品系列（包括获奖作家的作品和一些提名的优秀作品）、图画书系列、理论和资料书系列三大板块构成，形成了多方位的引进出版体系。

类型的多样化是新世纪外国儿童文学译介的另一个突出追求，多种体裁如童话和幻想小说、现实主义的儿童小说、图画书等纷纷引进。幻想文学译介率先成为新世纪一个令人瞩目的出版热点，除了“哈利·波特”系列之外，英美其他经典或畅销的系列性幻想文学作品的引进借此时机跟风而上，如英国作家J. R. R. 托尔金的“指环王”系列（20世纪已被引进出版，但未能普及）、C. S. 刘易斯的“纳尼亚传奇”系列、菲利普·普尔曼的“黑暗物质”三部曲、达伦·山的“吸血侠达伦·山传奇”系列等，美国作家斯蒂芬妮·梅尔关于吸血鬼的小说“暮光之城”系列、苏珊·柯林斯的“饥饿游戏”系列等。图画书是新世纪外国儿童文学引进出版的一大重要分支，并且很快成为出版市场的新宠和低幼儿童的主要读物。图画书市场的兴起有多方面的原因：中国社会经济的发展拉动了市场购买力，促使价格相对高昂的图画书的销售成为可能；与读图时代的阅读心理相关，图像社会或视觉文化在新世纪成为一种主导性、覆盖性的文化景观，直观的图像阅读更为形象和轻松；一批重视图画书阅读的有识之士（如彭懿、朱自强、方卫平、阿甲等人）大力推动，使得出版界和阅读界注重图画书，图画书成为亲子阅读的首要选择。2006年彭懿的《图画书：阅读与经典》由二十一世纪出版社出版，上编介绍了图画书的概念和基本知识，下编介绍64种外国经典图画书个案，推动了图画书在中国的出版和普及。自1999年春风文艺出版社引进出版德国雅诺什的图画书系列开始，许多少儿出版社乃至一些非儿童读物出版社也竞相引进世界各国的优秀图画书，比较有影响的图画书引进系列如“信谊绘本世界精选系列”“启发精选世界优秀图画书系列”“世界插画大师儿童绘本精选丛书”“蒲蒲兰绘本系列”等。此外，还有优秀作家和插画家的个人书系，如美国的“苏斯博士经典童话系列”、荷兰的迪克·布鲁纳的“兔子米菲系列”和马克思·维尔修斯的“青蛙弗洛格的成长故事系列”、法国的“不一样的卡梅拉系列”、英国比阿特丽克思的“比得兔的世界系列”、罗伦·乔尔德的“查理和劳拉系列”、日本安野光雅“美丽的童话绘本系列”等。外国图画书的引进数量和品种都相当可观，展现了世界图画书丰富多彩的艺术面貌和创作手法，给中国读者打开了宽阔的视野。

综观新世纪译介的外国儿童文学作品，体裁、主题、风格上都呈现出多样化甚至新锐化的趋势，但是在这种译介的繁荣现象背后，也存在一些偏颇或失误：一是经典儿童文学作品的重复翻译出版现象严重，各种译本水准不一，有些改头换面的抄袭之作鱼目混珠，而一般读者难以甄别；此外，缩写本和改写本现象也问题重重，大大减损了原著本来的思想和艺术魅力，这样的译介传播势必会影响读者对原著的接受和领会。从引进的文学作品的国别来看，由于受到语言方面的限制，翻译的儿童文学语种主要为英语、法语、德语、日语、韩语等，对于其他语种的儿童文学作品关注不够全面。从体裁来看，译介的童话、小说等叙事类作品几乎一统天下，而对于外国儿童诗歌的译介屈指可数。

除了引进大量外国儿童文学作品，外国儿童文学理论译介园地也逐渐开辟。所译的理论著作主要来自儿童文学学术研究成果众多并且居于前沿的欧美国家和亚洲的日本，其中有两套重要的西方儿童文学理论译丛：方卫平主编的“风信子儿童文学理论译丛”（2008 年，共 4 本）；由王泉根和澳大利亚学者约翰·斯蒂芬斯共同主编的“当代西方儿童文学新论译丛”（2009 年，共 6 本），涉及语言和叙事理论、修辞学、文化学、女性主义、精神分析理论等。此外，吴岩主编的“科幻理论经典译丛”，选取当代西方重要的科幻作家或学者的 5 种代表性理论著作，对科幻文学与儿童文学研究提供了知识谱系和研究方法的参照。西方学者阐释儿童文学的理论立场和方法给中国儿童文学研究开拓了新视野。

二、中国儿童文学“走出去”

20 世纪中国儿童文学与世界儿童文学的交流策略主要是“拿来主义”，采用的方式是“迎进来”，因此大量购买外国儿童文学作品的版权，引进出版外国优秀儿童文学来弥补本土创作的不足。这一“单向性”局面在新世纪得到了“双向化”改善，即不仅在引进方面继续加大马力，而且也在输出方面有重要突破。中国原创儿童文学优秀作品力争“走出去”成为创作界和出版界的一个文化使命和迫切追求，并且已经初现战果。越来越多中国作家的作品开始走向世界，一大批优秀长篇儿童小说（如曹文轩的成长小说《草房子》《青铜葵花》、黑鹤的动物小说《黑焰》以及校园题材故事黄蓓佳的《我要做好孩子》、秦文君的《男生贾里》《女生贾梅》、杨红樱的《淘气包马小跳系列》等）的版权输出到欧美和东南亚多国，一些优秀的原创图画书也输出到国外并且取得了很好的影响力。寻找国际间的出版合作，也是一条行之有效的途径。由日本的松居直文、中国蔡皋绘的图画书《桃花源的故事》，由中国的曹文轩文、巴西的插画家罗杰·米罗绘的图画书《羽毛》等，都是跨国合作的成功案例。天天出版社组织的“中外出版深度合作”项目于 2010

年启动，该项目每次邀请中国和外国两位优秀作家以同一题材和同一体裁进行创作，同时约请两国优秀翻译家与插画家为对方国家的作品进行翻译和配图，将两部作品装订成一本完整的图书，分别以两个国家的语言在各自国家出版发行，在一本书中实现跨语种、跨国界的故事演绎。由8位中国儿童文学作家和8位新加坡儿童文学作家共同创作的《狮心绘本》在2015年亚洲国际儿童读物节正式发行。中日韩三国一起出版“祈愿和平”的系列图画书，表达反对战争、呼唤世界和平的共同心声。

为了将中国儿童文学推向世界，除了输出作品版权，一些出版社还主动出击，将一些优秀原创作品在国内译成英文向世界传播。采用双语出版也是增进国际交流的一个有利形式，朱自强的《黄金时代的中国儿童文学》(*Chinese Children's Literature in the Golden Age*)是第一部兼容中文和英语译文两种语言的学术著作，配上英语译文的主要目的是向西方介绍中国儿童文学优秀作家作品，有利于推进中国儿童文学在西方世界的传播。作者运用文学史、文学理论和文学批评的三重眼光，选择构成儿童文学主体部分、成绩最为显著的幻想儿童文学、写实儿童小说作重点论述，也论及儿童诗歌以及新兴的图画书创作门类，提及作家120多位、作品340多部(篇)，重点评介了其中的50余位作家和120余部作品，梳理了20世纪80年代改革开放以来中国儿童文学发展的主要脉络和代表作家作品的思想艺术风貌及其贡献。

进入新世纪，中国儿童文学多向性的国际交流活动也风生水起，举办了多个儿童文学国际学术会议和国际儿童书展。中国于1990年加入了国际儿童读物联盟(IBBY)，成立了中国分会(CBBY)，2006年9月20日至23日在澳门成功召开“国际儿童读物联盟第30届大会”，会议主题是“儿童文学与社会发展”，共有来自54个国家的五百多位代表出席会议。这是有史以来中国举办的规模最大的儿童文学国际学术会议。本届会议还举办了亚洲儿童图书展、中国少儿精品图书展等十个展览，显现了中国少儿出版的强大实力。此外，中国曾于2002年、2010年、2018年分别在大连、金华和长沙举办了第六届、第十届、第十四届亚洲儿童文学大会。亚洲儿童文学大会是亚洲地区最具影响力的儿童文学学术会议，推进亚洲各国儿童文学研究界的学术交流。近几年中国举办的有影响的国际儿童书展主要设在上海和北京，随着中国童书出版的实力和自信的增长，中国出版界“希望世界能认识我”的行业参与意识也更加强烈，希望中国童书能更深刻地参与甚至影响世界。2013年举办了第一届上海国际童书展，与博洛尼亚童书展相呼应，成为国际童书业的另一个重要展会，被中国童书出版机构视为“文化走出去”的重要台阶。2014年第二届上海国际童书展还产生了一个重要举措：

将1981年起设立的“陈伯吹儿童文学奖”升级为“陈伯吹国际儿童文学奖”，这是一个具有开拓意义的尝试，填补了此前中国儿童文学领域缺少跨越国界的儿童文学大奖的空白。这一国际性升级将成为中国儿童文学与国际儿童文学交流与合作的桥梁，除评选图书和单篇作品外，还增加了对促进中外儿童文学、儿童出版交流有突出贡献者的奖励。首届年度作家奖得主是巴西插画家罗杰·米罗(也是2014年度国际安徒生奖插画奖得主)和中国儿童文学老作家金波，年度特殊贡献奖颁给了推进中国童书出版与世界交流的两位著名的童书出版人、加拿大的帕奇·亚当娜和中国的海飞。“陈伯吹国际儿童文学奖”打造了适应儿童文学交流和传播的国际新平台，也将中国推上了吸引世界儿童文学瞩目的舞台。

冲刺国际儿童文学奖项一直是中国儿童文学作家的梦想，新世纪以来，已有多位中国儿童文学作家参与国际儿童文学奖的评选并被提名，如曹文轩、秦文君、张之路、金波、孙幼军、刘先平、王晓明等获国际安徒生创作奖或插画奖提名，殷健灵获林格伦纪念奖提名等，显现了中国儿童文学作家的实绩。2016年，曹文轩以其丰厚的儿童文学成绩，获得国际安徒生奖，这是中国儿童文学作家首次获此殊荣，标志着中国儿童文学获得了世纪性的瞩目和认可。国际儿童文学学术界的最高奖项是“国际格林兄弟奖”，中国儿童文学界泰斗蒋风在2011年获此殊荣，成为第十三届国际儿童文学格林奖的获得者。蒋风，浙江金华人，是中国著名儿童文学理论家，曾任浙江师范大学校长，兼亚洲儿童文学学会共同会长等职。他创建了全国第一个儿童文学研究所。1943年开始发表作品，著有《中国儿童文学讲话》《儿童文学丛谈》《儿歌浅谈》《儿童文学概论》《儿童文学史论》《蒋风儿童文学论文选》等，主编《中国现代儿童文学史》《中国当代儿童文学史》《中国儿童文学大系》《世界儿童文学事典》等。蒋风在中国儿童文学领域具有重大建树，他获得国际格林奖，标志着中国儿童文学学术影响走向国际的一个重要里程碑。

承接着20世纪八九十年代在摸索中开辟的成就，无论是“迎进来”还是“走出去”，新世纪的中国儿童文学出版、创作和学术交流均取得了前所未有的蓬勃发展，已大踏步地融入世界儿童文学的发展潮流。中国作为正在崛起的童书大国，日益显示让世界瞩目的力量，以最能跨越国界、融通人心的儿童文学这一艺术载体来促进国际间的文化交流和精神理解。

第三节　全球化时代中国儿童文学的民族化走向

从20世纪末开始，全球化浪潮愈演愈烈，也不可避免地侵入了儿童文化场域，如以美国的麦当劳文化、迪斯尼文化为代表的流行性消费文化都影响着儿童的文化认同。新世纪以来，大量引进的西方儿童文学反映的文化表象、蕴含的文化价值都可能会在儿童阅读中不知不觉渗透。儿童文学作为儿童重要的精神食粮，不仅关及儿童心灵成长的个体性建构，而且也参与儿童文化身份的集体性认同，后者显现的是族群或社会身份的文化归属。全球化倾向给民族文化带来了威胁，同时也激发了民族的文化自觉，一些儿童文学作家也开始自觉地探索儿童文学的民族化道路，帮助孩子建立关于本民族的文化自信，守护孩子的"文化基因"。中国传统文化是中华民族的精神源头，民族化路向一般多倚重于民族传统文化，这种文化寻根乃是对传统文化客体进行价值体认与选择。中国当代儿童文学的民族化追求尤为突出地表现在三种儿童文学类型上：图画书、幻想小说以及动画片。这些西方的舶来品在中国文化场域的发展中体现了两个不同的方向：一是热情地模仿和延续西方面貌，以求趋近，其实质是一种"同化"；一是冷静地"求异"来创造民族风格，与之媲美或抗衡。后者具有强烈的民族文化的担当意识，并构成对文化全球化趋向的一种反拨。

中国儿童文学选择的民族化路径首先从题材、内容入手，青睐于民间文化和传统故事，挖掘和张扬各类传统文化符号。以图画书来论，尽管中国有着悠久的连环画历史，但是纯粹意义上的大开本的图画书创作还只是一个新兴的艺术门类。新世纪以来大量引进的外国图画书促进了本土原创图画书的实践，也带来了巨大的压力。2009、2010 年先后创设了"丰子恺图画书奖"和"信谊图画书奖"，旨在鼓励和提升本土原创图画书的水准，获奖和入围作品大多体现民族化倾向，推动了民族风成为中国本土图画书创作的美学风向标。本土民族化原创图画书的先驱人物和中坚力量主要有熊亮、周翔、蔡皋等，旗帜尤为鲜明的是熊亮、熊磊兄弟，他们明确提出了自己的创作理念——"绘本中国""要给予我们的孩子一个'可记忆的中国'"。熊亮等的创作首先侧重于本土传统的"文化记忆"，第一个集束性出版的成果是《绘本中国》系列（2007 年），包括《小石狮》《泥将军》《年》《兔儿爷》《灶王爷》《家树》《屠龙族》共 7 本。除民风民俗之外，其他如中国历史、地理、气象文化等也是民族文化重要的矿脉，一批图画书作者集体创作了《中国传统节日故事》《中国山川故事》《二十四节气》等系列绘本来普及民族文化。积淀丰厚的中国传统文学也是一座宝库，图画书创作中有《中国童谣》《绘本聊斋》系列等，尤为出色的是根据北方童谣改编的《一园青菜成了精》（周翔绘）、根据《聊斋志异》改编的《宝儿》（蔡皋绘）等精品，传神地演绎了传统文学的趣味。中国神话故事、民间传说、古典小说等被幻想类儿童文学频频眷顾。黄蓓佳的《中国童话》（2004 年）包括《牛郎织女》《小渔夫和公主》《碧玉蝈蝈》《亲亲的蛇郎》《欢喜河娃》

《含羞草》《猎人海力布》《美丽的壮锦》《泸沽湖的儿女》《住在橘子里的仙女》共 10 篇，涉及中国多个民族的民间童话。2012 年江苏美术出版社引进了台湾汉声出版社在 1982 年初版的《最美最美的中国童话》(共 36 册)，这套书从浩如烟海的中国民间传说及历史故事中精选出 362 个源远流长的文化故事，按照农历编排，一天一个故事，涵盖节日来历、民间故事、神话起源、科学发明等，旨在带孩子回归神奇、可爱、充满中华传统智慧的欢乐宝库。不少儿童幻想小说作家也认识到只有植根于本土文化才是立身之基，激活并再造留存着民族文化基因的古代神话成为其创作选择，如薛涛的《山海经新传说 ABC》、范先慧的“黄丝结笔记”系列、王晋康的《古蜀》等，张之路的《千雯之舞》是以博大精深的汉字文化为核心演绎而成的长篇幻想小说。新世纪本土动画片(包括动画电影和卡通电视系列)的发展也走民族化路线，如取材于民间传说的动画系列《哪吒传奇》《小鲤鱼历险记》《白蛇传》等，取材于中国古典小说的《天上掉下个猪八戒》《西游记》《少年狄仁杰》《三国演义》《Q 版三国》等。根据台湾作家温世仁的同名武侠小说改编的动画连续剧《秦时明月》是中国首部 3D 动漫，以侠客传奇来纳入历史事实、先秦文化和诸子百家思想，体现中华民族的侠义精神。创作者不仅追求在气势上兼容中国民族文化的细腻与宏大，更重视凸显主要人物身上闪耀的中华民族的传统魂魄，有助于生成中国儿童文学的民族气质，也能在潜移默化中养育儿童的精神气概。

中国儿童文学对于民族传统文化符号的垂青，除了看重其内容意涵，也借重其形式意趣，如中国古代的壁画、剪纸、木雕、泥塑、版画、皮影、脸谱、年画、水墨等都是传统的艺术形式，作为视觉图像艺术的图画书和动画片在形式方面对传统的借鉴尤为鲜明。熊亮的“情韵中国”系列包括《京剧猫之长坂坡》《京剧猫之武松打虎》《苏武牧羊》《荷花回来了》《我的小马》《纸马》等，注重民族传统艺术(尤其是京剧)的情韵表现。其他作者的绘本如《中国童谣》《中国传统节日故事》系列等多用民间剪纸形式来对应性地表现民间文化，《绘本聊斋》系列则采用古代人物画法来表现古典小说的雅致，《水墨绘本》系列的名称则直接宣扬了它所采取的传统水墨画手法，力求体现“神而忘形”“知白守墨”的传统美学旨趣。即便是在文字书中作为配角的插图，也注意传递民族艺术的风韵。《最美最美的中国童话》以 843 幅经典细腻的传统美术配图，从年画、皮影、刺绣、壁画、雕塑石刻中汲取技法，旨在使儿童在吸收传统故事精华的同时，也能从图画中感受民族美术之风采。图画书民族化形式的深层意味是其内在的民族精神底蕴和旨趣，熊亮在“情韵中国”之后创作的《金刚师》《梅雨怪》是熔炼了生命感悟的用心之作，他采用舒缓的平行视角，有意将文字和图画分离，突出“慢”的感觉。《梅雨怪》扎根于对生命的感悟与理解，借助于中国传统水墨画的写意和灵动，采用逐渐叠加的叙事手法，将雨的声、色、形逐层描绘，画出了一本听得见雨声的书，并融以诗歌的凝练与深远，给人带来关于人生姿态的灵性启迪。

作为动态视觉形式的动画片，在艺术方式和风格上的民族化特征更为明显，“民族化”早在20世纪80年代就成为中国动画创作走向世界的一个自觉追求，《大闹天宫》开创了“中国气派”。新世纪以来，中国动画片在民族化方面的总体力度和深度不如从前，动画连续剧《哪吒传奇》《三国演义》在人物、场景、画面、音乐等方面也采用一些民族传统元素，而在人物关系设置等方面融入时代流行元素，常会模仿西方动画技巧和风格，如造型漫画化、风格幽默化。民族化特色比较浓重的是数字动画《桃花源记》，以东晋陶渊明的《桃花源记》为题材，将电脑CG技术与国画、皮影、水墨、剪纸等艺术巧妙融合，按民间美术中的门神画、敦煌壁画和戏曲艺术中的人物行当来设计皮影角色、勾勒脸谱、装扮行头，画面背景中的山水、茅舍等大全景采用中国工笔重彩画中的装饰风格，而水流和缤纷飘落的桃花则运用电脑三维图画。该片用虚实相生的表现方法使得境生象外，表现了中国古代文人雅士所崇尚的宁静和谐的生命境界。该片是“中国学派”动画在新世纪新技术环境下的一次成功延续。

在新世纪得到大力发展的中国图画书、幻想小说和动画片遭遇了从西方不断涌进的同类艺术的强劲刺激，创作者们在寻找突围之路时把目光投向民族传统，表现民族文化符号的内容、题旨、形式及其精神意味。儿童对于民族文化符号的大量接触与体认可以演变和内化为民族的群体心理特征，并延及其情感依附、美学趣味和生活方式的选择，是形成民族文化身份和构建文化价值观念的基础。虽然儿童文学的民族性很大程度上依托于传统文化和文学艺术，但若囿于民族传统，则其道路未免狭窄。况且，儿童文学所倚重的民族传统资源并非取之不尽、用之不竭，传统题材和传统手法的不断运用或者说过度开垦（如《西游记》《三国演义》等古典名著已经被反复改编和拍摄了很多动画片）未免显得内容单调，易引起儿童受众的审美疲劳。再悠久的民族传统也需要新鲜元素的融入、新生力量的激荡才能焕发更为盎然的生机和更为丰盈的魅力。事实上，由于文化认同缘起于文化的差异、流变和断裂，因而其进程、形态和内容都是复杂而多重的，外国儿童文学在本土创作民族化的过程中产生了不同程度的“化合”作用。全球化时代的中国儿童文学要调整姿态和策略，对待文化的取舍要走向辩证的“文化自觉”，与外来儿童文学达到多元互补的和谐共生。文化领域可以同时含有多元化的路向，在文化对话中各取所需或借力发展。中国儿童文学的文化气质以往多庄重严肃而少轻松幽默，崇尚“美”的引领而不注重“趣”的体验，因为民族传统文化向来较为缺乏夸张与幻想，忽略滑稽与怪诞之趣。西方儿童文学追求的游戏精神、幽默精神等对中国儿童文学扎根的民族传统文化而言是“异质文化”，但这些“异元”的有机融入能使“老树开新花”，使得中国儿童文学呈现出丰富多彩的面貌。若细致检视新世纪初的中国原创图画书，会发现虽然熊亮等人高扬“绘本中国”的民族化路向，但在其创作之始其实就已经注意了民族性与世界性或传统性与现代性的融合。

全球化语境下中国儿童文学的发展态势表明，文化全球化并非是完全覆盖性的全球同一化，民族化也非完全封闭性的本土自足化，不同文化客体间会产生碰撞和摩擦，也会相互吸收和借鉴，这种交融为民族儿童文学的再创造和整合性发展提供了动力，也为世界儿童文学的发展提供了多种可能性。

图书在版编目(CIP)数据

中国儿童文学史/蒋风主编. —上海：复旦大学出版社，2019.12
ISBN 978-7-309-14103-0

Ⅰ.①中… Ⅱ.①蒋… Ⅲ.①儿童文学-文学史-中国 Ⅳ.①I207.8

中国版本图书馆 CIP 数据核字(2018)第 278952 号

中国儿童文学史
蒋　风　主编
责任编辑/谢少卿

复旦大学出版社有限公司出版发行
上海市国权路 579 号　邮编：200433
网址：fupnet@fudanpress.com　http://www.fudanpress.com
门市零售：86-21-65642857　团体订购：86-21-65118853
外埠邮购：86-21-65109143
上海盛通时代印刷有限公司

开本 787×1092　1/16　印张 33　字数 558 千
2019 年 12 月第 1 版第 1 次印刷

ISBN 978-7-309-14103-0/I·1130
定价：88.00 元